LUANNE RICE

Die geheime Stunde

LUANNE RICE

Die geheime Stunde

Aus dem Amerikanischen
von Ursula Bischoff

KNAUR

Titel der Originalausgabe: The Secret Hour
Originalverlag: Bantam, New York

Bitte besuchen Sie uns im Internet:
www.knaur.de

Die Folie des Schutzumschlags sowie die Einschweißfolie sind
PE-Folien und biologisch abbaubar.
Dieses Buch wurde auf chlor- und säurefreiem Papier gedruckt.

Redaktion: Sandra Koch
Umschlaggestaltung: ZERO Werbeagentur, München
Umschlagabbildung: Getty Images, München
Satz: Ventura Publisher im Verlag
Druck und Bindung: C.H. Beck, Nördlingen
Printed in Germany
ISBN 3-426-66121-7

2 4 5 3 1

Für Irwyn Applebaum
und Bruce Springsteen

1

In der Küche herrschte Stille. Die Kinder bemühten sich nach besten Kräften, ihr Scherflein beizutragen. Am Frühstückstisch sitzend, mit dem Rücken zu der kleinen Bucht, versuchte John O'Rourke, sich auf den Schriftsatz zu konzentrieren, an dem er die ganze Nacht gearbeitet hatte. Maggie strich Butter auf eine Scheibe Toast und schob sie ihm über den Tisch zu. Er nahm sie mit einem dankbaren Kopfnicken entgegen. Teddy war in die Sportseiten der Zeitung vertieft, runzelte die Stirn angesichts der Ergebnisse, als hätten seine Mannschaften ohne Ausnahme verloren. Brainer, der Hund, lag unter dem Tisch und knurrte selig, während er an einem alten Tennisball kaute.

»Dad«, meldete sich Maggie zu Wort.

»Was ist?«

»Hast du schon zu Ende gelesen?«

»Noch nicht ganz.«

»Hat es mit Merrill zu tun?«

John ließ sich Zeit mit der Antwort, aber sein Magen verkrampfte sich. Er überlegte, was seine elfjährige Tochter über Greg Merrill wissen mochte, seinen zeitaufwändigsten Mandanten, den Wellenbrecher-Mörder, Star im Todestrakt von

Connecticut und Thema Nummer eins in sämtlichen Bars und Gerichtssälen weit und breit. John wollte, dass die Leute darüber redeten; das war Teil seiner Verteidigungsstrategie. Aber er wollte nicht, dass seine Tochter die schaurigen Einzelheiten erfuhr.

»Ja, Liebes«, antwortete er und ließ den Schriftsatz sinken.

»Wird er hingerichtet, Dad?«

»Das weiß ich nicht, Maggie. Ich werde versuchen, es zu verhindern.«

»Aber er verdient es«, warf Teddy ein. »Er hat die Mädchen umgebracht.«

»Jeder muss so lange als unschuldig gelten, bis seine Schuld erwiesen ist«, belehrte ihn Maggie.

»Er hat es selbst zugegeben.« Teddy ließ die Sportseiten sinken. »Er hat ein Geständnis abgelegt.« Mit vierzehn war er groß und stark für sein Alter. Seine Augen blickten zu ernst, sein Lächeln war nur noch ein Schatten des Strahlens, das vor dem Tod seiner Mutter sein Gesicht erhellt hatte. John, der ihm gegenüber an dem geräumigen Eichentisch saß, fand, dass er einen ausgezeichneten Staatsanwalt abgeben würde.

»Stimmt«, räumte John ein.

»Er hat schlimme Dinge getan – Mädchen ermordet, Familien zerstört. Deshalb verdient er die Strafe, die über ihn verhängt wurde. Das sagt jeder, Dad.«

Draußen ging ein Wind und das Herbstlaub rieselte von den Bäumen hinab.

John starrte seinen Schriftsatz an. Er dachte an das Geständnis, den Urteilsspruch – Tod durch Giftspritze – und die Monate, die Greg Merrill bereits im Todestrakt verbracht hatte; und er dachte an seine derzeitige Strategie – dem Obersten Gerichtshof von Connecticut überzeugend darzulegen, dass der Fall Merrill neu aufgerollt werden sollte.

»Familien zerstört?«, fragte Maggie.

»Ja.« Teddy warf seiner Schwester einen raschen Blick zu.

»Aber keine Bange, Maggie. Er sitzt jetzt hinter Schloss und Riegel. Er kann niemandem mehr gefährlich werden. Die Öffentlichkeit will, dass es dabei bleibt, deshalb hat unser Telefon mitten in der Nacht zehnmal geklingelt – obwohl wir eine Geheimnummer haben. Du solltest hören, wie die Leute hinter unserem Rücken tuscheln. Sie wollen, dass du die Verteidigung niederlegst, Dad.«
»Schon gut«, erwiderte John leise.
»Aber das ist sein Beruf!« Maggies Augen füllten sich mit Tränen. »Warum gibt man ihm und *uns* die Schuld daran, dass er nur seine *Arbeit* verrichtet?«
»Es ist nicht deine Schuld, Mags.« John sah in ihre seelenvollen Augen. »Aber in diesem Land hat jeder Mensch gewisse Rechte.«
Sie antwortete nicht, doch sie nickte.
John atmete langsam ein und aus. Das war seine Heimatstadt, aber er bekam die Empörung seiner Freunde, Nachbarn und Wildfremder gleichermaßen zu spüren. Am schlimmsten war für ihn, dass seine Kinder darunter leiden mussten.
Als springender Punkt im Fall Merrill hatte sich stets die Frage erwiesen, ob er zum Zeitpunkt der Taten voll zurechnungsfähig und somit schuldfähig gewesen war; John plante, die Verteidigung auf der Beweisführung aufzubauen, dass Greg unter einer schwerwiegenden mentalen Störung litt, die seine physische Fähigkeit beeinträchtigte, sein Verhalten zu kontrollieren. Die erste Amtshandlung als Merrills Pflichtverteidiger hatte darin bestanden, einen der führenden Psychiater des Landes zu engagieren – um seinen Mandanten zu untersuchen und die Verteidigung mit seinem Gutachten zu untermauern. Johns undankbare Arbeit würde, wie er hoffte, damit enden, dass Merrill in der Revision zu mehrfach lebenslänglich verurteilt würde, ohne die Möglichkeit, jemals wieder auf freien Fuß gesetzt zu werden. Teddy beobachtete seinen Vater, die grünen Augen verdunkelt von Ernst und Kummer. Maggie

blinzelte, ihre blauen Augen – von der gleichen Farbe wie Theresas – wurden von einem zerfransten Pony eingerahmt, den John am Vorabend gekürzt hatte. Das verschnittene Haar seiner Tochter war beschämend und der trübe Blick seines Sohnes eine Ermahnung, die nicht schlimmer, aufrichtiger und verdienter sein könnte. Seit dem plötzlichen Tod seiner Mutter war Teddy der selbst ernannte Beschützer aller Frauen dieser Welt.

»Das ist doch schließlich dein Beruf, Dad, oder?«, fragte Maggie mit zusammengekniffenen Augen. »Die Rechte jedes Menschen zu schützen.«

»Es wird Zeit, ihr müsst zur Schule.«

»Ich bin fertig«, sagte Maggie, mit einem Mal niedergeschlagen. John musterte ihre Kleidung: grüne Leggins, blauer Rock, ein altes Fußballtrikot von Teddy. »Ah«, stöhnte John und verfluchte insgeheim das letzte Kindermädchen, das gekündigt hatte, aber noch mehr sich selbst, weil er ein derart unbequemer Arbeitgeber war. Er hatte die Arbeitsvermittlungsagentur angerufen, und es hieß, man werde einige neue Kandidatinnen zu einem Bewerbungsgespräch vorbeischicken, aber mit seiner Vorgeschichte und seinen Überstunden würde er sie wahrscheinlich überfordern und spätestens bis Halloween vergrault haben. Vielleicht sollte er doch mit der ganzen Familie in das Haus seines Vaters ziehen, damit Maeve sie unter ihre Fittiche nahm.

»Gefällt dir nicht, was ich anhabe?«, fragte Maggie stirnrunzelnd und blickte an sich herab.

»Du siehst großartig aus«, versicherte Teddy, der Johns warnenden Blick auffing. »Du wirst das hübscheste Mädchen in der ganzen Klasse sein.«

»Findest du? Dad dachte, ich sei noch nicht angezogen …«

»Maggie, du siehst wirklich hübsch aus.« John schob die Papiere beiseite und zog sie auf seinen Schoß.

Sie schmiegte sich in seine Arme, immer noch bereit, jede

Gelegenheit zum Kuscheln wahrzunehmen. John schloss die Augen, fühlte sich selber trostbedürftig. Sie roch nach Milch und Schweiß, und es versetzte ihm einen Stich, als ihm bewusst wurde, dass er vergessen hatte, sie nach dem Haareschneiden daran zu erinnern, ein Bad zu nehmen.
»Ich bin nicht hübsch«, flüsterte sie an seinem Hals. »Mommy war hübsch. Ich bin ein Wildfang; an mir ist ein Junge verloren gegangen. Jungen können nicht hübsch sein. Sie sind …«
Der Friede wurde durch das Splittern von Glas unterbrochen. Irgendetwas flog durch das Küchenfenster, schlidderte über den Tisch, kippte Milch, Schalen und Müsli um und krachte an die gegenüberliegende Wand. John warf sich über Maggie, schützte sie mit seinem Körper, während viereckige, dreieckige und winzige Glassplitter auf sie herabregneten. Seine Tochter schrie vor Angst auf, und er hörte, wie er Teddy zubrüllte, sich unter dem Tisch in Deckung zu bringen.
Als der Scherbenhagel endete, kam der erste Laut von Brainer, der bellend zwischen dem zerbrochenen Fenster und der Haustür hin und her rannte. Eine große Welle brandete draußen gegen die Felsen; das Geräusch, nicht mehr von der Fensterscheibe gedämpft, war erschreckend laut. Maggie begann zu schluchzen – wimmernd zunächst, dann mit wachsender Erregung. Teddy kroch unter dem Tisch hervor, stieß mit dem Fuß Glasscherben beiseite und hastete durch den Raum.
»Das war ein Ziegelstein, Dad«, rief er.
»Nicht anfassen!« John hatte Maggie noch auf dem Schoß.
»Ich weiß. Wegen der Fingerabdrücke.«
John nickte, obwohl er wusste, dass keine zu finden sein würden. Die Leute waren heutzutage bestens über den Umgang mit Beweismitteln informiert, auch wenn sie noch nie mit dem Gesetz in Konflikt geraten waren. Selbst die größten Hitzköpfe in der Umgebung – deren schlimmstes bisheriges Vergehen darin bestanden haben mochte, sich im Eifer des Gefechts mit einer Leserzuschrift an den Herausgeber des Lokalblatts im

Ton zu vergreifen oder an Protestkundgebungen vor dem Gerichtsgebäude teilzunehmen – hatten aus den Polizeisendungen im Fernsehen und den Kriminalromanen mit juristischem Hintergrund ausreichend Kenntnisse über Fingerabdrücke, Haare und Fasern am Tatort gesammelt.

Blut tropfte auf den Fußboden. John nahm seine Tochter genauer in Augenschein, um sich zu vergewissern, dass sie keine Verletzung davongetragen hatte. Als sie ihn ansah, weiteten sich ihre Augen vor Entsetzen, und ihr Aufschrei gellte in seinem Ohr.

»Dad, du hast eine Platzwunde!« Als er seine Schläfe berührte, spürte er eine warme Flüssigkeit an einer Stelle; er nahm eine grün-blaue Serviette und presste sie gegen die klaffende Wunde. Teddy lief herbei, stieß Maggie beiseite und betrachtete prüfend den Kopf seines Vaters. John stand auf und ging, seine Kinder an den Händen haltend, ins Badezimmer.

»Halb so schlimm«, erklärte er, als er sich im Spiegel musterte. »Nur ein kleiner Kratzer – sieht schlimmer aus, als es ist.«

»O Mommy«, entfuhr es Maggie unwillkürlich.

John nahm seine Tochter in die Arme. Sein Herz war schwer, er litt unendlich mit ihr. Sie vermisste ihre Mutter fortwährend, und traumatische Erfahrungen wie diese waren dazu angetan, die Erinnerung an den Unfall wieder heraufzubeschwören. Das hatte er sich selbst zuzuschreiben. In dem Bemühen, seine eigenen Wunden zu lecken, hatte er den arbeitsreichsten und größten Fall seiner gesamten beruflichen Laufbahn übernommen – nicht einmal zwei Jahre, nachdem seine Kinder ihre Mutter verloren hatten. Er war ein selbstsüchtiger Idiot, und seine Kinder mussten es ausbaden.

Als plagten Teddy die gleichen Schuldgefühle, schob er John beiseite und ergriff die Hand seiner Schwester. Zwei Blutstropfen hatten Flecken auf ihrem Fußballtrikot hinterlassen, und er nahm einen Waschlappen und versuchte, sie herauszureiben.

»Ich weiß, dass an dir ein Junge verloren gegangen ist, Mags«, sagte er. »Aber die Leute werden denken, dass du auf dem Spielfeld Prügel bezogen hast, wenn wir dich so zur Schule gehen lassen.«
»Mich verprügelt niemand«, schniefte sie.
»Stimmt.« Teddy rubbelte an ihrem Trikot. »Wenn jemand prügelt, dann bist du es, richtig?«
»Richtig.« Tränen strömen nun aus ihren klaren blauen Augen.
Gott steh mir bei, dachte John und trat einen Schritt zurück. Er berührte die Platzwunde an seiner Schläfe. Vielleicht war sie tiefer, als er zunächst gedacht hatte. Sie blutete jetzt stärker; er gelobte sich insgeheim, gegen das Bedürfnis anzukämpfen, sie in der Notaufnahme nähen zu lassen. Er hatte einige Besprechungen in der Kanzlei, mehrere Fälle, die er durchgehen und einen Schriftsatz, den er fertig machen musste.
Es läutete an der Tür.
Hatte eines der Kinder die 911 gewählt? Er eilte zur Tür, doch in der Diele hielt er inne. Was war, wenn die Person, die den Ziegelstein geworfen hatte, zu den Küstenbewohnern gehörte, die erzürnt waren, weil er den emotional befrachteten Fall Greg Merrill vor den Obersten Gerichtshof von Connecticut bringen wollte?
Im Laufe der Jahre hatte John O'Rourke etliche Drohungen erhalten. Seine Tätigkeit brachte viele Leute in Harnisch. Er verteidigte Bürger, denen man die schlimmsten Verbrechen zur Last legte, die ein Mensch nur begehen konnte. Ihre Opfer hatten Verwandte und Freunde, ein Leben, das ihnen lieb und teuer gewesen war, wunderbare Träume. Die Leute sahen John als einen Menschen, der sich zum Fürsprecher von Ungeheuern machte. Er verstand und akzeptierte den Zorn der Öffentlichkeit.
Er wusste, dass irgendjemand ihm eines Tages auflauern könnte, der mehr im Sinne hatte als ein Gespräch, aber er besaß keine Waffe. Aus Prinzip, aber auch in Folge eines gesunden

Respekts: Als Strafverteidiger sah er jeden Tag den Schaden, den Waffen anrichten konnten. Im Augenblick hoffte er, als er an Maggies Todesangst dachte, dass er sich mit dieser Einstellung nicht auf dem Holzweg befand. Noch immer zitternd nach dem Angriff, der vor wenigen Minuten in seiner Küche stattgefunden hatte, legte er seine Hand auf die Klinke, holte tief Luft und riss die Tür mit einem Ruck auf.

Eine Frau stand auf der obersten Treppenstufe. Sie trug einen schiefergrauen Mantel, geeignet für den kalten Herbsttag, hatte schulterlanges braunes Haar und Augen in der Farbe von Flusssteinen. Sommersprossen sprenkelten ihre Nase. Ihr Lächeln war sanft, aber irgendwie starr – als hätte sie, während sie darauf wartete, dass jemand die Tür öffnete, beschlossen, einen freundlichen und aufgeschlossenen Eindruck zu machen. Doch als sie sein Gesicht sah – seine verzerrte Miene, wie er sich vorstellen konnte, und das Blut, das an seiner Schläfe hinablief –, klappte ihre Kinnlade herunter.

»Oh.« Sie wich zurück, dann trat sie wieder einen Schritt vor. Sie streckte die Hand aus, als wollte sie seine Wange berühren. »Alles in Ordnung mit Ihnen?«

»Haben Sie jemanden wegfahren sehen?« Wachsam hielt er nach rechts und links Ausschau, aber die Küstenstraße war menschenleer. Ihr Wagen parkte am Straßenrand – ein dunkelblauer Sedan.

»Nein.« Ihre tiefgründigen, obsidianfarbenen Augen musterten ihn mit sichtlicher Besorgnis. »Leider. Wollen Sie sich nicht lieber hinsetzen?«

John antwortete nicht. Er lehnte sich gegen den Türrahmen. Fremde klingelten selten. Meistens riefen sie nachts an, wenn seine Familie schlief. Manchmal schrieben sie lange, aufgewühlte Briefe, gewissenhaft begründet, aber voller Hass. Es kam nur selten vor, dass sie persönlich in Erscheinung traten, lächelten und sich besorgt gaben.

»Was führt Sie zu mir? Kann ich Ihnen helfen?«, fragte er.

Sie lachte, ein perlendes Lachen, so sanft und zart, dass er spürte, wie seine Knie weich wurden. Doch sein Blick wurde hart. Nach Theresa widerstrebten ihm solche Empfindungen, und er weigerte sich, sich von ihnen überrumpeln zu lassen.
»Ich denke, Sie sind es, der Hilfe braucht ...« Lächelnd ergriff sie seinen Ellenbogen. Ihre Stimme war melodisch, mit einem leichten Südstaatenakzent, der an Virginia oder die beiden Carolinas erinnerte.
»Oh«, sagte er, als sie ihn mit sanfter Gewalt nötigte, sich auf die Treppenstufe zu setzen. Sie war eine professionelle Helferin – es stand ihr ins Gesicht geschrieben, war aus ihrem Tonfall, dem schlichten Mantel und den vernünftigen schwarzen Lederschuhen ersichtlich. Sie musste die Neue sein, von der Agentur geschickt, um nach der Fahnenflucht des letzten Kindermädchens X das Regiment zu übernehmen. »Sind Sie wegen der Stellung hier?«
»Lassen Sie sich helfen«, sagte sie leise, als seine Knie nachgaben, Sterne vor seinen Augen flimmerten und eine Sirene durch die Straße gellte, die immer näher kam – kluge Kinder; eins von beiden hatte die Polizei verständigt –, und John O'Rourke ließ sich schwerfällig auf den Steinstufen nieder und deutete ihre Antwort als »Ja«.

Thaddeus George O'Rourke hatte die Polizei benachrichtigt, aber er ignorierte ihre Ankunft. Maggie war völlig aufgelöst. Er musste die restlichen Vorbereitungen treffen, damit sie zur Schule gehen konnte, und anschließend seine eigenen Sachen packen, um den Bus noch zu erreichen – andernfalls wäre sein Vater gezwungen, ihn hinzufahren, und die Mittelschule lag nicht auf seinem Weg.
»Maggie, zieh dich lieber um«, sagte er, als er merkte, dass das Blut nicht herausging.
»Kommt nicht in Frage. Du hast gesagt, dass ich dein Trikot tragen darf.«

»Ich weiß, aber mit diesen Blutflecken siehst du aus wie Beweismittel Nummer 24 auf zwei Beinen. Wir waschen es, und dann kannst du es morgen anziehen.«

»Das bedeutet nächste Woche – hier kümmert sich doch niemand um die Wäsche«, protestierte Maggie, aber als sie sah, wie Teddy die Stirn runzelte, zupfte sie ihn am Ärmel. »Tut mir Leid«, fügte sie rasch hinzu. »Es ist nicht deine Schuld. Oder Dads. Ich könnte lernen, wie man …«

»Du bist erst elf«, entgegnete Teddy frustriert und rubbelte erneut, um die Flecken zu entfernen. »In deinem Alter sollte man spielen und nicht Wäsche waschen.«

»Jeder muss einspringen, wenn Not am Mann ist.« Sie warf einen besorgten Blick in Richtung Diele, wo tiefe Stimmen begannen, ihren Vater mit Fragen zu bombardieren. »Glaubst du, dass sie dieses Mal etwas tun werden?«

»Klar.«

»Aber sie werden den Täter nicht finden, oder?«

»Vielleicht doch.«

Brainer war hinausgelaufen, um die Streifenpolizisten zu begrüßen, und kam nun mit großen Sprüngen zu Teddy und seiner Schwester zurück. Der hoch gewachsene Golden Retriever gehörte seit Teddys neuntem Lebensjahr zur Familie. Er war der beste, klügste und coolste Hund der Welt, und Teddy hatte seinen Namen selbst ausgesucht. Sein Fell war früher seidenweich, aber das war lange her; nun sah es struppig und verfilzt aus, voller Kletten, Zweige und Seetang. Er versetzte Maggie einen Nasenstüber, dann lehnte er sich gegen Teddy, um ein paar beschwichtigende Streicheleinheiten einzufordern.

»Alles in Ordnung, Brainer.« Teddy ging in die Hocke. »Braver Hund.«

Der Hund leckte Teddy das Gesicht. Teddy schloss die Augen, kraulte das weiche Fell. Brainer hatte immer Bestätigung gebraucht. Er war Fremden gegenüber superfreundlich, aber er lief stets zu seiner Familie zurück, um sich zu vergewissern,

dass er brav und mutig war. Genau wie ich, dachte Teddy. In der Zeit, als seine Mutter noch lebte. Auf dem Fußballplatz hatte er sich raubeinig gegeben, hatte die ganze Zeit Angst gehabt, das Spiel zu verpatzen. Doch danach, wenn er in ihren Wagen gestiegen war, hatte sie ihn überzeugen können, dass er der beste Spieler auf dem Platz gewesen war.
»Brainer hätte verletzt werden können«, sagte Maggie betrübt und kraulte den Retriever hinter den Ohren. »Denken die Leute, die mit Ziegelsteinen werfen, nicht an so etwas?«
»Nein, offenbar nicht.«
»Aber warum? Ich begreife es nicht. Sie hassen Greg Merrill, weil er die Mädchen umgebracht hat, aber sie selber werfen Steine durch unsere Fensterscheibe und scheren sich keinen Deut darum, dass Brainer verletzt werden könnte.«
Oder wir, dachte Teddy. Er schauderte und war froh, dass er seine Hände im dichten Fell des Hundes vergraben hatte, so dass Maggie sie nicht zittern sah. Zwei Polizisten kamen an der Tür vorbei, um die zerbrochene Fensterscheibe zu begutachten, und er hörte sie sagen: »Was erwartet er denn?«
Teddys Magen verkrampfte sich, was oft geschah, wenn er mit seinem Vater unterwegs war und jemand sie so lange anstarrte, bis sie den Blick als Erste abwendeten.
Oder seinen Vater in sarkastischem Tonfall »Counselor« nannte. Und am schlimmsten war der Tag gewesen, als er mit seinem Vater vor dem Paradise Ice Cream Schlange gestanden und die reizend aussehende, kleine alte Dame sich zu ihnen gesellt hatte, um lächelnd zu fragen: »Glauben Sie nicht, dass Anne-Marie Hicks jetzt auch gerne ein Eis gehabt hätte?«
Anne-Marie Hicks war eines von Greg Merrills Opfern. Die Polizisten blieben nun stehen, sahen flüchtig zu Teddy und Maggie hinüber. Sie würden ihnen nicht die Genugtuung gönnen, den Blick zu erwidern.
»Teddy?« Maggies Stimme wurde leise, damit die Polizisten sie nicht hören konnten.

»Ja?«
»Wie kommt es, dass Dad ihn vertritt? *Ehrlich*?« Sie runzelte die Stirn. Die uralte Frage. Teddy hatte sie ebenfalls gestellt, als er in ihrem Alter war, nur damals war der Beklagte ein anderer gewesen.
»Wie du schon sagtest, das ist sein Beruf.«
»Warum verteidigt er nicht lieber Unschuldige?«
Teddy lachte und warf den zerknüllten Waschlappen ins Waschbecken. Er gab auf, was die Blutflecken betraf; sollte Maggie das fleckige Trikot doch tragen, wenn sie unbedingt wollte. Die Stimme ihres Vaters wurde lauter, er redete auf die Polizisten ein, die in der Diele standen. Die Krise war vorüber – niemand war verletzt, und die Polizei nahm sich des Falles an.
»Warum lachst du?«, fragte sie.
»Ich wollte dir gerade vorschlagen, Dad dieselbe Frage zu stellen.«
»Warum? Weil du genauso denkst? Dass er nur anständige Leute verteidigen sollte, die nichts verbrochen haben?«
Teddy lief abermals ein Schauer über den Rücken, als er an die Worte der alten Dame im Paradise Ice Cream dachte. Er hatte sich danach im Internet über die ermordeten Mädchen informiert. Anne-Marie Hicks war siebzehn gewesen. Das Foto aus ihrem Highschool-Jahrbuch, das ins Netz gestellt worden war, zeigte sie mit blonden Haaren, die ihr in die Augen fielen, sieben Ohrringen im linken und vier im rechten Ohr und einem breiten Lächeln, das Zahnspangen und eine kleine Lücke zwischen den beiden Vorderzähnen enthüllte.
»Oder, Teddy? Soll ich Dad deshalb fragen?«
Teddy fühlte sich erneut hin- und hergerissen, als er sich daran erinnerte, wie seine Mutter stundenlang bei seinem Vater gesessen und ihm die Schultern massiert hatte, wenn er in Vorbereitung auf einen Mordprozess Schriftsätze verfasste und sich in Gesetzestexte vertiefte; sie hatte ihn unterstützt, ungeachtet dessen, was sie selbst von dem jeweiligen Fall hielt.

»Sag schon, Teddy!«

Während er in die gespannten, so unbefangenen und sorgenvollen blauen Augen seiner Schwester blickte, war ihm nach Weinen zumute, aber er rang sich nochmals ein Lachen ab. »Mags, ich finde, du solltest Dad selber fragen, warum er schuldige Mandanten vertritt, weil ich mir den Vortrag nicht entgehen lassen möchte, den er dir halten wird.«

»Einen Vortrag?«

»Ja. Über das ›Wunder von Philadelphia, das zur Verfassung, zum Sechsten Zusatzartikel und zum Recht jedes Angeklagten auf juristischen Beistand führte …‹ Hipp, hipp, hurra! Und dann wird er dir etwas über Oliver Wendell Holmes erzählen, und dass unsere Gesetzgebung ein ›Zauberspiegel‹ ist, in dem wir unser eigenes Leben erkennen. Frag ihn nur. Du bringst Dad auf Touren, und bis zum Abendessen hört er nicht mehr auf zu erzählen.«

»Ich wünschte, es wäre so«, flüsterte sie und verbarg ihr Gesicht in Brainers Fell. »Dass er bis zum Abendessen erzählt. Und nie mehr weggeht …«

Teddys Lachen erstarb. Maggie schien das Gleiche wie er zu empfinden: Seit dem Tod ihrer Mutter hätte er seinen Vater am liebsten nicht mehr aus den Augen gelassen. Er lauschte den Stimmen in der Diele. Sein Vater bemühte sich um einen höflichen Umgangston mit den Polizisten – Leute, die er sonst im Zeugenstand einem erbarmungslosen Kreuzverhör unterzog –, und sie behandelten ihn mit der gleichen kühlen Distanz. Maggie hatte es ebenfalls gehört. Als sie den Kopf hob, schwammen ihre Augen in Tränen.

»Alles in Ordnung, Maggie.« Teddy schloss sie in die Arme. Ihr schmaler Körper zitterte. Ihre Frisur war grauenhaft, als hätte ihr Vater eine Nagelschere verwendet. Die Haare sahen ungepflegt aus – nicht weit davon entfernt, speckig zu sein –, und sie hätte auch ein Bad vertragen können. Sie müffelte, wie eine Mischung aus Staub und Turnschuhen, die lange Zeit

unter dem Bett gestanden hatten. Sie roch wie Brainer, der ohne die liebevolle tägliche Fellpflege seiner Mutter struppig und verfilzt war, voller Laub und Seetang.
Teddy wünschte sich, Maggie würde nach Limonen und Lavendel duften, genau wie früher ihre Mutter. Und sie sollte gepflegte Haare und einen gerade geschnittenen Pony haben. Sie weinte nun, vermisste ihre Mutter genau wie er; er drückte sie schützend an sich, als der Polizist erneut an ihnen vorbeiging, und flüsterte ihr ins Ohr: »Nicht weinen! Du bist doch meine kleine Schwester, Mags. Die beste Schwester der Welt.«

Maggie missfiel der Lärm. Vor allem die Sirenen, aber auch die Funkgeräte der Polizei, die ohne Unterlass piepsten, wie Mäuse in der Falle. Arme kleine Tiere, in einer Lautsprecherbox gefangen, die gewiss heraus und nach Hause, zu ihren Mamas laufen wollten.
Die Polizisten störten sie nicht wirklich. Die meisten waren nett – zu ihr. Sie lächelten, gingen in die Hocke, um Hallo zu sagen und sich zu erkundigen, wie es in der Schule lief oder ob sie hoffe, in Mia Hamms Fußstapfen zu treten. Natürlich wegen des Fußballtrikots. Sie gab sich den Anschein, entgegenkommend zu sein, fand es aber nicht der Mühe wert zu erklären, dass dieses Trikot ihrem Bruder Teddy gehörte und sie es nur deshalb trug, um ein kleines Stück von ihm in die Schule mitzunehmen.
Der Grund für ihre Höflichkeit und das abgrundtiefe Unbehagen, das sie gegenüber allen Polizisten empfand, war, dass sie ihren Vater nicht leiden konnten. Sie dachte, wenn sie sich besonders nett, still und wohlerzogen gab, würden sie vielleicht merken, dass ihr Vater ein durch und durch guter Mensch war. Konnten sie sich nicht vorstellen, was es für ihn bedeutete, seine Kinder alleine großziehen zu müssen? Aber das interessierte die Polizisten offenbar nicht. Sie waren wie die

meisten Leute in der Umgebung: Sie sahen nur, dass ihr Vater Greg Merrills Anwalt war.
Maggie wusste Bescheid. Teddy meinte, sie vor solchen Erfahrungen bewahren zu können, aber sie wusste es auch so. Seit dem Tod ihrer Mutter hatte sie rasch erwachsen werden müssen. Sie war erst elf, aber sie fühlte sich uralt. Vermutlich wie zwanzig. Innerlich alt und erschöpft, äußerlich engeriegeladen und aufgedreht wie ein Kind. Sie war auf die Veranda hinausgelaufen, um Teddy Gelegenheit zu geben, sich für die Schule zurechtzumachen: ihn zu entlasten, damit er nicht auch noch Kindermädchen bei ihr spielen musste.
Ihr Vater saß auf einem Stuhl und wurde gerade von einem Polizisten untersucht, der eine Ausbildung zum Sanitäter hatte. Maggie schlich näher. Sie musste sich vergewissern, dass die Schnittwunde nicht tief und tödlich war. Ihre Mutter war bei einem Autounfall ums Leben gekommen, und damals hatte der Sanitäter auch gedacht, alles sei in Ordnung. Ihr Wagen war nach dem Zusammenstoß mit einer Hirschkuh gegen einen Baum geprallt. Der Unfall hatte sich auf der Shore Road ereignet, direkt hinter der Polizeistation, und es dauerte nicht lange, bis Hilfe eintraf. Dem Bericht des Sanitäters zufolge war sie aufgestanden und zu dem Tier hinübergegangen, um zu sehen, ob es noch lebte; dann hatte sie sich auf den Boden gesetzt, weil ihr schwindelig geworden war.
Maggie sah alles genau vor sich, obwohl sie nicht dabei gewesen war. Ihre Mutter trug ihr blaues Kleid und weiße Sandalen. In der Nacht war Vollmond gewesen. Es war Juli, und die Sonnenbräune ihrer Mutter hatte bei jedem Licht einen seidigen Schimmer – auch bei Mondlicht. Ihre Haare, von der Sonne ausgebleicht, waren bestimmt zerzaust gewesen von der Fahrt bei offenem Fenster. Ihr Lippenstift war pinkfarben und frisch aufgetragen – sie hatte gehört, wie Dad es Gramps erzählte, seinem Vater.
Maggie vergaß bisweilen, was sie selbst erlebt und was man

ihr erzählt hatte. Vieles *wusste* sie einfach von ihren Eltern – tief in ihrem Innern verborgen, genau wie sie wusste, wie man atmet, wie man sich an jeden Tag erinnert, wie man geht und wie man Fahrrad fährt. Aber ein Teil dieser Geschichte stammte von ihrem Vater und dem lange währenden Bemühen, einen Sinn in der Tatsache zu finden, dass ihre Mutter nicht mehr da war.

Nirgendwo mehr war.

Der Teil von dem Sanitäter beispielsweise, der gemeint hatte, mit ihr sei alles in Ordnung. Sie hatten sie an Ort und Stelle untersucht. Sie konnten keine äußeren Verletzungen feststellen, und nachdem sie ihren Blutdruck gemessen und ihr Herz abgehorcht hatten, waren sie der Meinung gewesen, alles sei in Ordnung, hatten ihr aber geraten, sich ruhig zu verhalten. Die Ambulanz sei unterwegs. Im Krankenhaus würden die Ärzte sie gründlich untersuchen.

Ihre Mutter hatte gelacht. (War das Teil von Erzähltem oder etwas, was Maggie insgeheim wusste? Es war so lebendig in ihrem Kopf, das Bild von den blauen Augen ihrer Mutter, groß und belustigt, die Kehle von dem leisen Gelächter vibrierend.)

»Mir geht es gut. Aber was ist mit der Hirschkuh?«, hatte sie gefragt, während die Heiterkeit einer leisen Besorgnis wich. »Sollten wir nicht besser einen Tierarzt rufen, damit er sie von ihren Leiden erlöst?« Sie war aufgestanden, um nachzuschauen, ob das Tier – eine Virginiahirschkuh – Schmerzen litt.

Und dann hatte sie sich wieder hingesetzt. Einfach so: Ein Seufzer und sie war zu Boden gesunken, hatte sich gegen einen Baum gelehnt, als sei sie mit einem Mal erschöpft. Als sei ihr das alles – so spät am Abend noch unterwegs zu sein, zu spät, um Maggie ins Bett zu bringen und ihr einen Gutenachtkuss zu geben, im Mondlicht nach Hause zu fahren, mit der weißen Hirschkuh zusammenzuprallen und die Wellen so laut gegen die Felsen branden zu hören wie das Rauschen ihres eigenen Blutes in den Ohren – plötzlich zu viel.

Während Maggie an ihre Mutter dachte, sah sie, wie ihr Vater den Kopf neigte, damit der Sanitäter die Platzwunde besser in Augenschein nehmen konnte. Die anderen Polizisten redeten die ganze Zeit. »Auge um Auge«, sagte der eine gerade. »Sieben Mädchen unter der Erde, ein Stein durch die Fensterscheibe, jetzt dürfen Sie mal rechnen!«

»Ich habe zwei Kinder!«, protestierte ihr Vater. »Hüten Sie Ihre Zunge.«

»Sieben Mädchen«, wiederholte der Polizist; er hielt eine große Plastiktüte mit dem Ziegelstein in der Hand, die, wie Maggie wusste, eigens der Sicherung von Beweismitteln diente.

»Er hat eine Platzwunde«, war plötzlich eine Frau zu vernehmen. »Es wäre besser, wenn Sie die versorgen und Ihre Einstellung so lange vergessen würden.« Ihre Stimme, die einen scharfen Unterton und einen fremden Akzent hatte, bewirkte, dass Maggie aufblickte. Aus irgendeinem Grund hatte sie die Frau vorher nicht bemerkt. Sie hatte an der Tür gestanden, trug einen dunkelgrauen Mantel und hatte glatte braune, schulterlange Haare; nun eilte sie zu Maggies Vater hinüber, als wollte sie ihn schützen. War sie Polizistin? Oder ebenfalls Anwältin? Sie war sehr hübsch, und unauffällig zugleich.

»Wer sind Sie?«, fragte der Polizist, der den Einsatz leitete.

»Sie kommt von der Arbeitsvermittlungsagentur«, erwiderte Maggies Vater und betastete seine Schläfe, die nicht länger blutete, vorsichtig mit zwei Fingern. »Sie kam unmittelbar nach dem Vorfall, hat aber niemanden gesehen.«

»Stimmt.« Die Stimme der Frau klang gereizt, als missfalle ihr, wie gemein die Polizisten Maggies Vater behandelten. »Ich habe keine Menschenseele gesehen.«

»So ein Pech«, erwiderte der Polizist, aber Maggie kümmerte sich nicht mehr um seinen Sarkasmus oder die Gemeinheiten gegenüber ihrem Vater. Die Frau zog ihre Aufmerksamkeit auf sich. Sie betrachtete Maggies Vater mit einer Mischung aus Unbehagen und schierer Besorgnis. Maggie hatte sie wohl derart eindringlich angestarrt, dass die Frau es spürte. Denn plötzlich hob sie die Augen, ließ sie durch den Raum schweifen, erwiderte Maggies Blick und schenkte ihr ein strahlendes Lächeln.

Sie musste das neue Kindermädchen sein.

Maggies Herz begann zu rasen. Sie hatten schon so viele gehabt. Roberta, Virginia, Dorothy, Beth und Cathy. Keine war schlecht gewesen, aber keine blieb lange. Die Arbeitsbedingungen waren ihnen zu hart. Ihr Vater machte so viele Überstunden, dass er jemanden mit außerordentlichem Verantwortungsbewusstsein gebraucht hätte, um gegen den Schlendrian anzukämpfen. Eine Frau, die außerordentlich klug, außerordentlich nett und außerordentlich gutherzig war, eine Frau, die innerlich Anteil nahm, wenn ihr Vater eine Platzwunde am Kopf hatte und Maggie mit einem strahlenden Lächeln bedachte, um ihr zu signalisieren, dass alles gut werden würde.

Bitte, bitte, lass sie unser neues Kindermädchen sein, dachte Maggie. Ihr gefielen die Augen der Frau – ein dunkles Blaugrau, wie die Meeresbucht bei Nacht. Doch als sie den Kopf drehte und ihre Augen das Licht einfingen, wirkten sie dunkelgrün wie ein Fluss. Ihre Augen waren lebendig und tiefgründig, in einer Weise geheimnisvoll, die sie bestimmt zu einer guten Geschichtenerzählerin machten. Es war Maggie egal, wie die Wäsche gewaschen wurde, und es war ihr auch egal, ob die Frau blaue oder grüne Augen hatte. Sie interessierte sich für Geschichten.

Mrs. Wilcox, die direkt nebenan wohnte, trat aus ihrer Eingangstür und kam den Weg entlang. Die Polizei hielt sie auf, wollte von ihr wissen, ob sie etwas gesehen und gehört hatte.

»Die Wunde muss genäht werden, Counselor«, befand der Sanitäter und machte sich Notizen in seinem Block.

»Es ist nichts weiter«, erklärte ihr Vater beharrlich.

»Wenn Sie eine Narbe zurückbehalten wollen, um bei den Scheißkerlen im Knast Eindruck zu schinden, ist das Ihre Sache.

Aber das geben Sie mir bitte schriftlich – dass Sie meine erstklassigen medizinischen Empfehlungen in den Wind schlagen.«
Als Maggie sah, wie ihr Vater nach dem Stift griff, blieb ihr das Herz stehen.
»Tu's nicht«, flüsterte sie.
Sie musste wohl laut aufgeschrien haben, denn alle Anwesenden im Raum fuhren herum und starrten sie an, und Mrs. Wilcox schnappte nach Luft. Brainer kam aus dem Arbeitszimmer herbeigestürmt, direkt an ihre Seite.
»Maggie, mit mir ist alles in Ordnung«, beteuerte ihr Vater und lächelte, um sie zu beruhigen. Das Blut, das an der Schläfe hinab auf sein weißes Hemd gelaufen war, trocknete bereits ein.
»Klar, was sonst«, pflichtete der Sanitäter ihm bei, bemüht, sie zu beschwichtigen. »Keine Bange – ich wollte ihn bloß auf den Arm nehmen.«
Ihr Vater stieß sich mit der rechten Hand vom Sitz ab, stand auf, und Maggie spürte, wie ein Schluchzen in ihr aufstieg und sich seine Bahn brach. »NICHT AUFSTEHEN!«, schrie sie. »Lass dir von ihnen helfen! Nicht gehen, Daddy!«
»Maggie, es ist wirklich alles in Ordnung.« Er nahm sie in die Arme. »Es ist nicht so wie bei deiner Mutter – es ist nur ein Kratzer – nichts Ernstes.«
»Setz dich hin, Daddy.« Weinend stieß Maggie ihn auf die Couch. »Bitte, bitte. Lass dir von ihnen helfen! Bitte, Daddy, bitte!«
»Vielleicht hat sie Recht«, sagte die Frau, das neue Kindermädchen, leise. »Warum tun Sie nicht einfach, was sie sagt? Setzen Sie sich einen Moment … und lassen Sie die Wunde nähen. Ihre Tochter würde sich dann besser fühlen.«
Maggie weinte und zitterte, spürte den Arm ihres Vaters, der sie umfing, hörte die ruhige Stimme der Frau, und ihr Herz flog ihr zu. Sie war eine Fremde, an diesem grauenvollen, blutigen Dienstagmorgen aus dem Nichts aufgetaucht, um sich

ihrer Familie anzunehmen. Und ihrem Vater das Leben zu retten.
»Wie heißen Sie?«, hörte Maggie ihren Vater fragen, in dem ausdruckslosen, barschen Ton eines Anwalts, den niemand mochte, mit der harten Stimme, die jeden in die Flucht schlug, der sich ihm zu nähern wagte, sich ihnen zu nähern wagte, und die Familie O'Rourke mit ihrer privaten Tragödie und ihrer Schmutzwäsche alleine ließ.
»Kate. Kate Harris«, antwortete sie.
»Gut, Kate Harris.« Die Stimme von Maggies Vater war nach wie vor nichts sagend, wenngleich eine Spur eisiger als zuvor, wie ein zugefrorener See. »Ich lasse die Wunde nähen, aber Sie sorgen dafür, dass die Kinder in die Schule kommen. Maggie und Teddy. Mrs. Wilcox, könnten Sie ihr zur Hand gehen?«
»Natürlich, John.«
»Über die Einzelheiten des Arbeitsverhältnisses unterhalten wir uns später«, erklärte Maggies Vater.
»Also, dann ab mit Ihnen«, sagte Kate Harris, und plötzlich spürte Maggie eine Hand auf ihrem Kopf. Die Finger waren leicht und kühl, und sie tasteten nach ihrer Hand, ergriffen sie und zogen sie sanft von ihrem Vater weg. Maggie versuchte nicht einmal, sich dagegen zu wehren.
Sie löste sich aus der Umarmung ihres Vaters. Sein Blick sagte ihr, dass er seine Zusage gerne rückgängig gemacht hätte – die Wunde nicht nähen lassen wollte, sondern sie lieber zu Fuß zur Bushaltestelle gebracht hätte, um danach ins Büro zu fahren. Maggie hatte einen Knoten im Magen, aber Kate Harris ging in die Hocke, blickte ihr in die Augen, und der Knoten schmolz dahin.
»Es wird alles wieder gut«, sagte sie. »Er wird sehr tapfer sein und die Wunde nähen lassen. Wenn sie fertig sind, schenken sie ihm vielleicht einen Lutscher.«
»Warum?« Maggies Lippen verzogen sich unwillkürlich zu einem Lächeln.

»Zur Belohnung, weil er sich überwunden hat, genau das zu tun, was richtig ist.«

»Ich will keinen Lutscher«, warf ihr Vater ein, so unwirsch wie Teddy, wenn er abwaschen musste.

»Möglich, dass Sie keinen wollen.« Kate lächelte so liebevoll und nachsichtig, dass Maggie sich noch mehr zu ihr hingezogen fühlte. »Aber vielleicht könnten Sie einen gebrauchen. Etwas Süßes ab und zu hat noch niemandem geschadet. Stimmt's, Maggie?«

»Stimmt«, wisperte Maggie. Ihre Augen füllten sich mit Tränen, aber zum ersten Mal seit langem, länger als sie sich erinnern konnte, vor Freude. Kate Harris war tatsächlich ihr neues Kindermädchen. Sie war wie von Zauberhand auf ihrer Türschwelle erschienen, genau wie Mary Poppins oder ein neugeborenes Baby, genau wie ein Korb mit den herrlichsten Sommerblumen, die man sich nur vorstellen konnte.

»Stimmt«, räumte ihr Vater mit seiner kantigen, harten Stimme ein, aber das spielte keine Rolle. Kate Harris hatte ihn dazu gebracht, still zu sitzen und seine Wunde nähen zu lassen, sich in die Obhut von Fachleuten zu begeben, so dass er nicht aufstand, sich hinsetzte und plötzlich tot umfiel – wie ihre Mutter. Kate Harris hatte ihrem Vater gerade das Leben gerettet, und dafür liebte Maggie sie.

2

Kate sah zu, wie der Anwalt in den hinteren Teil der Ambulanz kletterte und seinen Kindern matt zuwinkte, als sich der Wagen in Bewegung setzte. Nähen war in Ordnung; auch Röntgenaufnahmen und vielleicht eine Computertomografie, um das genaue Ausmaß der Verletzung festzustellen. Venen, Arterien, Blutgefäße im Kopf: gerade dort sollte man nichts übersehen.

»Können wir ihn nicht in die Notaufnahme begleiten?«, fragte Maggie.

»Besser nicht«, meinte Kate. »Hat euer Vater nicht etwas von Schule erwähnt?«

»Ja, hat er«, erklärte die Nachbarin. Maggie schwieg, beobachtete die Straße. Die Ambulanz war schon längst um die Ecke gebogen, aber sie schaute ihr immer noch angestrengt nach, als sähe sie Gespenster in der kalten Oktoberluft.

»Ich kann mich keine Minute konzentrieren, bevor ich nicht weiß, wie es ihm geht«, protestierte Maggie.

»Komm jetzt, Mags.« Ihr Bruder Teddy – der drei Jahre älter war, wie es in den Zeitungsausschnitten hieß – zog sie ins Haus. Kate sah ihnen nach. Sie konnte es kaum erwarten, ihnen zu folgen – ins Haus zu gelangen, sich umzuschauen, sich dicht am Ziel zu fühlen –, aber die Nachbarin stand direkt neben ihr. Der Hund war bereits drinnen, ein wunderschöner Golden Retriever, doch sein Fell war verfilzt, voller Schlamm und Kletten. Der Gedanke an Bonny, die durch die dornigen Marschen am Meer stromerte, versetzte ihr einen Stich.

»Na also«, sagte die Frau und musterte Kate mit einem warmen, aber wachsamen Blick.

»Ja, damit wäre der Fall erledigt.«

»Sie können sich nicht vorstellen, was er durchgemacht hat«, sagte die Frau. »Die ganze Familie, genauer gesagt. Wir bilden uns gerne ein, Kinder wären robust wie Stehaufmännchen, die immer wieder auf die Füße kommen, aber wie könnten sie, nachdem sie ihre Mutter so früh verloren haben? Und dann dieser hinterhältige Angriff …«

»Was denken Sie, wer es war?«

»Könnte jeder gewesen sein. Die Zeitungen sind voll von solchen Geschichten, jeden Tag … Wir leben in einer Kleinstadt, und die Leute wissen, wo John wohnt. Sie fahren ständig an seinem Haus vorbei. Manche beschimpfen ihn auf die unflätigste Weise.«

»Das ist eine Verletzung der Privatsphäre«, murmelte Kate und spürte, wie sie errötete.

»Ja. Furchtbar – egal, was man von Merrill halten mag. Was mich angeht, ich würde ihm die Spritze höchstpersönlich verabreichen, wenn sie mich ließen. Was er getan hat … aber Schwamm drüber. John ist hier geboren und aufgewachsen. Ich kenne ihn von Kindesbeinen an – er ist in die Fußstapfen seines Vaters getreten und ein erstklassiger Anwalt geworden. Er tut, was er für richtig hält – lassen Sie sich dadurch nicht in Ihrer Entscheidung beeinflussen, ob Sie die Stellung annehmen oder nicht. Übrigens, ich bin Ethel Wilcox.«

»Kate Harris.« Sie schüttelte die ausgestreckt Hand, erstaunt über den festen Griff. Die Frau war mit Sicherheit über siebzig und gekleidet, als hätte sie fünfzig Jahre ihres Lebens als Hausfrau und Mutter in der Vorstadt verbracht: marineblaue lange Hosen, marineblaue Strickjacke, schmale goldene Uhr, brandneue Reebok-Laufschuhe, kurz geschnittenes graues Haar.

»Sie machen den Eindruck, als wären Sie eine ernsthafte Person«, sagte Ethel, während sie Kate eindringlich musterte. »Und ich hoffe, dass ich mich nicht in Ihnen täusche. Ich könnte es nicht ertragen, mit ansehen zu müssen, dass diese Leute schon wieder im Stich gelassen werden.«

»Im Stich gelassen?«

»Von jemandem, der nicht die Absicht hat, länger zu bleiben.«

Kate holte tief Luft. Sie befand sich auf einem schwierigen Terrain. Von einer neugierigen, wenn auch wohlmeinenden Nachbarin auf Herz und Nieren geprüft zu werden hatte nicht auf ihrem Plan für den heutigen Morgen gestanden. Doch Ethel Wilcox blickte sie so durchdringend an, als könne sie Gedanken lesen, als habe sie Bilanz gezogen und befunden, dass sie ganz und gar nicht die Richtige für die Familie O'Rourke war, und so richtete Kate sich kerzengerade auf und gab den Blick unverblümt und ohne mit der Wimper zu zucken zurück.

»Ich hatte vor zu bleiben«, erwiderte sie nicht ganz wahrheitsgemäß.

»Gut.« Mrs. Wilcox' Lippen zuckten, verzogen sich zu einem Lächeln, das immer breiter wurde. Kate hatte ein flaues Gefühl im Magen, aber sie nickte, als würde sie damit ein geheimes Bündnis mit der Nachbarin besiegeln.

»Dann werde ich mich jetzt mal darum kümmern, dass die Kinder pünktlich zur Schule kommen«, sagte Kate.

»Brauchen Sie Hilfe? Ich bin sicher, John würde nicht erwarten, dass Sie beim ersten Mal alles im Alleingang bewältigen, und da er nicht zu Hause ist …«

»Ich komme gewiss allein zurecht.« Kate lächelte und setzte

eine Miene auf, die – wie sie hoffte – ungezwungen und überzeugend war.
Mrs. Wilcox spähte durch die Eingangstür, sah die beiden Kinder in ihren Büchertaschen kramen. »Na ja, wenn ich nicht vorgehabt hätte, nach Newport zu fahren, würde ich in jedem Fall bleiben und Ihnen zur Hand gehen. Aber wenn Sie sicher sind …« Die Polizisten hatten ihre Arbeit im Haus beendet und traten auf die Veranda hinaus. Sie hatten noch ein paar Fragen an Mrs. Wilcox; die warf einen Blick auf ihre goldene Uhr und meinte, es bliebe noch eine Viertelstunde Zeit, bis ihre Freundin sie abholen komme.
Kate nickte ihr zum Abschied zu und ging langsam zum Haus. Sie legte die Hand auf den Türknauf.
Sie stand an der Schwelle, nicht nur des Hauses, sondern von etwas mehr: an einem Wendepunkt ihres Lebens. Die Stimmen der Kinder, die sich zankten, drangen durch das Fliegengitter. Die Diele lag im Schatten, dunkel, von Geheimnissen und einem merkwürdigen Hoffnungsschimmer erfüllt. Als sie den Kopf umwandte, fiel ihr Blick auf den blauen Himmel, die hohen Wolken, ihren Wagen, die Straße. Sie konnte jederzeit einsteigen und wegfahren, bevor es zu spät war und die Dinge ihren Lauf nahmen.
»Kate?«
Sie zuckte zusammen, drehte sich wieder um und spähte ins Haus. Die Kinder standen da, ihre Büchertaschen in der Hand, und beobachteten sie. Der Hund wedelte mit dem Schwanz. Ihr Herz fühlte sich an wie ein kleiner Vogel, der in ihrer Brust gefangen war und zu entfliehen suchte. Sie spürte, wie es gegen ihre Rippen, ihre Schlüsselbeine, ihre Kehle hämmerte.
»Kate?«, rief Maggie abermals. »Wollen Sie nicht hereinkommen?«
Kate blickte auf ihre Füße hinunter. Die Zehen in ihren schwarzen Mokassins berührten die Schwelle. Sie musste sie nur über-

schreiten. Der große goldfarbene Hund wartete drinnen, mit hängender Zunge, und es sah aus, als ob er über das ganze Gesicht lachte. Kate sah Maggie in die Augen, lächelte und drehte den Türknauf.
»Ich komme schon«, erwiderte sie und betrat das Haus.

»Sollen wir Sie Kate nennen? Oder Mrs. Harris?«, fragte Maggie.
Die Frau lachte. Sie war hübsch, und als sie den Kopf schüttelte, schwang das glatte braune Haar um ihr Gesicht, von einer Seite zur anderen; Teddy O'Rourke sah gebannt zu.
»Ich bin nicht verheiratet. Sagt einfach Kate zu mir, und du – einverstanden?«
»Klar«, erwiderte Maggie. »Die anderen Kindermädchen haben wir auch immer beim Vornamen genannt, stimmt's, Teddy?«
»Stimmt.«
»Gut«, sagte sie. »Und wie geht's jetzt weiter?«
»Zur Schule«, antwortete Teddy argwöhnisch.
»Natürlich. Wie konnte ich das vergessen. Und wie kommt ihr in die Schule?«
»Mit dem Bus«, klärte Teddy sie auf. Sollte das ein Scherz sein?
»Fahrt ihr beide mit demselben Bus?« Ihr Alter abschätzend, wanderte ihr Blick zwischen Teddy und Maggie hin und her. »Oder mit verschiedenen? Als meine Schwester und ich noch zur Schule gingen, gab es nur einen Bus für alle …«
»Mit verschiedenen«, sagte Teddy.
»Aha. Hätte ich mir denken können. Na gut. Und was ist mit …« Sie richtete ihren Blick auf Maggie, auf das zerknitterte und nun blutige Fußballtrikot.
»Ich ziehe mich nicht um, Kate.« Maggie raffte die Falte des T-Shirts enger um sich.
»Warum auch«, sagte Kate. »Ein tolles Trikot.«
Maggie lächelte. Teddy war zurückhaltend gewesen, immer

noch auf der Hut, seit der Ziegelstein durch das Fenster geflogen war. Das unverhoffte Auftauchen des neuen Kindermädchens, deren äußeres Erscheinungsbild eher einer Anwältin aus der Kanzlei seines Vaters entsprach als den der Kinderbetreuerinnen, die er kannte, und die keine Ahnung von der Schule hatte – war ihm seltsam vorgekommen, hatte ihn misstrauisch gemacht. Dass es ihr gelungen war, Maggie zum Lächeln zu bringen, trug ihr indes etliche Pluspunkte ein.

»In fünf Minuten geht dein Bus, Maggie«, sagte Teddy mahnend, kontrollierte nochmals seine Büchertasche und holte für beide die Jacken von der Garderobe.

»Hmmm.« Maggie bückte sich, um ihre Nase an Brainers Kopf zu reiben.

»Soll ich euch zur Bushaltestelle begleiten?«, fragte Kate.

»Dasssisssbrrrnnnnrrr«, murmelte Maggie, das Gesicht in dem dichten Fell vergraben, und Teddy übernahm die Aufgabe des Dolmetschers, als er Kates verständnislose Miene bemerkte.

»Sie hat gesagt: ›Das ist Brainer.‹« Er zupfte seine Schwester am Arm.

»Na, Brainer, möchtest du auch zum Bus mitkommen?« Sie tätschelte den Hund, und Teddy sah, wie sich ihre Finger in dem Gewirr aus Zweigen und Dornen verfingen. Als sie behutsam versuchte, sie zu entfernen, hatte Teddy flüchtig ein Bild seiner Mutter vor Augen, die das Gleiche tat.

»Ichgenichsuuuuschuuuule«, nuschelte Maggie, das Gesicht an Brainers Rücken gepresst.

»Doch, du gehst«, sagte Teddy mit Nachdruck. »Willst du im Unterricht hinterherhinken?«

»Was hat sie gesagt?«, fragte Kate.

Dieses Mal erübrigten sich Teddys Dienste als Dolmetscher. Maggie hob ihr Gesicht, blickte Kate in die Augen und erklärte: »Ich gehe nicht zur Schule.« Im gleichen Augenblick tauchte der Schulbus am anderen Ende des Straßenblocks auf. Teddy hörte, wie er langsamer wurde, auf Maggie wartete, um gleich darauf wieder zu beschleunigen und die Fahrt fortzusetzen.

Teddy war einer Panik nahe. Maggie fehlte viel zu oft in der Schule. Sie täuschte Halsweh oder Bauchschmerzen vor, um zu schwänzen. Dieses Mal tat sie nicht einmal so als ob. Sein Vater würde toben, wenn er von der Arbeit nach Hause kam – Teddy wusste, dass er von der Notaufnahme direkt ins Büro fahren würde. Das Schlimmste war, dass ihm keine Zeit blieb, sie zu einem Sinneswandel zu bewegen; sein eigener Bus kam in vier Minuten, und er musste los.

»Maggie, ich fahre dich hin«, erbot sich Kate.

»Los, Maggie, mach dich fertig«, sagte Teddy barsch, nahm ihren Rucksack und hielt ihr die Daunenjacke hin. »Du gehst zur Schule und damit basta.«

Maggie ließ sich auf den Boden plumpsen, den Arm um Brainers Hals geschlungen. Ihr Gesicht war rot und verzerrt, erinnerte Teddy an die Zeit, als sie ein Baby gewesen war. Maggie hatte oft geweint. Sie hatte immer überempfindlich auf Hitze oder Kälte, Hunger oder Müdigkeit reagiert. Jetzt benahm sie sich so, weil sich ihr Vater mit einer Platzwunde am Kopf im Krankenhaus befand. Maggie weinte, Tränen kullerten aus ihren Augen, die größten, die Teddy jemals gesehen hatte.

»Ich … gehe nicht … zur Schule …, bis ich weiß … dass Dad … in Ordnung … ist«, schluchzte sie.

»Ihm passiert schon nichts.« Teddy kauerte sich neben sie, abermals einer Panik nahe. Er musste seine Schwester beruhigen, selber an seine Worte glauben. »Es war nur ein kleiner Kratzer.«

»Mommy hat nicht einmal geblutet«, schniefte sie. »Ihr war nichts anzusehen … nicht der kleinste Blutstropfen … sie hat sich einfach auf den Boden gesetzt und ist gestorben.«

»Das kann man nicht vergleichen.« Teddy verspürte ein eisiges

Gefühl in der Magengrube. »Mommy hatte einen Autounfall. Sie hatte innere Verletzungen.«

Maggie kniff die Augen zu, unfähig, die Tränen zurückzuhalten, die ihr in die Augen stiegen.

»Du musst los, Teddy, dein Bus ist da«, ermahnte ihn Kate sanft. Er spürte ihre Hand auf der Schulter. Sie war klein und warm, fühlte sich aber gleichzeitig so fest an, dass er sich wünschte, sie möge für immer dort liegen bleiben. Er hätte am liebsten die Augen zugemacht, um sich ganz diesem Gefühl hinzugeben, aber Maggie brauchte ihn. Deshalb konzentrierte er sich und sah seine Schwester eindringlich an.

»Maggie, du darfst nicht schon wieder die Schule schwänzen.«

»Die Schule ist mir egal«, jammerte sie.

»Teddy«, sagte Kate beharrlich. »Mach dir ihretwegen keine Sorgen. Ich höre deinen Bus.«

Auf dem Fußboden hockend, fühlte sich Teddy hin- und hergerissen. Wie es aussah, würde er in diesem Schuljahr Spitzenzensuren erhalten – im Zwischenzeugnis hatte er nur Einsen. Er hatte bisher kein einziges Mal gefehlt, zum ersten Mal seit dem Tod seiner Mutter. Und heute sollten die Mitglieder des Festkomitees gewählt werden, das den Abschlussball der achten Klasse organisierte.

Aber wie konnte er seine Schwester mit einer Wildfremden allein lassen? Sie hatte zwar behauptet, sie sei ihr Kindermädchen, aber von der Schule schien sie keine Ahnung zu haben. Teddy machte sich keine Illusionen, was die Realität betraf: Sein Vater gehörte zu den führenden Strafverteidigern des Landes, und daher wusste er, dass es in der Welt von Mördern, Vergewaltigern, Dieben und Opfern nur so wimmelte.

Kate ließ sich allem Anschein nach in keine dieser Kategorien einordnen, aber Greg Merrill sah auch völlig harmlos aus, wie der nette junge Mann von nebenan, hieß es. Er hatte ein offenes Gesicht, ein freundliches Lächeln, hatte die UConn besucht und an der Schülerzeitung mitgewirkt. Er hatte sein Geld damit verdient, die Häuser von Leuten zu hüten, die verreist waren, und mit Hunden Gassi zu gehen. Die Leute hatten ihm beides anvertraut.

Draußen rumpelte Teddys Bus den Straßenblock entlang. Er hörte, wie er an der Haltestelle stoppte. Wenn er jetzt aufstand, konnte er es schaffen. Kates Hand lag noch auf seiner Schulter. Sie griff zu, zog ihn hoch.

Sie waren ungefähr gleich groß; die Feststellung überraschte ihn, versetzte ihm einen Stich. Obwohl sie erwachsen und er erst vierzehn war, befanden sich ihre Augen auf gleicher Höhe: Ihre waren dunkelgrün, glänzten wie kristallklares Wasser. Teddy schluckte, unentschlossen.

»Ich weiß«, flüsterte sie.

Teddy erstarrte, gefangen im Augenblick, den er nur mit Kate Harris teilte. Ihre Flussaugen blitzten.

»Was weißt du?«, flüsterte er zurück.

»Dass du deine Schwester liebst … dass du alles für sie tun würdest.«

»Das würde ich wirklich.« Er sah Maggie an, die sich immer noch an den Hund klammerte – armer geduldiger Brainer, sein ehemals seidenweiches Fell war voller Seetang, Dornen und vermutlich Zecken. Ein Gefühl der Hoffnungslosigkeit wallte in Teddy auf, und er zwang sich, es herunterzuschlucken.

»Ich würde für meine Schwester das Gleiche tun«, sagte Kate. »Alles würde ich für sie tun, Teddy. Ich weiß, was du empfindest.«

»Ich kann nicht in die Schule, wenn sie nicht geht.« Teddys Hals war so zugeschnürt, dass er kaum ein Wort herausbrachte.

»Ach Teddy.« Kates Augen, die wie kühles Wasser wirkten, wurden warm, und sie lächelte. »Da täuschst du dich aber. Du bist ihr großer Bruder. Sie blickt zu dir auf. Du musst ein Vorbild sein, ihr mit gutem Beispiel vorangehen.«

Er hörte, wie der Schulbus die Haltestelle verließ; langsam näherte er sich dem Haus.

»Auf einen Tag mehr oder weniger kommt es jetzt auch nicht mehr an«, sagte er unschlüssig, den Blick auf seine Schwester geheftet.

»Du kannst mir vertrauen«, versicherte Kate. »Ich werde gut auf sie Acht geben. Darum geht es doch letztlich, oder? Du hast Angst, sie mit mir alleine zu lassen.«

»Ich kenne dich ja überhaupt nicht.« Ihre Blicke begegneten sich. Der Bus wurde langsamer, das Getriebe knirschte.

»Du bist ein guter, verantwortungsbewusster Bruder. Du liebst deine Schwester genauso wie ich meine.«

Er nickte.

»Dann ab mit dir in die Schule – ihr zuliebe. Egal, wie schwer es dir fällt. Ich verspreche dir, dass ich gut auf sie aufpassen werde. Mach dir deswegen keine Sorgen.«

Der Bus hielt vor der Haustür. Teddys Finger auf dem Rucksack zuckten. Maggie hatte Brainer noch immer umklammert, das Gesicht in dem struppigen Fell vergraben.

»Lass das«, sagte er und rüttelte seine Schwester an der Schulter. »Willst du einen Zeckenbiss haben? Oder dir das Gesicht an den verflixten Dornen zerkratzen?«

»Es stört mich nicht, dass Brainers Fell struppig ist. Ich sehe genauso schlimm aus! Wir sind Leidensgenossen.«

»Der Hund braucht dringend ein Bad«, knurrte Teddy mit zusammengebissenen Zähnen. »Ich schwöre dir, ich lasse heute Abend das Training ausfallen, um ihm höchstpersönlich eines zu verpassen. Ich werde jede einzelne Zecke, jede verfilzte Haarsträhne entfernen.«

»Lass gut sein, Teddy«, sagte Kate sanft. »Gib du nur auf dich selbst Acht. Ich werde Maggie und Brainer unter meine Fittiche nehmen.«

»Weil du deine Schwester auch unter deine Fittiche genommen hast?«

Kate nickte. »Und ihren Hund.«
Sie blickte Teddy an, und plötzlich wusste er: Sie gehörten zum selben Menschenschlag. Kate war zwar älter, eine Frau und eine Fremde, aber sie befanden sich beide auf einer Wellenlänge, was die Dinge betraf, die im Leben wirklich zählten.
Teddy zweifelte nicht daran, dass Kate die Wahrheit sagte: Sie liebte ihre Schwester.
Und sie würde sich um Maggie kümmern – zumindest so lange, bis Teddy von der Schule und sein Vater von der Arbeit nach Hause kamen. Der Busfahrer hupte.
»Also gut«, sagte Teddy entschlossen, als der Fahrer den Motor anließ und abfahren wollte.
Kate riss die Haustür auf. »HALT!«, schrie sie.
Der Bus blieb stehen. Teddy zog in Windeseile seine Jacke an, schnappte seinen Rucksack. Maggie sah nicht auf. Die Worte blieben ihm im Hals stecken. Er strich seiner Schwester über das Haar – es war fast so zottelig wie Brainers – und schickte sich zum Gehen an.
»Du bist die beste Schwester der Welt, Mags.«
Sie antwortete nicht, hob nicht einmal den Kopf. Kate hielt die Tür auf, und Teddy lief die Stufen vor dem Haus hinunter. Er rannte durch den Vorgarten, sah den offenen Mund des Fahrers, seine neugierige Miene – die Scheibe des Küchenfensters bestand nur noch aus messerscharf gezackten Scherben. Teddy sprang auf das Trittbrett des Busses und drehte sich um, warf einen letzten Blick auf das Haus. Gelbe Blätter rieselten von den Bäumen im Garten herab.
Kate stand auf der Türschwelle.
Das kalte Oktoberlicht fiel auf ihr Gesicht, auf ihr braunes Haar. Ihre Augen glänzten, die Andeutung eines Lächelns widerspiegelnd, als sie Brainer tätschelte. Teddy blickte unverwandt zu ihr hinüber, als er sich den Weg zu seinem Platz bahnte, erinnerte sich an die vielen Male, als seine Mutter auf der Türschwelle gestanden, ihm nach gewunken und gelächelt hatte, wenn der

Bus abfuhr; damals war Brainers Fell seidig und goldfarben gewesen. In dem Moment nutzte Maggie die Chance, hinter Kate hervorzulugen und ihm zuzuwinken.

Kate winkte nicht. Teddy auch nicht. Sie blickten einander an, aber er hatte das Gefühl, dass sie beide dabei an andere Menschen dachten. Andere Menschen, die sie vermissten, die nicht mehr da waren.

Der Bus fuhr schneller, bog um die Ecke, kam an die Stelle, wo der Deich steil zur Felsenbucht und zu den Wellenbrechern abfiel, vorbei an dem Fußweg, der zu dem hohen, entlegenen Leuchtturm führte, und das große weiße Haus, in dem Teddy wohnte, entschwand der Sicht.

In der Notaufnahme ging es zu wie in einem Bienenstock. Wäre John O'Rourke ein geschäftstüchtiger Anwalt gewesen, hätte er auf Schritt und Tritt neue Mandanten gewinnen können. Im Untersuchungsraum 1 wartete eine alte Frau, die ausgerechnet in der All-Save-Versicherung ausgerutscht und hingefallen war, darauf, dass ihre Hüfte geröntgt würde; in Untersuchungsraum 2 wurde ein Kind, das unter Atemnot litt, weil sein Inhalator versagt hatte, mit Sauerstoff versorgt und von einem EKG überwacht; Untersuchungsraum 4 enthielt einen Drogensüchtigen, den man dort untergebracht hatte, bis ein Bett in der Entgiftungsabteilung frei wurde; er litt unter Entzugserscheinungen, warf sich wild herum und stöhnte. Das Ausmaß der Schmerzen stand dem Ausmaß der anhängigen Gerichtsverfahren in nichts nach.

John, in Untersuchungszimmer 3, bekam wohl oder übel alles mit. Während er auf den nächsten Aufmarsch der Ärzte wartete, versuchte er sich in den Schriftsatz zu vertiefen, den er von zu Hause mitgenommen hatte. Ihm war schwindelig und speiübel. Als er das Dokument sinken ließ, sah er seinen Tischkalender drohend vor sich aufragen und dachte, dass er eigentlich keine Zeit hatte, hier untätig herumzusitzen.

Warum hatte er nicht wenigstens die Kinder zum Schulbus gebracht? Inmitten der absoluten Sinnlosigkeit des Lebens beruhigte ihn das Wissen, dass er ein guter Vater war. Zugegeben, mit seinen Fertigkeiten beim Haareschneiden war es nicht weit her. Aber die grundlegenden Bereiche des Alltags hatte er abgedeckt: Nahrung, ein Dach über dem Kopf, Fahrgemeinschaft. Kinderbetreuung. Er hoffte, dass sich Kate Harris als Glücksgriff entpuppte, besser war als ihre namenlosen Vorgängerinnen, die Phalanx der Kindermädchen X.

»Hallo, guten Morgen!«, begrüßte ihn eine MTA, die gekommen war, um ihm Blut abzunehmen. Er hatte ein flaues Gefühl im Magen – Nadeln waren ihm schon immer verhasst. Auch wenn seine Kinder eine Spritze bekamen und er ihnen Mut zusprach, fühlte er sich innerlich unwohl. »Können Sie mir sagen, wie lange das hier noch dauert?«, fragte er, um Zeit zu gewinnen.

Die MTA schmunzelte. »Erzählen Sie mir bloß nicht, es gäbe etwas Wichtigeres als Ihre Gesundheit, worüber Sie sich den Kopf zerbrechen!« Sie warf einen flüchtigen Blick auf seine Platzwunde; ein Arzt, der nach Kaffee und Erdnussbutter roch, hatte sie mit kühlen Händen genäht. Die Betäubung ließ allmählich nach, und die Naht spannte.

Die MTA ließ sich Zeit. Hatte sie ihn erkannt? Hatte sie vor, ihm die Nadel extra hart in den Arm zu rammen, weil er Greg Merrills Anwalt war? John knirschte mit den Zähnen, wartete auf den Einstich.

Zack – die Nadel durchbohrte die Haut. Er sah sein eigenes Blut, das durch die dünne Kanüle floss. Er fürchtete, in Ohnmacht zu fallen. Ein weiterer Grund für seine Kinder zu lachen – wenn sie wüssten, dass ihr Dad kein Blut sehen konnte. Er wandte den Blick ab, fixierte die Decke, fühlte sich gleich besser, doch dann überkam ihn die Erinnerung an Theresa.

Man hatte sie nach dem Unfall hierher gebracht.

John war zu Hause bei den Kindern gewesen. Nach dem

Anruf hatte er Teddy gebeten, auf seine Schwester aufzupassen, während er mit Höchstgeschwindigkeit ins Krankenhaus fuhr. Er war durch die breiten Türen geeilt, in die hell beleuchtete Eingangshalle, zur Aufnahme …

Er hatte es geahnt, noch bevor sie es ihm sagten: Seine Frau war tot.

Eine tragische Verkettung von Umständen, wie so häufig im Leben: Obwohl sie sich ohne fremde Hilfe aus dem Autowrack befreit und rein äußerlich keine Schramme davongetragen hatte, war ihr Brustkorb mit voller Wucht gegen das Lenkrad geprallt. Dabei war eine Herzarterie durchtrennt worden – war in zwei Hälften zerrissen –, so dass sie verblutet war, noch bevor das Kardiologenteam eine Chance hatte, mit der Arbeit zu beginnen.

Seine schöne Frau. Seine goldhaarige, blauäugige Theresa. Ein altmodischer, rustikaler Name für eine zarte Frau mit einer Haut wie Porzellan. An dem Abend, als sie starb, hatte sie einen kräftigen pinkfarbenen Lippenstift getragen. Einen schimmernden, kühlen Lippenstift, frisch aufgelegt … Die Erinnerung versetzte ihm unverhofft einen Stich, wie ein Messer zwischen den Rippen.

»Mr. O'Rourke?«, sagte der Arzt, der gerade mit Johns Patientenakte in der Hand die mit einem Vorhang abgeteilte Behandlungskabine betrat.

»Ja?« John war benommen, noch aufgewühlt, weil er plötzlich Theresas Lippen vor sich gesehen hatte.

»Die Röntgenaufnahmen sehen gut aus. Kein Hinweis auf eine Gehirnerschütterung, obwohl ich Ihnen empfehlen würde, es langsam angehen zu lassen und darauf zu achten, ob sich nicht doch noch Symptome einstellen. Sie werden ein ziemlich großes Hämatom bekommen – Blutergüsse sind bei solchen Verletzungen unvermeidlich, und ich habe außerdem einem plastischen Chirurgen Bescheid gesagt, damit er sich die Sache einmal anschaut.«

»Wem?«
»Einem plastischen Chirurgen. Die Platzwunde war tief, und Sie werden eine hässliche Narbe zurückbehalten. Die Folgebehandlung sollten Sie gleich abklären, damit Sie es später nicht bereuen.«
John schüttelte den Kopf, griff nach seinem Aktenordner. »Das ist schon in Ordnung so. Damit kann ich leben.« Er dachte plötzlich an die hämische Bemerkung des Polizisten über die Narbe, die ihm helfen würde, von den Gefängnisinsassen als ihresgleichen akzeptiert zu werden.
Er unterschrieb die erforderlichen Entlassungspapiere. Als er sich über den Empfangstresen beugte, spürte er, dass einige Angehörige des Krankenhauspersonals ihn beobachteten. Als er die Papiere über den Tresen schob und sich bedankte, hörte er eine Sekretärin zu ihrer Kollegin sagen: »Ob er weiß, dass eines der Mädchen hier gestorben ist?« Und eine andere fügte merklich lauter hinzu: »Nachdem der Mörder sie schwer verletzt ihrem Schicksal überlassen hat.«
Johns Kopf begann zu hämmern. *Das ist ein Krankenhaus*, sagte er sich. *Hier sterben viele Menschen. Theresa auch …* Er eilte davon, durch die breiten Türen. Der Herbsttag war klar und frisch; die Luft war eisig, die schneidende Kälte bohrte sich in sein Zentralnervensystem wie ein Messer, schärfte zusätzlich seine Aufmerksamkeit.
Auf dem Weg zum Parkplatz, als er seine Taschen auf der Suche nach den Autoschlüsseln abklopfte, fiel ihm plötzlich wieder ein, dass er mit der Ambulanz gekommen war. Er ergatterte ein Taxi, das gerade einen Fahrgast absetzte. Er gab die Adresse der Kanzlei an, doch dann besann er sich eines Besseren und bat den Fahrer, ihn nach Hause zu bringen, damit er sein blutiges Hemd wechseln konnte.
Als er sich im Sitz zurücklehnte und ihm nichts anderes zu tun blieb, als sich chauffieren zu lassen, gingen ihm die Namen wieder durch den Kopf.

Antoinette Moore, dachte er. Sie war diejenige, die im Shoreline General gestorben war. John kannte den Fall und die Opfer inund auswendig; er hatte ihre Lebensgeschichte verinnerlicht, trug sie ständig mit sich herum. Antoinette, Toni genannt … neunzehn Jahre alt. Studentin im zweiten Jahr am Bushnell College, eine Langstreckenläuferin, die für ihren ersten Marathon trainierte. Zierlich, drahtig, mit kurzen dunklen Haaren. Die Eltern lebten in Akron, Ohio. Ein älterer Bruder, zwei jüngere Schwestern.

Eine Familie, die sich nahe stand, und sie hatten sie nach Connecticut geschickt, in den Tod.

Sie war nicht gleich gestorben. Merrills Morde liefen stets nach dem gleichen Muster ab: Er wartete, bis die Wellen den Mund seines Opfers erreichten, bis sie verbluteten oder ertranken; doch an jenem Tag hatte er die Gezeiten falsch berechnet, und Toni hatte als Einzige lange genug gelebt, um vor dem Ertrinken gerettet werden zu können.

Er hatte sie, wie die anderen, in einem Wellenbrecher liegen lassen – in diesem Fall einer aus Steinen und Holz errichteten Mole, die zu einem Privatgrundstück gehörte. Er hatte ihr die Kehle aufgeschlitzt, hatte sie zwischen die verwitterten Bretter am Ende der Mole geklemmt und darauf gewartet, dass die Flut sie mit sich riss.

Er hatte nicht mit der beispiellosen Stärke, der eisernen Entschlossenheit der Marathonläuferin gerechnet. Toni hatte sich mit blutender Kehle aus ihrem nassen Grab befreien können, war auf die Mole gekrochen, wo sie Luft bekam und gesehen werden konnte. Ein Hummerfänger, der seine Fallen überprüfte, hatte sie entdeckt; seine Aufmerksamkeit war von der scharlachroten Farbe des Blutes gefesselt worden, das aus ihrem Körper rann, und zuerst hatte er gedacht, eine seiner Bojen habe sich in der Mole verfangen.

Sie war im Shoreline General gestorben, eine Dreiviertelstunde später, ohne das Bewusstsein wiedererlangt zu haben.

John schloss die Augen, stellte sich Tonis Gesicht vor, das er von den Fotos in seiner Akte kannte. Die Schleusen waren nun weit geöffnet: Die anderen Namen, Gesichter und Fakten stürmten auf ihn ein.

Anne-Marie Hicks: siebzehn Jahre alt, einen Meter sechzig groß, blonde Locken, Zahnspange, spurlos verschwunden an einem Nachmittag im April; ihre Leiche hatte sich in Angelschnüren verfangen.

Terry O'Neal: zweiundzwanzig, Model, hübsch, dunkle intelligente Augen, erschien nicht zur Arbeit in der Versicherungsagentur ihres Vaters; die Leiche wurde von zwei Jungen gefunden, die vor dem Hawthorne Town Dock Krebse fingen.

Gayle Litsky: achtzehn, lange blonde Haare, hatte eine Auszeit vom College genommen und wieder bei ihren Eltern gewohnt, wurde das letzte Mal auf dem Weg ins Kino gesehen; ihre Leiche war zwischen den Felsen eines Wellenbrechers von Black Hall entdeckt worden.

Jacqueline Rey: vierzehn, Einzelkind, ihrer allein erziehenden Mutter wie aus dem Gesicht geschnitten; war vier Abende vorher als vermisst gemeldet worden, bevor man sie zwischen den Holzbohlen der Mole des Easterly Yacht Club fand.

Beth Nastos: zwanzig, Buchhalterin im Nastos Seafood, groß und schlank, mit einem schüchternen Lächeln; ihre Leiche war – noch makabrer – in der aus Steinen und Stahl errichteten Mole des Mount Hope Fischereiunternehmens verborgen gewesen, das sich seit einem Jahrhundert im Besitz ihrer Familie befand.

Patricia McDiarmid: dreiundzwanzig, hatte gerade ihr erstes Kind zur Welt gebracht; ermordet in der Kluft, die sie beim Lauftraining getragen hatte, in einem Tunnel in Exeter versteckt, unter dem State Pier aus Beton.

Kein Tag ging vorüber, ohne dass John an die Opfer dachte. Anfangs hatten sie ihn bis in seine Träume verfolgt, eine nach der anderen; er hatte sie angefleht, ihm zu sagen, was sie von ihm wollten, und im Gegenzug eines von ihnen erbeten: Erbarmen. Sie sollten ihm verzeihen, dass er ihren Mörder verteidigte. Das war seine Heimatstadt, und die Bewohner lagen ihm am Herzen.

Dem Vernehmen nach waren Strafverteidiger abgebrüht und dickhäutig, nur an einem Sieg für ihre Mandanten und Schlagzeilen für die eigene Karriere interessiert. John war der Sohn eines Richters. Er war damit aufgewachsen, in der letzten Reihe des Gerichtssaals zu sitzen, wenn sein Vater den Vorsitz über eine Verhandlung führte, und hatte achtbare Bürger auf der Anklagebank gesehen. Hinter den geschlossenen Türen der feinen Gesellschaft von Connecticut verbargen sich viele Geheimnisse und Probleme – sein Vater hatte ihm beigebracht, die Menschen trotz ihrer nicht immer glatt und geradlinig verlaufenden Biografie zu verstehen und zu respektieren, und er hatte begriffen, dass die Gerechtigkeit und das Leben komplexer waren, als man gemeinhin annahm.

»Wir sind da«, sagte er zu dem Taxifahrer. John blickte durch das Fenster des Wagens zu dem großen weißen Haus, den Steinmauern und den hohen alten Bäumen hinüber. Der Zuckerahorn – Theresas Lieblingsbaum – hatte seine Rotschattierung während der kalten Nacht noch vertieft, näherte sich dem Höhepunkt seiner herbstlichen Farbenpracht. Auf der Landzunge, eine Viertelmeile entfernt, schimmerte der Leuchtturm strahlend weiß im kalten Sonnenschein. Ein Streifenwagen der Polizei fuhr langsam auf Patrouille vorbei.

Wir hatten alles im Griff, wir vier Musketiere … dachte er, den Anblick in sich aufnehmend. Als er an seine Freunde aus der Highschool dachte, die ausnahmslos in der Umgebung lebten, wurde er unverhofft von Gefühlen übermannt.

John, der Sohn eines Richters, war Anwalt geworden. Billy Manning, Sohn eines Polizisten, war in den Polizeidienst eingetreten. Und Barkley Jenkins, dessen Vater der letzte Leucht-

turmwärter gewesen war, betrieb einen Landgasthof und wartete nebenbei den inzwischen vollautomatisierten Leuchtturm.
Theresa wurde als vierter Musketier in die Männerrunde aufgenommen: Seit sie im zweiten College-Jahr zum ersten Mal miteinander ausgegangen waren, wollte John nicht mehr ohne sie sein, und sie waren unzertrennlich gewesen. Obwohl sich Billy und Barkley an manchen Abenden von ihren Freundinnen loseisten, hatte John insgeheim Angst gehabt, Theresa auch nur eine Minute aus den Augen zu verlieren. Seine Freunde pflegten ihn damit aufzuziehen, aber John war verliebt gewesen und hatte sich nicht um ihr Gerede geschert. Hatte er es damals schon geahnt? Dass sie zu schön war, um für immer bei ihm zu bleiben?
Hastig holte John seine Brieftasche heraus und bezahlte.
Das zerbrochene Fenster glich einer klaffenden Wunde im Sonnenlicht, das gezackte Glas bildete einen offenen Stern. Er würde gleich anrufen, damit es repariert wurde, bevor die Kinder nach Hause kamen.
Als er die Stufen hinaufging, blickte er durch die Eingangstür und sah Maggies Büchertasche auf dem Fußboden in der Diele. Hatte sie vergessen, sie mitzunehmen? Johns Magen verkrampfte sich, als er daran dachte, dass sich das neue Kindermädchen jetzt schon als Reinfall erwies. Als er die Hand auf den Türknauf legte, drehte er sich instinktiv um und hielt nach ihrem blauen Wagen Ausschau.
Er war nicht mehr da.
Die Tür war unverschlossen.
John schlug das Herz bis zum Hals. Er betrat die Diele. Zweimal hatten Theresa und er hier gestanden, als sie die Kinder nach der Entbindung nach Hause gebracht hatte – warum überkam ihn die Erinnerung gerade jetzt? Er schüttelte sie ab, entdeckte Maggies Pausenbrote auf dem Stuhl, in der braunen Tüte, die er gestern Abend eigenhändig gepackt hatte. Sie war

nicht zur Schule gegangen, sondern zu Hause geblieben, ganz offensichtlich. Nun, das war kein Beinbruch.

Vielleicht Bauchweh. Maggie war anfällig für Bauchweh, vor allem seit dem Tod ihrer Mutter. Oder es lag an ihrer eingefleischten Sturheit – möglicherweise hatte sie sich geweigert, zur Schule zu gehen, bis sie sich mit eigenen Augen überzeugen konnte, dass ihrem Dad nichts weiter fehlte.

»Maggie!«, rief er und stellte seinen Aktenkoffer auf den Boden. Keine Antwort. Die Uhr in der Diele tickte laut. »Ich bin wieder da, mein Schatz. Es geht mir gut.«

Das wird sie auf Trab bringen, dachte er. Mein braves, fürsorgliches, leicht zu beunruhigendes kleines Mädchen: Sie brannte mit Sicherheit darauf zu erfahren, dass ihr Vater gesund und munter war.

Aber sie kam nicht angelaufen. Sie antwortete nicht einmal.

»Hallo Maggie! Brainer – wo ist Maggie?«

Mit schweißnassen Händen wanderte John durch das Erdgeschoss. Langsam und mühsam beherrscht, sah er im Wohnzimmer, im Esszimmer, in der Küche und, schneller nun, im Laufschritt – in seinem Arbeitszimmer und auf der Sonnenveranda nach. *Wo steckt Brainer? Der Hund ist ebenfalls weg,* dachte er.

»Mags!«

Plötzlich hatte er ein flaues Gefühl im Magen. Wie lautete der Name des Kindermädchens, der Frau, die an seiner Tür aufgetaucht war? Und was für ein *Idiot* würde seine Kinder mit einer Wildfremden alleine lassen – zumal einer, der wie John wusste, wozu Menschen fähig waren? Wo war Mrs. Wilcox? Hatte sie nicht ihre Hilfe angeboten? Aufstöhnend lief er die Treppe hinauf, zwei Stufen auf einmal nehmend.

»Kate?«, schrie er. So hieß sie – Kate Harris.

Während er durch die Schlafzimmer im ersten Stock lief, merkte er, dass er bereits eine brauchbare Personenbeschreibung der Frau zu formulieren begann. Ungefähr einen Meter fünfundsechzig groß, schlank, glattes braunes Haar, ungewöhnliche Augen in der Farbe von Flusssteinen, grauer Mantel, schwarze Schuhe – das sollte der Polizei bei der Fahndung helfen. Ihm gefror das Blut in den Adern, als ihm bewusst wurde, was er da tat. Aus dem Anwalt wurde, in ebendiesem Augenblick, ein unmittelbar Betroffener, der Vater eines vermissten Mädchens …

3

John spürte plötzlich am eigenen Leib, wie kalt und unerbittlich die Wahrheit sein konnte. Während er sein eigenes Haus durchsuchte, wuchs das Gefühl. Gehörte er jetzt zu ihnen? Zu den Eltern, die geliebt wurden und eines schönen Tages bei der Heimkunft feststellen mussten, dass der Albtraum begonnen hatte, Eltern, die er sonst so gut aus dem Zeugenstand und den Kreuzverhören kannte – die den Verlust eines Kindes beklagten? Befand er sich bereits auf der Nachher-Seite des Lebens, das ein Davor und ein Danach besaß? Das Leben vor und nach Maggies Verschwinden?

»MAGGIE!«, brüllte er.

Das Haus antwortete mit Schweigen.

John dachte an die Moores, die Nastoses, die McDiarmids, die Litskys … sie hatten das Gleiche durchgemacht; er hatte ihre Aussagen gehört: »Als ich von der Arbeit nach Hause kam, war sie nicht da …«, oder: »Wir riefen sie Freitagabend an, doch sie ging nicht ans Telefon …«, oder: »Wir haben gesucht und gesucht, aber wir konnten sie nirgends finden.« Die Mädchen hatten die Ungeheuer aus irgendeinem Grund hereingelassen …

»Maggie! Kate!«, brüllte er abermals.

Kate Harris! Ein unauffälliger Name, eine nette und völlig normal aussehende Frau. John verspürte einen Stich – das war die Standardbeschreibung eines Serienmörders. »Er machte einen *netten, völlig normalen Eindruck …*« Der junge Mann von nebenan … Aber Frauen mordeten auch, dachte er. Frauen blieben nicht von den inneren Trieben verschont, die Menschen veranlassten, anderen Gewalt anzutun.
Wohin hatte Kate Harris sein kleines Mädchen gebracht? Seine starrköpfige, heiß geliebte Tochter, die Fußballtrikots trug und zu baden vergaß … Maggie. Margaret Rose O'Rourke. Maggie Rose. Mags, Magpie, Maguire, Maggie-Maus, Maggie-Monster.
»Maggie!«
Rauf auf den Dachboden. Der Geruch nach Staub, Mottenkugeln und Verwesung, der von den Wänden ausstrahlte – die Fledermäuse waren wieder da, dachte John. Vor drei Jahren hatten sich Fledermäuse bei ihnen eingenistet, und Theresa musste den Kammerjäger holen. Bei dem Gedanken an seine Frau war seine Kehle wie zugeschnürt.
Wieder ein Vorher-Nachher. Vor dem Unfall, nach dem Unfall. Wie beschrieb man am besten den Augenblick, wenn das Leben zerbrach, so dass nur noch ein Scherbenhaufen zurückblieb? Zu hektisch, um weiter darüber nachzudenken, durchquerte John im Eilschritt den moderigen Dachboden, spähte in den alten Garderobenschrank, hinter die Zederntruhe, in den ledernen Überseekoffer von Theresas Großmutter.
Vor Erleichterung darüber, dass er seine Tochter nicht ermordet vorgefunden hatte, vermischt mit der Angst, sie weder tot noch lebendig zu finden, stieß er einen so unmenschlichen Laut aus, dass er die Fledermäuse im Gebälk aufschreckte, was zur Folge hatte, dass sie seinen Kopf umschwirrten. Sie umzingelten ihn wie blutrünstige, gespenstische Kreaturen der Finsternis, zerkratzen ihm Ohren und Gesicht mit etwas grauenhaft Scharfem – Klauen? Zähne?

John überlegte nicht lange. Er rannte die Treppe hinunter, quetschte sich durch die Tür und schlug sie hinter sich zu. Der einen oder anderen Fledermaus gelang es, dem Dachboden zu entkommen, sich in dem hellen, weitläufigen ersten Stock des Kolonialstil-Hauses zu verflüchtigen.
Er musste noch den Keller durchsuchen, seine Werkstatt, die Waschküche. Danach die Garage, den Schuppen im Garten, das Bootshaus. Doch die Zeit drängte; sie verging wie im Flug, und er wusste bereits, was bei der Suche herauskommen würde. *Jetzt ist es so weit,* dachte er, während er zum Telefon in seinem Schlafzimmer ging. *Jetzt ist der Augenblick gekommen. Jetzt bekommst du die Quittung für deine berufliche Laufbahn, die Quittung für die Mandanten, die du verteidigst.*
Heißt das, dass die Leute Recht haben – dass du ein Handlanger des Teufels bist, Mitwisser eines Verbrechens, dass du die Mörder einfach schmoren lassen solltest? Ist das der springende Punkt?
Meine Tochter wird vermisst, genau wie die Töchter der anderen Familien.
Jetzt weiß ich, wie das ist, dachte er und begann zu wählen. *Jetzt bekomme ich am eigenen Leib zu spüren, was sie durchgemacht haben.*
John setzte sich aufs Bett. Er nahm den Hörer in die Hand. Er fühlte sich glitschig an. Mit zitternden Fingern drückte er die Zahlentasten, verwählte sich. Er versuchte es noch einmal, hatte gerade die 91 des Notrufs 911 gewählt, als er die Haustür hörte. Brainer bellte.
»Er ist zu Hause! Da steht sein Aktenkoffer – Daddy!«, rief Maggie quietschvergnügt.
»Maggie!«, schrie er.
Als er die Treppe hinunterrannte, flog ihm seine Tochter entgegen. Sie klammerte sich mit aller Kraft an ihn, als ginge es um ihr Leben, als gelte es, den Olympiasieg im Umarmen zu erringen. Normalerweise reichte ein Griff, um sich aus ihrer

Umklammerung zu lösen, doch nun hielt John sie noch fester umschlungen als sie ihn. Brainer rempelte sie an, versuchte sich zwischen die beiden zu drängen, was ihm jedoch nicht gelang.

»Wir hatten Sie nicht so früh zu Hause erwartet«, sagte Kate Harris.

John hob den Blick, starrte sie über Maggies Kopf hinweg an. Kate lächelte. Oder zumindest bemühte sie sich. Ihre Mundwinkel verzogen sich nach oben, zauberten Grübchen in ihre glatten, sommersprossigen Wangen. Doch ihre Flussstein-Augen blieben traurig, als wäre seit langer, langer Zeit kein Lächeln mehr zu ihnen vorgedrungen. John war nicht in Stimmung für eine Analyse dieses Lächelns, deshalb schob er den Gedanken beiseite und löste sich behutsam von seiner Tochter.

»Warum ist Maggie nicht in der Schule?«

»Sie wollte nicht«, entgegnete Kate Harris.

»Sie muss zur Schule. Das sollten Sie eigentlich wissen.«

»Ich?«

»Sie sind schließlich erwachsen.«

»Hmmm«, erwiderte sie, als würde sie ernsthaft darüber nachdenken. »Ja, Sie haben Recht.«

»Wo waren Sie?«

»Wir – Maggie – brauchten eine Ablenkung; sie hat sich Sorgen um Sie gemacht«, erklärte sie mit ihrem leichten Südstaaten-Akzent.

»Und wie«, bestätigte Maggie.

»Mags, lässt du uns bitte einen Moment allein? Geh raus auf die Sonnenveranda. Ich komme gleich nach, ja?«

»Dad, sei nicht sauer.« Maggie sah niedergeschlagen aus. Sie war in den vergangenen beiden Jahren so viele Male niedergeschlagen gewesen, dass der Anblick automatisch einen Schuldkomplex in John auslöste. Er tat, was er immer zu tun pflegte – versprach ihr etwas, um sie aufzuheitern.

»Ich spiele eine Partie Schach mit dir«, sagte er, ungeachtet der Arbeit, die im Büro auf ihn wartete. »Stell schon mal das Brett auf.«
»Mache ich.« Sie schickte sich zum Gehen an. »Aber sei nicht sauer auf Kate.«
»Keine Angst. Und jetzt lauf und stell das Schachbrett auf.«
Sie sahen Maggie nach, als sie die Diele durchquerte; das Fußballtrikot, blutbefleckt und viel zu groß, war nun auch noch nass. Aber ihre ausgefransten Haare waren ordentlich gebürstet.
»Sie haben es gehört«, sagte Kate, perfekt gekleidet und tadellos gepflegt – mit Ausnahme der Aufschläge ihrer grauen Hose, die ebenfalls klatschnass waren, wie John feststellte. »Seien Sie nicht sauer auf mich.«
»Sie ist noch ein Kind. Sie hat keine Ahnung, um was es geht. Wo zum Teufel haben Sie gesteckt? Wissen Sie, dass ich außer mir war vor Angst? Ich wollte gerade die Polizei benachrichtigen – ich dachte, Sie hätten sie entführt …«
Kates Gesichtsausdruck wandelte sich. Ihre Miene, gerade noch gelassen, beinahe heiter, war mit einem Mal entsetzt.
»O Gott, das tut mir Leid.«
»Das muss Ihnen doch klar gewesen sein!«
»Ehrlich gestanden, war ich überzeugt, dass wir lange vor Ihnen zu Hause sein würden. Wir sind nur kurz die Straße entlang, zur Autowaschanlage …«
»Sie haben Ihr *Auto* gewaschen?« Sein Blutdruck schnellte in die Höhe; dieses Kindermädchen hatte ihre Vorgängerin X mit ihrer Unbesonnenheit noch übertrumpft und sie vom Siegerpodest geholt.
»Nein, wir …«
»Ich habe keine Zeit für dummes Geschwätz.« John schüttelte den Kopf, hielt sich die Schläfe. Sie war geschwollen und fühlte sich wie eine Melone an. »Ich muss mit Maggie eine Partie spielen und sie anschließend in die Kanzlei mitnehmen – Sie

haben offenbar keine Ahnung, wie viel Arbeit auf mich wartet!«
»Ich weiß – ich bleibe gerne bei ihr.«
»Nein *danke.*«
»Würden Sie mir bitte eine Minute zuhören? Ich möchte Ihnen nur erklären …«
»Nicht nötig, Miss Harris.«
»Finde ich aber schon. Es ist mir sehr wichtig! Ich habe gewartet …«
»Ich kann mir nicht vorstellen, wie Sie rechtfertigen wollen, dass Sie mit meinem Kind in der Gegend herumkutschieren, ohne meine Erlaubnis, ohne eine Nachricht zu hinterlassen. Das ist unerhört. Geradezu kriminell, um es auf den Punkt zu bringen. Auf Kindesentführung steht …«
»Sie glauben, ich hätte Maggie entführen wollen? Bitte, hören Sie mich doch an!«
Kopfschüttelnd griff John in seine Tasche und holte mehrere Zwanzig-Dollar-Scheine heraus. »Hier, nehmen Sie, das dürfte Ihre Auslagen decken. Ich werde die Agentur anrufen und sagen, dass es mit uns nicht geklappt hat.«
Sie wich zurück, rührte das Geld nicht an. Als John in ihre Augen blickte, glaubte er einen Anflug von Belustigung darin zu entdecken. Sollte das ein Scherz sein – fand sie die Situation auch noch komisch?
»Nehmen Sie das Geld!«, forderte er sie abermals auf. »Es sei denn, Sie ziehen es vor, dass ich die Bezahlung über die Agentur abwickle, die Ihnen dann einen Scheck zuschickt.«
»Das wäre besser.« Ihre Stimme war kühl, aber ihre Augen blitzten. Wie Sonnenstrahlen, die sich in einem blaugrünen Fluss widerspiegelten.
»Die Entscheidung liegt ganz bei Ihnen.« Er zuckte die Schultern. Er überlegte einen Augenblick, ob er ihr Glück wünschen sollte, aber das wäre ein Witz – obwohl er sie nicht für eine Hochstaplerin hielt, war die Betreuung von Kindern mit

Sicherheit nicht ihr Metier. Da er es kaum noch erwarten konnte, zu Maggie zu kommen, begleitete er Kate Harris bis zur Tür – nur um sich zu vergewissern, dass sie das Haus auch tatsächlich verlassen und wegfahren würde und er hinter ihr zusperren konnte. Brainer stand neben ihm, wedelte mit dem Schwanz.

»Ich hatte von Anfang an das Gefühl, dass wir heute nicht dazu kommen, miteinander zu sprechen«, sagte sie. »Ich habe es zumindest versucht …«

»Reden?«, fragte er verwirrt.

Sie reichte ihm zum Abschied die Hand. Sie sahen sich an. Der Augenblick zog sich länger hin, als er sollte, und John zog seine Hand widerstrebend zurück. Überraschenderweise hatte ihr Blick ihn nervös gemacht, seine Handfläche war eiskalt.

»Leben Sie wohl«, sagte sie. »Würden Sie Maggie von mir grüßen? Und Teddy, wenn er von der Schule nach Hause kommt?«

»Natürlich.« John sah ihr nach, als sie die Stufen hinunterging, den Mantel in der Hand. Ihre Haltung war aufrecht, ihr Kopf hoch erhoben. Sonnenlicht fiel auf ihr braunes Haar, fing kupferfarbene und goldene Reflexe ein. Ihre grauen Hosen waren eng, ihre Oberschenkel wohlgeformt – er senkte rasch den Blick, bemerkte wieder die nassen, dunklen Hosenaufschläge.

»Sagen Sie Teddy doch bitte, dass die verfilzten Stellen weg sind.«

»Die *was?*«

Aber Kate Harris war bereits in ihren Wagen gestiegen und ließ den Motor an. John wartete, bis sie gewendet hatte und davonbrauste. Brainer stupste mit dem Kopf gegen sein Bein, und instinktiv tätschelte er ihn. Das Fell des Hundes fühlte sich feucht, seidenweich und glatt an. Als John zu ihm hinunterblickte, sah er es: Brainers Fell war fünf Schattierungen heller, ohne Schlammspritzer, Dornen und Seetang.

Der Hund war gebadet worden.
Als er nach dem Türknauf griff und die Straße entlangspähte, sah er gerade noch, wie der Wagen von Kate Harris an der Kaimauer vorbeifuhr und aus der Sicht entschwand.
Sagen Sie Teddy doch bitte, dass die verfilzten Stellen weg sind ...
John schüttelte den Kopf. Was für ein Tag – der Ziegelstein, das Krankenhaus, der Gedanke, Maggie sei entführt worden. Als sein Blick auf die Konsole in der Diele fiel, sah er, dass Kate ihre Karte hinterlassen hatte: eine kleine weiße Visitenkarte mit einer aufgedruckten Adresse in Washington D.C. und einer von Hand notierten lokalen Telefonnummer. Mit einem Mal fiel es ihm wie Schuppen von den Augen: Umzug. Sie hatte sämtliche Brücken hinter sich abgebrochen und war hierher gekommen, um neu zu beginnen.
»Mags«, rief er und schob die Visitenkarte in seine Tasche. »Können wir loslegen?«
»Ja, beeil dich Dad!«, rief sie ihm von der sonnigen Glasveranda zu. »Und mach dich darauf gefasst zu verlieren!«
John holte tief Luft. Er hatte Fledermäuse auf dem Dachboden, eine zersplitterte Fensterscheibe an der Frontseite des Hauses und kein Kindermädchen – aber seine Tochter war wohlauf, war zu Hause. Brainer, eine glänzende Erscheinung im Sonnenlicht, das durch das zerbrochene Panoramafenster fiel, lief voraus, brachte John O'Rourke auf direktem Weg zu Maggie.

»Sie ist weg«, flüsterte Maggie, sobald Teddy um halb fünf durch die Tür trat.
Er hielt abrupt inne, blieb in der Diele stehen. Er war nach seinem Fußballspiel von oben bis unten verdreckt und verschwitzt, völlig durchgefroren, weil die Jacke, die er angezogen hatte, nicht warm genug war. Je näher Halloween rückte, desto früher wurde es draußen dunkel, und das Haus hatte von der Straße einen abweisenden, düsteren Eindruck gemacht – es brannten nicht genug Lichter. Seine Mutter hatte

sie immer mit einer Festbeleuchtung willkommen geheißen; Teddy schaltetet die Deckenlampe in der Diele ein.
»Wieso weg?«, fragte er.
»Weg eben«, flüsterte Maggie und deutete auf die geschlossene Tür des Arbeitszimmers. Das bedeutete, dass ihr Vater zu Hause arbeitete. »Dad mochte sie nicht.«
»Kate?«, sagte Teddy fassungslos.
Maggie nickte. »Weil sie mich im Auto mitgenommen hat, ohne um Erlaubnis zu fragen. Dad war schon zu Hause, als wir zurückkamen, und er ist *ausgerastet.*«
»Wohin ist sie mit dir gefahren?«
»Er hat sie *rausgeschmissen,* Teddy«, ereiferte sich Maggie, als ob sie seine Frage nicht gehört hätte. »Er hat mich weggeschickt, das Schachbrett aufstellen, und als er auf die Veranda kam, um eine Partie mit mir zu spielen, sagte er, er habe ihr ›nahe gelegt zu gehen‹. So hat er es ausgedrückt, aber das bedeutet, dass er sie rausgeschmissen hat, oder?«
»Richtig.« Teddy blickte auf die geschlossene Tür des Arbeitszimmers. Er wäre am liebsten hineingegangen, um mit seinem Vater zu reden, ihm zu erklären, dass Kate Spitze war. Sie verstand ihn – das hatte er schon nach zehn Minuten gemerkt. Der Gedanke an die anderen Kindermädchen, die sie gehabt hatten, war ihm ein Gräuel – manche waren nett, andere ekelhaft gewesen, aber keine hatte ihn verstehen können. Und Kate hatte sowohl Maggie als auch Brainer im Sturm erobert – von Anfang an.
»Wo mag sie jetzt sein, was glaubst du?«, fragte Teddy.
»Wahrscheinlich auf dem Weg zur nächsten Familie«, erwiderte Maggie unglücklich. »Ich habe Dad zu erklären versucht, dass er sie unbedingt behalten muss, aber er wollte nichts davon hören. Er meinte, sie habe sich als unbesonnen erwiesen, und Ende der Diskussion.«
»Was hat sie denn *gemacht?*« Teddy blickte seine Schwester an. Mit einem Mal fiel ihm auf, dass ihre Haut rosig und frisch

geschrubbt aussah. Ihre Haare glänzten im Schein der Deckenlampe.

Draußen begann Brainer zu bellen. Vermutlich hatte er seinen Rundgang am Strand und durch die Marsch beendet, den er jeden Nachmittag unternahm. Doch als Teddy ihm die Tür öffnete, traute er seinen Augen nicht: Obwohl sich neues Dornengestrüpp in Brainers Fell verfangen hatte, sah es tipptopp aus. Es war offenbar kräftig gebürstet worden, denn sämtliche Zecken und verfilzten Stellen waren verschwunden.

»Wie hat sie denn das geschafft?«, fragte er verblüfft, drehte sich um und sah Maggie an.

»Wir waren mit ihm in der Autowaschanlage. Sie hat einen Regenmantel angezogen und ihn mit dem Wasserschlauch abgespritzt, und dann haben wir ihn abgetrocknet, mit Hunderten von Handtüchern. Das war lustig.«

»Wer hat ihn gebürstet?«

»Kate. Und Brainer hat stillgehalten.«

Teddy schloss die Augen, spürte das weiche Fell des Hundes an seiner Wange. Er hatte heute beim Fußball Mist gebaut. Durch einen Zuruf abgelenkt – irgendjemand in den Zuschauerreihen hatte »Merrill-Fan« geschrien –, hatte er seinen Gegner ungehindert passieren lassen, der prompt ein Tor schoss. Bis jetzt hatte er sich nicht gestattet, darüber nachzudenken, aber plötzlich umhüllte und erfüllte ihn ein überwältigendes Gefühl des Verlustes.

»Ich konnte es nicht glauben!« Maggie kniete sich hin, ihr Flüstern zischte in Teddys Ohr. »Brainer hat die Prozedur lammfromm über sich ergehen lassen. Niemand durfte ihn bürsten, seit …«

»Mom.«

»Ja.«

»Und was ist mit dir passiert?« Teddy musterte seine Schwester. »Du siehst aus, als hätte dir auch jemand die Haare gewaschen.«

»Ich habe gebadet«, sagte Maggie stolz. »Weil ich Lust dazu hatte.«
»Klasse.«
»Sie hat uns auch einen Kürbis gekauft, für Halloween.«
»Wo ist er?«
»Direkt vor deiner Nase, auf der Treppe zum Haus. Hast du ihn nicht gesehen, als du gekommen bist?«
»Nein«, sagte er beklommen. »Weil nirgendwo Licht brannte. Nicht einmal die Lampe auf der Veranda.« Das war schlimm. Ihr ehemals einladendes, glückliches Zuhause so bedrückend zu erleben wie ein Leichenschauhaus war ihm peinlich – vor den Müttern seiner Mitschüler, die ihn mit dem Auto heimbrachten und vor dem ungastlichsten Haus im ganzen Block absetzten. Aber das Schlimmste war, dass niemand ihn willkommen hieß: Seine Mutter pflegte immer das Außenlicht anzulassen, bis alle Familienmitglieder daheim waren.
Als Teddy nun das Licht auf der Veranda einschaltete, spähte er durch das Seitenfenster und entdeckte den Kürbis. Er war gedrungen, fleischig und hellorange, mit einem schauerlichen, welligen Stiel.
»Lässt sich bestimmt gut aushöhlen«, sagte er.
»Das hat Kate auch gemeint.«
»Vielleicht, wenn ich mit Dad rede …« Teddy warf einen Blick auf die Tür zum Arbeitszimmer seines Vaters.
»Ja, tu das!« Maggie packte ihn aufgeregt am Handgelenk. »Sag ihm, dass er sie zurückholen soll!«
Teddy nickte und stand auf. Er tätschelte Brainer, als wäre er ein Maskottchen, das ihm Glück bringen sollte. Maggie und er stießen die Fingerknöchel gegeneinander wie Mannschaftskameraden, und dann ging Teddy beherzt auf die Tür zu.

Das Arbeitszimmer der Familie diente John an Tagen wie diesem als Büro. Er hatte die gerahmten Fotografien und

Vogelskulpturen entfernt, die Theresa auf den Schreibtisch seines Großvaters gestellt hatte, die gesammelten Werke von Hawthorne und Melville durch einen Stapel Präzedenzfälle ersetzt und zwei zusätzliche Telefonanschlüsse legen lassen. Doch selbst Computer, Faxgerät und Laserdrucker konnten die anheimelnde Atmosphäre des Raumes nicht verändern. Sie ging von dem Teppich auf dem polierten Holzfußboden, den Ledersesseln, dem Marmorkamin, einem Gemälde von Hugh Renwick, das einen Sonnenaufgang darstellte, einem Unterwasser-Aquarell von Dana Underhill und Landschaftsbildern von anderen, aus Connecticut stammenden Impressionisten aus. Theresa hatte es verstanden, einen Raum einzurichten.

John saß über seinen Schreibtisch gebeugt, in ärztliche Gutachten vertieft. Gregory Merrill litt an einer paraphilen mentalen Störung, die sich – nach Aussage von Dr. Philip Beckwith, dem Psychiater, den John in seine Verteidigungsstrategie einbezogen hatte – in einer »zwanghaften Wiederholung gewalttätiger sexueller Aktivitäten« äußerte.

Der Psychiater, der von der Staatsanwaltschaft als Gutachter hinzugezogen worden war, hatte Merrill als sexuellen Sadisten bezeichnet. Er hatte seine zwanghaften Gedanken, Impulse und Fantasien beschrieben, die sich unablässig um die Demütigung, Vergewaltigung und Ermordung von Frauen drehten. Je mehr er sich bemühte, diesen Gedanken Einhalt zu gebieten, desto zwingender wurden sie. Die unterdrückten Gefühle stauten sich immer mehr auf, bis er nicht anders konnte, als sie auszuleben.

John sah seine Aufgabe darin, das Gericht mit Beckwiths Hilfe davon zu überzeugen, dass diese paraphile Störung als mildernder Umstand in Betracht gezogen und die Todesstrafe im Berufungsverfahren aufgehoben werden sollte.

Als es an der Tür klopfte, schob John die Unterlagen beiseite, verdeckte sie und rief: »Herein.«

»Dad?«
Es war Teddy, und John winkte ihn herein. Als er seinen Sohn auf der Schwelle stehen sah, in seiner mit Grasflecken übersäten Fußballkluft, stieß John einen Seufzer aus. Er hatte schon wieder ein Spiel seines Sohnes verpasst.
»Dad – dein Gesicht! Das ist ja überall grün und blau.«
»Ich weiß.« John lachte. »Sieht schlimmer aus, als es ist. Aber dafür werde ich im Gericht Angst und Schrecken verbreiten – selbst die Richter werden einen Bogen um mich machen. Was gibt's?«
»Ich wollte nur wissen, was mit dem Kindermädchen ist. Kate.«
»Ach ja, Kate.« John lehnte sich in seinem Stuhl zurück, die Arme hinter dem Kopf verschränkt.
Teddy antwortete nicht. Mit hoffnungsvollen Augen wartete er auf die Erklärung seines Vaters.
»Sie schien mir eine intelligente, tüchtige Person zu sein«, fuhr John fort. »Leider nur, was Belange angeht, die nichts mit der Betreuung meiner Kinder zu tun haben. Sie hat deine Schwester ohne mein Einverständnis zu einer Besorgung mitgenommen, ohne eine Nachricht zu hinterlassen …«
»Das war meine Schuld«, warf Teddy ein.
»Deine Schuld?«
»Dass sie mit Brainer losgefahren ist, um ihn zu baden. Das lag nur daran, dass ich gesagt hatte, sein Fell sei völlig verfilzt. Sie sagte, dass ihre Schwester auch einen Hund hat und – egal. Schade, dass du nicht dabei warst. Aber glaube mir, Dad, sie ist prima. Sie ist die Beste, die wir bislang hatten. Maggie und ich fanden sie beide ganz toll.«
»Du kanntest sie doch kaum, Teddy. Sie war insgesamt nicht länger als – wie viele Minuten mit euch zusammen? Fünfzehn?«
Teddy zuckte mit keiner Wimper. Er war groß und schmal, mit einem ernsthaften, bedrückten Ausdruck tief in seinen Augen. Er hatte sein jungenhaftes Wesen schon so lange abgelegt, dass

John sich kaum mehr daran erinnern konnte. Teddy stand nun wie ein Gegner im Gerichtsaal vor ihm.

»Wir möchten, dass sie zurückkommt, Dad.«

»Ted, davon kann keine Rede sein. Ihr ...«

»Ich weiß, ich weiß – du wirst jetzt behaupten, sie habe unvernünftig gehandelt. Und wenn man die näheren Umstände nicht kennt, könnte man das vielleicht zu Recht meinen. Aber eigentlich hat sie sehr viel Vernunft bewiesen, Dad. Denk doch mal nach: Maggie war vor Sorge um dich völlig außer sich. Brainer war mit Zecken und Flöhen übersät – was wäre gewesen, wenn eine Zecke sie gebissen und Borreliose übertragen hätte? Kate war umsichtig, hat ihn gebadet. Du hättest sie nicht entlassen sollen, Dad.«

»Die Staatsanwaltschaft erklärt sich mit dem Schluss des Beweisverfahrens einverstanden«, antwortete John schmunzelnd.

»Hol sie zurück, Dad. Bevor die Agentur eine von diesen Frauen schickt, die zwar alles richtig, aber völlig lieblos und gelangweilt machen – sie strotzen vor Vernunft, geradezu lächerlich. Aber sie lachen nicht über Maggies Witze, oder baden Brainer, oder kaufen uns einen Kürbis für Halloween.«

»Sie hat einen Kürbis gekauft?«

»Hast du ihn nicht gesehen? Er liegt auf der Treppe vor dem Haus.«

»Ach ja, stimmt. Ich dachte wohl, Mrs. Wilcox hätte ihn vorbeigebracht.«

»Nein, er ist von Kate. Und noch etwas, Dad: Diese anderen Frauen sind nicht geblieben.«

»Ich weiß.« Die Worte versetzten John einen Stich. Sie hielten es nicht lange aus, weil er ein Sklaventreiber war. »Und wie kommst du auf die Idee, Kate würde bleiben?«

»Das kann ich nicht erklären. Ich weiß es einfach.«

John lehnte sich zurück, überlegte. Die Gefühle hatten hohe Wellen geschlagen, keine Frage. Vielleicht hatte er *tatsächlich* überreagiert. Diese Kate Harris hatte sich möglicherweise wirklich nichts Böses dabei gedacht; ganz im Gegenteil, Brainers Bad war für Maggie ein Ansporn gewesen, selbst ein ausgedehntes Schaumbad zu nehmen. Zwei Probleme, an einem Tag gelöst.

Er blickte auf seine Uhr, es war sechzehn Uhr achtundfünfzig. Somit blieben ihm genau zwei Minuten, um die Agentur anzurufen. Es konnte nicht schaden, zumindest die Referenzen von Kate Harris zu überprüfen; abgesehen davon galt es dafür zu sorgen, dass sie ihren Scheck erhielt …

»Lass mich anrufen und nach ihr fragen, Dad«, erbot sich Teddy eifrig. »Komm, gib dir einen Ruck.«

»Also gut.« John schob ihm das Telefon über den Schreibtisch zu, stolz auf das Verantwortungsbewusstsein seines Sohnes. Ihm die Nummer nennend, die er inzwischen auswendig kannte, sah John zu, wie Teddy die Sea and Shore Employment Agency anrief.

»Hallo? Hier spricht Thaddeus O'Rourke. Wir sind in Ihrer Kartei eingetragen. Unsere Adresse lautet … oh, Sie kennen uns? Gut. Es geht um die Dame, die Sie heute hergeschickt haben. Kate … ähm, vielleicht heißt sie Katherine, oder Kathleen …«

John holte die Visitenkarte aus seiner Hemdtasche und las den Namen ab. »Katherine«, sagte er zu Teddy.

»Katherine Harris.« Teddy bedankte sich mit einem stummen, ernsten Kopfnicken. »Sie war heute bei uns …«

Als John hörte, wie selbstbewusst sein Sohn die Angelegenheit in die Hand nahm, platzte er schier vor Stolz. Teddy verstand es, mit anderen zu kommunizieren. Er war direkt und zielstrebig, dabei aber respektvoll und freundlich. Er würde eines Tages einen erstklassigen Anwalt abgeben – oder in gleich welchem Beruf, für den er sich entschied, Erfolg haben.

»Doch«, beteuerte Teddy nun, den Hörer in der Hand. »Sie war heute Morgen hier, kam in aller Frühe. Groß, braune Haare, fährt einen blauen Wagen …«

John spitzte die Ohren. Er lehnte sich vor, über seine Dokumente hinweg, sah die besorgte Miene seines Sohnes. Teddy hörte eine Weile schweigend zu, wurde mit jeder Sekunde blasser. Sein Gesicht war kreidebleich, seine Augen füllten sich mit Tränen. Als er den Hörer auflegte, sah er mit einem Mal wieder aus wie ein Kind – und John ahnte, was kommen würde, noch bevor er den Mund aufmachte.

»Sie arbeitet nicht für die Agentur«, sagte John.

»Woher hast du das gewusst?«

»Weil …« John wünschte sich, er könnte seinen Sohn in die Arme nehmen wie früher, als er klein war – wie Theresa es getan hätte. Er zitterte innerlich bei dem Gedanken, was alles hätte passieren können. Wer immer die Frau auch sein mochte, sie war mehrere Stunden mit Maggie allein gewesen. »Ich weiß es einfach.«

»Sie wirkte so …«, stammelte Teddy hilflos.

»So nett.« John wusste, dass sie noch einmal, in welcher Hinsicht auch immer, mit heiler Haut davongekommen waren. »Diesen Anschein erwecken alle.«

4

Kate Harris stand an jenem Abend unter der Dusche, das Wasser rann an ihrem Körper hinab. Es war so heiß, wie sie es auf der Haut vertragen konnte, und Dampfschwaden waberten um sie herum, beschlugen das Glas. Ihre Schwester hatte an die reinigende Wirkung einer Dusche geglaubt – genauer gesagt, an die Heilkräfte des Wassers an sich. Schon als Kind ging sie gerne schwimmen oder wollte duschen, wenn sie sich aufgeregt hatte.

»Wasser spült die Sorgen weg«, pflegte Willa zu sagen und sich in das Handtuch einzuwickeln, wenn sie frisch aus der wogenden Brandung kam. Ihre Augen hatten geleuchtet, wie von einem inneren Licht, einem inneren Feuer erhellt, das sie nach außen ausstrahlte. »Findest du nicht, Katy? Egal, wie wütend oder verletzt oder schrecklich man sich fühlt, Wasser hat eine reinigende Wirkung …«

»Du bist viel zu jung für solche Weisheiten«, hatte Kate mit gerunzelter Stirn geantwortet. In Wirklichkeit war sie unerhört stolz auf ihre kleine Schwester. Willa war Künstlerin, ein spiritueller Mensch, und das genaue Gegenteil von Kate, was die Persönlichkeitsmerkmale betraf. Ständig auf der Überholspur des Lebens. Geboren und aufgewachsen im Herzen der Meer- und Wildpferderegion von Chincoteague, Virginia, waren die beiden Schwestern völlig unterschiedliche Wege gegangen.

»Probier es doch einfach, Katy – klammer dich nicht fest. Lass die Dinge einfach fließen, atme tief ein und aus, lass alle negativen Gedanken los. Nimm dir ein Beispiel an den Wildpferden! Sogar sie gehen schwimmen … gefällt es dir denn nicht, wie sie nur dastehen, unverwandt aufs Meer hinausschauen, und im Wind atmen?«

Kate probierte es nun. Sie lehnte sich gegen die geflieste Dusche des Gasthofs, dachte an Willas Worte und wünschte, sie könnte die Gedanken an alles, was geschehen war, loslassen, von sich abfließen lassen. Sie versuchte zu singen – sie erinnerte sich, dass Willa schon als kleines Mädchen unter der Dusche gesungen hatte, mit einer überschwänglichen Stimme, die durch das ganze Haus hallte, das an dem Gezeitenfluss zwischen Insel und Festland lag – , aber es gelang ihr nicht ganz.

Als Bonnie nebenan zu bellen begann, drehte sie eilends die Wasserhähne zu, dann hörte sie das Klopfen an der Zimmertür. Falls die Dusche irgendeine beruhigende Wirkung gehabt hatte, war diese schneller dahin als das Wasser im Abfluss. Ihr Herz begann zu rasen. Sie erwartete keinen Besuch.

»Moment!«, rief sie und schlüpfte rasch in den Frotteebademantel, der an der Badezimmertür hing.

Bonnie, Willas Scotchterrier, patrouillierte vor der Tür auf und ab, bellte in voller Lautstärke. Der Gasthof war klein, besaß nur sechs gemütliche Fremdenzimmer. Kate hatte ihn wegen seiner Lage gewählt – direkt am Meer, mit Sicht auf die meisten Wellenbrecher, und weil Haustiere erlaubt waren. Willa hatte sich hier vor sechs Monaten einquartiert und ihr eine Postkarte geschickt, auf der sie schrieb, wie gut es Bonnie hier gefiel. Der Scotchterrier rannte im Kreis herum, zwischen Bett, Stuhl, Fenster, Tür und Kate hin und her, alle wichtigen Eckpunkte seines Territoriums abdeckend.

»Schon gut, Bon. Beruhige dich«, sagte Kate.
Es klopfte abermals.
Kate stand unmittelbar hinter der Tür; das Problem bei solch alten Gasthöfen war, dass ihnen gewisse moderne Annehmlichkeiten fehlten, wie beispielsweise Türspione. Die Besitzer, Barkley und Felicity Jenkins, hatten jeden Raum nach einem Gemälde des heimischen Künstlers Hugh Renwick benannt: »Flut«, »Taglilien«, »Rote Scheune«, »Jahrmarkt«, »Leuchtturm«. Kates Zimmer trug den Namen »Weiße Segel«.
»Wer ist da?«, rief sie.
»John O'Rourke.«
Kate lehnte sich gegen den Türrahmen, mit weichen Knien vor Erleichterung. Seit wann erschrak sie zu Tode, wenn es an der Tür klopfte?
»Miss Harris?«
»Ja.« Sie griff nach einem trockenen Handtuch. »Ich muss mir nur noch etwas anziehen, ich komme gleich. Wir treffen uns in ein paar Minuten unten, im Klubzimmer, einverstanden?«
»Einverstanden.«
Als sie hörte, wie das Echo seiner Schritte im Gang verhallte, holte sie tief Luft. *Genau deswegen bin ich hier*, dachte sie. Vielleicht waren ihre Gebete ja doch erhört worden. Als sie mit der einen Hand ihre Haare trockenrubbelte und mit der anderen ihre Jeans anzog, beeilte sie sich, so schnell es ging, während Bonnie, die ihre Aufregung fälschlicherweise als bevorstehenden Aufbruch zum Spaziergang deutete, angerannt kam und ihre rote Leine hinter sich herzog, wie Willa es ihr beigebracht hatte.

Das East Wind Inn befand sich am Ende einer langen Zufahrt, auf einer hohen, schroffen Felswand, die auf die Bucht hinausblickte, zwischen dem Haus der O'Rourkes und dem Silver Bay Leuchtturm gelegen. Das weiße Haus besaß weitläufige Veranden, ein steiles Giebeldach und schwarze Holzfensterläden

mit ausgekerbten Mondsicheln. Vor mehr als hundertfünfzig Jahren errichtet, hatte es einst direkt neben dem Leuchtturm gestanden, in dem Barkley Jenkins' Vater, vor der Automatisierung, Leuchtturmwärter gewesen war.
Als die Technologie Einzug hielt, verkaufte die Regierung das historische Bauwerk an Barkley und erteilte ihm die Genehmigung, es in seine Bestandteile zu zerlegen und ein Stück von der Felswand entfernt wieder aufzubauen. Barkley hatte es East Wind genannt – der Name war eine Huldigung an den Ostwind, der ständig vom Meer herüberwehte. Er verdiente seinen Lebensunterhalt damit, dass er sein Anwesen als Landgasthof mit Fremdenzimmern betrieb, die Anlagen des Leuchtturms wartete und Gelegenheitsarbeiten aller Art in der Umgebung übernahm. John und Theresa hatten ihn damals beauftragt, das Dach ihres Hauses auszubessern, und so hatte die Affäre begonnen.
John saß in dem Klubzimmer an der Vorderseite des Hauses und trank eine Tasse Earl-Grey-Tee. Felicity Jenkins hatte sie ihm gebracht, mit unverhohlener Neugierde. Kannte sie die Geschichte, die sich zwischen seiner Frau und ihrem Mann abgespielt hatte, oder war es Barkley gelungen, sie geheim zu halten?
»Bedien dich, John«, sagte Felicity und bot ihm einen Teller mit Plätzchen an, verziert wie Kürbiskopflaternen. »Und nimm den Kindern welche mit. Caleb konnte früher nie genug von meinen selbst gebackenen Plätzchen bekommen – ist bei mir eine Tradition zu Halloween.«
»Danke.« John nahm einen Keks, um sie nicht zu kränken. Sie kannten sich seit Ewigkeiten, seit sie in der Highschool zu viert ausgegangen waren – Barkley und sie, Theresa und er –, doch nun verband ihn insgeheim noch eine Art Seelenverwandtschaft mit ihr, von der sie möglicherweise nie etwas erfahren würde: Ihre Ehepartner hatten ein Verhältnis miteinander gehabt, hatten sich überall an der Küste heimlich getroffen. John

setzte sich noch aufrechter hin, aus Stolz, obwohl die Tatsache, sich in Barkley Jenkins' Haus zu befinden, in ihm brannte.
»Greif zu«, forderte sie ihn abermals auf und schüttelte den Teller. »Nimm gleich ein paar mehr, für Teddy und Maggie. Ich habe sie neulich auf ihrem Fahrrad gesehen – hübsches Mädchen.«
John warf einen flüchtigen Blick auf seine Uhr. Trotz Teddys Protest hatte er Mrs. Wilcox gebeten, herüberzukommen und eine Stunde bei den Kindern zu bleiben. Teddy hatte erklärt, er sei alt genug, um auf seine Schwester aufzupassen, aber nach diesem Morgen wollte John kein Risiko eingehen. Er hatte die Türen hinter sich zugesperrt – Brainer war ins Auto entwischt, erpicht auf die Spazierfahrt – und war hierher gefahren, um mit Kate Harris zu sprechen.
Felicity stand da und sah schweigend zu, wie John kaute. Er spürte ihren Blick, der auf ihm ruhte, und konnte sich des Gefühls nicht erwehren, dass sie etwas auf dem Herzen hatte. Vielleicht wusste sie doch Bescheid. Sie hatte die kräftige Statur eines Menschen, der an harte körperliche Arbeit gewöhnt war, blonde Haare, zu einem nachlässigen Knoten hochgesteckt, und einen scharfen, offenen Blick.
»Wie geht es Caleb?«, fragte John, um sie abzulenken.
»Hervorragend.« Die Worte sprudelten nur so aus ihr heraus. »So gut wie nie zuvor. Er arbeitet jetzt bei seinem Vater auf dem Bau – Barkley hat ihn beauftragt, den Verputz am Leuchtturm auszubessern. Die Stürme fordern ihren Tribut, und da der Winter vor der Tür steht …«
»Sehr gut«, sagte John; seine Muskeln verkrampften sich, als der Name fiel. »Freut mich zu hören.«
»Es gab nie wieder ein Problem mit ihm – kein einziges Mal – seit …«
»Wunderbar.«
»Nicht, dass wir damit gerechnet hätten.« Felicity lachte. »Jungen sind nun mal wild, und nur weil einige Leute keinen Spaß

verstehen ... Ich bin jedenfalls froh, dass dieser wunderbare Psychiater erkannt hat, dass mein Junge hyperaktiv ist, und die Geschworenen von seiner ADD-Störung überzeugen konnte ...«

In diesem Augenblick hörten sie, wie eine Tür im Flur des ersten Stocks geschlossen wurde. Felicity tätschelte Johns Arm. »Eine Geheimniskrämerin«, lächelte sie. »War noch nie hier, scheint aber bestens über den Ort informiert zu sein. Ihre Schwester hat offenbar einmal bei uns logiert. Eine Mandantin von dir?«

John schüttelte den Kopf, wischte sich die Kekskrümel von den Fingern und stand auf.

»Ich lasse euch jetzt allein«, flüsterte Felicity salbungsvoll und eilte aus dem Raum.

Kate Harris kam die Treppe hinunter. Gertenschlank, sie trug einen Rollkragenpullover aus schwarzer Wolle und Jeans – wobei es ihr irgendwie gelang, den verblichenen Jeans einen unglaublichen Hauch von Eleganz zu verleihen. Sie hielt einen kleinen schwarzen Scotchterrier an der Leine, und der Hund sprang an Johns Beinen hoch, mit hängender Zunge, so dass es aussah, als ob er lächelte und ihn wie einen alten Freund begrüßte, den er lange nicht gesehen hatte.

»Und du willst ein Wachhund sein, Bonnie!«, sagte Kate trocken.

»Sie hat sich die Seele aus dem Leib gebellt, als ich an die Tür geklopft habe.«

»Wie haben Sie mich überhaupt gefunden?«

»Sie hatten ja Ihre Visitenkarte dagelassen. Ich rief beide Nummern an, und als Felicity Jenkins bei der zweiten ans Telefon ging, sagte sie mir, dass Sie hier wohnen.«

»Von Datenschutz scheint man in dieser Gegend noch nie etwas gehört zu haben.«

»Hallo, Kate.« Felicity Jenkins betrat den Raum, eine zweite Porzellantasse in der Hand. »Vielleicht möchten Sie mit John

hier im Klubzimmer Tee trinken. Ich wusste gar nicht, dass Sie sich kennen! Ich dachte, Sie hätten gesagt, dass Sie weder Verwandte noch Bekannte in der Stadt haben ...«
John sah den Unmut in Kates Augen, aber Felicity tat ihm Leid. Sie sah in der anderen Frau offenbar eine Bedrohung – vielleicht befürchtete sie, dass Barkley ein Auge auf sie werfen könnte.
»Den Tee trinken wir gerne ein anderes Mal.« John stellte seine Tasse und den Unterteller auf den mit einem Zierdeckchen bedeckten kleinen Mahagoni-Beistelltisch neben seinem Sessel und bückte sich, um den Scotchterrier zu tätscheln. »Sieht so aus, als könnte es die Bestie kaum noch erwarten, spazieren zu gehen.«
»Sie haben es erkannt. Hätten Sie Lust, sich uns beiden anzuschließen?«
»Gerne. Brainer ist auch mit von der Partie – er liebt das Auto. Glauben Sie, Ihr Hund hätte etwas gegen Gesellschaft einzuwenden?«
»Nicht im Geringsten.« Kate nahm eine schwere, dunkelgrüne Wolljacke von der Messinggarderobe, zog sie an und öffnete die Eingangstür. Ein Schwall kalter Luft wirbelte die steile Felswand hoch, drang ins Haus ein. John lief zu seinem Wagen, öffnete die Tür und ließ Brainer heraus. Dankbar rannte der große Golden Retriever im Kreis herum, dann hielt er jäh inne, um Kate und den Scotchterrier zu begrüßen.
»Brainer, das ist Bonnie; Bonnie, das ist Brainer«, erklärte Kate feierlich.
»Brainer strahlt heute Abend vor Sauberkeit, und das verdanken wir Ihnen«, sagte John, der sie beobachtet hatte.
»Das verdanken Sie Teddy«, verbesserte sie ihn. »Er ist sehr verantwortungsbewusst. Sie haben einen netten Sohn.«
»Finde ich auch.«
Die kalte Luft fegte die Felswand hinauf, so dass John seine Jacke enger um sich zog. Es war Oktober, und die ersten Sterne

standen funkelnd am Himmel, spiegelten sich in den dunklen Wellen und Kates Augen wider. Er blieb stehen, reglos, erwiderte ihren Blick.

»Wer sind Sie?«

»Das sagte ich Ihnen bereits: Kate Harris. Wissenschaftlerin an der National Academy of Science – in Washington. Ich bin Meeresbiologin.«

John lauschte dem Rascheln der Blätter in den Mastbaumkiefern über ihnen. Wellen krachten tief unter ihnen gegen die Felsen, schleiften loses Gestein über die Moräne, wenn sie ins Meer zurückschwappten. Die Brandung bildete eine schimmernde Linie, wie ein langer weißer Faden, der sich in der Dunkelheit an der Küste entlangzog, unterbrochen von Wellenbrechern, die vom Ufer ins Meer hineinragten, beleuchtet vom wandernden Strahl des Leuchtturms. Es gab hier zweifellos einiges, was für eine Meeresbiologin von Interesse sein könnte.

»Warum haben Sie mich belogen?«

»Habe ich nicht.« Sie reckte das Kinn in die Höhe und sah ihn herausfordernd an.

»Sie arbeiten gar nicht für die Sea and Shore Employment Agency.«

»Das habe ich auch nie behauptet.«

»Sie haben gesagt, dass ich Ihren Scheck dorthin schicken soll …«

»Nein, das haben Sie gesagt«, erwiderte sie mit Nachdruck. »Ich beschloss lediglich, Sie nicht zu korrigieren. Sie haben ständig irgendwelche Vermutungen angestellt – allesamt voreilig und falsch. Da Sie mir keine Chance gegeben haben, den Sachverhalt zu klären, hielt ich es für besser, Sie in dem Glauben zu belassen.«

»Sie sagten, Sie wären wegen des Jobs gekommen!«

»Nein!« Kate schüttelte heftig den Kopf. »Ich sagte, ich würde bei Ihren Kindern bleiben, das ist alles. Als ich vor Ihrer Haustür stand, war die Polizei da, Sie bluteten aus einer Kopfwunde, und Teddy und Maggie waren völlig außer sich. Sie brauchten Hilfe.«

»Sie hätten mir sagen sollen, dass Sie kein Kindermädchen sind.«

»Das ist mir inzwischen auch klar geworden. Aber es herrschte das reinste Chaos – ich wollte wirklich nur helfen. Und da ich weiß, dass ich vertrauenswürdig bin, dachte ich, es sei später noch Zeit für Erklärungen.«

Das East Wind und das angrenzende Areal mit dem Leuchtturm maßen etwa sieben Hektar, so dass Kate Bonnie von der Leine ließ. Die beiden Hunde rannten gemeinsam los, schnüffelten an jeder Hecke und umrundeten riesige Granitfelsen. John hörte, wie sie durch das Laub auf dem Boden scharrten; er erinnerte sich an Herbstspaziergänge mit Brainer und Theresa, und sein Herz verhärtete sich. »Sie haben mir immer noch nicht gesagt, was sie um acht Uhr morgens bei uns wollten.«

»Ich weiß.« Sie holte tief Luft.

»Also?«

Kate ging in die Hocke und rief Bonnie herbei, indem sie in die Hände klatschte. Brainer reagierte ebenfalls, und sie belohnte beide mit einem Leckerbissen aus der Tasche ihrer Wolljacke. John stand neben ihr, blickte auf sie herab, ihr Gesicht lag im Schatten. Ihre Wangenknochen waren hoch und zart, ihre Augen leuchteten.

»Und Sie haben mir immer noch nicht gesagt, wie es Ihnen gelungen ist, schnurstracks nach oben zu gehen und an die richtige Zimmertür zu klopfen«, entgegnete sie.

»Ich habe den Sohn der Familie Jenkins im letzten Jahr als Anwalt vertreten. Er hatte sich das Motorboot eines Nachbarn ›ausgeliehen‹, der mit einem gerichtlichen Nachspiel drohte. Felicity war mir etwas schuldig. Als ich die Nummer anrief, die Sie auf Ihrer Visitenkarte notiert hatten, und mich erkundigte, ob Sie im Gasthof wohnen, sagte sie mir, dass Sie im ›White Sails‹-Zimmer untergebracht sind. Ich bin einfach raufgegangen.«

»Sie muss große Stücke auf Sie halten, als Anwalt, meine ich.«

»Ich habe ihr eingeschärft, Ihre Zimmernummer niemandem sonst zu verraten«, erwiderte John, über ihre Bemerkung hinweggehend, und dachte, wie verwundbar Frauen – eigentlich alle Menschen – in dieser Welt waren. Er beugte sich zu ihr herab, aus dem gleichermaßen unverhofften Gefühl, sie beschützen und ihr nahe sein zu wollen.

»Sind Sie das?«, fragte Kate. »Ein guter Anwalt?«

Auf dem Felsen stehend, warm eingepackt gegen die Kälte, spürte John, wie sich sein Magen verkrampfte. Sein Herz sank. War es das? Brauchte Kate einen guten Strafverteidiger? John betrachtete sinnend ihre schmale Gestalt, die großen Augen, die sommersprossige Nase, wohl wissend, dass jeder Mensch fähig war, Schuld auf sich zu laden.

»Ja, ich denke schon«, sagte er; sein Rücken versteifte sich, seine Stimme wurde härter.

Sie nickte, schien eine Weile nachzudenken.

»Möchten Sie, dass ich Sie anwaltschaftlich vertrete? Sind Sie deshalb zu mir nach Hause gekommen? Um mich zu fragen, ob ich Ihren Fall übernehme?«

Kate antwortete nicht gleich. John beobachtete sie aufmerksam. Manchmal rückten die Leute, die einen Strafverteidiger brauchten, nicht sofort mit der Wahrheit heraus. Sie behaupteten, zu Unrecht verdächtigt worden zu sein oder die Tat nicht vorsätzlich begangen zu haben. Und wenn doch, hatten sie nicht damit gerechnet, erwischt zu werden.

Nur wenige hielten sich für kriminell, selbst wenn sie auf frischer Tat ertappt wurden. Diese Bezeichnung traf nicht auf sie zu, wie sie meinten. Ungeachtet des Delikts heiligte der Zweck letztlich die Mittel – jemand hatte sie schändlich hintergangen, betrogen, ausgetrickst, verleumdet oder ins Verder-

ben gerissen. An Rechtfertigungen mangelte es nie. Also wartete John, blickte Kate an und fragte sich, mit was für einer Geschichte sie aufwarten würde.
»Das ist nicht der Grund.« Kates Stimme war plötzlich weich. »Ich brauche keinen Rechtsbeistand.«
»Warum interessiert es Sie dann, ob ich ein guter Anwalt bin? Was hat Sie bewogen, mich heute Morgen zu Hause aufzusuchen?«
Es war inzwischen stockfinster, doch überall standen Sterne am Himmel, bis zum Horizont, das Firmament umschloss John und Kate wie eine umgestülpte Schüssel. Die Seeluft war salzig; vermutlich brannte sie in Kates Augen, denn sie wischte plötzlich eine Träne weg. Immer neue Tränen füllten ihre Augen. John starrte sie an, sein Herz begann zu hämmern.
»Ich habe Sie aufgesucht, weil sie Greg Merrills Anwalt sind.«
»Merrill? Was hat der damit zu tun?«
Kate schluckte. Die Hunde kamen aus dem Gebüsch auf den Klippen angerannt, bettelten um weitere Leckerbissen. Sie schien es nicht zu bemerken. Bonnie sprang hoch, stupste mit der Schnauze ihre Hand an, während Brainer geduldig Platz machte und wartete, dass sie ihnen etwas anbot. Kate stand reglos da, während die Tränen ungehemmt über ihre Wangen liefen, dann drehte sie sich um und sah John offen in die Augen. Ihre Miene war von Kummer überschattet, als wüsste sie, dass sie bereits verloren hatte, wonach sie suchte, doch dann räusperte sie sich.
»Ich glaube, er hat meine Schwester umgebracht«, flüsterte sie.

5

Blind vor Tränen ließ sich Kate von John O'Rourke zu seinem Wagen führen. Es war ein Volvo-Kombi, und kaum hatte er die Tür geöffnet, stürmten die beiden Hunde auch schon hinein. Brainer sprang auf die Rückbank, und Bonnie folgte ihm nach. Sie nahmen einträchtig nebeneinander Platz und warteten mit heraushängenden Zungen darauf, dass die Spazierfahrt losging.

John ließ den Motor an. Erst als Kate spürte, dass es warm im Auto wurde, merkte sie, wie kalt ihr war. Wenn sie an Willa dachte, und was ihr widerfahren sein könnte, wurde ihr jedes Mal eiskalt. Sie konnte keinen klaren Gedanken fassen, war aber der Ansicht, wenn ihre Schwester Wärme entbehren musste, sei das für sie gleichermaßen recht und billig. Die Heizung, noch nicht richtig abgekühlt nach Johns Fahrt zum East Wind, arbeitete auf Hochtouren, und Kate empfand die Wärme, gegen ihren Willen, umgehend als Wohltat.

Die Stereoanlage war noch an; eine Melodie von Suzanne Vega erklang, leise und traurig. Kate erinnerte sich, wie sehr ihre Schwester Musik geliebt hatte. Willa pflegte sie in ihrem Zimmer zu hören, während die weißen Vorhänge in der salzigen Meeresbrise wehten. »Sie singt von Verlusten«, hatte Willa ihrer älteren Schwester erklärt, auf der Kante ihres Doppelbetts sitzend. »Sie weiß, wie das ist, genau wie wir beide ... Sie ist eine von uns. Gott sei Dank, dass ich dich habe, Katy.«

»Gott sei Dank, dass ich dich habe«, hatte Kate geflüstert.

Als sie nun in John O'Rourkes Auto saß, klammerte sie sich an den Sitz und konzentrierte sich darauf, nicht zu weinen. Ihre Liebe zum Meer hatte sie bewogen, Meeresbiologin zu werden, aber sie hatte sich auf unbestimmte Zeit von ihrer Tätigkeit in Washington beurlauben lassen. Wie konnte sie das zerbrechliche Gleichgewicht von Ökosystemen und Gezeitenzonen im Auge behalten, wenn sie nur noch an Willa dachte?

»Dieses Thema ist tabu«, sagte John leise, den Blick nach vorne gerichtet.

Kate traute ihrer Stimme noch nicht. Sie wünschte, die Musik möge verstummen, damit die Erinnerungen verblassten und ihre aufgewühlten Gefühle zur Ruhe kämen. Die traurige Melodie riss die alten Wunden der letzten Monate wieder auf, und sie spürte den Schmerz im ganzen Körper.

»Greg Merrill ist mein Mandant; es ist mit den ethischen Grundsätzen eines Anwalts unvereinbar, über seinen Fall zu reden, weder mit Ihnen noch mit gleich wem.«

Kate holte tief Luft. Die letzten Noten endeten, die letzten Gitarrenakkorde verklangen. Sie schloss die Augen, zwang sich, beim Sprechen Ruhe zu bewahren. »Ich würde niemals von Ihnen verlangen, einen Vertrauensbruch zu begehen.« Sie zögerte, suchte nach den richtigen Worten. »Sie müssten nicht über ihn reden – sondern nur meine Fragen anhören und mir helfen, ihn auszuloten, mir ein Bild von ihm zu machen ...«

»Gespräche mit meinem Mandanten unterliegen der Schweigepflicht. Und Schweigepflicht heißt: ganz oder gar nicht. Ich kann mir nicht das eine oder andere herauspicken und entscheiden, wann sie zutrifft und wann nicht.«

»Ich verstehe.«

»Warum kommen Sie überhaupt zu mir? Warum wenden Sie sich nicht an die Polizei? Oder an die Staatsanwaltschaft? Wenn ein begründeter Verdacht besteht, können die Ihnen viel eher weiterhelfen.«
»Habe ich alles schon versucht.«
»Und die konnten Ihnen nicht helfen?«
Sie schüttelte den Kopf. Der Strahl eines Leuchtturms schweifte über den Himmel. Sie wusste anhand der Landkarte, dass es der Silver Bay Leuchtturm war. Der Turm stand auf einer Landzunge mit Blick auf einen langen Wellenbrecher, errichtet aus den grauen Quadersteinen dieser Gegend, eine Treppe mit Absätzen in der Mitte. Der Wellenbrecher schützte den Hafen von Silver Bay.
»Den hat er nie benutzt, oder?«, fragte sie, während sie zusah, wie der weiße Strahl den Himmel durchpflügte.
»Wen? Wovon reden Sie?«
»Von Merrill. Er hat nie eine Leiche im Silver-Bay-Wellenbrecher versteckt – obwohl das nahe liegend wäre. Und geradezu perfekt – er ist lang, vom Ufer kaum sichtbar, mit vielen Spalten zwischen den Quadersteinen … bei Ebbe problemlos zu erreichen.«
»Das Gespräch ist beendet.« John öffnete die Tür auf seiner Seite. Die Hunde bellten enttäuscht, als sie merkten, dass die Spazierfahrt kümmerlich auszufallen drohte.
»Bitte.« Kate schluckte. Sie packte ihn am Handgelenk, hielt ihn fest. Langsam drehte er den Kopf, um sie anzusehen; seine Augen waren hart, er war auf der Hut. Sie hatte es verdorben, weil sie das Thema Merrill und den Wellenbrecher angeschnitten hatte. *Halt ihn heraus,* ermahnte sich Kate. *Sprich nur über Willa.*
John befand sich mit einem Bein im Auto, mit dem anderen draußen. Der Lichtstrahl des Leuchtturms glitt wieder über sie hinweg; sie sah, wie sein Blick ihm folgte und dann auf der Frontseite des East Wind Inn verweilte. Hinter dem Fenster

stand jemand. Die Gardine bewegte sich kaum merklich, und ein Schatten zeichnete sich gegen das Licht ab.
»Bitte. Geben Sie mir fünf Minuten Zeit«, bat Kate.
John antwortete nicht, aber er zog sein Bein wieder in den Wagen und schlug die Autotür zu. Den Blick immer noch auf das Fenster des Gasthofs gerichtet, legte er den Rückwärtsgang ein, wendete und fuhr die lange Zufahrt hinab. Aufgeregt und glücklich rannten die Hunde auf der Rückbank hin und her, die Nasen ans Fenster gepresst. Als Kate über ihre Schulter blickte, sah sie, wie die Gardine zurückgezogen wurde und Felicitys Gesicht aus dem Fenster spähte.
»Sie beobachtet jede Bewegung«, sagte Kate. »Danke, dass Sie weggefahren sind. Ich weiß die Privatsphäre zu schätzen.«
»Sagen Sie einfach, was Sie auf dem Herzen haben. Sollten Sie jedoch noch ein einziges Mal die Sprache auf meinen Mandanten bringen, fahre ich Sie auf der Stelle zurück!«
»Keine Angst. Ich will nicht, dass Sie Ihren Ehrenkodex verletzen. Ich werde Sie nichts fragen, was Merrill …« Sie brach ab, biss sich auf die Lippe. »Ich werde ihn nicht mehr erwähnen. Nur meine Schwester …«
»Teddy hat mir gesagt, dass Sie ihm von ihr erzählt haben.«
Kate lächelte, als sie an Teddy O'Rourke dachte. »Ich habe in Teddy etwas von mir selbst entdeckt. Er liebt seine kleine Schwester.«
»Ja, das stimmt.«
»Ich habe – ich *liebe* meine auch«, verbesserte sie sich. »Willa ist zwölf Jahre jünger als ich. Als meine Eltern sie nach der Geburt mit nach Hause brachten, dachte ich, sie sei ein Geschenk, ganz allein für mich. Wie eine lebendige, atmende Babypuppe … ich hätte sie am liebsten nie wieder hergegeben. Ich weinte immer, wenn ich zur Schule ging und sie den ganzen Tag zu Hause lassen musste.«
»Genau wie Teddy.«
Kate blickte ihn verstohlen an und sah, dass er nickte. Ermu-

tigt fuhr sie fort. »Meine Mutter sagte oft, sie habe zwei Familien gehabt. Meinen älteren Bruder und mich … und dann Willa. Willa war ihr Nesthäkchen, ein ›unverhoffter Schatz‹. Meine Mutter war fünfundvierzig; sie hatte nicht damit gerechnet, noch ein Kind zu bekommen. Und dann kam Willa zur Welt.«

»Sie liebten Ihre Schwester also«, sagte John brüsk – eine unausgesprochene Aufforderung, sich mit ihrer Geschichte zu beeilen?

»Ja. Als meine Eltern bei einem Autounfall ums Leben kamen, erhielt ich das Sorgerecht. Willa sagte immer, ich sei eine Art Muttterersatz. Damals war ich gerade von Chincoteague nach Washington D.C. gezogen – um dort zu studieren und später zu arbeiten. Willa blieb bei mir … wir verwendeten das Geld von der Lebensversicherung, um sie auf eine Privatschule in Georgetown zu schicken. An den Wochenenden fuhren wir nach Hause, nach Chincoteague.«

»Was war mit Ihrem älteren Bruder?«

»Matt. Nun, er … sagen wir, er hat sich nicht gerade darum geschlagen, sich um eine Zehnjährige zu kümmern. Das ist schon in Ordnung so … Willa und ich haben es ihm nie verübelt. Er ist Austernfischer, ein Einzelgänger, frei wie der Wind. Er ist mit Chincoteague verwachsen und nie über Pocomoke hinausgekommen, aber er war – wäre immer für uns da gewesen, falls wir ihn gebraucht hätten.«

»Was ist passiert, Kate?«

Sein Ton war scharf, drängend. Er würde sie ausreden lassen, zuhören, ihr sagen, dass er ihr nicht helfen könne, und sie zum East Wind zurückfahren. Kate wappnete sich innerlich; sie würde ihr Anliegen vortragen und ihr Bestes tun, um seine Unterstützung zu gewinnen – Schweigepflicht hin oder her. Sie wusste noch nicht wie, aber Willas Geschichte war zu wichtig, um ignoriert zu werden – selbst für einen hartgesottenen Anwalt wie John O'Rourke.

»Vor sechs Monaten fuhr sie nach Neuengland ...«
»Und?« Er wartete.
»Und seither ist sie spurlos verschwunden.«
John hielt den Blick auf die Straße gerichtet. Als Kate nicht gleich weitersprach, schüttelte er den Kopf. »Kein Mensch verschwindet ›spurlos‹. Das gibt es nicht.«
»Willa schon.« Sie fuhren nun durch die kleine Stadt, vorbei an dem weißen Kirchturm, der bei Dunkelheit angestrahlt wurde. Der Strahl des Leuchtturms schien ihnen zu folgen, als sie die Hauptstraße entlangbrausten. Sterne funkelten am nachtschwarzen Firmament. Alles schien hell erleuchtet zu sein: Ein gutes Zeichen, dachte Kate.
»Vielleicht wollte sie nicht gefunden werden«, warf John ein. »Möglich, dass ihr wirklich etwas passiert ist. Aber sie kann nicht spurlos verschwunden sein. Es gibt schließlich Telefonaufzeichnungen, Anrufbeantworter, Sprachverifikation, DNS-Analysen, Kreditkarten und E-Mails, deren Spuren sich verfolgen lassen ... es gibt immer irgendeinen Hinweis auf den Verbleib eines Menschen.«
»Den gab es. Sie haben Recht.«
»Und wohin führte die Spur?«
»Genau hierher.« Kates Stimme war leise und heiser.
»Hierher? Nach Silver Bay?«
»Ja. Vor einem halben Jahr. Unmittelbar bevor ...« Sie sah ihn rasch an, wollte Merrills Namen nicht aussprechen, wollte ihm keinen Vorwand liefern, das Gespräch endgültig abzubrechen.
»Bevor mein Mandant verhaftet wurde.«
»Ja.«
John fuhr schweigend weiter. Sie verließen das Stadtzentrum, fuhren über die Küstenstraße in östlicher Richtung weiter. Die Straße schlängelte sich an malerischen Buchten und Marschen vorbei, führte über kleine Brücken und am äußersten Ende eines schmalen Landstreifens entlang. Die Wärme im Auto

war anfangs eine Wohltat gewesen, doch nun begann Kate zu schwitzen. Sie kurbelte das Fenster einen Spaltbreit herunter, atmete den stechenden Geruch der Ebbe ein. Das Watt lag entblößt da, Schalentiere und verendete Meeresbewohner verwesten in der kalten Luft.

Sie musterte Johns Gesicht. Ging er in Gedanken seine Akten durch, versuchte sich zu erinnern, ob der Name Willa in irgendeiner Phase der Ermittlungen aufgetaucht war? Versuchte er, sich das Gesicht eines Mädchens ins Gedächtnis zu rufen, das wie Kate aussah, nur zwölf Jahre jünger?

»Ich kann mich nicht entsinnen, ihren Namen in irgendwelchen Unterlagen gelesen zu haben … wenn sie *überhaupt* hier gewesen ist«, sagte John überlegt. »Warum haben Sie die Polizei nicht gleich davon in Kenntnis gesetzt?«

»Weil ich nicht wusste, dass sie hier war … zu diesem Zeitpunkt.«

»Ich verstehe nicht.«

»Wir konnten ihre Spur bis Newport, Rhode Island, verfolgen. Sie versuchte … über eine schmerzliche Liebesaffäre hinwegzukommen.« Kate brachte die Worte kaum über die Lippen; sie kratzten in ihrer Kehle wie Schmirgelpapier, als wären sie in der Lage, die alte Wunde jederzeit wieder aufzureißen. »Sie war von Washington aus dorthin gefahren, hatte in einem Landgasthof übernachtet – einer Frühstückspension, genauer gesagt. Ähnlich wie das East Wind.«

»Eines von diesen alten Herrenhäusern?«

»Ja, am Ocean Drive. Einen Katzensprung von Breton Point entfernt.«

»Hat sie Ihnen gesagt, dass sie dorthin wollte?«

Kate schüttelte den Kopf. »Nein. Kein Sterbenswort, zu niemandem. Doch nachdem sie eine Woche verschwunden war und ich nichts von ihr gehört hatte …«

»Eine Woche ist nicht lange, um über eine unglückliche Liebesaffäre hinwegzukommen«, warf John heftig ein.

»Nein, aber das Schweigen dauerte sechs Tage länger als zwischen uns beiden üblich. Es war noch nie vorgekommen, dass sie sich eine ganze Woche lang nicht meldete«, konterte Kate. »Am zweiten Tag begann ich mir Sorgen zu machen …« Sie holte Luft, vergegenwärtigte sich die schrecklichen Umstände. »Und am vierten Tag war ich außer mir vor Angst. Ich rief Matt an, und er überredete mich zu warten, sie gewähren zu lassen … wir hatten einen Streit, Willa und ich, wissen Sie … Das kam sehr selten vor.« Kates Augen füllten sich mit Tränen, aber sie wischte sie weg, bevor John sie sah.

»Wie haben Sie herausgefunden, dass sie in Newport war?«

»Genau wie Sie sagten, über die Kreditkarte. Ich schaltete die Polizei in D.C. ein; sie fand die Spur. Und Telefonaufzeichnungen. Sie meldete sich bei dem Mann – er war der Grund, dass sie überhaupt die Flucht ergriffen hatte, aber offenbar kam sie nicht von ihm los. Sie rief ihn jeden Tag an …«

»Aber nicht Sie.« Johns Tonfall war mit einem Mal sanft, und als er den Kopf drehte, um sie anzusehen, erkannte Kate, dass er ihren Schmerz verstand. Der Strahl des Leuchtturms blitzte auf, durchquerte den Wagen, erhellte seine Augen.

»Mich nicht. Sie hat mich kein einziges Mal angerufen.«

John nickte, und sie meinte, ihn lange und leise seufzen zu hören. Seine Knöchel waren schneeweiß auf dem Lenkrad – wusste er mehr, als er sagte? Kates Puls begann zu rasen.

»Und dann? Nachdem Sie ihre Spur bis Newport verfolgt hatten?«

»Die Polizei sagte, sie habe ihre Rechnung bezahlt und das Seven Chimneys Inn am Dienstag, den 5. April verlassen. Am Abend rief sie Andrew an – ihren … Geliebten –, und am nächsten Morgen erneut. Danach, nichts mehr. Keine Telefonate, kaum noch Kreditkarten-Aktivitäten. Am Donnerstag wurde ihre Texaco-Karte an einer Tankstelle in Fairhaven, Massachusetts, benutzt. Und ihre MasterCard am Freitag in einem Laden für Campingausrüstung in Providence.«

»Aber keinerlei Hinweise auf den Küstenstrich von Connecticut.«
»Nein.«
»In dieser Gegend wurde weder ihre Kreditkarte benutzt noch ein Telefongespräch geführt.«
»Richtig.«
John drehte sich zu Kate um, sah ihr in die Augen. »Wie kommen Sie dann zu der Behauptung? Dass mein Mandant Willa umgebracht hätte?«
»Weil sie *hier* war«, flüsterte Kate; das Wort »umgebracht« versetzte ihr einen Stich wie ein Messer. Sie würde sich niemals daran gewöhnen, »umgebracht« in einem Atemzug mit »Willa« zu hören. Sie kramte in ihrer Tasche und zog eine Postkarte hervor. »Die hat sie mir geschickt.«
Sie reichte ihm die Karte und sah, wie er sie hochhielt, ans Lenkrad klemmte. Sie brausten die Küstenstraße entlang, während er das Bild betrachtete – völlig unberührt vom Ausblick unmittelbar zu ihrer Rechten –, die Felsen und den Leuchtturm von Silver Bay, dann überflog er Willas Handschrift im Schein der Straßenlaternen. Kate schloss die Augen, dachte an die Worte, die sie inzwischen auswendig kannte.

Hallo Katy,
es geht mir einigermaßen … dir auch? Mir war alles zu viel, und es ging schon zu lange. Es tut mir Leid, dass ich dir Kummer mache und dich besonders jetzt auf das fällige Gespräch warten lasse. Ich hasse mich für das, was ich dir angetan habe … ich komme aber bald nach Hause … Bonnie gefällt es hier – sie läuft gerne an dem langen Strand und an der Brandung entlang … Die Landschaft erinnert mich an zu Hause – an Chincoteague. Ich wünschte, du wärst hier – vielleicht irgendwann, wenn sich die Dinge zum Besseren gewendet haben …
Ich liebe dich.
Willa

»Die Karte wurde am sechsten April aufgegeben«, sagte John, nachdem er die Innenbeleuchtung des Wagens eingeschaltet hatte, um einen Blick auf den Poststempel zu werfen. »Vor sechs Monaten.«

»Ich weiß.«

»Warum … warum ist mir bisher nichts über sie zu Ohren gekommen? Das war genau auf dem Höhepunkt …«

»Von Merrills Umtrieben. Ich weiß. Aber ich erhielt ihre Karte erst vor einem Monat.«

»Warum dauerte das so lange? Warum gelangte sie erst nach fünf Monaten in Ihren Besitz?«

»Sie ging an meine alte Adresse. Postkarten werden vom Postamt nicht nachgesandt. Ich fand sie zwischen einem Stoß alter Kataloge und Rundschreiben.«

»Haben Sie die Karte zur Polizei gebracht?«

»Ja.« Kate dachte an die Polizeistationen im Umkreis, die sie in den letzten Tagen aufgesucht hatte. »Aber alle weisen auf die Tatsache hin, dass Willas Kreditkarten nach dem Abschicken der Postkarte noch in Massachusetts und Rhode Island benutzt wurden. Was bedeutet, dass dies nicht die letzte Etappe ihrer Reise war.«

»Die Polizei hat über alle Frauen, die als vermisst gemeldet wurden, Nachforschungen angestellt«, erwiderte John wachsam; sein Tonfall verriet, dass er mit dieser Auskunft keinen wie auch immer gearteten Ehrenkodex verletzte.

»Ich weiß, doch da niemand sie mit Connecticut in Verbindung brachte, tauchte ihr Name vermutlich nie in den Ermittlungen zum Fall Merrill auf …«

»Und was war mit Bonnie?« John sah in den Rückspiegel. Der kleine schwarze Hund, erschöpft vom Herumtollen auf der Klippe, lag neben Brainer, das Kinn ruhte auf dem goldenen Rücken des Retrievers.

»Felicity hat sie wiedererkannt, gleich bei meiner Ankunft – aber an Willa konnte sie sich nicht mehr genau entsinnen.

Trotzdem, ich habe ihre Unterschrift im Gästebuch gefunden.« Sie hatte ein flaues Gefühl im Magen, als sie sich an den Moment erinnerte, in dem sie Willas Handschrift und ihre Anschrift entdeckt hatte, fein säuberlich mit Druckbuchstaben in der nächsten Zeile vermerkt.

»Ich meinte, wo hat Bonnie die ganze Zeit gesteckt? Wo haben Sie den Hund gefunden, wenn er nicht bei Ihrer Schwester war? Und wann?«

»Vor fünfeinhalb Monaten … gleich nachdem ich die Vermisstenanzeige aufgegeben hatte. Anhand der Kreditkarteninformationen konnten wir mit den Tierschutzorganisationen in den Gebieten Kontakt aufnehmen, in denen sie sich aufgehalten hatte. Bonnie war in einem Tierheim gelandet, das sich um streunende Hunde kümmerte, in einer kleinen Stadt im Süden von Providence. Ihr Halsband und die Anhänger fehlten. Sie war an einem Rastplatz unweit der I-95 aufgefunden worden, wo sie um Futter bettelte.« Kates Kehle war wie zugeschnürt bei der Erinnerung. »Sie war überglücklich, mich zu sehen.«

»Bonnie wurde also nicht in *unserer* Gegend ausgesetzt.«

»Ich weiß. Was Sie natürlich zu der Vermutung veranlasst, dass dies nicht Willas letzter Aufenthaltsort war, stimmt's?«

John zuckte die Achseln und runzelte die Stirn, blickte angestrengt auf die Straße.

»Ich glaube, Sie irren sich. Und zwar deswegen.« Sie tippte gegen die Postkarte auf dem Armaturenbrett.

»Wer hatte sie die ganze Zeit? In dem Stapel Kataloge vergraben, fünf Monate lang, nachdem sie abgeschickt wurde?«

»Mein Exmann.«

»Ihr …« John war überrascht.

»Andrew.«

»Ich dachte, Sie sagten, das sei der Name …«

»Des Mannes, mit dem meine Schwester eine unglückliche Affäre hatte«, erwiderte Kate ruhig und blickte aus dem Fenster auf das Watt hinaus, das schwarz und glänzend im Dunkel der Nacht lag, auf die Reihe der weißen Wellen, die gegen die Sandbank brandeten. »Andrew Wells war mein Mann.«

»Ihr … Ihr Mann hatte eine Affäre mit Ihrer Schwester?«

»Ja.«

»Tut mir Leid. Das muss schrecklich für Sie gewesen sein.«

Kate war unfähig zu antworten.

Schweigen hüllte sie ein, als John den Wagen wendete. Kate vernahm das leise, gedämpfte Rauschen des eigenen Herzschlags in ihren Ohren. Ihre Mutter war immer ein verschwiegener Mensch gewesen und hatte ihren Kindern beigebracht, Familiengeheimnisse zu bewahren. Erst seit April war Kate bereit zu reden: alles zu offenbaren, was dazu beitragen konnte, Willa zu finden. Dennoch fand sie es sonderbar, dass John der Liebesaffäre mehr Aufmerksamkeit zu widmen schien als dem Verschwinden ihrer Schwester.

Sie fuhren den gleichen Weg zurück. Die Landschaft huschte vorbei; die Rückfahrt kam ihr wesentlich kürzer vor als die Hinfahrt. Kate spürte, dass jeder Atemzug, und sei er noch so flach, schmerzte. Ihr Herz war vor langer Zeit gebrochen worden; manchmal wünschte sie sich nur noch eines, dass ihre Gedanken endlich zur Ruhe kämen, eine Verschnaufpause von all den schrecklichen Erinnerungen erhielten.

Als sie nur noch eine Viertelmeile zu fahren hatten und die Straße sich an der malerischen, vom Flutlicht angestrahlten weißen Kirche vorbeischlängelte, drehte John ihr den Kopf zu. Ihre Blicke trafen sich, versanken ineinander, und Kate war verblüfft über die Tiefe des Gefühls, das sich in seinen Augen spiegelte – ein Schmerz, der sich hinter der Oberfläche verbarg, sein ganzes Sein erfüllte –, und plötzlich wusste sie Bescheid. Sie spürte es, so genau, als hätte er ihre Hand ergriffen und ihr die Geschichte selber erzählt: Er kannte Verrat und Untreue, weil er sie am eigenen Leib erfahren hatte.

»Es *war* schrecklich für mich«, räumte sie schließlich ein.

»Jeder …« Er suchte nach den richtigen Worten. »Jeder Ehebruch ist schmerzlich, aber für Sie muss die Entdeckung noch schlimmer gewesen sein, weil es um Ihre Schwester und Ihren Mann ging.«
»Ich denke schon. Ja. Aber es war nicht ihre Schuld …«
»Was meinen Sie damit?«
»Sie war erst zweiundzwanzig. Mein Mann hat sich an sie herangemacht, und … später stellte ich fest, oder …« Sie stockte, korrigierte sich. »Vielmehr gestand ich mir ein, dass sie nicht die Einzige war. Wir lebten in Washington, dort gibt es viele hoffnungsvolle junge Frauen … Sie waren leicht zu verführen.«
»Ist er Politiker?«
»Die rechte Hand eines Politikers. Er hat Macht.« Sie schloss die Augen, stellte sich Andrews unbekümmertes Lächeln, seine lachenden Augen, sein welliges Haar und seine forsche Art vor, die Menschen auf Anhieb für ihn einnahm und ihnen vorgaukelte, sie wären wichtig für ihn.
»Sind Sie noch mit ihm verheiratet?«
»Warum? Was hat das mit Willa zu tun?«
Er zögerte, erschrocken über sich selbst. Sie blickte ihn an und sah im schummrigen Licht, dass seine Augen starr geradeaus gerichtet waren, als versuche er, seinen eigenen Zweifeln und Dämonen zu entfliehen. »Ich frage mich nur … ob eine Ehe einen Ehebruch überstehen kann. Oder ob es besser wäre, sie zu beenden – durch eine bewusste Entscheidung.«
»Eine bewusste Entscheidung?« Sie lachte nervös. »Was für andere Möglichkeiten gibt es denn, eine Ehe zu beenden, als …«
Die Antwort lag auf der Hand, genau wie der Grund, der ihn zu der Frage bewogen hatte: durch Tod. Den Tod seiner Frau.
Er antwortete nicht, sah die ganze Zeit nach vorn, auf den Leuchtturm, als könnte dieser Licht in das Dunkel bringen und Antworten auf seine Fragen finden.

»Meine Scheidung war gerade rechtskräftig geworden. Als ich in unsere Wohnung fuhr, um den Rest meiner persönlichen Dinge zu holen, fand ich die Postkarte.«

Seine Augen waren von Kummer und Mitgefühl überschattet gewesen, doch die Erwähnung der Postkarte brachte ihn auf Anhieb in die Wirklichkeit zurück. Kate hätte ihr Worte gerne zurückgenommen – um die Verbindung zwischen ihnen zu bewahren. Sie hatte sie gespürt, stark und wahrhaftig.

»Was wollen Sie von mir?«, fragte er.

»Das weiß ich nicht genau.«

»Irgendetwas müssen Sie sich doch dabei gedacht haben; niemand nimmt einen so weiten Weg auf sich …«

»Ich schon.« Kate verspürte plötzlich einen Anklang von Heimweh – nicht nach den Alabastergebäuden und Monumenten der Hauptstadt, sondern nach dem Besengras und den Austernbänken, den Dünen und Mustangs von Chincoteague. Willa wäre der Insel, auf der sie sich zu Hause fühlte, niemals freiwillig so lange fern geblieben.

»Dann sagen Sie mir, warum Sie zu mir gekommen sind.«

»Weil ich Sie bitten wollte, ihn etwas zu fragen«, sagte Kate, traute ihrer Stimme kaum.

»Ihn?«

»Ich weiß, dass Sie mir im Augenblick nichts sagen können, aber bitte, John – fragen Sie Ihren Mandanten. Willa passt genau in sein Raster – sie war klein und zierlich, hatte braune Haare, war erst zweiundzwanzig.«

Als sie zu John hinüberspähte, sah sie, dass seine Kiefermuskeln angespannt waren. Er gab Gas. Sie bogen von der Hauptstraße ab, holperten die mit Schlaglöchern übersäte Zufahrt entlang, die zu beiden Seiten von hoch gewachsenen Fichten gesäumt war, bis zu der Lichtung mit der Klippe, auf der das East Wind thronte. Offenbar konnte er es kaum noch erwarten, sie endlich loszuwerden. Sie stellte eine Bedrohung für seinen Ehrenkodex und – wie sie anhand seiner Fragen gemerkt

hatte – für sein Seelenheil dar, denn sie rührte an schmerzliche Dinge, die sie aus eigener Erfahrung kannte. Er war durch Untreue zutiefst verletzt worden.
Sie griff in ihre Tasche, zog ein Foto von Willa heraus. Sie hatte schon morgens, als sie in seinem Haus gewesen war, vorgehabt, ihm das Bild dazulassen. Sie wusste nicht, ob er es überhaupt anschauen würde. Mit einem letzten Blick auf das ungetrübte Lächeln ihrer Schwester und ihre strahlenden, grünen Augen reichte Kate mit klopfendem Herzen das Foto über den Sitz.
»Bitte nehmen Sie es. Zeigen Sie es Ihrem Mandanten. Bitte!«
»Nein.« John umklammerte mit beiden Händen das Lenkrad. Er hielt vor dem hell beleuchteten Vordereingang des East Wind. Im Gesellschaftszimmer brannte kein Licht, aber Kate entdeckte Felicitys allgegenwärtigen Schatten, der unmittelbar hinter der Gardine aufragte.
»Danke, dass Sie mir zugehört haben«, sagte Kate, an John gewandt. Sie machte keine Anstalten, Willas Foto wieder einzustecken, und obwohl John es nicht entgegennahm, wies er es auch nicht zurück.
»Wie ich bereits sagte, wenden Sie sich an die Polizei. Sie ist Ihre einzige Hoffnung.« Er starrte geradeaus, auf die Straße.
»Nein, John, das sind Sie.«
»Wenn das stimmt, haben Sie schlechte Karten.«
»Wirklich?«
Der Strahl des Leuchtturms bewegte sich weiter, fing sein Gesicht ein. Trotz des Verbandes sah man die Verletzung. Eine Blutspur, inzwischen eingetrocknet, verlief von der Schläfe bis zu den braunen, ergrauenden Koteletten. Kate dachte an das Durcheinander, das sie heute Morgen in seinem Haus miterlebt hatte; wie frustriert sie auch sein mochte, sie musste wider ihren Willen das Pflichtgefühl bewundern, das er gegenüber seinem Mandanten an den Tag legte.

»Hatten Sie jemals das Bedürfnis, allen Regeln und Indizien zum Trotz auf Ihre eigene, innere Stimme zu hören?«, begann sie langsam, an ihr eigenes Büro denkend, das mit wissenschaftlichen Abhandlungen, Berichten über den Salzgehalt von Wasserproben, seismischen Aufzeichnungen und Informationen über Fischfangquoten voll gestopft war.
»Wie bitte?«
Sie schloss die Augen, dachte an den Zorn ihres Bruders und seiner Nachbarn auf der Insel, an die Drohbriefe, die sie erhalten hatte, als ihr Arbeitgeber, die National Academy of Sciences, letztes Jahr die Richtlinien und Quoten für den Austern- und Krabbenfang veröffentlicht hatte. Wenn sie nur in der Lage gewesen wäre, bestimmte Tatbestände zu ignorieren – die zunehmende Verknappung der Bestände, den Raubbau an der Natur –, sie hätte alle glücklich gemacht.
»Ja, das Bedürfnis hatte ich«, gestand John mit einem langsamen, versonnenen Lächeln, als wüsste er genau, wovon sie sprach. »Wohl an die hundert Mal am Tag. Aber das kann ich mir in meinem Beruf nicht erlauben.«
»Ich auch nicht.« Die Wissenschaftlerin in ihr kam zum Vorschein. Doch dann gewann – wie immer – die Schwester die Oberhand. »Ich bitte Sie trotzdem: Zeigen Sie Merrill das Foto.«
John spannte lediglich die Schultern an und schüttelte den Kopf, als hätte ihm gerade jemand unverhofft einen Stich versetzt.
Da sie ihm keine Gelegenheit geben wollte, zu antworten oder sie zu zwingen, das Bild wieder mitzunehmen, stieg Kate hastig aus dem Wagen. Sie öffnete die hintere Tür, packte Bonnie am Halsband, tätschelte Brainer zum Abschied und eilte die Treppe zum East Wind hinauf.
Ihr Herz hämmerte. Als sie neben John O'Rourke gesessen hatte, war ihr bewusst geworden, dass er sie wie kein anderer *verstand*. Er kannte die Situation aus eigener Erfahrung. Auch

er war von einem Menschen, dem er vertraute, zutiefst verletzt worden.
Bonnie bellte, und Kate drehte sich um, um ihm zum Abschied zuzuwinken, aber sie bezweifelte, dass John O'Rourke es sah: Seine Rücklichter leuchteten bereits in der gewundenen Fichtenallee auf, während er davonfuhr, als sei er auf der Flucht vor ihr.

6

Richter Patrick O'Rourke war schon seit zehn Jahren im Ruhestand, trug aber nach wie vor jeden Tag Hemd und Krawatte. Selbst jetzt, als er den Müll hinausbrachte, war er so tadellos gekleidet, als befände er sich auf dem Weg ins Gericht: gestärktes Hemd aus feinem Wollstoff, Yale-Klubkrawatte, Flanellhosen. Jeder Bewohner der Stadt – mit vier Ausnahmen – nannte ihn »Richter« oder »Euer Ehren« –, und nicht nur wegen der eisernen Hand, mit der er den Vorsitz im Gerichtssaal geführt hatte, sondern vermutlich auch wegen der Statue der Justitia, mit der Leila damals den Garten nach seiner Berufung in das Richteramt geschmückt hatte.

Die Schule war aus, und der Bus hielt in der Parkbucht, setzte Maggie ab. Sie rannte die Zufahrt entlang, ein tropischer Wirbelwind in Laufschuhen. Mit ihren fliegenden Armen und der Büchertasche, die ständig gegen ihren Rücken prallte, erinnerte sie den Richter an ihren Vater im gleichen Alter: zielstrebig und voller Enthusiasmus. Der Richter warf die Plastiktüte in die Mülltonne und breitete die Arme aus, um seine Enkelin zu begrüßen.

»Na, wie geht es meinem Mädchen?«, fragte er.

»Gut, Gramps. Was machst du da?«

»Ich habe gerade Müll rausgetragen.«
»Warum macht Maeve das nicht?«
»Nun«, sagte er, auf der Suche nach einer plausiblen Ausrede. »Sie hat einen kleinen Imbiss für dich zubereitet und war gerade dabei, das Geschirr abzuwaschen. Ich kann sie schließlich nicht alles alleine machen lassen.«
Maggie schüttelte besorgt den Kopf. »Und wir machen ihr noch zusätzlich Arbeit, oder?«
»Teddy und du?«, schnaubte der Richter. Er sprang häufig ein, wenn Not am Mann war, betreute die Kinder nach der Schule, wenn John wieder einmal zu hart arbeitete und das letzte Kindermädchen gerade gekündigt hatte. Im Moment wohnte die ganze Familie bei ihm – wie schon mehrmals zuvor –, und der Richter freute sich darüber wie ein Schneekönig. »Ihr macht doch überhaupt keine Arbeit!«
»Wirklich?«, fragte sie, immer noch beunruhigt.
»Worauf du dich verlassen kannst, Margaret Rose. Du weißt, dass ich stets die Wahrheit sage, wenn es um wichtige Dinge geht. Ach du liebe Zeit, was hast du denn in deiner Büchertasche – Steine?«
»Nein, Gramps. Bücher«, kicherte sie.
»Die werden heutzutage wohl extra schwer gemacht.« Er half ihr, den schweren Rucksack abzulegen.
»Nein, ich muss nur eine Menge Hausaufgaben nachholen. Ich war gestern nicht in der Schule. Wegen dem Stein, der durch die Fensterscheibe geflogen ist und Dad traf …« Sie verstummte mit schuldbewusster Miene, als wäre der Angriff ihr Fehler gewesen.
»Diese verdammten Rowdys. Kurven herum und machen nichts als Ärger. Aber unsere Polizei ist nicht auf den Kopf gefallen; hoffen wir also, dass sie bald geschnappt werden.«
»Das kann ich mir nicht vorstellen. Sie haben keine Spuren hinterlassen.«

Der Richter hatte zu seiner Zeit etliche Drohungen erhalten, aber dass seine heiß geliebte Enkelin nun zur Zielscheibe wurde – das war zu viel. Nur gut, dass die Familie bei ihm Unterschlupf gesucht und sich aus der Gefahrenzone begeben hatte. Er wollte Maggie gerade beschwichtigen, ihr sagen, dass alles gut werden würde und sie sich keine Sorgen um ihren Dad zu machen brauche, doch da rannte sie ihm auch schon voraus ins Haus, geradewegs in die Küche.

Maeve hatte den Teller mit den Brownies auf den Frühstückstresen gestellt. Maggie holte die Milch. Sie schenkte sich ein Glas ein, dann griff sie zu. Der Richter hoffte, dass sie die schmutzige Schüssel und die Bratpfanne im Spülbecken nicht entdecken und merken würde, dass er geflunkert hatte, was Maeve betraf.

»Wir hätten beinahe ein gutes gehabt, Gramps«, sagte Maggie und setzte sich an den Küchentisch.

»Ein gutes was?«

»Ein gutes Kindermädchen. Das wir mochten.«

»Wirklich? Und, was ist passiert?« Der Richter setzte sich auf seinen Stammplatz am Tisch und schickte sich an, seine Enkelin nach allen Regeln der Kunst auszuhorchen. Alles im Leben wiederholte sich; als junger Mann hatte der Richter oft zu viel zu tun gehabt, um sich lange mit seinem Sohn zu unterhalten. Nun hatte Johnny zu viel zu tun, um seinen Vater auf dem Laufenden zu halten.

»Dad mochte sie nicht. Oder vielleicht doch, aber er war nicht gerade erfreut, dass sie mich ohne seine Erlaubnis in ihrem Wagen mitgenommen hat. Bloß, Gramps – wie sollte sie denn fragen, wo Dad doch im Krankenhaus war und genäht wurde? Sie wollte doch nur helfen.«

»Helfen? Wie denn?«

»Sie hat Brainer in die Autowaschanlage gebracht. Es war …« Sie schloss die Augen, kaute ihren braunen Keks und suchte nach dem zutreffenden Ausdruck. »Magisch.«

»Magisch«, sagte der Richter spöttisch. »Ein räudiger alter Jagdhund in einer *Autowaschanlage?*«

»Ja. Kate – so heißt sie – sagte, dass alle Tiere Wasser lieben. Sie meinte, dort, wo sie herkommt, würden sogar die Wildpferde im Meer und die Hund im Bach schwimmen – das sei genau wie eine Dusche. Sie sagte, das würde auch für Menschen gelten. Wasser würde bewirken, dass wir uns gleich besser fühlen. Und weißt du was, Gramps?«

»Was?« Der Richter streckte die Hand aus, um die Schokoladenkrümel von ihrem Mund zu wischen.

»Man fühlt sich wirklich besser. Ich jedenfalls. Ich habe gebadet und mir die Haare gewaschen, nachdem sie gestern Abend weg war, und das mache ich heute Abend wieder.«

Die Augen des Richters verengten sich. War John verrückt geworden? Das neue Kindermädchen hatte den Hund gewaschen, hatte in Maggie den Wunsch geweckt, *selbst* ein Bad zu nehmen, und da nörgelte er an solchen Lappalien herum? Obwohl dem Richter klar war, dass man – vor allem als Eltern – nicht vorsichtig genug sein konnte, verstand er auch, welche Schwierigkeiten Johns Leben mit sich brachte. Gutes Personal zu finden war schwer, und bedauerlicherweise mangelte es beiden O'Rourke-Männern genau daran.

Womit er wieder beim Thema Maeve war.

Heute Morgen war sie in den Garten gegangen, um sich, von Frau zu Frau, mit ihrer Schwester Brigid zu unterhalten – Brigid, die seit fünfzehn Jahren tot war. Manchmal sprach Maeve auch mit ihren Söhnen – nur, dass sie nie verheiratet gewesen war und, soweit dem Richter bekannt war, keine eigenen Nachkommen hatte. Sie hatte ihren imaginären Sprösslingen sogar biblische Namen gegeben: Matthew, Mark, Luke und John.

Diese Gewohnheit beunruhigte den Richter. Nicht nur, weil seine Haushälterin auf dem besten Weg war, den Verstand zu verlieren, sondern weil er sich gelegentlich – nicht so häufig wie Maeve, aber oft genug – bei ähnlichen Dingen ertappte.

Schon zweimal hatte er sich an seinem Schreibtisch wiedergefunden, wo er den Geschworenen Anweisungen erteilte – nur, dass es keine Geschworenen mehr gab. Letzte Woche war er mitten in der Nacht aufgewacht und hatte festgestellt, dass er im Schlafzimmer stand und statt seines abgetragenen karierten Bademantels die Richterrobe trug, die er viele Jahre im Gerichtssaal angehabt hatte. Als hätte sein Unterbewusstsein versucht, ihm einen Teil seiner Würde und Selbstachtung zurückzugeben, die ihm Schritt für Schritt zu entgleiten drohten.

Das Gleiche galt für Maeve. Als herausragende Köchin und nach zwanzig Jahren in seinen Diensten betrachtete sie die Küche immer noch als ihr Reich, baute das gesamte Kochgeschirr aus Kupfer und Edelstahl um sich herum auf und schlug Unmengen Sahne, aus köstlich gewürztem Wasser. Menschen bewahrten sich, selbst wenn sie senil wurden, ihre Neigung zu Aktivitäten, die ihnen schon immer Spaß gemacht hatten, die ihnen ein Gefühl über die eigene Identität vermittelten.

»Wo ist Daddy?« Maggie füllte ihr Milchglas nach. »In der Kanzlei?«

»Ich glaube, er hat etwas über eine Besprechung gesagt, auswärts.«

»Auswärts?« Maggie saß wie versteinert da.

Der Richter biss sich auf die Lippe, wünschte, er könnte lügen und erklären, er habe sich geirrt. Er hatte in dieser Hinsicht keinerlei moralische Bedenken. Bestimmte Lügen waren sogar ein Akt der Barmherzigkeit; er hielt nicht viel von der Norm, Eltern oder Großeltern auf die Wahrheit und nichts als die Wahrheit zu verpflichten. Notlügen waren nicht so einfach in seiner Position gewesen, als er diese beiden Rollen innehatte. Heute machten Eltern gleichwohl ein Riesengetue um das Thema »Offenheit«. Nach seinem Dafürhalten sollte man das schleunigst vergessen: Das Wohl der Kinder stand für ihn an erster Stelle, damit sie sich ungestört auf schulische Glanzleistungen konzentrieren und die Sorgen den Älteren überlassen konnten.

»Gramps?«, sagte Maggie mit Nachdruck und drückte den zweiten Brownie so fest zusammen, dass er zwischen ihren Fingern zerkrümelte. »Wo auswärts?«

Der Richter holte tief Luft. Was versetzte sie an dem Gedanken derart in Panik? War es die Vorstellung, ihr Vater könnte bei einem Autounfall ums Leben kommen, wie ihre Mutter? Oder hatte sie Angst, wie John damals im gleichen Alter, dass ihr Vater bei einem Besuch seines Mandanten im Hochsicherheitsgefängnis hinter den schweren, verstärkten, unüberwindlichen Stahltüren auf Nimmerwiedersehen verschwinden könnte?

»Also, was hast du in deiner Büchertasche, junge Dame?«, fragte er streng. »Höchste Zeit, mit den Hausaufgaben anzufangen, wenn du in Yale studieren möchtest. Yale nimmt nicht jeden, weißt du. Du kennst doch das Sprichwort: Ohne Fleiß kein Preis.«

»Sag mir, wo Dad ist, Gramps!« Maggies Blick war vor Verzweiflung verschleiert, ihre Miene verzerrt. Der Richter kannte die Symptome. Sie war kurz davor, in Tränen auszubrechen. Da er bei John ähnliche Ängste erlebt hatte, der paradoxerweise am besten damit umgehen konnte, wenn man mit der ungeschminkten Wahrheit herausrückte – welcher Art auch immer –, beschloss der Richter entgegen seiner innersten Überzeugung, die Karten auf den Tisch zu legen.

»Er ist ins Gefängnis gefahren. Zu Merrill.«

Maggie nickte; der Kloß im Hals löste sich prompt auf – zur Verwunderung des Richters.

»Ist das in Ordnung für dich?«, fragte er.

Maggie zuckte die Achseln. »Ich weiß nicht. Ich habe Angst, wenn er Auto fährt, und Merrill ist ein Schwerverbrecher, heißt es, aber ich möchte trotzdem wissen, wo Daddy steckt. Egal was ist.«

»Hmmm«, erwiderte der Richter nachdenklich. »Bevor ich Richter wurde, war ich Strafverteidiger, genau wie dein Vater. Sag ihm ja nicht, dass ich dir das erzählt habe, aber damals rastete er immer völlig aus, wenn ich ins Gefängnis fuhr. Vermutlich fürchtete er, die Tore könnten sich hinter mir schließen und ich wäre mit all den Mördern eingesperrt.«

»Das hat Dad mir erklärt«, entgegnete Maggie, während sie ihren Brownie aß. »Damit ich keine Angst haben muss. Dass er eingesperrt wird, kann ihm nicht passieren, weil die Gefängniswärter ständig auf ihn aufpassen. Und Merrill wird vorher nach Waffen durchsucht, damit er Dad nicht verletzen kann.«

»Was für einen klugen Vater du hast! Er scheint aus meinen Fehlern gelernt zu haben.«

»Wie kommt es, dass du Richter geworden bist, wo du doch zuerst Rechtsanwalt warst?«

»Das lag an meinen Glanzleistungen vor Gericht und meinem brillanten juristischen Verstand.«

»Ein Richter muss die Verbrecher nicht mehr im Gefängnis besuchen, oder?«

»Stimmt. Wenn er das täte, würde man ihn sogar seines Amtes entheben.«

»Aha.« Maggie kaute versonnen.

Der Richter lehnte sich zurück und betrachtete sie. Seine Enkelin hatte ein nachdenkliches Gesicht, intelligente Augen. Sie würde eines Tages einen guten Juristen abgeben. Teddy auch. Aber er hoffte, dass sich der Junge auf Körperschaftsrecht oder Bauplanung spezialisieren würde.

Der Richter dachte an Greg Merrill. An den Serienmörder mit dem kindlichen Gesicht, der sanften Stimme und dem bescheidenen Wesen, der auf dem College gewesen war. Die bestialischen Morde, die er begangen hatten, kennzeichneten ihn als Ungeheuer in Menschengestalt – eine andere Beschreibung würde ihm nicht gerecht.

Johnny war jetzt bei ihm. Der Richter warf einen Blick auf seine goldene Uhr: in ebendiesem Augenblick, während die Zeit nur langsam verging. Warum empfand er ein solches Unbehagen bei dem Gedanken, ausgerechnet er, der ein Leben lang Fälle verhandelt hatte, bei denen es um Kapitalverbrechen ging?

Sein Blick fiel auf das unbekümmerte Gesicht seiner Enkelin, und der Richter versuchte sich ein Lächeln abzuringen. Wie viele gewalttätige Männer hatten ihr Vater und er im Laufe der Jahre, mit dem ganzen Gewicht und der Billigung des Gesetzes hinter ihnen, wieder in die Gesellschaft entlassen? Hunderte?

Tausende?

Der Richter seufzte. Um der Wahrheit die Ehre zu geben – trotz dieses sonnigen Kindes, Inbegriff der Unschuld, das mit Kekskrümeln auf den Lippen neben ihm saß –, wusste er, dass jeder von ihnen das Recht auf ein faires Verfahren hatte.

Das Problem war, dass der Richter keinen Nerv mehr für das ganze Brimborium hatte. Als leidenschaftlicher Liberaler in seiner Jugendzeit hatte er sich – in Teddys Jargon – im Lauf der Jahre in einen erzkonservativen Juristen verwandelt. Richter Miles Adams, dem der Vorsitz bei dem langen, emotional aufgeheizten Prozess überantwortet worden war, der Gregory Bernard Merrill in die Todeszelle schickte, genoss seine hundertprozentige Unterstützung.

»Deinetwegen«, sagte er laut. Während er Maggie ansah, die von ihrer Mutter die betörenden blauen Augen geerbt hatte, wurde dem Richter klar, dass die Kinder der Grund für die Bekehrung zu seiner konservativeren Denkweise waren.

»Was, Gramps?«

»Hmmm?«, fragte er, immer noch in die Betrachtung ihres Gesichts versunken.

»Du sagtest: ›deinetwegen‹. Was ist meinetwegen?«

Der Richter errötete. Er war bei einem seiner Maeve-Momente

ertappt worden. Laut vor sich hin redend, statt seine Gedanken für sich zu behalten. Würde sich noch Ärger einhandeln, wenn das so weiterging.

»Nichts, mein Schatz. Lass dir deinen Brownie schmecken.«

»Ich dachte, Maeve hat abgewaschen.« Maggies kühler Blick schweifte zum Spülstein, der überquoll. »Sie ist wohl zu müde gewesen, um weiterzumachen.«

»Sieht ganz so aus.«

»Ich helfe ihr.« Maggie nahm ihr Glas und den Teller vom Tisch, ging zum Spülstein und drehte den Wasserhahn auf. »Abwaschen tut gut … das warme fließende Wasser schwemmt alles Schlechte weg, in den Abfluss. Hat Kate gesagt.«

»Kate?«

»Unser Fast-Kindermädchen«, erklärte Maggie wehmütig.

»Klingt ganz so, als sei Kate nicht nur klug, sondern auch ein praktisch denkender Mensch; eine seltene Mischung.«

»Das ist sie.«

»Maeve wird deine Hilfe zu schätzen wissen«, erwiderte der Richter ruhig und sah zu, wie Maggie die Ärmel hochkrempelte und grünes Spülmittel ins Abwaschbecken spritzte.

Er war im Laufe der Zeit zu der Überzeugung gelangt, dass seine Aufgabe im Leben darin bestand, Maeve zu beschützen. Es kam für ihn nicht in Frage, sie in irgendein Altersheim abzuschieben. Sie hatte keine Kinder; ihre Schwester war verstorben.

Sie hatte seit Leilas Tod für ihn gesorgt, und nun war es an der Zeit für ihn, Gleiches mit Gleichem zu vergelten. Der Richter war ihr Ein und Alles – und umgekehrt. Zu seiner Überraschung hatte er festgestellt, dass er fähig war, noch einmal eine Frau zu lieben – eines der wunderbaren, unergründlichen Geheimnisse des Lebens.

Richter Patrick O'Rourke sah seine Aufgabe darin, Maeve Connelly das Gefühl häuslicher Geborgenheit zu geben. Jeder Mensch brauchte jemandem, dem er seine Liebe schenken konnte. Jeder, ohne Ausnahme. Bei dem Gedanken daran, was John mit Theresa durchgemacht hatte, wurde dem Richter schwer ums Herz. Ihr Treuebruch hatte ihn am Boden zerstört. Bis heute hatte er sich geweigert, eine Verabredung mit einer Frau auch nur in Betracht zu ziehen, und es war zweifelhaft, ob sich an dieser Einstellung je etwas ändern würde. Er brauchte Liebe, wie jeder Mensch, aber er gestattete sich nicht, danach zu suchen.

Einige Dinge gingen einfach zu tief unter die Haut.

John O'Rourke betrat das Winterham, das einzige staatliche Supersicherheitsgefängnis, in dem sich der Todestrakt befand. Von einigen Wärtern begrüßt, von anderen geflissentlich übersehen, eilte er an den hohen, von messerscharfem Stacheldraht gekrönten Mauern vorbei, passierte eine Reihe Metalldetektoren und automatisch schließende Türen.

»Ich möchte zu Greg Merrill«, sagte er zu Rick Carmody, einem bulligen, stumpfsinnigen Wärter, den er häufiger zu Gesicht bekam und der vorgab, den Grund für seine Besuche nicht zu kennen.

»Sie müssen warten«, sagte der Wärter, ohne von seiner Zeitschrift aufzublicken.

John hielt seine Zunge im Zaum, aber er spürte, wie sein Blutdruck stieg. Als Pflichtverteidiger eines Insassen der Todeszelle brachte man ihm weniger Achtung entgegen als einem Dieb, doch die Erfahrung hatte ihn gelehrt, dass alles nur noch langsamer ging, wenn man Protest einlegte.

Er nahm auf dem harten braunen Vinylstuhl Platz, öffnete den Aktenkoffer und begann, seinen Schriftsatz durchzugehen. Doch immer wieder kam ihm Kate Harris in den Sinn, und was sie über ihre Schwester und ihren Mann erzählt hatte. Er hatte letzte Nacht kein Auge zugetan. Seine Gefühle waren nicht zur Ruhe gekommen – ein Schauer nach dem anderen jagte durch seinen Körper, als hätte er Fieber. Von zwei Menschen betrogen, die ihr nahe standen – wie war sie damit fertig geworden? Bei dem Gedanken an Theresa und Barkley erschauerte er abermals. Als er den Blick hob, sah er den Wärter grinsen.

»Hey, Counselor.« Carmody deutete auf Johns bandagierten Kopf. »Haben Sie sich das bei einer Schlägerei in der Kneipe geholt?«

»Wo sonst. Aber das ist noch gar nichts; Sie sollten mal den anderen sehen.« John atmete tief durch, um die Erinnerungen an Theresa zu vertreiben.

»Kann ich mir gut vorstellen.« Der Wärter feixte und ließ dabei seine fetten Knöchel knacken, einen nach dem anderen. Als er fertig war, gähnte er und bedeutete John vorzutreten. Rein äußerlich die Geduld in Person, hielt John still, als der Wärter ihm mit dem Metalldetektor an Armen und Beinen entlangfuhr. Innerlich brannte er darauf, dem Mistkerl einen Denkzettel zu verpassen: nicht nur, weil dieser es so offenkundig an Respekt fehlen ließ, sondern auch wegen der Dreistigkeit, mit der sich Carmody vorbeugte und Johns Kopfwunde in Augenschein nahm, ohne einen Hehl aus seiner Schadenfreude zu machen.

»Die haben Sie ganz schön in die Mangel genommen.«

»*Die?* Wissen Sie etwas darüber?«

»Nein, Counselor, ich doch nicht.« Carmody hob abwehrend die Hände, heuchelte Unschuld.

»Das ist gut«, sagte John, schwer atmend. »Weil meine Kinder nämlich dabei waren. Sie verstehen? Sie hätten von dem Ziegelstein oder den Glasscherben verletzt werden können. Sie haben Gewalt in ihrem eigenem Zuhause erlebt.«

»Hey! Passen Sie auf, was Sie sagen – noch eine von diesen Unterstellungen und ich lasse Sie raus …«

»Mein Mandant hat ein Recht auf juristischen Beistand.«

»Und ich habe das Recht, hier für Ordnung zu sorgen. Also lassen Sie den Quatsch mit dem Ziegelstein und dem Fenster, kapiert?«

»Wer immer es auch war, er hätte meine Kinder verletzen können!« John interessierte es kaum, ob er einen Rauswurf riskierte. Bis zu diesem Augenblick, als er einem Menschen von Angesicht zu Angesicht gegenüberstand, der den Steinwerfer vermutlich noch angefeuert hätte, war er sich der geballten Kraft seines eigenen Zorns nicht bewusst gewesen. Die Grundfesten seines Heimes waren schon einmal erschüttert worden, ein zweites Mal würde er nicht tatenlos zusehen. »Kapiert? Meine *Kinder.* Entschuldigen Sie also, wenn ich im Moment nicht gerade in Hochstimmung bin.«

»Ich will hier keinen Ärger – also Schwamm drüber. Sind Ihre Kinder in Ordnung?«

»Ja.«

»Das ist das Einzige, was zählt.«

»Richtig. Kann ich jetzt meinen Mandanten sehen?«

Carmody entriegelte die Tür, ließ John in den Todestrakt eintreten. Johns Herz klopfte zum Zerspringen; wegen Kate Harris, die an alte tödliche Wunden gerührt hatte, wegen Carmody – konnte er etwas mit dem Ziegelstein zu tun gehabt haben? Und weil es eine normale menschliche Reaktion beim Betreten des Todestraktes war.

Die Insassen waren in etwa zwei mal dreieinhalb Meter großen Zellen untergebracht, von denen jede eine Metallpritsche, einen Schreibtisch und eine Kombination aus Toilette und Waschbecken enthielt. Sie verbrachten zweiundzwanzig Stunden pro Tag in Einzelhaft; jeden Abend von achtzehn bis zwanzig Uhr durften sie sich im Gemeinschaftsraum aufhalten – ausschließlich in Gesellschaft der übrigen Todeskandidaten, nie mit anderen Strafgefangenen.

Merrill war in der »Todeszelle« untergebracht. An den Hinrichtungsraum angrenzend, befand sie sich gegenüber einem Schreibtisch, der ständig mit einem Wärter besetzt war und so keinerlei Privatsphäre zuließ. Der Wärter beobachtete Merrill auf Schritt und Tritt, gleich ob er sich das Gesicht wusch oder die Toilette benutzte. Jede Aktivität wurde akribisch vermerkt. Obwohl John in seinen Schriftsätzen die Unmenschlichkeit dieser Behandlung angeprangert hatte, blieb Merrill in der Todeszelle. Und er würde dort ausharren müssen, wie John wusste, bis ihm unter Umständen etwas noch Schlimmeres drohte.

»Hallo, John«, begrüßte ihn Merrills sanfte Stimme, als er das Besprechungszimmer betrat.

»Hallo, Greg.«

Merrill saß in seiner Gefängniskluft, einem orangefarbenen Overall, an dem hölzernen Konferenztisch, ohne Fesseln. Er hielt eine Bibel in der Hand, machte keinen Schritt ohne sie. Eine frei schwenkbare Kamera, Teil des elektronischen Überwachungssystems, ermöglichte den Wärtern eine lückenlose Kontrolle.

»Was ist mit Ihrem Kopf passiert?«

»Nur eine Beule.« John öffnete den Aktenkoffer, holte seine Unterlagen heraus. Hielt er mit der Wahrheit hinter dem Berg, um Greg kein schlechtes Gewissen zu machen, weil er die unmittelbare Ursache seiner Verletzung war? Oder lag es an der primitiven Angst, eine zu enge Beziehung zu dem Mörder zu entwickeln, ihn in die Einzelheiten seines häuslichen Lebens einzuweihen?

»Gott schütze Sie, John«, erwiderte Greg ruhig, die Fingerspitzen in Gebetshaltung zusammengelegt, den Kopf gebeugt. »Ich werde für Sie beten. Damit Ihnen niemals etwas Böses widerfährt.«

»Danke, Greg«, sagte John mit Nachdruck, um das Thema zu beenden. Zur Religion zu finden war im Gefängnis gang und gäbe; im Laufe der Jahre hatte John gelernt, diesem Sinneswandel nicht allzu viel Gewicht beizumessen. »Also – kommen wir zu Sache …«

John skizzierte mit knappen Worten den Schriftsatz an das Gericht und die neueste Eingabe, mit der er zu bewirken hoffte, dass Greg in eine Zelle mit mehr Privatsphäre verlegt wurde.

»Es ist furchtbar.« Gregs Stimme versagte. »Die Wärter spotten und sticheln, wenn ich zur Toilette gehe. Sie machen sich lustig über mich.«

»Ich weiß. Es tut mir Leid, aber ich tue mein Bestes.«

»Wissen Sie, John … ich habe keine Angst vor dem Sterben. Gott ist bei mir; ich weiß, dass der Allmächtige Erbarmen haben und mich nicht in die Hölle schicken wird. Ich *weiß* es, John. Klingt es verrückt, wenn ich sage, dass ich mir dessen absolut sicher bin?«

»Ich weiß, dass Sie daran glauben«, erwiderte John ungerührt. Er blickte in die verhangenen braunen Augen seines Mandanten. Der Mann war gewalttätig, ein Triebtäter. Dieser Trieb war Teil seiner Persönlichkeit, genau wie die braunen Augen und das lockige Haar. Merrill hatte sieben Morde an Frauen gestanden und viele mehr verletzt, verfolgt und zu Tode geängstigt.

»Das hier ist meine Hölle«, flüsterte Greg, seine Stimme klang wie ein Zischen. »Dieses Gefängnis – mit seinen Insassen, die zum Abschaum der Menschheit gehören. Wenigstens habe ich ein Geständnis abgelegt. Diese Männer drangsalieren mich mit unglaublichem Hass, John. Ich *sehne* mich geradezu nach dem Tod; es ist das *Leben*, das ich unerträglich finde.«

John nickte. Greg redete manchmal so, aber er kämpfte mit allen Mitteln um sein Recht auf Leben. Und John hatte einen Eid geschworen, ihm dabei zu helfen.

John holte einen weiteren Stoß Unterlagen heraus. »Ich habe Dr. Beckwiths Berichte gelesen.«

»Wirklich?« Gregs Augen leuchteten auf.

»Ja.« John hatte Beckwiths Dienste schon öfter in Anspruch genommen – manchmal, damit er als Zeuge vor Gericht auftrat, oder auch nur, um einen Mandanten zu untersuchen. Seine Tätigkeit umfasste die einfachen Fälle, beispielsweise in einem

Prozess, bei dem er mit seiner unschätzbar wertvollen Expertenmeinung die Verteidigungsstrategie der mangelhaften medikamentösen Einstellung untermauerte (»Die unzureichende Medikation führte zu einer emotionalen Überbelastung meines Patienten und somit zum Diebstahl …«), sowie Gutachten über die Zurechnungs- und damit Schuldfähigkeit eines Immobilienanwalts, der seine untreue Ehefrau umgebracht hatte.

»Glaubt er, dass wir eine Chance haben, John?«

»Möglich. Er möchte sich noch einmal mit Ihnen unterhalten.«

John warf einen Blick in die Akte. Beckwith hatte einmal in der Woche ein Gespräch mit Merrill geführt, von Anfang an, seit er zu Johns Verteidigungsmannschaft gehörte.

»Ich mag ihn, John. Er versteht mich … er sagt, meine Paraphylie sei wie ein Krebsgeschwür im Gehirn. Können die Leute etwas dafür, wenn sie an Brustkrebs oder einem Hirntumor erkranken? Nein, können sie nicht. Dr. Beckwith weiß, bei mir ist es genauso …«

John nickte, beobachtete die Augen seines Mandanten. Merrill ließ nicht die geringsten Empfindungen erkennen – selbst jetzt, während seine Stimme lauter und leiser wurde, zeigte sich keinerlei Regung in seinem Gesicht. John versuchte, sein persönliches Engagement und seine Neugierde in Grenzen zu halten. Er war ein bezahlter Helfer; seine Aufgabe bestand darin, juristische Lösungen für juristische Probleme zu finden. Sein Mandant hatte in diesem Bereich die gleichen Rechte wie jeder andere.

»Ich leide unter einer mentalen Störung«, fuhr Greg fort. »Es ist nicht meine Schuld, dass ich nicht aufhören konnte, an Sex mit diesen Mädchen zu denken, dass ich nicht aufhören konnte, mir vorzustellen – Dr. Beckwith weiß das. Ich habe keinen Einfluss auf die Entscheidung, was in meinem Gehirn vorgeht … die Gedanken kamen einfach.«

»Ich weiß.« Johns Blick fiel auf den dickeren Ordner in seinem Aktenkoffer, das Protokoll des Verhörs, in dessen Verlauf

Greg die Morde gestand und die Fundorte der Leichen beschrieb.

»Er versteht, dass Depo-Provera hilft und solche Gedanken mir jetzt nicht mehr kommen ... ich bin ja nicht verrückt, bin nicht schwachsinnig – sondern leide lediglich an einer mentalen Störung. Dr. Beckwith stimmt mir zu, dass ich geniale Fähigkeiten besitze und Darla und ich daher zu Recht Mitglieder von MENSA sind, und die Organisation ist sehr wählerisch, schließlich gehören ihr nur die intelligentesten Menschen der Welt an.«

»Ich weiß.« John starrte immer noch den Aktenordner an. »Darla« war Darla Beal, Gregs Freundin, eine der zahlreichen Frauen, die im Gefängnis Kontakt zu ihm aufgenommen hatten. Dieses Phänomen versetzte John immer wieder aufs Neue in Erstaunen.

Während er den Ordner überflog, ließ er die Fundorte der Leichen noch einmal vor seinem inneren Auge Revue passieren: Exeter, Hawthorne, Stonington ... dann ging er die Liste der Ortschaften durch, die Greg nebenbei erwähnt hatte, wo er Frauen aufgelauert oder angegriffen hatte und davongekommen war, weil keine Anzeige erstattet wurde.

Kate Harris hatte John letzte Nacht wach gehalten. Daran konnte kein Zweifel bestehen. Nicht nur die Geschichte ihrer Ehe – den Schmerz, den John nachempfinden konnte –, sondern auch ihr Verdacht, was das Verschwinden ihrer Schwester betraf. Unfähig, die Gedanken zu verdrängen, war er schließlich aufgestanden und nach unten gegangen, um noch einmal Merrills Akte durchzugehen.

Um drei Uhr morgens hatte er sich hinlänglich davon überzeugt, dass der Name Willa Harris nirgendwo erwähnt wurde und auch an den Schauplätzen der Verbrechen, an denen sie sich laut Kate aufgehalten hatte, keine Rede von einer Person sein konnte, auf die ihre Beschreibung zutraf: Newport, Providence, die Küstenlinie von Connecticut.

Doch dann, als er die letzte Seite aufschlug, war er fündig geworden: *Fairhaven.*

Der Ort, an dem die Texaco-Karte von Kates Schwester zum letzten Mal benutzt worden war. Fairhaven, Massachusetts. Eine Kleinstadt östlich von New Bedford, mit Schiffswerften, Fischerbooten und schmucken Häusern inmitten von Rosengärten und weißen Lattenzäunen.

Fairhaven: Greg Merrill hatte gestanden, wenngleich nur seinem Anwalt, dass er im Garten hinter einem Haus in Fairhaven auf ein umgestülptes Dingi geklettert war, um ein dreizehnjähriges Mädchen in ihrem Schlafzimmer zu beobachten, mit einer Hand in der Hose, während er mit der anderen ihr Schiebefenster hochzudrücken versuchte.

»Dr. Beckwith meint, dass ich mich in keine der bekannten Kategorien einordnen lasse, oder?«, fragte Greg plötzlich lebhaft, während er sich weit nach vorne über den Tisch beugte und dabei seine Bibel beiseite fegte.

»Ich bin mir nicht sicher«, antwortete John vorsichtig. »Ich weiß nur, dass er noch ein paar Tests mit Ihnen machen möchte.«

»Ein wichtiger Mann wie er.« Gregs Augen funkelten. »Mit all seinen Ämtern und Funktionen … Leiter des Zentrums für Sexuelle Störungen an der Maystone University, Mitglied des Ausschusses, der die Einträge und Definitionen im DSM-IV, dem Diagnostischen und Statistischen Manual für Psychische Störungen festlegt … ich habe Recht, oder?«

»Womit, Greg?«

»Er liebäugelt mit dem Gedanken an die Definition eines neuen Täterprofils, zu der ich ihm verhelfen soll … ich habe mein Studium an der UConn *magna cum laude* abgeschlossen, habe aber eine – wie nannte er es: eine ›extrem unzivilisierte Persönlichkeitsstruktur‹?« Gregs Augen blitzten. »Der Zombiemacher … ich lasse meine Opfer beim Einsetzen der Flut mehr tot als lebendig in den Wellenbrechern zurück, damit sie Zeit haben zu erkennen, was ihnen bevorsteht. Bis auf das

Mädchen, das noch einige Tage überlebte … Er meint, das sei von mir beabsichtigt gewesen …«
John blickte erschrocken auf. Das war ihm neu. Weder er noch Philip Beckwith hatten bisher ein Gespräch mit seinem Mandanten geführt, das diagnostisch derart in die Tiefe ging, und Merrill schien zufrieden, es dabei bewenden zu lassen.
»Ich verleihe ihnen innere Stärke. Ich gebe ihnen eine letzte Chance. Ich gebe ihnen Hoffnung: Bis die Flut Mund und Nase erreicht, können sie keineswegs sicher sein, dass sie sterben werden. Das Mädchen, das überlebte … sie hatte Hoffnung, bis sie ertrank, und dann wurde sie ins Leben zurückgeholt. Null Hirnfunktion – ein Zombie – aber lebendig. Es *gibt* also Hoffnung! Das ist ein Geschenk, John! Ich weiß, wovon ich rede, weil auch ich sie habe, hier. Ich befinde mich in der Todeszelle, aber es besteht Hoffnung, so lange, bis sie mich festschnallen. Menschen brauchen Hoffnung, John – das entspricht der menschlichen Natur.«
»Wo haben Sie …?«, begann John, aber er verstummte, als seine Schläfe zu pochen begann.
»Dr. Beckwith meint, ich hätte einen Allmachtskomplex.« Greg schüttelte reumütig den Kopf. »Ich würde mir einbilden, ich sei wie Gott: Ich gebe, also kann ich auch nehmen. Oder Gnade walten lassen, wenn ich will. Wie bei diesem Mädchen, dem ich die letzten Minuten schenkte, John. Und glauben Sie mir, es war ein Geschenk. Ihr gefielen die Dinge, die ich mit ihr tat. Ich tötete ihren Verstand, ließ aber ihren Körper am Leben.«
»Die Flut war mächtiger als Sie«, erinnerte John ihn. »Sie haben sich an jenem Tag in der Zeit verschätzt.« Er wusste, dass Greg stets die letzten Stunden mit seinen Opfern verbrachte und sie ihrem Schicksal überließ, just bevor sich die Flut über die Wellenbrecher ergoss und sie ertranken.
Offenbar wollte er keine nassen Füße bekommen.
»Ich töte in diesen Mädchen nur das, was ich in mir selbst am meisten hasse … Dr. Beckwith hat das begriffen«, fuhr Greg

fort, als habe er Johns Worte nicht gehört; seine bebenden Nasenflügel waren das einzige äußere Anzeichen, das eine Gemütsbewegung verriet.
»Ich glaube nicht, dass Dr. Beckwith bereits zu einem Ergebnis gelangt ist, Greg«, erklärte John gleichmütig. »Das hat er auch nicht behauptet, oder?«
Greg lachte betrübt und schüttelte den Kopf. »Das wäre ja auch kontraproduktiv. Wenn ich wüsste, in welche Richtung Dr. Beckwith mit seinem Gutachten tendiert, könnte der Verdacht entstehen, dass ich ihn mit meinen Gedanken und Symptomen hinters Licht zu führen versuche. Nein, ich weiß es einfach.«
»Und woher?«
»Das ist kein großes Geheimnis, John. Ich bin schließlich Mitglied von MENSA. Meine Intuition ist ausgeprägter, als Laien sich vorstellen können. Dazu kommt, dass ich wahrscheinlich mehr über Fälle wie den meinen gelesen habe als jeder Psychiater, der unter den Lebenden weilt. Ich erzähle Ihnen nur, wie ich mich selbst einschätzen würde, wenn ich Arzt wäre. Interpretieren Sie nicht zu viel hinein.« Er beugte sich vor, um seine Bibel wieder in die Hand zu nehmen. »Der Herr lenkt mein Schiff; ich rudere nur. Ich bin bereit, mit jedem zu reden, den Sie zu mir schicken; ich kann Ihnen gar nicht sagen, wie dankbar ich Ihnen für den ausgezeichneten juristischen Beistand bin, John. Obwohl Sie nicht über Dinge reden sollten, von denen Sie keine Ahnung haben. Sie behaupten einfach, dass ich mich in der Zeit verschätzt habe, und das missfällt mir. Okay?«
»Natürlich, Greg.«
Merrill nickte zufrieden. »Trotzdem, vielen Dank, dass Sie mir den Kontakt zu Dr. Beckwith ermöglicht haben. War sonst noch was?«
»Ja.«
John nahm den Aktenorder mit Gregs Aussage aus seinem Aktenkoffer und legte ihn auf den Tisch, zwischen ihnen.

Dann griff er in seine Tasche, berührte das Foto von Willa Harris. Er stellte sich Kates Gesicht vor, die Tränen auf ihren sommersprossigen Wangen, und schloss die Augen. Er befand sich in einem inneren Konflikt: Er fühlte sich hin- und hergerissen zwischen dem Bestreben, seinem Mandanten nach bestem Wissen und Gewissen zu dienen, und … was? Der Schwester von Willa Harris bei der Suche nach Antworten zu helfen? Seine eigene Neugierde zu befriedigen? Als er die Augen öffnete, sah er, dass Greg Merrills Blick auf ihm ruhte.
»Sagen Sie mir eins, Greg.«
»Alles, was Sie wollen, John.«
»Fairhaven, Massachusetts«, erwiderte John, Gregs Reaktion beobachtend.
Ein flüchtiges Lächeln huschte über Gregs schmale Lippen. Grübchen bildeten sich in seinen Wangen, aber seine Augen blieben ausdruckslos, ohne Gefühl. »Ach ja. Dornröschen.«
»Erzählen Sie mir davon.«
»Das steht doch alles in Ihrer Akte. Ich habe es Ihnen bereits erzählt.«
»Ich möchte es noch einmal hören.« Und dann, als Gregs Lächeln schwand, fügte er in sanfterem Tonfall hinzu: »Bitte.«
»Ich bin ein empfindsamer Mensch, John.« Gregs Kinn bebte. »Ich mag es nicht, wenn Sie so grob mit mir umgehen.«
»Ich weiß. Tut mir Leid. Erzählen Sie es mir bitte noch einmal. Was sich in Fairhaven zugetragen hat.«
»In Ordnung.« Das Lächeln kehrte zurück, verzeihend, er berührte die Bibel wie einen Talisman. »Ich war unterwegs …«
Das hört sich an, als spräche er über eine ganz normale Geschäftsreise: ein Handlungsreisender, der in einer kleinen Ortschaft am Meer anhält, um zu Mittag zu essen, dachte John.
»Ich musste mal. Ich fuhr auf einen Parkplatz, um meine Notdurft zu verrichten … er lag hinter einem Waschsalon, wenn mich nicht alles täuscht. In einer von diesen kleinen Einkaufsstraßen, wo es Gemischtwarenläden und Geschäfte gibt, die

Grußkarten verkaufen. Das Haus des Mädchens befand sich ein Stück dahinter, auf der anderen Seite des Parkplatzes. Ich drehte zufällig den Kopf in die Richtung … und sah, wie das Licht in ihrem Schlafzimmer anging.«

Gregs Blick verschleierte sich. Er verfiel bisweilen in eine Art Dämmerzustand; John hatte einige dieser »Trancen« kommen und gehen sehen. Wenn er die Ereignisse schilderte – einen Mord oder wie er einer Frau aufgelauert hatte –, wurden seine Augen glasig und sein Mund trocken. In seiner Stimme schwang eine so grenzenlose Sehnsucht mit, als würde er die große Liebe seines Lebens beschreiben, die er vor langer Zeit verloren hatte.

»Warum? Warum ausgerechnet dieser Moment?«, fuhr Greg fort. »Ich meine, ich saß im Auto. Musste mich an einer Mauer erleichtern … wenn sie nur das Licht im Schlafzimmer nicht eingeschaltet oder es diesen Bruchteil von Sekunden nicht gegeben hätte, bevor sie die Vorhänge zuzog! Dünne weiße Gardinen, die nicht ganz schlossen. Ich lugte durch den Spalt.«

John hörte zu. Er kannte die Geschichte bereits, aber auch jetzt drohte sein Herz auszusetzen, wenn er daran dachte: Der Zeitpunkt der Tat schien von einer Laune des Schicksals abhängig – eine halbe Minute früher oder später, und Greg Merrill wäre einfach seiner Wege gegangen.

»Sie war hübsch. Dreizehn, ging auf die vierzehn zu, würde ich sagen. War sich ihrer selbst noch nicht bewusst. War sich der Macht noch nicht bewusst, die sie besaß … Ich überquerte den Parkplatz. Kletterte über den Staketenzaun – blieb mit meiner Jeans an einer rostigen Kante hängen. Marschierte schnurstracks durch ihren Garten … jemand hatte ein altes Ruderboot neben dem Haus abgestellt. Ich zog es rüber, kletterte hinauf und beobachtete sie durch den Spalt in der Gardine, bis sie zu Bett ging.«

»Hat jemand Sie gesehen? Auf frischer Tat ertappt?«, fragte John, die Hand auf Willas Foto.

»Nein, ich war wie der Nachtwind – schnell, sicher, unsichtbar. Trotzdem, ich wollte sie haben. Die Gedanken überschlugen sich … ich hatte sogar schon den Wellenbrecher ausgewählt. Den großen aus Felsen, in New Bedford. Sie wissen schon, welchen ich meine – direkt neben der Fähre nach Vineyard …«

»Ich erinnere mich.«

»Aber es sollte nicht sein.« Greg schüttelte den Kopf. Der verschleierte Blick war verschwunden, als er aus seinem tranceähnliche Zustand erwachte, wie das dritte, zurückrollende Lid eines Katzenauges. »Ihr Fenster war verriegelt, und ihr Vater war daheim, irgendwo im Haus. Ich konnte seine Stimme hören …«

»Das war der einzige Grund?«

»Was für einen anderen Grund sollte es gegeben haben?«

Johns Finger streiften das Foto, und er fragte sich, ob zu dem Gemischtwarenladen auch eine Tankstelle gehörte und ob Willa Harris Greg in die Quere gekommen und ein Opfer »zweiter Wahl« geworden war.

»Keine Ahnung, Greg. Sagen Sie es mir.«

Merrill schüttelte den Kopf. »Das war alles. Ich war nicht bereit, mich erwischen zu lassen … ich hatte keine Lust, mir eine Tracht Prügel von irgendeinem aufgebrachten Fischer einzuhandeln. So sollte meine Geschichte nicht enden …«

»Ich weiß; so endete sie ja auch nicht«, pflichtete John ihm bei. Dann sah er Greg unverhohlen in die Augen. »Wann war das, zu welcher Jahreszeit? Erinnern Sie sich?«

Greg schloss die Augen, schnupperte. »Frühjahr. Ich kann noch heute die Blumen in ihrem Garten riechen. Letztes Frühjahr.«

»Frühjahr … April vielleicht?«

»Möglich. Weil es für sie noch kühl genug draußen war, um die Fenster geschlossen zu halten … die Familie besaß keine Klimaanlage, John. Lebte einfach, sparsam. Sie verstehen? Sie hätten das Ruderboot sehen sollen, auf dem ich stand. Uralt.«

»Na gut.« John dachte an Willas Benzinquittung vom 6. April. Er legte die Unterlagen wieder in die Ordner zurück, dann verstaute er sie in seinem Aktenkoffer aus braunem Leder. Die Deckenbeleuchtung summte. Essensgerüche drangen in den geschlossenen Raum. Greg schob seinen Stuhl zurück; das Essen wurde ihm in die Zelle gebracht, drei Mahlzeiten am Tag, in einer Styropor-Warmhaltebox.
»Ach, Greg, noch etwas«, sagte John beiläufig, obwohl sein Puls raste, als er nach dem Foto in seiner Tasche griff.
»Zeit fürs Abendessen«, erwiderte Greg bedauernd, war bereits aufgestanden.
»Ich weiß ... nur noch eine letzte Frage.« Er hielt Willas Foto hoch. »Haben Sie diese Frau jemals gesehen?«
Greg zögerte. John beobachtete angespannt seine Augen. Greg streckte die Hand aus, um sich das Foto genauer anzuschauen, aber aus irgendeinem Grund wollte John nicht, dass er es berührte. Er hätte nicht genau sagen können, warum, aber das Bild von Kates kummervollem Blick kam ihm in den Sinn. Er hielt das Foto fest, zog es unmerklich zurück.
»Was ist, haben Sie?«, hakte er nach.
Greg legte den Kopf schief. Sein ausdrucksloser Blick gab selten eine Gefühlsregung preis. Selbst wenn er in Fahrt war und eine Rolle spielte – seine Stimme pathetisch hob und senkte, die Schultern gekrümmt, den Kopf schüttelnd –, blieben seine Augen tot, wie die eines Hais. Doch in diesem Moment, als er das Foto mit der lächelnden Willa Harris betrachtete, hätte John schwören mögen, ein kurzes Aufflackern in ihnen zu entdecken.
Mehr war es nicht: ein Aufblitzen, ein Hauch von Unruhe, als wäre soeben ein fantastischer Fisch direkt unter der Wasseroberfläche entlanggeschwommen. Ein leichte Bewegung, und dann nichts mehr. Das Meer lag wieder reglos da, und John fragte sich, ob er sich das Ganze nur eingebildet hatte.
»Nein, John. Tut mir Leid.«

John wartete. Er beobachtete Gregs Augen, hoffte, dass die Unruhe Wellen schlug.
Nichts.
»Ich habe sie noch nie gesehen«, sagte Greg aufgekratzt.
Vom Geruch seiner nächsten Mahlzeit angelockt, drehte sich Greg Merrill um und ging. Er verließ den kleinen Raum, seine Bibel ehrfürchtig in der Hand haltend, und ließ den Anwalt mit dem Foto einer lächelnden jungen Frau zurück, während er in Begleitung eines Wärters den Gang entlangwatschelte.
John stand auf, schickte sich zum Gehen an. Sein Kopf hatte an der Stelle, wo sich die Naht befand, zu hämmern begonnen. Er betrachtete Willas engelsgleiches Gesicht; ihr Verrat versetzte ihm einen Schock, was lächerlich war. *Wie konntest du nur?*, dachte er. *Wie konntest du deine Schwester nur so verletzen?*

7

Zweieinhalb Tage vergingen; bis Donnerstag war Kate fünfmal am Haus der O'Rourkes vorbeigefahren. Sie konnte nicht anders. John O'Rourke war ihr letztes und einziges Bindeglied zu der Hoffnung, doch noch etwas über Willas Verbleib zu erfahren. Sie wusste, dass wenig Aussicht auf Erfolg bestand; er hatte ihr unmissverständlich klar gemacht, dass sein Standeskodex ihm nicht gestattete, mit ihr über den Fall zu sprechen. Sie wusste auch, dass ihr Verhalten unannehmbar war, wenn sie sein Haus so oft auskundschaftete, kaum besser als das eines Kriminellen, der sich an sein Opfer heranpirscht. Sie hielt jedes Mal nach den Kindern Ausschau.

Wie es ihnen wohl ging? Hatte John ein Kindermädchen gefunden, das alle mochten? War Brainer wieder im Gestrüpp herumgestreunt und mit einem verfilzten Fell nach Hause gekommen? Bildete sie sich das nur ein, oder hatte sich Bonnie verliebt?

Jedes Mal, wenn Kate vorbeifuhr, drückte Bonnie nämlich ihre Nase am Fenster platt und rannte dann ans hintere Ende des Wagens – als wollte sie Brainers Haus so lange wie möglich im Blick behalten.

»Reg dich ab, Bon«, rief Kate ihr über die Schulter zu. »Er scheint nicht da zu sein.«
Offenbar war niemand da. Johns Wagen stand nie in der Auffahrt; im Garten war keine Spur von den Kindern zu entdecken. An beiden Abenden brannten dieselben Lichter, als wären sie mittels Zeitschaltuhr angegangen. Hatte sie John O'Rourke mit ihrem Anliegen zu der Überzeugung gebracht, dass es besser sei, mit der ganzen Familie die Stadt zu verlassen?
Sogar der Kürbis, den sie mit Maggie gekauft hatte, war von der Treppe verschwunden.
Bei ihrer fünften Erkundungsfahrt in zwei Tagen hielt sie schließlich auf der gegenüberliegenden Straßenseite und betrachtete das Haus. Sie wünschte, es wäre in der Lage, alle Antworten preiszugeben, die sie in Bezug auf Willa zu finden hoffte.
Als sie sich im Sitz zurücklehnte, sah sie Teddys Fußball auf dem Rasen vor dem Haus und Maggies Gummistiefel, die noch auf der Veranda standen. Das Fenster mit der zerbrochenen Scheibe war mit Brettern vernagelt. An einem anderen Fenster hingen geblümte Vorhänge; es versetzte Kate einen Stich, als sie an die Mutter der Kinder dachte. Sie war bei einem Autounfall gestorben – verschwand genauso unvermittelt aus dem Leben ihrer Kinder wie Willa und ihre eigenen Eltern aus dem ihren.
Waren John und sie glücklich gewesen? Er hatte auffallend heftig reagiert, als Kate ihm von dem Ehebruch erzählt hatte; sie war sicher gewesen, dass er etwas Ähnliches durchgemacht hatte. Kate saß reglos da, mit klopfendem Herzen, und starrte auf das weiße Haus. Sie hätte gerne gewusst, ob John etwas geahnt und die verräterischen Anzeichen von Anfang an bemerkt hatte, ihre Bedeutung aber nicht wahrhaben wollte.
Der Nachmittag Ende Oktober war bitterkalt, als stünde der Winter bereits vor der Tür. Kate schloss die Augen, bezwang

ihre Neugierde. Was ging es sie an, wie es um John O'Rourkes Ehe wirklich bestellt gewesen war? Untreue zerstörte die Liebe zwischen zwei Menschen. Sie hatte Kate das Herz gebrochen und zur Folge gehabt, dass sie ihr ganzes Leben in Frage stellen musste.

Nun hingen ihr Seelenfrieden und ihre geistige Gesundheit allein von einer Zeit ab, die weit zurücklag ... von ihrer Kindheit, als Matt und Willa ihre einzige Familie gewesen waren. Damals in Chincoteague, vor langer Zeit ... Kate hüllte sich in die Erinnerungen an ihre kleine Schwester ein.

Willa ...

Sie waren am Pony Penning Day in Chincoteague in den Löschfahrzeugen der Feuerwehr mitgefahren, hatten auf dem Rücken der Mustangs das Flussbett durchquert; sie hatten ihren Bruder in seinem ausladenden Holzboot zum Austernfang begleitet; sie hatten Petunien, die Lieblingsblumen ihrer Mutter, auf den Gräbern ihrer Eltern gepflanzt; sie hatten ihre eigenen Christbäume geschlagen und sie mit dem alten Weihnachtsschmuck der Familie, den Schalen von Austern und Sanddollar-Seeigeln geschmückt; Kate hatte mit Willa Ballettaufführungen im Kennedy Center besucht; sie hatte ihr geholfen, einen besonders beliebten Platz im Lesesaal der Kongressbibliothek zu ergattern; sie war mit ihr zu Senatsanhörungen zum Thema Wasserverschmutzung und Schalentierindustrie gegangen; sie hatte ihr die ersten Aquarellfarben gekauft.

Das Leben mit Willa ...

Als ihre Schwester noch klein war und die dritte Klasse der exklusiven St. Chrysogonus School in Washington besuchte, hatte sie einen Aufsatz über ein Buch ihrer Wahl schreiben müssen. Kate war mit ihr in die Bibliothek gegangen, wo sie ein ganzes Regal mit Biografien gefunden hatten – orangefarbene Bände über die Krankenpflegerin *Florence Nightingale,* die Luftfahrtpionierin *Amelia Earhart* oder den jungen Erfinder *George Washington Carver*.

»Was sind das für Leute, Katy?«, hatte Willa gefragt und versucht, eine Entscheidung zu treffen.
»Lies ihre Biografien, dann weißt du es.«
»Aber wer von den dreien würde mir am besten gefallen?«
»Das wirst du erst feststellen, wenn du die Bücher gelesen hast.«
Willa lachte, und Kate hatte gelächelt. »Du kennst mich doch, Katy. Was denkst du?«
»Ich denke … Amelia Earhart.«
»Weil sie dir gefällt?«
»Ja.«
»Wer war sie?«
Kate schlug das kleine orangefarbene Buch auf, blätterte darin und las dann ein Zitat von Amelia vor: »Mut ist der Preis, den das Leben fordert, um Frieden zu gewährleisten.«
»Sag schon, Katy!«
»Sie war Pilotin, als eine der ersten Frauen. Sie besaß ungeheure Willenskraft und bewies, dass Frauen alles erreichen können, was sie sich vornehmen.«
»Was zum Beispiel?«
»Zum Beispiel … lies das Buch, dann findest du es selbst heraus«, erwiderte Kate scherzhaft.
Willa fühlte sich magisch angezogen von dem orangefarbenen Bändchen und verschlang es in einem Zug. Fasziniert von dem kleinen roten Flugzeug, das Amelias Interesse an der Luftfahrt geweckt hatte, war sie durch ihr tragisches Ende gleichermaßen am Boden zerstört.
»War sie nicht mutig?«, hatte Kate gefragt, als sie ihrer Schwester an jenem Abend Gute Nacht sagte. »Hat es dir gefallen, wie sie ihre Zeitgenossen herausforderte, die Vorurteile gegen Frauen in der Pilotenkanzel hatten?«
Willa hatte genickt und sich mit ihrem Buch unter die Bettdecke gekuschelt. Kate hatte sich auf die Bettkante gesetzt, es gab noch einen anderen wichtigeren Grund für ihre Frage.

Nach Abschluss ihres Studiums der Molekularbiologie an der Georgetown University hatte sie ihre erste Stellung bei National Maritime Fisheries angetreten. Zu ihren Aufgaben gehörte unter anderem die Überprüfung der Schalentierbänke von der Chesapeake bis zur Penobscot Bay, und sie hatte mit dem Gedanken gespielt, den Flugzeugschein zu erwerben, um sich den Heimweg nach Chincoteague zu erleichtern.

»Wohin wollte Amelia bei ihrem letzten Flug?«, hatte Willa gefragt. »Warum wurde sie bis heute nicht gefunden?«

»Sie gilt als verschollen. Ihr Verschwinden ist noch heute ein Rätsel.«

»Ist das Flugzeug abgestürzt?«

»Das wird vermutet. Aber genau weiß das niemand.«

»*Irgendjemand* muss sie doch gesehen haben … *irgendjemand* muss gewusst haben, wohin sie wollte.«

»Der Pazifik ist ein riesiger Ozean.« Kate hatte ihrer Schwester über das seidige Haar gestrichen.

»Und er hat sie verschlungen?«, hatte Willa gefragt, fasziniert und kummervoll.

»Keine Ahnung, Willie. Vielleicht ist sie auf einer Insel gelandet … einer herrlichen, einsamen Insel mit Palmen und Süßwasserlagunen … mit Austern, die sie essen, und Perlen, die sie tragen kann.«

»Und rosafarbenem Sand am Strand …«

»Und seltenen Vögeln in den Bäumen …«

»Ein magischer Ort«, hatte Willa geflüstert.

»Wie Narnia oder Oz.« Kate hatte ihrer Schwester die Bücher von C.S. Lewis und L. Frank Baum vorgelesen und beschwor nun, um Willa zu trösten, die Traumwelt herauf, die von den Autoren geschaffen worden waren.

»Hoffentlich.« Willa hatte zu schluchzen begonnen. »Katy, ich hoffe, Amelia ist auf einer wunderbaren, verzauberten Insel mit einer Lagune gelandet.«

»Sie wäre uralt, wenn sie noch leben würde.«

»Das macht nichts … sie darf ruhig alt sein. Jeder sollte alt werden …«
Hatte sie an ihre Eltern gedacht, die so früh verstorben waren? Kate wusste es nicht, aber sie hatte ihre kleine Schwester in die Arme genommen und beschlossen, die Flugstunden fürs Erste nicht zu erwähnen. Obwohl sie diese am Ende doch nahm – ihre Fluglizenz erhielt und sich mit mehreren Wissenschaftlern ein Charterflugzeug teilte –, wiegte sie Willa an jenem Abend stumm in den Schlaf, trauerte mit ihr um den Verlust ihrer Eltern und um Amelia.
Sie hatten auf vertrautem Fuß mit dem Tod gestanden; sie waren schließlich Vollwaisen. Doch dass jemand spurlos verschwand, war unmöglich, der Gedanke zu schrecklich. Die Vorstellung, dass Amelia Earhart einfach abgestürzt und vom Meer verschlungen sein sollte, war so grauenvoll, dass die Harris-Schwestern eine wunderschöne Insel mit rosafarbenen Sandstränden und seltenen Vögeln erfanden, um den Verlust zu verkraften.
Willa hatte kurz darauf zu zeichnen und später zu malen begonnen: großflächige Gemälde auf Holz, mit Farben und Linien, die Amelia Earharts facettenreiche, emotionale Geschichte erzählten. Wahrheit und Mythos, Fantasie und Wirklichkeit überlagerten sich Schicht um Schicht, schufen eine Biografie und eine Welt, die Erklärungen für das Geschehen bot; im Rahmen dieses Entwicklungsprozesses wurde aus ihr eine Künstlerin.
»Willa«, sagte Kate laut in ihrem Wagen vor dem Haus der O'Rourkes, hielt das Lenkrad umklammert.
Wenn sich ihre Schwester doch nur auf einer einsamen Insel befände, an einem magischen Ort; wenn es doch nur eine Erklärung dafür gäbe, dass sie seit einem halben Jahr spurlos verschwunden war; wenn sie doch nur durch die Tür des Kleiderschrankes käme oder dreimal mit den Absätzen aufstampfen würde, um wieder nach Hause zu gelangen; wenn sie doch

nur rubinrote Schuhe besäße; wenn sie doch nur irgendwohin zum Malen gefahren wäre; wenn sie nur nicht verschollen wäre.

»Willa!«, sagte Kate abermals, aber dieses Mal schrie sie den Namen in ihrer Verzweiflung heraus. Sie hörte den Widerhall ihrer eigenen Stimme im Wagen, sie gellte in ihren Ohren.

All das Beten, Wünschen, Hadern und Ringen mit den Kräften des Universums, das Feilschen mit dem Schicksal, hatte ihre Schwester nicht zurückgebracht. Sie dachte an all die Nächte, in denen sie reglos dagesessen, zu den Sternen hinaufgeblickt und sich gefragt hatte, ob Willa sich ihretwegen nicht meldete, weil sie zu viel Angst vor Kates Zorn hatte, um nach Hause zu kommen.

Und sie dachte an all die Nächte voller Hass auf Andrew – in denen sie ihren Mann verachtet hatte, weil er Willa als Praktikantin eingestellt, sie zu Überstunden genötigt, sich an sie herangemacht und ihr den Kopf verdreht hatte… Und Kate dazu gebracht hatte – was sie nach sechs Monaten Gewissenserforschung nicht zu leugnen vermochte –, ihre Schwester zu hassen.

Sie hatte beobachtet, wie ihre Schwester langsam erwachsen wurde. Willa war immer scheu gewesen, fühlte sich wohler, wenn sie alleine auf den Dünen malte als in Gesellschaft anderer Menschen, vor allem von Männern. Mit einundzwanzig veränderte sie sich. Sie hatte eine Ausstrahlung, die von innen kam. Sie kapselte sich nicht mehr ab, ging häufiger aus. Andrew bemerkte die Verwandlung und sagte scherzhaft zu Kate: »Ich glaube, wir haben eine Herzensbrecherin unter unseren Fittichen.« Und Kate hatte erwidert, ebenfalls im Scherz: »Solange ihr eigenes Herz nicht gebrochen wird!«

Sie hatte viele Nächte wach gelegen und sich gefragt, wie die Affäre begonnen hatte. Von wem war der erste Schritt ausgegangen? Wo hatten sich die beiden heimlich getroffen? War Willa reizvoller für Andrew gewesen? Kate hätte ihre

Schwester am liebsten umgebracht – auch diesen Punkt konnte sie nicht leugnen. Nicht Willas, sondern Kates Herz war gebrochen.

Sechs Monate, dachte Kate, das Lenkrad umklammernd. Sechs Monate der Dunkelheit und Verzweiflung.

Ihre Lebensgeister waren erloschen, verdorrt; der Kummer nagte an ihr, sie spürte ihn bis ins Mark. Ihre Kehle brannte von den vielen unausgesprochenen Worten. *Ich bin wütend auf dich, warum hast du mir das angetan? Ich liebe dich, mehr als jeden anderen Menschen auf der Welt. Du warst wie mein eigenes Kind, du hast mir das Herz gebrochen …*

Der kalte Wind, die im Oktober häufig in Neuengland herrschte, pfiff durch den Wagen. Kate schloss die Augen und stellte sich Washington, die Alabasterstadt, vor. Imposante weiße Gebäude, angestrahlt, keines höher als die anmutige Kuppel des Kapitols, leuchtend wie das sagenumwobene Land Oz. Die grünen Parks und öffentlichen Plätze, die Mall, die niedrigen Brücken über den sanft dahinfließenden Potomac.

Genauso war das Leben zu Hause gewesen: sanft und friedlich. Washington war eine schöne Stadt, weniger hektisch und nicht so hart wie New York oder Boston. Die Weiden und Marschen und Gezeitenflüsse und Dünen von Chincoteague und Assateague wirkten weicher als die Meeresküste von Neuengland … keine Felsen oder höher gelegenen Ortschaften, nur die sanfte Wiege der Mustangs, Austern und mutterlosen Mädchen.

Aber Willa war weggelaufen.

Kate schloss die Augen, ihre Finger waren starr vom eisigen Wind, obwohl die Heizung auf Hochtouren lief; sie hatte sechs Monate Zeit gehabt, über alles nachzudenken, zu begreifen, was geschehen war. Willa hatte Reißaus genommen, vor sich selbst und dem, was Andrew und sie getan hatten. Sie hatte ihr Heil in der Flucht gesucht, aus Angst vor Kates Schmerz und Wut – die nicht nur ihren Mann verloren hatte, sondern von ihrer eigenen Schwester verraten worden war.

Wie war sie auf die Idee gekommen, *hierher* zu fahren?
Wieso hatte sie, der die ganze Welt in sämtlichen Himmelsrichtungen offen stand, nach Norden, Süden, Osten, Westen, den Globus gedreht und ausgerechnet auf den Süden Neuenglands getippt?
Als sich Kate nun in ihrem Wagen vor John O'Rourkes Haus hin und her wiegte, fiel es ihr plötzlich wie Schuppen von den Augen. Sie wusste, dass es gar nicht anders sein konnte; schließlich gab es niemanden, der Willa besser kannte als sie. Das Refugium musste am Meer liegen; es musste den Geruch der salzigen Luft und den Klang der Gezeiten verheißen, bei Ebbe und Flut. Es musste Museen geben – ein Ort, der Kultur oder Lebensqualität, Kunst und unberührte Natur bot. Er musste weit genug von Washington und Chincoteague entfernt sein, um der Vorstellung von einer Flucht gerecht zu werden, aber nahe genug, um für Kate schnell erreichbar zu sein, wenn die Aufforderung an sie erging.
Die Aufforderung war Willas Postkarte gewesen.
Kate holte sie aus ihrer Tasche, hielt sie in der Hand. Sie zeigte den Ausblick vom East Wind: die schroffe Felsenküste, der Leuchtturm, der in der Ferne schimmerte, der gebogene Wellenbrecher, der vom Strand ins Meer hineinragte, und Willas Handschrift auf der Rückseite. Willas Liebesaffäre gehörte der Vergangenheit an; sie wollte Frieden mit ihrer Schwester schließen, damit sie beide ein neues Kapitel in ihrem Leben aufschlagen konnten.
Kate hatte schon seit Jahren gewusst, dass ihre Ehe auf der Kippe stand. Andrew war ein wichtiger Mann, die rechte Hand eines bekannten Senators. Er kannte sich mit den Gepflogenheiten in Washington aus wie kein Zweiter. Seine Tätigkeit brachte es mit sich, dass er häufig Überstunden machte und oft unterwegs war. Kate, mit ihrem eigenen anstrengenden Beruf und Willas Betreuung voll ausgelastet, war in vieler Hinsicht mit Blindheit geschlagen gewesen.

Manchmal hatte sie sich gefragt, warum sie ihn überhaupt geheiratet hatte …
Aber er war ungemein attraktiv und hatte ihr das Gefühl vermittelt, etwas Besonderes zu sein. Das war eine seiner fantastischen Eigenschaften, die Gabe, Menschen für sich einzunehmen: Er wickelte sie um den Finger und hätte es fertig gebracht, einer Frau das eigene Auto zu verkaufen. Er hatte Kate bei einer Cocktailparty auf dem Hill ins Auge gefasst, die zu Ehren des Senators und seiner Gesetzesvorlage zum Schutz der Schalentierfischerei stattfand; Kate war von Andrews Arbeit hinter den Kulissen und seinem unerschütterlichen Engagement für die Umwelt angetan gewesen.
»Wie kommt es, dass Sie sich für den Erhalt der Schalentierbestände in der Chesapeake Bay einsetzen?«, hatte sie gefragt, beeindruckt und ein wenig eingeschüchtert von seinem maßgeschneiderten Anzug und seinen untadeligen Manieren.
»Ich bin ein Junge vom Lande, auch wenn das lange her ist«, hatte er geantwortet und sich zu ihr gebeugt. »Ich bin in Maine geboren und aufgewachsen, daher weiß ich, wie schnell ein bisschen Habgier eine ganze Hummerpopulation auslöschen kann.«
Sie hatte gelächelt und an ihrem Chardonnay genippt. »Bei mir sind es die Krebse – der Gattung Callinectes – und Austernbänke.«
»Betrachten Sie Ihre Arbeit als persönlichen Feldzug?«, sagte Andrew, bemüht, das Stimmengewirr und die Musik zu übertönen.
»Das kann man wohl sagen – ich stamme aus Chincoteague.«
»Im Ernst? Meine Schwestern haben früher *Misty* geliebt. Und Sie lieben die Natur, wie mir scheint. Was hat Sie in die große, böse Stadt verschlagen?«
»Zuerst das College, dann mein Beruf. Ich arbeite für die National Academy of Sciences. Und wie war das bei Ihnen?«
»Ich wollte etwas Gutes bewirken«, sagte er, verdrehte die

Augen und tat, als wolle er mit dem Kopf durch die Wand. »So verrückt das auch klingen mag.«

»Ich finde das ganz und gar nicht verrückt.« Sie spürte, wie sie innerlich sprühte, als sie in seine Augen sah.

»Wir müssen den Planeten erhalten – für unsere Kinder.«

»Und unsere kleinen Schwestern«, hatte Kate hinzugefügt. Durch Andrews einladendes, interessiertes Lächeln ermuntert, hatte sie ihm schließlich alles über Willa erzählt, über den Tod ihrer Eltern, Matts Leben auf dem Wasser und was es für eine Herausforderung war, ein Mädchen im Teenageralter allein großzuziehen. Dass sie die jüngste Anstandsdame war, die Willa zu den Tanzveranstaltungen der Highschool begleitete, dass sie ihr auf dem Parkplatz des Chevy Chase Safeway das Autofahren beigebracht und sie oft auf Reisen mitgenommen hatte.

»Oh, Ihre armen Schultern.« Andrew war einen Schritt näher getreten, hatte Kates Nacken mit seiner Hand berührt, Anteilnahme in den Augen.

»Was ist mit ihnen?«, hatte sie gefragt und bei seiner unerwarteten Berührung und Freundlichkeit das Gefühl gehabt, einen elektrischen Schlag zu erhalten, den sie bis in die Zehenspitzen spürte.

»Auf ihnen lastet das Gewicht der ganzen Welt. Sie müssen noch sehr jung gewesen sein, als Ihnen diese Bürde zufiel – viel zu jung für so viel Verantwortung.«

Zwei Senatoren standen an der Bar. Unter den Gästen befanden sich außerdem ein enger Berater des Präsidenten, ein Anwalt aus dem Justizministerium, drei Angehörige des Repräsentantenhauses, mehrere Nachrichtensprecher und etliche weitere hochkarätige Teilnehmer am Machtpoker. Kate beachtete sie kaum. Sie hatte nur Augen für den netten, verständnisvollen Jungen vom Lande aus Maine, der ihr das Glas aus der Hand nahm, es auf einem Bücherregal abstellte und sie nach draußen geleitete.

Die Nacht in Washington war schwül gewesen, erfüllt vom Duft der Glyzinen und des Flieders. Als sein Wagen vorgefahren wurde – ein alter Porsche –, verließen sie das exklusive Fest. Als sie am Tune Inn angekommen waren, um ein Bier zu trinken, hielten sie bereits Händchen. Und sobald sie in seiner Wohnung in Watergate gelandet waren, war Kates Schicksal besiegelt. Sie ahnte nicht, dass es sich um eine Strategie handelte, die typisch für ihn war, und nicht um den Beginn einer großen, dauerhaften Liebe.

Er hatte das Gewicht der Welt für eine Nacht von ihren Schultern genommen. In den darauf folgenden Wochen hatte er ihr Liebe und Geborgenheit versprochen. Das vaterlose kleine Mädchen in ihr hatte sich nach diesem Gelöbnis gesehnt – und blind nach allem gegriffen, was es beinhaltete. Willa war zu dem Zeitpunkt erst fünfzehn gewesen. Kate fühlte sich emotional derart erschöpft von der Anstrengung, ihre Schwester großzuziehen, dass sie Andrews scheinbaren Wunsch, für beide zu sorgen, dankbar akzeptiert hatte.

Die Ehe hatte sieben Jahre gedauert. War er in dieser Zeit treu gewesen? Vermutlich nicht. Er hatte eine Schwäche für bedürftige Frauen, und daran herrschte offenbar kein Mangel: Sekretärinnen oder Assistentinnen, die einer Gehaltserhöhung bedurften, Praktikantinnen, die einer Abwechslung bedurften, Lobbyistinnen mit außerparlamentarischen Interessen, die seiner Zeit und Aufmerksamkeit bedurften, und Wählerinnen, die einer Möglichkeit bedurften, sich bei seinem Chef Gehör zu verschaffen. Andrew, in seiner Großzügigkeit, hatte gewiss sein Bestes getan, um allen Wünschen gerecht zu werden.

Er war ein notorischer Schürzenjäger, und keine Frau, die Hilfe bei ihm suchte, war vor ihm sicher – aus einer anderen Warte betrachtet.

Als Willa seine Praktikantin wurde – um neben ihrer Malerei Geld zu verdienen –, hatte Kate ihre Ehe bereits abgeschrieben.

Vielleicht hatte sie insgeheim noch eine letzte Hoffnung gehegt: dass Andrew, solange ihre Schwester in seinem Büro arbeitete, nicht über die Stränge schlagen würde. Sie hätte sich nie träumen lassen, dass Willa seine nächste Eroberung sein würde. Und sie fühlte eine unerträgliche Mischung aus Schuld und Wut, weil sie ihre Schwester ermutigt hatte, den Job anzunehmen.

Was wäre gewesen, wenn Willas Karte sie rechtzeitig erreicht hätte? Kate las sie die Worte noch einmal, als sie nun im Wagen saß: »*Ich wünschte, du wärst hier …*« Hätte sie sich auf den Weg gemacht?

Bonnie winselte, wollte weiterfahren, aber Kate reagierte nicht, starrte nur die Postkarte an. Was wäre gewesen, wenn sie nicht aus der gemeinsamen Wohnung in Watergate ausgezogen wäre, wenn Willas Karte kein halbes Jahr in einem Berg drittklassiger Post verborgen geblieben wäre?

Wäre sie in der Lage gewesen, ihre Schwester zu retten? Die Antwort hing von der Antwort auf eine andere Frage ab: Wäre es ihr gelungen, ihren Stolz zu begraben und zu Willa ins East Wind zu fahren, um sich mit ihr auszusprechen?

Nein.

So viel war Kate inzwischen klar – sie hatte sich die Wahrheit eingestehen müssen, während der langen dunklen Nacht, die über ihre Seele gekommen war. Sie wäre nicht bereit gewesen. Ihre Wut war noch zu groß. Sie hatte sich sogar *gewünscht*, Willa möge verschwinden, hatte sich nach den roten Schuhen aus dem Märchen gesehnt, aber mit der gegenteiligen Wirkung: *Dreimal mit den Hacken aufspampfen und weg mit ihr, ein für alle Mal.* Sie hatte ihre kleine Schwester gehasst, mit einer unvermuteten, alles verzehrenden Leidenschaft, den Menschen, den sie auf dieser Welt am meisten geliebt und beschützt hatte.

Bonnie winselte abermals.

Kate öffnete blinzelnd die Augen. Die Brise, die vom Meer herüberwehte, wurde stärker. Als sich die Dunkelheit herabsenkte,

erwachte der Leuchtturm zum Leben, und der Lichtstrahl nahm seine Himmelsreise auf.
Mit der Zeit hatte sich alles verändert.
Die sechs Monate hatten das Gerippe des Hasses gebleicht, reingewaschen, vom Gift befreit, spröde und brüchig gemacht, bereit, von den Gezeiten hinweggespült zu werden. Das Einzige, was blieb, war eine alles überstrahlende Liebe.
Kates Liebe zu ihrer kleinen Schwester strahlte hell wie ein Stern. Sie glühte in ihrem Innern, an der Stelle, an der sich ihr Herz befand. Diese Liebe erfüllte ihr Blut, floss mit allen guten Erinnerungen: den mit Austerschalen und Sanddollar-Seeigeln geschmückten Weihnachtsbaum, die Wildpferde, die sie von den mit Strandhafer bewachsenen Dünen beobachtet hatten.
Als sie in der Dämmerung auf das Haus der O'Rourkes blickte, sah sie, wie die Lichter angingen, um Punkt sechs – Klick! –, und dachte an John. War diese Zeit am Abend schwierig für ihn gewesen? Die Ungewissheit, ob seine Frau zu Hause war, wie eigentlich zu erwarten, mit der Zubereitung des Essens für die Familie beschäftigt? Oder ausgeflogen … wer weiß, wohin? Sechs Uhr war für Kate immer die schlimmste Zeit gewesen. Weil sie wusste, dass Andrew das Büro verlassen hatte, aber noch nicht zu Hause war …
Kate blinzelte, zwang sich, in die Gegenwart zurückzukehren. Wohin hatte John Teddy und Maggie gebracht? Sie hätte es gerne gewusst – nicht nur, weil sie nicht aufgegeben hatte, weil sie den Anwalt so lange zu bedrängen gedachte, bis er entweder um Gnade flehte oder sich einverstanden erklärte, Merrill nach Willa zu fragen, sondern auch, weil ihr die Kinder fehlten. Sie hatten an jenem kurzen aber denkwürdigen Morgen, an dem sie zum ersten Mal das Haus der O'Rourkes betreten hatte, einen Platz in ihrem Herzen erobert.
Maggie und Teddy O'Rourke. In einem anderen Leben wäre sie gerne ihr Kindermädchen gewesen. Die Kinder waren ganz

nach ihrem Geschmack, bewiesen Loyalität gegenüber ihrem Vater, hatten eine enge Bindung zueinander. Sie erinnerten Kate daran, wie Willa und sie im gleichen Alter gewesen waren; zweifellos hatte auch Teddy seiner Schwester bei der einen oder anderen Buchbeschreibung geholfen.

Die O'Rourkes vermissten ihre Mutter und Kate ihre Schwester. Die Kinder lagen ihr am Herzen. Ungeachtet dessen, ob ihr Vater nun beschloss, ihr zu helfen oder nicht, sie musste sich überzeugen, dass es ihnen gut ging. Dass Menschen spurlos verschwanden – selbst wenn es eine stichhaltige Erklärung dafür gab –, war nicht annehmbar.

Als sie zum East Wind zurückfuhr, wusste sie, dass dieser fünfte Abstecher zum Haus der O'Rourkes nicht ihr letzter sein würde.

Freitagmorgen wachte Teddy in aller Herrgottsfrühe auf. Er hatte einen wichtigen Tag vor sich – das Spiel gegen die Riverdale High. Die Riverdale Cannons, ihre Erzrivalen, trugen den Spitznamen »Kannibalen« – weil sie ihre Gegner gnadenlos niedermetzelten und ihre eigenen Leute restlos fertig machten. Teddys Mannschaft, die Shoreline Junior Varsity, hatte bei der letzten Begegnung in der Verlängerung verloren, und Riverdale hatte geschworen, sie heute abermals von der Platte zu putzen.

Die ganze Familie wohnte derzeit im Haus seines Großvaters; dahinter stand der Gedanke, dass Gramps und Maeve sich um Maggie und ihn kümmern sollten, bis ein neues Kindermädchen gefunden war. Obwohl Maggie Heimweh nach ihrem Zimmer hatte, gefiel es Teddy hier, sogar besser als in seinem Elternhaus: Die Lücke, die seine Mutter hinterlassen hatte, war hier nicht so offensichtlich.

Barfuß durch den Flur tappend, betrat er die Waschküche. Hier liefen die Dinge anders als daheim. Zum einen wurden die Anziehsachen regelmäßig gewaschen. Zum anderen

wurde alles gestärkt und gebleicht. Maeve stammte aus Irland, hatte ihren Lebensunterhalt als Waschfrau verdient. Die Hemden des Richters wurden bei ihr so weiß, dass sie beinahe bläulich schimmerten.
Teddys Fußballkluft war noch nie so sauber gewesen. Die weißen Buchstaben und Zahlen sprangen geradezu ins Auge, wie 3-D-Bilder. Aber der Nylonstoff war von der Stärke so steif wie ein Brett: Er musste ihn beinahe knicken, um das Trikot in seiner Sporttasche zu verstauen. Brainers Schwanz peitschte seine Beine, als er Teddy durch den Flur folgte.
Auf dem Herd köchelte irischer Haferbrei vor sich hin. Maeve bereitete sämtliche Mahlzeiten aus frischen Zutaten zu, und sie stand in der avocadogrünen Küche – alle Geräte und Vorrichtungen wirkten abgerundet, altmodisch – und rührte mit einem langstieligen Holzlöffel im Brei, als Teddy eintrat.
»Morgen, Maeve.«
»Morgen, mein lieber Lukas«, erwiderte sie in ihrem weichen Dialekt und küsste ihn lächelnd. Sie war klein, drall und weich, und ihre Umarmung vermittelte ihm ein Gefühl der Geborgenheit.
Teddy machte sich gar nicht erst die Mühe, sie zu berichtigen, was seinen Namen betraf. Normalerweise wusste sie, wer Maggie und er waren, aber seit einiger Zeit schien sie vergesslich zu werden. Ihr Haar war schlohweiß und so spärlich am Scheitel, dass die rosige Kopfhaut durchschimmerte – ähnlich wie bei Gramps. Sie kamen ihm vor wie ein Paar, ein Ehepaar, das miteinander alt wurde. Da Teddy Leila, seine leibliche Großmutter, nicht mehr kennen gelernt hatte, liebte er Maeve und fragte sich, was aus ihr werden würde, wenn sie in den Ruhestand ging.
Sein Vater saß an einem Ende des Tisches und las Zeitung. Sein Großvater hatte am anderen Ende Platz genommen, löste Kreuzworträtsel. Teddy aß seinen Haferbrei und beobachtete, wie die beiden Männer ihren Kaffee tranken – beide hatten

dickwandige weiße Becher, und beide hielten den Griff so fest umklammert, als wollten sie das Frühstück schleunigst hinter sich bringen, Prozesse führen und der Welt die Stirn bieten.

»Hallo, Dad«, sagte Teddy.

Sein Vater blickte nicht einmal von seiner Zeitung hoch; es war noch früh, und er wurde morgens nur langsam wach – erst wenn er die Football-Ergebnisse gelesen und zwei Tassen Kaffee getrunken hatte –, aber es gelang ihm, einen Laut von sich zu geben, der wie »Was?« klang.

»Ich habe heute ein Spiel. Gegen Riverdale.«

»Eure Erzrivalen«, warf sein Großvater ein.

»Richtig.« Teddy grinste.

»Dann müsst ihr heute erste Sahne sein. Erzrivalen verdienen zusätzliche Anstrengungen.«

»Das ist doch nur die Junior Varsity, nicht die Erste Liga!«

»Junior Varsity, so ein Blödsinn! Keine faulen Ausreden! Erzrivalen besitzen ausnahmslos ähnliche Eigenschaften. Wie Armee und Marine, Yale und Harvard …«

Teddy lachte. »Riverdale und Shoreline.«

»Shoreline vor, noch ein Tor!«, intonierte sein Großvater, mit seinem Löffel auf den Tisch trommelnd.

»Nachschlag, mein Lieber?«, fragte Maeve mit ihrem schönem Akzent, weil sie dachte, der Richter verlange eine weitere Portion Haferbrei.

»Nein danke, Maeve«, sagte sein Großvater, mit einem Mal ernst. War es ihm peinlich, dass Maeve ihn »mein Lieber« genannt hatte? Ganz offensichtlich! Teddy sah, wie die Röte über dem Knoten seiner Krawatte aufstieg, sich auf seinem Gesicht ausbreitete. Teddy musste heimlich lachen. Jetzt schüttelte der alte Mann, um seine Verlegenheit zu überspielen, die Zeitung seines Sohnes. »Hast du das gehört, Johnny? Wichtiges Spiel heute!«

Teddy verging das Lachen. Er brachte keinen Bissen mehr von

seinem Haferbrei herunter. Er hoffte und hoffte … *Mach schon, Dad.*
»Ich würde ja gerne mitkommen, aber ich muss zum Arzt, meinen Fuß anschauen lassen«, sagte Gramps. »Hab einen Termin beim Orthopäden …«
Teddy schwieg. Er wusste, dass sein Großvater flunkerte; Maeve hatte den Termin, nicht er. Ihm konnte man nichts vormachen, denn er hatte gemerkt, dass Maeve seit zwei Tagen hinkte. Gestern hatte er seinen Großvater dabei ertappt, wie er neben ihr auf dem Sofa saß und ihr half, den Strumpf und den schweren Schuh auszuzuziehen, und dann hatte er ihren bloßen Fuß mit solcher Behutsamkeit untersucht, dass Teddy Sehnsucht nach seiner Mutter bekam. Dann hatte er gehört, wie sein Großvater den Orthopäden anrief.
»Du hast heute Nachmittag ein Spiel?«, fragte sein Vater und ließ die Zeitung sinken.
»Ja.«
»Na los, sag ihm, um welche Uhrzeit, damit er sich den Wecker stellen kann«, sagte sein Großvater mit Nachdruck.
»Um vier. Ein Heimspiel.«
Teddy erkannte an der zerknirschten Miene seines Vaters, dass mit ihm nicht zu rechnen war. Sein Vater öffnete den Mund – vermutlich, um ihm zu erklären, dass seine Anwesenheit bei der Entscheidung über einen Antrag, bei einer Konferenzschaltung oder einer internen Besprechung im Richterzimmer unabdingbar sei –, aber Teddy wartete die Antwort gar nicht erst ab.
»Schon gut, Dad.« Er rang sich ein Lächeln ab, damit sein Vater die Enttäuschung nicht sah, und verließ mit Brainer im Schlepptau die Küche, als Maggie mit trübsinniger Miene hereinkam und verkündete, dass sie keinen Appetit auf Haferbrei habe und ein Halloween-Kostüm für die Schulaufführung brauche.
»Teddy, als was soll ich gehen?«, rief sie, machte auf dem Absatz kehrt und eilte ihm nach.

»Als was du möchtest, Maggie.«
»Du willst mir nicht helfen …«
»Tut mir Leid«, sagte er, als er ihren gekränkten Blick sah. Dass sein Vater pausenlos arbeitete, war nicht ihre Schuld, und Teddy hatte ein schlechtes Gewissen, weil er ihre Gefühle verletzt hatte. Die Sache war nur, dass er sich ebenfalls verletzt fühlte. Sein Dad war bei keinem einzigen Spiel dabei gewesen, den ganzen Monat. Teddy hatte ein Spiel verpatzt und bei einem anderen zwei Tore geschossen, aber niemand aus seiner Familie war unter den Zuschauern gewesen.
»Kann ich nicht als Fußballspieler gehen?«, flüsterte Maggie. »Und deine alte Kluft anziehen?«
»Mags, die trägst du jeden Tag in der Schule.« Teddys Kehle brannte. »Die anderen kennen sie doch schon. Aber wenn du willst, bitte. Klar kannst du …«
Er nahm seine Jacke und seine Sporttasche. Seine Büchertasche lehnte am Tisch in der Diele, und als er sich bückte, um sie aufzuheben, stieß er mit Brainer zusammen, der gegen den Tisch prallte; eine Flut von Papieren ergoss sich auf den Fußboden.
Auf dem Tisch lagen gewöhnlich Dinge, die sich in den Taschen seines Vaters befunden hatten: Er leerte sie jeden Abend aus, wo immer er gerade war. Schlüssel, Brieftasche, Visitenkarten, Zettel, die er im Laufe des Tages aufgehoben hatte. Teddys Mutter hatte die Durchsicht der Fundstücke aus den Taschen seines Vaters einmal als »Archäologie« bezeichnet. Was bedeuten sollte, dass sie beim Stöbern in den sonst verborgenen Schätzen erfuhr, was er den ganzen Tag gemacht hatte.
Als Teddy die Papiere auf den Tisch zurücklegte, bemerkte er das Foto einer Frau. Lächelnd, den Kopf anmutig geneigt, erinnerte sie ihn an jemanden. Weit geöffnete Augen, glatte braune Haare … *Augen in der Farbe von Flusssteinen,* dachte Teddy, und dann fiel es ihm ein: Kate.
Kate, seine Freundin, die Frau, die sich um Maggie und Brainer

gekümmert hatte. Das Foto zeigte sie – eine jüngere Kate. Vor Jahren aufgenommen? Oder konnte das jemand anders sein … ihre Tochter vielleicht?

Plötzlich dämmerte es ihm: ihre Schwester. Kates jüngere Schwester, ihre »Maggie«, der Mensch, den Kate Harris am meisten liebte. Im gleichen Stapel fand er einen Zettel, auf dem »East Wind Inn« geschrieben stand. Teddy wusste sofort, was es damit auf sich hatte – warum hätte sich sein Vater sonst für das East Wind interessiert? Kate war dort abgestiegen. Er dachte an ihre sanfte Stimme, ihren leichten Südstaaten-Akzent, und wie sie ihm geholfen hatte.

Obwohl der Gasthof nicht direkt auf seinem Schulweg lag, war es kein großer Umweg. Teddy warf einen Blick auf seine Uhr. Es war noch früh, erst viertel nach sieben. Er wollte sie nicht aufwecken, aber er hatte eine andere Idee. Er konnte ihr eine Nachricht hinterlassen …

Vielleicht würde doch jemand bei seinem Spiel zuschauen, auch wenn sein Vater und sein Großvater nicht kommen konnten.

8

Die Menge raste. Eltern säumten das Fußballfeld, feuerten die Mannschaften aus voller Kehle an. Klassenkameraden sprangen auf und ab. Die Freundinnen der Spieler hielten sich die Augen zu. Die Trainer brüllten ihre Anweisungen. Die Cheerleader hatten sich mit ausgehöhlten Kürbisköpfen und spitzen Hexenhüten verkleidet. Dunkle Wolken brauten sich am Himmel zusammen, drohten Regen oder Schnee an. Die J.V.-Mannschaften lieferten sich eine heiße Schlacht, und es stand 1:1, unentschieden.

Kate zog ihre grüne Wolljacke enger um sich und sah gebannt zu, wie Teddy über die ganze Länge des Platzes rannte. Sicher im Lauf, befand sich der Ball in seinem Besitz, und er fädelte sich geschickt durch die Mauer der Riverdale-Spieler, die ihn aufzuhalten versuchten. Obwohl sie sich mit den Regeln nicht auskannte, brüllte sie lauter als alle anderen.

»Lauf, Teddy!«, schrie sie, Bonnie an der roten Leine haltend. Die Menge fiel ein, schrie seinen Namen.

»Du schaffst es, O'Rourke! Lauf, lauf, lauf!«

Teddy schoss ein Tor, und Shoreline ging mit 2:1 in Führung. Kate streckte die geballte Faust in die Luft, jubilierte. Als sie mit Bonnie von ihrem Morgenspaziergang auf den Klippen zurückgekehrt war, hatte sie einen Zettel mit Teddys Unterschrift unter ihrem Scheibenwischer gefunden, eine Einladung, sich das Spiel anzuschauen, falls sie »nichts Besseres« vorhabe. Eigentlich hatte sie ihren Aufenthalt im Gasthof heute beenden wollen, um die Küste entlang nach Rhode Island zu fahren und die Suche nach Willa auszuweiten. Doch Teddys Bitte hatte sie derart berührt, dass sie beschloss, ihre Abreise zu verschieben.

»Etwas *Besseres* vorhaben?«, hatte sie gerufen, als Teddy an ihr vorbei auf das Feld lief. »Das ist das beste Angebot, das ich bekommen habe, seit ich in Connecticut bin!«

Während sie noch über sein Tor jubelte, spürte sie, wie jemand sie am Arm antippte. Bonnie stieß ein kurzes, freundliches Bellen aus. Eine Frau stand vor ihr, schlank und blond, in einem hautengen Overall, der wie ein Skianzug aussah. Ihre Lippen waren voll, glänzten vom Lipgloss, und sie trug Lidschatten in den modischen Schattierungen Beige und Schiefergrau. Der einzige Makel in ihrem perfekten Gesicht war die kleine Nase, die feuerrot von der Kälte war.

»Hallo«, sagte die Frau, leicht vor dem Hund zurückweichend.

»Hallo«, erwiderte Kate. »Sie tut nichts.«

»Kenne ich Sie?«, fragte die Frau, Bonnie ignorierend, die zur Begrüßung mit dem Schwanz wedelte.

»Ich glaube nicht«, antwortete Kate, doch dann verschlug es ihr die Sprache: Konnte es sein, dass diese Frau Willa begegnet war und Kate mit ihrer Schwester verwechselte? »Erinnere ich Sie an jemanden?«

»Ich bin mir nicht sicher«, lachte die Frau. »Für mich sieht ein Mensch wie der andere aus. Aber ich habe gehört, wie Sie Teddy O'Rourke angefeuert haben.«

»Den Helden der Mannschaft.« Kate lächelte.

»Woher kennen Sie Teddy?«

Kate war verblüfft über die Direktheit der Frau.

»Ich kenne seinen Vater, gewissermaßen.«
»Johnny. Wir sind seit Ewigkeiten befreundet. Kennen Sie sich privat? Oder sind Sie eine Mandantin?«
»Weder noch.« Kate spürte, wie sie sich verschloss. Die Frau musterte sie mit einem aufdringlichen Lächeln, als wollte sie um jeden Preis herausfinden, was sie mit John O'Rourke zu schaffen hatte. Obwohl sie mehrere Ringe trug, sah keiner wie ein Ehering aus. Fürchtete sie, Kate könne in ihr heimisches Junggesellen-Revier eindringen?
»Nun, wie auch immer. Ich bin Sally Carroll. Nett, dass Sie gekommen sind, um Teddy die Stange zu halten. Theresa – seine Mutter – war meine beste Freundin. Sie fehlte bei keinem Spiel. Da drüben ist mein Sohn – die Nummer zweiunddreißig. Bert und Teddy sind befreundet, solange ich denken kann. Und die Freundschaft zwischen Theresa und mir geht auf die Highschool-Zeit zurück – wir gehörten alle derselben Clique an.«
»Tut mir Leid, dass Sie … Ihre Freundin verloren haben.«
Sally nickte. »Ja, das kam völlig unerwartet. Also dann … war nett, mit Ihnen zu plaudern. Übrigens, Sie erinnern mich wirklich an jemanden.«
»Meine Schwester war hier in der Stadt.« Kates Puls beschleunigte sich. »Vielleicht sind Sie ihr begegnet? Sie hat im East Wind gewohnt …«
Sally lächelte. »Wie ich bereits sagte, für mich sieht ein Mensch wie der andere aus …«
Kate öffnete den Mund, um etwas darauf zu erwidern, aber Sally war bereits auf und davon. Sie eilte unverzüglich zu einer Traube von Müttern und begann zu flüstern, so dass Kate nichts hören konnte. Doch die Art, wie die Frauen zu ihr hinüberspähten, verriet Kate, dass Sally die Neuigkeit verbreitete, dass eine Fremde in der Stadt weilte, die gekommen war, um Teddy O'Rourke Fußball spielen zu sehen.
Als sie aufblickte und zusah, wie Teddy den Ball über die

ganze Länge des Feldes einem Teamkameraden zuspielte, fiel ihr ein Mann auf, der eine Windjacke der Shoreline High trug und nicht die Fußballmannschaft, sondern sie beobachtete. Hoch gewachsen und hager, Mitte dreißig, mit dunklen Augen und kurzem lockigem Haar, starrte er mit gerunzelter Stirn in Kates Richtung, als versuche er wie Sally Carroll, sie einzuordnen.

Während der Halbzeit, als sich die Mannschaften um die Spielerbänke scharten, um Wasser zu trinken und die weitere Strategie festzulegen, rannte Teddy zu Kate.

»Danke, dass du gekommen bist«, rief er atemlos. Dann bückte er sich, um den Scotchterrier zu tätscheln. »Du hast einen Hund?«

»Das ist Bonnie. Sie gehört meiner Schwester.«

»Brav, Bonnie.«

»Eine tolle erste Halbzeit, Teddy. Ich bin froh, dass ich dein Tor miterleben konnte.«

»Ich auch.«

Kate hätte ihn gerne gefragt, wo sein Vater steckte, aber die tiefe Traurigkeit in seinen Augen, die sie von Willa kannte, hielt sie davon ab. Als ihre Schwester klein gewesen war, musste sie auch manchmal alleine zum Hockeyspielen, zum Gesangsverein und zu Kunstausstellungen gehen, wenn es Kate trotz größter Mühe nicht gelungen war, sich während der College- oder Arbeitszeit ein paar Stunden freizunehmen.

»Er wäre bestimmt hier, wenn er könnte«, hörte sich Kate sagen.

»Ich weiß.«

»Er ist ein viel beschäftigter Mann, ein Staranwalt. Sogar Väter mit einem Beruf, der nur halb so wichtig ist wie seiner, müssen tagsüber arbeiten.«

»Früher ist meine Mutter immer gekommen.«

»Ich weiß. Sally Carroll hat es mir erzählt.«

Teddys Augen verengten sich. Schaudernd, wie ihr schien,

blickte er zu der Gruppe von Müttern hinüber – die ihn und Kate beobachteten.
»Sie wüssten zu gerne, wer du bist«, sagte er.
»So ist das nun mal in einer Kleinstadt.«
»Ja.« Genau in dem Augenblick drehten die Mütter wie auf Kommando die Köpfe herum, und Kate sah, dass Teddys Trainer auf sie zukam.
»He, O'Rourke – sieh zu, dass du einen Schluck Wasser trinkst, wenn dir an einer guten zweiten Halbzeit liegt.«
»In Ordnung, Mr. Jenkins.«
Jenkins? War das nicht der Familienname ihrer Wirtsleute, Felicity und Barkley? Kate wollte gerade danach fragen, als der Trainer seine Arme über der Brust verschränkte und sie mit einem einnehmenden, schiefen Lächeln musterte.
»Ein neuer Fan, wie ich sehe.«
»Verzeihung?«
»Ich kenne die meisten Mütter aus der Gegend. Sie sind gewiss eine … eine Tante?«
»Nein. Nur eine Freundin«, lächelte Kate.
»Ich bin Hunt Jenkins … und Sie sind … helfen Sie mir auf die Sprünge.«
»Mein Name ist Kate Harris.«
»Nett, Sie kennen zu lernen, Kate. Teddys Freunde sind auch meine Freunde.«
»Der Star Ihrer Mannschaft!«, strahlte Kate.
»Sie haben es erkannt. Der beste Stürmer seit der Zeit, als mein Cousin Caleb noch spielte.«
»Caleb Jenkins?« Sie erinnerte sich, dass John den Namen erwähnt hatte – der Mandant, der das Motorboot »ausgeliehen« hatte. »Dann müssen Sie mit Felicity verwandt sein.«
»Sie ist meine Schwägerin. Woher kennen Sie sie?«
»Ich wohne im East Wind.« Kate wurde plötzlich bewusst, wie viele Fragen sie an diesem Tag bereits beantwortet hatte und wie die Einheimischen aufeinander achteten. In Chincoteague

war es genauso gewesen, und einen Augenblick lang verspürte sie Sehnsucht nach der Unkompliziertheit und Anonymität des Großstadtlebens, nach Andrews Welt in Washington. Sie würde bald wieder nach Hause fahren ... nur noch ein paar kurze Zwischenstationen in Neuengland, und dann nichts wie zurück nach D.C.

»So so. Die Welt ist klein.«

Plötzlich eilte der Mann mit den dunklen Locken und der Shoreline-Windjacke auf sie zu. Kate sah, wie Sally ihn herbeiwinkte, aber er lächelte ihr lediglich zu und ging weiter.

»Hallo, Hunt. Willst du mich nicht deiner Freundin vorstellen?«, sagte er.

»Ich bin Kate Harris«, sagte sie.

»Peter Davis. Freut mich, Sie kennen zu lernen.«

»Ganz meinerseits.«

»Sie ist weder eine Mutter noch eine Tante«, klärte Hunt ihn auf. »Nur ein Fußballfan und eine Freundin von Teddy O'Rourke.«

»Prima ... hör mal, Hunt – kannst du eine Sekunde erübrigen? Ich habe eine fantastische Strategie für die zweite Halbzeit, ein Trick aus meiner Fußball-Glanzzeit bei Hotchkiss ...«

»Ich bin für jede Hilfe dankbar«, grinste Hunt. »Mein Job hängt davon ab, ob wir gewinnen!«

»Also dann, Kate«, sagte Peter. »War nett, Sie kennen zu lernen. Vielleicht kommen Sie mal ins Witch's Brewer ... Freitags und samstags abends spielt dort eine Band.«

»Ja. Heben Sie einen Tanz für mich auf, Kate«, warf Hunt Jenkins ein.

»Ich glaube kaum ...« Kate errötete, als sie seinen Blick auf ihrem Körper spürte.

»He, es ist Zeit!«, brüllte einer der Fußballfunktionäre, und Hunt und Peter eilten zu den Seitenlinien, um sich wegen der Spieltaktik zu beraten.

Die Spielerbänke beider Mannschaften leerten sich allmählich, und jemand in der Zuschauermenge drückte auf eine

Hupe. Die Cheerleader in ihren Halloween-Masken und spitzen schwarzen Hüten begannen, an den Seitenlinien zu tanzen, um die Spannung zusätzlich anzuheizen.
Teddy grinste, streckte ihr die Faust entgegen. Willa hatte es früher genauso gemacht, deshalb wünschte sie ihrem jungen Freund Glück, indem sie mit den Knöcheln ihrer geballten Faust mit ihm anstieß, und sah ihm beim Einlaufen zu. Hunt Jenkins lächelte und machte Anstalten, sich wieder zu ihr zu gesellen, aber sie ignorierte ihn, und schließlich wandte er sich ab.
Eine Frau hinter Kate unterhielt sich mit ihrer Freundin. »Welcher von den Jungen ist der Sohn des Anwalts?«, fragte sie.
»Der Große – Nummer zweiundzwanzig.«
»Es ist nicht seine Schuld, aber trotzdem – ich frage mich, ob sein Vater sieht, wie unfair es ist, dass seine Kinder das Leben genießen können, während die armen Mädchen unter der Erde liegen …«
»Ich weiß, ich finde den Gedanken auch widerwärtig, dass Greg Merrill gesund und munter ist, während Toni Moore sterben musste. Sie ist früher immer dort drüben auf der Aschenbahn gelaufen … Sie war eine großartige Sportlerin …«
»Das kann man wohl sagen. Unsere Stadt konnte stolz auf sie sein. John O'Rourke sollte sich schämen, für dieses Monster zu arbeiten. Und da wir gerade von verschrobenen Prioritäten reden … Theresas Verhalten wundert mich nicht. Ich könnte auch nicht mit jemandem zusammenleben, der eine solche Denkweise hat.«
Die beiden Frauen kicherten, und Kates Rücken versteifte sich.
»Hast du von dem Ziegelstein gehört, der durch seine Fensterscheibe geworfen wurde? Schau dir seinen Sohn da draußen an – spielt Fußball, läuft in der Sonne herum. Das müsste verboten werden, wenn man an die Mädchen denkt, an die Ungerechtigkeit.«
»Was ist daran ungerecht?«, fuhr Kate dazwischen und drehte

sich zu ihnen um; bei dem Gedanken an Willa, an Teddy, tat ihr das Herz weh. Sie spürte, wie sich die Wut ihre Bahn brach, und blickte unverblümt in die verdatterten Gesichter der beiden Vorstadt-Klatschbasen. »Und was *verboten* werden müsste, ist, dass Sie das alles an den Kindern auslassen. Sie haben nichts verbrochen. Sie sind genauso unschuldig wie die Opfer.«

»Wer sind Sie denn?«, herrschte eine der beiden Frauen sie mit zornigem Blick an.

»Eine Freundin«, erwiderte Kate brüsk und drehte sich wieder um, sah zu, wie Teddy mit dem Ball über die ganze Länge des Feldes lief. Ihr Herz raste, als würde sie selbst in Richtung Tor stürmen. Sie hatte das zerbrochene Glas, das Blut auf Johns Gesicht, die Todesangst in Maggies und Teddys Augen gesehen. Die Familie O'Rourke war offenbar Stadtgespräch, und die Kinder hatten es mit Sicherheit zu spüren bekommen.

Teddy war kein Kind mehr, und ihm war der Klatsch über seine Eltern vermutlich zu Ohren gekommen. Kates Magen verkrampfte sich. Die Frauen hinter ihr setzten ihre Unterhaltung im Flüsterton fort, und Kate ging ein paar Schritte weiter.

John hatte den Ausdruck »Himmel und Hölle in Bewegung setzen« ein Leben lang gehört, aber er hatte es nie selbst getan, bis zum heutigen Tag. Er drängte seine Kollegen zur Eile, die Bericht über den Stand ihrer Recherche-Projekte erstatteten – der eine befasste sich mit medizinischen Gutachten, der andere strebte mit seinem Memorandum, das mit Sicherheit Eingang in ein Berufungsverfahren finden würde, eine Änderung des Gerichtsstandes an. Er unterhielt sich mit zwei Psychiatern, arrangierte Gespräche für die kommende Woche und verschob einen Besuch im Gefängnis.

Er fuhr gut gelaunt am Haus seines Vaters vorbei, holte Maggie und Brainer ab und erreichte den Fußballplatz just in dem

Moment, als die zweite Halbzeit begann. Er parkte auf dem Rasen und ging raschen Schritts zur Shoreline-Seite, während Maggie und der Hund vorauseilten. Teddy war im Ballbesitz; er dribbelte schnell und ungestüm, bereitete den Torschuss vor.

»Los, Ted!«, brüllte John. »Schieß!«

»Teddddyyyyyyyyy!«, schrie Maggie.

Die Zuschauer sprangen auf und ab, und John platzte schier vor Stolz, weil die Aufregung seinem Sohn galt. Er hatte früher ebenfalls in der Shoreline-Mannschaft Fußball gespielt und später in Yale; er wusste, was für ein Gefühl es ist, wenn alle den Namen eines Spielers riefen. Er hoffte, dass Teddy seine Stimme unter den anderen erkannte, und der Gedanke, wie selten es sein eigener, viel beschäftigter Vater während seiner Jahre als Anwalt geschafft hatte, bei einem Spiel zuzuschauen, versetzte ihm einen Stich.

Teddy spielte den Ball einem Teamkameraden zu, und dieser konnte ihn halten, bis Teddy die richtige Schussposition eingenommen hatte. Als der Pass kam, schoss Teddy den Ball im steilen Winkel ins Tor, und die Shoreline-Anhänger tobten vor Begeisterung, als ihre Mannschaft den Vorsprung auf 3:1 ausbaute.

»Hallo, John.«

John spüre ihre Arme um seinen Hals und ihre Lippen auf seinen Wangen, bevor er sah, wer es war: Sally Carroll.

»Hallo, Sally.«

»Der Apfel fällt nicht weit vom Stamm, wie man sieht. Ich glaube mich zu erinnern, bei seinem alten Herrn genau die gleiche Taktik gesehen zu haben – ein Tor schießen, wenn Shoreline es am nötigsten braucht.«

»Das ist lange her.« John blickte über ihre Schulter zu dem Mann hinüber, bei dem sie gestanden hatte. Peter Davis, ein Freund von Teddys Trainer; John wusste, dass er ein Haus in Point Heron gekauft hatte, und er hatte gehört, dass Sally seit der Trennung von ihrem Mann mehrmals mit ihm ausgegangen war. Allein der Gedanke an ein Rendezvous – der Versuch, eine Beziehung zu entwickeln, einem anderen Menschen wieder zu vertrauen – ging John dermaßen gegen den Strich, dass ihm ein Schauder über den Rücken lief.

»Ja, wir sind nicht mehr die Jüngsten … alter Freund«, sagte Sally.

»Die Betonung liegt auf ›alt‹.«

»Lass mich so etwas nie wieder hören!« Sallys Finger lagen leicht auf seinem Arm. »Du bist nur müde und ausgelaugt, kein Wunder nach allem, was du durchgemacht hast. Übrigens, wie geht's zu Hause?«

Ihre Lippen waren feucht, schmelzend. John spürte, wie sie ihn mit ihren Blicken durchbohrte, und wandte die Augen ab. Sein Atem ging schneller – eine natürliche Reaktion auf Sallys Schönheit, ihre erotische Ausstrahlung … aber sie war Theresas beste Freundin gewesen, ihre Scheidung war noch nicht rechtskräftig, Peter Davis beobachtete sie, und außerdem hatte er sich nie zu ihr hingezogen gefühlt. John sah sie abermals an, wünschte sich, nicht ständig auf der Hut sein zu müssen, sondern ihr klipp und klar sagen zu können, wie die Dinge zu Hause wirklich standen.

»Gut«, erwiderte er.

»Hmmm. Ist das der Grund für die dunklen Ringe unter deinen Augen? Und hat die Mutter von Jillie Wilcox deshalb erzählt, dass der Lieferwagen des Glasers diese Woche schon wieder vor deiner Haustür stand?«

»Ein Ziegelstein, der durch die Fensterscheibe flog. Berufsrisiko.«

»Der Pöbel lechzt offenbar nach Blut. Siehst du, wie dich alle beobachten?«

»Damit kann ich leben, solange sie meine Kinder in Ruhe lassen.«

»Und wer kümmert sich um *dich*, Johnny?« Sally berührte

erneut seinen Arm. »Während du dich um die beiden Kinder, das Haus und deine grässlichen Mandanten kümmerst?«
Johns Kiefermuskeln verkrampften sich. So gesehen, auf wenige Worte reduziert, klang es zugegebenermaßen, als sei sein Leben furchtbar. Er zitterte in dem durchdringenden Wind, der vom Meer herüberwehte, konzentrierte sich auf das Spiel seines Sohnes. Teddy wurde als Libero im Angriff und in der Verteidigung eingesetzt, blieb am Mann, preschte nun blitzschnell vor und versuchte, seinem Gegenspieler den Ball abzunehmen.
»Wer ist denn die geheimnisvolle Unbekannte?« Sallys Stimme durchbrach seine Konzentration.
»Keine Ahnung, wen du meinst, Sally.«
»Miss Nullachtfünfzehn, da drüben – die deinen Sohn anfeuert, als wäre sie seine Mutter. Dein Hund scheint sie recht gut zu kennen.«
John folgte der Richtung, in die ihr Zeigefinger wies, und entdeckte Kate Harris. Sie verfolgte mit leuchtenden Augen das Spiel – die Hände wie zum Gebet gefaltet, aber vermutlich nur, um sie zu wärmen –, schien gefangen und hingerissen zu sein. Sie trug die grüne Jacke, die sie schon bei ihrem Spaziergang neulich am Abend angehabt hatte, und als Brainer mit Bonnie umhertollte, ging sie in die Hocke und küsste ihn auf die Nase.
John musste gegen seinen Willen lächeln – die erste Reaktion auf ihren Anblick. Doch die zweite Reaktion kam schnell und unerbittlich, wie ein D-Zug, der durch einen Tunnel raste. Was hatte Kate Harris bei Teddys Spiel zu suchen?
»Entschuldige mich, Sally, ja?«
»Natürlich«, hörte er Sallys Stimme über seine Schulter, während er bereits die Seitenlinie entlangeilte. Brainer balgte sich mit Bonnie, und beide Hunde lösten sich voneinander, um ihn zu umkreisen, als er sich Kate näherte. Der Himmel war stahlgrau, das Laub an den Bäumen leuchtend gelb und orange,

und ihre Augen waren voller Wärme und Hoffnung, als sie sich umdrehte und ihm entgegenblickte.
»Brainer erinnert sich an mich«, begrüßte sie ihn.
»Scheint so.« Johns Kiefer waren derart angespannt, dass sie schmerzten.
»Oder an Bonnie. Die zwei haben sich gesucht und gefunden. Ich glaube, sie sind verrückt nacheinander. Ist Ihnen aufgefallen, wie –«
»Was machen Sie hier?«
»Hmmm.« Sie senkte den Blick.
Der D-Zug raste durch seine Brust. Durch seine Adern, seine Blutgefäße. Es schmerzte höllisch, zermalmte Gewebe und Knochen. Diese Frau, zierlich, hübsch, offen – und alles andere als eine »Miss Nullachtfünfzehn«, sondern von einer Schönheit, die Frauen wie Sally und Theresa verborgen blieb –, diese Frau war als Zuschauerin bei Teddys Spiel erschienen und nahm einen Platz ein, der ihr nicht zustand.
»Das ist keine Antwort«, fuhr er sie barsch an. »Sagen Sie mir zum Teufel, was Sie hier zu suchen haben!«
»Ich schaue mir Teddys Spiel an.«
»Wie zum Teu… Was soll die Lügerei? Sie wussten, dass ich komme, und dachten, Sie könnten mich umstimmen. Meinen Sie, ich hätte unsere letzte Begegnung vergessen?«
»Ich wusste nicht, dass Sie kommen«, antwortete sie leise.
»Jetzt machen Sie aber mal einen Punkt! Welchen anderen Grund …«
»Ich glaube, das wusste nicht einmal *Teddy.*« Lächelnd sah sie zum Spielfeld hinüber, Teddys Blick suchend; John beobachtete, wie sein Sohn strahlte, mit feuerroten Wangen, dermaßen von der Aufmerksamkeit seines Vaters gefesselt, dass er den Ball verpasste, der ihm zugespielt wurde.
»Hol ihn zurück, Teddy!«, brüllte John, als der Linksaußen von Riverdale den Ball abfing und auf dem Absatz kehrtmachte, um in Richtung Tor zu laufen.

»Los, Teddy!«, schrie Kate und schwenkte die erhobene Faust.
»Er hat ihn verloren«, stöhnte John, als der Linksaußen den Ball dem Mittelstürmer von Riverdale zuspielte. Der hoch gewachsene Junge erwischte ihn, zielte, schoss ein Tor für Riverdale, und die Fans auf der Gegenseite des Fußballfeldes tobten vor Begeisterung.
»Sie liegen immer noch mit drei zu zwei in Führung«, sagte Kate tröstend.
»Wollen Sie damit andeuten, dieses Tor ginge auf mein Konto? Dass Teddy abgelenkt war, als er mich entdeckte? Ist es das, was Sie sagen wollen?«
»Das haben *Sie* gesagt.« Kates Stimme klang kühl, aber ihr Blick war warm. »Ich bin sicher, Sie kennen Ihren Sohn besser als ich.«
»Aha.« Johns Blut geriet in Wallung, wie ein Hafenbecken mit einem brennenden Ölteppich, die Flammen züngelten über Schutzdämme, Docks, Piers ... er kochte innerlich vor Wut und Frustration. »Teddy hat also Mist gebaut, weil *ich* gekommen bin? Haben Sie das gemeint?«
»Zuerst einmal hat er keinen Mist gebaut. Dieser Riverdale-Spieler *durfte* ihm den Ball gar nicht abnehmen – ein klarer Fall von *Abseits,* oder wie man das nennt ...«
»Das war kein Abseits. Der Riverdale-Spieler stand zufällig am richtigen Fleck, als Teddy den Ball durch seine Beine schlüpfen ließ. Sie haben doch keinen blassen Schimmer vom Fußball.«
»Das stimmt. Aber niemand kann mir nachsagen, ich sei nicht bereit dazuzulernen. Das Spiel gefällt mir sehr.« Sie sprang abermals auf und ab, den Blick auf das Fußballfeld gerichtet, und deutete mit dem Finger auf Teddy, der gerade einen Pass annahm, mit dem Ball seiner Mannschaft voraus über die ganze Länge des Spielfeldes dribbelte und ihn in die richtige Position für den Torschuss brachte.
»Los, Teddy! Schieß! Schieß!«, hörte John sich brüllen.
»Du schaffst es! Los!«, schrie Kate und übertönte ihn fast.

»Mach zu, O'Rourke«, brüllten die Zuschauer wie aus einem Munde. Wenn John die Augen geschlossen hätte, dann hätte er meinen können, sie feuerten ihn selbst an, aber er wollte seine Augen nicht schließen, auch nicht für eine einzige Sekunde. Er sah seinen Sohn an, der die Hand hob, das Signal gab, schoss – Tor!

Die Menge raste.

John machte einen Luftsprung. Er brüllte, bis seine Kehle schmerzte. Kate führte neben ihm einen Freudentanz auf, er spürte ihre Hitze, ihre Aufregung. Am liebsten hätte er sie gepackt, umarmt vor Freude übers Teddys Triumph – und vor Erleichterung, dass er diesen wunderbaren Augenblick miterlebt hatte.

»Sie haben einen fantastischen Sohn«, sagte Kate atemlos.

»Ich weiß.«

»Und Sie waren dabei. Das ist wunderbar.«

»Ja.« Johns Kehle war wie zugeschnürt, als er sich Teddys Gesicht vor fünf Minuten vorstellte, seine zuerst fassungslose, dann freudestrahlende Miene, als er seinen Dad wirklich und wahrhaftig am Rand des Spielfelds entdeckte statt in seinem Büro, um sich das Spiel anzuschauen.

»Sie haben einiges, worauf Sie stolz sein können.«

Das fand John auch. Das Herz ging ihm auf. Einen Augenblick lang dachte er an Theresa; er stellte sich vor, wie glücklich sie jetzt für Teddy wäre, wie aufgeregt und stolz ... Dieser Gedanke an seine Frau machte gleichwohl seine Freude und den letzten Rest Vertrauen mit einem Schlag zunichte; er kam unsanft auf den Boden der Tatsachen zurück, räusperte sich und sah in Kates lächelnde Augen.

»Schluss damit.« Er spürte, wie ihn wieder der alte Schmerz und Zorn über den Verrat überkamen. »Ich will jetzt sofort eines wissen: Was haben Sie hier zu suchen?«

»Das sagte ich bereits ...«

»Sie sind weder Fußballfan noch mit einem der Spieler verwandt – also, raus mit der Sprache, Kate. Was wollen Sie hier?« Er sah, wie sie in ihre Jackentasche griff. Sie holte ein Stück Papier heraus, zögerte, als versuche sie sich darüber schlüssig zu werden, ob das der richtige Zeitpunkt sei, ob sie es ihm zeigen sollte oder nicht. Sein Blut geriet erneut in Wallung: Das sollte wohl ein Scherz sein! »Was ist es denn dieses Mal? Noch ein Bild von Ihrer Schwester? Oder eine Postkarte? Eine Notiz, die sie hinterlassen hat? Geben Sie sie der gottverdammten Polizei, nicht mir! Haben Sie gehört? *Ich kann Ihnen nicht helfen!*« Ohne es zu wollen, riss er ihr den Zettel aus der Hand. Er erkannte Teddys Handschrift, und als John den Zettel las, begann seine Hand zu zittern.

Hallo Kate,
ich habe heute ein Fußballspiel. Vielleicht kannst du ja kommen, falls du nichts Besseres vorhast. Es findet auf dem Shoreline Field statt, um vier. Ich würde mich freuen.
Thaddeus G. O'Rourke (Teddy)

»Wie ist der Zettel in Ihren Besitz gelangt?«, erkundigte sich John brüsk.
»Er hatte ihn unter meinen Scheibenwischer geklemmt.«
»Und wie hat er Sie ausfindig gemacht?« Er konnte nicht anders; er dachte an die alten Szenarien, an die Nachrichten, die Barkley für Theresa hinterlassen hatte, an das wortlose Auflegen des Telefonhörers auf dem Anrufbeantworter, an das nächtliche Flüstern, an Geheimnisse und böse Überraschungen.
»Keine Ahnung.«
»Haben Sie ihn angerufen? Haben Sie sich mit ihm oder Maggie in Verbindung gesetzt?«
»Natürlich nicht.«
»Wie hat er Sie dann aufgespürt?«
»Ich konnte noch nicht mit ihm sprechen, weil er die ganze Zeit gespielt hat.«

»Er war während des ganzen Spiels dabei?« John ließ überrascht Teddys Einladung sinken und konnte kaum den Stolz über seinen Sohn verbergen.

Kate nickte.

Johns Brust schmerzte. Er war verwirrt, aus dem Lot gebracht. Nach seinen Erfahrungen hatte sich die Menschheit in den letzten Jahren nicht gerade als freundlich, hilfsbereit oder vertrauenswürdig erwiesen. Es war inzwischen kälter geworden; er sah, wie sie die Jacke enger um sich zog. Laut Wettervorhersage war für den späten Abend ein Unwetter mit Sturm und Eisregen angekündigt, das vom Atlantik heraufzog.

Brainer und Bonnie hatten eine Runde um das Fußballfeld gedreht und sausten nun zu John und Kate zurück. Bildete er sich das ein, oder wurde er tatsächlich von sämtlichen Zuschauern beobachtet? Er richtete sich kerzengerade auf, seine Miene verhärtete sich. Maggie kam angelaufen, ein Fitnessgetränk aus dem Kühler der Mannschaft in der Hand.

»Dad, Teddys Trainer hat mir einen Becher Gatorade geschenkt … Teddy hat das Tor geschossen und seine Mannschaft in Führung gebracht, hast du das gesehen … und schau mal Brainer und seine kleine Freundin an, ist die nicht niedlich – wem sie wohl gehört, was glaubst du …« Als sie Kate entdeckte, schnappte sie nach Luft und rannte zu ihr, hätte sie um ein Haar umarmt. »Hallo!«, rief sie mit einer Stimme, die überschwängliche Freude verriet.

»Hallo, Maggie.«

»Ist das dein Hund?«

»Ja. Sie heißt Bonnie.«

»Ist die süß!«

»Ein Scotchterrier.«

In diesem Augenblick ertönte der Abpfiff, und das Spiel war zu Ende. Die beiden Mannschaften nahmen Aufstellung, schüttelten sich die Hände und beglückwünschten sich gegenseitig: »Ein gutes Spiel, ein gutes Spiel.« John sah, wie Teddy seinen

Gegnern Anerkennung zollte, mit seinem Trainer sprach und dann durch die dicht gedrängte Traube der Eltern und Spieler auf ihn zulief.

»Hast du mich gesehen, Dad?«

»Habe ich, Teddy – du warst fantastisch.«

»Ich habe den einen Torschuss vermasselt …«

»Das kann jedem passieren. Wichtig ist nur, dass es dir gelungen ist, konzentriert weiterzuspielen und dich nicht ablenken zu lassen, dass du den Ball in die richtige Position gebracht und Kevin somit ermöglicht hast, das nächste Tor zu erzielen.«

»Ja, wir haben gewonnen.«

»Herzlichen Glückwunsch«, fügte John hinzu, als Maggie die Hand ihres Bruders schüttelte.

»Und zwei Tore gehen auf dein Konto«, lobte Kate.

Teddy nickte mit glühenden Wangen.

Johns Brust verengte sich abermals. Er hatte ein Tor von Teddy verpasst? »Du hast zwei Tore geschossen?«

Teddy nickte. »Und wie! Er ist der Star«, erklärte Kate.

»Das bist du wirklich«, sagte Maggie und blickte ihren Bruder bewundernd an. »Der Star der ganzen Mannschaft.«

»Danke, Mags.«

Nun kam sich John wirklich erbärmlich vor. Er war so stolz darauf gewesen, dass er den sagenhaften Pass miterlebt hatte, aber ein Tor hatte er versäumt, und das war unverzeihlich. Er musste bei den Kindern Abbitte leisten. Eigentlich war er mit Billy Manning verabredet, seinem langjährigen Freund und Detective aus dem Major Crime Squad von Connecticut. Es war kein offizielles Treffen – Billy war freitagsabends meistens im Witch's Brew anzutreffen, und John hatte vorgehabt, auf ein Bier vorbeizuschauen, um ihm ein paar Fragen über Willa Harris zu stellen. Aber Manning konnte warten.

»Das müssen wir feiern«, schlug John vor. »Den Sieg von Shoreline, Teddys Tore und seine tollen Vorlagen. Wohin möchtest du zum Essen gehen, Teddy?«

»Vesuvio's Pizza!«, rief er aus.
»Einverstanden.«
»Was ist mit Gramps und Maeve, sollten wir die nicht auch einladen?«, fragte Maggie. »Wir wohnen in seinem Haus«, erklärte sie Kate. »Gramps wäre stolz.«
»Bestimmt, schließlich haben wir ihnen die letzte Niederlage heimgezahlt«, meinte Teddy. »Aber Gramps hat einen Arzttermin.«
»Es muss aber eine richtige Feier sein«, sagte Maggie mit leuchtenden Augen. »Mit mehr Leuten als uns drei, deshalb sollten wir noch jemanden einladen …« Ihre Augen schweiften an John vorbei, richteten sich auf Kate, ihr Blick sprach Bände, doch Teddy kam ihr zuvor.
»Kate. Kate und Bonnie«, beendete er den Satz für sie.
»Ja, sie müssen mitkommen. Unbedingt. Bei Vesuvio's gibt es die beste Pizza der Welt. Die wird dir schmecken – stimmt's, Dad?«
John antwortete nicht, war sich bewusst, dass beide Kinder ihn mit erwartungsvollen Augen beobachteten, dass er der Höflichkeit Genüge tat und ihrer Bitte Folge leistete.
Kate kam ihm zuvor. »Ich wäre gerne dabei. Aber ich habe leider schon etwas vor.«
»Nein!«, platzte Maggie heraus. »Du musst mitkommen. Bitte! Nicht nur wegen der Pizza, sondern weil ich dich fragen muss, wie ich mich an Halloween verkleiden soll. Du bist doch auch ein Mädchen. Ich meine, eine Frau, und vielleicht weißt du mehr über solche Dinge als Teddy und Dad.«
»Ach, Maggie!«, sagte Kate.
»Bitte, Kate. Sag deine Verabredung ab und komm mit«, bat Teddy.
Kate lächelte und biss sich auf die Lippe, als ob sie den Vorschlag ernsthaft in Erwägung zöge. John sah, dass sie die Kinder nicht enttäuschen wollte. Die Wut in seinem Innern war immer noch nicht verebbt – der D-Zug-Effekt hatte keinen

Deut nachgelassen – und er war beinahe versucht herauszufinden, ob sie ihre Meinung ändern und Ja sagen würde. Doch dann ergriff er das Wort, zerstörte die Spannung, die in der Luft lag.

»Sie hat Nein gesagt, Mags. Das müssen wir respektieren.«

»Dein Vater hat Recht«, pflichtete Kate ihm bei. Ihr Ton war mild, ihre Miene sanft.

»Mist!«, schimpfte Maggie.

»Du verpasst etwas!«, sagte Teddy scherzhaft. »Die Pizza ist wirklich köstlich, und auf dem Heimweg gibt es bestimmt ein Eis. Vom Paradise, hast du das schon einmal gegessen?« In diesem Moment erspähte John aus dem Augenwinkel Sally und Bert Carroll, die sich ihnen näherten.

»Nein, tut mir Leid. Vielleicht ein anderes Mal«, sagte Kate, nahm Bonnie an die Leine und wandte sich zum Gehen.

»Hallo, alle miteinander!«, rief Sally. »Wo findet die Party statt? Peter hat noch eine Weile zu tun, aber Bert und ich würden uns gerne anschließen.«

»Wir gehen ins Vesuvio's«, antwortete Teddy, und Bert erklärte: »Klasse!«

»Auf Wiedersehen, Kate«, sagte Maggie, und John hörte die Traurigkeit in ihrer Stimme.

»Auf Wiedersehen, Maggie.«

Als Kate sich ein paar Schritte entfernt hatte, flüsterte Sally John ins Ohr: »Habe ich etwas gesagt, was sie vertrieben hat?« John schüttelte stumm den Kopf, genau in dem Moment, als Kate sich noch einmal umdrehte.

»Amelia Earhart!«, sagte sie, an Maggie gewandt.

»Was?«, frage Maggie.

»Du solltest als Amelia Earhart gehen.«

»An Halloween?«

»Ja. Du brauchst nur einen weißen Schal … einen langen weißen Schal. Und vielleicht eine Pilotenbrille. Und natürlich …«

»Was?« Maggie hatte die Hände vor der Brust verschränkt

und lauschte andächtig, als hätte Kate Harris ihr gerade den Heiligen Gral angeboten. »Was brauche ich sonst noch?«

»Mut.« Kate winkte ihr lächelnd zu, als sie mit Bonnie weiterging. »Meine Schwester hat immer gesagt, Amelia Earhart sei die mutigste Frau der Welt gewesen.«

»Oh ja!« Maggie nickte und sah zum kalten Oktoberhimmel empor; ihr war, als hätte sich die Erde mit einem Mal entfernt und John, Teddy, Sally und Bert seien aus ihrer Sicht entschwunden, und als sei sie fähig, die Flügel auszubreiten und beherzt der Zukunft entgegenzufliegen, auf der Suche nach ihrem eigenen Schicksal.

9

Das Witch's Brew war rappelvoll und vibrierte vor Leben, die Besucher standen wie jeden Freitagabend Schulter an Schulter, eng zusammengepfercht, in Dreierreihen an der Bar. Dichter Zigarettenqualm hing in der Luft, Musik plärrte aus sämtlichen Lautsprechern. Die Beleuchtung war schummrig, die Besucher hatten sich in Schale geworfen, und es war so laut in dem Lokal, dass man sein eigenes Wort kaum verstand, würde Billy Manning vermutlich sagen. John ärgerte sich, dass er überhaupt die Idee gehabt hatte, hierher zu kommen.

Während er sich seinen Weg an der langen Chromtheke entlang bahnte, entdeckte er mindestens zwanzig bekannte Gesichter. Sich in Bars herumzutreiben war normalerweise nicht seine Art, und er merkte, wie überrascht die Leute bei seinem Anblick waren. Er spürte auch die fast animalische Spannung, die sich auf ihn übertrug. Es war unübersehbar, dass hier Männer und Frauen auf die Pirsch gingen, und sein Körper reagierte unwillkürlich darauf.

Er fand Billy im Hinterzimmer, wo es ein wenig leiser, aber nicht wesentlich leerer war. Die Polizisten, die an den Wochentagen nach Feierabend ins Henry's gingen, kamen am Freitagabend hierher. Einen halben Block vom Gerichtsgebäude entfernt, galt das Witch's Brew – früher in Anlehnung an den Hammer, mit dem Gerichtsverhandlungen eröffnet wurden, The Gavel genannt – als beliebter Treffpunkt der Ordnungs- und Gesetzeshüter. Darauf erpicht, das Geschäft anzukurbeln, hatte der Besitzer sein Lokal umgestaltet, damit begonnen, an den Wochenenden Bands zu engagieren, und mit der Namensänderung offen darauf hingewiesen, dass es sich um eine Aufreißerkneipe handelte. Dessen ungeachtet waren die Polizisten und Juristen ihrem Stammlokal treu geblieben.

»He, Johnny«, rief Bill Manning und winkte ihn herbei.

»Wie geht's, Billy? Hallo T.J. Hallo Dave.«

»Hallo, John«, erwiderten die Polizisten wie aus einem Munde. Sie begrüßten ihn per Handschlag, mit einer Miene, die besagte: »Nichts für ungut.« Im Laufe der Jahre hatte John die meisten in den Zeugenstand gerufen und sie einem Kreuzverhör unterzogen, dass ihnen Hören und Sehen verging. Er hatte sie zwar nicht offen der Lüge bezichtigt, aber Andeutungen fallen lassen, die sich gerade noch im Rahmen des Gesetzes bewegten, und sich einen Spaß daraus gemacht, sie nach allen Regeln der Kunst auseinander zu nehmen.

»Wie geht's?«, erkundigte sich Dave Trout.

»Bestens.« John sah den hageren weißhaarigen Detective an. »Und Ihnen?«

»Verdammt gut. Ich kann nachts wenigstens schlafen.«

»Das müssen Sie auch«, grinste John. »Sie sind schließlich älter als ich.«

»Gesetzesbrecher hinter Gitter zu bringen hält jung«, konterte Dave. »Genau wie das Wissen, dass ich auf der Seite des Gesetzes stehe und dafür sorge, dass unsere Straßen sicher sind für unsere Töchter.«

»Dafür danke ich Ihnen, Dave. Ich würde Ihnen gerne in ihrem Namen ein Bier spendieren.«

»Angenommen. Zumindest haben Sie mir Ihren Standard-

spruch erspart – wie lautete der noch gleich?« Er sah seine Kollegen an.
»Es ist meine Aufgabe, die in der Verfassung verbrieften Rechte unserer Kinder zu wahren«, feixte T.J. »Ihr Recht auf juristischen Beistand, und so weiter und so fort.«
»Wenn man sie anständig erzieht, brauchen sie keinen juristischen Beistand«, knurrte Dave.
»Das sagen Sie!« John winkte die Bedienung herbei. »Es gibt einige Eltern in dieser Stadt, die einen Anwalt für ihre Kinder gebraucht haben, obwohl sie anständig erzogen wurden.«
»Wie die Familie Jenkins«, sagte Billy leise und deutete zur Bar im hinteren Teil des Raumes. »Bark und Felicity – wer hätte gedacht, dass sie so ein Früchtchen großziehen. Da ist Caleb ja, das Herzchen. Einer von deinen Schützlingen, John, oder?«
»Das solltest du doch am besten wissen.« John entdeckte Caleb Jenkins mit seinem Onkel Hunter, Teddys Fußballtrainer, beide hingen halb über der Theke. »Du hast ihn schließlich verhaftet.«
»Richtig. Wegen dieses Dummejungenstreichs, bei dem es um ein Sportfischerboot im Wert von schlappen fünfzigtausend Dollar ging. Ich würde nach wie vor gerne wissen, was er auf dem Rückweg vom North Rock gemacht hat. Das liegt ungefähr eine halbe Meile außerhalb der Drei-Meilen-Zone, und ich möchte wetten, dass es mit Drogen, Schmuggel oder dem Vernichten von Beweismitteln zu tun hatte.«
»Du hast Mädchenhandel ausgelassen«, fügte T.J. hinzu.
»Nun macht aber mal einen Punkt, Männer«, sagte John.
»Wir betreten den geheiligen Boden der Schweigepflicht«, lachte Billy. »Lasst uns lieber umgehend den Rückzug antreten. Also, was führt dich ins Witch's Brew, John? Hab dich schon lange nicht mehr bei einem Zug um die Häuser gesehen. Wie geht's dir überhaupt?«
»Unlängst wurde ein Ziegelstein durch mein Fenster geworfen,

das letzte Kindermädchen hat fristlos gekündigt – weil sie fand, ihre Tätigkeit sei aufgrund meiner Arbeitszeiten eine ›grausame, unzumutbare Strafe‹ –, in unserem Dachboden haben sich Fledermäuse breit gemacht, und wir wohnen vorübergehend bei meinem Vater. Heute Abend haben wir Teddys Fußballspiel mit einer Pizza gefeiert, und danach beschloss ich, auf ein Bier vorbeizuschauen.«

Die Bedienung brachte eine Runde, John zahlte, und alle tranken.

»Hab von dem Ziegelstein gehört«, sagte Billy. »Stand im Bericht der Streife.«

»Rache wegen Merrill?«, fragte Dave.

»Glaub schon«, meinte John.

»Kein Grund, in Ihre Privatsphäre einzudringen«, warf T.J. ein. »Waren Ihre Kinder zu Hause?«

John nickte, trank einen Schluck.

»Nett. Wirklich nett. Nicht, dass ich prinzipiell Ihrer Meinung wäre – Merrill sollte für seine Untaten wirklich mit dem Leben bezahlen, aber –«

Die Unterhaltung drohte eine Wende zu nehmen, die John nicht beabsichtigt hatte – oder guthieß. Seine Miene verschloss sich, nur leicht, aber T.J. fing das Signal auf und wandte sich an Dave, kehrte zu dem Thema zurück, über das sie vor Johns Ankunft gesprochen hatten. Nun wandte sich Billy John zu, ihre Blicke trafen sich. Sie waren während der Highschool-Zeit die besten Freunde gewesen, und die jeweilige berufliche Laufbahn, die sie gewählt hatten, tat der Beziehung zwischen ihnen in der Regel keinen Abbruch.

»Was ist los?« Billy merkte, dass John etwas auf dem Herzen hatte.

»Gehen wir ein Stück spazieren, ja?«

Billy nickte. Die beiden Männer stellten ihre Krüge auf den zerkratzten Holztisch und bahnten sich einen Weg durch die Menge. Im Witch's Brew herrschte Hochbetrieb am Tag vor

Halloween. Die Leute kamen nach den Partys noch auf einen Sprung vorbei, kostümiert. Ein schwarzer Hexenkessel blubberte vor sich hin, das Trockeneis verbreitete Nebel. Die Band hieß »Goth«, ihre Musik klang schrill und erschwerte den Besuchern überwiegend mittleren Alters das Tanzen.
Sally Carroll erspähte ihn von der Bar aus und sagte etwas zu Peter Davis, dann machte sie Anstalten herüberzukommen. John winkte ihr zu, ging schneller. Er hatte in der Pizzeria erwähnt, dass er später noch einen Abstecher ins Witch's Brew machen wolle, um mit Billy zu reden. War sie öfter hier, oder war sie nur wegen ihm gekommen? Er konnte nicht umhin, ihr schwarzes Hexenkostüm zu bemerken – ein schwarzes Kleid mit tiefem Ausschnitt, das volle, nach oben gepresste Brüste und die Kante eines purpurfarbenen Spitzenbüstenhalters enthüllte.
»Da ist ja Sal«, sagte Billy, als sie vorübergingen.
»Ja.«
»Warum ihr zwei nicht zusammenfindet, geht über meinen Horizont. Seit sie Todd abserviert hat ... Peter Davis und sie vertreiben sich doch nur die Zeit miteinander. Wenigstens trösten sie sich gegenseitig, Mann. Sie war schon immer scharf auf dich, und ich bin sicher, sie würde dir gerne Beistand und Wärme bieten. Du weißt, was ich meine?«
»Ja, weiß ich. Wie wäre es, wenn du dir den Rest verkneifst?«
John machte ein finsteres Gesicht, ging voraus und bahnte sich mit den Schultern einen Weg durch das Gedränge an der Tür. Der Geruch nach Rauch und Parfüm war ekelhaft, und an die frische Luft zu treten – vorbei an zwei maskierten Pärchen – tat gut.
»Es ist mir nicht mehr gelungen, dir gegenüber die richtigen Worte zu finden, seit ...« Billy verstummte.
John warf ihm einen warnenden Blick zu, um ihn am Weiterreden zu hindern. Er wusste, dass Billy drauf und dran war, Theresa zu erwähnen. Eines Abends, kurz nach der Beisetzung,

war er auf dem Heimweg hereingeschneit, und die beiden Freunde hatten auf der Veranda das eine oder andere Bier getrunken. Als es dunkel wurde und der Alkohol zu wirken begann, hatte sich Johns Zunge gelöst, und er hatte Billy alles über Theresa erzählt. Dass sie eine Affäre gehabt hatte. Dass er seit langem einen Verdacht gehabt und sich über die Anrufer, die auflegten, sobald er den Hörer abnahm, und ihre rätselhaften Besorgungen gewundert hatte.

Billy hatte sich vorgebeugt, sein Bier abgestellt und John in die Augen gesehen.

»Du hättest mich nur fragen müssen.«

»Wieso? Weil du Polizist bist? Und in der Lage gewesen wärst, sie zu beschatten? Oder mir gezeigt hättest, wie man das macht? Meiner eigenen Frau nachspionieren?«

»Nein, John. Weil ich Bescheid wusste. Wie alle.«

»Alle?«

»Über Theresa und Barkley.«

»Herrgott Billy!«

»Sie waren nicht besonders diskret – ich sah sie zusammen in der Drawbridge Bar. Und einmal, am Abend, verließen sie gerade den Parkplatz am Strand. Und ich sah …«

John war wortlos aufgestanden. Er hatte die leeren Gläser in die Küche zurückgebracht. Als Billy ihm ins Haus gefolgt war, hatte John ihm kein weiteres Bier mehr angeboten. Er hatte am Spülstein gestanden und die Gläser ausgespült, ohne aufzublicken. Es wäre ihm lieber gewesen, wenn Billys Worte nie gefallen wären. Es wäre ihm lieber gewesen, wenn Billy nichts über Theresas Affäre gewusst oder ihm zumindest nichts erzählt hätte. »Es tut mir Leid, John«, hatte Billy gesagt. Kurz darauf war er gegangen.

Als sie nun an der Rückseite des Witch's Brew entlanggingen, hatte John das Gefühl, als ob Billy noch etwas zu besagtem Abend sagen wollte. Sie hatten nie mehr darüber gesprochen – und so getan, als hätte diese Unterhaltung nie

stattgefunden. Autos fuhren auf der Hauptstraße vorüber. Einige bogen in den Parkplatz ein. Johns Herz klopfte zum Zerspringen.
Er dachte an eine Zeit, die noch weiter zurücklag. Sie waren alle eng miteinander befreundet gewesen: John und Theresa, Billy und Jennifer, Barkley und Felicity, Sally und Todd. Theresa und er hatten im Sommer vor seinem dritten Jahr an der juristischen Fakultät geheiratet.
John erinnerte sich daran, wie sie sein bestandenes Examen gefeiert hatten. Er war voller Idealismus gewesen – brannte darauf, ins Leben hinauszutreten und die Welt zu verändern. Konnte es kaum erwarten, seine Zulassung zu erhalten und mit der Arbeit zu beginnen. Aber zuerst hatte ihm der Richter eine Examensfeier ausgerichtet, und alle waren gekommen, einige selbst frisch verheiratet.
Es war ein herrlicher Sommerabend gewesen, der Vollmond ging über Silver Bay auf. Die Frauen hatten ärmellose Kleider getragen, die Männer blaue Blazer. Theresa hatte als Vorspeise Häppchen gemacht, Sally hatte einen Auflauf mitgebracht. Nach zahllosen gemeinsamen Schulfesten, Tanzveranstaltungen und Lagerfeuern war dieses Fest ihr erstes Beisammensein als Erwachsene.
Der Richter hatte eine Band engagiert, und die Leute tanzten. John hatte sich umgeschaut: Das Fest fand zu seinen Ehren statt, und die Gäste standen ihm nahe. Er war nun Rechtsanwalt, oder würde es sein, sobald er im Juli seine Zulassung in der Tasche hatte. Danach konnte endlich das wirkliche Leben beginnen. Er spürte, wie Billy seinen Arm ergriff, und zog Theresa mit.
Der harte Kern – Billy, Barkley, John und Theresa – stahl sich davon, ging hinter der Ligusterhecke entlang der Garage in Deckung.
»Wir sollten Jen und Felicity holen«, meinte Theresa. »Die anderen Ehefrauen …«

»Gleich.« Billy zauberte eine Flasche Champagner hervor. »Die ist nur für uns – die vier Musketiere.«
»Drei«, gab Theresa lächelnd zu bedenken und schickte sich zum Gehen an. »Ich gehöre nicht dazu.«
»Du hast dazugehört und wirst immer dazugehören«, erklärte Billy. »Dafür hat Johnny gesorgt.«
»Du bist der vierte Musketier«, sagte Barkley. »Selbst Jen und Felicity wissen das.«
»Ich fühle mich geehrt«, sagte Theresa lächelnd, und John war stolz gewesen, mit ihr verheiratet zu sein. Sie sah hinreißend aus in ihrem Sommerkleid, sonnengebräunt und gertenschlank. Ihre Augen sprühten, als wüsste sie, welche Geheimnisse das Leben barg, dass es ein einziges, unbändiges Abenteuer war, auf das sie sich mit ihren Weggefährten einlassen wollte.
»Darauf lasst uns trinken«, sagte Billy und entkorkte die Flasche. »Auf John O'Rourke, das neueste Mitglied des Anwaltsstandes von Silver Bay.«
»Und Billy Manning«, sagte John. »Das neueste Mitglied der Polizei von Silver Bay.«
»Ich bin seit drei Jahren bei dem Verein«, lachte Billy. »Ich hab dir was voraus – ich buchte die Leute ein, und du versuchst, sie herauszupauken.«
»Ich vertrete sie als Anwalt«, sagte John.
»Nenne es, wie du willst, Johnny.« Billy hielt die Flasche in der Hand. »Zum ersten Mal im Leben werden wir auf entgegengesetzten Seiten stehen. Ich werde dir Dampf unterm Arsch machen – und glaube nicht, dazu wäre ich nicht im Stande.«
»Und ich werde dir einheizen, Officer Manning«, scherzte John.
»Informiere bloß jeden über seine Rechte, Billy«, sagte Barkley. »Damit John sie nicht umgehend wegen irgendeines läppischen Formfehlers freibekommt.«
»Es ist mir egal, was passiert, solange wir trotzdem Freunde bleiben. Trinken wir darauf, ja? Auf dich …«

»Und auf dich.« John nickte.
»Lasst Barkley Jenkins nicht aus, den Hüter des Lichts«, sagte Theresa lachend.
»Und Theresa O'Rourke.« John zog sie an sich. »Die große Liebe meines Lebens.«
»Prost«, hatte Billy gesagt, während der Korken gegen die Seitenwand der Garage prallte und ein Geräusch von sich gab, das wie ein Schuss klang. Die vier lachten, ließen die Flasche Mumm Cordon Rouge herumgehen. Johns und Billys Blicke trafen sich, nahmen schweigend den Scheideweg in ihrer Freundschaft zur Kenntnis.
John hatte den Champagner von Theresas Lippen geküsst; er konnte ihn beinahe heute noch schmecken. Die Beziehung zwischen ihm und seinem Freund Billy hatte die Höhen und Tiefen des Lebens überdauert, die zwischen ihm und seiner Frau nicht …
Als die beiden Männer nun auf dem Parkplatz des Witch's Brew standen, war die Musik noch durch die dicken Mauern der Bar zu hören. Johns Ohren klingelten, und seine Kleidung roch nach Rauch.
»Spuck's aus, O'Rourke«, sagte Billy und sah ihn an.
»Das ist nicht so einfach.«
»Das ist es nie. Fürchtest du um deine Zulassung als Anwalt, wenn du Klartext mit mir redest? Da kann ich nur sagen, Bockmist. Wir beide wissen, dass das nicht geschehen wird.« Billy lachte und erinnerte John daran, dass sie in erster Linie Freunde waren, dass sie Polizist und Anwalt waren, rangierte an zweiter Stelle. Er war hoch gewachsen und dunkel, mit einem harten, kantigen Gesicht, die Nase immer noch krumm und schief von dem Schlag mit der Bierflasche, den ihm jemand in der elften Schulklasse verpasst hatte. Als er beschloss, in den Dienst der Staatspolizei einzutreten, hatten ihn die Freunde damit aufgezogen, dass sein äußeres Erscheinungsbild eher dem eines Gesetzesbrechers als dem eines Gesetzeshüters entsprach.

»Mein Anliegen ist nicht für die Akten bestimmt …«, räumte John ein.

»Und was bedeutet das?«

»Ich habe eine Frage an dich, aber es betrifft eine heikle Sache.«

»Heikel für wen?«

»Für mich. Und meinen Mandanten.«

»Aha.« Billy lächelte. »Die Schlange Greg Merrill erhebt wieder einmal ihr hässliches Haupt.«

»Das habe ich nicht gesagt.«

»Das musst du auch nicht. Du reibst dich mit der Arbeit an diesem Fall derart auf, dass du in deinem Terminkalender nicht einmal mehr Platz für den restlichen Abschaum der Menschheit hast, der deine Dienste in Anspruch nimmt. Also, was für ein Problem hat er?«

John zögerte. Immer mehr Autos fuhren auf den Parkplatz. Obwohl sich die beiden Männer im hinteren Teil befanden, weg von den hellen Lichtern, ging John flüchtig der Gedanke durch den Kopf, dass ein Reporter ein klammheimliches Gespräch zwischen Merrills Anwalt und dem Polizisten, der ihn zur Strecke gebracht hatte, als gefundenes Fressen betrachten könnte.

»Keine Bange, John. Stelle deine Frage. Ich werde dir keinen Strick daraus drehen.«

»Ich möchte nicht aus dem Nähkästchen plaudern …«

»He, ich bin sowieso schon halb hinüber. Ich werde mich morgen vermutlich nicht einmal mehr daran erinnern, dass dieses Gespräch stattgefunden hat. Wie du weißt, habe ich ein Gedächtnis wie ein Sieb, was Unterhaltungen angeht. Also raus mit der Sprache.«

»Willa Harris«, sagte John, den Seitenhieb ignorierend. Das Herz schlug ihm bis zum Halse, als er Billys Augen beobachtete. Er reagierte nicht, zuckte mit keiner Wimper.

»Willa Harris? Wer soll das sein? Männlich oder weiblich?«

»Weiblich. Wird vermisst.«

»Aha. Der Name sagt mir nichts.« Billy runzelte die Stirn. »Seit wann ungefähr?«
»Seit sechs Monaten.«
»Als Greggies Umtriebe ihren Gipfel erreichten. Woher hast du die Information, dass sie vermisst wird?«
»Von Kate Harris, ihrer älteren Schwester. Sie hat mich vor einigen Tagen aufgesucht.«
»Wie kommt ihre große Schwester auf die Idee, dass sie hier gewesen sein könnte?«
»Eine Postkarte vom East Wind. Aufgegeben im April in Silver Bay, aber erst kürzlich in die Hände der Empfängerin gelangt. Die ältere Schwester ist geschieden; offenbar hatten Willa und Kates Ehemann ein Verhältnis miteinander, und Willa wollte Abstand gewinnen, um darüber nachzudenken.«
»Vielleicht war Kate eifersüchtig und …«
»Den Eindruck hatte ich nicht«, erwiderte John rasch.
»Vielleicht hat der Ehemann kalte Füße bekommen. Willa hat gedroht, alles zu erzählen, und Kate saß ihm im Nacken.« Billy atmete tief aus, schüttelte den Kopf. »In seiner Haut möchte ich nicht stecken – wie der Schinken in einem Schwestern-Sandwich. Klingt bedrohlich.«
John nickte. »Kate hat ihre Schwester damals als vermisst gemeldet, dann wurde die Fahndung eingeleitet.«
»FBI?«
»Nein. Es lag kein Verdacht auf Entführung vor.«
»Hmmm. Also, du weißt ja, wie das bei uns läuft. Möglich, dass eine Meldung über meinen Tisch gegangen ist, aber wenn kein Grund zu der Annahme bestand, dass sie sich in unserer Gegend aufgehalten haben könnte, habe ich dem Rundschreiben vermutlich nicht viel Beachtung geschenkt. Vielleicht liegt eine Verwechslung vor, mit einem anderen East Wind …«
John schüttelte den Kopf. »Nein. Ich habe die Karte gesehen.«
»Und die Spur endete hier?« Billy runzelte die Stirn.

»Nein – sie führte weiter, nach Fairhaven, Massachusetts, Newport, Providence …«

»Na also!« Billy zuckte die Achseln. »Warum belästigt die Schwester dich damit – oder ist noch etwas anderes?«

»Wegen Merrill.«

»Weswegen auch sonst. Er ist schließlich der berüchtigtste Serienmörder in Neuengland, und der Zeitrahmen stimmt, warum sollte er also nicht derjenige welcher sein? Hast du sie darüber aufgeklärt, dass er nur einer von diesen vielen Monstern ist, die aussehen, als könnten sie kein Wässerchen trüben, ihrem Namen aber alle Ehre machen, und dass ihre Schwester wahrscheinlich …«

»Nein«, unterbrach John ihn aus einem unerfindlichen Grund, als wollte er nicht mehr an all die Raubtiere, die sich da draußen herumtrieben, oder an das Schicksal von Kates Schwester denken.

»Wenn die Öffentlichkeit wüsste, was wir wissen … denkst du jemals darüber nach, Johnny?«

»Nicht, wenn es sich vermeiden lässt.«

»Das ist so wie mit den Haien … jeder, der zum Angeln aufs Meer rausfährt, wird mir das bestätigen.«

»Was?«

»Wie entsetzt die Leute wären, wenn sie wüssten, was um sie herum im Wasser schwimmt. Dass Haie überwiegend in Ufernähe angreifen, wo das Wasser gerade bis zum Bauch reicht, ist ein alter Hut … und alle glauben, das läge nur daran, weil sich dort alle Schwimmer aufhalten.«

John schwieg, folgte mit seinem Blick dem Strahl des Leuchtturms von Silver Bay, der den Himmel durchquerte und von den tief hängenden schwarzen Wolken reflektiert wurde. Kein einziger Stern war am Himmel zu sehen.

»Dabei lauern *überall* Haie.«

»Ich weiß.«

»Das gilt auch für Serienmörder. Es herrscht eitel Freude,

wenn jemand wie Merrill gefasst wird. Er liefert den Menschen eine bequeme Erklärung dafür, warum die Welt so grenzenlos schlecht ist. Der Wellenbrecher-Killer ist weggesperrt, und alle atmen erleichtert auf. Sie plädieren für die Todesstrafe und bilden sich ein, damit sei das Problem gelöst, sie wären vor anderen Monstern sicher.«

»Vorsicht, deine liberale Gesinnung kommt zum Vorschein.«

»Quatsch. Wenn es nach mir ginge, können sie ihn nicht schnell genug platt machen. Ich behaupte lediglich, dass er ein Hai von vielen in der Bucht ist. Da, wo er herkommt, gibt es noch etliche von seiner Sorte – sie sind nur noch nicht als solche entdeckt worden.«

»Ich weiß – es gibt also nichts über Willa Harris?«

Billy schüttelte den Kopf. »Nein, aber eines interessiert mich trotzdem – geht es dir bei deinem Anliegen um Merrill? Oder um die große Schwester?

»Ich bin mir nicht sicher«, erwiderte John aufrichtig. Er schüttelte Billy die Hand, übersah geflissentlich die Besorgnis in den Augen seines Freundes. Die ersten Tropfen fielen. Ein Eisregen, der auf der Haut brannte wie winzige, messerscharfe Rasierklingen. John verabschiedete sich und ging zu seinem Wagen, dann drehte er sich halb herum. »Warst du mal in Fairhaven?«

Billy nickte. »Massachusetts? Klar. Hab dort Angelausrüstung gekauft. Ein hervorragend sortierter kleiner Laden, direkt hinter der Schiffswerft, in östlicher Richtung. Warum?«

»Weißt du, wo die Texaco-Tankstelle ist?« Bei der Frage begann Johns Herz zu rasen. Er schluckte, seine Kehle brannte. Er hoffte, Billy würde nicht sagen: *Bei dem Gemischtwarenladen in der kleinen Einkaufzeile mit dem Waschsalon, direkt an der Hauptstraße …*

»Keine Ahnung, Mann. Da drüben ist man ganz auf sich selbst gestellt. Soll ich die Polizeistation in Fairhaven einschalten?«

»Nein, ich kann immer noch die Auskunft anrufen.«

Billy winkte, kehrte ins Witch's Brew zurück. Als die Tür aufging, drang ein Schwall lauter Musik und Stimmen nach draußen. John erhaschte einen Blick auf die Besucher, die zahlreichen Frauen an der Bar. Er stellte sich vor, wie sie sich amüsierten, anbändelten. Er dachte an Sally, und an Theresa. Wenn die Mädels alleine um die Häuser zogen, hatten sie hin und wieder auch das Witch's Brew an einem Freitagabend besucht.
Dann dachte John an Kate Harris. Was sie heute Abend wohl machte? Ob sie jetzt in der Bar war?
Irgendwie hatte er das Gefühl, dass dem nicht so war. Er stellte sich das East Wind vor, hoch oben auf der Klippe, mit Blick auf das Meer. Dort draußen würde es jetzt ungemütlich sein, bei dem Eisregen, der vom Atlantik herübertrieb, wenn der Leuchtturm die tief hängenden Sturmwolken erhellte und sich weiße Schaumkronen auf den Wellen bildeten. Seine Finger streiften das Foto ihrer Schwester, das sich immer noch in seiner Tasche befand.
Er hatte das Gefühl, als sei er innerlich erstarrt. Er dachte an Kate Harris, eine Wildfremde, die ihm ihre Geschichte ohne Vorbehalt erzählt hatte – als brauche sie dringend einen Menschen, dem sie vertrauen und mit dem sie reden konnte, und als wäre John dieser Mensch – schon bei der zweiten Begegnung. Als Billy ihm zu nahe gerückt war und versucht hatte, mit ihm über Theresas Untreue zu sprechen, hatte er ihn zurückgestoßen.
Vielleicht konnte er nur mit jemandem darüber reden, der das Gleiche mitgemacht hatte. Ehebruch war eine sehr persönliche Sache. Eine der intimsten zwischen zwei Menschen, die miteinander verheiratet waren. Liebe machen, die Hochzeit planen, ein Kind in die Welt setzen, das erste Weihnachtsessen zubereiten, den ersten Elternabend in der Schule besuchen: All diese Gemeinsamkeiten schweißten ein Paar mehr und mehr zusammen, Erfahrungen, die nur sie teilten und kannten, Erinnerungen, die sie mit ins Grab nehmen würden.

Ehebruch gehörte bisweilen ebenfalls zu dieser Liste. Der dunkle Schatten der glanzvollen Zeiten, die Kehrseite der Ehe-Medaille. In Theresas Fall hatte die Untreue tiefe Einschnitte hinterlassen, aber dafür mussten viele Voraussetzungen erfüllt sein: Die Beziehung musste auf einem Fundament von Vertrauen, Hoffnung, Dauerhaftigkeit, Familie und Liebe gründen. Was für einen Unterschied hätte ein Seitensprung gemacht, wenn diese nicht vorhanden gewesen wären?

John hatte sie über alle Maßen geliebt. Er erinnerte sich an seine Studienzeit; sie hatte seine Schultern massiert, wenn er büffelte, und er brachte ihr am Wochenende das Frühstück ans Bett. Sie waren unzertrennlich gewesen, dass sie ihn sogar manchmal zu Vorlesungen begleitete, sich Irving Youngers Tonbandvorträge über Beweismittel anhörte und stundenlang Abhandlungen über Vertrags- und Strafrecht über sich ergehen ließ. Wieder erinnerte er sich an den Geschmack des Champagners auf ihren Lippen, den sie damals hinter der Garage getrunken hatten.

John hätte nie für möglich gehalten, dass sie sich jemals auseinander leben könnten. Es war langsam geschehen, unmerklich. Hochzeitstage und Geburtstage, die, wenn nicht ganz vergessen, so doch vernachlässigt wurden. Er hatte seine Frau als selbstverständlich betrachtet. Und umgekehrt – bisweilen war er sich wie eine wandelnde Geldbörse und nicht wie ein Mann vorgekommen. Sie kaufte, er zahlte. Sie liebte die Kinder und war ihnen eine vorbildliche Mutter; sie ermöglichte ihm, Überstunden zu machen, an Konferenzen teilzunehmen und letztlich nicht so oft zu Hause zu sein, wie er es sich gewünscht hätte.

Ihr Sexualleben. Er hatte sich eingebildet, es sei gut. Besser als das Liebesleben der durchschnittlichen Kleinstadt-Paare, die schon lange miteinander verheiratet waren. Sie hatten gehört, wie ihre Freunde bei Partys ihre Witze darüber machten, wie sie der eingefahrenen Beziehung mit Pornofilmen, Massageöl und

Wochenenden in Motels mit herzförmiger Badewanne mehr Würze verliehen. John und Theresa hatten gelacht, ein wenig peinlich berührt, dass ihre Freunde solche Dinge brauchten. Sie genossen, was sie hatten! Vielleicht nicht oft genug – irgendjemand schlief immer ein, bevor sich die Chance bot –, aber wenn es passierte, dann bebte die Erde.
Zumindest für John. Theresa hatte ihn immer erregt. Nicht nur, als sie jung und gertenschlank gewesen war, sondern auch später, als sie die Kinder bekommen und zugenommen hatte. Er liebte ihre glatte Haut, ihr schönes Gesicht, ihre Arme, vom Tennisspielen gestählt, ihren vertrauten Duft. Wenn er am Ende des Tages zu Bett ging und sie in seine Arme nahm, fürchtete er, das Herz könne ihm zerspringen. Und wenn er ihre Lippen küsste, rauschte das Blut in seinen Adern.
Ein Mann, der seinen Lebensunterhalt mit Worten verdiente: Aktennotizen, Schriftsätze, Eröffnungs- und Schlussplädoyers, Zeugenbefragung und Kreuzverhör, Konferenzschaltungen, Mandantengespräche, eidliche Aussagen … bei Theresa hatte er versucht, seinen Körper sprechen zu lassen. Er hatte ihr, so gut er es vermochte, zu zeigen versucht, wie sehr er sie liebte, mit seinen Händen, seinem Mund.
Er erinnerte sich an einen lateinischen Sinnspruch: *Cor ad cor loquitor.* Von Herz zu Herz sprechen. So war es bei ihm gewesen, und bei Theresa, wie er sich eingebildet hatte. Er hatte offenbar keine Ahnung gehabt, was sie wirklich empfand; manchmal schien es, als hätte er sie überhaupt nicht gekannt.
Während er auf dem Parkplatz des Witch's Brew stand und die lächelnden, lachenden, kostümierten Leute hineingehen sah, fragte er sich unwillkürlich, ob sie nicht irgendwo an diesem umtriebigen Abend einen Ehemann oder eine Ehefrau zurückgelassen hatten. Die allein zu Hause saßen, in Reichweite des Telefons wartend, bemüht, nicht dauernd auf die Uhr zu schauen.
In jenen Wochen, als Theresa ihn betrog, hatte er sich ihr so eng

verbunden gefühlt wie nie. Weil er gespürt hatte, dass sie ihm zunehmend entglitt, wurde sie für ihn noch unverzichtbarer als in der Zeit, die seit dem Abend vergangen war, an dem er ihr einen Heiratsantrag gemacht hatte. Er hatte sie mit Gewalt zurückhalten wollen, aber es war, als würde man versuchen, eine Hand voll Sand zu bewahren: Er rann zwischen den Fingern hindurch, wurde wieder Teil des Strandes. Am Abend ihres Todes hatte Theresa ihn schon seit langem verlassen.
Er hatte einen Eintrag in ihrem Terminkalender gefunden: Melody Starr anrufen, eine Scheidungsanwältin in Hawthorne. Hatte sie sich mit ihr in Verbindung gesetzt? John wusste es nicht, und es widerstrebte ihm, danach zu fragen. Wenn er Melody in der Halle des Gerichts begegnete, grüßte er sie und versuchte sich darüber klar zu werden, ob sie ihn seltsam, mitleidig oder geringschätzig ansah. Kannte sie Theresas verborgenste Geheimnisse?
John wusste es nicht und redete sich ein, es spiele keine Rolle. Scheidungsanwälte waren wie eine dritte Partei, Randfiguren. Die Ehe – glücklich und harmonisch oder ein Scherbenhaufen – war eine Sache zwischen zwei Menschen. Sie konnte nur zerbrechen, wenn einer der beiden Partner den Wunsch verspürte – und bereits anfing auszubrechen. Theresas Ausbruch aus der Ehe hatte lange vor ihrer Affäre begonnen.
John fragte sich, ob es bei Kate ähnlich gewesen war. Ob ihr Mann schon vor der Affäre mit ihrer Schwester ausgebrochen war. Wieder betrachtete er das Foto von Willa Harris. Ein bestrickendes, strahlendes, unschuldiges Lächeln. Kaum zu glauben, dass sich eine solche Frau auf ein Techtelmechtel mit dem Mann ihrer eigenen Schwester eingelassen hatte. Aber wie John selbst die harte Tour gelernt hatte, war sie in dem Ehedrama ebenfalls nur eine Randfigur, der eigentliche Grund lag immer anderswo.
Er wollte Kate Harris helfen, ihre Schwester zu finden. Er war sich nicht sicher, warum ihm das so wichtig war, dass es ihn an

diesem kalten Freitagabend ins Witch's Brew getrieben hatte, obwohl er lieber bei seinen Kindern zu Hause gewesen wäre, aber es war einfach so. Es hatte mit dem Bedürfnis zu tun, Fragen zu beantworten, inneren Frieden zu finden. Mit dem Bestreben, das Richtige zu tun.

Er holte tief Luft und stieg in seinen Wagen, um dem Eisregen zu entgehen, dann fuhr er langsam über die rutschigen, dunklen Straßen zum Haus seines Vaters. Wenn es heute Nacht irgendeinen Platz auf der Welt gab, an dem John O'Rourke Frieden finden konnte, dann nur dort, bei Maggie und Teddy.

10

Bevor sie am Samstagmorgen das East Wind verließ, fotografierte Kate die Landschaft von den Fenstern ihres Zimmers aus. Sie wollte den Ausblick im Gedächtnis behalten, den Willa gehabt hatte, und so machte sie Schnappschüsse von der Felsenküste, dem Wellenbrecher und dem Leuchtturm – alle Konturen wirkten weich in dem gespenstischen Nebel. Die Zeit, die sie hier verbracht hatte, hatte ihre Licht- und Schattenseiten gehabt. Es war ihr nicht gelungen, etwas über Willa herauszufinden, aber dafür war sie den O'Rourkes begegnet.

Die Stirn an die Fensterscheibe gelehnt, darauf hoffend, einen flüchtigen Blick auf Maggie oder Teddy zu erhaschen, bemühte sie sich, das Haus auszumachen. Es wirkte verlassen: weit und breit keine Spur von Brainer, der über die Felder rannte. Hoffentlich hatten sie beim Pizzaessen gestern Abend Spaß gehabt und Teddys Sieg gebührend gefeiert. Sie dachte an Willa, die Hockey gespielt hatte – auf dem gepflegten Rasen unweit des Rock Creek Park, hinter den gotischen Türmen der St. Chrysogonus's School.

Willa in ihrem dunkelgrünen Dress, den Hockeyschläger über dem Kopf schwenkend, völlig aus dem Häuschen, weil sie gewonnen hatten; Kate und Andrew sollten stolz auf sie sein. Da sie sich wie ihre Eltern vorkamen, hatten sie Willa und ihre Mannschaftskameradinnen in die Chicago Pizzeria eingeladen. Alle hatten an einem einzigen großen Tisch Platz gefunden, in die dick belegte Pizza vertieft, und sich mit eisgekühltem Sprudel zugeprostet.

Damals war Willa sechzehn gewesen.

An jenem Abend hatte Andrew Kate im Bett an sich gezogen und sie langsam geliebt, mit besonderer Zärtlichkeit; er hatte ihr zugeflüstert, wenn sie selbst ein Baby bekämen, wären sie allen anderen ein gutes Stück voraus, bereits geübt in der Betreuung und Erziehung von Teenagern. Er hatte gesagt, dass er Willa wie sein eigen Fleisch und Blut liebe und es sei ein Geschenk des Himmels, dass er in eine fix und fertige Familie eingeheiratet habe. Kate hatte gestrahlt und nicht fassen können, dass ihr ein Mann mit so ungewöhnlichen, bewundernswerten Eigenschaften über den Weg gelaufen war.

Einen Mann, der sie so liebte wie sie war: mit einer schüchternen, hübschen kleinen Schwester im Schlepptau, die der Zuwendung bedurfte. Willa hatte Ähnlichkeit mit einem Wildpferd besessen – argwöhnisch, zögernd, fasste nur schwer Zutrauen, passte eher zu den Dünen von Chincoteague als zu den gepflasterten Gehsteigen von Georgetown, war glücklicher mit dem Pinsel in der Hand als mit einem Hockeyschläger.

Andrew hatte Willa das Hockeyspiel schmackhaft gemacht. Er hatte mit ihr trainiert, die Schläge mit ihr geübt, sie in dem Glauben bestärkt, sie sei in dieser Sportart genauso gut wie alle anderen. Er hatte auch ihre Bilder gelobt und darauf bestanden, eines ihrer Aquarelle in seinem Büro aufzuhängen. Es war ein kleines Porträt von Kate: Ihre Schwester hatte ihr an einem kalten Tag auf den Dünen Modell gesessen, die Arme um die Knie geschlungen.

Die Jahre waren vergangen … Willa wurde erwachsen, volljährig.

An ihrem einundzwanzigsten Geburtstag hatten Andrew und Kate mit ihr die National Gallery besucht. Gemeinsam waren sie durch die kleine Ausstellung französischer Gemälde im Ostflügel geschlendert, an Monets *Wasserlilien* vorbei. Sie hatten die Hassams, die Metcalfs und die Renwicks bewundert. Während des Mittagessens in dem kleinen Restaurant, das sich im ersten Stock befand, hatte Andrew ein Bild in Auftrag gegeben.

»Ein Porträt von Kate und mir«, hatte er gesagt und Willa einen Scheck überreicht.

»Andrew, das ist viel zu viel!«, hatte sie ausgerufen, als sie den Betrag sah.

»Das ist es mir wert. Das Bild von mir und der schönsten Frau der Welt. Es soll in meinem Büro hängen, damit alle es sehen können.«

Willa hatte gestrahlt. Kate gelang es nicht, sich ein Lächeln abzuringen. Andrew war an den letzten Abenden sehr spät nach Hause gekommen; sie hatte ihn nicht auf seinem Handy erreichen können. Er hatte behauptet, er müsse Überstunden machen und sich beruflich neu orientieren, da der Senator im November ein für alle Mal von der politischen Bühne abtreten würde, aber Kate hatte ihm nicht geglaubt. Seine Worte waren einleuchtend, aber ihre Intuition sagte ihr etwas anderes.

»Kate, er ist ja so romantisch«, hatte Willa gesagt und sich über den Tisch gebeugt, um ihrem Schwager einen Kuss zu geben.

»Ich weiß«, hatte Kate gesagt.

»Ihr seid Glückspilze. Ich hoffe, dass der Mann, in den ich mich verliebe, wenigstens halb so viel für mich empfindet wie er für dich.«

»Hast du gehört, Kate?« Andrew hatte versucht, sie an sich zu ziehen. Aber Kates Körper versteifte sich, und sie saß noch starrer auf ihrem Stuhl.

»Würdest du ihr so etwas wünschen?«, hatte sie mit kalter Stimme gefragt.

»Katy …« Andrew hatte ihre Hand genommen, ihre Finger umklammert.
»Natürlich!«, hatte Willa ausgerufen und den Scheck angesehen. »Warum auch nicht? Andrew hat mein Selbstbewusstsein aufgemöbelt! Ich schwöre dir, ohne ihn hätte ich die St.-Chrys-Schule nie durchgestanden. All diese hockeyvernarrten, eingebildeten Kongressabgeordneten-Töchter … und nun gibt er mir meinen ersten Auftrag.«
Andrew hatte unter dem Tisch ihre Hand gedrückt. Sie konnte ihn beinahe hören: *Komm schon, Katy. Entspann dich. Ich liebe dich, dich allein … ich habe dich geheiratet, keine andere.* Sie hatte diese Worte schon häufig von ihm gehört. Und da sie sich verzweifelt wünschte, sie mögen wahr sein, hatte sie immer wieder versucht, ihnen Glauben zu schenken.
»Ich besitze bereits ein Porträt von Kate«, sagte Andrew. »Das mit dem Flugzeug. Aber es zeigt nur sie. Auf diesem sollten wir gemeinsam zu sehen sein, und lass ja nicht aus, dass ich ihr zu Füßen liege.« Er hatte eine liebeskranke Pose eingenommen und Kate mit großen Augen angeschaut, was Willa ein Lachen und Kate ein Lächeln entlockte. Sie hatte sich erweichen lassen; wie immer. Letztlich hatte er ihre Anschuldigungen jedes Mal vehement bestritten. Vielleicht täuschte sie sich – verdächtigte ihn grundlos.
»Du bist verrückt.« Willa hatte den Kopf geschüttet.
»Von Sinnen wäre zutreffender«, hatte Andrew gesagt und unter dem Tisch die Hand auf Kates Knie gelegt, ihre Haut gestreichelt, in langsamen Kreisen. »Bis über beide Ohren in deine Schwester verliebt.«
»Ich liebe euch beide«, hatte Willa gesagt und vor Freude gestrahlt, wie ein Kind, das sich der Liebe seiner Eltern, der häuslichen Geborgenheit sicher ist. »Ich möchte euch das Porträt schenken.«
»Nimm den Scheck.« Kate hatte ihr Lächeln erwidert. »Wenn Andrew dafür bezahlen möchte, lass ihn.«

»Hör auf deine Schwester.« Andrew hatte gelacht. »Sie weiß, wovon sie redet: Ich bekomme immer meinen Willen!«

Während Kate aus dem Fenster auf das Haus der O'Rourkes blickte, erinnerte sie sich, dass sie an jenem Tag wenigstens aus einem Grund glücklich gewesen war – weil Andrew so viel an Willa lag. Die Kunst war ein hartes Brot – ein Betätigungsfeld, in dem der Erfolgsmechanismus rätselhafter und das Geldverdienen bedeutend schwerer war als in der Meeresbiologie – und sie unterstütze alles, was Willas Selbstvertrauen stärkte.

Darauf hatte sich Andrew immer meisterhaft verstanden …

Seufzend trat sie vom Fenster zurück und nahm ihr Gepäck. Ihre Hände zitterten, eine Folge der alten Erinnerungen, die wieder in ihr hochkamen. Die Liebe, die sie für Willa empfand, und das Gefühl des Verrats lagen im Widerstreit miteinander. Warum hatte Willa Andrew nicht durchschaut? Wie konnte sie seinen abgedroschenen Sprüchen Glauben schenken, oder mit welchen Worten er sie auch immer herumgekriegt hatte?

Das Porträt war nie gemalt worden. Willa schaffte es nicht, einen Termin zu finden, an dem beide Zeit hatten, ihr Modell zu sitzen. Außerdem hatte sie mit ihrer Arbeit in Andrews Büro auf dem Capitol Hill begonnen. Aktenablage, Telefondienst, Umschläge bestücken: anspruchslose Aufgaben, die ihrer Konzentration auf die Malerei keinen Abbruch taten.

»Ach, Willa«, murmelte Kate, spürte immer noch den Schmerz. Dieser Augenblick, als sie den beiden auf die Schliche gekommen war …

Sie trug ihr Gepäck nach unten und beglich die Rechnung.

»Ich wäre doch raufgekommen und hätte Ihr Gepäck geholt«, sagte Barkley Jenkins und lächelte. »Dann lassen Sie es mich wenigstens zum Auto tragen.«

»Kein Problem, die Taschen sind leicht.«

»Wir sind ein wenig überrascht, dass Sie schon abreisen«,

erklärte Felicity. »Sie hatten das Zimmer doch für eine weitere Woche gemietet.«
»Ich weiß, aber ich möchte mir noch ein wenig von Neuengland anschauen, bevor ich mich wieder auf den Heimweg mache.«
»Verständlich«, erwiderte Felicity hastig. Kate war verblüfft über ihre Reaktion. Sie hatte Einwände gegen ihre unverhoffte Entscheidung erwartet, ihren Aufenthalt vorzeitig abzubrechen, unter Umständen sogar einen Streit wegen der Rückvergütung, da sie bereits für zwei Wochen bezahlt hatte. Aber Felicity erledigte anstandslos die Abmeldeformalitäten und schrieb Kates Kreditkarte die fünfundsiebzig Dollar gut. Kate, die ihr dabei zusah, fand, dass Felicity abgehärmt aussah mit ihrer fahlen Haut und den geschwollenen Augen, als hätte sie nicht gut geschlafen.
»Hoffentlich haben wir Sie nicht vertrieben«, sagte Barkley.
»Nein, es war sehr schön. Sogar Bonnie hat den Aufenthalt genossen.«
»Netter Hund.« Barkley tätschelte Bonnie und ließ sich von ihr die Finger ablecken. »Ich möchte wetten, er erinnert sich an mich.«
Kate hatte plötzlich ein flaues Gefühl im Magen, und sie meinte zu hören, wie Felicity der Atem stockte. »Barkley!«, rief sie warnend.
»Schon gut«, erwiderte Kate. Sie hatte Felicity gleich nach ihrer Ankunft die Gründe für ihren Aufenthalt anvertraut, da sie alles zu erfahren hoffte, was die Familie möglicherweise wusste. Felicity hatte sich, wie sie sagte, an Bonnie erinnert – oder an einen Scotchterrier, der genauso aussah –, nicht aber an die Besitzerin oder den Besitzer. »Manche Gäste bleiben nur eine Nacht«, hatte sie erklärt. »Die Leute kommen und gehen … wir bekommen sie kaum zu Gesicht.«
»Sie erinnern sich ebenfalls an Bonnie?«, fragte Kate nun und musterte Barkley. Er war hoch gewachsen und schlank, mit

ergrauenden blonden Haaren und einem großen blonden Schnauzbart. Seine Augen zeigten, dass er das Leben in vollen Zügen genoss – sie waren immer zu einem Lächeln aufgelegt und jetzt blutunterlaufen, weil er gestern Abend offensichtlich zu tief ins Glas geschaut hatte. Sie kannte die verräterischen Zeichen von den ewigen Cocktailpartys in Washington.

»Leider nicht.« Er schüttelte den Kopf. »Ich wünschte, es wäre anders, Kate. Felicity hat mir erzählt, dass Sie auf der Suche nach Ihrer Schwester sind und dass Bonnie ihr gehört. Ich hoffe sehr, dass Sie sie finden …«

»Ich auch«, sagte Kate.

Die Besitzer lächelten, und Felicity reichte ihr die Rechnung, an die sie den Kreditkarten-Beleg geheftet hatte. Barkley trug trotz ihres Protests ihr Gepäck zum Auto, bis auf ein kleines Päckchen, das sie nicht aus der Hand gab. Als sie in der Auffahrt stand und zusah, wie er die Reisetaschen im Kofferraum verstaute, hörte sie Hammerschläge. Sie waren laut und schienen aus der Nähe zu kommen, um ein Vielfaches verstärkt durch den Nebel.

Ihr Blick schweifte über das Gelände, der Richtung des Geräusches folgend, und fiel auf eine Scheune, nördlich des Fußweges, der zum Strand, zum Wellenbrecher und zu der weiter entfernten Landzunge führte, auf der sich der Leuchtturm befand.

Die Scheune war verwittert und alt. Das Dach, dem etliche Schindeln fehlten, hing in der Mitte durch. Ein junger Mann stand auf der obersten Sprosse einer hohen Leiter und hämmerte, direkt unter der Dachrinne. Seine schmale Silhouette zeichnete sich dunkel im Nebel ab. Plötzlich hörte er auf zu hämmern, drehte sich um und blickte zu Kate hinüber. Er winkte, ein freundlicher Gruß, und sie winkte zurück.

»Sieht aus, als würde er gleich herunterfallen«, sagte sie.

»Caleb doch nicht.« Barkley schüttelte den Kopf.

»Ihr Sohn?«

»Ja. Er arbeitet die ganze Woche in meinem Bautrupp, und er hat eine besondere Gabe: Er ist absolut schwindelfrei – hängt sich kopfüber ins Gebälk, trägt schwere Stapel Dachziegel die Leitern hinauf, auf jeder Schulter einen, klettert auf die Leuchtturmspitze, um den Verputz auszubessern …«

»Er versteht offenbar etwas von seinem Handwerk«, antwortete Kate und wunderte sich, dass sie dem jungen Mann während ihres Aufenthalts kein einziges Mal begegnet war.

»Mehr als jeder andere. Er macht Überstunden und opfert seine freien Samstage, um den alten Schuppen umzubauen. Wir expandieren, Stück für Stück. Ich habe ihm die Wartung des Leuchtturms übertragen – wir stammen aus einer Familie, die seit vielen Generationen Leuchtturmwärter hervorgebracht hat.«

»Wartung? Was müssen Sie da tun?«

Er schmunzelte. »Wenn Sie es unbedingt wissen wollen … der Turm besteht aus Ziegelsteinen und Eisen. Da gibt es viel auszubessern, es ist ein ewiger Kampf gegen das Meer und die salzhaltige Luft. Mein Vater arbeitete früher rund um die Uhr, sieben Tage in der Woche, um die Anlage in einem Topzustand zu halten und die Nebel- und Lichtsignale zu kontrollieren. Das System wurde vor zwanzig Jahren automatisiert, eine grundlegende Erleichterung. Heute sind Sensoren – lichtempfindliche Relais – für die Regulierung der Lichtsignale zuständig.«

»Maschinen verrichten die ganze Arbeit?«, fragte Kate. Sie dachte, wie traurig diese Entwicklung doch war und um wie viel romantischer der Gedanke, dass es einen Leuchtturmwärter gab, der über die Küstenlinie und den Schiffsverkehr wachte, und eine Familie, die mit ihrer Arbeit zur Sicherheit der Schiffe beitrug und verhinderte, dass sie an der Felsenküste zerschellten.

»Sie regulieren das Licht … aber das Material muss immer wieder ausgetauscht werden. Eine tausend Watt starke Wolfram-

Halogenlampe in einer spektralen Phasenmodulation vierter Ordnung, genauer gesagt ... davon gibt es noch eine zweite, die einspringt, falls die erste ausfällt. Sogar das Nebelsignal hat einen Sensor – er misst die Luftfeuchtigkeit. In meiner Kindheit nahm man dafür ein Horn, das durch Druckluft betätigt wurde, die von Hand oder durch Maschinenkraft erzeugt wurde. Brach dauernd zusammen, unser Warnsystem, und ich musste herhalten ... ich hockte oben auf dem Turm und sorgte dafür, dass das Nebelhorn alle dreißig Sekunden für zwei Sekunden ertönte. Caleb hat keine Ahnung, wie leicht er es heute hat.«

»Eine wunderbare Familientradition«, sagte Kate.

»Finden wir auch. Also dann ...« Barkley schlug den Kofferraumdeckel zu. »Gute Fahrt ... sollten Sie zufällig mal mit dem Schiff unterwegs sein, halten Sie nach unserem Lichtsignal Ausschau. Der Leuchtturm von Silver Bay sendet alle sechs Sekunden einen weißen Lichtblitz aus, mit einem roten Sektor, der die nahe gelegenen Untiefen erfasst.«

»Danke, von den Untiefen halte ich mich lieber fern«, sagte Kate und öffnete die Tür, damit Bonnie auf den Rücksitz springen konnte. Sie lächelte Barkley zum Abschied zu, legte das Päckchen auf den Beifahrersitz und stieg ein.

Sie musste noch ein letztes Mal halten, bevor sie Silver Bay verließ. Obwohl sie keine genaue Wegbeschreibung besaß, kannte sie die Adresse. Sie hatte sie im Telefonbuch nachgeschlagen – überrascht, dass ein Richter im Ruhestand eingetragen war und keine Geheimnummer besaß. Auf dem Weg durch die Stadt drehte sie die Heizung auf, um die Kälte zu vertreiben, die durch Mark und Bein drang.

Das Haus des Richters war erstaunlich leicht zu finden. In einem ruhigen, wohlhabenden Viertel der kleinen Ortschaft gelegen, bot es einen Ausblick auf Grünflächen, das Rathaus und die beiden Kirchen. Es hatte einen graublauen Anstrich, weiße Fensterläden und ein Mansarden-Giebeldach aus Schiefer. Ein schmiedeeiserner Zaun umgrenzte den gepflegten

Garten. Zerzauste weiße und goldene Chrysanthemen blühten in schnurgeraden Beeten. Kate entdeckte den Kürbis, den sie für Maggie gekauft hatte, auf der Treppe, die zum Vordereingang führte.

Brainer bellte, als sie ihren Wagen in der Zufahrt parkte. Er stand am Fenster und winselte, konnte es kaum erwarten, ins Freie zu kommen und Bonnie zu begrüßen. Kate hoffte halb, dass er damit die Aufmerksamkeit seiner Besitzer weckte, so dass sie Maggie das Päckchen persönlich überreichen konnte. Nichts regte sich. Es war zehn Uhr morgens, und es stand kein einziges Auto in der Zufahrt. Vielleicht arbeitete John, oder er war mit den Kindern frühstücken oder zum nächsten Fußballspiel gefahren.

Kates Kehle war wie zugeschnürt, als sie an die Familie dachte. Die Kinder waren wunderbar. Sie war froh, dass sie einander hatten. Unter anderen Umständen hätte sie die Bekanntschaft gerne vertieft. Aber sie stellte sich Johns Blick von gestern Abend vor, als die Kinder sie zur Pizza eingeladen hatten, und wusste, dass es nie dazu kommen würde. Er hatte sich mit einem Stahlpanzer gewappnet: Er redete sich ein, dass er sich nicht auf einen Menschen einlassen sollte, der ihm Informationen über seinen Mandanten entlocken wollte. Aber Kate wusste, was wirklich dahinter steckte.

Er war darauf bedacht, sich auf keinen Menschen einzulassen.

Kate verbannte John O'Rourke aus ihren Gedanken und ging die Steinstufen hinauf. Sie öffnete die Fliegengittertür und wollte sich gerade bücken, um das Päckchen in den Innenraum zu legen, als die schwere Eingangstür aufgerissen wurde.

Eine alte Frau stand auf der Schwelle. Sie war klein und gebeugt, mit schneeweißem Haar, zu einem Knoten aufgesteckt. Ihr Gesicht war weich und blass, voller Runzeln, aber ihre Augen waren von einem erstaunlichen Blau. Sie trug ein schwarzes Kleid und eine weiße Schürze, und sie lächelte, neugierig und warmherzig.

»Wer sind Sie? Wen möchten Sie sprechen?«, fragte sie mit unverkennbarem, irischem Akzent und bedachte Kate, die sich eine Stufe unter ihr befand, mit einem strahlenden Lächeln.
»Oh! Ich bin Kate Harris.« Kate richtete sich auf. »Ich wollte niemanden sprechen, nur ein Päckchen für Maggie abgeben.«
»Miss Margaret?«
»Ja – Miss Margaret.«
»Ah, Sie sind ihre Mutter.« Die alte Frau nickte wissend, als sie das Päckchen entgegennahm.
»Nein«, erwiderte Kate verwirrt. »Ihre Mutter ist …«
»Bei den Engeln. Ich weiß.« Die alte Frau drückte Kates Päckchen an ihre Brust. »*So eine* Mutter aber nicht …«
Kate verschlug es die Sprache.
»Kennen Sie die Engel?«, fragte die alte Frau, den Kopf schräg gelegt.
Kate schüttelte benommen den Kopf, wie in Trance.
»Aber ja doch! Natürlich kennen Sie sie. Das sind die achtbaren Mädchen und Frauen, die vor uns gegangen sind, die uns genommen wurden. Unsere Schwestern, liebe Dame. Sind das etwa keine Engel?«
»Willa? Sprechen Sie von meiner Schwester Willa?«
»Richtig.« Die alte Frau hob ihre strahlenden Augen gen Himmel und bekreuzigte sich, bevor ihr Blick zu Kate zurückkehrte. »Sie sind Maria, oder? Heilige Muttergot…«
»Maria? Nein, ich bin …« Kate verstummte, verstand mit einem Mal. Die alte Frau litt an Alzheimer oder einer ähnlichen Erkrankung; sie hielt Kate für die Jungfrau Maria. Brainer kam nun hinter ihren Beinen hervor, und Kate umarmte ihn erleichtert.
»Wirst du über sie wachen, liebe Mutter? Über meine Söhne? Unsere Schwestern? Über alle Mädchen und Frauen, die wir vermissen? Die gelitten haben? Und über all die Bösewichter …« Die flammenden Augen der Frau waren von abgöttischer Liebe erfüllt, und sie umklammerte mit einer warmen

Hand Kates Handgelenk, während sie mit der anderen das braune Päckchen an ihre Brust drückte.
Kate wusste nicht, was sie sagen oder tun sollte. Sie war Wissenschaftlerin, und religiöse Visionen gingen über ihr Begriffsvermögen hinaus. Aber Willa hatte immer gesagt, dass Kate an einem guten Tag mit Haut und Haaren einfühlsam sein konnte; als sie an die hohe Meinung dachte, die ihre Schwester von ihr hatte, wurde ihr plötzlich klar, dass es nur eine Reaktion gab. Sie sah lächelnd in die Augen der alten Frau, dann beugte sie sich vor und küsste sie auf die Stirn. Der Geruch von Talkumpuder mit Rosenaroma erfüllte die Luft.
»Das verspreche ich«, flüsterte sie mit brennender Kehle und dachte an all die Mädchen und Frauen, die gelitten hatten.
Sie tätschelte Brainer ein letztes Mal, dann lief sie die Stufen hinunter. Der Rosenduft hatte sich auf ihre Hände übertragen, und sie fühlte sich benommen. Sie war keine Kirchgängerin und betete nie, hoffte aber trotzdem, dass sie nicht vom Blitz getroffen wurde, weil sie sich die Rolle der Jungfrau Maria angemaßt hatte. Sie hatte indes das untrügliche Gefühl, soeben gesegnet worden zu sein.
Der alten Frau zuwinkend, fuhr sie rückwärts aus der Einfahrt. Hoffentlich würde sie sich daran erinnern, Maggie das Päckchen zu geben. Während Bonnie auf dem Rücksitz stand und Brainer einen Abschiedsgruß zubellte, bog Kate Harris in die Nebenstraße ein, die zum Highway führte, in östlicher Richtung, nach Newport, Rhode Island, auf der Suche nach ihrer vermissten Schwester.

Der Tag war eine einzige Katastrophe.
Maggie hatte ihren Vater angefleht, sich heute Zeit für sie zu nehmen, aber sie hatte sich vorgestellt, dass sie diese im Einkaufszentrum oder im Kino verbringen würden – oder vielleicht mit einer Fahrradtour durch den Foxtail State Park. Aber nie, *nie im Leben* in der Kanzlei, den ganzen Vormittag lang.

An manchen Tagen machte es Spaß, ihn ins Büro zu begleiten. Maggie mochte die Sekretärinnen und Anwaltsgehilfinnen. Viele waren noch jung und gestatteten ihr, an ihrem Schreibtisch zu sitzen, etwas in ihren Computer einzutippen oder auf den Bögen mit dem Firmenbriefkopf Bilder zu malen.

Aber heute war Samstag, Halloween, und die einzigen Sekretärinnen, die anwesend waren, sahen verdrossen und überarbeitet aus, weil sie Projekte für ihre viel beschäftigten Vorgesetzten fertig stellen mussten. Dads Sekretärin, Damaris, war sonst der netteste Mensch auf der ganzen Welt, aber heute Morgen machte auch *sie* den Eindruck, als würde sie Maggie höchstens noch die Uhrzeit sagen.

»Können wir in den Kopierraum gehen?« Maggie hoffte, Damaris würde ihr erlauben, ihre Hände auf dem großen Farbkopierer abzulichten, wie sie es manchmal tat.

»Jetzt nicht, Schätzchen. Dein Dad verlässt sich darauf, dass ich das hier fertig tippe, damit er früher Schluss machen und mit dir und deinem Bruder einen netten Nachmittag verbringen kann.«

»Mein Bruder ist bei einem Freund. Er kommt erst zum Abendessen zurück, und danach geht er zu einer Halloween-Party.«

»Dann eben mit dir alleine«, sagte Damaris, ohne sich aus dem Takt bringen zu lassen, und fuhr fort, wie verrückt auf die Tasten einzuhämmern. »Das ist doch auch was.«

»Heute Abend bei dem Umzug verkleide ich mich als Amelia Earhart«, vertraute Maggie ihr an.

»Ausgezeichnete Wahl«, erwiderte Damaris, aber Maggie hatte das Gefühl, ihre Reaktion wäre die gleiche gewesen, wenn sie gesagt hätte, sie würde sich als Postbotin verkleiden, oder als Elaine von Elaine's Clip and Cut, oder als Damaris.

Maggie versuchte, die Enttäuschung mit einem Achselzucken abzutun, und begab sich auf einen Streifzug durch die Gänge der Kanzlei. Samstags ging es ruhiger zu als an den Werktagen, aber die Kanzlei war keineswegs verwaist. Anwälte

beugten sich über ihre Schreibtische, die Ärmel hochgekrempelt, und lasen, lasen, lasen.
Die Bibliothek war ein beliebter Aufenthaltsort. Auch hier wurde allenthalben gelesen, in den Lesenischen, an den langen Tischen und an den Computer-Bildschirmen. Die meisten der hier Anwesenden waren frisch gebackene Anwälte, die gerade ihr Studium abgeschlossen hatten und den assoziierten Mitgliedern der Kanzlei, wie ihrem Vater, zuarbeiteten.
Während sie umherschlenderte, hielt Maggie unwillkürlich nach Zubehör für ihr Kostüm Ausschau. Das Kostüm selbst musste noch warten; ihr Vater hatte versprochen, mit ihr einkaufen zu gehen, sobald er fertig war. Aber Maggie war erfinderisch und hatte Zeit, konnte genauso gut gleich ihre Augen offen halten.
Sie wusste schon lange, wer Amelia Earhart war, aber gestern Abend hatte sie im Internet nachgeschaut und Bilder von einer hübschen jungen Frau entdeckt, die eine Lederjacke mit einem weißen Schal und eine kleine Fliegerkappe trug. Kate hatte gesagt, Amelia sei mutig gewesen, aber die Fotos zeigten, dass sie auch glücklich, neugierig auf das Leben und abenteuerlustig gewesen war: Eigenschaften, die Maggie ebenfalls anstrebte.
Jede Eigenschaft brauchte ein Symbol.
Als Symbol für das Glück wollte Maggie die goldene Kolibribrosche ihrer Mutter tragen. Ein Geschenk ihres Vaters zum fünften Hochzeitstag, eine Erinnerung an die Schnelligkeit, Tüchtigkeit und die Vorliebe ihrer Mutter für Blumen mit roten Blüten. Der Kolibri hatte Smaragdaugen, und die Brosche war Maggies kostbarster Besitz, seit sie diese nach dem Tod ihrer Mutter geerbt hatte.
Als Symbol für die Neugierde auf das Leben würde sie sich einen Ausweis ausleihen, der den Zutritt zur Bibliothek der Kanzlei ermöglichte. Er stand für Lesen, Forschen und die Suche nach Antworten. Hatte Amelia nicht genau das getan bei ihrem Flug über den Atlantik?

Was die Abenteuerlust anging, wollte Maggie ein Foto von Teddy und ihr auf dem höchsten Punkt der größten *Wild Expedition*-Achterbahn in die Tasche stecken – von ihrem Vater aufgenommen, genau in dem Moment, als der Wagen in die Tiefe stürzte. Maggies Magen war immer noch aufgewühlt, wenn sie an den zehn Stockwerke tiefen Fall dachte.

Blieb nur noch der Mut …

Dieses Symbol erforderte ein wenig mehr Mühe.

Maggie war nicht gerade für ihren Mut bekannt. Genau genommen war sie sogar der größte Feigling, den sie kannte. Sie konnte kein Blut sehen – weder ihr eigenes noch das anderer Menschen. Sie hasste es, wenn ihr Vater die Geschwindigkeitsbegrenzung überschritt, obwohl er ein ausgezeichneter Fahrer war. Die meisten Kinder liebten Bambi, aber seit dem Unfall ihrer Mutter geriet sie beim Anblick von Rehen in Panik. Bei jedem lauten Geräusch zuckte sie zusammen. Und wenn sie in der Lage gewesen wäre, die *Wild Expedition*-Achterbahn daran zu hindern, den höchsten Punkt zu erklimmen, hätte sie es getan – auf halber Strecke.

Während Maggie durch die Anwaltskanzlei schlenderte, hielt sie also die Augen nach etwas offen, womit sie ihren Mut beweisen konnte.

Viele Dinge waren tabu: Sie kannte und respektierte die Regeln. Ihr Vater hatte ihr erklärt, was es mit der Schweigepflicht auf sich hatte – das Leben und die Rechte seiner Mandanten standen auf dem Spiel, für ihn war das ein und dasselbe. Er hatte gesagt, dass er ihr und Teddy blind vertraue, aber sie müssten ihm trotzdem versprechen, dass alles, was sie sahen oder hörten, in der »Familie« blieb.

Sie hatten es beide versprochen.

Die Anwaltskanzlei gab ihr ein Gefühl der Sicherheit und Geborgenheit. Sie war in einem imposanten alten Backsteingebäude untergebracht, das Stanford White entworfen hatte – einer der besten Architekten des neunzehnten Jahrhunderts, hatte ihr Vater gesagt. Hohe Fenster boten Ausblick auf das Gerichtsgebäude aus Granit mit seinen kannelierten Säulen. Die Arbeit in der Kanzlei wurde still verrichtet, aber Maggie konnte spüren, wie wichtig sie war. Ihr Vater und die anderen assoziierten Mitglieder waren hundertprozentig von ihrer Tätigkeit überzeugt, und das verlieh der Atmosphäre eine Aura der Macht und Rechtschaffenheit.

Maggie spazierte an Schreibtischen aus Walnussholz, überladenen Bücherregalen und Ölgemälden von der Küste Connecticuts vorbei, die aussahen, als gehörten sie in ein Museum – viele von ihnen stellten Leuchttürme aus der Umgebung dar und stammten von den bedeutendsten Landschaftsmalern der letzten zwei Jahrhunderte. Sie ließ ihre Finger über die weichen Ledersessel und die auf Hochglanz polierten Konferenztische gleiten, träumte von ihrem Halloween-Kostüm und suchte nach einem Symbol für den Mut.

Sie wurde fündig.

Ihr Vater war in seinem Büro und arbeitete an der Akte Merrill. Er hatte überall zig Dokumente ausgebreitet: Aufzeichnungen von Gesprächen mit Zeugen, Psychiatern, dem amtlichen Leichenbeschauer. Blau gebundene Niederschriften von Zeugenaussagen stapelten sich auf dem Kirschholztisch. Ein Umschlag aus Packpapier, der von außen völlig harmlos wirkte, war achtlos unter einen Stapel Bücher geschoben. Allein der Anblick bewirkte, dass Maggies Herz zu hämmern begann.

Ihr Vater, der seine Lesebrille aus Schildpatt trug, schrieb wie besessen Passagen aus einem Buch ab. Maggie holte Luft, trat näher.

»Daddy?«

»Hallo, Mags«, sagte er, ohne aufzublicken.

»Was tust du gerade?« Sie starrte den Umschlag an.

»Du weißt doch …«

»Wie lange musst du noch arbeiten?«

»Nicht mehr lange.«

»Du hast gesagt, wir könnten ins Einkaufszentrum gehen.«
»Machen wir. Gib mir nur noch bis zum Mittagessen Zeit.«
»Was wollen wir denn essen?«
»Was du möchtest.«
»Ich hab Hunger.«
»Geduld, Mags. Es dauert nicht mehr lange.«
»Ich hab *riesigen* Hunger, Dad.«
Ihr Vater seufzte, was beinahe wie ein Pfiff klang. Dann nahm er seine Brille ab, rieb sich den Nasenrücken. Als er aufblickte und lächelte, erwiderte Maggie das Lächeln.
»Wie du siehst, stecke ich mitten in einer wichtigen Arbeit.«
»Nur eine kurze Kaffeepause, Dad.«
»Ja?« Er stand auf und reckte sich. Er trug Jeans und ein Hemd aus blauem Sämischleder; es war aus dem Hosenbund gerutscht, und Maggie lachte beim Anblick des nackten Bauches.
»In der Cafeteria unten?«
Maggie nickte. »Bringst du mir ein Zimtbrötchen mit? Mit extra dicker Glasur? Und ein Glas Milch?«
Ihr Vater sah sie überrascht an. »Willst du denn nicht mitkommen?«
Maggie zuckte die Achseln. Ihre Wangen brannten, und ihre Nase war kalt – noch bevor sie die Lüge ausgesprochen hatte. Dass es sich um eine harmlose Notlüge handelte, machte die Sache nicht viel besser. »Das würde zu lange dauern«, erklärte sie. »Wenn wir in deinem Büro essen, kannst du dabei weiterarbeiten.«
»Schon kapiert.« Ihr Vater lachte. »Dann kommen wir schneller ins Einkaufszentrum.«
»Du bist ein Genie, Dad.« Maggie grinste.
Sie saß reglos da, auf seinem Drehstuhl am Schreibtisch, bis seine Schritte auf dem Gang verhallten. Sie spitzte die Ohren, hörte das Klicken der Computertastatur in dem kleinen Vorzimmer, wo Damaris schrieb.
Als sie nun den Packpapierumschlag ansah, brach ihr der

Schweiß aus. Sie wusste, was er enthielt; Teddy hatte einen Blick hineingeworfen und es ihr erzählt. Ihr Vater nahm ihn manchmal mit nach Hause, aber er hätte ihn nie aus der Hand gegeben. Er behielt ihn sogar auf seinem Schreibtisch im Auge, als enthielte er Gift oder Sprengstoff, Dinge, die seinen Kindern gefährlich werden könnten, wenn er sie unbewacht ließe.

Teddy hatte den Moment abgepasst, als sein Dad ins Bad gegangen war. Er war blitzschnell ins Arbeitszimmer gerannt und hatte den Umschlag geöffnet, um einen Blick hineinzuwerfen ... Was er darin gesehen hatte, war offenbar so schrecklich, dass er sich geweigert hatte, ihr auch nur die kleinste Silbe zu verraten. Wie sehr sie auch bettelte oder schmeichelte, er rückte nicht mit der Sprache heraus.

»Komm schon, Teddy. Was ist da drin?«

»Frag mich nicht, Maggie.«

»Wenn du es mir nicht sagst, schaue ich selber nach.«

»Bitte, Maggie – tu's nicht. Ich kenne dich. Du wirst nie wieder ruhig schlafen.«

»Sind die Fotos wirklich so schlimm?«

»Noch schlimmer.«

»Grauenvoll?«

»Ja, Mags. Grauenvoll.«

»Nur noch eins – eine kleine Sache, damit ich nicht selber hineinschauen muss. Nichtwissen ist viel schlimmer als Wissen, weil mich dann meine Fantasie quält.«

Teddy war bei dem Wort »quält« zusammengezuckt, doch dann hatte er klein beigegeben und Maggie eine Sache erzählt, die ihr noch zwei Wochen später den Schlaf raubte.

»Sie sind zerschnitten ... in Fetzen.« Er verstummte.

»In Fetzen?« Sie hatte krampfhaft überlegt, warum so ein Wort auf so grässliche Weise benutzt wurde. »Was soll das heißen?«

»Das kann ich dir nicht sagen, Maggie.« Das Gesicht ihres Bruders war kreidebleich gewesen, vor Entsetzen und wahrscheinlich auch vor Scham, weil er sich dem Verbot seines Vaters zum Trotz die gerichtsmedizinischen Fotos von Greg Merrills Opfern angeschaut hatte. »Niemals! Ich möchte nicht, dass dir die Bilder fortwährend im Kopf herumspuken. Hast du verstanden, Mags? Frag mich nicht weiter … und schau sie dir ja nicht an!«

»Mach ich nicht«, hatte sie geflüstert, besorgt, weil ihr Bruder so aufgewühlt aussah.

Nun stemmte sie sich aus dem Bürostuhl ihres Vaters hoch, entschlossen, das Versprechen zu brechen. Das Herz schlug ihr bis zum Halse. Sie war ein braves Mädchen, sehr umsichtig, hatte nie Gefallen daran gefunden, den Regeln oder Wünschen ihres Vaters zuwiderzuhandeln. Aber heute war Halloween, wo alle über die Stränge schlugen, und sie konnte wirklich etwas mehr Mut gebrauchen, wenn sie Amelia Earhart sein wollte …

Als sie den glatten, cremefarbenen Umschlag berührte, waren ihre Fingerspitzen kühl und ruhig. Wie schlimm konnte es schon werden? Der Umschlag selbst sah völlig harmlos aus, hatte ein mit der Maschine geschriebenes Schild auf der Klappe: GM23-49. Das bezog sich auf die Beweismittel, die nummeriert waren, und da Maggie ihr ganzes Leben im Dunstkreis von Juristen verbracht hatte, wusste sie, dass dreiundzwanzig Fotos darin sein würden.

Sie holte tief Luft und schickte sich an, den Umschlag aufzuklappen.

»MAGGIE!«, gellte die Stimme ihres Vaters in ihrem Ohr, und sie spürte, wie sie beiseite gestoßen wurde, als er ihr den Umschlag aus der Hand riss. Er hatte sie nicht hart angefasst, aber da sie auf einem Fuß gestanden hatte, schwankte sie, verlor das Gleichgewicht und fiel.

»Oh«, hörte sie sich sagen. »Oh, oh …«

Ihr Vater versuchte sie zu halten und ließ dabei die Fotos fallen. Unfähig zu entscheiden, was er tun sollte – Maggie

auffangen oder die Sicht auf die Fotos zu verdecken – versuchte er beides.
»Schau nicht hin, mein Schatz. Mach die Augen zu!«, rief er.
Maggie gehorchte, aber nicht, bevor sie einen kurzen Blick auf eine der Aufnahmen geworfen hatte: eine Frau mit kreideweißem Gesicht und offenen Augen, wie eine Puppe. Maggie wusste instinktiv, dass sie tot war – sonst wäre das Bild nicht so schauerlich gewesen. Umgehend kniff sie die Augen zu, weil sie sicher war, dass sie die anderen Bilder nie, nie im Leben sehen wollte.
»Teddy hatte Recht«, flüsterte sie und begann zu weinen. »Ich hätte sie nicht anschauen dürfen ... Es tut mir Leid, Dad. Es tut mir Leid, dass ich nicht auf dich gehört habe!«
»Schon gut, mein Schatz ...«
»Oh, Teddy!«, wimmerte Maggie.

John fuhr langsam, hielt die Hand seiner Tochter, die auf dem Beifahrersitz des Volvo saß. Damaris hatte ihr Bestes getan und Maggie in den Ruheraum getragen, ihr einen kühlen Waschlappen auf die Stirn gelegt und ihr eine Tasse Suppe eingeflößt, um sie zu beruhigen, aber John wusste, dass er die Sache selbst in Ordnung bringen musste.
Maggie war angeschnallt. Immer wieder unterdrückte sie ein Schluchzen. Jeder Laut, den sie von sich gab, machte John schwer zu schaffen, verstärkte seine Schuldgefühle. Sie war schließlich sein Nesthäkchen, sein kleines Mädchen. Sie war in einem Alter, in dem sie Vater und Mutter brauchte, und seit einiger Zeit fehlte ihre beides.
»Alles in Ordnung, Maggie?«
»Jaa«, ein Schlucken, »ha«, wieder schlucken.
»Sicher?«
Keine Antwort.
John umklammerte ihre Hand noch fester, als sie an der Küste entlangfuhren. Sie hatte nur ein Foto gesehen, zwei Sekunden

lang, den Namen ihres Bruders gerufen und herzzerreißend geschluchzt. Als Damaris mit den Zimtbrötchen, Kaffee und Milch aus der Cafeteria zurückgekehrt war, saß John auf dem Fußboden und wiegte seine weinende Tochter in den Armen.
»Ich bringe sie nach Hause«, hatte Damaris leise vorgeschlagen. Sie war selbst Mutter, hatte vier Kinder.
»Das mache ich schon«, hatte John geflüstert, ungeachtet seiner Termine, und Maggie an sich gedrückt. Ihr schmaler Körper wurde von Weinkrämpfen geschüttelt, ihr Atem ging rasselnd. Unter seiner Jacke verborgen, die er geistesgegenwärtig auf den Boden geworfen hatte, um ihr den Anblick zu ersparen, lagen die Bilder der Mädchen, von denen einige kaum älter waren als sie: Anne-Marie, Patricia, Terry, Gale, Jackie, Beth …
John hatte Teddy einmal gewarnt, dass forensische Aufnahmen bei Menschen, die nicht ständig damit in Berührung kamen, genauso viel Schaden anrichten konnten wie »Gift und Sprengstoff«. Er erinnerte sich an diesen Vergleich, weil sein eigener Vater ihn vor dreißig Jahren verwendet hatte, als John in sein Büro geschlichen war, um einen Blick auf ähnliche Fotos von einer Frau zu werfen, die damals einem Mord zum Opfer gefallen war.
Ironischerweise war ihre Leiche in dem Brunnen neben der alten Apfelmostmühle entdeckt worden, zwei Meilen von dem ersten Wellenbrecher entfernt, den Merrill benutzt hatte. John pflegte bis heute einen großen Bogen um die Mühle zu machen, genau wie sich Teddy nach dem Anblick der grauenvollen Fotos von den Wellenbrechern fern hielt, wo er sonst als kleiner Junge immer Fische und Krebse gefangen hatte.
Solche Fotos hinterließen einen nachhaltigen Eindruck; sie machten den Tod real. Seit kurzer Zeit, genauer gesagt, seit er sich mit dem Fall Merrill beschäftigte, begann ihn seine Arbeit zunehmend anzuwidern. Manchmal wäre es ihm lieber gewesen, er hätte nicht so viel darüber gewusst – über diese

Raubtiere, die überall lauerten, wie Billy gesagt hatte. Er hatte sich immer für einen rechtschaffenen Menschen gehalten, aber er musste der Wahrheit ins Auge sehen: Er arbeitete für Mörder. Die Bilder ihrer Untaten lagen bei ihm zu Hause. Der Gedanke machte ihn krank.

Während er nun die Hand seiner Tochter hielt, spürte er, wie sie langsam wärmer wurde. Er drückte sie, wartete, dass sie den Händedruck erwiderte. Sie rührte sich nicht.

»He, Mags. Wir haben etwas vergessen.«

»Was?«

»Wir wollten doch einkaufen gehen.«

Sie nickte, aber bei näherem Hinsehen merkte er, wie die Farbe wieder aus ihrem Gesicht wich. »Aber nicht gleich, Dad, ja? Ich möchte lieber nach Hause, auf Teddy warten.«

»Auf Teddy?«

Maggie nickte, ihre Augen füllten sich mit Tränen. Sie flossen über, liefen über ihre Wangen. Sie leckte sie weg. »Ich will zu meinem Bruder«, flüsterte sie mit brüchiger Stimme.

»In Ordnung, mein Schatz«, sagte John. Ihre Worte versetzten ihm einen Stich.

Er fuhr die Küstenstraße entlang, doch dann fiel ihm ein, dass sie derzeit ja bei seinem Vater wohnten. Wütend auf sich selbst, weil er zu beschäftigt gewesen war, um sich mit Nachdruck um ein neues Kindermädchen zu bemühen – und noch mehr, wenn er an den Ziegelstein dachte, der seine Fensterscheibe zertrümmert hatte –, bog er in die Straße ein, die zum Haus seines Vaters führte.

Als er in der Einfahrt parkte, drehte er sich zu Maggie um, aber sie war bereits aus dem Wagen gesprungen, sauste den Steinplatten-Weg entlang und die Treppe zur Haustür hinauf, als wäre ihr ein Ungeheuer auf den Fersen.

Er folgte ihr ins Haus und entdeckte Maeve, die mit einer Wolldecke zugedeckt auf dem Sofa im Wohnzimmer schlief und laut schnarchte. Sein Vater war unterwegs, bei seiner wöchentlichen »Gerichtssitzung«, zu der sich die Hälfte der pensionierten Richter des Superior Court traf, um Poker zu spielen und von der guten alten Zeit zu schwärmen. Teddy war noch nicht zu Hause.

»Das ist für mich!«, hörte er Maggie plötzlich quietschen.

»Was denn?«

»Das Päckchen!«

Maeve hatte es vermutlich hereingeholt. John trat näher, um es genauer in Augenschein zu nehmen. In braunes Papier gewickelt, mit einem blauen Schmuckband verschnürt, war Maggies Name als Empfängerin vermerkt. John kannte die Handschrift – war beinahe vertraut mit ihr – aus den Anmerkungen auf der Rückseite des Fotos, das ihre Schwester zeigte. Er nickte, um Maggie zu bedeuten, dass nichts dagegen sprach, es zu öffnen, und sah zu, wie seine Tochter es aufriss. Als Band und Einwickelpapier entfernt waren, kamen ein langer weißer Seidenschal mit Fransen und eine altmodische Fliegerbrille zum Vorschein. Ein Briefumschlag flatterte zu Boden. Als John ihn aufhob und Maggie gab, sah er das Logo des East Wind auf der Lasche. Maggie las laut vor:

Liebe Maggie,

anbei findest du meinen Fliegerschal und die Sonnenbrille. Ich trage sie manchmal, aber nicht oft. Du hast eine bessere Verwendung dafür, weil sie dir helfen, dich in Amelia zu verwandeln.

Amelia Earhart war für meine Schwester und mich immer ein großes Vorbild, und ich hoffe, dass sie auch dich beflügelt. Ich glaube, auch dir wurden die Gaben, die sie besaß, in die Wiege gelegt: Du bist klug und mutig. Das habe ich schon bei unserer ersten Begegnung gewusst. Du hast an jenem Tag einen kühlen Kopf bewahrt …

Ich reise heute ab. Das East Wind war eine angenehme Bleibe, aber ich spüre, dass mich der Wind weitertreibt, einem neuen Bestimmungsort entgegen. Ich muss meinen eigenen Weg gehen, wie Amelia. Wie wir alle! Es ist wichtig, dass du an dich glaubst, wenn du

deinen Weg im Leben gehst. Ich glaube jedenfalls an dich!
Deine Freundin
Kate Harris
P.S. Bitte grüß Teddy, deinen Vater und Brainer von mir.

»Sie ist weg, Dad!« Maggies Stimme klang bedrückt und atemlos.
»Wir kannten sie doch kaum, Mags«, sagte John tadelnd.
»Aber ich mochte sie … und sie mochte mich! Sie hat mir ihren Schal und ihre Brille geschenkt!«
»Das wäre nicht nötig gewesen! Ich wäre mit dir ins Einkaufszentrum gefahren.«
»Das hier ist besser«, flüsterte Maggie. »Sie hat gesagt, dass ich mutig bin … woher will sie das wissen?«
»Wie sie bereits sagte – du hast dich an dem Tag, als ihr euch das erste Mal begegnet seid, sehr mutig verhalten.«
»Wenn ich das gewusst hätte, dann hätte ich heute auf die Mutprobe verzichtet.« Maggies Kinn begann erneut zu zittern. »Dann hätte ich die Bilder nicht anschauen müssen …«
»Darauf warst du aus?« John zog sie auf seinen Schoß, saß in demselben Ohrensessel, in dem er schon als kleiner Junge gesessen hatte.
»Ja.« Sie brach abermals in Tränen aus und drückte Kates Schal an ihr Gesicht. »Ich wünschte, ich hätte dieses Mädchen nie gesehen …«
»Ich auch, Mags.«
John küsste seine Tochter auf den Scheitel. Er dachte an Willa Harris, hoffte, dass sie nicht dazugehörte, zu den Mädchenleichen, die noch nicht gefunden waren. Er hoffte, dass Kate nie Aufnahmen zu Gesicht bekam, wie Maggie sie gerade gesehen hatte.
»Wir dürfen nicht vergessen, Teddy ihre Grüße auszurichten«, schniefte Maggie. »Er wird traurig sein.«
John schwieg. Auch das war ihm klar gewesen. Es gab nicht

nur schlechte, sondern auch nette Menschen auf der Welt; durch seine Arbeit kam er gleichwohl nur selten mit ihnen in Berührung. Unwillkürlich strich er über ihren Schal.
Was hatte es zu bedeuten, dass er nach Teddy, aber vor Brainer auf ihrer Grußliste stand? Überrascht stelle er fest, dass er auf unerklärliche Weise dankbar dafür war, dass sie ihn überhaupt erwähnt hatte. Er überlegte, wohin ihr Weg sie als Nächstes führen mochte.
Er staunte darüber, dass sie ihm nicht mehr aus dem Kopf ging.

11

Das Seven Chimneys Inn, ein weitläufiges Herrenhaus aus Stein, östlich von Breton Point in Newport an der gezackten Küstenlinie von Rhode Island gelegen, hatte einst Rufus Macomber gehört, dem legendären Eisenbahnmagnaten. Er hatte einen offenen Kamin im Schlafzimmer jeder seiner sieben Töchter errichten lassen und das Anwesen, obwohl es darüber hinaus noch fünf weitere Kamine gab, zu Ehren seiner Mädchen »Seven Chimneys« genannt.

Kate erledigte die Anmeldeformalitäten, dann fuhr sie unverzüglich zur Newport Police Station. Sie stellte ihren Wagen an einer Parkuhr auf dem öffentlichen Platz ab, ging zu Fuß die Anhöhe zu dem Backsteingebäude hinter dem Gerichtshof hinauf und erkundigte sich, ob Detective Joseph Viera zu sprechen sei.

»Hallo«, sagte sie, als der gedrungene, muskulöse Kriminalbeamte aus einem Büro im hinteren Teil des Reviers trat, die Ärmel seines Hemdes herunterrollte und die Krawatte glatt strich. »Ich bin Kate Harris – wir haben miteinander telefoniert.«

»Ja, natürlich. Kommen Sie.«

»Freut mich, Sie endlich einmal persönlich kennen zu lernen«,

sagte Kate, als er ihr die Tür des kleinen Büros aufhielt und ihr den Vortritt ließ.
»Ganz meinerseits. Immer noch kein Lebenszeichen von ihr?« Detective Viera bedeutete ihr mit einer Handbewegung, auf der anderen Seite des überladenen Schreibtisches Platz zu nehmen.
Kate schüttelte den Kopf. Der Boden unter ihren Füßen schien ins Wanken zu geraten, wie immer, wenn ihr klar wurde, dass ihre Schwester seit einem halben Jahr spurlos verschwunden war und kein Mensch wusste, wo sie steckte.
»Ich kann Ihnen nicht viel Neues berichten«, erklärte er. »Ich hatte ein Gespräch mit – wie war gleich der Name« – er blätterte in seinen Notizen – »ach ja, Detective Abraham O'Neill in Washington D.C.«
»Ja, er leitet die Ermittlungen … Ich habe zuerst die Polizei in Washington eingeschaltet. Als sie nicht nach Hause kam.«
»Das war völlig korrekt, da sie dort ihren ersten Wohnsitz hat. Die Ermittlungen konzentrierten sich auf Newport, wenn ich mich recht erinnere, den letzten Ort, an dem sie gesehen wurde …«
Sie versuchte zu lächeln, dankbar für seine Hilfsbereitschaft, und nickte. »Ja.« Trotzdem hörte sie auch das Wort, das er taktvollerweise ausgelassen hatte: lebend.
»Was führt Sie zu mir, Miss Harris?«
Diese Frage. Sie brachte sie schneller an den Rand der Tränen als jede andere. Sie schürzte die Lippen, saß einen Augenblick lang reglos da und starrte die große Wanduhr an, sah zwanzig Sekunden verstreichen, bevor sie ihre Fassung wiedergewonnen hatte und ihrer Stimme traute.
»Ich muss wissen …«
Detective Joseph Viera wartete. Er merkte offenbar, dass sie noch nicht so weit war, konnte vermutlich nachfühlen, was jetzt in ihr vorging. Er hatte gewiss nicht zum ersten Mal Angehörige einer vermissten Person vor sich; vielleicht war ihre

Reaktion das vorhersehbare Symptom eines grauenvollen Zustands, unter dem viele litten: das Vermisste-Schwester-Syndrom. Bestimmt gibt es so etwas, dachte sie. Für dieses Gefühl der abgrundtiefen Verzweiflung musste es eine Bezeichnung geben.
»Entschuldigung«, murmelte sie, am ganzen Körper zitternd.
»Lassen Sie sich Zeit.«
»Es ist schon so viel Zeit vergangen ... ich habe die Hoffnung nie aufgegeben, dass das Telefon läutet und jemand mir mitteilt, dass sie gefunden wurde ...«
Der Detective nickte, doch sein matter Blick gab ihr zu verstehen, dass er nicht daran glaubte.
»Ich weiß, dass die Washingtoner Polizei ihr Bestes getan hat – sie hat alle möglichen Meldungen und Polizeiberichte aus drei Bundesstaaten und dem Distrikt zusammengetragen. Aber ich bin ihre Schwester und fühle mich für sie verantwortlich, deshalb bin ich hier, ihretwegen. Ich möchte *ihr nahe sein* ... ihrer Spur persönlich nachgehen.«
»Ich verstehe.«
Kate schwieg, wusste, dass dem nicht so war. Der Detective hatte keine Ahnung – er kannte die Einzelheiten nicht, die schmerzlichen Einzelheiten, die dazu geführt hatten, dass Willa auf und davon gegangen war. Er war über die Affäre informiert; der gesamte Polizeiapparat wusste Bescheid. Sie hatten Andrew vernommen, und Kate. Aber er wusste nichts von Kates Schuldgefühlen – sie hatte Willa ermutigt, für Andrew zu arbeiten, und sie hatte in ihrer Wut gesagt, dass sie ihr niemals verzeihen würde.
»Ich denke viel über Greg Merrill nach«, sagte Kate und beobachtete Vieras Augen.
»Den Wellenbrecher-Mörder?«
Kate nickte.
»Er hat die meisten Morde in Connecticut begangen«, warf Viera ein. »Wenn ich mich nicht irre, sogar alle.«

»Alle, von denen die Polizei weiß.«
»Ihre Schwester würde in das Täterprofil passen, soweit es mir bekannt ist.« Vieras Blick war auf den Stapel Papiere gerichtet. »Aber wenn ich mir ihre Akte anschaue, fallen mir viele andere Dinge auf. Es ist durchaus möglich, Miss Harris, und ich bin sicher, Detective O'Neill würde das Gleiche sagen, dass Ihre Schwester einfach nicht …«
»Gefunden werden will.«
»Unter dem Strich deutet alles auf eine unselige Liebesaffäre hin. Unselig für alle Beteiligten. Vielleicht dachte sie, es sei das Beste … stillschweigend das Weite zu suchen. Scham ist ein gewichtiges Motiv.«
»Unmöglich«, widersprach Kate heftig. »Das würde mir Willa niemals antun.«
»Na gut, wenn Sie meinen, Sie kennen schließlich Ihre Schwester.« Kate konnte beobachten, wie Vieras Gesicht sich verschloss: Die Augen waren plötzlich auf der Hut, die Kiefermuskeln angespannt. Sie bedauerte ihren Gefühlsausbruch. Jetzt würde er jedes Wort auf die Goldwaage legen, wie im Gespräch mit allen anderen emotional aufgeladenen Angehörigen.
Er behandelte sie mit unverminderter Höflichkeit, sogar mit einer gewissen Freundlichkeit. Er blätterte in Willas Akte, erläuterte Einzelheiten, auf die sie gestoßen waren.
Da war die Aufzeichnung von O'Neills ursprünglichem Anruf, damals im April. Seine Mitarbeiter hatten sich in der von Adam Morgan für Willa gemieteten Wohnung umgesehen und auf einem Block neben dem Telefon Notizen entdeckt, die auf eine unmittelbar bevorstehende Reise nach Neuengland hindeuteten – Handelskammer, Zimmerreservierungen, das hingekritzelte Wort »Newport«, kunstvoll ausgemalt.
Die Kreditkarten-Abrechnungen hatten ihr Fahrtziel bestätigt, den Radius somit eingeengt und die Suche auf Newport konzentriert. Die Akte enthielt Protokolle der Polizei von

Newport, die beide Inhaber des Seven Chimneys Inn, Zimmermädchen und andere Gäste befragt hatte, des Weiteren Aussagen von einem Barmixer im Candy Store und einer Kellnerin am Pier sowie Aufzeichnungen von Kates Telefonaten, die sich mindestens einmal im Monat nach dem aktuellen Stand der Ermittlungen erkundigt hatte.
»Das war's auch schon.«, sagte Viera. »Das ist alles, was wir haben.«
»Sind Sie sicher? Sonst hat sie niemand gesehen oder mit ihr gesprochen?«
»Nicht, dass ich wüsste. Ich habe Hinweise aus O'Neills Polizeirevier erhalten, dass sie von hier aus weitergefahren ist … in Richtung Massachusetts, wenn mich nicht alles täuscht.«
»Sie war auch in Connecticut.«
»Aha. Nun …«
»Ich weiß, ich muss mich noch mit der Polizei dort in Verbindung setzen. In Connecticut war ich schon.«
»Merrill kam offenbar herum. Sie haben ihn dort gefasst. Vielleicht sollten Sie sich an jemanden aus der Gegend wenden.«
»Habe ich bereits.« Kate sah John O'Rourkes harte Augen vor sich.
»Tut mir Leid, dass ich Ihnen nicht weiterhelfen konnte«, sagte Joe Viera und stand auf, verabschiedete sie mit einem Händedruck.
Benommen trat Kate in den kalten Nachmittag hinaus. Sie hatte nichts Neues erfahren, und Enttäuschung ergriff sie. Was tat sie überhaupt hier? Sie hatte unbezahlten Urlaub genommen, um etwas zu suchen, was sie vielleicht niemals finden würde: die sprichwörtliche Nadel im Heuhaufen, das Sesam-öffne-dich, einen vagen Hinweis darauf, was ihrer Schwester zugestoßen sein könnte.
Das Gespräch hatte nur eines bewirkt: Es hatte Familienerinnerungen heraufbeschworen.
Als Kinder waren sie mit ihren Eltern in den Norden gefahren,

hatten die Strände von Chincoteague mit denen von Rhode Island vergleichen können. Sie hatten im Sheraton Islander gewohnt und die Sommerresidenzen der Superreichen, wie Breakers, Rosecliff und Mrs. Astors Domizil Beechwood besichtigt. Sie waren auf dem schmalen Pfad spazieren gegangen, der über die Klippen führte, hatten an der Küste schnittige Yachten gesehen, die an einer Regatta teilnahmen, und waren Zeugen geworden, wie ein Angler auf den Felsen vor Doris Dukes Anwesen einen riesigen Streifenbarsch an Land zog, der alle Rekorde zu brechen versprach.

Zu Kates glücklichsten Erinnerungen zählte ein Abendessen am Pier. Sie hatten Austern und Hummersuppe, mit riesigen Hummerstücken gefüllte Seezunge und gebackenen, gefüllten Hummer bestellt. Ihr Vater hatte feierlich verkündet, die Austern seien genauso gut wie in Chincoteague, und Kate und Willa hatten Hummer gegessen, bis sie platzten. Das Salatdressing enthielt kleine Senfkörner, und ihre Mutter war voll des Lobes.

»Senfsamen ist ein Symbol des Glaubens, der Zuversicht«, hatte sie gesagt. »Man braucht nur ein winziges Samenkorn, damit es wächst und gedeiht. Der Glaube versetzt bekanntlich Berge …«

Kate ging an den Pier, auf der Suche nach ein wenig Zuversicht und dem Gefühl, dass Willa hier gewesen war.

Die Empfangsdame wies ihr einen Tisch neben dem Fenster zu. Sie nahm Platz, nahm flüchtig die anderen Tische in Augenschein; sie hätte gerne gewusst, wo ihre Schwester gesessen hatte. Von der Polizei wusste sie, was ihre Schwester an jenem Abend gegessen hatte, und sie bestellte nun das Gleiche: Salat, Austern, gefüllte Seezunge. Alles schmeckte köstlich, und der Ausblick auf den Hafen und die hoch aufragende Newport Bridge war atemberaubend. Innerlich gestärkt, schloss Kate die Augen, und ihr war, als würde sie die Hand ihrer Schwester auf ihrer Schulter spüren, sie flüstern hören: »Such weiter, Katy. Du musst mich finden!«

»Das werde ich«, gelobte Kate laut.
Sie saß allein am Tisch, und die Gäste an den Nachbartischen drehten die Köpfe, um zu sehen, mit wem sie sich unterhielt. Vermutlich dachten sie, bei ihr sei eine Schraube locker. Kate hatte unlängst selbst begonnen, an ihrem Verstand zu zweifeln. Bevor sie unbezahlten Urlaub genommen hatte, unfähig, sich auf ihre Arbeit zu konzentrieren, hatte sie die Augen geschlossen und mit Willa geredet.
Oder, wenn sie mit der Metro von ihrem Stadthaus auf dem Capitol Hill zu ihrem Büro in Foggy Bottom fuhr – nur wenige Blocks von ihrer ehemaligen Wohnung in Watergate entfernt –, hatte sie sich oft vorgestellt, Willa säße neben ihr. Sie hatte sich das Gespräch ausgemalt, das seit langem fällig war: Willa würde ihr erklären, wie es zu der Affäre zwischen Andrew und ihr gekommen war, und Kate würde aufmerksam zuhören und ihrer Schwester versichern, dass sie ihr verziehen hatte; sie wünschte sich eine solche Gelegenheit sehnlich herbei. Weil sie innerlich wie versteinert und rasend vor Wut gewesen war, als Willa ging.
»Ich muss den Verstand verloren haben«, entfuhr es Kate, allein am Pier sitzend, ein weiterer Beweis, dass sie nahe daran war.
Ihr Leben befand sich derzeit in einer Art Warteschleife, daran gab es keinen Zweifel. Sie war wissenschaftliche Leiterin des Meeresschutz-Forschungsteams der Akademie gewesen und hatte ihre Unterlagen einem Kollegen überantwortet, der ihre Vertretung übernehmen sollte, bis sie etwas über den Verbleib ihrer Schwester herausgefunden hatte. Sie wusste, dass sie im Moment weit davon entfernt war, ihrem eigenen Anspruch nach persönlichen Bestleistungen zu genügen.
»Komm zurück, Willa«, sagte sie und spähte durch die Spiegelbilder in den Panoramafenstern, auf die Newport Bridge hinaus. »Komm zurück und gib mir die Chance, dir zu verzeihen.«

Sie hielt inne. Fing sie etwa an, Detective Vieras Ansicht zu teilen – dass Willa durchaus die Möglichkeit hatte, sich zu melden? Dass ihre Schwester untergetaucht war, sich zu sehr schämte, um nach Hause zu kommen?
Nein, dachte Kate entschlossen und starrte auf das dunkle Hafenbecken. Nein, das war unmöglich. Die Lichter der Brücke bildeten eine Kette aus leuchtenden Perlen zwischen den beiden turmhohen Stützpfeilern. Willa hatte die Brücke überquert, aber wohin war sie gefahren? Kate hatte sich in Connecticut und Rhode Island umgesehen, jetzt blieb nur noch eine Möglichkeit.
Massachusetts.
Fairhaven war nicht weit entfernt; rund dreißig Meilen in nordöstlicher Richtung. Kate musste ihre Suche nach Willa fortsetzen. Sie dachte an den Vollmond, der hoch droben am Himmel stand und die Gezeiten beeinflusste: Niemand sah es. Als Kinder hatten sie, Matt und Willa diese verborgene Kraft magisch und geheimnisvoll gefunden. Mit Kates Bedürfnis, Willa zu finden, verhielt es sich ähnlich: Es war eine mächtige Triebkraft, in ihrem Innern verborgen. Wer weiß, welcher Stein bei der Suche noch nicht umgedreht worden war, der nur auf Kate – Willas Schwester – wartete, für sie allein sichtbar?
Sie konnte die Strecke nach Fairhaven in ungefähr einer Stunde schaffen. Danach musste sie nach Washington zurück und versuchen, ihr Leben wieder auf die Reihe zu bringen.
Abgesehen davon, hatte sie den schlimmsten Teil bereits hinter sich, oder nicht? Es war ihr gelungen, Greg Merrills Verteidigungsbastionen zu stürmen und John O'Rourke die Stirn zu bieten mit der Aufforderung, ihr zu sagen, was er wusste … auch wenn er keinerlei nennenswerte menschliche Anteilnahme erkennen ließ und ihm völlig gleichgültig zu sein schien, dass Willa – eine Frau, die perfekt zum Täterprofil seines Mandanten passte – noch immer vermisst war.
Wenn es zutraf, dass alle Strafverteidiger herzlos waren und

über Leichen gingen, war John O'Rourke ein Paradebeispiel. Die Sache war nur, dass Kate seine Fassade durchschaute. Sie wusste auf Anhieb, wann ein Mensch verletzt war. Sie wünschte, sie hätte sein Herz erweichen und ihn dazu bewegen können, ihr etwas zu erzählen, was Willa und im gleichen Zuge auch ihm helfen könnte. Sie hatte das untrügliche Gefühl, dass eine Art Seelenverwandtschaft zwischen ihnen bestand.

Und er hatte wunderbare Kinder. Seine Liebe zu ihnen wurde hinter der harten Schale sichtbar. Kate hoffte, dass Maggie den Schal und die Fliegerbrille erhalten hatte, dass sie am Halloweenabend an dem Umzug teilnehmen, sich prächtig amüsieren und den Geist der Luftfahrtpioniere in ihrem eigenen Herzen verspüren würde.

Die Kellnerin brachte die Rechnung. Kate legte ihre Kreditkarte auf das Tablett und nahm noch einen letzten Schluck von ihrem Kaffee, um sich für die Fahrt nach Massachusetts zu stärken. Sie schob ihren Stuhl zurück und verließ das Restaurant der Familienerinnerungen, gerüstet für die nächste Station ihrer Reise.

Die Fahrt kam ihr endlos lang und eintönig vor. Bonnie leistete ihr auf dem Beifahrersitz zusammengerollt Gesellschaft. Das Radio lief, ein lokaler Sender, der überwiegend Jazzmusik spielte. Kate überlegte, ob es nicht besser gewesen wäre, bis zum nächsten Morgen zu warten, wenn es hell war. Doch das Herz bestimmte den Verlauf ihrer Odyssee, ein innerer Zwang trieb sie nach Norden, auf der Suche nach Spuren, die ihre Schwester hinterlassen hatte. Sie hielt an einem Maxi-Mart, wo sie abermals einen Becher Kaffee kaufte, den sie während der Fahrt in kleinen Schlucken trank, um wach und munter zu bleiben.

Auf dem Weg nach Nordosten überquerte sie die Tiverton Bridge und kam durch die Mühlenstadt Fall River. Straßenlaternen erhellten ihren Weg, huschten durch den Wagen, als sie vorbeifuhr. Hier hatte Lizzie Borden vor einem Jahrhundert ihre Eltern umgebracht, und Kate spürte noch heute den eisigen Atem der Bluttat in der Luft. Mörder, die es zu trauriger Berühmtheit brachten, während die Opfer in Vergessenheit gerieten. Alle waren von Lizzie fasziniert, aber wer kannte die Vornamen ihrer Eltern?

Das traf auch auf Greg Merrill zu, dachte Kate. Wer waren seine Opfer? Anne-Marie Hicks, Jaqueline Keine-Ahnung-wie-noch, Beth oder Betsy … Sieben junge Mädchen oder Frauen insgesamt, und sie konnte sich nur an drei erinnern. Spielte ihr die eigene Psyche einen Streich; hatte sie seine bekannten Opfer aus ihrem Gedächtnis verdrängt, um sich nicht vorstellen zu müssen, Willas Name könnte auch auf der Liste stehen?

Sie hatte Artikel über Merrill gelesen, sein Gesicht in den Fernsehnachrichten gesehen, nachts von ihm geträumt. Ihre Gedanken und ihre Fantasie kreisten nur noch um ihn. Warum war er derart auf Wellenbrecher fixiert gewesen? Hatte seine Opfer in eine Steinkonstruktion gezwängt, die dazu diente, den Kräften der Natur entgegenzuwirken, die Gezeiten an der Zerstörung von Strand und Besitz zu hindern – an der Zerstörung von Leben?

Greg Merrill. Sie sprach den Namen laut aus: erst hart, dann flüssig. Greg: hart. Merrill: fließendes Wasser. Wie Stein und Wasser, Stein, der die Wellen bricht – Wellenbrecher.

Lizzie Borden. Ein Kindername. Ein klangvoller, ansprechender Name für eine junge Frau, die ihre Eltern mit einer Axt aus der eigenen Garage zerstückelt hatte.

Was für Menschen waren das, und wie hatte es zu den Verbrechen kommen können, die ihnen zur Last gelegt wurden? Ein Hauch von Lizzie Bordens Kaltblütigkeit breitete sich im Wagen aus, folgte ihr durch die Straßen von Fall River, wo überall Zeichen des Schabernacks zu sehen waren, der an Halloween Tradition war: zerschmetterte Kürbisse, mit Toilettenpapier umwickelte Bäume, geparkte Autos mit Rasierschaum verschmiert.

Kate fädelte sich auf die Route 195 nach Osten ein. Im Radio erklang leise Jazzmusik; jede halbe Stunde wurde sie durch Nachrichten unterbrochen, brandaktuell und aus der Region, gesprochen von einem Moderator mit einer beruhigenden, einschmeichelnden Stimme, die herunterging wie Öl. Dieser Streckenabschnitt der Schnellstraße war unbeleuchtet, verlief durch das dunkle, flache Hinterland; das schwarze Wasser der Marschen im Landesinneren floss rechter Hand zum Meer.

In New Bedford tauchten die Lichter der Stadt den Himmel in einen gespenstischen orangefarbenen Schein. Am Straßenrand sah Kate riesige Reklametafeln, die für Flüge und Fähren nach Martha's Vineyard und Nantucket warben. Ein mächtiger schwarzer Wal auf einem dieser Schilder legte den Passanten dringend nahe, das Whaling Museum zu besuchen.

Sie starrte es an und fühlte, wie sich Aufregung in ihr ausbreitete.

Das Walfangmuseum – ein Fingerzeig?

War Willa hier gewesen, um sich das Museum anzuschauen? Schon als Kind war sie von den Meeressäugern fasziniert gewesen. Ihr Bruder hatte sie zweimal im Jahr – im Frühjahr und im Herbst – in seinem Boot mit aufs Meer hinausgenommen, um die atemberaubende Wanderung der Wale in nördliche und südliche Richtung entlang der Atlantikküste aus der Nähe zu beobachten.

Kate erinnerte sich, wie sie ihre kleine Schwester auf den Schoß genommen und Matt den Motor gedrosselt hatte, respektvoll Abstand haltend …

»Was IST das?«, hatte Willa gefragt und Kates Hals umklammert, mit einer Stimme, die ehrfürchtiges Staunen und blankes Entzücken verriet.

»Eine Buckelwalmutter und ihr Junges«, hatte Kate geantwortet.

»Siehst du die weißen Flossen?«, hatte Matt eingeworfen, die allgegenwärtige Zigarette im Mundwinkel, die Kappe als Schutz gegen die Sonne tief in die Stirn gezogen. »Daran erkennt man einen Buckelwal.«
»Buckel-wal«, hatte Willa nachgeplappert.
»Schlaues Mädchen!«, hatte Kate gesagt, und Matt hatte ihr stolz zugeblinzelt.
»Und, was macht sie da?«, hatte Matt gefragt, als die Mutter einen weiten Kreis schwamm und Blasen an die Wasseroberfläche stiegen.
»Essen!«, hatte Willa gelacht.
»Genau, kleine Zuckerschnecke«, hatte Matt gesagt. »Ihr Atem wirkt wie eine einzige heftige Explosion, mit der sie ihre Beute an die Oberfläche bringt. Sie muss die kleinen Fische nur noch mit weit geöffnetem Maul einsammeln.«
»Sie muss Hunger haben.«
Matt hatte gegrinst. »Das kann man wohl sagen. Einen Bärenhunger.«
»Du bist ein kluges Mädchen«, hatte Kate gesagt und Willas goldbraune, von der Sonne ausgebleichte Haare zerzaust. »Du wirst eines Tages eine gute Meeresforscherin abgeben.«
»Hör nicht auf sie, Zuckerschnecke«, hatte Matt gelacht und eine neue Zigarette am Stummel der alten angezündet, den er ins Meer schnippte. »Geh lieber mit mir auf Austernfang. Wir gründen eine Firma, Harris und Harris, und reißen uns sämtliche Austern von Chincoteague bis Ocean City unter den Nagel, bis wir die Königsperle finden.«
»Königinperle«, hatte Kate ihn berichtigt. »Wenn du sie schon ins Austerngeschäft locken musst, solltest du wenigstens aufgeschlossen sein und deinen Sexismus ablegen.«
»Reg dich ab, Katy-Schatz.«
»Du weißt, dass du dir den Fang fürs ganze nächste Jahr verderben kannst, wenn du Zigarettenkippen ins Meer wirfst?«
»Tatsächlich? Wie kommst du denn darauf?«

»Angenommen, eine Goldmakrele frisst sie, in der Annahme, es sei eine schmackhafte Elritze. Der Filter verstopft den Verdauungstrakt – der Fisch verendet. Ein Glied in der Nahrungskette, dessen Fehlen sich bemerkbar macht. Die Goldmakrele lebt nicht mehr, um Heringsfische zu verspeisen, die wiederum Aale fressen, von denen durchgekaute Brocken auf den Meeresgrund fallen, als Nahrung für deine kostbaren Austern …«

»Ich weiß, ich bin ein Umweltverschmutzer. Was willst du tun – mich vor den Kadi bringen?«

»Keine schlechte Idee.«

»Du bist im Kreis von Wassermännern aufgewachsen«, hatte Matt gesagt. »Du weißt mehr über das Meer als deine neunmalklugen Professoren, die dir Biologie und Chemie und weiß der Teufel was sonst noch während deines Studiums beibringen, für das du dich verschuldest. Dabei könntest du *ihnen* etwas beibringen, Katy.«

»Schon, aber das verschafft mir keinen Arbeitsplatz.«

Halb grollend, halb lächelnd, hatte Matt an seiner Zigarette gezogen und den Kopf geschüttelt.

»Da, noch mehr Wale!«, hatte Willa gerufen, ihre Geschwister ignorierend, während sie ihren Blick eifrig über die Wellen schweifen ließ.

In einem Alter, in dem die meisten Kinder das ABC lernten, verblüffte Willa Harris ihren Bruder, den Austernfischer, und ihre Schwester, die angehende Wissenschaftlerin, mit ihren Walkenntnissen. Matt hatte das Revier umkreist, und die drei Geschwister hatten beobachtet, wie die Wale vierzig Minuten lang aus dem Wasser sprangen und fraßen, bis sie ein paar hohe Töne ausstießen und davonschwammen.

Als Kate an der Reklametafel des Museums vorüberfuhr, blieb die riesige, ausgeschnittene Wal-Silhouette im Rückspiegel sichtbar. Kate betrachtete sie einen Moment sinnend – fragte sich, ob Willa die Ausstellung während ihres Aufenthalts im

Norden besucht hatte –, dann bog sie in die Ausfahrt nach Fairhaven ein.
Sie ließ die Fensterscheiben einen Spaltbreit herunter. Die Luft schmeckte nach Meer. Bonnie stellte sich auf die Hinterbeine, die Nase an der Öffnung. New Bedford war eine geschäftige Hafenstadt, und gespenstisch aufragende Masten säumten die Linie des Horizonts. Überall lagen Fischerkähne, Segelboote und Passagierschiffe im Trockendock. Es versetzte Kate einen Stich, als sie daran dachte, dass es Matt hier gefallen würde. Die Erinnerungen an ihn waren schmerzlich; mit Willas Verschwinden schien etwas in ihrem Bruder gestorben zu sein.
Schon immer ein Einzelgänger, hatte sich Matt zu einem wahren Einsiedler entwickelt. Das Meer war sein einziger Freund. Man munkelte, dass er Selbstgespräche führte, wenn er mit seinem Boot unterwegs war. Er wurde oft im Walrevier gesehen – das die Buckelwale immer noch zweimal im Jahr auf ihrer Wanderung durchquerten –, wo er eine Zigarette nach der anderen qualmte und die vorüberziehenden Wale beobachtete.
Matt lebte in einer winzigen, heruntergekommenen Fischerhütte, umgeben von Bergen aufgebrochener weißer Austernschalen. Kate hatte für sich die Erklärung zurechtgelegt, dass er immer noch nach der Königinperle suchte, in dem Glauben, dass seine Schwester nach Hause zurückkehren würde, sobald er sie fand. Bärtig und ausgemergelt, wurde Matt von den Kindern und Jugendlichen in Chincoteague der »Eremit« genannt.
Kate zitterte, verdrängte seufzend das Bild. Eins nach dem anderen, dachte sie; ich kann mich nicht mit beiden Geschwistern gleichzeitig befassen. Und heute Abend ging es ausschließlich um Willa …
Durch eine schmale Brücke mit New Bedford verbunden, war Fairhaven ein kleinerer Ort, der anheimelnder wirkte, aber die

Luft war genauso salzig. Kate griff neben sich in die Handtasche und holte das Blatt Papier heraus, das sie von Detective Abraham O'Neill erhalten hatte.

Darauf waren der Name und die Adresse der Texaco-Tankstelle vermerkt, an der Willas Kreditkarte benutzt worden war. Nachdem sie einen raschen Blick auf die Adresse geworfen hatte, öffnete Kate mit einem Schütteln die Straßenkarte, die sie im Internet gefunden und ausgedruckt hatte, und suchte die Spouter Street 412.

0,6 Meilen geradeaus, dann links abbiegen, 1,1 Meilen geradeaus, an der Ampel rechts.

Kate folgte der Wegbeschreibung durch den Bootshafen, an einem Bürokomplex vorbei und in ein Wohnviertel mit Drei-Familien-Häusern hinein. An der Kreuzung hielt sie vor der roten Ampel und sah nach rechts: eine kleine Einkaufsmeile mit dem Texaco-Zeichen am Straßenrand.

Auf die Bedürfnisse der Anwohner ausgerichtet, wirkten die Geschäfte irgendwie … bescheiden, dachte Kate.

Ein Waschsalon, eine Wertstoff-Sammelstelle und eine Tankstelle mit sieben Zapfsäulen und einem integrierten Laden, in dem es allerlei Waren für den täglichen Gebrauch zu kaufen gab. *Willa war hier,* dachte Kate, wobei ihr ein Schauer über den Rücken lief. *Das ist keine graue Theorie, sondern dafür gibt es Beweise.* Ihre Kreditkarte war zum Tanken benutzt worden – für zehn Dollar und fünfzig Cents. Kate hielt das Blatt Papier in ihrer zitternden Hand.

Sie parkte den Wagen vor dem Laden, erklärte Bonnie, dass sie gleich wieder da sein würde, ließ das Radio an und ging unter der hell erleuchteten Überdachung zu den Zapfsäulen. Auf einem Schild stand, dass man Kreditkarten in den entsprechenden Schlitz an der Zapfsäule einführen, die Treibstoffart und den Oktangehalt wählen und die Transaktion ohne Unterschrift abschließen könne.

Kates Herz sank. Obwohl sie das Verfahren kannte, hatte sie

sich gewünscht, es wäre anders und der Benutzer – sei es Willa selbst oder jemand anders gewesen – hätte die Kreditkarte nicht ohne Unterschrift verwenden können.

Sie betrat den Laden. Ein Mann saß hinter dem Tresen, las in einer Zeitschrift.

»Entschuldigung«, sagte sie.

»Ja bitte?« Er sah hoch.

»Sind Sie der Pächter oder Besitzer?«

Der Mann lachte. »Nein«, erwiderte er, als sei das ein Scherz.

»Arbeiten Sie schon lange hier?«

Er lächelte. »Drei Jahre.« Kates Haut begann zu prickeln.

»Kennen Sie …« Ihre Kehle war wie zugeschnürt, als sie das Foto aus ihrer Handtasche zog. »Kennen Sie diese Frau?«

Der Mann musterte Willas Bild.

Er hob es vor sein Gesicht, um besser zu sehen. Kate betrachtete seine Hände. Sie waren sauber, wirkten weich und gepflegt. Leute, die an Tankstellen arbeiteten, mussten schon lange nicht mehr Benzin zapfen oder Autoreparaturen durchführen. Aber was wäre, wenn sie diesem Mann in die Hände gefallen wäre? Wenn sie getankt und ihn hier angetroffen hätte, alleine, mit seiner Zeitschrift? Wenn er etwas von ihr gewollt hätte, was sie nicht bereit war zu geben?

Und wenn er sie in ein dunkles Versteck geschleift und so sehr verletzt hatte, dass an eine Rückkehr zu Kate und Matt nicht mehr zu denken war?

Der Mann sah hoch, einen freundlichen Ausdruck in den dunklen Augen.

»Nein, ich hatte an dem Abend keinen Dienst, als sie hier war. Ich kenne das Foto natürlich. Die Polizei hat uns befragt. Niemand hat sie gesehen; sie – oder jemand anders – hat einfach ihre Karte eingeworfen. Sind Sie … Ihre Schwester?«

»Woher wissen Sie das?«, fragte Kate, Tränen in den Augen.

»Sie sehen sich ähnlich.« Er warf abermals einen Blick auf das Foto.

»Ist Ihnen irgendetwas aufgefallen? Etwas, das mir weiterhelfen könnte?«
Der Mann schüttelte den Kopf. Beim Anblick der Tränen, die ihr nun ungehindert über die Wangen liefen – wieder eine Sackgasse, wieder eine Enttäuschung –, reichte er ihr eine kleine Serviette von dem Stapel neben der Kaffeekanne.
Kate wusste es intuitiv. Er war es nicht.
»Es tut mir Leid, nein. Die Polizei hat natürlich die Aufzeichnungen der Überwachungskamera überprüft. Keine Ahnung, ob sie etwas darauf entdeckt hat. Uns hat man jedenfalls nichts gesagt. Tut mir Leid.«
»Schon gut.« Kate nahm ihm Willas Foto aus der Hand, nickte ihm zu und verließ den Laden. Ein dumpfes Zittern lief durch ihren Brustkorb – die aufgestauten Gefühle waren wie ein Erdbeben, das ihren Körper ergriff. Jedes Organ wurde durchgeschüttelt. Die Knochen vibrierten, das Gewebe, das sie miteinander verband, war zum Zerreißen gespannt, mehr noch als die Saiten einer Gitarre. Ihre Haut schmerzte bei der kleinsten Berührung.
Kate rannte zu ihrem Wagen, spürte, wie ein Schrei in ihrem Innern aufstieg.
Er war wie ein Wirbelsturm; er würde die Welt in ihren Grundfesten erschüttern.
Sie ließ den Motor an. Bonnie war keine Hilfe, obwohl sie sich bemühte. Sie leckte Kates Hand, winselte, um ihre Aufmerksamkeit auf sich zu lenken. Kate bemerkte oder hörte den Hund kaum. Willas Kreditkarte war hier benutzt worden, an ebendieser Tankstelle; das konnte gestern, heute, gerade erst geschehen sein, das Gefühl der Unmittelbarkeit hämmerte auf ihre Gedanken ein. Ihre Finger schmerzten, sehnten sich danach, die Hand ihrer Schwester zu ergreifen, ihr Gesicht zu streicheln.
Der Drang, laut zu schreien, nahm überhand; ihr Herz wurde davon zermalmt. Bonnie stupste sie mit der Schnauze an,

beunruhigt durch Kates Gemütsverfassung. Kate hätte ihren Kopf am liebsten auf das Lenkrad gelegt und geweint. Statt die Fahrt fortzusetzen, ignorierte sie Bonnies Winseln und fuhr auf den dunklen, menschenleeren Parkplatz hinter der Einkaufsmeile.

Die Beleuchtung war hier sehr schwach.

Nur wenige Autos waren an den Hintereingängen der Geschäfte und Firmen abgestellt. Ein Metallzaun grenzte das Gelände ein, trennte den asphaltierten Parkplatz von den Gärten, die zu den Häusern der benachbarten Straße gehörten.

Die Häuser wirkten klein und adrett, waren hell erleuchtet. In dem Lichtschein, der durch die Fenster fiel, entdeckte Kate die Silhouette eines Kombiwagens, der neben dem Metallzaun parkte. Sie machte den Schatten eines Mannes aus, der an den Abfallcontainern stand – vielleicht etwas wegwarf. Aus dem Autoradio erklang leise Musik, dann knisterte es, und ein klagendes Saxofonsolo folgte.

Tränen schnürten Kates Kehle zusammen, sie konnte kaum schlucken. Das schreckliche Gefühl der Ungewissheit darüber, was Willa widerfahren war – das sich während der gesamten Reise, während der Nachforschungen in Silver Bay, Newport und jetzt in Fairhaven aufgestaut hatte –, brach sich nun wie eine übermächtige Welle seine Bahn.

Kate schluchzte so laut auf, dass Bonnie auf den Rücksitz sprang. Sie weinte um Willa, die auf ihrem Schoß saß und Wale beobachtete, um Willa, die an ihrer Staffelei saß und malte, um Willa und Matt, die den Weihnachtsbaum mit Seeigelgehäusen schmückten, um Matt, der immer noch nach der Königinperle suchte, um Matt den Eremiten, um Willa, die mit Andrew ins Bett gegangen war, um Willa, von der jede Spur fehlte …

Kate weinte, und dann schluchzte sie abermals laut auf. Aus dem Radio ertönte immer noch Musik, aber das Saxofon war von Klavier und Kontrabass abgelöst worden.

Kate weinte bittere Tränen; ihr Herz hämmerte ebenfalls wie ein Kontrabass. Das Schluchzen verlieh ihr das Gefühl, nicht allein zu sein. Plötzlich bemerkte sie, dass sie Gesellschaft bekommen hatte; erschrocken vernahm sie ein Kratzen an ihrer Fensterscheibe. Kate stockte der Atem, aber Bonnie bellte auf eine Art, die anzeigte, dass sie jemanden wiedererkannte.
Brainer stand vor der Autotür, scharrte mit den Vorderpfoten an der Fensterscheibe. Hinter ihm kam John O'Rourke mit weit ausholenden Schritten über den Parkplatz.
Kate war zu aufgewühlt, zu verwirrt, um sich zu fragen, was er hier tat. Möglich, dass seine Beweggründe fragwürdig, nachteilig für sie oder hinterhältig waren, aber das konnte sie nicht recht glauen. Ihr Herz – oder der Teil des Gehirns, der ihren ungehemmten Gefühlsausbruch steuerte – sagte ihr das Gegenteil. Sie riss die Autotür auf und ließ Brainer hineinspringen, um Bonnie zu begrüßen, während sie hinaustaumelte und sich blind in Johns Arme stürzte, um sich an seiner Brust auszuweinen.

12

Was um alles in der Welt hatte er auf einem Parkplatz in Fairhaven zu suchen, und warum hielt er inmitten von Nebelschwaden und nordatlantischen Windböen ausgerechnet diese Frau in den Armen, mit klopfendem Herzen, als hätte er gerade an einem Marathonlauf teilgenommen? John war verwirrt.

Ihr Haar duftete nach Zitronen. Ihr Atem war warm, ging in Stößen, drang durch die Schulterpartie seiner Wolljacke. Sie schluchzte und zitterte am ganzen Körper, überwältigt vom Aufruhr der Gefühle. John, daran gewöhnt, Maggie in den Arm zu nehmen, wenn sie weinte, stand regungslos da, ungeachtet seiner eigenen heftigen Empfindungen, bis Kate ihre Fassung wiedergewonnen hatte.

»Alles in Ordnung?«, fragte er.

»Wassumteufelmahensiedennier?«, murmelte sie, ihre Stimme gedämpft durch die Tränen und seine Jacke.

»Noch mal das Ganze, damit ich etwas verstehe.«

Sie rückte von ihm ab und sah ihn mit großen, beunruhigten Augen an. »Was zum Teufel machen Sie denn hier?«, wiederholte sie.

»Seltsam, dass Sie mich das fragen.«

»Warum?«

»Weil ich Ihnen gerade die gleiche Frage stellen wollte. Wie wäre es, wenn Sie mich in Ihren Wagen einladen, damit wir aus der Kälte herauskommen?«, schlug er vor, zum einen, um Zeit zu gewinnen, bevor er antwortete, und zum anderen, weil es ihn wunderte – und erschreckte –, wie glücklich er war, sie auf diesem gottverlassenen Parkplatz zu treffen, weit entfernt von ihrer beider Zuhause.

Beim Einsteigen musterte John sie mit dem gleichen Röntgenblick wie einen Mandanten, dem man ein unsägliches Verbrechen zur Last legte. Konnte er ihrer Erklärung Glauben schenken? Würde sie mit der ganzen Wahrheit herausrücken oder zu einer Halbwahrheit greifen? Oder ihm Lügenmärchen auftischen? Würde sie einige der hässlichen, unangenehmen Fakten in Zusammenhang mit dem Fall ihrer Schwester verbrämen?

Er schluckte, wandte den Blick ab. An Vertrauen mangelte es ihm schon seit geraumer Zeit. Dennoch, sie war so schön und verletzlich. Während er sie in den Armen hielt, hatte er sich gewünscht, der Augenblick möge nie enden, und er könnte sie vor dem bewahren, was sie am meisten fürchtete. Er war nach Fairhaven gekommen, um ihr zu helfen, und nun hatte der Zufall sie hier zusammengeführt. Als er verstohlen zu ihr hinüberspähte, sah er, wie sie sich die Augen trocknete. Er dachte an Theresa, an Willa. Sein Herz hämmerte, und er wünschte sich tief in seinem Innern, dass Kate Harris der Mensch war, der sie zu sein schien.

»Was starren Sie so?«, flüsterte sie und wischte sich die Tränen weg.

»Es ist nur … ach, nichts«, stotterte John verlegen, weil er sich bei dem Versuch ertappte, ihr zu vertrauen.

»Wie kommen Sie überhaupt hierher?«

»Sie zuerst. Bei unserer letzten Begegnung wollten Sie doch auf schnellstem Weg nach Hause zurück.«

»Woher wissen Sie das?«
»Von Maggie. Sie lässt Ihnen übrigens ihren Dank für den Schal und die Brille ausrichten. Dass Sie abreisen, war aus dem kurzen Brief ersichtlich, den Sie für Maggie hinterlassen haben, mit der Bitte, mich, Teddy und den Köter zu grüßen.«
»Hast du das gehört, Brainer?« Kate blickte auf den Rücksitz. »Jetzt weißt du, wie viel Achtung dir dein Herrchen entgegenbringt ... und ich soll über jeden meiner Schritte Rechenschaft ablegen?« Sie wandte sich John zu und zwinkerte; ihre Augen waren klar in dem trüben Licht, das auf dem Parkplatz herrschte. »Ich habe nie behauptet, dass ich auf dem schnellsten Weg nach Hause fahren würde. Ich sagte, ich würde abreisen.«
»Ich bin davon ausgegangen, dass Sie nach Washington zurückkehren.«
»Eindeutig ein Trugschluss.«
»Mein Fehler. Also – warum sind Sie hier?«
Sie antwortete nicht; er sah den Pulsschlag an ihrem Hals, das Zucken der perlweißen Haut, als sei sie gerade einen Hügel hinaufgerannt.
»Warum haben Sie geschrien? Ich dachte schon, jemand würde Ihnen etwas antun.«
»So ist es ja auch. Der Mann, der mir meine Schwester genommen hat«, flüsterte sie.
Johns Magen verkrampfte sich. Er schloss die Augen. Bisher hatte sein Abstecher nach Fairhaven nicht den geringsten Beweis erbracht. Vielleicht war die ganze Geschichte ein Produkt der Fantasie. Merrill hatte ihn an der Nase herumgeführt, ihm einen Hinweis gegeben, den er sich aus den Fingern gesogen hatte.
Ein Haus, ein Fenster im Erdgeschoss, ein junges Mädchen, das sich auszog.
Jetzt war Schlafenszeit. John hatte noch nie den Voyeur gespielt, auch nicht, wenn es einem Mandanten diente, aber

alles, was er heute Abend durch die Fenster dieser Häuser ausgemacht hatte, waren ein alte Frau, die den Rosenkranz betete, ein Mann, der sich die Zähne putzte, und eine Familie, die vor dem Fernseher saß.

»Warum sind Sie hier, Kate?«

»Aus dem gleichen Grund wie Sie, vermutlich.«

»Ich glaube nicht …«, sagte er, unwillig, auch nur ein Wort von dem preiszugeben, was Merrill ihm erzählt hatte.

»Ich schon«, erwiderte sie leise und traurig.

John sah aus dem Fenster des Wagens. Sein Blick fiel auf das Haus unmittelbar gegenüber dem Parkplatz. Die Rückseite des Hauses, genauer gesagt, die Vorderseite lag an der Straße, einen Block entfernt.

Dort war der Zaun, über den Merrill gestiegen war, wie er zugegeben hatte; die Fenster im Erdgeschoss waren dunkel, doch plötzlich ging hinter einem das Licht an, der Blick in das Innere des Raumes wurde durch die weißen Vorhänge verwehrt. Als würde er befürchten, Kate Harris könnte seinem Blick folgen und seine Gedanken lesen, schaute er nun bewusst über den Parkplatz zu den anderen Häusern hinüber.

»Sie wissen, dass ich Recht habe«, sagte sie. »Sie sind der Sache auf den Grund gegangen, als ich Fairhaven erwähnte … Merrill war hier, stimmt's?«

»Bitte keine Diskussion über meinen Mandanten.«

»Er war *hier* – auf diesem Parkplatz. Sonst wären Sie nicht gekommen! War das am selben Abend wie meine Schwester? Bitte, Sie müssen es mir sagen!«

Johns Augen wanderten zum Fenster zurück. Es war das richtige Haus – es musste das richtige sein. Sein Herz begann zu hämmern. Jemand hatte gerade den Raum im Erdgeschoss betreten, das Licht eingeschaltet.

Eine Gestalt ging im Zimmer umher. Näherte sich dem Fenster, entfernte sich … unmöglich, Alter oder Geschlechtszugehörigkeit zu erkennen.

Dann ging eine weitere Lampe an – heller, weiter hinten im Raum.
Der Schatten eines jungen Mädchens tauchte im Licht auf. Das Blut rauschte in Johns Ohren. Er sah die Umrisse von Hüften und Brüsten – sah nackte Haut durch den Spalt des Vorhangs aufblitzen, ein Nachthemd, das über den Kopf gezogen wurde.
Wie alt mochte sie sein? Vierzehn?
Vor sechs Monaten ... war sie dreizehn, höchstens vierzehn Jahre alt gewesen. Mit Sicherheit hatte ihr Anblick ihn aus dem Wagen gelockt, ihn bewogen, den mit Glasscherben übersäten, asphaltierten Parkplatz zu überqueren, den mit Spitzen bewehrten Zaun zu erklimmen. Ihre Nähe hatte die verhängnisvolle chemische Reaktion in seinem Gehirn erzeugt – diese abartige Mischung aus Hormonen und Nervenkitzel –, die das weitere Geschehen ausgelöst und ihn wie einen Roboter in Gang gesetzt hatte.
»John? Bitte seien Sie fair! Ich bin Willas Schwester. Wenn Sie etwas wissen ...« Kates Stimme klang flehentlich.
Wortlos stieg John aus dem Wagen. Er hörte die Hunde hinter sich bellen, aber er beschleunigte seinen Schritt. Glassplitter knirschten unter seinen Füßen. Dieser Teil des Parkplatzes war vermutlich bei Jugendlichen beliebt, die sich hier trafen, um heimlich Alkohol zu trinken, die Zeit totzuschlagen und Sex im Auto zu haben – keine Straßenbeleuchtung, keine Eltern, die sie mit Argusaugen überwachten.
Das Mädchen hielt sich in ihrem Zimmer auf. Hatte ihr niemand gesagt oder ihren Vater gewarnt, dass jeder Perverse sie mühelos beobachten konnte, wie auf dem Silbertablett serviert? John überlegte, wie es wäre, wenn ein Fremder Maggie beim Anziehen zusah, und schwor sich, Jalousien und blickdichte Vorhänge für ihr Schlafzimmerfenster zu kaufen. Es gab einiges, wogegen er die Menschen schützen musste, die er liebte. Als Eingeweihter hatte er Einblick in den Abgrund der

menschlichen Seele, und im Augenblick zerriss es ihn fast bei dem Gedanken daran.

Er hörte, wie jemand hinter ihm herlief, aber er setzte seinen Weg unbeirrt fort.

»Wer ist sie?« Kates Stimme klang atemlos, als sie ihn einholte.

»Niemand.« John hatte mit einem Mal ein flaues Gefühl im Magen.

»Warum beobachten Sie das Mädchen?«

»Ich bin nicht der Einzige.« Die Worte waren ihm ohne sein Zutun entschlüpft, ohne ihre Reaktion zu bedenken. Während er nach links und rechts spähte, um abzuschätzen, in welchem Haus sie wohnte, war ihm bewusst geworden, dass er sie ausfindig machen und ihrem Vater eine dringliche Mitteilung machen musste, damit er seine Tochter besser schützte.

»Was soll das heißen?«

»Nichts.«

»Merrill hat sie beobachtet, richtig?« Kate hatte die Stimme erhoben, klang angespannt. »Deshalb sind Sie hier – es muss mit ihm zu tun haben …«

»Kate, lassen wir das Thema.« John hatte nicht damit gerechnet, dass sie hier sein könnte. Er musste Nachforschungen anstellen, musste sich um seiner selbst willen Gewissheit verschaffen, entscheiden, welche Schritte er unternehmen sollte. Das Letzte, was er gebrauchen konnte, war die Schwester eines weiteren möglichen Opfers, die Zeugin wurde, wie er Indizien für die Schuld seines Mandanten sammelte.

»John – er ist zum Tode verurteilt«, sagte Kate und zerrte an seinem Arm. »Was könnte ihm denn noch Schlimmeres passieren?«

»Darum geht es nicht!«

»Wollen Sie wissen, wie das für meinen Bruder und mich ist?« Sie zog ihn immer noch am Arm. »Mein Bruder will mich nicht sehen, redet nicht mit mir – er denkt, es sei meine Schuld. Er meint, da sie verschwunden ist, könnte ich mich auch gleich zum Teufel scheren. Warum sich überhaupt auf Menschen einlassen, wenn solche Dinge geschehen? Warum sie ein Leben lang lieben, wenn sie eines Tages wie vom Erdboden verschluckt sind? Deshalb glaubt er, es sei besser, sich innerlich abzuschotten … keine Gefühle mehr zu investieren.«

John stand reglos da, der schneidende Wind hatte seine Wangen und sein Kinn taub gemacht. Er dachte an Theresa. Er erinnerte sich, wie ihm erstmals der Verdacht gekommen war, sie könnte untreu sein. Wie er sich gegen die Wahrheit gesträubt und sich einzureden versucht hatte, er bilde sich das alles nur ein. Und wie er sich, als das nicht mehr möglich war – als er mit eigenen Ohren gehört hatte, wie sie am Telefon mit jemandem geflüstert, als er bei der Überprüfung ihrer Handyrechnungen die Anrufe bei Barkley entdeckt und die Zettel gefunden hatte –, ebenfalls innerlich abgeschottet hatte.

Danach hatte er darauf geachtet, keine Gefühle mehr zu investieren. Was konnte sie ihm dann noch anhaben? Nichts – nichts, was zählte, wenn John nichts mehr für sie empfand. Er hatte seine Kinder, seine Arbeit: Sollte Theresa doch sehen, wie sie mit sich selbst zurechtkam, nachdem sie ihre Ehe zerstört hatte. Das ging auf ihr Konto, nicht auf seines. Er wollte keine Scheidung: Er wollte die Angelegenheit in aller Ruhe mit ihr bereinigen. Irgendwann würde sie schon wieder zur Vernunft kommen. Doch bis dahin hatte sich John innerlich abgeschottet.

Und dann hatte Theresas Tod ihn mit eisiger Klarheit in die Wirklichkeit zurückgeholt. Zeit, um die Angelegenheit in Ruhe zu bereinigen? Was für ein Witz. Der Tod hatte all das mit einem Schlag zunichte gemacht. Die Scheidungsfrage war hinfällig geworden; John blieb es erspart, mit dieser Wirklichkeit fertig zu werden. Und deshalb hatte er sich noch mehr abgeschottet. Keine Gefühle mehr investieren? Vielleicht konnte er ein wenig nachempfinden, wie es Kates Bruder zumute sein musste.

»Das tut mir Leid«, sagte er ruhig.
»Tun Sie es nicht nur für mich, sondern auch für meinen Bruder!«, bat sie inständig.
»Hören Sie nicht auf, Gefühle zu investieren«, sagte er unvermittelt und drehte sich wieder zu ihr um. »Wie Ihr Bruder.«
»Zu spät«, flüsterte sie.
»Nein. Ich habe das Päckchen gesehen, das Sie für Maggie dagelassen haben. Das war die schönste Überraschung des Tages … ach, was rede ich, des ganzen Jahres.«
»Wirklich?«
»Ja. Ihre Mutter hatte sich früher um solche Dinge gekümmert, und das vermisst sie.«
»Theresa.«
»Ja.« John zuckte zusammen, als sie den Namen nannte. Wusste sie Bescheid? War der Klatsch der Bewohner von Silver Bay bis zu ihr vorgedrungen?
»Es tut mit Leid, dass Maggie und Teddy ihre Mutter verloren haben. Und Sie Ihre Frau.«
»Ich hatte sie schon verloren, bevor sie starb«, flüsterte er. Er konnte es selbst kaum fassen, dass die Worte über seine Lippen gekommen waren, beinahe wie von selbst. Er beugte sich zu ihr. Mit einem Mal verspürte er das Bedürfnis, ihr alles zu erzählen – sie sollte die ganze Wahrheit erfahren. Sie würde ihn verstehen. Sie würde sich ein Bild machen, würde nachempfinden können, wie es war, einen Menschen zu lieben, der diese Liebe verschmähte … Die Gefühle lasteten schwer auf ihm, und er wünschte sich nur noch eines – sie herauszulassen.
»Wirklich?«
»Wir hatten uns auseinander gelebt … auch wenn wir noch unter einem Dach wohnten. Ihr Herz war nicht mehr dabei …«
»Das tut mir Leid«, flüsterte Kate. Sie verstummte. Sie wandte sich ab, als wären Johns Augen ein Spiegel, in dem sie sich selbst sah, ein Anblick, den sie nicht ertrug.
John hob den Blick, erinnerte sich mit einem Mal wieder an das

Mädchen im Raum. In wenigen Jahren würde Maggie im gleichen Alter sein.
»Er hat sie beobachtet, oder?« Kate sah nun zu ihm herüber. Stellte sie sich Willa als blutjunges Mädchen vor? Und Wildfremde, die auf einem Hinterhof-Parkplatz standen und sie beim Auskleiden beobachteten?
»Lassen Sie mich das machen, ja?« Sein Ton war sanft. Er hatte begonnen, ihr seine Seele zu offenbaren; sie sollte wissen, dass sie ihm vertrauen konnte, dass er jede Spur verfolgen und sein Bestes tun würde, um das Verschwinden ihrer Schwester aufzuklären. »Ich werde es Ihnen sagen, wenn ich kann.«
»Ich muss es wissen!« Ihre Stimme wurde lauter, abgehackt.
»Sie werden es als Erste erfahren – das verspreche ich«, sagte John und ergriff ihr Handgelenk.
Kates Blick war wild, wie besessen. Sie starrte das Mädchen an. »Wir können sie nicht einfach gewähren lassen«, sagte sie. »Sie muss wissen, dass die Leute von draußen hereinschauen können.«
»Sie haben Recht.«
Plötzlich lief Kate zum Zaun. Wie ein Kettenhund rannte sie an ihm entlang, hin und her, bis sie eine Öffnung im Maschendraht entdeckte. John sah, wie sie durch einen benachbarten Garten rannte. Sie glitt auf einer Betonplatte aus – ihre Lederschuhe rutschten weg, die Sohlen scharrten über die raue Oberfläche. Sie stürzte zu Boden, fing sich mit einer Hand ab und lief weiter.
John blieb keine andere Wahl, als sich an ihre Fersen zu heften. Sie lief an der Seite des Hauses entlang, vorbei an einem umgedrehten Boot – das, was Merrill erwähnte, das jetzt an einer anderen Stelle lag? – und durch einen Garten, der mit verwelkten Tomatenpflanzen und Weinstöcken überwuchert war. Er folgte ihr an einer leeren Vogeltränke vorbei bis zur Vordertreppe, hörte, wie sie gegen die Tür hämmerte – so laut, dass ein Hund am anderen Ende der Straße zu bellen begann.

»Was gibt's?« Ein Mann kam zur Tür.

»Ihre Tochter!«, sagte Kate, außer Atem.

»Was ist mit ihr?«

»Man kann sie beim Ausziehen beobachten – durch das Fenster in ihrem Schlafzimmer.«

»Was soll der Scheiß?«

Der Mann war hoch gewachsen, dunkel, herrisch. Er hob den Arm – als wollte er Kate schlagen, wegen ihrer Worte oder wegen dem, was sie gesehen hatte. John preschte die Stufen hinauf, stellte sich zwischen ihn und Kate.

»Wagen Sie ja nicht, sie anzurühren!«, sagte John laut.

»Was soll der SCHEISS?«, wiederholte der Mann, dessen muskulöser, tätowierter Arm in der Luft verharrte.

»Das soll eine Warnung sein. Sie möchte Ihrer Tochter helfen.«

»Was zum Teufel wissen Sie über meine Tochter?«

John hörte Kates Atem an seinem Ohr. Die Augen des Mannes waren verhangen, drohend – als sei er gerade zu einem Kampf auf Leben und Tod herausgefordert worden. Zwei Frauen – seine Frau und seine Mutter? – standen hinter ihm, die ältere von Kopf bis Fuß in Schwarz gekleidet. Und das Mädchen – hübsch, nicht älter als vierzehn, Angst in den grünen Augen – spähte um die Ecke, der weiße Träger ihre Nachthemds enthüllte eine nackte Schulter.

»Nichts«, sagte John, den Blick des Mädchens erwidernd. Er wollte sie beruhigen, aber gleichzeitig warnen und schützen. »Wir wissen nicht das Geringste über sie. Ihre Fenster gehen auf den hinteren Parkplatz hinaus – das ist alles. Wir wollten Ihnen nur sagen, dass Sie vorsichtig sein sollten.«

»Belle, komm her!« Die Augen des Vaters hatten nichts von ihrer Streitlust eingebüßt. »Stimmt das? Dass du dich vor dem Fenster produzierst?«

»Nein!«, winselte sie und rannte durch den Flur davon.

»Lügt sie?«, fragte der Mann seine Frau, die ebenfalls verschwand und ihrer Tochter nachging.

»Bestrafen Sie sie nicht. Es ist nicht ihre Schuld«, sagte Kate beschwichtigend.
»Mischen Sie sich gefälligst nicht in Dinge, die nur meine Familie etwas angehen«, warnte der Mann. »Verdammtes neugieriges Weibsstück.«
John spürte einen metallischen Geschmack im Mund. Das Blut rauschte durch seine Adern ins Nervensystem; ihm war, als hätte er soeben das Revier eines Haustyrannen betreten, dem es nicht behagte, sich Frauen gegenüber zu rechtfertigen. Hoffentlich hatte Kate gerade dem Mädchen nicht das Leben zur Hölle gemacht. Und hoffentlich gelang es ihm, sich zusammenzureißen, um nicht als Erster zuzuschlagen und noch vor dem Widerling hinter Gittern zu landen.
»Hören Sie, Sir«, sagte John laut und deutlich, in seiner höflichsten Gerichtssaal-Stimme, das Gesicht eine Handbreit von dem des dunklen, verdrießlichen des Hausbesitzers entfernt. »Es ist mit Sicherheit nicht angenehm, wenn Wildfremde auf Ihrer Schwelle stehen und Ihnen eröffnen, dass sie Ihre Tochter durch einen Spalt in der Gardine gesehen haben. Der *geschlossenen* Gardine, wohlgemerkt. Das ist NICHT ihre Schuld.«
Der Mann zuckte zusammen, als hätte John ihn an der Gurgel gepackt.
»Aber ich dulde nicht, dass Sie meine Freundin ›Weibsstück‹ nennen. Hören Sie? Sie versucht nur, Ihrer Tochter zu helfen … Ihnen zu helfen. Die Welt ist schlecht. Es gibt Ungeheuer, die nicht einmal vor einem Engel Halt machen würden …«
»Meine Tochter ist ein Engel«, unterbrach ihn der Mann, dessen Kampfeslust nachzulassen schien. »Das kann ich Ihnen versichern.«
»Sehen Sie? Dann haben wir vielleicht doch geholfen.«
»Dieser verdammte Parkplatz.« Der Mann schüttelte den Kopf. »Jeden Samstagabend treiben sich diese Halbwüchsigen dort herum. Ich habe Angst, dass sie über den Zaun klettern, seit sie

vierzehn geworden ist. Vierzehn, dabei könnte sie glatt für dreißig durchgehen.«

Darüber hättest du dir Sorgen machen sollen, als sie acht war, dachte John. *Oder neun, elf, zwölf … es gibt keine magische Zahl.*

»Passen Sie gut auf Ihre Tochter auf.« Kates Stimme klang gepresst, und John wusste, dass sie an Willa dachte.

»Darauf können Sie Gift nehmen«, sagte der Mann.

Dann schlug er ihnen die Tür vor der Nase zu. Kate stand wie angewurzelt da, musterte ihre hohlen Handflächen. John trat einen Schritt vor, um besser zu sehen. Der rechte Handballen war aufgeschrammt, blutig und wund.

»Ein kleiner Kratzer, als ich ausgerutscht bin. Im Garten.«

»Sieht aus, als würde er wehtun.« John nahm behutsam ihr Handgelenk. Wenn es Maggies Hand gewesen wäre, hätte er sich hinuntergebeugt und einen Kuss darauf gehaucht. Er wünschte es sich, begnügte sich aber damit, die Stelle zu berühren.

Kate nickte stumm. Sie zog ihre Hand weg und trat einen Schritt beiseite, machte Anstalten, zu ihrem Wagen zurückzukehren. Doch da John sie nicht losließ, hatte sie keine andere Wahl, als stehen zu bleiben. Er hielt ihr Handgelenk, strich über die weiche Haut, dann nahm er ihre verletzte Hand in seine.

Auf den Treppenstufen einer wildfremden Familie stehend, sah John in Kate Harris' graugrüne Augen. Ihre Hand fühlte sich warm und zart an, und plötzlich wünschte er sich, sie würde sein Gesicht berühren. Sein Atem ging schwer.

»Ich bin Strafverteidiger.«

Kate nickte. »Ich weiß.«

John schwankte auf den Stufen, als hätte ein heftiger Sturm eingesetzt, als wäre soeben ein Gezeitenwechsel erfolgt und die Flut gekommen, um ihn ins Meer zu ziehen. Die Strömung war stark, wie bei einer Springflut. Als Junge hatten er und seine Freunde die Schule geschwänzt und den Tag in Misquamicut verbracht. John war in eine solche Springflut geraten und vom Sog mitgerissen worden. Wie sehr er auch dagegen ankämpfte, die Strömung war stärker.

»Schwimm parallel zum Ufer«, hatte ihm sein Vater stets eingeschärft – ein guter Rat für einen Jungen, der am Meer wohnte und mit hoher Wahrscheinlichkeit irgendwann in seinem Leben Gefahr laufen würde, in eine Springflut zu geraten. In seiner Panik hatte John seinen Rat zunächst vergessen und, seinem Instinkt folgend, versucht, mit aller Gewalt ans Ufer zurückzuschwimmen. Das führte zu nichts, er ermüdete schnell und spürte, wie er unweigerlich aufs offene Meer hinausgezogen wurde.

»Ich befinde mich in einem ethischen Dilemma«, sagte er nun, Kates Hände haltend. Seine Stimme war so leise, dass er nicht sicher war, ob sie ihn überhaupt gehört hatte.

»Inwiefern?«

»Ich bin hin- und hergerissen zwischen meiner Pflicht als Anwalt und meinem Wunsch als Mann …«

Sie legte den Kopf zur Seite, das Licht verfing sich in ihren steingrauen Augen. Sie waren tief und warm, von unergründlichen Geheimnissen und Kummer erfüllt, aber seltsamerweise spiegelten sich Lachen und Freude gleichermaßen darin. John O'Rourke sah sie an, hielt ihre Hände und wurde von dem nahezu unwiderstehlichen Verlangen übermannt, sie zu küssen.

»Worin besteht der Unterschied? Sind die beiden so gegensätzlich?«

Eine interessante Frage, dachte John. Bisher vielleicht nicht. Er war Strafverteidiger geworden, weil er ein redlicher Mann war, der an das Recht jedes Menschen auf einen fairen Prozess glaubte, der an das Gesetz glaubte. Doch in diesem Augenblick kämpfte John mit sich selbst. Er kam sich vor wie Jakob, der mit dem Engel rang – nur dass der Engel sein eigenes Herz, seine Seele war.

»Ja, das sind sie«, sagte John.

»Dann erklären Sie mir, warum …«

Kates Hand umklammernd, ging John mit ihr die Vordertreppe hinunter und die Straße entlang – er hatte nicht vor, wieder den Weg durch die Gärten zu nehmen.

Der Abend war so eisig, dass sie ihren Atem sehen konnten. Der Oktober endete mit Halloween; Schlag Mitternacht begann der November, mit Allerheiligen und danach Allerseelen – trotz seiner irisch-katholischen Erziehung hatte er die beiden nie auseinander halten können. In letzter Zeit war er abtrünnig geworden, der reinste Heide. Am Ende des Blocks befand sich eine Steinkirche – *Spiritus Santi* auf Portugiesisch. Heiliger Geist …

Dem lokalen Brauch entsprechend, traten die Gläubigen in ebendiesem Moment ins Freie, bildeten eine stumme, feierliche Prozession, brennende Kerzen in den Händen, um der Seelen ihrer Verstorbenen zu gedenken, Menschen, die ihnen besonders nahe standen …

»Glauben Sie an irgendetwas?«, fragte John Kate, als die Menschen auf den kleinen Friedhof strömten.

»Ja«, erwiderte sie still.

»Verraten Sie mir, woran?« Er lachte. Sein Scherz rief nicht einmal ein müdes Lächeln bei ihr hervor.

Als sie den Block umrundeten und zum Parkplatz zurückgingen, blickten sie zum Haus hinüber und sahen den Vater, der das Fenster des Mädchens gerade mit einer Decke verhängte. Fünf Sekunden später drang kein einziger Lichtstrahl mehr nach außen. Die beiden standen reglos da, hielten sich an den Händen, vergewisserten sich, dass man nicht einmal den Schatten des Mädchens vorübergehen sah.

Kate stellte sich so graziös auf die Zehenspitzen, dass John genau wusste, was zu tun war, und nun gab es für ihn kein Halten mehr. Er schloss sie in die Arme und küsste sie, lange und voller Glut. Wenn es nach ihm gegangen wäre, hätte der Kuss die ganze Nacht dauern können; in dem Moment, als sie sich von ihm löste, sehnte er sich bereits nach mehr.

»Kate«, flüsterte er.

»Sie ist jetzt sicher.«

»Niemand ist jemals sicher«, entgegnete John abrupt und umfasste ihr Gesicht mit seinen Händen.

»Sag das nicht ...« Kates Augen füllten sich mit Tränen.

Er hatte das Bedürfnis, sie abermals zu küssen, aber noch stärker war der Wunsch, ihr die Wahrheit zu sagen. Lügen hatte seine Familie um ein Haar zerstört. Er setzte in diesem Augenblick seine gesamte berufliche Laufbahn aufs Spiel, und er war nicht bereit, Tatsachen zu beschönigen.

»Ich weiß es, hundertprozentig«, sagte John.

Kate schüttelte den Kopf, aber er ließ nicht locker.

»Du weißt es auch.« Seine Stimme klang heiser. »Sonst wärst du nicht hier.«

»Was willst du damit sagen?«

»Deine Schwester wäre noch zu Hause ... in Sicherheit. In ihren eigenen vier Wänden; und du in deinen ... das letzte halbe Jahr hätte es nie gegeben. Sie wäre nicht mit meinem Mandanten in Berührung gekommen.«

»Wovon redest du?«

»Du weißt es ...«

»Nein, sag es mir.« Sie brachte die Worte nur schwer über die Lippen, krallte sich in die Vorderseite seiner Jacke. Ihre Hand blutete, hinterließ einen Fleck auf der grünen Wolle.

»Deine Schwester war hier.« John hielt Kate an sich gepresst, damit sie sich nicht losreißen konnte. »Zur gleichen Zeit wie mein Mandant.«

»Merrill?«

»Ja. Er war auf diesem Hinterhofparkplatz, beobachtete das Mädchen dort drüben ...« Er wies auf das kleine Haus, das Fenster, das nun dunkel war. »Und sein Vorhaben wurde durchkreuzt. Ich nehme an ...«

»Willa tankte«, flüsterte Kate mit glühenden Augen.
»Richtig.«
»Er hat sich an sie herangepirscht ...«
»Er zwang sie, in ihr Auto einzusteigen.« John war sich dessen nicht völlig sicher, aber er benutzte sein Wissen über das psychologische Profil seines Mandanten und seine Methoden, um Kates Fragen zu beantworten.
»Und nötigte sie wegzufahren?«
»Ja.«
»Woher weißt du das?«, fragte sie, von Grauen erfüllt.
»Weil das seine typische Vorgehensweise war.«
»Hat er dir das erzählt?«
»Ja.«
»Von WILLA?« Sie schrie beinahe.
»Nein – nicht von Willa. Aber von den anderen. Und dass er das Mädchen in besagtem Fenster beobachtet hat.« Es war passiert – er hatte es getan – hatte die Schweigepflicht gegenüber seinem Mandanten verletzt. Ein Anruf von Kate Harris bei Gericht und John O'Rourkes Karriere war beendet. Vielleicht war sie das so oder so? Wie konnte er nach alldem weitermachen, als sei nichts geschehen?
»O nein, o nein«, wiederholte Kate und schüttelte den Kopf.
»Komm.« John legte den Arm um sie und führte sie zu ihrem Wagen. Er legte ihr beide Hände auf die Schultern und drückte sie sanft nach unten, so dass sie sich an die Motorhaube anlehnen konnte.
Es gab Grenzen im Leben, die rechtschaffene Menschen niemals überschritten. John hatte sie immer klar vor Augen gehabt. Sie waren nicht wie Sünden – wie Lügen oder Stehlen. Sie wogen viel schwerer; sie betrafen Gelöbnisse, Versprechen, die ein rechtschaffener Mensch einhalten musste, um seine Redlichkeit zu bewahren.
Ein rechtschaffener Mensch tötete nicht. Und beging keinen Ehebruch. Und ein Rechtsanwalt beging keinen Vertrauens-

bruch gegenüber seinem Mandanten. Dabei spielte es keine Rolle, ob dieser Mandant ein Dieb, ein Vergewaltiger, ein Mörder oder alles in einem war. Es ging nicht um das Verbrechen an sich, sondern um das Prinzip, das wichtiger war als alles andere, oder jeder andere.

An diesem Prinzip – der ethischen Verpflichtung eines Anwalts, die Schweigepflicht gegenüber seinem Mandanten zu wahren, nach bestem Wissen und Gewissen dafür zu sorgen, dass er einen fairen Prozess erhielt – hatte John sein ganzes Leben ausgerichtet. Werte, die er von seinem Vater übernommen hatte.

Dem Wort und den Lektionen seines Vaters maß John O'Rourke allerhöchste Bedeutung bei. Er hoffte, sie an kommende Generationen weiterzugeben, an seinen Sohn und seine Tochter, und an deren Söhne und Töchter.

»Was soll ich jetzt tun?« Kate begann zu zittern.

»Nach Hause fahren. Die Suche beenden.«

»Aber Willa …«

»Der Albtraum muss ein Ende haben.«

»Wie kannst du das sagen? Mir scheint, als hätte er gerade erst begonnen …« Ihre Stimme wurde lauter. Sie streckte Hilfe suchend die verletzte Hand aus, hatte das Bedürfnis, John zu berühren – er würde sie verstehen. Sie hatte sich Auge in Auge dem Ungeheuer gegenübergesehen, dem er jeden Tag begegnete.

»Kate.« Er wusste, dass er jetzt gehen sollte. Er hatte ihre Bitte erfüllt; sie in die Arme zu nehmen würde alles nur noch schlimmer machen. Aber er sehnte sich unbändig nach ihr; er sehnte sich nach der Berührung eines Menschen, der diese Berührung erwiderte, der den Kontakt genauso brauchte wie er, sehnte sich nach einer Frau mit Flussaugen und liebevollem Blick, die betrogen worden war, aber dennoch genug Gefühle für ihre Schwester hatte, um sich auf die endlose Suche nach ihr zu machen.

»Ich muss sie trotzdem finden«, flüsterte sie, mit ausgestreckter Hand. »Willa …«
John zitterte, hätte sie gerne umarmt. Stattdessen nahm er ihre Hand. »Sie ist bei dir, Kate. Dort, wo es am meisten zählt.«
»Wo?« Ihre Kehle brannte, als sie das Wort aussprach.
»Da drinnen.« Er deutete auf ihr Herz. »Nimm sie mit nach Hause, zu deinem Bruder … und lass es damit bewenden. Lass es einfach damit bewenden.«
Leise schluchzend senkte sie den Kopf. John öffnete die Autotür. Brainer wollte unbedingt bei Bonnie im Wagen bleiben, aber John packte ihn am Halsband und zerrte ihn nach draußen. Er blickte auf Kate hinunter; wenn sie ihn jetzt ansah, wenn sie ihm abermals die Hand entgegenstreckte, würde er sie in die Arme schließen und außerstande sein, sie loszulassen. Er wünschte es sich beinahe; er wollte, dass sie ihn umarmte, ihm das Gefühl gab, nichts von seiner Rechtschaffenheit eingebüßt zu haben.
Doch Kate Harris tat es nicht; sie schenkte ihm keine Beachtung und weinte, trauerte um ihre Schwester, während John mit raschen Schritten den Parkplatz überquerte. Brainer ging neben ihm und sprang auf den Rücksitz, als er die Autotür aufsperrte.
Das Fenster des Mädchens war verhängt und dunkel. John warf einen Blick auf sein Handy – kein blinkendes Licht, das den Eingang einer Nachricht anzeigte. Das bedeutete, dass Maggie und Teddy zu Hause waren, bei Maeve und dem Richter. Merrill saß im Todestrakt hinter Schloss und Riegel. Im Moment war alles, wenn schon nicht hundertprozentig sicher, so doch in bester Ordnung.
John schaltete die Scheinwerfer ein und fuhr zu Kate hinüber. Er blieb im Wagen sitzen und sah sie an, bis sie ihr tränenüberströmtes Gesicht hob und wie hypnotisiert in die Lichter blickte. Er hatte ein flaues Gefühl im Magen: Wie viele Opfer von Merrill oder anderen seines Schlages hatten gleichermaßen die Scheinwerfer ihres Mörders fixiert?

Er wartete, ohne das Fenster herunterzukurbeln – aus Angst, dass ihn ein einziges Wort von ihr an der Abfahrt hindern könnte –, bis sie sich erschöpft aufrichtete. Wie eine Schlafwandlerin ging sie um den Wagen herum zur Fahrerseite, öffnete die Tür, stieg ein. Bonnies Kopf tauchte über dem Armaturenbrett auf, unangebracht freundlich und niedlich. Brainer bellte.

Die Straßenbeleuchtung erhellte Kates Gesicht. Sie sah ihn lange an. Dann hob sie die Hand, bedeutete ihm mit einem Winken wegzufahren. John saß reglos da und wartete – wollte sie nicht alleine auf diesem Parkplatz zurücklassen. Schließlich legte sie den Rückwärtsgang ein und fuhr los, auf die Straße hinaus. Im Rückspiegel sah er, wie sie in westliche Richtung davonfuhr.

Er blieb noch einen Augenblick sitzen.

Als er seine Fensterscheibe herunterkurbelte, traf ihn ein kalter Windstoß, der vom Meer herüberwehte. Die Stimmen der Gläubigen wurden lauter, stimmten eine Hymne auf Portugiesisch an, um sich auf den Allerseelentag einzustimmen. John meinte den Kerzenrauch wahrzunehmen. Als er den Kopf drehte, sah er die Lichter in der Ferne flackern, zwischen den Gräbern.

Wie immer, wenn er an einer Kirche vorüberkam oder an eine dachte, sagte er ihre Namen – betete sie herunter wie eine Litanei für die Mädchen, die sein Mandant umgebracht hatte. »Anne-Marie, Terry, Gayle, Jacqueline, Beth, Patricia, Antoinette …« Heute Abend fügte er einen weiteren hinzu.

»Willa«, sagte er laut.

Kates rotes Rücklicht verschwand um die Ecke, und Johns Herz begann zu hämmern. Er hatte ihrer Schwester soeben die schlimmste Nachricht überbracht, die man sich vorstellen konnte. Er wünschte, er könnte es ihr leichter machen, damit fertig zu werden, sie trösten, aber das stand außer Frage.

Er hatte sie geküsst. Das war immerhin ein Anfang, oder? Es

bewies, dass er innerlich nicht völlig tot war, sondern trotz allem noch in der Lage, eine Beziehung herzustellen. Hatte Kate sich diese Fähigkeit ebenfalls bewahrt? Der Verrat hatte letztlich keinen von beiden umgebracht. Aber ihre Schwester war verschwunden, einem Verbrechen zum Opfer gefallen, und sein Kuss war nichts im Vergleich dazu.

John war sicher, dass sie ihn bereits vergessen hatte.

13

Der Flug nach Washington weckte Erinnerungen an Willa, wie Kate ihre Schwester in der kleinen Cessna mitgenommen hatte, über dem Potomac gekurvt und nach Osten über endlose grüne Meeresbuchten zu den Sandstränden von Chincoteague geflogen war. Die Bilder, die ihr durch den Kopf gingen, waren so lebhaft und malerisch, dass sie immer noch den Geruch des Wassers, das dem Gezeitenwechsel unterworfen war, und des Besengrases in der Nase hatte. Sie dachte an Johns Arme, die sie umfangen hatten, spürte wieder seinen Kuss … und das Glück, einen Menschen erneut so zu berühren.

Gefolgt von der grauenvollen Realität dessen, was er ihr über Willa erzählt hatte, die Merrill über den Weg gelaufen war, seine Pläne durchkreuzt hatte …

Nach der Landung auf dem Reagan Airport hatte sie keine Lust, gleich nach Hause zu fahren. Sie verließ die Ankunftshalle und ging mit Bonnie unverzüglich zum Private Aviation Centre hinüber, in dem Firmen untergebracht waren, die Flugzeuge an Privatpiloten vermieteten. Sie schob ihre Amex-Karte über den Tresen und charterte den einzigen Viersitzer, der im Moment verfügbar war – die alte gelbe Cessna, mit der sie schon hundertmal in Begleitung von Willa geflogen war.

Das Cockpit war für sie ein zweites Zuhause. Die brüchigen Ledersitze, die Sonnenblende aus blauem Kunststoff, das altmodische Steuerpult. Bonnie rollte sich auf dem Sitz hinter ihr zusammen, in Erwartung des bevorstehenden Starts. Kate ging gewissenhaft ihre Checkliste durch, fuhr die Spreizklappen an den Tragflächen ein und stieg wieder in das endlose Blau des Himmels auf, das sie gerade erst hinter sich gelassen hatte, als sie gelandet war. Instinktiv griff sie zum Hals, um ihren Glücksbringer, den weißen Schal zu berühren.
Natürlich, sie hatte ihn ja Maggie gegeben. Der Schal – ein Geschenk von Willa, liebevoll ausgesucht und mit Geld von ihrem Sparkonto in einer Pariser Boutique gekauft – war Kates kostbarster Besitz gewesen. Die cremefarbene Seide schmiegte sich weich um den Hals, die Fransen verliehen der Trägerin ein elegantes und zugleich verwegenes Aussehen.
»Jede Pilotin sollte einen besitzen!«, hatte Willa gesagt.
Und genau deshalb hatte Kate ihn an Maggie weitergegeben. Das kleine Mädchen – so verletzlich und mutig – hatte Kate berührt und an ihre eigene Schwester im gleichen Alter erinnert. Sie dachte an Maggie, ihren Bruder und ihren Vater und fragte sich, was sie wohl gerade tun mochten … ihre beiden Familien waren untrennbar miteinander verbunden, auf eine tief greifende, magische Weise, die nur wenig mit dem Kuss zu tun hatte, dem Kuss auf dem Parkplatz, wo Willa verschwunden war, wo Johns Mandant sie vermutlich getötet hatte … diesem Kuss, den Kate immer noch spürte, der ihrem Körper signalisierte – ihren Nerven, ihrer Haut und ihrem Herzen –, dass sie noch lebendig war.
Seltsam, dachte sie. *Meine Schwester ist tot, und ich lebe. Wie kann das sein?* Sie hatte noch nicht richtig erfasst, was das zu bedeuten hatte. Die Realität geisterte durch ihre Gedanken, aber sie hatte den Weg zu ihrem Herzen, zu ihrem intuitiven Wissen noch nicht gefunden, hatte sie noch nicht von Kopf bis Fuß durchdrungen. Johns Kuss kam ihr realer vor als alles andere,

ein seltsames und beunruhigendes Gefühl. Ihre Lippen spürten es noch immer – die Erregung, die Wärme, die sanfte Berührung eines anderen Menschen.

Sie flog nach Osten, empfand das Dröhnen der Cessna als tröstlich. Sie liebte den Klang der Flugzeugmotoren, auch das Anschwellen und Stottern, das Willa bisweilen in Angst und Schrecken versetzt hatte. Während sie nach Hause flog, zu ihrer Insel, die der Atlantikküste wie eine schützende Barriere vorgelagert war, hatte Kate beinahe das Gefühl, ihre Schwester säße neben ihr.

Die Wahrheit war so unerträglich, dass sie jeden Gedanken daran verdrängte. Sich auf das Fliegen konzentrierend, passierte sie die Chesapeake Bay und die Ostküste von Maryland, dann drehte sie hart nach rechts ab und flog die Küste Virginias entlang, bis zu dem kleinen Flugplatz mit der Graspiste, den sie kannte und liebte: Wild Ponies Airfield.

Die kleine gelbe Maschine hüpfte auf und ab, als sie auf der flachen, weithin offenen, von tiefen Furchen durchzogenen und mit trockenem braunen Gras bewachsenen Landefläche aufsetzte. Kate hatte über Funk ein Bumblebee-Taxi bestellt; Doris Marley, die Fahrerin, wartete bereits. Doris brachte Kate zur Fischerhütte ihres Bruders. Sie sorgte dafür, dass nicht eine Sekunde des Schweigens einkehrte, und versorgte Kate mit Neuigkeiten, die alle Aspekte des Insellebens umfassten: Klatsch, Todesfälle, eine Hochzeit, ein Kampf ums Sorgerecht, das neue Dach, das der Futtermittel- und Getreideladen dringend benötigte, die Probleme, die Doris mit ihrer Hypothek, ihrer Sickergrube und der Ausbildung ihres Sohnes hatte – die typische Lebensgeschichte aller vom Pech verfolgten Taxifahrer auf der Insel, die jedem Fahrgast im Zuge einer längeren Wegstrecke präsentiert wurde.

Sie redete ohne Unterlass: »Uns steht schon wieder ein harter Winter bevor; muss mir dringend die Zähne richten lassen … hab schon wieder einen Backenzahn verloren; Joe Junior möchte aufs College, und ich habe versucht, die Studiengebühren zusammenzukratzen, aber das konnte ich vergessen, als die Sickergrube ihren Geist aufgab, musste eine neue ausheben lassen …«

»Vielen Dank, Doris«, sagte Kate, als sie die schmale, vom Treibsand zugewehte Straße entlanggefahren waren und das trostlose Brachland am Südzipfel der Insel erreicht hatten, auf dem nur noch Kiefern wuchsen. Sie holte einen Zwanziger heraus, sagte Doris, der Rest sei Trinkgeld, und bat sie, sie in einer Stunde wieder abzuholen.

»Thanksgiving steht vor der Tür!«, hatte Doris ihr nachgerufen. »Sag deinem Bruder, dass er bei uns zum Essen eingeladen ist … du auch, falls du den Feiertag nicht in Washington, sondern zu Haus verbringst.«

Kate hörte nur mit halbem Ohr hin, obwohl sie registrierte, dass Doris Willa nicht erwähnt hatte. Das Verschwinden ihrer Schwester hatte offenbar auch ohne offizielle Erklärung Eingang ins kollektive Bewusstsein der Inselbewohner gefunden – und keiner wusste so recht, was er dazu sagen sollte.

Matts Hütte war genauso von Wind und Wetter gegerbt wie die Bäume, die sie säumten. Zwischen verkrüppelte Fichten geschmiegt, in einer Kuhle aus Sand, Erde und Fichtennadeln, verschmolz sie mit der Natur. Braune Eulen nisteten in den Hohlräumen abgestorbener Bäume; Kate hörte ihre mächtigen Flügelschläge, als sie sich näherte. Bonnie, der die Umgebung allem Anschein nach unheimlich war, blieb Kate dicht auf den Fersen.

Der verrostete Pick-up ihres Bruders stand hinter der Hütte. Blaue Plastikfässer, nach Salzwasserlösung zur Konservierung der Austern stinkend, waren auf der Ladefläche gestapelt. Berge von Austernschalen, hoch wie der Dachfirst, schimmerten im fahlen Licht der Novembersonne. Kates Kehle war wie zugeschnürt; ihr Bruder suchte immer noch nach der Königinperle.

Sie klopfte an die Tür. Keine Antwort, deshalb klopfte sie

noch einmal. Sie presste das Ohr an das trockene, gesplitterte Holz und lauschte auf ein Lebenszeichen. Kein Laut war zu hören. Sie schnupperte, roch den allgegenwärtigen Zigarettenrauch.

»Ich weiß, dass du da bist. Also mach lieber auf«, rief sie.

Keine menschliche Reaktion, aber eine Seemöwe landete auf dem Austernschalen-Hügel, trat eine kleine Lawine los. Sie lockte weitere Seemöwen herbei – die ein Lebenszeichen sahen, auf Nahrung hofften. Ein Tier bewegte sich durch das Unterholz; als Kate den Kopf umwandte, sah sie, dass sie von einigen zerzausten Wildpferden beobachtet wurde. Bonnie knurrte leise, den Körper flach auf den Boden gepresst.

Schließlich wurde die Tür mit einem Ruck geöffnet.

»Hallo, Matt.«

»Hallo, Katy.«

Er war hoch gewachsen und spindeldürr, gebeugt wie ein alter Mann. Die Haare reichten ihm bis zur Schulter, wirkten stumpf und verfilzt wie das Bett aus braunen Fichtennadeln, das den sandigen Boden bedeckte. Als er sich bückte und Bonnie hinter den Ohren kraulte, floss ihr Herz über vor Liebe. Seine verhangenen blauen Augen schweiften über ihren Kopf hinweg, zu den Wildpferden. Sie ruhten auf den Köpfen mit den langen Mähnen, den großen, aufmerksamen Augen, dem schmutzigen weiß-braunen Fell.

»Sie haben Hunger. Der Winter steht vor der Tür.«

»Ich weiß.«

Matt ging zu seinem Transporter und holte einen geschlossenen Container mit Essensresten von einem der Inselrestaurants heraus. Kates Magen verkrampfte sich – er hatte sich schon einmal Ärger eingehandelt, weil er die Abfalltonnen nach Nahrung für die Pferde und sich selbst durchsucht hatte. Er stemmte den Deckel auf und verstreute welken Salat, Mohrrüben und Kohlblätter im Sand, als die Wildpferde näher kamen, um zu fressen.

Matts Bart war lang, beinahe völlig ergraut. Der Anblick ihres Bruders brach Kate das Herz.
»Willst du mich nicht hereinbitten?«
Er trat wortlos beiseite, ließ sie über die Schwelle treten.
Seine Hütte war genauso chaotisch wie immer. Er hatte sie seit ihrem letzten Besuch isoliert – rosafarbene Glaswolle dichtete die aus rohem Holz bestehenden Bretterwände ab, die weder mit Hartfaserplatten noch einer anderen Art von Wandmaterial verkleidet waren. Das Spülbecken quoll über von schmutzigem Geschirr, das sich auch auf der Arbeitsfläche und dem Frühstückstresen mit der Kunststoffplatte stapelte. Eine Zigarette qualmte in einem randvollen Aschenbecher vor sich hin, beißender, abgestandener Rauch erfüllte die Luft. Bonnie erkundete den Raum, dann rollte sie sich neben dem glimmenden Holzofen zusammen.
Neben dem einzigen Sessel im Raum stand ein breiter Tisch, auf dem ein Austernmesser lag. Ein Eimer mit weggeworfenen Schalen stand halb gefüllt an der Seite. Ein zweiter Eimer war mit matt schimmernden Austern gefüllt, die für den Verkauf bestimmt waren und darauf warteten, in der Kühlkombination am anderen Ende des Raumes zwischengelagert zu werden. Auf dem Tisch weckte eine kleine Schale mit Perlen ihre Aufmerksamkeit.
»Immer noch auf der Suche?« Kate musste wider Willen lächeln.
»Ja.« Matt runzelte die Stirn, nahm seine Zigarette aus dem Aschenbecher und machte einen tiefen Zug. Seine Finger und die Barthaare um den Mund waren vom Nikotin gelb verfärbt. Sein Blick schweifte umher, bemüht, Kate auszuweichen, aber seine Augen kehrten immer wieder zu ihr zurück, und zögernd breitete sich ein Lächeln in ihnen aus.
»Ich habe die Suche nach der Königinperle nicht aufgegeben«, sagte er, während das Lächeln seine Lippen erreichte. Er schob seiner Schwester die Schale zu und beobachtete, wie Kate

die cremefarbenen, blass silbernen und fast schwarzen Perlen durch ihre Finger gleiten ließ. Einige waren perfekt gerundet, andere krumm und schief. Alle entstammten dem Meer, Matts geliebtem Ozean, weiche Perlmutterschichten, von den Austern geschaffen, die er in seinem Boot nach Hause brachte.

»Sie sind schön.«

»Kaum zu glauben, findest du nicht? Dass ein so schrecklicher Leidensprozess etwas so Kostbares hervorbringen kann. Du weißt, wie Perlen entstehen, oder? Sandkörner lagern sich im Gehäuse der Auster ein, ein krankhafter Reiz entsteht, der eine heftige Reaktion verursacht – die Auster versucht, den Fremdkörper auszuscheiden, und so bilden sich konzentrierte Perlmutterschichten, und eine Perle entsteht.«

»Ein Leidensprozess, der etwas Gutes bewirken kann«, flüsterte Kate und schloss die Augen, lauschte den Fichtenzweigen, die das Blechdach streiften, und dem Wiehern der Wildpferde, als sie am Strand entlanggaloppierten.

»Ich muss die Königinperle finden, für Willa«, sagte Matt. »Damit ich sie ihr geben kann, wenn sie nach Hause kommt …«

»Matt.« Kate riss die Augen auf, ergriff die Hand ihres Bruders. Sie versuchte ihn zu bewegen, im Sessel Platz zu nehmen, aber er rührte sich nicht von der Stelle.

»Sag mir, was los ist.« Seine Augen funkelten, er knirschte mit den Zähnen. »Ich muss mich nicht setzen.«

»Willa lebt nicht mehr, Matt.«

»Sie lebt nicht mehr? Wieso lebt sie nicht mehr?«

»Erinnerst du dich an den Serienmörder, von dem ich dir erzählt habe? Der diese Mädchen in Connecticut umgebracht hat? Ich habe mit seinem Anwalt gesprochen. Die beiden waren zur selben Zeit am gleichen Ort. An derselben Stelle.«

»Und?«

»Sie ist ihrem Mörder in die Arme gelaufen, Matt.«

Matt stand dreißig Sekunden reglos da, mit angehaltenem Atem. Als sei er zur Salzsäule erstarrt. Aber Kate sah, wie sein

Gehirn fieberhaft arbeitete – seine Augen glühten, schweiften hin und her. Er schüttelte den Kopf. »Das glaube ich nicht.«

»Was für eine andere Erklärung könnte es geben? Warum kommt sie nicht nach Hause? Warum sollte sie uns das antun?«

»Sie hatte ein Verhältnis mit deinem Ehemann, diesem Scheißkerl. Sie schämt sich.«

»Matt, das hätten wir durchgestanden, Willa und ich. Sie wusste, dass ich ihr verziehen hätte«, sagte Kate, obwohl die Worte schmerzten und sie an den Bruch erinnerten, der zwischen ihr und ihrer Schwester entstanden war.

»Vielleicht konnte sie sich selbst nicht verzeihen – hast du jemals daran gedacht?«

»Sie schrieb mir eine Postkarte. Ich weiß, dass sie vorhatte, nach Hause zurückzukommen! Wir blieben in Kontakt … sie wollte, dass wir uns aussprechen. Sie wollte mich wiedersehen, und das war auch mein Wunsch. Wir waren auf dem besten Weg, die Angelegenheit zwischen uns zu bereinigen.«

»Selbstekel ist eine starke Triebfeder.« Seine Stimme klang ruhig, als hätten Kummer und Gefühle ihn erschöpft; er zündete die nächste Zigarette an, nahm einen langen, tiefen Zug.

Kate konnte es nicht fassen. Sie war sprachlos und wütend. Sie hatte immer gewusst, dass ihr Bruder ein seltsamer Kauz war, ungesellig, auf seine Weise mental gestört – aber konnte er nicht ein einziges Mal eine Erklärung so akzeptieren, wie sie war, ohne sie im Licht seiner eigenen verqueren Weltsicht zu betrachten?

»Du bist verrückt.«

»Ja. Vermutlich.«

»Du hättest dort sein müssen! Dieser gottverlassene Parkplatz in Massachusetts, in der Mitte von Nirgendwo – in der Stadt wimmelte es von rostiger Angelausrüstung und morschen Fischerbooten, so dass ich sofort an dich gedacht habe, wie sehr es dir dort gefallen würde. Ich bin nach dem Abendessen

hingefahren, um mich an der Tankstelle nach Willa zu erkundigen, und plötzlich taucht Greg Merrills Anwalt aus dem Nichts auf – er ging der gleichen Spur nach, das schwöre ich dir, Matt!«
»Na und?«
»Das sind zu viele Zufälle … und außerdem hat er es mir gesagt, Matt. Dass Merrill gestanden hat, dort gewesen zu sein.«
»Wem hat er das gestanden?«
»Ihm – seinem Anwalt! Er hätte keinen Grund, ihn zu belügen.«
»Hat er gestanden, dass er Willa entführt hat?«
»Nein, aber …«
»Hat er gestanden, dass er ihr etwas angetan hat?«
»Nein! Aber hör mir doch einen Moment zu, Matt …«
»DU HÖRST MIR ZU!«, brüllte er und wich so heftig zurück, dass er den Eimer mit den Austerngehäusen und die Schale mit den Perlen umstieß. Sie wurden in alle Winde verstreut, rollten über den Fußboden wie die Kugeln beim Tivolispiel – prallten von Stuhlbein, Tisch, Bücherstapel und Kühlschrank ab, kullerten die unebenen Fußbodendielen bis zur Ostwand der Hütte hinunter.
Kate erstarrte, erschrocken über den Ausbruch ihres Bruders.
»Sie ist nicht tot, kapiert? Sie kann nicht tot sein.« Matts Zigarette klemmte beim Sprechen zwischen seinen spröden Lippen, und er rieb sich immer wieder die rissigen und schwieligen Hände, als wollte er sich von der Wahrheit reinwaschen.
»Matt …«
»Sie kann gar nicht sterben«, fuhr er mit blitzenden Augen fort. »Sie ist meine kleine Schwester. Ich bin zuerst an der Reihe zu gehen, dann du und zum Schluss Willa. Wir haben sie großgezogen, Katy. Wir waren wie leibliche Eltern für sie …«
»Ich weiß.« Kates Augen füllten sich mit Tränen.
»Sie war unser Sonnenschein; sie hat mich glücklich gemacht. Ihretwegen suche ich Perlen, suche jeden Tag nach der großen,

der schönsten Perle von allen ... Ich tue es für sie, Katy. Du – du hast alles, was das Herz begehrt. Imposante akademische Titel, einen tollen Job, das Stadthaus auf dem Capitol Hill ...«

Kate hörte zu, während sie lautlos weinte und daran dachte, wie viel sie besaß, im Gegensatz zu Matt.

»Deshalb ist sie auf den Haufen Scheiße hereingefallen«, fuhr Matt fort. »Sie wollte auch wer sein, wollte ein wenig von dem haben, was ihre große Schwester hatte ... sie hat sich mit deinem Mann eingelassen, damit sie sich eine kleine Weile einbilden konnte, sie sei wie du ...«

»Hör auf, Matt!«

»Erzähl mir nicht, dass er sie geliebt hat – das nehme ich dir nicht ab. Er hatte ja schon dich, dieser hirnverbrannte Idiot. Er besaß bereits eine kostbare Perle – warum musste er nach einer weiteren tauchen? Er ist derjenige, Katy! Wenn du schon jemandem die SCHULD ZUWEISEN MUSST ...«, Matts Stimme wurde zunehmend lauter vor Wut und Qual, »DANN DEINEM EHEMANN!«

»Matt!«

»Deinem großspurigen, dämlichen, machtbesessenen, egozentrischen Ehemann. Er hat Willa aus dem Haus getrieben. Wo immer sie jetzt auch sein mag, das geht auf sein Konto. Andrews. Und verschone mich mit dem Mist über Greg Merrill – Andrew war es!«

»Ach, Matt.« *Ich weiß,* hätte Kate am liebsten gesagt. *Ich bin der gleichen Meinung*. Aber sie brachte die Worte nicht über die Lippen, versuchte, den Gedanken gar nicht erst aufkommen zu lassen. Was für eine Rolle spielten die Gründe, die Willa zu ihrem Fortgang bewogen hatten? Seit Monaten zählte nur noch eines, ihre Rückkehr. Und jetzt blieb nur noch, dass sie wohl nie mehr zurückkommen würde.

»Er war es, Katy.«

»Andrew hat sie nicht umgebracht«, widersprach Kate hölzern.

»Das, was er gemacht hat, kommt aufs Gleiche raus. Er hat sie verführt, und sie ist daraufhin fortgegangen, hat sich abgeschottet von dir, von uns. Von ihrer Familie.«
»Du hast Recht«, flüsterte Kate.
»Ich würde ihn am liebsten umbringen«, fauchte Matt. »Meinen Schwager …«
»Tu's nicht«, bat Kate ihn flehentlich. »Dann würde ich dich auch noch verlieren.«
Diese Worte oder vielleicht auch der herzzerreißende Tonfall bewirkten, dass Matts Wut schlagartig verpuffte. Er kniete sich auf den Boden und sammelte alle Perlen ein, deren er habhaft werden konnte. Er hielt sie hoch, in der gewölbten Hand, während er Asche von der Zigarette in seinem Mundwinkel auf den Boden verstreute.
»Würdest du jetzt bitte gehen, Katy?«, fragte er mit zitternder Stimme. Sie erkannte an seinem gebeugten Kopf – auch wenn sie seine Augen nicht sehen konnte –, seinem keuchenden Atem und anhand früherer Erfahrungen mit solchen Gefühlsausbrüchen, dass er weinte.
»Ich möchte dich nicht alleine lassen.« Sie legte ihm behutsam die Hand auf den Rücken.
Er lehnte sich einen Augenblick lang an ihre Fingerspitzen, dann schüttelte er sie ab und kroch auf allen vieren weiter, zur nächsten Perle.
»Das Leben ist manchmal schmerzlich, Matt. Aber gemeinsam können wir uns der Wahrheit stellen. Das haben wir schon vor langer Zeit getan …«
»Ihr geht es gut, dir geht es gut, mir geht es gut. Hörst du? Das ist die einzige Wahrheit, der ich mich stellen muss.«
»Indem du dich abschottest? Wie ein Einsiedler haust? Nicht akzeptieren willst, was eine Tatsache ist, wie ich *weiß*, weil ich in den Norden geflogen bin, um sie zu überprüfen?«
»Dir missfällt meine Art zu leben? Dann verschwinde doch!«
»Matt, bitte …«

»Geh«, sagte er. Und dann lauter: »*Geh*, GEH!«

Kate holte tief Luft. Benommen und einer Übelkeit nahe vom Zigarettenqualm, wich sie zur Tür zurück und trat ins Freie. Die Luft war frisch, salzig und kalt. Sie brannte in ihren Lungen, trocknete Lippen und Nase aus. Seemöwen kreisten über ihr, kreischten gellend. Hufe donnerten den Strand entlang, die Wildpferde stürmten von einer abgelegenen Senke zur nächsten.

Kate sehnte sich nach dem gelben Flugzeug.

Sie hätte auf die Rückkehr des Bumblebee-Taxis warten können, aber sie beschloss, zu Fuß zu gehen; sie trottete die unbefestigten Wege entlang, die sie seit ihrer Jugend kannte, die magischen Wege der Austern, Seemöwen und Wildpferde, die Wege von Matt und Willa.

Sie ging schneller, Bonnie hielt neben ihr Schritt, und dann begann sie zu laufen. Sie konnte es kaum erwarten, bis der Motor ansprang, der Propeller sich drehte, bis sie starten, sich in die Lüfte erheben konnte. Sie dachte an den weißen Seidenschal, einen Teil von sich selbst, von Willa, den sie im Norden zurückgelassen hatte, bei Maggie.

Leben und Wahrheit. Das war es, was die O'Rourkes für Kate verkörperten. Sie kam aus einer finsteren Höhle, in der Tod und Lügen herrschten: Matt brachte sich allmählich um, qualmte sich zu Tode und bahnte sich mit Selbstbetrug seinen Weg durchs Leben, wenn es Dinge zu bewältigen galt, die schmerzten.

Perlen, Austern und Wildpferde, dachte sie. Sie waren alles, was Matt noch an Familie hatte. Während Kate weiterlief, dachte sie weinend an ihr eigenes Leben, an das, was blieb und was verloren war, und an die Tatsache, dass sie – mehr als sie es jemals für möglich gehalten oder sich erträumt hätte – eine Familie vermisste, die sie erst kurze Zeit kannte.

Ein weißer Schal, ein einziger Kuss: Kate stellte sich vor, dass der salzige Wind von Chincoteague sie forttrug, sie herumwirbelte, mit ihr über die Fichten und Dünen, den weißen Sand und den silbernen Wellen entschwand … sich ständig im Kreis drehend, immer nach Norden, den ganzen Weg bis Connecticut, bis Silver Bay, bis zu den O'Rourkes.

14

Maggie hasste es, Dankschreiben zu verfassen. Normalerweise nahmen sie viel zu viel Zeit in Anspruch, hielten sie vom Spielen und Lesen ab und klangen albern, wenn sie es endlich hinter sich gebracht hatte. Gestelzt, aufgesetzt, egal wie aufrichtig ihr Dank beim Abfassen des Textes gemeint war. Mit diesem Brief war es anders.

Sie saß in ihrem Zimmer im ersten Stock von Gramps' Haus. Der Posten des Kindermädchens war immer noch unbesetzt, woraus sie schloss, dass Teddy und sie die reinsten Giftspritzen sein mussten, denn andere Kinder, wie beispielsweise alle ihre Freunde, deren Mütter berufstätig waren, hatten Kindermädchen, die bis zum Abwinken blieben. Maggie beugte sich über den Schreibtisch und schrieb wie besessen.

Liebe Kate,
ich liebe den Schal. Ich weiß, er sollte eigentlich für mein Halloween-Kostüm sein, was toll war, auch wenn die Leute nicht auf den ersten Blick errieten, dass ich als Amelia Earhart ging, weil es nicht so offensichtlich war wie bei denen, die sich als Britney Spears, Vampire oder Samurai-Krieger verkleidet hatten, aber alle fanden es cool, sobald ich ihnen sagte, wen ich darstellte.

Der Schal war zwar ausschließlich für das Kostüm bestimmt, aber ich kann mich einfach nicht von ihm trennen. Ich trage ihn auch jetzt, obwohl ich schon im Schlafanzug bin. Ich gehe gleich ins Bett – meine Hausaufgaben sind gemacht, man glaubt es kaum. Alle! Ich hätte eine Eins mit Sternchen für Fleiß verdient, findest du nicht? (Ha, ha.)
Ich wünschte, es wäre so. Die Schule ist nicht mein Ding. (Nochmals ha, ha.) Ich bin nicht wie Teddy, der nur Spitzennoten einheimst. Und das nicht nur für Fleiß. Teddy ist ein Genie, genau wie Dad. Und Gramps. Er wird bestimmt ein ebenso »brillanter Jurastudent«. Ächz, stöhn. Ich kann den Satz langsam nicht mehr hören, weil bei uns zu Hause so viele von der Sorte herumlaufen!
Ich komme mehr nach meiner Mutter. Außer, dass sie gerne einkaufen ging und ich nicht, dass ich Kuscheltiere und Bücher mag und dass an mir ein Junge verloren gegangen ist, während sie ein Modeltyp war. Das sage ich nicht nur so, das ist mein Ernst! Die Models, die man in den Zeitschriften sieht, sind lange nicht so hübsch wie meine Mom. Nicht einmal die allerumwerfendsten.
Ich habe neue Vorhänge in meinem Zimmer.
Rot-blau karierte. Damit niemand von draußen reinschauen und ich »meine Intimsphäre wahren« kann – als ob sich irgendjemand ausgerechnet für so was Blödes wie MEINEN Körper interessieren würde! Aber Dad glaubt, er müsste uns auf Schritt und Tritt beschützen, und dafür lieben wir ihn, also hat es keinen Zweck, auf die Barrikaden zu gehen! Und stell dir vor, die Vorhänge sind nur für hier – sobald wir wieder zu Hause sind, weil eine gute Kindermädchen-Fee von ihrer rosa Wolke herabschwebt, um uns vor und nach der Schule zu versorgen, werde ich dort ebenfalls neue bekommen!
Dad scheint sich mit solchen Dingen gut auszukennen – wahrscheinlich wegen der »Widerlinge«, die er als Anwalt vertritt. Und wegen der gemeinen Tricks, die sie auf Lager haben, um sich Einlass in sämtliche Wohnzimmer zu verschaffen. Kannst du dir vorstellen, wie es ist, wenn man einen bekannten Strafverteidiger zum Vater hat? Solltest du irgendwann einmal ausprobieren!

Jetzt muss ich aber Schluss machen und mir die Zähne putzen. Teddy lässt dich herzlich grüßen. Dad auch. Ich musste mir deine Adresse von ihm besorgen und als ich es erwähnte, bat er mich, dir die Sache mit den Vorhängen zu erzählen und dir auszurichten, du möchtest darauf achten, dass du bei dir zu Hause in Washington selber welche hast. Kennst du den Präsidenten? Oder Senatoren? Etc.? Muss cool sein; die Neunte hat im letzten Frühjahr während der Ferien eine Klassenfahrt dorthin gemacht.
Vielleicht kann ich dich besuchen kommen, wenn ich in der neunten Klasse bin! Bis dahin muss ich allerdings noch ein paar Jahre warten … (bu-hu.) Du fehlst mir, Kate. Ich wünschte, du würdest hier wohnen – ich wünschte, du wärst unsere gute Kindermädchen-Fee und keine Meeresschutz-Expertin, wie Dad sagt. Obwohl das auch ganz hübsch klingt.
Danke nochmals für den Schal!
Alles Liebe, Maggie O'Rourke

**Fußnote: Ich nenne seine Mandanten natürlich nicht »Widerlinge«, auch wenn alle Welt das tut! Die Mutter von meiner Freundin Carlie sagt es jedes Mal, wenn ich bei ihr zu Hause bin. Deshalb lasse ich mich dort nicht mehr blicken … Wunderst du dich, dass ich Fußnoten kenne, obwohl ich erst zwölf bin? Das ist wieder so etwas, womit man aufwächst, wenn es überall vor Juristen wimmelt!*

Als Maggie Teddy gebeten hatte, den Brief im Büro ihres Vaters abzuliefern, damit er adressiert und zur Post gebracht werden konnte, hatte er gefragt, ob er ein P.S. hinzufügen dürfe. Maggie sagte, klar, solange er den Teil des Briefes nicht las, den sie geschrieben hatte. Seit Dad die neuen Vorhänge in ihrem Zimmer aufgehängt hatte, nahm sie es mit der Intimsphäre sehr genau – was Teddy ungemein erheiternd fand. Doch während er an Kate schrieb, achtete er darauf, Maggies Worte zuzudecken.

Liebe Kate, (schrieb Teddy)
wie geht es dir? Wie war die Fahrt – oder, wie du in deiner Nachricht für Maggie geschrieben hast – deine Reise?
Eine Reise klingt gut, würde ich auch gerne machen. Flugzeuge, Züge, Boote … einsteigen und nichts wie weg. Nicht, dass es mir zu Hause nicht mehr gefällt. Oder dass ich meine Familie nicht liebe. Aber ich finde es auch wichtig, sich den Wind um die Nase wehen zu lassen.
Apropos – glaubst du, ich könnte dich irgendwann in Washington besuchen?
Ich weiß, wir kennen uns nicht besonders gut, aber wir haben uns über unsere Schwestern unterhalten, und dann hast du Brainer gebadet. Ich wusste sofort, dass du etwas Besonderes bist. Ich hoffe, du nimmst es mir nicht übel, dass ich das sage …
Wie auch immer, ich würde gerne nach Washington kommen, um mir den Obersten Gerichtshof anzuschauen. Es hat keine Eile, aber wenn du mal nicht so viel zu tun hast, könnte ich mich ja in den Zug setzen.
Wenn man reisen will, wäre das doch ein guter Anfang, oder?
Wie auch immer, ich hoffe, dass es dir gut geht. Grüß Bonnie von mir; Brainer braucht wieder ein Bad, und Maggie und ich werden deinem Beispiel folgen und ihn in die Autowaschanlage bringen! Die Fußballsaison ist für dieses Jahr vorbei. Wir sind Zweiter geworden in unserer Liga, liegen knapp vor Riverdale in Führung. Danke, dass du zu meinem Spiel gekommen bist.
Gib gut auf dich Acht, Kate.
Dein Freund
Teddy O'Rourke

John saß in seinem Büro und holte die Visitenkarte von Kate Harris aus seiner Brieftasche. Er sah sie kurz an und schrieb die Adresse ihres Büros auf Maggies Umschlag. Dann legte er den Brief in die Ablage für den Postausgang, damit Damaris ihn frankieren und abschicken konnte.

Der Anblick von Kates Namen wühlte John innerlich auf. Er wusste, dass dabei Schuldgefühle im Spiel waren, die an Verfolgungswahn grenzten: Er rechnete jeden Augenblick mit einem Anruf aus dem Dezernat für Kapitalverbrechen der Connecticut State Police, in dem man ihm mitteilte, es sei der Hinweis einer Frau eingegangen, dass sein Mandant mit dem Verschwinden ihrer seit langem vermissten Schwester zu tun haben konnte.

Aber der innere Aufruhr, in dem er sich befand, enthielt noch andere Elemente – die sich nicht auf Schuldgefühle gleich welcher Art zurückführen ließen. John konnte den Kuss nicht vergessen. Er war erfüllt und geradezu besessen von der Erinnerung, wie ein junger Bursche, der zum ersten Mal ein Mädchen im Arm gehalten hatte. Das Bild ging ihm nicht mehr aus dem Kopf: der dunkle Parkplatz, das Licht in Kates Augen, das Wissen, dass sie einer Familie geholfen hatten, ihr Kind besser zu schützen, das Verlangen nach ihr, das ihn wie der Blitz getroffen hatte …

Es war verrückt, aber er konnte nichts dagegen tun.

Gestern, als er Merrill und Phil Beckwith gegenübergesessen hatte, waren seine Gedanken ebenfalls abgeschweift – zu Kate und dem Kuss. Merrill hatte etwas gesagt, es wiederholt, nicht nur einmal, sondern gleich zweimal. Dann hatte er mit einem Lächeln gemeint: »Es hat Sie offenbar erwischt, John!«

»Was, Greg?«

»Der Fluch … oder das Geschenk des Himmels, wie man's nimmt …«

»Was für ein Fluch? Was für ein Geschenk?«

»Die Besessenheit … Sie haben eine Frau kennen gelernt. Gestehen Sie, John. Weihen Sie mich zur Abwechslung einmal in Ihre Geheimnisse ein. Sie sind verliebt! Ich sehe es in Ihren Augen.«

»Ich bin nur müde, Greg«, hatte John erwidert und seine Brille heruntergeschoben, um sich den Nasenrücken zu reiben. Er bemühte sich, einen Anflug von Panik zu unterdrücken, der ihn angesichts der Erkenntnis überkam, dass Merrill jede Kleinigkeit wahrnahm und das Recht zu haben glaubte, John auf seine Gefühle für Kate ansprechen zu dürfen. »Überarbeitet.« Merrill hatte den Kopf geschüttelt, ließ sich nicht von seiner Meinung abbringen, sein Lächeln vertiefte sich. Er hatte auf die Tischplatte getrommelt, um die Aufmerksamkeit des Psychiaters auf sich zu lenken. »Besessenheit, Doktor: Habe ich Recht? Schauen Sie sich seine Augen an, erkennen Sie die Symptome?«

»Sie sind heute Gegenstand meiner Untersuchung, Mr. Merrill«, hatte Dr. Beckwith trocken geantwortet, ohne John eines Blickes zu würdigen. »Nicht Ihr Anwalt.«

»Der HERR weist uns den Weg in seiner grenzenlosen Güte!« Merrill warf den Kopf zurück, aberwitzig aufgekratzt. »Ob wir wollen oder nicht … Der HERR benutzt mich als Werkzeug, um John den Weg zu weisen, und umgekehrt. Wir sind alle aus dem gleichen Holz geschnitzt. Unsere Herzen schlagen im gleichen Takt, Dr. Beckwith. Besessenheit ist nur eine andere Bezeichnung für Liebe.«

»Lassen Sie uns weitermachen«, hatte John eingeworfen, mit brennendem Nacken und einem flauen Gefühl im Magen, weil ihm klar war, dass Greg Recht hatte – er konnte Kates Kuss nicht aus seinen Gedanken verbannen, nicht in einmal hier, im Winterham Prison.

»Also, Mr. Merrill, sind Sie bereit, heute eine gute Tat zu vollbringen?« Dr. Beckwith hatte das Wort ergriffen, ungerührt und weltgewandt, während er sich lächelnd nach vorne beugte.

»Ja, ich bin bereit …«

»Dann lassen Sie uns anfangen, am besten mit … Anne-Marie Hicks«, sagte der Doktor mit einem Blick auf seine Notizen. »Erzählen Sie mir bitte, wie es kam, dass Sie ihr begegnet sind … und was dann geschah …«

John war aufgestanden und schickte sich zum Gehen an, um seinen Mandanten mit der namhaften Koryphäe allein zu lassen, dem wichtigsten Hoffnungsträger für seine Verteidigungsstrategie, die sich auf Unzurechnungsfähigkeit stützte. Beckwith hatte schon einige von Johns Mandanten herausgepaukt und wahre Wunder vollbracht – und Merrill war wirklich ein Bilderbuchkandidat für sein Fachgebiet.

Als John nun, einen Tag danach, auf Maggies Briefumschlag in der Ablage für den Postausgang starrte, spukte ihm der Gedanke an Kates Lippen auf seinem Mund immer noch im Kopf herum.

»Tag, Counselor«, drang eine barsche Stimme von der Tür seines Büros an sein Ohr.

»Hallo, Dad.« John erhob sich rasch, um seinen Vater mit Handschlag zu begrüßen. »Hereinspaziert. Was führt dich in die Stadt?«

»Musste kurz in die Apotheke, um was für Ma – *meine* – entzündeten Fußballen zu besorgen. Tun höllisch weh.«

»Erzähl mir nichts, Dad.« John grinste. »Die Besorgung war doch für Maeve. Mir kannst du nichts vormachen. Sag mal, was läuft da eigentlich zwischen euch beiden? Mir kannst du es doch verraten.«

»Kümmere du dich um deine eigenen Angelegenheiten, du Grünschnabel«, sagte sein Vater, bemüht, eine strenge Miene aufzusetzen, aber unfähig, ein Lächeln zu unterdrücken.

»Wenn du meinst.«

Sein Vater nickte, froh darüber, dass die Angelegenheit damit erledigt war. »Ich war im Gericht, aber heutzutage ist dort nichts mehr los. Früher ging kein Tag vorbei, an dem nicht irgendeine Verhandlung auf der Tagesordnung stand. Zuerst führten meine Kollegen und ich als Rechtsbeistand Prozesse, und später, als ich den Vorsitz als Richter führte, standen andere Anwälte vor mir …«

»Das waren noch Zeiten, was, Dad?«

»Kann man wohl sagen, John. Was ist mit dir? Klebst du immer noch am Fall Merrill?«
»Kleben würde ich nicht sagen. Wir machen Fortschritte.«
»Was sagen deine Kollegen dazu? Wenn ihr Starverteidiger seine Zeit mit einer derart undankbaren Arbeit verplempert und für andere Aufgaben blockiert ist?«
»Ehrlich gesagt, die Meinungen gehen auseinander.« John forderte seinen Vater auf, in dem Windsor-Sessel Platz zu nehmen – der das goldenen Siegel von Yale auf der Rücklehne trug –, und lehnte sich in seinem Schreibtischsessel zurück. »Sie stimmen weitgehend mit der jeweiligen politischen Einstellung überein. Die Gegner der Todesstrafe unterstützen mich, die Befürworter werden zunehmend ungeduldig.«
Sein Vater schmunzelte. »Das kann ich mir vorstellen. Du bist ein junger Spund, weithin bekannt in Fachkreisen, und man erwartet, dass du deiner Firma Ruhm und Ehre einbringst. Stattdessen bringst du einen ganzen Staat gegen dich auf, indem du einen Menschen zu retten versuchst, den niemand gerettet sehen will.«
»Ich weiß.«
»Sie richten über ihn, wobei sie den wichtigsten Punkt vergessen: Er ist trotz alledem ein menschliches Wesen. Er hat ein Recht auf die bestmögliche Verteidigung, die ihm laut Gesetz zusteht.«
»Bring das mal den Steinewerfern bei.«
»Ich weiß, ich weiß. Dein Pech, dass du dich für ein dermaßen verabscheuungswürdiges Exemplar ins Zeug legen musst. Die Leute in der Gegend kennen alle jemanden, der um tausend Ecken mit einem der ermordeten Mädchen bekannt oder verwandt ist …«
John nickte, dachte an Kate. Er dachte an den Kuss, und dann fiel ihm wieder ein, was er ihr verraten hatte. Er errötete, und sein Vater bemerkte es prompt. Nun hatte er den alten Mann

neugierig gemacht. Sein Vater blickte ihn schweigend an, wartete darauf, dass er mit der Sprache herausrückte.

»Ich habe etwas … Fragwürdiges getan«, beichtete John.

»So?«

John nickte bedächtig. Er stand auf, durchquerte das Büro und schloss leise die Tür. »Ich bin froh, dass du da bist, Dad. Ich muss etwas mit dir besprechen. Etwas Wichtiges.«

Sein Vater legte den Kopf schräg, wartete.

John holte tief Luft. Sein Blick umfasste all seine Urkunden und Zertifikate, die Bildergalerie – das Hochzeitsfoto seiner Eltern, sein eigenes mit Theresa, Teddy bei der Einschulung, Maggie mit ihrem ersten Tennisschläger und beide Kinder auf ihren Fahrrädern vor dem Paradise Ice Cream …

»Ich habe gegen die Schweigepflicht verstoßen.«

Die Augen seines Vaters weiteten sich überrascht. Der Richter blies die Wangen auf, nickte ernst. »Sprich weiter.«

»Es war niemand vom Gericht, oder jemand, der vorher mit dem Fall in Verbindung stand …«

»Mit dem Fall Merrill?«

»Ja.«

John sah seinem Vater in die Augen, suchte Rat, fürchtete Missbilligung. Er schluckte seinen Stolz wohl oder übel herunter, weil er sich die Sache von der Seele reden und hören musste, was sein Vater dazu zu sagen hatte. Ein anderer hätte vielleicht als Erstes gefragt, ob ihm dieser Vertrauensbruch zum Verhängnis werden könnte, aber nicht Johns Vater. Den Schuldgefühlen – den inneren, seelischen, moralischen Nöten – maß der Richter einen bedeutend höheren Stellenwert bei als dem eigentlichen Schuldspruch – der Möglichkeit, ertappt und bestraft zu werden, was John genauso sah. Dennoch ging er darauf ein, als hätte sein Vater die Frage gestellt.

»Ich glaube nicht, dass sie etwas darüber verlauten lässt … ich bin mir irgendwie sicher, dass sie nichts tun würde, was mir schadet.«

»Eine Frau?«

John nickte. »Die Schwester einer jungen Frau, die vermisst wird. Seit sechs Monaten ...«

»Eine lange Zeit«, sagte sein Vater mitfühlend. »Sehr lange, um sich den Kopf zu zermartern.«

»Ja. Fand ich auch.«

»Und was genau hast du gemacht?«

»Wir haben uns getroffen. In Fairhaven, Massachusetts – zufällig. Eine seltsame Fügung. Sie gab mir einen Tipp, der mich bewog, Greg Merrill nach einem bestimmten Ort zu fragen, an dem er war, der aber nicht in den Akten vermerkt ist – eine Geschichte, die nie an die Öffentlichkeit drang. Ich fuhr hin, um sie zu überprüfen ...«

»Und diese Frau auch.«

»Richtig. Ihre Schwester war ebenfalls dort, ungefähr zur gleichen Zeit, wie es scheint.« John schloss die Augen und sah das Fenster des Mädchens, die Lichterprozession und Kates Flussaugen vor sich. Er spürte wieder den Kuss – das Gefühl war stärker als er. Es erfüllte sein ganzes Denken, weckte in ihm den Wunsch, sie möge in diesem Moment bei ihm sein, damit er sie erneut küssen konnte. Er zuckte zusammen, was sein Vater natürlich sah. »Ich musste es ihr einfach sagen. Ich habe es nicht übers Herz gebracht, sie noch länger im Ungewissen zu lassen.«

»Deine Reaktion zeugt von menschlicher Größe.«

»Findest du?«

»Ja, aber damit bist du nicht aus dem Schneider. Du würdest *noch mehr* menschliche Größe beweisen, wenn du jederzeit die Interessen deines Mandanten berücksichtigst – in angemessener Form. Nein, mehr als angemessen. Nach besten Kräften. Ohne auch nur den Hauch einer Unkorrektheit.«

»Was ich getan habe, war im höchsten Maß unkorrekt.« Das war eine Feststellung, keine Frage.

»Absolut.«

»Was soll ich jetzt machen, Dad?«

Sein Vater strich sich nachdenklich über das Kinn. »Keine Ahnung.«

»Hast du jemals mit Mom über deine Fälle gesprochen?«, hörte John sich fragen.

Sein Vater blickte ihn an, als sei er entrüstet. »Natürlich. Das Ehegelübde hat Vorrang vor allen anderen in meinem persönlichen Kodex. Hast du dich mit Theresa nie darüber unterhalten?«

Johns Schultern spannten sich ein wenig, und er zwang sich, eine unbefangene Miene aufzusetzen. Seine Ehe war ein Thema, über das er nie sprach, nicht einmal mit seinem Dad; er konnte es seit ihrem Tod nicht ertragen, daran zu rühren. Der Schmerz erlosch nie – und auch nicht das Gefühl der Scham.

»Nicht wirklich«, sagte er.

»Warum dann die Frage? Vertraust du dich dieser Frau häufig an?«

»Nein.« Johns Blick fiel auf Maggies Brief.

»Wer ist sie überhaupt?«

»Niemand, Dad.« Johns Herz raste, als er Kates Namen ansah und sich daran erinnerte, was er dabei empfunden hatte, als er sie in den Armen hielt. »Niemand von Bedeutung. Und, was soll ich jetzt machen?«

»Zuallererst dafür sorgen, dass so etwas nie wieder vorkommt.«

»Das passiert mir gewiss nicht noch einmal. Dessen bin ich mir sicher.«

»Gut. Und dann solltest du die Motive für dein Verhalten unter die Lupe nehmen – wie ich deinen Worten entnehmen konnte, hattest du ja keine niederen Beweggründe. Du könntest in Betracht ziehen, der Anwaltskammer selber Meldung zu machen, dich auf Gedeih und Verderb dem Untersuchungsausschuss auszuliefern.«

»Dem ich angehöre«, sagte John und verspürte Selbstekel.

»Richtig. Du könntest natürlich auch, nach reiflicher Überlegung und gründlicher Gewissenserforschung, das Für und Wider abwägen und zu der Entscheidung gelangen, deine Karriere nicht zu zerstören. Du könntest – und das ist der wichtigste Punkt – beschließen, Maggie und Teddy nicht der finanziellen Mittel zu berauben, die sie brauchen, um das College zu besuchen und Jura zu studieren. Dann könntest du dir einen gehörigen Tritt in den Arsch verpassen, dich auf das Übelste beschimpfen und feierlich geloben, dir so etwas nie wieder zuschulden kommen zu lassen.«

»Danke, Dad.« John hatte das Gefühl, als sei ihm eine schwere Bürde von den Schultern genommen worden, und ein Lächeln breitete sich in seinem Gesicht aus.

»Die Schwester dieser Frau – hat Merrill sie umgebracht?«

»Ich weiß es nicht.«

»Wie willst du der Sache auf den Grund gehen?«

»Keine Ahnung, aber ich arbeite daran.«

»Du solltest unbedingt noch andere grundlegende Ermittlungen anstellen. Die Schwester der Vermissten – hat sie einen Ehemann? Einen Geliebten? Einen Bruder?«

»Mindestens zwei von drei Fragen kann ich schon jetzt mit Ja beantworten.« John dachte an Kates Ex-Ehemann und ihren Bruder. Er hoffte, dass es keinen Geliebten gab.

»Bring alles über die Familie in Erfahrung. Schalte die Polizei ein – am besten wendest du dich an Bill Manning. Wo hat die Vermisste gelebt?«

»Nicht in unserer Gegend. Sie stammt aus dem Süden, war nur zu Besuch in Neuengland.«

»Wo ist sie abgestiegen?«

»Als sie in Newport war, in irgendeinem Landgasthof; und hier im East Wind.«

»Felicity hat sich mit Sicherheit gut um sie gekümmert. In dieser Hinsicht dürfte es keine Probleme gegeben haben …«

John zuckte mit keiner Wimper, als sein Vater das Thema

Barkley bewusst mied. Dass sein Vater von der Affäre seiner Frau mit einem seiner besten Freunde gewusst hatte, war eine Tatsache, die zwischen ihnen unausgesprochen blieb.

»Setz Billy darauf an.«

»Ich glaube, dass Greg Merrill sie umgebracht hat, Dad. Ich bin mir ziemlich sicher. Zeit und Ort stimmen überein, und sie passt in das Täterprofil.«

»Er hat sich nur zu den Morden an den sieben Frauen bekannt, die *an die Öffentlichkeit gelangten* und für die er verurteilt wurde.«

»Richtig.«

»Viele von uns Richtern sind der Meinung, das sei nur die Spitze des Eisbergs. Du musst dich nicht dazu äußern – das möchte ich auch gar nicht. Aber eine solche Bestie …«

John nickte. Der Gedanke war ihm auch schon gekommen. Greg hatte nur sieben Morde gestanden; er war gefasst worden, weil diese Opfer Familie hatten, Ehemänner, Menschen, die sich um sie sorgten. Was war mit den Frauen, die niemanden hatten? Prostituierte, junge Mädchen, die von zu Hause durchgebrannt waren … sogar Willa Harris war durch das Raster gefallen, weil sie sich zum Zeitpunkt des Verschwindens mit ihrer Schwester entzweit hatte.

»Sag nichts – ich möchte dich nicht in Versuchung führen, etwas auszuplaudern. Es gibt da nur einige Fragen, die bedacht sein wollen. Was ist mit seiner Handschrift? Stimmt sie in ihrem Fall auch?«

Jeder Serienmörder hinterließ eine ganz persönliche Handschrift, ein Zeichen, am Tatort, und John hatte niemandem – nicht einmal seinem Vater – erzählt, worin Merrills bestand.

»Das kann ich nicht sagen. Ihre Leiche wurde nie gefunden.«

»Gut.« Sein Vater schüttelte den Kopf. »Ich hoffe, dass sie auftaucht. Die Ungewissheit ist die Hölle für die Angehörigen. Weil man sich immer wieder vorstellt, welche grauenvollen

Dinge passiert sein *könnten.* Und kein Grab hat, das man besuchen kann.«

Wieder stellte sich John die Prozession der portugiesischen Fischer und ihrer Familien vor, die Kerzen in den Händen trugen und Hymnen in der dunklen, kalten Nacht sangen, um ihre Toten auf dem kleinen Gemeindefriedhof zu ehren. Das Bild war herzzerreißend gewesen, aber auch irgendwie friedvoll.

Es hatte dazu geführt, dass er Kate küsste.

Und wieder kamen sie und brachen sich ihre Bahn: die Gedanken, die Gefühle, die Sehnsucht. Während er in seinem Büro saß und sich mit seinem Vater, der ihm gegenüber an dem breiten Schreibtisch saß, über berufliche Entgleisungen und die Handschrift von Serienmördern unterhielt, kreisten seine Gedanken nur noch um Kate Harris. Er dachte daran, wo sie in diesem Augenblick sein mochte, was es für ein Gefühl gewesen war, sie in seinen Armen zu halten.

Er hoffte inständig, dass es keinen Mann in ihrem Leben gab, den sie liebte. Er wünschte, er könnte dazu beitragen, dass sie den Schmerz vergaß. Er wusste, was sie mit ihrem Mann durchgemacht haben musste. Er hätte die Vergangenheit gerne ungeschehen gemacht, ihr den Kummer erspart, zu wissen oder nicht zu wissen, was ihrer Schwester widerfahren war. Was Merrill Willa vermutlich angetan hatte. Ihr das zu ersparen war sein größter Wunsch.

15

An diesem Abend hatte John eine Telefonkonferenz zu Hause anberaumt – genauer gesagt, im Haus seines Vaters. Er hatte unlängst nicht viel Zeit für Maggie und Teddy gehabt, und obwohl die Besprechung mit Dr. Beckwith wichtig war, gefiel ihm der Gedanke nicht, wieder einmal Überstunden im Büro zu machen.
Ironischerweise war er der Einzige, der zu Hause war. Teddy hatte am Nachmittag irgendeine Sportveranstaltung, Maggie hatte eine Nachricht hinterlassen, dass sie eine Fahrradtour machen wolle, und sein Vater hatte Maeve – wie John belustigt las – ins Clam Shanty zum Muschelessen eingeladen, damit sie ausnahmsweise nicht kochen musste.
John beschloss, ein Rindergulasch zu machen. Das war – neben einem scharfen Chili – seine Spezialität. Er hatte das Rezept von einem Teamkameraden aus seiner alten College-Fußballmannschaft; dafür brauchte man viel Rindfleisch, ein wenig Gemüse und Bier. Wenn er das Gulasch für die Kinder zubereitete, halbierte er die Biermenge. Es war ihr Leibgericht.
Als es zu dämmern begann, verspürte er, wenn auch nicht gerade Besorgnis, so doch eine leichte Anspannung. Die Sonne war noch nicht untergegangen, aber das fahle Novemberlicht

hatte eine beunruhigende Wirkung. Wo konnten Maggie und Teddy stecken? Während er am Küchenfenster stand, hielt er immer wieder Ausschau nach ihnen. Gerade kam ein Wagen die Straße entlang – ein Jeep –, der langsam in die Auffahrt einbog. Teddy stieg aus, und John verrenkte sich den Hals, um einen Blick auf den Fahrer zu erhaschen; es war Hunt Jenkins, der Fußballtrainer.

Die Eingangstür an der Seite des Hauses fiel mit Getöse ins Schloss, dann ließ Teddy seine Büchertasche zu Boden fallen und trat in die Küche.

»Dad!« Er schien überrascht, seinen Vater so früh anzutreffen.

»Hallo, Ted.«

»Wieso bist du schon zu Hause? Ist doch nicht einmal Zeit fürs Abendessen!«

»Hast du zur Kenntnis genommen, wer heute das Abendessen zubereitet?«

»Klar. Gibt es Rindergulasch?«

»Ja.«

»Wo ist Maggie?«

»Sie hat eine Nachricht hinterlassen, dass sie eine Fahrradtour unternehmen wollte.« John machte sich auch jetzt noch keine Sorgen, aber seine Unruhe wuchs. Teddys Frage bewog ihn, abermals aus dem Fenster zu schauen, doch dann gelangte er zu dem Schluss, dass er langsam Wahnvorstellungen entwickelte. »Mr. Jenkins hat dich nach Hause gefahren?«

Teddy nickte, öffnete den Kühlschrank. Er holte die Milchflasche heraus, schraubte den Deckel ab und machte Anstalten, aus der Flasche zu trinken, doch dann begegnete er dem Blick seines Vaters und besann sich eines Besseren. »Ich war im Sportclub«, sagte er, während er sich ein Glas Milch einschenkte. »Hab mich für ein Wintertraining in der Hallenfußball-Liga angemeldet. Wird von Mr. Jenkins veranstaltet, gemeinsam mit Mr. Phelan, dem Trainer von Riverdale, und einem Freund der beiden, Mr. Davis. Es war schon spät, und er

musste sowieso hier vorbei, deshalb hat er mich mitgenommen.« Das Glas auf halbem Weg zum Mund, blickte er seinen Vater an. »Ist doch in Ordnung, wenn ich mitmache, oder?«
»Klar. Das ist eine gute Sache.«
»Vielleicht spiele ich irgendwann so gut Fußball, dass mich ein College in seiner Mannschaft haben möchte und mir ein Stipendium gewährt.«
»Das wäre fantastisch.«
»Mr. Jenkins meint, ich sei auf dem besten Weg. Er findet, dass es gut wäre, wenn ich mit Gewichten trainiere. Muskelkraft aufbaue.«
»Wirklich?« John rührte das Gulasch um.
Teddy nickte, trank seine Milch in einem Zug aus. »Er hat gesagt, dass er mich persönlich trainiert. Er hat Gewichte und alles, was man sonst noch braucht in dem Sportclub, zu dem er gehört. Mr. Phelan und Mr. Davis sind auch dort. Ist garantiert ein Trainingszentrum für Sportkanonen.«
»Was ist gegen die Sportmöglichkeiten einzuwenden, die von der Schule angeboten werden?«
»Nichts. Die sind ganz okay. Ich dachte nur, dass es mir bei dem Stipendium helfen würde, wenn ich mit ihnen trainiere ...«
John spießte einen Rindfleischwürfel mit der Gabel auf, probierte. Sein Magen verkrampfte sich. Hatten zwei erwachsene Männer nichts Besseres zu tun, als mit einem Jungen von der Highschool ein Gewichtstraining zu absolvieren?
»Verstehst du, was ich meine, Dad? Ich denke, es kostet nicht viel, aber ich könnte mich erkundigen.«
Das Gulasch köchelte vor sich hin, das Fleisch war gar. John atmete tief aus. Seine Arbeit begann offenbar auf sein Privatleben abzufärben. Zu viel Zeit, die er mit Männern wie Merrill und Ärzten wie Beckwith verbrachte, die den Verstand eines Menschen mit einer schweren Psychose zu erklären versuchten. Wenn der Fußballtrainer anbot, Teddy beim Training mit

den Gewichten unter seine Fittiche zu nehmen, und John dahinter ein verdecktes Motiv witterte, war es höchste Zeit, sich zu fragen, wie verdreht sein eigener Verstand sein mochte.

»Natürlich, Ted. Mach das. Hauptsache, du wirst nicht wie The Rock, dieser Wrestler mit der hohlen Birne.«

»Keine Bange, Dad – ich habe nicht vor, mich mit Steroiden voll zu pumpen und dir ein Ding zu verpassen!«

Sie lachten. Das Telefon läutete; als John Sally Carrolls Nummer auf der Anzeige sah, zögerte er. Vermutlich war es Bert, der Teddy sprechen wollte. Doch da er näher am Apparat war, ging er ran.

»Hallo?«

»Johnny, ich bin's, Sally.«

»Hallo, Sal. Wie geht's?«

»Super. Einfach Klasse. Mir ist ein Immobiliengeschäft durch die Lappen gegangen – ich habe gerade erfahren, dass der Kunde es vorgezogen hat, etwas in Black Hall zu kaufen. Da hab ich mir gesagt: ›Sally, du brauchst einen Drink und einen guten alten Freund, der dir Gesellschaft leistet.‹ Mein neuer Freund scheint heute Abend wie vom Erdboden verschluckt zu sein. Natürlich habe ich sofort an dich gedacht.«

»Tut mir Leid, Sally. Ich koche gerade für die Kinder, und anschließend steht eine Telefonkonferenz auf dem Programm. Vielleicht ein anderes Mal.«

»Schade«, sagte sie grollend. »Ich hätte dich beinahe nicht gefunden ... wenn Teddy Bert nicht erzählt hätte, dass du vorübergehend bei deinem Vater wohnst. Aber da Maggie gerade mit ihrem Fahrrad den Weg entlangfuhr ...«

»Den Weg? Du meinst, den Weg zu meinem Haus?« John eilte zum Fenster, spähte hinaus.

»Ja. Vielleicht hat sie die Abkürzung durch das Naturschutzgebiet genommen, oder die Straße vom Leuchtturm. Ich bin mir nicht sicher. Aber ich dachte, du würdest es gerne wissen. Wenn sie meine Tochter wäre, sähe ich es jedenfalls nicht gerne, dass sie bei Einbruch der Dunkelheit noch mit dem Rad unterwegs ist … Ich weiß, Theresa würde wollen, dass ich dir Bescheid sage …«

»Danke, Sal.« John legte auf und kehrte zum Fenster zurück. Die Schatten, die über die Straße und den Garten fielen, wurden länger. Die Straßenlaternen gingen an, zuerst flackernd wie Kerzenlicht, dann stetig und hell. Die Dämmerung senkte sich herab, und Maggie war noch nicht zu Hause; sein Herz klopfte schneller.

Er presste die Stirn gegen die kalte Fensterscheibe. Er sah die Straße hinunter, in die Richtung, aus der sie vermutlich kommen würde. Beinahe unbewusst griff er nach seinen Autoschlüsseln. Er hatte ein ungutes Gefühl, und seine Hand lag bereits auf der Klinke der Küchentür, als er Räder auf dem Kies vor dem Haus knirschen hörte.

»Ich bin wieder da!«, rief sie, zur Vordertür hereinkommend. Teddy blickte lächelnd hoch, als sie den Raum betrat. John lehnte sich gegen die Tür, froh, dass sie nicht sehen konnte, wie sein Herz gegen die Rippen hämmerte.

»Hallo, Dad.« Ihre Wangen und ihre Nase waren feuerrot, als sie durch die Küche wirbelte und ihm einen Kuss gab.

»Hallo, Mags.«

Bei seinem Tonfall – der sich seiner Kontrolle entzog, denn selbst in seinen eigenen Ohren klang er kalt und zornig – sah sie ihn stirnrunzelnd an. Sie schob die Hände in die Taschen.

»Was ist denn?«, fragte sie.

»Warst du gerade in unserem Haus?«

Ihre Kinnlade klappte herunter, und er sah, wie sie erschrak, weil er sie ertappt hatte.

»Du warst in unserem Haus! Stimmt's?«

Sie nickte, starrte ihn an. »Nicht direkt. Aber im Naturschutzgebiet, auf den Feldwegen …«

»Maggie!«, explodierte er. »Was habe ich dir gesagt? Hast du die Lambert Road mit dem Fahrrad überquert?«

»Ja, Dad, aber ...«

»Kein Aber! Du hättest beim Überqueren der Fahrbahn von einem Laster erfasst werden und tot sein können – weißt du, wie schnell sie dort fahren? Und die Straße verläuft direkt unter der I-95 ...« Er biss sich auf die Zunge, wandte sich ab. Die Interstate war ein Tummelplatz für zwielichtige Gestalten aller Art. Drogenhändler aus Florida, Lkw-Fahrer, die im Auftrag von Firmen Schmuggelware in ihren riesigen Lastern transportierten, Pädophile, die ahnungslosen Kindern auflauerten ... etliche Mandanten hatten die I-95 in ihren Geschichten erwähnt; die Schnellstraße war wie ein heimlicher Komplize, die Straftaten begünstigte und deckte.

»Es tut mir Leid, Dad!«

»Damit ist es nicht getan. Du hast Hausarrest.«

»Daddy!«

»Dad – sie hat sich doch nichts Böses dabei gedacht«, eilte Teddy seiner Schwester zur Hilfe. »Wir vermissen beide unser Haus, den Strand ... ich war auch schon ein paar Mal dort.«

»Möchtest du ebenfalls Hausarrest haben? Dann mach nur so weiter.« Johns Kopf schmerzte. Die Kinder fühlten sich zu ihren eigenen vier Wänden hingezogen – ebenfalls eine Art von Drang, der jedoch nicht besonders rätselhaft war. Die Agentur hatte sich nicht mehr gemeldet, und John hatte die Suche nach einem Kindermädchen schleifen lassen. Es war einfacher und sicherer, fürs Erste bei seinem Vater und Maeve zu wohnen – in einer Großfamilie. Er dachte an Theresa und verspürte eine Mischung aus Wut und Kummer.

»Daddy.« Maggie brach in Tränen aus. Er dachte, der Hausarrest mache ihr zu schaffen, aber das war nicht der Fall. »Ich will nicht, dass du böse auf mich bist ... ich will dich nicht enttäuschen ... bitte, gib mir noch eine Chance. Es tut mir Leid!«

»Ich kann böse auf dich sein und dich trotzdem lieb haben.« John drückte seine Tochter an sich. »Ich liebe dich, Mags. Ich möchte verhindern, dass dir etwas passiert.«

»Tut es nicht«, schluchzte sie und berührte die Fransen des weißen Schals, den Kate ihr geschenkt hatte. »Ich bin mutig – ich kann auf mich aufpassen!«
»Ich weiß.« Johns Finger streiften den Schal. »Aber du hast trotzdem Hausarrest.«
Maggie schien noch etwas sagen zu wollen, doch dann drehte sie sich wortlos um und lief die Treppe hinauf in ihr Zimmer. Draußen war es inzwischen stockdunkel, und John hoffte, dass sie daran dachte, die Vorhänge zu schließen, wenn sie das Licht einschaltete.
Er stand reglos da, das Herz schlug ihm bis zum Hals. Die Erinnerung, wie er mit Kate auf dem Parkplatz gestanden hatte, tauchte wieder auf. Sie zu küssen war ihm völlig natürlich erschienen. Als wären sie die beiden Hälften eines Ganzen, vom Schicksal zusammengeführt für mehr als einen Augenblick in Zeit und Raum. Er stand in einem Haus, das nicht ihm gehörte, mit zwei Kindern, die unbedingt nach Hause wollten, und er schloss die Augen und dachte an Kate.

Kate war in ihr Büro gefahren, um ein paar Sachen zu holen; nach dem, was mit Willas Karte passiert war, nahm sie ihre Post noch gründlicher in Augenschein. Obwohl ihre Assistentin versprochen hatte, alles weiterzuleiten, was an sie adressiert war, gleich ob es wichtig aussah oder nicht, hatte Kate das Bedürfnis, sich hin und wieder persönlich davon zu überzeugen. Ihr Büro war verwaist, wartete auf ihre Rückkehr. Zwar hatte sie unbegrenzt Urlaub genommen, aber der kurze Abstecher reizte sie, die Arbeit wieder aufzunehmen.
Sie saß in ihrem Büro und betrachtete all die Berichte und Anfragen, die während ihrer Abwesenheit eingetroffen waren. Artikel über Schalentier-Quoten von verschiedenen Fachkommissionen an der gesamten Ostküste, die Bitte an die Akademie von zwei Städten in Maryland, eine Studie zur Ermittlung des Verschmutzungsgrades durchzuführen. Ihre Arbeit war

für sie immer von zentraler Bedeutung gewesen, aber sie hatte sich seit Monaten nicht mehr richtig darauf konzentrieren können.
Sie wusste, dass sich daran nichts geändert hatte – noch nicht. Als sie den Stapel mit der Post durchging und sich vergewisserte, dass nichts von Willa dabei war, wurde ihre Aufmerksamkeit plötzlich von einem Poststempel gefesselt: SILVER BAY CT. Obwohl sie ungeheuer gespannt war, beschloss sie, zu warten und den Brief erst zu Hause zu lesen. Sie verabschiedete sich von den anderen Mitarbeitern und nahm den Fahrstuhl nach unten.
Die National Academy of Sciences war in einem weitläufigen modernen Gebäude an der Ecke der einundzwanzigsten Straße und der Pennsylvania Avenue untergebracht. Als Kate ins Freie trat, zog sie ihren grünen Mantel enger um sich. An manchen Abenden genoss sie es, zu Fuß nach Hause zu gehen: am Weißen Haus vorbei bis zur Constitution Avenue und den Kirschbäumen mit den kahlen Ästen, die Mall entlang mit dem riesigen, einladend wirkenden Smithsonian-Komplex – Touristen schlenderten bei jedem Wetter durch die Straßen, die Kuppel des Capitols war angestrahlt und beleuchtete ihren Heimweg.
Doch heute Abend hatte Kate das Bedürfnis, schnellstmöglich in die Abgeschiedenheit ihrer eigenen vier Wände zu gelangen und den Brief zu lesen, deshalb nahm sie ein Taxi.
Ihr Stadthaus befand sich auf dem Capitol Hill, unmittelbar neben der Massachusetts Avenue. Seit ihrem Abstecher nach Fairhaven war ihr sogar der Straßenname ein Dorn im Auge – es machte sie krank, das Schild auch nur anzuschauen. Der Taxifahrer hielt vor dem Haus, und sie lief die hohen Stufen hinauf, sperrte die schwere schwarze Eingangstür auf und betrat das anheimelnde Backsteingebäude.
Bonnie war überglücklich, dass sie wieder da war. Kate stellte ihre Umhängetasche ab, dann ging sie durch sämtliche Räume

und schaltete das Licht ein. Bei ihrem Auszug aus dem mit Andrew bewohnten Haus hatte sie nichts mitgenommen, was an ihre gemeinsame Zeit erinnerte, und ihr neues Domizil nach ihrem eigenen Geschmack eingerichtet: Möbel aus Secondhand-Läden an der East Shore, der handgeknüpfte Teppich ihrer Großmutter aus Chincoteague, wunderschöne Aquarelle von Dünen und Meeresbuchten.
Sie machte es sich in ihrem Lieblingssessel bequem und holte den kleinen blauen Umschlag aus der Umhängetasche. Ihr Name war in großen kindlichen Druckbuchstaben geschrieben, der Rest der Adresse in einer gestochen scharfen Handschrift hinzugefügt, die offensichtlich einem Erwachsenen gehörte.
Ihre Schultern entspannten sich bereits, wenn sie nur den Poststempel SILVER BAY CT betrachtete. Energie schien von dem Papier in ihre Fingerspitzen überzugehen, als sie den Brief öffnete und zu lesen begann.
Er war von Maggie, sie bedankte sich für den weißen Schal. Teddy hatte ein paar Zeilen hinzugefügt. Kate las den Brief zweimal von Anfang bis Ende. Obwohl John keinen Gruß mitgeschickt hatte, stammte die Handschrift auf dem Umschlag von ihm. Maggie hatte ihn wahrscheinlich gebeten, ihn für sie zu adressieren.
Den Brief in der einen und den Umschlag in der anderen Hand haltend, schloss Kate die Augen. Sie dachte an den heimlichen Aufbruch ihrer Schwester nach Neuengland, an ihren Bruder, der allein in seiner heruntergekommenen Fischerhütte in den Fichtenwäldern von Chincoteague hauste, umgeben von Austernhalden. Eine Familie war mitunter eine kurzlebige Gemeinschaft. Ihre eigene Familie schien für sie verloren zu sein, aber dafür hatte sie ein neues, seltsam inniges Gefühl der Verbundenheit gewonnen, das aus einer völlig unvermuteten Richtung kam …
»Brainer lässt dich grüßen«, sagte sie laut zu Bonnie.

Als hätte sie den Scotchterrier damit zum glücklichsten Hund in ganz Washington gemacht, sprang er neben Kate auf den Sessel und leckte sich die Pfoten. Die beiden saßen aneinander geschmiegt da, träumten vom Norden und lauschten dem Knistern und Prasseln des Feuers im Kamin. Kate spürte die Wärme des kleinen Hundes und erinnerte sich daran, wie John sie in den Armen gehalten hatte.

Was er wohl gedacht haben mochte, als er den Umschlag adressierte?

Erinnerte er sich an den Kuss? Hätte er ihn gerne wiederholt? Kate schloss die Augen, presste den Umschlag an die Brust. Solche Gefühle waren ihr völlig fremd, erschreckten sie. Schließlich kannte sie John O'Rourke kaum. Er gehörte zum »feindlichen Lager«, war der Anwalt des Mannes, den sie verdächtigte, ihre Schwester gewaltsam entführt zu haben.

Aber er war mehr als das. Er war auch ein allein erziehender Vater, der seine Frau auf die denkbar schlimmste Weise verloren hatte. Ihr Tod kam unerwartet, auf einer einsamen Straße, möglicherweise auf dem Heimweg von einem anderen Mann. Kate verstand, in welche emotionale Krise John damit gestürzt worden war. Liebe, Verrat und dann ein unwiederbringlicher Verlust: ein Schicksal, das anzunehmen ihr unmöglich erschien. Zumindest konnte Kate noch nicht damit beginnen.

16

Da Dr. Beckwith nicht dazu gekommen war, John zu Hause anzurufen – einer seiner Patienten hatte eine Krise gehabt –, trafen sich die beiden Männer am darauf folgenden Tag in Providence. John, erpicht darauf, die neuesten technischen Errungenschaften in dem ständig expandierenden Tätigkeitsfeld des Doktors zu sehen, besuchte ihn in seiner Klinik.

»Ich bin überrascht, dass Sie noch Zeit für Gutachten finden«, staunte John. Während er sich in dem Büro umsah, kam ihm Willa Harris in den Sinn. Wo mochte sie stecken? Hatte ihr gemeinsamer Klient etwas mit ihrem Verschwinden zu tun? Wie mochte Kate zumute sein, die nach Washington zurückgekehrt war, ohne etwas Neues über das Schicksal ihrer Schwester zu erfahren?

»Ich weiß«, erwiderte Beckwith zerknirscht. »Es gibt so viele, die der Hilfe bedürfen. Wie Sie wissen, arbeite ich überwiegend mit Sexualstraftätern. Die Gesellschaft würde sie am liebsten ein für alle Mal wegsperren, am besten in einem finsteren Verlies, aber auch sie sind Menschen. Sie können mich für verrückt erklären, aber ich denke, dass ich etwas bewirken kann.«

John nickte, und der Doktor lachte.

»Aber wem sage ich das, bei Ihnen renne ich offene Türen ein; wir sitzen im selben Boot. Ich weiß, dass Sie ein viel beschäftigter Mann sind, fangen wir also mit einem Rundgang an, damit Sie sich über die neuesten Errungenschaften der Forschung informieren können. Die Mittel fließen seit geraumer Zeit freizügiger, es ist also einiges seit Ihrem letzten Besuch hinzugekommen. Wann war das noch gleich?«
John runzelte die Stirn, überlegte.
»Muss vor drei Jahren gewesen sein. Als Sie am Fall Caleb Jenkins gearbeitet haben.«
»Damals steckte das Ganze noch in den Kinderschuhen, verglichen mit dem, was Sie gleich sehen werden. Übrigens, wie geht es Caleb?«
»Gut, nach Aussagen seiner Mutter, er arbeitet für seinen Vater.«
Der Doktor nickte zufrieden. »Freut mich zu hören. Das Wissen, dass mein Gutachten einen jungen Mann wegen einer Torheit, eines Dumme-Jungen-Streichs im Wesentlichen, vor dem Gefängnis bewahrt hat, gibt mir ein gutes Gefühl. Damit erhält er noch eine Chance, etwas aus seinem Leben zu machen. Wenn es für meine anderen Patienten nur genauso einfach wäre …«
John nickte.
»Ich würde Ihnen gerne zeigen, wie ich heute in meiner Klinik arbeite. Und eines vorweg: Unser Klient erhält meiner Meinung nach mehr Hilfe, als ich anderen Männern zuteil werden lasse, die weniger auf ihre Obsessionen fixiert sind … im Lauf der Monate habe ich mir ein ganz gutes Bild von ihm machen können.«
»Das ist mir klar. Vielen Dank, ich weiß Ihr Engagement zu schätzen.«
»Gern geschehen«, sagte Beckwith. »Man hat nicht jeden Tag die Gelegenheit, mit jemandem wie ihm zu arbeiten.«
John blieb ihm die Antwort schuldig. Die Worte wollten ein-

fach nicht über seine Lippen, und er verspürte eine leichte Übelkeit.
Beckwiths Forschungszentrum war im einzigen Hochhaus der Universität untergebracht. Die Stiftung, mit staatlichen und privaten Mitteln finanziert, belegte das gesamte zwanzigste Stockwerk und bot einen Ausblick auf die im Kolonialstil errichteten Backsteingebäude des College Hill, die bonbonfarbenen Häuser der Fischerfamilien am Fox Point und die Narragansett Bay, die schimmernd zum Atlantik abfiel.
Im Gegensatz zu dem atemberaubenden Panorama, das sich draußen entfaltete, bot das Innere des Forschungszentrums Einblick in eine unvorstellbare Welt der Gewalt, der morbiden Fantasie und der sexuellen Perversion. Der Doktor zeigte John Räume für Videovorführungen und Rollenspiele, eine Maschine, die den Grad der sexuellen Erregung maß, und ein Labor, in dem es nach verwesendem Fisch stank.
»Was ist denn das?«, fragte John.
»Oh, eine meiner negativen Rückmeldungsmethoden.« Der Doktor schnitt eine Grimasse. »Meine Patienten lernen, Ekel erregende Gerüche mit ihren Gewaltfantasien zu assoziieren. Dann werden sie an einen Monitor angeschlossen und aufgefordert, über ihre Vergewaltigungen zu sprechen, wobei das Ausmaß der sexuellen Erregung gemessen wird. Ist der höchste Punkt der Kurve erreicht, hole ich den toten Fisch heraus, und der Gestank setzt jeglichem Lustgefühl ein Ende.«
»Und das funktioniert?«
»Ja, manchmal schon – kann aber Jahre dauern. Die Fantasievorstellungen rufen keine Erektion mehr bei dem Patienten hervor.«
»Aha …«
»Diese Leute – in der Mehrzahl Männer – werden zu mir geschickt, wenn nichts anderes mehr hilft. Sie haben ihre Haftstrafe verbüßt; bei den meisten wurde vom Gericht eine Therapie angeordnet, obwohl niemand glaubt, dass sie etwas bringt.

Lehrer, die Schülerinnen belästigt haben, Zahnärzte, die ihren Patientinnen zu nahe getreten sind, Männer, die wegen Vergewaltigung verurteilt wurden …«

»Meine Klientel«, warf John trocken ein, als sie ihren Rundgang durch das Stockwerk fortsetzten. »So sieht also Ihre ›Hilfe‹ aus.«

»Ja, ich korrigiere gewissermaßen ihre Fantasievorstellungen. Ich versuche, alte Programmierungen zu löschen, und beginne wieder bei Null. Die Sexualität ist eine rätselhafte Sache, wissen Sie. Mit den sexuellen Aktivitäten an sich verbringen die Menschen vergleichsweise wenig Zeit. Ihre Gedanken, ihre Fantasien nehmen wesentlich mehr Raum ein, und hier beginnen die Probleme. Jeder von uns – jedes menschliche Wesen auf unserem Planeten – wurde mit einem machtvollen Sexualtrieb geboren. Andernfalls wäre unsere Spezies schon längst ausgestorben.«

»Ich glaube nicht, dass sich unsere Klientel übermäßig Gedanken um den Erhalt der Art macht.« Wieder überkam ihn eine Welle der Übelkeit. Er wusste, dass diese Reaktion emotional bedingt war; zwiespältige Gefühle gegenüber der Arbeit, die er verrichtete, und den Menschen, die er anwaltschaftlich vertrat, hatten sich schon einige Zeit aufgestaut. Am liebsten hätte er auf dem Absatz kehrtgemacht und das Weite gesucht, mit dem Fahrstuhl nach unten und nichts wie weg. Aber er zwang sich auszuharren.

»Das ist richtig. Aber auch dann, wenn der Sexualtrieb mit unangemessenen Personen oder Verhaltensweisen verknüpft ist, muss er befriedigt werden. Und so verletzen diese Menschen andere und schaden sich selbst, werden gefasst und landen hier. Meine Arbeit richtet sich an der Verhaltenspsychologie aus. Die Patienten sollen lernen, ihre verhängnisvollen, triebhaften Verhaltensweisen automatisch mit negativen Folgen in Verbindung zu bringen – wie dem Gestank von totem, verwesendem, verrottendem Fisch.«

»Hmmm, wie beim Pawlow'schen Hund«, sagte John und erinnerte sich an den Psychologiekurs an der Universität, und wie Iwan Pawlow seine Hunde darauf konditioniert hatte, Speichelsekret zu bilden und Hunger zu entwickeln, sobald zur Fütterungszeit ein Glöckchen geläutet wurde – ihnen beigebracht hatte, etwas Positives mit diesem Reiz in Verbindung zu bringen. Die Konzentration auf sein akademisches Wissen bot John die Möglichkeit, die eigenen Konflikte zu verdrängen.

»Genau«, sagte Dr. Beckwith. »Die Gesellschaft will Rache. Sie fordert, dass solche Sexualstraftäter zu langen Haftstrafen verurteilt und anschließend, im Einklang mit Megans Gesetz, durch Registrierung und ständige Meldepflicht bei der örtlichen Polizei auf Schritt und Tritt überwacht werden. Alles gut und schön, aber damit ist das Problem nicht gelöst. Im Strafvollzug haben sie jahrelang Zeit, die abartigen Fantasien, deretwegen sie überhaupt erst hinter Gittern gelandet sind, weiterzuentwickeln. Ihr Mandant ist das beste Beispiel.«

»In welcher Hinsicht?«

»Lassen Sie uns in mein Büro gehen, dort können wir ungestört über den Fall reden«, schlug Dr. Beckwith vor und brachte ihn zu einer weitläufigen Bürosuite, die überraschenderweise nach Westen hinausging, auf die Granit- und Backsteingebäude der Stadt – statt auf die malerische Bucht, eine Aussicht, die Millionen kostete. Eine junge Frau mit kurzen braunen Haaren und in Studentenkluft saß am Schreibtisch im Vorzimmer und arbeitete am Computer.

Beckwith ließ John den Vortritt und bedeutete ihm mit einer Geste, in dem Sessel gegenüber dem breiten Schreibtisch Platz zu nehmen. Er schob ihm mehrere vorgedruckte Einverständniserklärungen zu, und John überflog sie, wobei ihm auffiel, dass Greg Merrill Dr. Beckwith von seiner ärztlichen Schweigepflicht entbunden hatte.

»Wir wissen beide, dass Merrill genau dort ist, wo er hingehört«, sagte Dr. Beckwith. »Hinter Gittern, weggesperrt für den Rest seines Lebens.«

»Solange es noch währen mag.«

»Genau. Er entspricht den Kriterien, die das Gesetz in diesem Staat für die Todesstrafe festgelegt hat: Er ist gewalttätig und Wiederholungstäter. Die Frage lautet also: Leidet er an einer mentalen Störung, die ihn dazu treibt, seine Gräueltaten zu begehen? Davon sind wir beide gleichermaßen überzeugt, denke ich.«

»Der Staat aber nicht; er lässt die Möglichkeit der verminderten Schuldfähigkeit nicht gelten. Als der Staatsanwalt bei der Urteilsverkündung sein Schlussplädoyer hielt, erklärte er: ›Sie haben viel über extreme emotionale Störungen gehört, aber das ist nichts weiter als eine willkommene Entschuldigung für einen Sadisten, dem es gefällt, minderjährige Mädchen umzubringen.‹«

»Ich weiß, ich habe die Gerichtsprotokolle gelesen.«

»Ich möchte Sie nur darauf hinweisen, dass ich ebenfalls eine Tochter habe. Aus der Warte des Vaters wäre es mir lieber, Merrill bleibt, wo er ist – im Todestrakt. Aber als sein Anwalt …«

»Sie haben gut daran getan, zu mir zu kommen.« Beckwith beugte sich vor, die Hände auf seinem Schreibtisch gefaltet. Er war ein eleganter Mann, mit tadellos frisierten weißen Haaren und aristokratischen Gesichtszügen.

John schwieg, wartete darauf, dass er fortfuhr.

»Greg Merrill ist in vieler Hinsicht ein typischer Serienmörder. Überdurchschnittlich intelligent, angenehmes Erscheinungsbild, tadellose Umgangsformen – was ihm den Zugang zu seinen Opfern erleichterte.«

John, innerlich aufgewühlt, hörte stumm zu, dachte an Willa Harris.

»Wie es in seinem Inneren aussieht, steht auf einem anderen

Blatt. Ihr Mandant bewegt sich auf der Skala der Psychosen außerhalb jeder Norm. Er kann seine Fantasien nicht unterdrücken. Sie verfolgen ihn fortwährend, selbst heute noch, trotz der Medikamente. Er entspricht sämtlichen DSM-IV-Kriterien für die Diagnose der Paraphilie, der sexuellen Perversion, und ein paar mehr, die nicht im Handbuch stehen. Er vergewaltigt und tötet seine Opfer schließlich, aber dahinter steht noch mehr …«

John biss die Zähne zusammen.

»Nämlich der Wunsch, sie zu besitzen, Macht über ihre Seele zu gewinnen. Seine Fantasie beinhaltet das Bestreben, sie noch eine Stunde, nachdem er sie mit zahlreichen Messerstichen verletzt hat, in den Wellenbrechern am Leben zu erhalten. Er leistet ihnen Gesellschaft, bis die Flut steigt, sitzt bis zur letzten Minute bei ihnen und geht, bevor er nasse Füße bekommt. Immer knapp außer Sichtweite des Strandes, der vorbeifahrenden Boote.«

»Warum?«, fragte John entsetzt und voller Abscheu.

»Damit die Frauen spüren, wie nahe sie dem Tod sind – und, zur gleichen Zeit, Hilfe und Rettung.«

John wartete, während der Doktor fortfuhr.

»Er spürt den archaischen Sog der Gezeiten … das Meer ist weiblich für Merrill. Eine Art Urmutter, die über die Macht verfügt, zu geben und zu nehmen. Sie nährt ihre Brut, bevor sie sie verschlingt. Sein pathologischer Zustand schließt den Hass auf seine leibliche Mutter ein. Sie war dominierend und besitzergreifend, aber sie arbeitete schwer, machte Überstunden, weil ihr Sohn es einmal besser haben sollte. Merrill glaubt, wenn es ihm gelingt, seine Opfer eine Zeit lang am Leben zu erhalten, während das Wasser ringsum steigt und sie diese archaische Erfahrung teilen, werden sie ihm für immer gehören.«

»Das glaubt er *wirklich?* Das ist nicht nur eine Metapher … ein Versuch, uns hinters Licht zu führen?«

»Mich führt kein Patient hinters Licht«, erwiderte Dr. Beckwith mit einem belustigten Lächeln.

»Tut mir Leid. Ich hätte nur für mich sprechen sollen. Ich wurde schon von einigen getäuscht, die es zu wahrer Meisterschaft in dieser Kunst gebracht haben. Ich war hundertprozentig von der Geschichte eines Mandanten überzeugt, bis ich herausfand, dass er mich die ganze Zeit belogen hatte.«

Beckwith schüttelte den Kopf. Ein amüsiertes Lächeln, vielleicht aufgrund von Johns Gutgläubigkeit, überzog sein schmales Gesicht. »Von Merrill werden Sie diesbezüglich keine Lügen hören. Nicht, was diesen wichtigen Punkt angeht. Sein Bedürfnis nach Macht und Kontrolle über die Mädchen ist überwältigend, was man auch aus seiner typischen Vorgehensweise schließen kann: Er hat sie entführt, in seinen Lieferwagen gelockt, sie darin gefangen gehalten, den Mund mit Klebestreifen verschlossen, sie immer wieder missbraucht und verletzt, sie langsam und qualvoll umgebracht.«

»Und sie am Leben erhalten, aufgespart für diese letzte Stunde, während das Wasser steigt ...« John stellte sich vor, wie Willa nach Luft rang, auf den Tod wartete ... Das Bild war so furchtbar, dass ihm bei dem Gedanken graute, Kate könnte davon erfahren.

»Ja, in gewisser Hinsicht betrachtet er das Meer – seine Mutter – als Komplizin. Obwohl er es vehement bestreitet, braucht er ›ihr‹ Einverständnis. Er überlässt es ihr, die Tat zu vollenden.«

»Er besitzt ein ausgeprägtes, intuitives Gespür«, sagte John, den Gedanken an Kates Schmerz abschüttelnd. »Er ahnt bereits, dass er in kein bestehendes Lehrbuch-Schema passt und Sie dabei sind, ein brandneues Täterprofil zu entwickeln. Er sagte, Sie würden ihn als ›Zombiemacher‹ betrachten.«

Der Doktor lachte über diesen Anflug von schwarzem Humor. »Tut mir Leid, wenn ich unseren Klienten enttäuschen muss, aber er war nicht der Erste. Der homosexuelle Serienmörder Dahmer hatte schon vor ihm die Idee, eines seiner Opfer in einen Zombie zu verwandeln. Nein, was Gregory Merrill von allen anderen unterscheidet, ist sein Bedürfnis, Frauen zu beherrschen und gleichzeitig von einer einzigen weiblichen Macht beherrscht zu werden.«

»Dem Meer«, sagte John und fragte sich, ob Willa Harris' Leiche in irgendeinem Wellenbrecher versteckt war. »Der steigenden Flut.«

»Sie haben es erfasst.«

John warf einen Blick auf seine Uhr. Er hatte noch einen anstrengenden Nachmittag im Büro vor sich, und danach wollte er Maggies Hausarrest beenden und eine Radtour mit ihr machen. »Unsere Verteidigung baut also auf der Strategie auf, verminderte Schuldfähigkeit aufgrund einer schweren sexuellen Störung geltend zu machen.«

»So ist es, höchstwahrscheinlich.«

»Danke, Doktor.« John reichte ihm zum Abschied die Hand und verließ das Büro. Er blieb im Vorzimmer stehen und wartete, bis Beckwiths Assistentin die Formulare mit den Einverständniserklärungen seines Mandanten fotokopiert hatte.

Er bedankte sich bei ihr und dem Doktor, dann fuhr er mit dem Lift nach unten. Auf dem Rückweg zu seinem Wagen, den er in der Thayer Street geparkt hatte, erstand er einen Becher Kaffee für die Rückfahrt nach Connecticut und dachte über den Sinn und Zweck der Arbeit nach, die Beckwith und er leisteten. Der Doktor hatte sich zum Ziel gesetzt, Menschen zu helfen, sie besser zu verstehen.

Genau das wollte John bei Kate erreichen.

Seit er in ihrem Auto auf dem Parkplatz in Fairhaven Zeuge ihrer Verzweiflung geworden war, hatte er gespürt, wie sich auch in seinem Innern etwas löste und freigesetzt wurde. Als Strafverteidiger befand er sich damit in einer unhaltbaren Position.

Während Beckwith seine Patienten schilderte, hatte er gemerkt, dass der Abscheu und Hass in ihm immer größer wurden. Seit er den Fall Merrill übernommen hatte, war er gezwungen gewesen, sich eingehender mit dem Leben der Opfer zu befassen, sie sich – so gut er es vermochte – als junge Frauen vorzustellen, mit Hoffnungen, Träumen und Angehörigen, die sie liebten.

Er kannte ihre Namen auswendig. Doch ungeachtet seines Wunsches, ihre menschlichen Eigenschaften zu ergründen, kannte er keine von ihnen persönlich. Er hatte keine ihrer Schwestern im Arm gehalten, sie im kalten Novemberwind geküsst.

Johns Arbeit erschöpfte sich nicht länger in grauer Theorie, in einer Verteidigungsstrategie, die sich auf ein psychiatrisches Fundament stützte. Nicht nur unbekannte Angehörige saßen auf der anderen Seite des Gerichtssaals und hassten ihn, weil er den Mörder des Menschen vertrat, den sie geliebt hatten. Diese Angehörige hatte plötzlich einen Namen bekommen, ein Gesicht und Augen, die direkt in seine Seele blickten: Kate.

Es spielte keine Rolle, ob ihre Schwester wirklich Greg Merrills Weg gekreuzt hatte, John wusste, dass er eine Verkörperung des Bösen verteidigte, das ihr Familienleben vernichtet hatte. Sogar Teddy predigte ihm dauernd: »Merrill hat die Tat begangen, die ihm zur Last gelegt wird – er hat Mädchen umgebracht, Familien zerstört. Er verdient seine Strafe. Das sagt jeder, Dad.«

Er langte in seine Tasche, zog Kates Visitenkarte hervor. Er würde sie anrufen, sie fragen, ob sie den Brief seiner Kinder erhalten hatte. Er würde sich erkundigen, wie sie sich fühlte, ob sie seit ihrer Rückkehr innerlich zur Ruhe gekommen war, und seiner Hoffnung Ausdruck verleihen, es gehe ihr gut.

Doch genau in dem Moment, als er sein Handy aufklappte und ihre Nummer wählen wollte, läutete es.

»Hallo?« Sein Herz klopfte; er dachte einen Moment lang, Kate Harris sei am Telefon, und fühlte sich nach Fairhaven zurückversetzt, wo sie sich zur selben Zeit am gleichen Ort begegnet waren, spürte den Zauber erneut.

»Johnny? Billy hier.« Billy Manning, dessen tiefe Stimme aufgeregt klang. »Ich verstoße gerade gegen sämtliche Regeln im Polizeihandbuch, um dich zu informieren. Du solltest schleunigst nach Point Heron kommen – zum Wellenbrecher.«

»Was redest du da?«

»Wir haben einen Nachahmungstäter …«

»Eine Tote?« John spürte, wie ihm das Blut in den Kopf schoss.

»Ja. Im Wellenbrecher verkeilt.«

»Wie lange tot?« Johns Stimme war nur mehr ein heiseres Krächzen. Wenn es Willa war, wenn Greg sie getötet hatte, würde inzwischen nur noch ein Skelett übrig sein, und er betete, dass Billy kein Skelett gefunden hatte …

»Nicht lange. Sie war höchstens einen Gezeitenwechsel unter Wasser. Er hat sie vor Morgengrauen ihrem Schicksal überlassen, mit Einsetzen der Flut. Genau wie Merrill, John. Der Kerl scheint dessen Handschrift genau zu kennen.«

»Gut«, sagte John ruhig.

»Gut? Hast du den Verstand verloren? Los, beeil dich und komm her, bevor du die Gelegenheit verpasst, dir anzuschauen, was wir gefunden haben. Und erzähl ja niemandem, woher du deine Informationen hast.«

»Bin schon unterwegs«, erwiderte John und brauste los. Point Heron war ungefähr eine Dreiviertelstunde von Providence entfernt, hinter Silver Bay, in östlicher Richtung.

Gut. Seine Bemerkung hatte nichts mit dem Nachahmungstäter zu tun, der Gregs Handschrift kannte.

Gut, weil kein Skelett bedeutete, dass die Tote nicht schon seit einem halben Jahr dort lag, dass sie nicht Willa Harris sein konnte; *gut,* weil Kate dieses Grauen erspart blieb. Sonst nichts, sonst war nichts, überhaupt nichts *gut* an dem, was Billy ihm am Telefon berichtet hatte.

Nicht das Geringste.

Eine Menschenmenge hatte sich eingefunden, um die Polizei bei ihrer Arbeit zu beobachten.
Mannschaftswagen vom Dezernat für Schwerverbrechen der State Police blockierten die Zufahrt zu dem unbefestigten Parkplatz. Der Fundort der Leiche, eine felsige Landzunge, war mit gelbem Band abgesperrt. Tief hängende, dunkle Wolken rasten am Himmel entlang, verwandelten den Nachmittag in stockfinstere Nacht. Die Blitzlichter der Kameras erhellten die gespenstische Szene, die weißen Scheinwerfer der eintreffenden und die roten Rücklichter der abfahrenden Fahrzeuge spiegelten sich in den silbernen Schaumkronen der Wellen wider, die vom Ufer zurückgeworfen wurden.
John parkte seinen Wagen und eilte zu der gelben Absperrung hinüber, hielt nach Billy Manning Ausschau.
»Was tun Sie denn hier?«, fragte einer der Polizisten. »Sind Sie auf der Suche nach neuen Mandanten?«
»Sparen Sie sich Ihre Witze«, erwiderte John müde und entdeckte seinen Freund, der vom Wellenbrecher her nahte und dabei mit seinen Lederslippern auf dem nassen Felsen ausrutschte.
»Ihr Anwälte habt einen untrüglichen Geschäftssinn. Es muss doch eine bessere Möglichkeit geben, als sich mit dem Tod eine goldene Nase zu verdienen.«
John schenkte ihm keine Beachtung, aber die Worte schmerzten. Er betrachtete die Menschenansammlung am Ende des Wellenbrechers. Kriminalpolizei, der amtliche Leichenbeschauer, ein Polizist, der Videoaufnahmen machte. Es dämmerte bereits, die Flut setzte ein. Ein junger Polizist holte auftragsgemäß den schwarzen Leichensack vom Rücksitz des Van, der dem Leichenbeschauer gehörte.
Als die Menschentraube einen Moment lang auseinander wich, um ihm Platz zu machen, konnte John für den Bruchteil von Sekunden den Arm einer Frau sehen – angewinkelt, die gespreizten Finger wie Krallen zum Himmel erhoben. Er wirk-

te dürr und hart, wie ein Stück Treibholz, von den Elementen gebleicht. Das Wasser stieg immer höher, und die Truppe versuchte die Leiche zu bergen, bevor sie von den Wellen überrollt wurde.

John blickte so angestrengt hinüber, dass er nicht hörte, wie jemand neben ihn trat.

»Dad?«

Es war Teddy, in Jeans und Jacke, sandigen Sneakers und einem Fußball in der Hand. Er starrte zu seinem Vater empor, mit von Sorgen und Kummer überschatteten Augen.

»Was tust du denn hier, Ted?«

»Ich hab sie gesehen, Dad. Bert, Gris und ich haben am Strand Fußball gespielt. Eine Frau ging mit ihrem Hund spazieren, und der Hund kletterte auf den Felsen herum. Plötzlich hörten wir die Frau schreien …«

»Bist du zum Wellenbrecher rausgegangen?«

Teddy schüttelte den Kopf, sein Gesicht war bleich. »Nein, wir wollten helfen, aber die Frau sagte, das Mädchen sei tot – eindeutig. Gleich darauf war die Polizei da, und dann kamst du …«

»Ich bin froh, dass dir der Anblick erspart geblieben ist«, sagte John und umarmte seinen Sohn. Es war ein reiner Impuls, und er wich sofort zurück, da er ihn nicht in Verlegenheit bringen wollte. Aber Teddy erwiderte die Umarmung, sogar noch fester, ließ seinen Vater nicht gleich wieder los. John hatte einen Kloß im Hals. Er schloss die Augen und fragte sich, ob es überhaupt noch irgendwo einen Platz gab, an dem seine Familie vor allen Übeln dieser Welt gefeit war.

»Warum spielt ihr hier statt auf dem Fußballplatz?«, fragte er.

»Wir sollten heute eigentlich in Riverdale trainieren, für die Hallenfußball-Liga. Aber Mr. Phelan – der Trainer von Riverdale – konnte heute die Sporthalle nicht bekommen, wie wir von Mr. Jenkins erfuhren. Basketball-Training, schätze ich. Unser Training ist auf morgen verschoben, aber Bert, Gris und

ich wollten heute schon anfangen. Deshalb sind wir an den Strand gegangen.«
»Und warum Point Heron statt Silver Bay?«
»Weil uns Berts Mom hingefahren hat. Sie hat einen neuen Freund … er wohnt in dem Glaskasten.« Teddy deutete auf ein neues modernes Haus, das auf einem Felsen hoch über dem Strand thronte. Ein altes Cottage aus den 30-er Jahren war dem Erdboden gleichgemacht worden, um Platz für den simplen Glaspalast zu schaffen; als John sich umdrehte, sah er Sally Carroll und einen Mann auf dem Flachdach stehen. Sally beobachtete ihn mit dem Feldstecher.
Als John winkte, schwenkte sie den Feldstecher abrupt herum und richtete ihn auf den Wellenbrecher, gab vor, ihn nicht zu bemerken. John und der Mann starrten einander an, und plötzlich erkannte er ihn. Er hatte Sally zu Teddys Fußballspiel begleitet.
»Peter Davis, oder?«, fragte John.
»Ja. Ich glaube, er war mit Mr. Phelan auf der Hotchkiss Highschool, und er ist mit ihm und Mr. Jenkins befreundet. Es ist sein Sportclub, in dem wir alle waren, wo wir mit Gewichten trainieren. Wer ist die Tote, Dad? Das Opfer.«
»Ich weiß es nicht, Teddy.«
»Stimmt es, was der Polizist sagte, als ich kam? Dass du hier bist, weil du den Mörder als Anwalt vertreten möchtest?«
John schüttelte den Kopf und sah, wie sie die Leiche der Frau aus den Felsen hievten und in den schweren schwarzen Sack legten. Ihre Haut wirkte matt und bleich im schwindenden Tageslicht. Die langen braunen Haare hingen in Strähnen hinunter, wie ein Büschel Seetang. John beobachtete das Geschehen, bis sie auf einer Trage festgeschnallt wurde, dann sah er seinem Sohn in die Augen.
»Deshalb bin ich nicht hier.« Er hätte ihm erklären können, was ein Interessenskonflikt war, dass es nicht anging, den Nachahmungstäter und Greg Merrill gleichzeitig zu verteidi-

gen, und dass er es nicht einmal dann täte, wenn er gekonnt hätte.

»Warum dann, Dad?«, fragte Teddy.

Die Truppe trug die Leiche der Frau vorsichtig über die ganze Länge des glitschigen Wellenbrechers, während das Wasser der steigenden Flut die Füße der Männer umspielte, ihre Knie nass spritzte. Er dachte an Kate, dachte an Willa und zwang sich, den dicken schwarzen Plastiksack nicht aus den Augen zu lassen.

»Wegen einer Freundin«, antwortete John schließlich, sich der Blicke seines Sohnes bewusst. »Ich bin wegen einer Freundin hier.«

17

Kate hatte läuten hören, dass Andrew Wells für die Planung von Senator Gordons Reise nach China verantwortlich war; er hatte dafür gesorgt, dass das Profil des Mannes auf landesweiter Ebene gestärkt und sein Ruf als außenpolitischer Experte gefestigt wurde. Man gewann mehr und mehr den Eindruck, als wolle Senator Gordon bei der nächsten Wahl als Herausforderer des Präsidenten antreten.

Es war Montag, Thanksgiving-Woche. Ihr war bekannt, dass die Delegation heute Morgen zurückgekehrt war, und sie wusste genau, wo sie den Stabschef des Senators, der noch unter der Zeitverschiebung litt, finden konnte: in ihrer früheren Wohnung in Watergate.

Während sie von ihrem Büro aus zu Fuß durch das Foggy-Bottom-Viertel ging, empfand sie kaum etwas. Die Dunkelheit hatte sich herabgesenkt, und die Feuchtigkeit, die in der Luft lag, umgab die Straßenlaternen mit einer Aura aus weichem, silbernem Dunst. Diese Wegstrecke hatte sie noch vor einem halben Jahr heiß und innig geliebt: die kleinen Backsteinhäuser, das Gefühl, sich in einem Dorf zu befinden, die Nähe zum Kennedy Center … Andrew und sie waren Opernfans, hatten ein Abonnement gehabt.

Sie war jeden Tag zu Fuß von der Arbeit nach Hause gegangen. Unterwegs hatte sie einen Strauß Tulpen im Blumengeschäft gekauft, den sie auf den Tisch in der Diele stellte, ein Symbol dafür, wie sie sich ihr Leben wünschte. An Novemberabenden wie heute, wenn sie die Kälte spürte, die vom Potomac aufstieg, war sie an den Geschäften und Cafés vorbeigeeilt, um möglichst schnell nach Hause zu gelangen. In der Hoffnung, Andrew würde zum Abendessen daheim sein.

Doch nun wappnete sie sich gegen jeden vertrauten Anblick und jegliche Empfindung.

Anzeichen hatte es überall gegeben, schon eineinhalb Jahre, bevor Willa für Andrew zu arbeiten begann; als Kate sie endlich bemerkte, war sie zunächst verunsichert – beunruhigt, voller Selbstzweifel. Bis dahin hätte sie ihre Hand für ihn ins Feuer gelegt; sie konnte nicht glauben, dass er sie die ganze Zeit belogen und betrogen hatte.

Nach und nach veränderte sich die Beziehung zwischen ihnen, und die Zeichen mehrten sich: Überstunden, die Dienstreisen, wenn sie ihn in seinem Hotelzimmer anrief und er nicht da war. Einmal hatte sie sogar Lippenstift auf seinem Hemdkragen gefunden. Zitternd hatte sie ihn zur Rede gestellt. Er hatte sie in die Arme genommen und war mit ihr am Fenster vorbeigetanzt, um sie zu beschwichtigen.

»Kate, du weißt, dass du mich nie in meinem Zimmer erreichen kannst. Ich mische mich unters Volk, bin eine Nachteule … ich habe deine Nachricht erhalten, aber es war schon spät, und ich wollte nicht mitten in der Nacht zurückrufen und dich wecken.«

»Aber der Lippenstift, Andrew …«

Ein neckendes Lachen. »In welcher *Farbe?* Wenn er knallrot war, muss es Jean Snizorts gewesen sein … war er rosa, stammt er von Vicky McMahon … du weißt ja, sie können die Finger nicht von mir lassen, wenn sie mich beknien, beim

Senator ein gutes Wort für sie einzulegen, damit er ihre Gesetzesentwürfe einbringt. Das gehört mit zum Spiel!«

»Liebe ist kein Spiel ...«

»Ich liebe nicht sie – sondern *dich.*«

Kate hatte seine Arme gespürt, die sie umfingen, hatte ihm glauben wollen. Weil sie ihn liebte, weil Vertrauen besser war als Zweifel. So war sie in Chincoteague aufgewachsen: mit einer positiven, vertrauensvollen Weltanschauung, an das Gute im Menschen glaubend – und sie wollte glauben, dass ihre Ehe, die seit sieben Jahren bestand, intakt war.

Doch im Laufe der Zeit war es ihr immer schwerer gefallen, ihm seine Lügengeschichten abzunehmen. Kate bekam Magenschmerzen, sobald er den Mund aufmachte – als sei ihr Körper bereit, die Wahrheit noch vor ihrem Verstand zu erkennen. Eine junge Frau aus dem Beraterstab rief häufig zu Hause an, und sie musste gegen den Drang ankämpfen, den Hörer durch das Panoramafenster in den Potomac River zu werfen. Und dann kam der Tag, als sie Parfüm auf seinem Hemd roch und nicht einmal den Gedanken ertragen konnte, ihn danach zu fragen.

Als sie nun den Watergate-Komplex betrat, atmete sie tief durch und begrüßte Frank, den Portier, mit einem Hallo. Er zögerte, bevor er sich erkundigte, wenn sie zu sprechen wünschte. Sie wusste, dass es ihm unangenehm sein musste, sie aufzuhalten und wie jeden anderen Besucher zu behandeln, nachdem er sie viele Jahre als Bewohnerin des Hauses empfangen hatte.

»Ich möchte zu Mr. Wells. Keine Sorge, Frank«, sagte sie und lächelte betrübt. »Ich wohne hier nicht mehr und weiß, dass Sie anfragen müssen.«

»Ich wünschte, Sie wären noch hier, Miss Harris.« Er schüttelte den Kopf. »Wir vermissen Sie. Wir alle.«

»Danke, Frank.« Ihr Lächeln erstarb; seine Worte bedeuteten ihr viel, da sie wusste, dass sie aufrichtig gemeint waren.

Andrew hatte allem Anschein nach grünes Licht gegeben,

denn Frank brachte sie zum Fahrstuhl. Sie hatte nicht gewusst, was sie erwartete, und absichtlich darauf verzichtet, ihre Ankunft telefonisch anzukündigen, um keine Abfuhr zu riskieren. Als der Fahrstuhl im elften Stock hielt, ging sie den Flur entlang auf die geöffnete Tür zu.

Andrew stand unmittelbar hinter der Schwelle, in Jeans und einem blauen Kaschmirpullover. Seine blonden Haare waren vom Schlaf zerzaust; die linke Gesichtshälfte war vom Abdruck des Kopfkissens zerknittert. Kate kannte all seine Gewohnheiten. Sie erinnerte sich, dass er nach einem Langstreckenflug einen Viertelliter Orangensaft zu trinken pflegte, um den Durst zu stillen und das Vitamin-C wieder aufzufüllen. Sie wusste, dass er duschte und sich ins Bett legte, sobald er zu Hause war. Er zog sich die Decke über den Kopf, schottete sich gegen jede Licht- und Geräuschquelle ab.

Sie wusste um all diese Dinge, und obwohl sie in seine haselnussbraunen Augen sah und den Blick nicht abzuwenden vermochte, blieb ihr Herz völlig unbeteiligt. Ihre Gefühle waren abgestumpft, als wären sie von dem Mann, der vor ihr stand, in tausend Stücke zerschmettert und nie wieder zum Leben erweckt worden.

»Hallo, Katy.«

»Andrew …«

»Was führt dich nach –« Er unterbrach sich, schüttelte lächelnd den Kopf. »Jetzt hätte ich um ein Haar ›nach Hause‹ gesagt. Ist das nicht seltsam? Das müssen die Nachwirkungen der Zeitverschiebung sein. Schließlich ist das seit sechs Monaten nicht mehr dein Zuhause.«

»Fast sieben«, erwiderte sie sanft. »Seit ich dich mit meiner Schwester im Bett erwischt habe.«

»Und du postwendend am nächsten Tag die Scheidung eingereicht hast …«

Sie nickte und sah ihn an, als hätte er auf etwas hingewiesen, was eigentlich selbstverständlich war.

»Wir hätten die Sache wieder ins Lot bringen können, Katy.« Kate seufzte, blickte in seine moorfarbenen Augen. Eine Zeit lang hatte sie sich gewünscht – von ganzem Herzen –, dass dies möglich sei. Aber sie glaubte nicht daran.

»Dein Zorn war völlig verdient«, fuhr er fort, in einem Ton, der mehr denn je dem eines geschickt taktierenden Politikers entsprach. »Aber müssen wir das alles noch einmal durchkauen? Wer wollte schließlich die Scheidung? Wer konnte nicht verzeihen, wer war nicht bereit, zu einer Eheberatung zu gehen?«

»Ich.«

»Die schnellste Scheidung in der Geschichte des Bezirks. Bäng, bäng – meine Freunde fragen sich noch heute, wie du das bewerkstelligt hast. Sie mussten sich jahrelang mit endlosen Fragen und Gerichtsterminen herumschlagen.«

»Bei uns war das nicht schwierig.«

»Weil du keine Forderungen geltend gemacht hast. Obwohl wir lange verheiratet waren. Dir hätte die Hälfte aller Vermögenswerte zugestanden.«

»Ich wollte dein Geld nicht.«

»Und mich auch nicht«, sagte er, ohne sie auch nur eine Minute aus den Augen zu lassen. »Ich hätte versucht, mich zu ändern.«

»Wenn man jemanden liebt, sollte man ihn so nehmen, wie er ist, und nicht ändern wollen. Meine Mutter hat das immer gesagt. Aber dein Verhalten war für mich nicht akzeptabel.«

»Du liebst mich also, trotz alledem?«

»Ich habe dich geliebt, Andrew.«

»Ich hätte mich ändern können …«

Kate wandte den Blick ab. Sie glaubte nicht daran. Ihre Auffassung von der Ehe hatte sich grundlegend von seiner unterschieden. Ein Mann und eine Frau, die sich ewige Liebe und Treue schworen. Sie konnte nicht begreifen, wie jemand auf die Idee kam, den geliebten Menschen zu betrügen, auch nur

ein einziges Mal – ganz zu schweigen davon, mit einer ganzen Reihe von Frauen. Die eigene Schwester eingeschlossen.
Sie blickte sich im Raum um. Er war schön, mit Blick auf den Potomac. Jede Brücke war beleuchtet, Lee Mansion auf der anderen Seite des Flusses in Arlington angestrahlt. Das elegante Ledersofa, die weißen Sessel und Ottomanen und der Teppich mit den sand- und goldfarbenen Karos waren noch da. Die holländischen Landschaftsgemälde wurden mit einem Spotlight von oben angestrahlt.
»Du bist also gekommen, um mir noch mehr Vorhaltungen zu machen.«
»Nein, Andrew. Das ist nicht der Grund.«
Er bat sie, Platz zu nehmen, und sie kam der Aufforderung nach. Ihr Blick schweifte zum Klavier hinüber. Erst jetzt spürte sie, zum ersten Mal, eine Gefühlsregung.
Die Zeichnung, die Willa von Kate in der Kanzel des Flugzeugs gemacht hatte, hing noch am alten Platz. Es war ein gelungenes Porträt, mit Einzelheiten, die Kate vorher nie bei sich selbst wahrgenommen hatte: Es zeigte einen verhaltenen Humor, die Wärme in ihren Augen, eine beinahe kindliche Konzentration – die Lippen waren leicht geöffnet, der weiße Schal wehte hinter ihr her, während sie das Flugzeug flog. Als sie vor beinahe sieben Monaten aus der gemeinsamen Wohnung ausgezogen war, hatte sie das Bild bewusst nicht mitgenommen, vor lauter Wut auf Willa.
»Das Bild hängt ja immer noch da«, sagte sie.
»Eine wundervolle Arbeit.«
»Ich dachte, du hättest es inzwischen abgenommen …«
»Ich liebe schöne Dinge.«
Kates Magen verkrampfte sich. Er hatte Kate geliebt und sich danach an ihre jüngere Schwester herangemacht. Sie riss ihren Blick los, atmete schwer. *Schöne Dinge …* Der Künstler und sein Modell.
»Du kannst es haben. Wenn du möchtest«, sagte Andrew.

»Danke. Ich nehme es mit, wenn ich gehe. Aber zuerst … ich wollte dich fragen …«

»Was denn noch, Kate? Ich habe dir alles gebeichtet. Wozu soll es gut sein, die Vergangenheit ständig wieder aufzuwärmen? Läuft das bei anderen Paaren auch so? Einer der Partner begeht einen idiotischen Fehler, wird zur Scheidung gezwungen und muss für den Rest seines Lebens Rede und Antwort stehen? Wie viele unserer Freunde haben eine Dummheit mit einer Senatspraktikantin oder irgendeiner Frau begangen, die sie in einer Bar kennen gelernt haben? Meinst du, dass sie immer noch dafür büßen müssen?«

»Willa war keine Senatspraktikantin.« Kate schlug das Herz bis zum Hals. »Sie war meine Schwester. Sie war zweiundzwanzig. Und sie wird vermisst.«

Andrew atmete tief aus. Man sah ihm die Auswirkung der Zeitverschiebung mehr und mehr an. Seine Augen wirkten alt und müde, und Kate bemerkte, dass er mehr und tiefere Falten um die Augen hatte, als ihr anfangs aufgefallen war.

»Sie ist abgetaucht, sage ich dir. Erinnerst du dich, dass wir sie immer ›Irrlicht‹ genannt haben? Sie ist Malerin … sieht das Leben locker, wie Künstler nun mal so sind … unkonventionell, exzentrisch …«

»War es das, was dir an ihr gefallen hat? Wie locker sie das Leben sieht im Vergleich zu mir?«

»Fang nicht wieder damit an, Kate! Du bist Biologin und weißt, wie sehr ich dich respektiere. Es war nichts weiter als ein Seitensprung. Eine gottverdammte, dämliche Midlife-Crisis, ein idiotischer Ausrutscher. So etwas passiert ständig in Washington, wo die Versuchung an jeder Ecke lauert. Es war ja nicht das erste Mal, dass ich Dummheiten gemacht hatte, aber das hatten wir immer gemeinsam durchgestanden. Mir war klar, dass du Verdacht geschöpft hattest – ich hasste mich für das, was ich dir antat, schwor mir hoch und heilig, dass mir so etwas nie wieder passieren würde …«

»Aber es passierte dir immer wieder.«

»Ich weiß. Ich hatte das Gefühl, dass du mir entglittst – dass du es satt hattest. Mich satt hattest. Und dann kam Willa, um für mich zu arbeiten – ich weiß, das war falsch von mir. Aber es war nicht geplant, es passierte einfach ... Sie erinnerte mich an dich. Wie verdreht es auch klingen mag, aber ich hatte das Gefühl, die Uhr zurückdrehen zu können, wieder jung zu sein.«

Kate ballte die Fäuste. »Deine Rechtfertigung ist heute noch genauso erbärmlich wie damals, als ich sie zum ersten Mal hörte. Du hast mit meiner jüngeren Schwester geschlafen, um bei ihr die Leidenschaft wiederzufinden, die du früher für mich empfunden hast ...«

»Katy ... bitte.«

»Sie war erst zweiundzwanzig – wir haben sie gemeinsam großgezogen. Du hast sie verführt.«

»Bitte nicht.« Er bedeckte seine Augen. »Ich kann es nicht ertragen, wenn du das sagst.«

Kate starrte ihn an, erkannte an seinem ganzen Gebaren, wie elend er sich fühlte. Sie hatte Andrew geliebt, weil er Willa von klein auf behandelt hatte, als sei sie sein eigenes Kind. Sie wäre nie auf die Idee gekommen, dass die Beziehung eine solche Entwicklung nehmen könnte, und sie musste Andrew das Gleiche zugestehen. Sie waren rechtskräftig geschieden. Nach dem heutigen Besuch konnte jeder seiner Wege gehen.

»Du bist müde, und ich bin gereizt. Lass uns aufhören zu streiten, ja?«, schlug sie vor.

»Ja. In Ordnung. Warum sagst du mir nicht, weshalb du gekommen bist?«

Sie sah ihn an, mit ausdrucklosen Augen. Sie hatte Dampf abgelassen und fühlte sich wie befreit, als hätte jemand den Stöpsel aus der Badewanne gezogen. Andrews Gesicht war ihr vertraut. Seine Stimme klang liebenswürdig; er arbeitete für einen Senator, der für seine liberalen Ansichten und seine einfühlsamen Anschauungen über Menschenrechte und Umweltschutz bekannt war – Senator Gordon hatte Andrew zu seiner rechten Hand gemacht, weil er die gleichen Ansichten vertrat und aufgeschlossen war. Weil er, trotz aller persönlichen Fehler, ein gutherziger Mensch war.

Kate blickte ihrem Exehemann in die Augen.

»Weil ich das Bedürfnis habe, mich ihr nahe zu fühlen«, flüsterte sie.

»Was?«

»Willa … sie fehlt mir so sehr, Andrew. Ich habe versucht, mit Matt zu reden, aber er wollte nichts davon hören. Ich war in Connecticut, musst du wissen. Und danach in Massachusetts – in der Tankstelle, wo ihre Kreditkarte zuletzt benutzt wurde.«

»Warum denn das, Kate?«

»Um zu verstehen.« Kate kämpfte um jedes Wort. »Um mir ein Bild zu machen. Wohin sie fuhr – und warum. Wenn ich nur die Postkarte früher erhalten hätte …«

»Tut mir Leid«, sagte er, den Blick auf seine nackten Füße gesenkt. »Das war meine Schuld. Ich konnte es damals nicht einmal ertragen, deinen Namen auf den Adressetiketten zu sehen. Du hattest die Scheidung eingereicht; ich warf die Zeitschriften einfach in einen Korb; die Postkarte lag dazwischen. Muss sich verfangen haben oder zwischen die Seiten gerutscht sein.«

»Wenn wir sie nur früher gefunden hätten …«

»Glaubst du, wir hätten auch nur irgendetwas verhindern können?«

Kate nickte, ihre Augen kehrten zu dem Porträt zurück. Willas Künstlerblick, der das Wesentliche erfasste, wurde in den zarten Aquarellfarben sichtbar, im sicheren Pinselstrich, in den Gefühlen, die sich im Gesicht ihres Modells widerspiegelten, im kühnen Weiß des Schals.

»Was denn?«

»Ich bin mir nicht sicher«, flüsterte Kate.

»Ich weiß, was du befürchtet hast, gleich nachdem sie verschwunden war.« Andrews Miene war verzerrt, als weckten die Worte Schamgefühle in ihm. »Dass sie sich etwas antun könnte.«

»Ja, ich hatte wirklich Angst, dass sie mit dem Gedanken gespielt hatte, weil sie nicht damit weiterleben konnte, was sie mir angetan hatte.«

»Ich kann deine Befürchtungen verstehen – nach allem, wie du reagiert hast, als du hereingeplatzt bist …« Andrews haselnussbraune Augen huschten unwillkürlich zur Tür, die zum Gang ins Schlafzimmer führte.

Kates Brust schmerzte; sie erinnerte sich, wie sie wegen einer starken Erkältung früher nach Hause gegangen war. Sie hatte die Schlafzimmertür geöffnet, um ihre Jacke in den Schrank zu hängen und sich ins Bett zu verkriechen. Andrew und Willa waren im Bett, beide nackt und eng umschlungen, hatten das Gesicht des anderen auf eine Weise berührt, die auf ein Höchstmaß an Intimität schließen ließ.

Zuerst war Kate wie gelähmt gewesen.

Sie hatte die beiden angestarrt, ihren Augen nicht getraut. Andrew und Willa … unmöglich. Der Raum begann sich zu drehen, sie hatte ihren eigenen Schrei gehört und war aus der Wohnung gerannt.

»Sie war im Handumdrehen verschwunden«, sagte Andrew dumpf. »Vermutlich dachte sie, sie könnte dir nie wieder unter die Augen treten. Ich konnte es jedenfalls nicht … als du in der Nacht zurückkamst und dir dein Bett im Arbeitszimmer gemacht hast.«

»Du kamst herein. Hast mir ein Glas kaltes Wasser und einen kalten Waschlappen gebracht …«

»Und du hast das Glas gegen die Wand geschmettert, hast den Waschlappen in tausend Fetzen gerissen.«

»Das hat Willa nicht gesehen.«

»Nein, da war sie längst über alle Berge. Und du bist am

nächsten Tag ausgezogen. Hast mir – hast uns – keine zweite Chance gegeben. Aber das haben wir ja schon alles durchgekaut …«

»Was uns miteinander verbunden hatte, war ein für alle Mal zerbrochen.«

»Vielleicht dachte deine Schwester, das würde auch für sie gelten. Keine zweite Chance …«

Kate starrte das Porträt an. Was war, wenn er Recht hatte? Aber Kate musste einfach glauben, dass sie die schlimme Zeit durchstehen konnte, fähig sein würde, ihre Schwester irgendwann wieder genauso zu lieben wie früher.

»Sie ist meine Schwester. Was uns verbindet, sind Blutsbande.«

»Uns verband ein Ehegelöbnis«, erinnerte Andrew sie mit leiser Stimme. Er starrte aus dem Fenster auf das Virginia zugehörige Ufer des Potomac, einen harten Ausdruck in den Augen.

Kates Hände bebten, sie fühlte sich innerlich zerrissen. Vielleicht hatte Andrew Recht, wenn Willa nicht fortgegangen wäre, hätte sie möglicherweise nie erkannt, wie groß die Liebe zu ihr war. Und hätte ihre Schwester bis heute gehasst, sich in ihren Schmerz vergraben.

»Dachtest du, ich könnte dir helfen, dich ihr näher zu fühlen?«, fragte Andrew müde. »Bist du deshalb gekommen?«

»Ich hatte es gehofft.« Kate senkte den Kopf.

»Bedaure …«

»Wir drei haben hier viel Zeit verbracht. Du warst so großzügig ihr gegenüber, eine Art Ziehvater, in vieler Hinsicht. Sie war ja noch klein, als wir heirateten.«

»Du siehst ja, dass ich alles kaputtgemacht habe.« Andrew schüttelte bitter den Kopf.

»Ach, Andrew.« Während sie ihn betrachtete und sah, welchen Tribut er für sein Fehlverhalten gezahlt hatte, empfand sie sogar ein wenig Mitleid mit ihm. Zum ersten Mal spürte sie

das aufrichtige Bedürfnis, ihm zu verzeihen. Zu ihrer Überraschung schien ihr Schmerz dadurch zu verblassen.
»Wenn du etwas anderes zu finden hofftest, darfst du dich gerne umschauen. Es kommt inzwischen kaum noch Post für dich an, nicht einmal Werbung. Und den Rest nehme ich seit der Sache mit der Postkarte genau unter die Lupe.«
»Nein, ich bin nur gekommen … um dich zu sehen. Und über Willa zu sprechen. Es gibt da einen Anwalt in Connecticut …« Sie schluckte, dachte an John O'Rourke. »Er hat die Verteidigung eines Serienmörders übernommen – Gregory Merrill. Ich bin zu ihm gefahren, weil ich denke, dass sein Mandant Willa entführt hat …«
»Und was denkt der Anwalt?«
Kate schwieg, erinnerte sich an Johns Worte in Fairhaven, wie er sie in den Armen gehalten und geküsst hatte. Wenn sie Andrew in das Geheimnis einweihte, würde er sofort wissen, dass John die Schweigepflicht gegenüber seinem Mandanten verletzt hatte.
»Keine Ahnung.« Kate wünschte sich mit einem Mal, sie hätte das Thema gar nicht erst angeschnitten. Mit Andrew auch nur über John zu sprechen kam ihr vor, als würde sie etwas ausplaudern, was sie unter Verschluss halten wollte. »Ist auch nicht wichtig.«
Andrew blickte sie ratlos an. Die Situation musste ihm seltsam erscheinen – gerade erst aus China zurückgekehrt, erhielt er überraschenden Besuch von seiner Ex-Ehefrau, die er seit Monaten nicht gesehen hatte. Kate ging zum Klavier, stützte sich auf die Bank und hängte das Bild von der Wand ab.
»Ich hoffe, dass du glücklich bist.«
»Du auch«, erwiderte er.
Sie standen reglos in ihrem früheren Wohnzimmer und blickten sich an. Und plötzlich war Kates Unsicherheit verflogen, und ihr wurde klar, was sie hier gewollt hatte: Willas Bild holen und Andrew ein für alle Mal loslassen.

Sie sahen sich lange an, der Augenblick schien ewig zu währen. Kate spürte fast, wie Andrew überlegte, ob er sie zum Abschied küssen sollte; sie trat einen kleinen Schritt zurück, um ihm zu signalisieren, dass es besser war, darauf zu verzichten.
Sie nickte ihm ein letztes Mal zu, dann trat sie auf den Flur hinaus. Während sie auf den Lift wartete, hörte sie, wie die Tür leise ins Schloss fiel. Sie holte tief Luft, erstaunt über die zunehmende Klarheit der Erkenntnis: Sie war nicht nur gekommen, um die Verbindung mit Willa zu spüren. Sie war gekommen, um Abschied von Andrew zu nehmen. Ihre Gefühle für ihn gehörten der Vergangenheit an.
Sie dachte an Connecticut. An den dunkelblauen Long Island Sound, die goldenen Flussmarschen. Sie dachte an zwei Kinder und einen Hund mit Kletten im Fell. Sie dachte an ihre Schwester, die in den Norden aufgebrochen war, um ihre Seele zu erforschen, auf der Suche nach Antworten. Und sie dachte an einen Mann, der das Bindeglied zwischen allem darstellte – zwischen all den außergewöhnlichen und gewöhnlichen Dingen im Leben, die Kate am allerwichtigsten geworden waren.

18

Teddy blickte aus dem Fenster und machte sich Sorgen um Maggie. Es gab zu viele Gefahren auf der Welt, vor allem, wenn jemand so jung, hübsch und verletzlich war wie sie. Er hatte Amanda Martins Foto in der Zeitung gesehen – das letzte Opfer. Liebenswert und gut aussehend, wie die Mädchen, denen er in der Schule oder in der Stadt begegnete. Sie hatte viel von Maggie. Und wenn solche grauenvollen Dinge Mädchen wie Amanda widerfahren konnten, war Maggie noch weniger davor gefeit.

Er warf einen prüfenden Blick auf seine Uhr und beschloss, ihr noch zehn Minuten Zeit zu lassen, bevor er sich auf die Suche nach ihr machte. Zehn Minuten. Es war genau fünf nach drei, er würde ihr also bis viertel nach drei geben. Sein Magen verkrampfte sich vor Unruhe. Normalerweise war sie vor ihm zu Hause – wenn er zur Tür hereinkam, wartete sie bereits auf ihn, nahm ihn in Beschlag und wollte mit ihm spielen, reden oder ihm einen Witz erzählen.

In letzter Zeit hatte ihn sein Leben ziemlich auf Trab gehalten, aber das gefiel ihm. Während des Gerätetrainings musste er sich nicht den Kopf zerbrechen – was er neuerdings ziemlich oft tat, entweder vor oder nach dem Training für die

Hallenfußball-Liga –, was aus Maggie werden sollte, wenn er nächstes Jahr zur Uni ging.

Abgesehen davon, bewahrte ihn die Auslastung mit Fußballspielen und Hausaufgaben davor, richtig Heimweh zu bekommen. Gramps und Maeve waren gerade in der Küche, beim Kuchenbacken für Thanksgiving, das ein Fest mit allem Drum und Dran werden sollte. Das Leben im Haus seines Großvaters hatte zwar viele praktische Vorteile, aber Teddy vermisste gerade jetzt sein eigenes Zuhause. Er warf abermals einen Blick auf die Uhr: sieben nach drei.

Es war Montag, und bis Thanksgiving waren es nur noch vier Tage hin. Früher hatte seine Mutter für die ganze Familie gekocht und war in aller Frühe aufgestanden, um den Truthahn in die Bratröhre zu schieben. Das ganze Haus hatte köstlich gerochen. Alle waren auf den Fußballplatz gegangen, um sich das alljährliche Fußballspiel der beiden Erzrivalen Shoreline und Riverside anzusehen. Sogar die Fans des europäischen Fußballs waren erschienen, um ihre Schule anzufeuern, und seine Mutter hatte seinen Vater, der sonst eher diese Spielvariante liebte, damit aufgezogen, um wie viel größer und kräftiger die Footballspieler gebaut waren.

Teddys Kraft wuchs mit jedem Mal, wenn er die vorgeschriebene Anzahl Liegestütze machte oder Hanteln stemmte. Auf diese Weise würde er seine Schwester besser vor den Gefahren in der Welt beschützen können. Außerdem wäre seine Mutter stolz auf ihn, wenn sie ihn sehen könnte. Sie würde sich vielleicht eines Besseren belehren lassen und erkennen, dass der Unterschied zwischen Football- und Fußballspielern am Ende doch nicht so groß war.

Was mochten die Mädchen in der Stadt angesichts der Neuigkeit empfinden, dass ein Nachahmungstäter auf der Lauer lag? Teddys Magen verkrampfte sich bei dem Gedanken, und bei dem Gedanken an Maggie: zehn nach drei. Während

Gramps und Maeve in der Küche beschäftigt waren, ging Teddy in das Arbeitszimmer seines Großvaters hinunter.
Gramps' juristische Fachwerke säumten die Wände, doch auf dem Schreibtisch hatte sein Vater seine Unterlagen ausgebreitet. Mehrere Aktenordner mit Zeugenaussagen, Polizeiberichten, Labortests, Ergebnissen von DNA-Analysen. Teddy bewunderte seinen Vater für das umfassende Wissen, das er brauchte, um seine Arbeit zu verrichten. Rechtsanwälte mussten in Psychologie, Biologie und Chemie bewandert sein, aber vor allem das Gesetz wie ihre Westentasche kennen: Beweismittel, Strafprozessordnung, Rechtszusammenhänge auf bundes- und einzelstaatlicher Ebene, Vertragsrecht, Kriminologie …
Bislang hatte Teddy immer Jurist werden wollen, wie sein Vater und Großvater. Aber er hasste die Bemerkungen, die er von anderen Leuten zu hören bekam: dass Anwälte nur darauf aus waren, Geld zu verdienen, dass sein Vater mit der Verteidigung von Greg Merrill ein Vermögen scheffelte.
Keine dieser Unterstellungen war neu für ihn. Teddy bekam sie schon seit langem immer wieder aufgetischt. Sein Vater hatte ihn stets gewarnt, dass Kriminalfälle wie dieser die Gemüter erhitzten und Teddy sich nicht mit Leuten einlassen solle, die ihm unter die Nase rieben, was sie davon hielten. Seine Familie war in dieser Beziehung abgehärtet, hatte schon einiges verkraften müssen: obszöne Anrufe, Briefe mit Hasstiraden und nun auch noch ein Backstein, mit dem die Fensterscheibe eingeworfen worden war.
Silver Bay war eine Kleinstadt, wo jeder jeden kannte. Sie gehörte zu den idyllischen Fleckchen Erde in Neuengland, die den Sprung auf die Kalenderblätter fanden: Wiesen mit Goldrute, Bäume, deren Blattspitzen scharlachrotgefärbt waren, ein weißer Leuchtturm auf einer Landzunge. Teddys Vater und Großvater waren für viele der hiesigen Familien als Anwälte tätig gewesen, doch jetzt hatte Teddy den Eindruck, als hätten sich selbst Freunde in Feinde verwandelt.

Es war schlimm genug, dass sie seinen Vater wegen seiner Arbeit angriffen. Noch schlimmer war freilich der Klatsch über die Ehe seiner Eltern. Er hatte gehört, wie Mrs. Carroll hinter vorgehaltener Hand mit ihrer Freundin tuschelte – dass seine Mutter eine Affäre gehabt hatte. Er wollte es nicht glauben, aber tief in seinem Innern wusste er, dass die Gerüchte der Wahrheit entsprachen. Er erinnerte sich, dass seine Mutter kurz vor ihrem Tod mehrere Male erst mitten in der Nacht heimgekommen war; er hatte nicht schlafen können und darauf gewartet, ihren Schlüssel in der Haustür zu hören.

Vielleicht war das der Grund, warum er jetzt ein so sonderbares Gefühl hatte: Warten machte ihn unruhig. Er dachte an die Nacht, als seine Mutter nicht nach Hause gekommen war.

Das Leben erschien Teddy verwirrend. Es gab vieles, was ihn belastete: die Sorge um seine Schwester und die anderen Mädchen in der Stadt, das Bedürfnis, seine Eltern zu verteidigen. Gestern war etwas geschehen, was ihm nicht aus dem Kopf ging.

Als Teddy von seinem Trainer nach Hause gebracht worden war, hatte er plötzlich Maggie am Straßenrand entlanggehen sehen.

»Da ist ja meine Schwester!«, hatte er vom Rücksitz aus gerufen, und der Trainer hatte gehalten und gefragt, ob sie mitfahren wolle. Teddy würde niemals die Schrecksekunde vergessen – nicht länger als ein Wimpernschlag, bevor sie ihren Bruder entdeckt und Mr. Jenkins erkannt hatte. Maggie hatte offenbar gedacht, wenn auch nur für eine Sekunde, dass der Mörder es auf sie abgesehen hatte.

Teddy konnte locker mit den dummen Bemerkungen in der Schule umgehen, selbst mit denen von Freunden wie Bert und Gris, wie zum Beispiel: »Sag mal – hat dein Vater Greg Merrill zu euch nach Hause eingeladen, zum Thanksgiving-Essen?«

Was ihm gestern so schwer zugesetzt hatte, waren die Gedanken, die seine beiden Trainer zum Ausdruck gebracht hatten. Mr. Jenkins und Mr. Phelan waren nett. Keine geistigen Leuchten wie sein Dad, aber gewieft. Sie hatten beide einen College-Abschluss – Mr. Jenkins von der UConn, Mr. Phelan von Notre Dame.

Teddy spielte für sein Leben gerne Fußball, und sie halfen ihm, in diesem Sport Spitzenleistungen zu erreichen. Sie nahmen ihn beim Training hart ran, scheuchten ihn kreuz und quer über den Platz, zwangen ihn, »das Letzte aus sich rauszuholen und fünfzig Liegestütze zu machen«. Oder sechzig, oder hundert, wie heute. Während sein Vater in der Kanzlei zu tun hatte, arbeiteten seine Trainer mit ihm, lobten ihn, spornten ihn mit den Worten an, er habe das Zeug, in der Mannschaft von Yale-Harvard-Brown zu spielen, wo immer er wolle.

Mr. Phelan hatte eine Sendung im Autoradio eingeschaltet, bei der die Zuhörer anrufen und ihre Meinung äußern konnten. Der Moderator hatte eine laute, sympathisch klingende Stimme und betete jedes Mal aufs Neue die Litanei herunter, was in diesem Land alles nicht stimme. Mr. Phelan lauschte und gab seinen Senf dazu, wenn es um Themen wie Strafvollzugsanstalten ging, die seiner Ansicht nach einer Luxusherberge glichen, und Knastbrüder, die nach ihrer Entlassung wieder rückfällig wurden.

»Es liegt an unserem System«, hatte Mr. Phelan gestern gesagt, ohne Teddys Vater offen zu kritisieren. »Die Polizei macht sich nur noch Sorgen über die Rechte dieser Kriminellen, dabei fehlen ihr die Mittel und Möglichkeiten, sie zu fassen – oder dafür zu sorgen, dass sie ihre Strafe wirklich bis zum Schluss absitzen, oder den Urteilsspruch erhalten, den sie verdienen.«

»Und Gott stehe dir bei, wenn du einen Mörder in den Todestrakt bringst«, fügte Mr. Jenkins hinzu. »Einige Leute meinen offenbar, ein Mörder habe ein größeres Anrecht auf sein Leben als die Mädchen, die er umgebracht hat!«

Teddy war zusammengezuckt; die beiden Trainer waren zu

höflich, um seinen Vater namentlich zu nennen, aber Teddy spürte, dass ihre Worte auf ihn gemünzt waren.

»Jetzt mach aber mal einen Punkt, Hunt!« Mr. Phelan hatte gelacht. »Merrill ist wirklich schwachsinnig. Er war so blöd, sich erwischen zu lassen, hat für die Polizei eine Spur gelegt, die direkt zu ihm führte – er braucht zweifellos jede Hilfe, die er bekommen kann.«

»Ja, der Kerl ist mit Sicherheit nicht ganz dicht. Geistesgestört, unzurechnungsfähig – was auch immer, es trifft alles zu.«

Teddy hasste es, wie die beiden Trainer über seinen Vater redeten – weil er wusste, worum es in Wirklichkeit ging. Es war bitter, in einer Kleinstadt zu leben und in der Kontroverse, die hier entbrannt war, zwischen zwei Stühle zu geraten.

Das Schlimmste war vielleicht – und es war schmerzlich genug, es einzugestehen, sogar sich selbst –, dass seine Wut beiden Elternteilen galt. Seiner Mutter wegen dem, was sie getan hatte, und seinem Vater, weil er ständig arbeitete. Ob gewollt oder nicht, sie hatten dafür gesorgt, dass Teddy und Maggie sich oftmals selbst überlassen blieben. Dabei hätten sie die Gesellschaft von Erwachsenen gebraucht, und die Einzigen, die Teddy finden konnte, redeten schlecht über seinen Vater.

Er wünschte sich, Kate wäre noch bei ihnen. Sie hatte sich nur ein einziges Spiel angeschaut, aber er hatte das Gefühl, es wäre nicht das letzte gewesen. Bei einem Blick zu den Seitenlinien hatte er gesehen, wie sie vor Aufregung auf und ab gesprungen war und in den Sprechchor eingefallen war, der seinen Namen rief. Bestimmt ahnte sie nichts davon, aber er hatte ihre Stimme aus allen anderen herausgehört. Und sie verstand ihn besser als alle anderen Erwachsenen, die er kannte.

Brainer trottete herbei, wollte getätschelt werden. Teddy kniete sich neben das Fenster, um weiter Ausschau nach seiner Schwester zu halten; sie sollte längst von der Schule zurück sein. Er streichelte das Fell des Hundes, in dem sich wieder Kletten und Zecken verfangen hatten. Es war nun an-

nähernd einen Monat her, seit Kate ihn gewaschen und gebürstet hatte.
Teddy sehnte sich nach einer normalen Familie. Er wollte kein *Außenseiter* sein. Der bei seinem pensionierten Großvater und Maeve wohnte, die Ehre seines Vaters bei Trainern und Mitschülern gleichermaßen verteidigen musste und der Einzige war, der die Haustür öffnete und seine Schwester begrüßte, wenn sie von der Schule nach Hause kam.
Und wenn sie nicht in spätestens zwanzig Sekunden auftauchte, würde er seinen Dad anrufen und ihm sagen, dass sie nicht nach Hause gekommen war, und dann würde er sein Fahrrad schnappen und sich auf die Suche machen. Er sah Amandas Zeitungsfoto vor sich, den Arm, der aus dem Wellenbrecher ragte.
Und genau in diesem Moment hörte er Maggies Reifen auf dem Kies in der Einfahrt knirschen. Er spürte, wie ihn eine Welle der Erleichterung überkam. Sein Herz klopfte wie verrückt, als er hörte, wie das Fahrrad mit einem dumpfen Aufprall auf dem Boden landete. Dann waren ihre Füße auf der Außentreppe zu hören, das Klicken des Riegels, und sie betrat atemlos die Diele. Teddy stellte sich wieder Amanda in dem Wellenbrecher vor und konnte nicht verhindern, dass Tränen in seine Augen stiegen.
»Teddy!«, rief Maggie und stürmte herein. »Du bist ja schon vor mir zu Hause! Wenn ich gewusst hätte, dass du heute nicht trainierst, wäre ich heute Morgen mit dem Bus statt mit dem Fahrrad gefahren!«
Teddy wischte sich mit dem Ärmel über die Augen, damit sie ihn nicht weinen sah. Sie lief zu ihm, begeistert, ihn zu sehen.
»Hallo Mags.« Teddy grinste von einem Ohr zum anderen, nahm ihr den Rucksack mit den Büchern ab, hieß sie willkommen und ließ sich nicht anmerken, wie besorgt er gewesen war. »Wie geht es meiner Lieblingsschwester?«

Als Kate nach ihrem Besuch bei Andrew am Montagabend um halb neun nach Hause kam, läutete das Telefon. Bonnie bellte, und das Stadthaus war eiskalt – in dem geistesabwesenden Zustand, in dem sich Kate neuerdings befand, hatte sie die Heizung ausgeschaltet, bevor sie morgens das Haus verließ. Sie legte Willas Porträt auf den Küchentisch und griff nach dem Hörer.

»Hallo?« Sie runzelte die Stirn, eine Hand auf dem Thermostat, den sie auf zweiundzwanzig Grad drehte.

»Kate? John O'Rourke hier.«

»Oh.« Kate umklammerte den Hörer mit beiden Händen. Warum rief er an? Beim Klang seiner Stimme wurde ihr sofort wärmer. Den Rücken gegen die Wand gelehnt, glitt sie auf den Fußboden hinab, und Bonnie sprang umgehend auf ihren Schoß. »Hallo.«

»Hallo.«

»Rufen Sie an, um sich zu erkundigen, ob ich den Brief der Kinder erhalten habe? Der ist angekommen. Und ich bin bereits dabei, ihn zu beantworten … sie fehlen mir. Hier gibt es niemanden wie Maggie oder wie Teddy, die sich so rührend sorgen, wenn der Hund Kletten im Fell hat …«

»Ähm, deshalb rufe ich nicht an.«

»Weshalb … dann?«

Am anderen Ende der Leitung trat Schweigen ein. Plötzlich schwand alle Freude und Wärme aus ihrem Körper, und Kate senkte den Kopf. Es konnte nur einen Grund für seinen Anruf geben, und es war töricht gewesen zu denken, er sei persönlich.

»Ihr Mandant, oder?«, fragte sie, während ihr Herzschlag auszusetzen drohte. »Hat er geredet?«

»Nein, Kate. Es geht um etwas anderes. Haben Sie Zeitung gelesen?«

»Ja – warum?«

»Sie wissen es offenbar noch nicht – war den Washingtoner

Zeitungen wohl keine Schlagzeile wert. Bei uns wurde eine weitere Leiche gefunden. In einem Wellenbrecher.«

»John!« Ihre Hände zitterten.

»Es ist nicht Willa.«

Ihre Augen füllten sich mit Tränen. Sie sah das Bild an, das ihre Schwester von ihr gemalt hatte. Zärtlichkeit und Liebe schlugen ihr daraus entgegen, als befände sich Willa im selben Raum. »Woher wissen Sie das?«, hörte sie sich fragen.

»Weil die Polizei sie identifiziert hat – ihr Name lautet Amanda Martin.«

»Wer ist sie?«

»Ein junges Mädchen aus Hawthorne. Ihren Eltern gehört eine Schiffswerft, und sie hat dort Teilzeit gearbeitet. Neunzehn Jahre alt, hat die UConn-Außenstelle in Avery Point besucht.«

»Merrill. Er ist doch nicht etwa auf freiem Fuß? Ausgebrochen oder ...«

»Nein«, erwiderte John hastig. »Er ist noch in Winterham, im Todestrakt ... Er war es nicht.«

»Aber die Vorgehensweise, sie im Wellenbrecher zurückzulassen ...«

»Ja, die Ähnlichkeit ist auffallend.«

»Was hat die Polizei sonst noch in Erfahrung gebracht? Gibt es weitere Opfer?«

»Bisher wurden keine gefunden.«

»Meine Schwester wird immer noch vermisst; was wäre, wenn sie nicht Merrill, sondern diesem anderen über den Weg gelaufen ist? Diesem ...«

»Ich bleibe am Ball und werde Sie auf dem Laufenden halten.«

»Ich kann es nicht fassen ...«

Johns Stimme klang ruhig und beherrscht. »Tut mir Leid, dass ich Sie mit schlechten Neuigkeiten behelligt und alles wieder aufgerührt habe. Aber ich fand es besser, Sie wissen, dass es nicht Willa war, für den Fall, dass Sie von dem Leichenfund im Wellenbrecher gehört haben.«

»Es war sehr freundlich von Ihnen, dass Sie angerufen haben, John.«
Ihre Worte hingen in der Luft; sie konnte ihn am anderen Ende der Leitung atmen hören.
»Es gibt nicht viele Leute, die mir Freundlichkeit attestieren. Ich bin überrascht.«
»Ich verstehe nicht warum.« Ein Lächeln schlich sich in ihre Stimme. »In Fairhaven haben Sie Ihr wahres Gesicht gezeigt.«
»In welcher Hinsicht?«
»Sie haben bewiesen, dass Sie ein großes Herz besitzen.«
»Für einen Rechtsanwalt, meinen Sie?«
»Für gleich wen.«
»Ich bin ein Einzelkind und kann vielleicht nicht mitreden«, sagte John. »Aber ich musste an Maggie und Teddy denken, als ich sah, wie Sie wegen Ihrer Schwester leiden. Ich wage nicht, mir vorstellen, wie es den beiden gehen würde, wenn sie längere Zeit voneinander getrennt wären.«
»Es ist schwer«, flüsterte sie, den Blick unverwandt auf Willas Pinselstriche gerichtet. »Unglaublich schwer.«
»Kopf hoch, Kate. Maggie würde das Gleiche sagen. Wenn Sie den Schal wiederhaben möchten, wir schicken ihn sofort an Sie zurück.«
»Ich will, dass Maggie ihn behält.« Sie betrachtete das Bild, den weißen Schal, der im Wind wehte. »Sagen Sie ihr, dass sie gut auf sich Acht geben soll.«
»Ja, das habe ich schon.«
»Wegen dem, was gerade geschehen ist, und überhaupt.« Kate schwirrte der Kopf, sie wusste, dass jeden Tag schreckliche Dinge passierten; dass man nach der Arbeit mit einem Arm voll Tulpen nach Hause gehen konnte, nur um festzustellen, dass die eigene kleine Welt zu Bruch ging. Dass man zu wütend sein konnte, um sich zu verabschieden, und die Schwester nie mehr wiedersah.

»Aber es gibt auch gute Dinge, Kate. Daran sollten Sie sich erinnern.«
»Sie aber auch, John.«
»Erinnern Sie mich bei unserem nächsten Gespräch daran?«
John lachte.
»Ich werde mir Mühe geben«, versprach Kate und verabschiedete sich.
Sie saß auf dem Küchenfußboden und hielt noch eine Weile den Hörer in der Hand. Der Hund ihrer Schwester lag auf ihrem Schoß, sie hörte die Wanduhr ticken, spürte, wie die Heizung Wärme auszustrahlen begann. Das ganze Haus wurde warm – oder vielleicht lag es nur an ihrem Herzen, das schneller schlug.
Der weiße Schal auf dem Porträt verbreitete einen sanften Schimmer im Raum. Kate sah darin eine Botschaft.
Der Schal gehörte nun Maggie, verband die beiden Haushalte, die Familien miteinander. Wäre John noch am Telefon gewesen, hätte sie ihm zwei gute Dinge genannt: Maggie und Teddy. Brainer und Bonnie ebenso. Und Kates Schwester Willa. Nicht zu vergessen John selbst. Sechs gute Dinge.
Ihre Augen füllten sich mit Tränen, als sie daran dachte, was für ein Kampf es gewesen war, nach Hause zu fahren, ohne zu wissen, was passiert war. Es gab einige Dinge, die noch in den Sternen standen, noch nicht abgeschlossen waren. Stimmte es, dass sie ihrer Schwester nicht wirklich verziehen hatte? Sie würde es erst wissen, wenn Willa gefunden war. Sie hatte versucht, Frieden mit dem rätselhaften Verschwinden ihrer Schwester zu schließen, hatte sich eingeredet, dass es an der Zeit sei, wieder an ihr eigenes Leben zu denken.
Aber seit ihrer Rückkehr nach Washington hatte sie das Gefühl, als sei sie auf dem falschen Weg. Ihr Leben – oder zumindest ihr Kopf und ihr Herz – konzentrierte sich auf Connecticut. Die Antworten auf die Fragen, die sich um Willas Verschwinden rankten, befanden sich dort, genau wie die

Menschen, die ihr am wichtigsten waren, wie sie nun erkannte, als sie auf dem Fußboden saß, den Telefonhörer in der Hand.
Sie blickte Bonnie fragend an. Sie konnte sich des Gefühls nicht erwehren, dass der Hund Gedanken lesen konnte.
»Wir müssen handeln, stimmt's, Bon?«
Der Scotchterrier wedelte mit dem Schwanz.
Kate nickte, tätschelte ihm den Rücken.

19

Billy Manning rief an, um John mitzuteilen, dass er Greg Merrill vernehmen wolle, um zu erfahren, was er zu dem Mord an Amanda Martin zu sagen habe. Obwohl er ganz offensichtlich als Verdächtiger ausschied, konnte er unter Umständen Aufschluss über den Tathergang geben; seine Kooperationsbereitschaft würde in den Akten vermerkt werden, was man ihm im Berufungsverfahren zugute halten würde.

John und Billy trafen sich in Winterham. Die beiden Männer warteten gemeinsam im Sprechzimmer der Justizvollzugsanstalt, und der Wärter zog Billy damit auf, dass er gemeinsame Sache mit dem Feind mache, einem Angehörigen des Merrill'schen Verteidigungskorps. Der Detective wies ihn daraufhin zurecht.

»He, Johnny ist in Ordnung«, sagte er. »Wir sind zusammen zur Highschool gegangen – haben in der gleichen Mannschaft Fußball gespielt.«

»Aha«, erwiderte der Wärter. »Sieht ganz so aus, als sei er jetzt in der *falschen* Mannschaft gelandet. Oder er hat sich verdammt in der Liga geirrt.«

»Pass auf, was du sagst, Freundchen. O'Rourke ist ein unbescholtener Bürger«, sagte Billy, als der Wärter sich anschickte, den Raum zu verlassen.

Während sie darauf warteten, dass Merrill hereingebracht wurde, blickte Billy John mit zusammengekniffenen Augen an. »Hast du das gehört? Sieh zu, dass du dich mir gegenüber genauso fair verhältst, wenn Greg kommt, in Ordnung? Lass mich die nötigen Fragen stellen. Von wem hast du eigentlich Rückendeckung, Mann?«

»Wie kommst du auf die Idee, dass ich Rückendeckung brauche?«

»Aha, ein Leisetreter. Hättest deinem alten Herrn einen Strich durch die Rechnung machen und bei der Polizei eintreten sollen, wie ich. Bei uns macht die Arbeit wirklich Spaß – wir klären Verbrechen auf, statt polizeiliche Ermittlungen zunichte zu machen. Als Nächstes wirst du noch wie dein alter Herr auf dem Richterstuhl sitzen und schwarze Roben tragen.«

»Genau wie du und dein alter Herr; ihr habt euch beide für den Polizeidienst entschieden.«

»Der Apfel fällt nicht weit vom Baum. Wann tritt Teddy dem Familienunternehmen bei?«

John wurde plötzlich still, Teddy war in letzter Zeit ziemlich einsilbig gewesen. Während Maggie quietschvergnügt war und ständig nervte, noch vor Thanksgiving in die eigenen vier Wände zurückzukehren, hatte Teddy sich mit einem Mal abgekapselt, nach Einbruch der Dunkelheit im Garten Fußballtechniken geübt und Liegestütze im Flur des ersten Stocks gemacht. John spürte die unsichtbare Mauer zwischen ihnen und wusste, er musste etwas unternehmen, um sie niederzureißen.

In diesem Augenblick ging die Tür auf, und zwei Wärter führten Greg in den Raum. An Händen und Füßen gefesselt, die Haare dem üblichen Gefängnis-Haarschnitt entsprechend kurz geschoren, wurde seine Gewichtszunahme heute besonders deutlich sichtbar – sein schwammiger Körper war in einen orangefarbenen Overall gezwängt, der eine Nummer zu klein schien. Sein unsteter Blick wanderte zwischen John und Billy hin und her. Die Haft hatte sein äußeres Erscheinungsbild grundlegend verändert; er hatte das Aussehen des attraktiven, vertrauenswürdigen jungen Mannes eingebüßt, dem es gelungen war, so viele junge Mädchen in seinen Van zu locken.

»Hallo, Greg«, sagte John.

»Was macht der denn hier?« Greg starrte Billy an. »Ich hab doch alle seine Fragen beantwortet.«

»Ich sagte Ihnen ja schon, wir sehen uns wieder, Mr. Merrill.« Billy lehnte sich in seinem Stuhl zurück.

»Was will er, John?«, fragte Greg.

»Er möchte Ihnen ein paar Fragen stellen.«

»Erzählen Sie mir etwas über Amanda Martin, Greg«, sagte Billy. »Sie haben bestimmt schon gehört, dass jemand in Ihre Fußstapfen getreten ist.«

»Ich hatte nichts damit zu tun, wie Sie wissen. Und was ich darüber denke – steht auf einem anderen Blatt.«

»Klären Sie ihn darüber auf, dass es besser für ihn wäre, meine Fragen zu beantworten, Counselor«, sagte Billy.

John schwieg, wartete darauf, dass Greg das Wort ergriff. Er gewahrte Billys ungeduldige Miene. Obwohl sie langjährige Freunde und ehemalige Mannschaftskameraden waren, hatte der Wärter die Situation richtig eingeschätzt: John gehörte jetzt einer anderen Mannschaft an. John musterte seinen Mandanten, sah die Anspannung in seinen Augen und den vorgeschobenen Nacken, als wäre er auf dem Sprung, wie eine Schildkröte, die ihrem Panzer zu entfliehen versucht.

»Sieht so aus, als wären Sie mächtig aufgeregt«, fuhr Billy fort, an Greg gewandt, und beugte sich vor. »Sagen Sie mir warum?«

»Warum sollte ich aufgeregt sein? Ich habe nichts gemacht.«

»Vielleicht sind Sie eifersüchtig. Weil jemand anderer etwas gemacht hat, während Ihnen die Hände gebunden sind.«

»Hah!« Gregs Gesicht rötete sich. »Ich bin doch nicht eifersüchtig auf *ihn.*«
»›Ihn‹? Das klingt, als wüssten Sie, wer es war.«
»Ich habe keine Ahnung. Nicht die geringste …«
Billy blickte ihn an, als würde er ihm kein Wort glauben. Selbst John war sich nicht sicher. Greg schien sich äußerst unbehaglich zu fühlen, seine Augen huschten durch den Raum, wie auf der Suche nach einer Fluchtmöglichkeit.
»Haben Sie Amanda Martin gekannt?«, fragte Billy. »Haben Sie eine Erklärung dafür, warum der Mörder den Wellenbrecher von Point Heron ausgewählt hat? Könnte es sein, dass der Zeitfaktor eine Rolle spielt?«
Greg lehnte sich zurück, schloss die Augen. Billy saß reglos da, die Ellenbogen hinter seinem Kopf verschränkt. Er wirkte entspannt, doch sein Blick war scharf wie der eines Falken auf der Jagd. Das Schweigen dehnte sich aus, und John stellte fest, dass er an den gestrigen Abend dachte.
Kates Stimme am Telefon, als er ihr von dem neuen Opfer erzählte … zuerst schockiert, dann bedrückt. John war den größten Teil seines Lebens mit Morden und den Folgeerscheinungen konfrontiert worden. Er hatte in vielen Fällen die Verteidigung übernommen, hatte den Angehörigen der Opfer vor Gericht ins Gesicht sehen müssen, während er Tatsachen ans Licht brachte, die Eltern, Ehepartnern, Kindern oder Schwestern besser erspart geblieben wären; aber nie war ihm das Ausmaß des Leidens derart unter die Haut gegangen wie bei Kate und ihrer Schwester.
Er hatte gestern bis spät in die Nacht an seinem Schreibtisch gesessen – noch lange nach seinem Anruf bei Kate. Die Zeitung vor ihm ausgebreitet, hatte er geraume Zeit damit verbracht, über den neuen Fall nachzudenken. Ein Wellenbrecher, die Steinkonstruktion am Point Heron; er hatte auf das Foto in der Abendzeitung gestarrt. Ein idyllischer einsamer Ort, mit Felsen und Wasser. Hart und weich, Leid und Erlösung.

Die Minuten vergingen, aber Greg weigerte sich zu antworten. Er blickte sich stumm im Raum um. Nach einer Weile legte John die Hände auf den Tisch und schaltete sich in die Befragung ein.
»Ich möchte mich kurz mit meinem Mandanten beraten«, sagte er.
»Herrgott!«, schimpfte Billy. »Er brüstet sich doch sonst immer mit seiner Zugehörigkeit zu MENSA – da sollte man meinen, er sei schlau genug, uns dabei zu helfen, den Nachahmungstäter zu fassen …«
»Sie haben doch keine Ahnung«, sagte Greg.
»Richtig, ich bin ja bloß ein beschränkter Bulle. Klären Sie mich auf.«
»Sie haben nicht einmal eine Grundlage, um sich auf diese Fragen zu konzentrieren: Zeitfaktor, Wellenbrecher, wenn ich das schon höre. Sie stellen sie nur, weil sie nach Ihrer Auffassung dazugehören – aber nicht aus einer Intuition heraus …«
Billy lachte. »Mag sein, dass es mir an Intuition mangelt, aber das liegt vermutlich daran, dass ich sie nicht brauche. Schließlich habe ich Sie auch so geschnappt.«
»Weil ich es zugelassen habe«, antwortete Merrill sanft.
»Sie sind der richtige Mann dafür, Greg – Sie wissen es, und ich weiß es, deshalb bin ich hier. Na los – sagen Sie schon, wer dieser Typ ist.«
»Ich gehe davon aus, dass Sie nicht seinen Namen meinen. Sie möchten von mir hören, wie er ist … was in ihm vorgeht …«
»Richtig. Seine Motive, wie er tickt.«
»Von mir erfahren Sie kein Wort. Ich werde nur mit meinem Anwalt reden.«
»Sie haben ihn gehört, Detective«, sagte John.
Greg saß reglos da, die Lippen zusammengepresst, bis Billy den Raum verließ. John wusste, dass er später einen Anruf von ihm erhalten würde. Greg sah zu, wie die Tür hinter ihm ins Schloss fiel, dann blickte er John wutentbrannt an.

»Hat der Kerl auch nur einen blassen Schimmer, was er *getan* hat?«, fragte Merrill.

»Detective Manning?«

»Nein! Derjenige, der *das* getan hat – mit dem Mädchen … Ich sage Ihnen rundheraus: Er hat nichts verstanden. Nichts! Es war der reine Hass, der ihn dazu getrieben hat.«

»Amanda zu töten?«

»Weil die Tat bedeutungslos für ihn war. Er hat nichts begriffen – weder die Vision, noch was der Wellenbrecher symbolisiert, oder die steigende Flut. Für ihn hätte eine Müllhalde genügt.«

»Er hat Sie nachgeahmt.«

Merrill schnaubte ungeduldig, schüttelte den Kopf. »Das hat nichts zu sagen, weil er es nicht *kapiert.* Träume enthüllen die ganze Wahrheit, richtig?«

»Ich bin kein Psychologe.«

»Versuchen Sie mal, Freuds fantastisches Werk über die Symbole, Bedeutung und Macht des Traums zu lesen. Einer geht nahtlos in den anderen über, und keine Nacht ist lang genug, um alle zu erfassen. Träume verleihen uns Flügel, sie sind die Sehnen und Muskeln, die unseren Verstand zusammenhalten … und Körper, Geist und Seele miteinander verbinden.«

John hörte zu, wohl wissend, dass sein Mandant verrückt war. Greg Merrills Logik machte ausschließlich für ihn Sinn, aber John wollte unbedingt Zugang zu seiner verqueren Denkweise finden und Dinge in Erfahrung bringen – auch ohne Billys Anwesenheit –, die dazu beitragen konnten, etwas über weitere Opfer herauszufinden. Über Willa …

»Was haben Träume mit Amanda Martins Tod zu tun, Greg?«

»Niemand – so klug er auch zu sein glaubt – kann meinen Traum vom Wellenbrecher verstehen, meine Vision vom Meer. Freud vielleicht. Jung, ziemlich sicher sogar. Aber andere? Nicht einmal der gewiefteste, fähigste Psychiater wäre dazu imstande. Nicht wirklich. Nicht so klar und einfühlsam, um sich in meine Lage zu versetzen.«

»Nein?«

»Und schon gar nicht dieser Scharlatan, dieser Wichtigtuer, dieser andere. Eine Hommage an mich? Vielen Dank, darauf kann ich verzichten.«

»Erzählen Sie mir von Willa Harris.«

Greg sah ihn verdutzt an.

»Von wem?«

John starrte ihn an. Er kannte seinen Mandant fast ein halbes Jahr, war ihm kurz nach seiner Verhaftung durch die Polizei zum ersten Mal begegnet. Er hätte schwören mögen, dass Greg den Namen wirklich noch nie gehört hatte. John griff in seine Jackentasche, holte Willas Foto heraus und legte es auf den Tisch. Greg nahm es in die Hand, betrachtete es eingehend.

»Sie haben mir das Bild schon einmal gezeigt. Ich sagte Ihnen bereits, dass ich sie nicht kenne.«

»Sind Sie sicher?«, fragte John mit hämmerndem Puls.

Greg nickte, ein Lächeln huschte über seine Lippen, und sein Blick war traurig. »Ganz sicher. Ich wünschte, ich könnte Ihnen helfen. Sie muss sehr wichtig für Sie sein, sonst würden Sie mich nicht immer wieder nach ihr fragen. Stimmt's?«

John antwortete nicht. Er nahm Greg Merrill Willas Foto aus der Hand, und sie maßen sich mit Blicken; Greg wandte als Erster die Augen ab.

»Berührt Sie das überhaupt nicht? Dass noch ein junges Mädchen vermisst wird? Und ein weiteres tot aufgefunden wurde? Sie nehmen Medikamente … wirken Sie? Interessiert Sie der jüngste Mord überhaupt?« John hatte das Gefühl, als drohe ihm die Kontrolle über sich selbst zu entgleiten; sein Blut geriet in Wallung angesichts Gregs Kälte.

»John, alles in Ordnung mit Ihnen?«

Johns Hände fühlten sich klamm an. Er hatte die Beherrschung verloren – hatte seinen Mandanten angeschrien, im

Sprechzimmer von Winterham. Er hatte es satt, die Verteidigung von Menschen ohne Gefühle oder Gewissen zu übernehmen.
Gregs Lächeln wurde eine Spur breiter. »Natürlich interessiert er mich, John. Wie können Sie so etwas fragen?«
»Ich weiß nicht, Greg.« Johns Schultern schmerzten, müde erhob er sich vom Tisch.
»Ich brauche Briefmarken, John«, sagte Greg. »Ich habe einige Gesuche geschrieben, und sie werden nicht …«
John verzichtete darauf, sich den Rest anzuhören. Plötzlich hatte er Kopfweh und ein Gefühl, als drehe sich ihm der Magen um. Seine Kinder lebten in dieser Welt, Kate Harris' Schwester wurde immer noch vermisst, und sein Mandant brauchte Briefmarken! Er musste raus, den Himmel sehen, frische Luft atmen.
John O'Rourke hatte eine Panikattacke. Ohne sich von seinem Mandanten Greg Merrill oder den Wärtern zu verabschieden, verließ er Winterham Prison, ohne sich noch ein einziges Mal umzudrehen.

Der Richter wusste, dass irgendetwas nicht stimmte.
Es war Dienstagnachmittag, und John war früher nach Hause gekommen, hatte seinen Aktenkoffer in der Diele abgestellt und war nach oben gegangen, um sich hinzulegen. Etwa eine Stunde war vergangen – lange genug, um ein Nickerchen zu machen –, als es an der Haustür läutete. Als der Richter öffnete, sah er sich einer bezaubernden jungen Frau gegenüber.
»Ja bitte?«, fragte er.
»Oh … ich möchte zu John O'Rourke. Ich weiß, ich hätte mich vorher anmelden sollen, aber ich bin gerade erst angekommen, und auf dem Weg in die Stadt kam ich am Park vorbei und sah das Straßenschild …«
»Also haben Sie gleich einen Abstecher gemacht. Nett von Ihnen.« Der Richter sah sie bewundernd an. Sie hatte eine

Alabasterhaut mit ein paar angedeuteten Sommersprossen rund um die Nase, hohe Wangenknochen und einfühlsame Augen in der Farbe von Steinen. Es waren schöne Augen, und je länger er sie betrachtete, desto neugieriger wurde er auf die Geschichte, die sich hinter ihnen verbarg.
»Ist John zu Hause?«, fragte sie.
»An einem ganz normalen Arbeitstag?« Der Richter lächelte. Er pokerte gerne, war darin geübt, nichts preiszugeben.
»Ich dachte. Ich habe nämlich in seiner Kanzlei angerufen. Dort hieß es, er sei außer Haus.«
»Hmmm.« Die Augen des Richters verengten sich. In Augenblicken wie diesem wünschte er sich, Maeve wäre noch in der Lage, den Türsteher zu spielen. Sie hatte es verstanden, die Leute abzuwimmeln, bevor sie wussten, wie ihnen geschah. Aber sie war unten im Parterre, polierte das Silber für das Thanksgiving-Essen und unterhielt sich dabei mit ihrer Schwester und einigen Heiligen.
»Bitte?« Die Frau lächelte.
Und dann fiel es dem Richter wie Schuppen von den Augen: Sie war gekommen, um sich als Kindermädchen zu bewerben! Er zögerte, unentschieden, wie er damit umgehen sollte. Im Verlauf der letzten Wochen hatte er sich daran gewöhnt, die Kinder um sich zu haben. Alle drei – Maggie, Teddy und das größte Kind von allen, seinen Sohn John.
»Die Zeit vergeht wie im Flug, finden Sie nicht?«, sagte er.
»Pardon?«
»Alles hat einmal ein Ende. Sie sind wegen der Stelle hier, richtig?«
»Welche Stelle?«
»Die Stellung als Kindermädchen.«
Ein sanftes Lächeln glomm in ihren Augen auf, dann umspielte es ihren Mund. Sie sah erheitert aus. »Sie ist noch nicht vergeben?«, fragte sie, den Kopf zur Seite geneigt.
»Nein.«

»Ich habe mir schon einmal Ärger eingehandelt, weil ich in diesem Punkt um den heißen Brei herumgeredet habe. Nein – ich bin nicht wegen der Stelle hier. Mein Besuch ist persönlich, ich bin eine … Bekannte von John.«

Der Richter hatte ihr Zögern bemerkt, bevor sie das Wort »Bekannte« aussprach, als sei ihr so schnell keine bessere Bezeichnung eingefallen. Er billigte ihre Wahl.

»Ich werde nachsehen, ob er da ist. Wen darf ich melden?«

»Kate Harris«, sagte sie.

»Aha.« Er musste so tun, als hätte er nicht die geringste Ahnung, wer sie war, obwohl er es längst erraten hatte.

Langsam stieg der Richter die Treppe hinauf, in der Hoffnung, dass John ihre Stimme gehört hatte und von allein herunterkommen würde. Aber dem war nicht so. Im Flur war es dunkel und still. Der Richter ging zu Johns Zimmer.

»John? Besuch für dich«, rief er durch die geschlossene Tür.

Keine Antwort. Ein leises, dann ein lauteres Klopfen.

»Kate Harris ist hier.«

Kein Muckser.

»Für den Fall, dass du mich nicht gehört hast. KATE HARRIS!«

Der Richter stand wie angewurzelt im Flur. Er hatte das Zimmer seines Sohnes nicht mehr unaufgefordert betreten, seit John acht Jahre alt gewesen war und wegen eines verpfuschten wissenschaftlichen Experiments einen Tobsuchtsanfall bekommen hatte. Damit wollte er jetzt gar nicht erst wieder anfangen.

Brainer, der seinem Herrchen Gesellschaft leistete, fiepte leise und beschnüffelte den Spalt unter der Tür. Der Richter schüttelte den Kopf – John war nicht gerade ein Meister der Kunst, Frauenherzen zu entflammen, und der Richter fand, Kate Harris sei die geeignete Person, um damit zu beginnen.

Aber wenn man den Kindern heutzutage etwas beibringen wollte, stieß man auf taube Ohren. Manchmal kam er sich wie

Maeve vor, die ihren vier Söhnen Matthäus, Markus, Lukas und Johannes Predigten hielt. Sie hörten auch nie zu.

»Tut mir Leid, Miss Harris«, sagte er, eine Hand am Treppengeländer, als er die Stufen hinabstieg. In der Diele angekommen, schenkte er ihr ein halbherziges Lächeln. »Mein Sohn ist anderweitig beschäftigt.«

»Oh.« Sie klang enttäuscht. »Würden Sie ihm bitte ausrichten, dass ich da war?«

Beim Klang ihrer Stimme ließ Brainer – der sie dank seiner ausgeprägten sensorischen Wahrnehmungsfähigkeit erkannt hatte – ein freudiges Bellen los.

»Ist das Brainer?«, fragte sie.

»Ebender.«

»Bitte grüßen Sie ihn von mir – und von Bonnie. Und auch Maggie und Teddy. Und Maeve. Ich habe einen Brief für Maggie …«

»Schön.« Der Richter reichte ihr zum Abschied die Hand, nahm den Brief entgegen und legte ihn auf den Tisch in der Diele, wo Maggie ihn gleich sehen würde. »Wo kann John Sie erreichen?«

»Im East Wind Inn. Meinem zweiten Zuhause.«

Der Richter blickte ihr nach, als sie die Treppenstufen hinab zu ihrem Auto ging – offensichtlich ein Leihwagen; sein Juristenverstand war wie eine stählerne Falle, die nur teilweise eingerostet war; er hatte eine Fülle interessanter Fakten darin gespeichert, zum Beispiel was Leihwagen mit zahlreichen Aufklebern an der Stoßstange und Nummernschilder betraf, die mit den Anfangsbuchstaben »CJ« begannen.

Sie winkte ihm zu, als sie rückwärts die Einfahrt hinunterfuhr. Der Richter winkte zurück.

Während seiner Jahre auf dem Richterstuhl waren ihm Menschen in allen Lebenslagen untergekommen. Er hatte gelernt, die offensichtlichen und unterschwelligen Anzeichen der Verzweiflung zu erkennen, der Trauer, des Kummers und … der

Hoffnung: Das war das Wort, das ihm spontan einfiel, wenn er in die schönen, ungewöhnlichen, graublauen Augen von Kate Harris sah.
Das Mädel strahlte aus jeder Pore Hoffnung aus.
Und sie war gekommen, um seinen Sohn zu besuchen.
»Du hast dir einen verdammt unpassenden Nachmittag ausgesucht, um Schlaf nachzuholen«, schimpfte er, den Blick zur Decke gerichtet.
Der Richter war an Leute gewöhnt, die gerne ein Nickerchen machten. Maeve beispielsweise, die den ganzen Tag verschlafen würde, wenn er sie ließe. Er selbst genoss es ebenfalls, die Krawatte zu lockern und die Füße hin und wieder für eine Stunde hochzulegen. Aber sein Sohn – das stand auf einem völlig anderen Blatt.
John konnte keine Minute stillsitzen. Ständig hatte er Gerichtstermine, fuhr die Kinder zu Sportveranstaltungen, traf sich mit Mandanten, befragte Zeugen oder knobelte eine Verteidigungsstrategie aus. John Xavier O'Rourke gönnte sich nicht einmal die Muße nachzuschauen, welche Farbe seine Augen hatten.
Der Richter, der bei Johns Geburt in selbige geblickt hatte, wusste, dass sie hellbraun waren, von der gleichen Farbe wie Kräuterbier. Und jetzt würde er dafür sorgen, dass sein Sohn die Augen aufmachte, und wenn er sie ihm mit Gewalt öffnen musste.

Sie war hier.
John hatte ihre Stimme gehört. Zuerst freudig erregt, als sie nach ihm fragte, dann wie gelähmt.
Sein Vater war nach oben gekommen; John hatte reglos im Bett gelegen und sich schlafend gestellt. Ironischerweise hatte er vorhin von ihr geträumt, als er eingenickt war. Von den Augen, die bis auf den Grund seiner Seele blickten.
Was hatte sie ihm im Traum zu sagen versucht? Sie hatten

keiner Worte bedurft, weil ein stillschweigender Einklang zwischen ihnen herrschte, wie John ihn noch nie erlebt hatte.
Kate Harris ist hier, hatte sein Vater gesagt.
John hatte es gehört, war aber unfähig, auch nur einen Finger zu rühren.
Was konnte er auch für sie tun? Träume waren eine Sache, das Leben stand auf einem anderen Blatt.

20

Zum zweiten Mal in der letzten halben Stunde stieg der Richter die knarrende Treppe hinauf und klopfte zunächst leise, dann lauter an Johns Schlafzimmertür. Da er keine Antwort erhielt, drehte er schließlich am Knauf.

Auf dem Rücken liegend, ein Kissen über den Augen, stellte John sich schlafend. Der Richter hatte oft gesehen, wie der Bursche Schlaf vortäuschte. Als Junge hatte es ständig Kämpfe um die Schlafenszeit gegeben. Immer wollte er noch schnell ein Buch zu Ende lesen – oder wenigstens ein Kapitel. Oder er wollte bis Mitternacht aufbleiben, um einen Meteorschauer zu beobachten. Oder bis drei Uhr früh, wenn der Sturm ihre Gegend laut Vorhersage erreichen würde. Oder bis vier, wenn der Nikolaus den Kamin heruntergerutscht kam.

»Darauf fällt niemand herein«, sagte der Richter nun.

John antwortete nicht. Er hatte inzwischen Erfahrung im Verstellen gesammelt, und er glaubte zu wissen, wie man Schlaf vortäuscht. Dem Richter war klar, dass sich diese »So tun als ob«-Manöver bei John nicht auf das Schlafen beschränkten. Damit hatte er sich schon seit geraumer Zeit den Weg durchs Leben gebahnt. Er hatte so getan, als sei er glücklich, als sei alles »bestens«, »in Ordnung« oder »fantastisch«. Das letzte Jahr mit Theresa war am schwersten für ihn gewesen, doch das hatte der Richter sich selbst zuzuschreiben: Schließlich war er nicht gerade mit gutem Beispiel vorangegangen, was die Fähigkeit betraf, über Gefühle zu sprechen oder sein Herz zu öffnen.

»He – Counselor, aufwachen!«, sagte der Richter zu seinem Sohn und wackelte am nackten Zeh seines rechten Fußes.

John drehte sich auf die Seite, zog das Kissen noch enger über sein Gesicht. Beim Umdrehen rutschte es weg, enthüllte Tränenspuren in den Sonnenfältchen um Johns Augen, die sich über die Wangenknochen hinabzogen.

»Lass mich in Ruhe, Dad«, flüsterte John.

»Sie ist verdammt hübsch.«

Als John schwieg, schnaubte der Richter verärgert. »Ich rede von Kate Harris. Vielleicht solltest du zu ihr fahren und dich erkundigen, was sie von dir will.«

»Ich weiß, was sie will«, erklärte John dumpf. »Etwas über ihre vermisste Schwester erfahren. Und dabei kann ich ihr nicht helfen.«

»Ist ja auch nicht deine Aufgabe. Dafür ist die Polizei zuständig. Vielleicht braucht sie nur einen Freund, mit dem sie reden kann. Mir scheint, als wäre sie deshalb hier – sie machte auf mich einen sehr netten, liebenswerten Eindruck.«

»Sie will mich aushorchen – das sage *ich*. Aber meine Arbeit bringt mich in Konflikt mit ihr.«

»Deine Arbeit bringt dich mit der halben Stadt in Konflikt, wenn du sie nach bestem Wissen und Gewissen verrichtest«, schmunzelte der Richter. »Aber das bedeutet nicht, dass du kein Privatleben und keine Freunde verdienst …«

»Hör auf, Dad.« John drehte sich um. Er vergrub sein Gesicht wieder im Kissen, als sei er völlig erschöpft. Der Richter betrachtete seinen Sohn lange, dann seufzte er. Er wusste, was in ihm vorging.

»Dafür gibt es einen Namen. Kampfmüdigkeit. Oder das Gefühl, ausgebrannt zu sein – du hast die Wahl.«
John schwieg, schien nicht einmal zuzuhören, doch der Richter fuhr unbeirrt fort.
»Ich kenne das aus eigener Erfahrung. Nur wenige Strafverteidiger sind meines Wissens davon verschont geblieben. Wie könnten wir auch? Bei uns geht es um Menschenleben, mein Sohn. Das ist kein Job wie jeder andere, bei dem wir nach Feierabend die Tür hinter uns zumachen können. Wir müssen uns mit Fragen um Leben und Tod auseinander setzen, im Hinblick auf unsere Tätigkeit – und auf das Verhalten anderer.«
Obwohl John stumm blieb, erkannte der Richter, dass er seine Aufmerksamkeit geweckt hatte: Das Kissen war ein Stück zur Seite geglitten, enthüllte sein rechtes Ohr.
»Bevor ich Richter wurde, habe ich das Gleiche getan wie du. Menschen vor Gericht verteidigt. Einige waren unschuldig, andere nicht. Ich hatte einmal einen ähnlichen Fall, an den du dich vielleicht erinnerst. Jack Carsey. Ein Mann, der ein junges Mädchen aus unserer Stadt entführt und umgebracht hatte. Du hast die gerichtsmedizinischen Fotos gesehen und eine Woche nicht schlafen können.«
»Ich erinnere mich«, sagte John, den Mund im Kissen.
»Deine Mutter war wütend auf mich. Nicht nur, weil du völlig aufgelöst warst oder die Leute mich wegen meiner Arbeit hassten – sondern weil ich einen *Schurken* verteidigte. Das sagte sie wörtlich zu mir und – ich weiß nicht, ob du dich an die Stimme deiner Mutter erinnern kannst ...«
»Kann ich.«
Der Richter nickte. Leila war eine altmodische Frau gewesen; wie viele Frauen ihrer Zeit hatte sie trotz ihres wachen Verstandes und ihrer vielfältigen Talente beschlossen, sich auf die Rolle der Hausfrau und Mutter zu beschränken. Doch wenn sie ihre Meinung äußerte, hatte ihre Stimme die gleiche

Wirkung wie ein Plädoyer von Louis Brandeis vor Gericht. »›Patty‹, sagte sie zu mir …« Er hüstelte. »Sie war die Einzige, die mich ungestraft ›Patty‹ nennen durfte.«

»Ich weiß.« John zog das Kissen ganz von seinem Kopf weg und blickte auf.

»›Patty‹, sagte sie also, ›ich möchte, dass du die Verteidigung von Jack Carsey niederlegst.‹«

»Ja, das konnte ich sogar hören«, sagte John.

»Sie wollte, dass ich den Fall abgab. Schlug mir vor, über mein Leben nachzudenken – unser Leben –, um herauszufinden, was mir wirklich wichtig war. Erinnerte mich an meine katholische Erziehung, mein Rechts- und Unrechtsbewusstsein. Riet mir …«

»Deinen moralischen Kompass zu überprüfen.«

»Ja«, erwiderte sein Vater, Leilas Worte immer noch im Ohr. »Und dann sagte sie – man stelle sich das vor! Sie sagte: ›Patty – du hilfst diesem Menschen, mit einem Mord davonzukommen.‹«

Der Richter sah, wie sein Sohn bei diesen Worten die Augen schloss. Ein Aufruhr der Gefühle spiegelte sich in seinem Gesicht wider, ähnlich wie eine Seekrankheit, gepaart mit abgrundtiefer Verzweiflung.

»Kommt dir das bekannt vor, mein Sohn?«

»Genau wie bei uns. Teddy sagt das Gleiche.«

»Und was sagst du?«

»Ich sage mir, dass ich für die in der Verfassung verbrieften Rechte eines Menschen eintrete, dass George Washington in Philadelphia genau das im Sinn hatte … dass selbst ein Greg Merrill das Recht auf einen fairen Prozess hat … und auf juristischen Beistand …«

»Aber … ?«

»Aber dann sehe ich Amanda Martins Hand vor mir. Sie war schneeweiß, Dad. Die Finger waren gespreizt, zum Himmel emporgestreckt … als wollte sie nach einer Rettungsleine greifen.«

Der Richter hörte aufmerksam zu.
»Und ich sehe Kate Harris ... die Frau, die vorhin hier war.«
»Ja?«
»Ihre Schwester Willa wird vermisst. Kate ist die Frau, die ich zufällig in Fairhaven getroffen habe. Deretwegen ich gegen meine Schweigepflicht als Anwalt verstoßen habe.«
»Dachte ich mir schon.«
John blickte seinen Vater freimütig an. Obwohl er immer noch regungslos auf dem Rücken lag, begannen seine Augen zu blitzen. »Wieso?«
»Sie ist bildschön. Ihr hätte ich auch nicht widerstehen können.«
»Das ist kein Kavaliersdelikt! Das könnte mich meine Zulassung als Anwalt kosten. Aber die Sache ist die ...«
»Dass du beim nächsten Mal genauso handeln würdest«, sagte der Richter.
»Woher weißt du das?«
Der Richter seufzte. Wenn er vom Schlafzimmerfenster in den Garten hinuntersah, fiel sein Blick auf Justitia, eine Skulptur, die Leila dort aufgestellt hatte. Da stand sie, mit der Binde vor den Augen, und hielt die Waage hoch. Maeve besaß die Angewohnheit, Vogelfutter in den Waagschalen auszustreuen; Sperlinge und Kardinalvögel ließen sich darauf nieder, um sich an den Körnern gütlich zu tun. Justitia, die Personifikation der Gerechtigkeit und Barmherzigkeit, schien blind für die chaotische, menschliche Realität zu sein.
»Weil du nicht aus Stein bist«, sagte der Richter mit Blick auf die Statue. »Sondern ein Mensch aus Fleisch und Blut, der ein Herz hat.«
»Ich muss das Mandat im Fall Merrill niederlegen, wegen Befangenheit.«
»Glaubst du, jemand anderer sei in der Lage, bessere Arbeit zu leisten? Den Fall unentgeltlich zu übernehmen, Freunden und Nachbarn mit ihren Fallstricken und Pfeilen den Wind aus den

Segeln zu nehmen, sich den verzwickten moralischen Fragen zu stellen?«

»Ich kann nur für mich sprechen, nicht für sie.«

»Dir scheint es ernst zu sein.« Der Richter war entgeistert. Sein Sohn zog es offenbar wirklich in Betracht, als Merrills Anwalt das Handtuch zu werfen.

»Ja. Ich bin heute mit Dr. Beckwith verabredet, und das war's dann. Wir wollten uns mit Merrill treffen, Beckwiths Erkenntnisse durchsprechen und eine Verteidigungsstrategie entwickeln, um mildernde Umstände aufgrund seiner schweren mentalen Störung geltend zu machen. Aber ich kann nicht mehr.«

»Weil du nicht daran glaubst?«

»Weil es mich krank macht. Weil ich keine Lust mehr habe, in Greg Merrills Kopf herumzuwühlen.«

Der Richter ließ sich an das Fußende des Bettes niedersinken. Der Hund, der die ganze Zeit vor dem Bett gelegen hatte, drehte sich herum und legte seinen Kopf auf die Knie des Richters, schmutzige goldene Fellhaare verteilten sich auf dem feinen Gabardine.

»Ich habe es kommen sehen«, sagte der Richter nachdenklich. »Wie ich schon sagte, ich weiß, wie es dir geht. Wenn man ausgebrannt ist, fühlt man sich, als gäbe es keinen Ausweg. Habe ich Recht?«

»Ja. Ich bekomme einfach nicht mehr diese Bilder aus meinem Kopf. Merrills Verbrechen … Ich kenne seine Denkmuster, seine Fantasien … Phil Beckwith meint, er sei ein hochkarätiger Fall, ein Perverser, der in keine der gängigen medizinischen Kategorien passt und beinahe eine eigene verdient. Ich möchte das Ganze vergessen.«

»Dich unter der Decke verkriechen …«

»Oder mich beruflich ganz ausklinken.«

»Deshalb gibt es so viele Säufer in unserem Metier. Es geht nichts über einen kleinen medizinisch verordneten Single-

Malt-Scotch nach einer langen Gerichtsverhandlung, um zu vergessen, was unsere Arbeit beinhaltet … Apropos, eine gute Idee, finde ich.« Der Richter schmunzelte. »Was meinst du?«
»Am helllichten Tag?«, entgegnete John. Dennoch hievte er sich auf den Ellenbogen und schwang die Beine über die Bettkante.
»Ist besser als schlafen«, befand der Richter. »Das kannst du dir für später aufheben, wenn du im Ruhestand bist.«
Die beiden Männer gingen nach unten, in das Arbeitszimmer des Richters. Brainer heftete sich an ihre Fersen, blieb vor den hohen Fenstern stehen, die zur Straße hinausgingen, und spähte nach draußen – als wollte er sehen, ob Kate vielleicht noch da war. Der Richter ertappte John dabei, wie dieser ebenfalls hinausblickte, und verbarg ein Lächeln.
Er holte zwei schwere Kristallgläser und eine handgeschliffene Waterford-Karaffe aus der Mahagoni-Anrichte. Er entfernte den Stöpsel und schnupperte mit geschlossenen Augen an dem Whiskey, um ihn angemessen zu würdigen.
»Dazu braucht es kein Eis«, sagte er und goss ein.
»Was ist das für ein Gebräu?«
»Ein Talisker, zwanzig Jahre alt.«
Der Richter reichte seinem Sohn ein Glas, und die beiden Männer stießen miteinander an.
»Auf die Anwälte«, sagte der Richter.
John zögerte, doch dann trank er. Sein Vater auch. Sie leerten die Gläser in einem Zug, als wäre es ein Fingerhut voll. Dann schenkte der Richter nach.
»Der ist mit Vorsicht zu genießen!« Der Richter stöpselte die Karaffe wieder zu. »Macht selbst aus erstklassigen Anwälten Alkoholiker.«
»Ich weiß.« John trank einen Schluck. »Als Kind sah ich sie durchs Gerichtsgebäude wanken, die alten Trunkenbolde …

meistens Iren wie Brady und O'Neill … Ich verachtete sie unsäglich. Rote Gesichter, blutunterlaufene Augen, nach Schnaps stinkend …«

Der Richter nickte.

»Jetzt verstehe ich sie.«

»Wie das, mein Sohn?«

»Es war der Beruf.« John nahm noch einen Schluck. »Sie mussten ebenfalls Kreaturen wie Merrill vor Gericht vertreten …«

Wieder nickte der Richter, hörte schweigend zu.

»Sie waren zu empfindsam, um es einfach wegzustecken. Was sagte Mom immer über Irland? Sie nannte es das ›Tal der Tränen‹. Und irische Anwälte waren in ihren Augen verkappte Dichter, die nicht vom Gerichtssaal loskamen. Das behauptete sie auch von dir.« John hob den Blick, sah seinen Vater an.

Der Richter nickte; seine Kehle war bei der Erinnerung wie zugeschnürt, und so leerte er schweigend sein Glas. Er hörte noch heute Leilas Stimme, klangvoll und rauchig, die von Herz, Seele und ungezählten Zigaretten zeugte …

»Das würde sie jetzt vermutlich auch von mir behaupten«, fügte ihr Sohn hinzu.

»Mit Sicherheit.«

»Sie würde sagen, dass ich einem Schurken helfe, mit einem Mord davonzukommen.«

»Aber das tust du nicht, John. Merrill befindet sich im Todestrakt. Sollten deine Bemühungen erfolgreich sein, kann er bestenfalls hoffen, dass die Todesstrafe in eine lebenslange Freiheitsstrafe umgewandelt wird. Du und der gute Doktor werdet schon dafür sorgen. Wie immer der Prozess auch ausgehen mag, Merrill ist ein für alle Mal weg vom Fenster.«

»Er hat einen Nachahmungstäter gefunden, den Mörder von Amanda Martin.«

»Ich weiß.«
»Und Willa Harris wird immer noch vermisst.«
»Das ist mir ebenfalls bekannt. Und noch etwas …«
»Ja?«
»Du solltest diese Alkoholgeschichte von den irischen Dichtern und empfindsamen Anwälten nicht romantisch verbrämen. Die Männer haben getrunken, weil sie es so wollten – unsere kalte, unerbittliche Welt war nur ein bequemer Vorwand. Sie haben damit mehr Schaden in ihren Familien angerichtet, als du dir jemals vorstellen kannst.«
»Klingt, als wüsstest du, wovon du redest.«
Der Richter nickte ernst. »So ist es.«
»Aha.« John stellte sein Glas ab, ohne es zu leeren, ging zum Fenster und blickte hinaus. »Was soll ich tun, Dad?«
»Deine Arbeit, Johnny. Einen Fuß vor den anderen setzen und das Mandat behalten, im Sinne von James Madison, dessen Wirken maßgeblich zur Entwicklung unserer Verfassung beitrug. Deinen Mandanten nach bestem Wissen und Gewissen vertreten. Dich nach dem Leitsatz ›Prinzip geht vor Persönlichkeit‹ richten …«
»Wo hast du denn das gehört?«
»Bei den Anonymen Alkoholikern.«
»Woher weißt du, was bei den A. A. geredet wird?«
Der Richter zuckte die Schultern, und sein Lächeln schwand. »Es ist sehr lange her, aber einer dieser irischen Anwälte, die angetrunken im Gerichtsgebäude erschienen, war dein Vater. Mir ging die Arbeit genauso an die Nieren, Johnny. Ich habe oft zu tief ins Glas geschaut, und deshalb hat mich deine Mutter zu einigen Treffen geschleift.«
»Das wusste ich gar nicht.«
»Nun, diese Phase dauerte zum Glück nicht lange. Ich bekam mein Leben wieder in den Griff. Ich sah, was ich deiner Mutter damit antat … und ich hatte selbst miterlebt, wie Anwälte im Suff ihre eigenen Kinder misshandelten. Jimmy Brady stand in

den Verhandlungen, bei denen ich den Vorsitz als Richter führte, genauso oft vor mir wie jeder andere Jugendliche in unserer Stadt. Ich lernte jedenfalls, Recht und Gesetz über die persönlichen Gefühle gegenüber Mandanten, Opfern und Angehörigen zu stellen.«

»Schwer in die Praxis umzusetzen.«

»Ja.« Der Richter blickte auf die Justitia hinunter; ein Star thronte auf ihrem Haupt, Schneefinken pickten die Körner in den Waagschalen auf. »Aber lebenswichtig.«

»Stimmt.« John blickte auf seine Uhr – vielleicht überlegte er, ob ihm genug Zeit blieb, zum zweiten Mal an diesem Tag ins Winterham Prison zu fahren, zu dem Treffen mit seinem Mandanten und dem Psychiater.

Brainer, auf Zuwendung erpicht, lief zwischen Vater und Sohn hin und her. Der Richter sah, wie John den Kopf des treuen Hundes kraulte und seine Finger sich in den Zotteln am Hals verfingen. John, in Gedanken versunken, schien nichts zu bemerken. Erst als er sich durch die verfilzten Stellen vorarbeitete und einen Dorn und etliche Zweige herauszog, schüttelte er den Kopf.

»Der Hund braucht ein Bad.« Verdutzt runzelte er die Stirn, als er eine Klette entfernte.

Der Richter ließ die Bemerkung im Raum stehen. John sah zum Fenster hinüber, als sei ihm gerade ein Licht aufgegangen, als stünde Kate Harris höchstpersönlich auf der Veranda vor dem Haus.

Eine der charakteristischen Eigenschaften eines guten Strafverteidigers war die Fähigkeit, Fragen mit der Präzision eines Chirurgen zu stellen, der mit dem Skalpell umzugehen verstand. Für Letzteres galt, den Eingriff so schonend wie möglich durchzuführen, um das Leben seines Patienten nicht unnötig zu gefährden. Genauso musste sich ein Anwalt verhalten, wenn er seinen Fall nicht verlieren wollte. Ein Anwalt sollte keine unnötigen Fragen stellen, auf die er keine Antwort wusste. Sich daran erinnernd, sah der Richter zu, wie sein Sohn Laub aus Brainers Fell entfernte, und räusperte sich.

Seine Stimme war etwas zu laut, als er fragte: »Was willst du dagegen unternehmen?«

21

Kate hatte alles ausgepackt und sich in ihrem Zimmer im East Wind Inn eingerichtet. Bonnie stand auf einem Stuhl, um besser aus dem Fenster schauen zu können. Sie war sehr geduldig gewesen und hatte auf ihren Spaziergang gewartet, doch als sie sah, dass Kate die Leine von der Kommode holte, brach sie vor Freude in lautes Gebell aus.

Kate zog ihren dunkelgrünen Wollmantel an, setzte eine cremefarbene Baskenmütze auf und ließ sich von dem Scotchterrier nach unten ziehen. In zwei Tagen war Thanksgiving, und der Duft nach selbst gebackenen Obstkuchen erfüllte den Gasthof.

»Apfel und Kürbis«, sagte Felicity, als Kate in der Eingangshalle erschien. »Ich hoffe, dass Sie am Donnerstag mit uns zu Abend essen.«

»Vielen Dank. Aber ich bin höchstwahrscheinlich schon anderweitig verplant.«

Wie kam sie eigentlich auf *die* Idee? Sie errötete bei dem Gedanken. Vielleicht hatte sie insgeheim gehofft, von den O'Rourkes eingeladen zu werden. Sie stellte sich den großen Esstisch vor, der sich unter der Last des Festessens bog – Truthahn, Füllung, Stampfkartoffeln und Zwiebeln in Sahnesoße –, das von Maggie gepflückte Trockenblumengesteck, Lachen und Gespräche.

»Wie auch immer, Sie sind jederzeit willkommen.«

»Ist das Restaurant am Abend geöffnet?«

»Nein.« Felicity schüttelte den Kopf. »Nur für die Familie ... Mein Mann und ich, Caleb natürlich, mein Schwager Hunt ... das heißt, falls ich die Männer von ihrer Arbeit loseisen kann.«

»Unermüdliche Arbeiter, Ihre Männer«, sagte Kate, gegen Bonnie ankämpfend, die an der Leine zerrte. In der Ferne vernahm sie ein Hämmern. »Ist Caleb immer noch mit dem Umbau der Scheune beschäftigt?«

»Was?«, fragte Felicity, den Kopf zur Seite geneigt.

»Dieses Geräusch ...« Kate verstummte, damit Felicity es ebenfalls hören konnte. »Klingt, als ob jemand Nägel einschlägt.« Das Hämmern war weit entfernt, aber stetig. Vielleicht hatte sich Felicity, die hier lebte, so daran gewöhnt, dass sie es gar nicht mehr wahrnahm. »Als ich das letzte Mal hier war ... Sie erinnern sich? Caleb arbeitete gerade an der Scheune.«

»Ach ja.« Felicity lachte. »Ein Projekt, bei dem kein Ende abzusehen ist. Wir wollen die Anzahl der Gästezimmer bis zum nächsten Sommer erhöhen, aber im Moment ist er voll mit anderen Dingen ausgelastet – Instandsetzungsarbeiten für seinen Vater. Also dann, ich möchte Sie nicht von Ihrem Spaziergang abhalten. Sieht so aus, als könnte Bonnie es gar nicht mehr erwarten, an die frische Luft zu kommen ... um Kaninchen aufzuscheuchen, oder was auch immer. Und ich muss zu meinen Kuchen zurück.«

»Danke nochmals«, sagte Kate, aber Felicity war bereits verschwunden.

Sie öffnete die Eingangstür, und ein Schwall kalter Meeresluft schlug ihr entgegen, als sie Bonnie auf dem unbefestigten Weg folgte. Sie gingen die dunkle Mastbaumkiefern-Allee entlang und überquerten den kleinen Bach, der nur wenig Wasser führte und durch die Apfelplantage floss. Das Haus der O'Rourkes, auf der Landzunge erbaut, die in den Sund hineinragte, wirkte verwaist. Ein Stück weiter hinten ragte der Leuchtturm auf, zeichnete sich weiß schimmernd gegen den kalten Novemberhimmel ab.

Die Wellen brandeten ans Ufer, schwappten über die felsige Küste. Kate versuchte, tief durchzuatmen, aber ihre Brust war wie zugeschnürt. Seit ihrem letzten Besuch war nur wenig Zeit vergangen, und sie tappte noch genauso im Dunkeln wie vorher. Von ihrer Schwester fehlte nach wie vor jede Spur; immer wieder gingen ihr die Dinge im Kopf herum, die ihr Bruder und Andrew gesagt hatten, die Frage, ob sie Willa mit ihrer Wut ein für alle Mal vertrieben hatte.

Als ihr Blick die Küste entlangschweifte, bemerkte sie mehrere Wellenbrecher, die ins Meer hineinragten. Welcher von ihnen war Point Heron? Schaudernd dachte sie an die Leiche, die vor Kurzem gefunden worden war. Die Zeitungen hatten über das Mädchen berichtet, dass sie von klein auf Boote geliebt und jedes Jahr während der Sommerferien in der Werft ihrer Eltern gearbeitet hatte.

Während Kate mit Bonnie in Richtung Klippe ging, dachte sie an Willa, an die herrlichen Urlaube, die sie gemeinsam verbracht hatten …

In vielen Sommerferien waren sie dabei »auf den Spuren Amelias gewandelt«. Im Lauf der Jahre hatten sie etliche Orte besucht, die wichtige Meilensteine in Amelia Earharts Leben waren: das Haus ihrer Großeltern in Atchinson, Kansas, wo sie geboren wurde; Des Moines, wo sie anlässlich der Iowa State Fair zum ersten Mal ein Flugzeug gesehen hatte; und die weiteste, ehrgeizigste Reise hatte sie nach Französisch-Polynesien geführt, wo Amelias Flugzeug mutmaßlich abgestürzt war. Andrew hatte mitkommen wollen, aber Kate war es gelungen, ihm dieses Vorhaben auszureden, mit dem Argument, es handele sich um eine Pilgerreise, ausschließlich für die Harris-Schwestern bestimmt.

Sie waren mit einem gecharterten Schiff durch das glasklare, türkisfarbene Wasser der Lagune gefahren. Geheimnisvoll und gespenstisch ragten die Atolle ringsum auf, ein Bett aus Korallen und Felsgestein, schimmernd unter der Oberfläche. Das Wasser war so klar, dass sie weit in die Tiefe blicken konnten. Sie sahen Fische, die um die Riffe schwammen, und riesige Muscheln; sie hatten jeden Moment erwartet, Amelias Flugzeug auf dem Meeresgrund zu entdecken.

»Es ist schön hier«, hatte Willa gesagt.

»Ich weiß«, hatte Kate erwidert. Sie wollte sich nicht anmerken lassen, wie schmerzlich sie den Gedanken an die Flugpionierin empfand, die ihrem Traum gefolgt und in den Südpazifik aufgebrochen war, nur um ihr aufregendes Leben in diesem Paradies zu beenden.

Der Skipper war ein Einheimischer gewesen, geboren in Französisch-Polynesien. Er hatte eine Rundfahrt mit ihnen gemacht, ein Ort magischer als der andere, bis die Sonne unterging und der Himmel entflammte – Purpur, Rot, Rosa – Farben, wie sie Willa nie zuvor in der Natur oder auf der Leinwand eines Malers gesehen hatte.

»Das muss ich malen!«, hatte sie ausgerufen.

»Überlassen Sie mir dann das Bild?«, hatte der Skipper gefragt.

»Sie wollen ein Bild von mir?« Willa war siebzehn, schön, sich ihrer Wirkung auf Männer kaum bewusst. Kate hatte ein schützendes Auge auf sie, belustigt über Willas Naivität.

»Natürlich. Versprochen?« Der Skipper hatte am Steuer gestanden, ein unbekümmertes Lachen auf seinem gebräunten Gesicht. »Und wenn es fertig ist, schicken Sie es mir zu, in die Marina.«

»Kein Problem, Sie müssen mir nur Ihren Namen sagen.«

»Hervé Tourneau«, hatte der Mann mit einem französischen

Akzent geantwortet. »An Bord der Yacht *Chrysalis,* eh? Das kommt schon an, keine Bange …«
Willa hatte gelacht, erfreut und geschmeichelt; Kate hatte sich stumm gegen die Reling gelehnt und zugeschaut, wie sich die Sonne in einzelne Flammen aufteilte, lodernde Scheite über dem Pazifik, eine Feuerspur, die bis zu einem endlosen Horizont führte; sie liebte ihre Schwester, war dankbar für ihre Zweisamkeit.
Kate blickte über die Heidelandschaft hinaus, auf das Seegras, das im Wind wehte, die Apfelbäume, die sich dunkel gegen den schiefergrauen Himmel abzeichneten, den hohen weißen Leuchtturm, ein Leuchtfeuer selbst bei dem trüben Tageslicht im November. Sie lauschte dem Rhythmus der Wellen, die gegen das Ufer brandeten.
Als sie sich dem Leuchtturm näherte, sah sie, dass eine Kette quer über die Schotterstraße gespannt war, und dahinter zwei Saumpfade: Der eine führte nach rechts, der andere nach links. Kate zögerte, unsicher, welchen Weg sie einschlagen sollte. Bonnie lief geduckt voraus; Gras und Seetang, vom Meer heraufgeweht, verfingen sich in ihrem Bauchfell. Kate rief sie herbei, entfernte Dorngestrüpp aus ihrem Fell, hielt sie einen Moment Trost suchend im Arm.
»Ach, Bonnie. Braver Hund.«
Bonnie leckte ihr über das Gesicht, und Kate entdeckte weißen Staub auf dem schwarzen Fell des Hundes. Allem Anschein nach kein Sand, sondern eher von einer Konsistenz wie Mörtel oder Kalk. Als sie hinunterblickte, sah sie, dass der Boden – vor allem der Weg, der nach rechts abzweigte – damit bedeckt war.
Vielleicht irgendein Material, das zur Ausbesserung des Leuchtturms benutzt wurde. Sie blickte hoch. Das Bauwerk, eine massige und robuste Konstruktion aus weißen Mauersteinen und Mörtel, sah aus, als konnte es den stärksten Stürmen trotzen. Ob das Kalkstein war? Sie wusste, dass Kalk nicht

gut für Hunde war, und tat ihr Bestes, um den Staub abzuwischen.

Dann nahm sie Bonnie wieder an die Leine und zog sie in die entgegengesetzte Richtung, weg vom Leuchtturm. Während sie ging und die eiskalte Luft mit jedem Atemzug in ihren Lungen brannte, wurde ihr eines klar.

Sie war wegen Thanksgiving hierher gekommen.

In Silver Bay fühlte sie sich Willa nahe. Wo immer sie derzeit auch sein mochte, hier spürte sie ihre Gegenwart. Während sie über die Landzunge ging, wusste sie genau, was ihre Schwester zu diesem Ort hingezogen hatte: das Geräusch der Brandung, die goldenen Gräser, der schmucke Leuchtturm. Kate wollte nicht, dass ihre Schwester allein war.

Teddy würde sie verstehen. Und Maggie auch.

Als sie auf der felsigen Landzunge entlang in östlicher Richtung ging, wünschte sie sich, der Vater der beiden hätte eigene Geschwister gehabt. Dann hätte er die unvorstellbar enge und unauslöschliche Bindung kennen gelernt, die entstand, wenn man von demselben Elternpaar abstammte und am selben Ort aufgewachsen war.

Als sie einen Abstecher zu seinem Elternhaus gemacht und mit seinem Vater gesprochen hatte, war ihr der Gedanke gekommen, dass irgendetwas nicht stimmte. John war zu Hause, aber er ließ sich nicht blicken. Vielleicht war er zu dem Schluss gelangt, dass er den Kontakt abbrechen sollte – zwar hatte er sie in Washington angerufen, um sie über den Fund der Leiche zu informieren, hielt es aber aufgrund seiner ethischen Verpflichtung für besser, sich künftig von ihr fern zu halten.

Bei dem Gedanken fröstelte sie, und sie zog den Mantel enger um sich, gegen den Wind ankämpfend, der ihr nun ins Gesicht blies. Ihr war nicht bewusst gewesen, wie sehr sie gehofft hatte, ihn zu sehen, bis er sich geweigert hatte, an die Tür zu kommen. Den Kopf gesenkt, damit die Kälte nicht in ihren Augen brannte, spürte sie, wie der Wind immer stärker wurde. Eine

Böe fegte über das Wasser, und die glatte Oberfläche des Sunds zerbarst in eine Vielzahl kleiner kabbeliger Wellen.
Plötzlich begann Bonnie zu bellen. Sie zerrte an der Leine, renkte Kate beinahe die Schulter aus. Kate blickte verdutzt hoch und schnappte nach Luft. Als sie Bonnie nachsah, die über die Wiese preschte, erhellte ein Lächeln ihr Gesicht, das immer strahlender wurde.

Auf dem Weg zum East Wind Inn hatte John versucht, den Psychiater via Piepser zu erreichen und die Nachricht zu hinterlassen, dass er mit Verspätung im Gefängnis eintreffen werde. Auf dem Weg zum Leuchtturm hatte er zwei Gestalten entdeckt, die den Fußweg am Riff entlanggingen. Die eine war hoch gewachsen, die andere, kurz geraten, bewegte sich dicht über dem Boden. Kate und Bonnie.
Er parkte seinen Wagen auf der unbefestigten Wendestelle, wo die Fischer im Sommer und zu Beginn des Herbstes ihre Lieferwagen abstellten, um über die Dünen zu klettern und ihr Glück mit dem Fang von Blaufischen und Streifenbarschen zu versuchen; er ließ Brainer aussteigen, und damit war alles gesagt, auch ohne Worte.
Die Sprache der Hunde war beredt genug. Sie bellten wie verrückt, während sie aufeinander zuliefen, schlugen Purzelbäume in dem hohen braunen Gras. Wenn es in der menschlichen Sprache einen Ausdruck dafür gab, dann hätte John es mit »Glückseligkeit« übersetzt.
Merkwürdigerweise weckte der Anblick von Kate Harris das gleiche Gefühl in ihm. Sie gingen durch das kniehohe Alkaligras aufeinander zu, und John merkte, dass er lächelte, wie seit Tagen oder Wochen nicht mehr. Beim Näherkommen bemerkte er ihre vom Wind geröteten Wangen, ihre heiteren, strahlenden Augen. Er staunte über ihr Lächeln: Sie schien sich genauso über das Wiedersehen zu freuen wie er.
»Hallo«, sagte sie.

»Habe ich Sie also doch noch gefunden.«
»War das so schwierig?«
»Nun, ich musste sowieso ins East Wind. Mein Vater sagte mir, dass Sie wieder dort abgestiegen sind.«
»Ja. Ich habe es in Washington nicht mehr ausgehalten, ich musste herkommen.«
Er nickte. Er verstand ihr Bedürfnis, den jüngsten Mordfall aus nächster Nähe zu verfolgen. Das kam oft vor: Die Angehörigen von Menschen, die mit einem Verbrechen in Berührung gekommen waren, wurden von ähnlich gearteten häufig aufs Neue traumatisiert.
»Wegen Amanda Martin?«
»Ja. Ich habe mir eine Lokalzeitung besorgt und den Artikel über sie gelesen … das Mädchen, das Schiffe liebte.«
»Ja, so hieß es.« John beobachtete ihre Augen.
»Gibt es noch andere Neuigkeiten?«
Er zögerte, spähte die Küste entlang. Der kalte Wind brannte in seinen Augen. Er dachte an die neuesten Einzelheiten in dem Fall, an sein letztes Gespräch mit Merrill und das Funkeln in den Augen seines Mandanten, als er Willas Bild betrachtet hatte. Als John am Leuchtturm vorbeiblickte, konnte er den Wellenbrecher von Point Heron ausmachen – von hier aus nur als schmale schwarze Linie zu erkennen. Neuigkeiten, die den Fall betrafen … sein Kopf war voll davon, aber er blinzelte, verdrängte den Gedanken. Er dachte daran, mit welchen Worten sein Vater die Unterhaltung beendet hatte, und wusste, dass sie auf seine Unschlüssigkeit in Bezug auf Kate abzielten: »Was willst du dagegen unternehmen?«
»Ja, es gibt Neuigkeiten«, erwiderte er, während die Stimme seines Vaters in seinem Kopf widerhallte.
»Und welche?«
»Brainer befindet sich wieder in einem völlig verlotterten Zustand.«
»Tatsächlich?«

»Ja. Sein Fell ist verfilzt. Voller Kletten, Disteln und Zweige.«

»Zeit für ein Bad?« Ein Lächeln erschien auf ihrem Gesicht, als sei sie über die Wendung des Gesprächs erleichtert.

»Richtig.«

»Seltsam, Bonnie könnte auch eines vertragen. Pfoten und Fell sind völlig verstaubt, irgendein weißes pulveriges Zeug ... sieht aus wie Mörtel oder Kalk, und das ist nicht gut für sie. Wird dort drüben gebaut?«

John blickte Bonnie an, dann lächelte er beruhigend. »Oh, waren Sie gerade am Leuchtturm?«

»In der Nähe.«

»Dann besteht kein Grund zur Sorge. Dort wurden unlängst Ausbesserungsarbeiten am Putz durchgeführt, es könnte also Mörtelstaub sein, aber ich habe das Gefühl, dass es sich um etwas anderes handelt: Muschelkalk.«

»Aha.«

»Ja. Vor langer Zeit, als der Leuchtturm noch bemannt war, wurde die Straße oft ziemlich matschig. Die Küstenwache ließ eine ganze Lkw-Ladung Steine und Muschelschalen anfahren, die auf den Weg gekippt wurden, damit die Reifen ihrer Einsatzfahrzeuge besser griffen.«

»Muschelkalk.« Kate lächelte und dachte an die Berge von Austernschalen vor der Hütte ihres Bruders, an all den Staub, den die Bruchstücke hinterließen. Ganz wie zu Hause. »Ich hätte es wissen müssen.«

»Unsere Hunde brauchen also beide ein Bad«, sagte er.

»Autowaschanlage?«

John blieb stehen. Sein Herz klopfte, und er kam sich wie ein junger Bursche vor, der noch nicht trocken hinter den Ohren war. Heute Morgen, als er auf seinem Bett lag, war er der Verzweiflung nahe gewesen. Im Moment hatte er das Gefühl, fliegen zu können. Himmelhoch jauchzend, zu Tode betrübt; was war nur los mit ihm? Kate lächelte, eine klare Antwort auf seine Frage, und er verzichtete darauf, ihr auf den Grund zu gehen.

»Sie wissen ja, ich wohne gleich dort drüben.« Er deutete mit einem Kopfnicken auf die Landzunge und das weiße verschachtelte Haus, das bereits seit einem Monat leer stand.

»Haben Sie eine große Badewanne? Brainer ist schließlich ein großer Hund.«

»Stimmt. Ja, die Wanne reicht aus.«

»Na, dann.« Kate pfiff Bonnie herbei.

Er fühlte, wie ein Lächeln sich auf seinem Gesicht ausbreitete, und dann merkte er, wie er ihre Hand nahm. Sie fühlte sich schmal und kalt an, und er rieb sie ein wenig, um sie zu wärmen. Seine Hand war vermutlich genauso kalt, weil sie seinem Beispiel folgte.

Den Wellen und dem Klopfen seines Herzens lauschend, hielt er Kates Hand und schlug mit ihr den Weg zu seinem Haus ein. Als sie die Obstplantage erreichten, sprang er mit einem Satz über den Bach, drehte sich um und streckte ihr die Hand entgegen. Lächelnd schüttelte sie den Kopf und sprang ohne Hilfestellung ans andere Ufer. Er ging weiter, aber plötzlich merkte er, dass sie stehen geblieben war.

Als er sich umdrehte, sah er, wie sie das Wasser anstarrte. Der Bach war nur noch ein spärliches Rinnsal, an den Seiten leicht gefroren.

»Sie sollten ihn im Frühling sehen«, sagte er. »Dann führt der Bach so viel Wasser, dass er fast über die Ufer tritt.«

»Er fließt nach Westen«, sagte sie, unfähig, den Blick zu lösen. Die Hunde blieben stehen, um aus dem Bach zu trinken, die Pfoten voller Schlamm.

John nickte. Es war ihm bereits vor vielen Jahren aufgefallen, aber er hatte es vergessen. »Ja, ich glaube schon.«

»Dass ein Bach nach Westen fließt, ist äußerst selten«, sagte sie. »Wasser fließt gewöhnlich nach Osten, zum Meer.«

»Wir haben eben einen außergewöhnlichen Bach«, sagte er erfreut darüber, dass sie es bemerkt hatte.

»Ich frage mich, ob Willa ihn gesehen hat«, sagte Kate, ohne den Blick zu lösen. »Wir hatten einen in Chincoteague … ich liebte ihn sehr, mehr als Willa oder Matt es taten. Wenn mir nach dem Tod unserer Eltern alles über den Kopf zu wachsen drohte, schlich ich mich manchmal aus dem Haus und ging zum Bach hinunter.«

»Ganz alleine?«

Kate nickte. »Nur um wegzukommen. Dort gab es einen hohen Felsen, auf den ich kletterte. Von dieser Stelle aus konnte ich das Meer sehen, hinter den Dünen. Die Wellen waren riesig, ich hörte sie gegen das Ufer branden. Ein unglaubliches Getöse … während der Bach leise und friedlich vor sich hin plätscherte.«

»Eine Energie anderer Art«, sagte John, und beide schwiegen, lauschten dem Bach. Kate schloss die Augen, und er stellte sich vor, wie sie auf ihrer Insel dem leisen Murmeln des Wassers zuhörte, das über Stock und Stein sprang. Daher stammt die Farbe ihrer Augen, dachte er. Diese einmalige Mischung aus Grau, Grün und Blau; die Farbe eines Baches, der nach Westen fließt.

»Das war meine geheime Stunde.«

»Die Zeit, die Ihnen alleine gehörte.«

Sie nickte lächelnd.

»Es kommt mir vor, als hätte ich auch gerade eine«, sagte John und blickte in ihre schönen Augen. Kate schien die Verbindung zu spüren, trat einen Schritt näher. »Eine geheime Stunde. Ich empfinde einen inneren Frieden wie schon lange nicht mehr.«

»Das geht mir genauso.«

Plötzlich verspürte John ein nie gekanntes Glücksgefühl. Er hätte für immer hier stehen bleiben mögen, aber er nahm ihre Hand und setzte den Weg gezwungenermaßen fort. Die

Hunde patschten durch das Wasser, dann rannten sie über das letzte Stück der Wiese. Das weiße Haus lag unmittelbar vor ihnen … sie waren gleich da.

Als Maggie nach der Schule zu Gramps kam, betrat sie die Diele und zog ihre Jacke aus. Den weißen Schal behielt sie um, weil sie sich nicht von ihm trennen mochte. Sie fühlte sich besser, wenn sie ihn trug, und sie brauchte derzeit jede Hilfe und Aufmunterung, derer sie habhaft werden konnte. Teddy hatte versprochen, ihr zu helfen …

»Teddy?«, rief sie. »Bist du schon da?«

Sie wollten Platzkarten als Tischdekoration für Thanksgiving basteln. Das war ihre Idee, weil sie gerne zeichnete und der Meinung war, dass eine kleine Aufheiterung allen gut tun würde. Sie würden ein paar Bögen von dem dicken Briefpapier ihres Vaters nehmen und so falten, dass man sie aufstellen konnte, bemalt mit Bildern von den Pilgervätern, Indianern und Truthähnen.

Maggie streifte durchs Haus, auf der Suche nach ihrem Bruder. Sie wusste, dass es noch zu früh war – er hatte nicht genau sagen können, wann das Training zu Ende sein würde, und sie gebeten, sich zu gedulden, bis er nach Hause kam. Trotzdem hatte sie gehofft, dass er schon da wäre.

Sie roch Silberpolitur. In zwei Tagen war Thanksgiving. Der Gedanke stimmte sie traurig, sie vermisste ihre Mutter und ihr Zuhause. Alle bedeutsamen Feiertage bewirkten das Gleiche – sie fühlte sich, als wäre eine große Lücke in ihrer Seele entstanden, die sich nie mehr füllen ließ.

Na gut, dann war Teddy eben nicht da. Maggie war frustriert und enttäuscht. Sie hätte am liebsten sofort mit dem Projekt begonnen. Aber noch mehr wünschte sie sich, wieder zu Hause zu sein. In ihrem eigenen Haus, nicht bei Gramps. Sie würde das Silber polieren, ein Hochzeitsgeschenk ihrer Eltern – die große Vorlegeplatte für den Truthahn und die Sauciere mit den ineinander verschlungenen Initialen, die ein verwirbeltes Monogramm bildeten. Sie würde die Kristallgläser auswaschen, in Wasser mit ein paar Tropfen Ammoniak, und sie anschließend mit Zeitungspapier trocken reiben – das beste Mittel, um sie auf Hochglanz zu bringen.

Sie sehnte sich nach ihrem eigenen Zimmer, nach ihren eigenen Sachen – nach all ihren Kuscheltieren, Büchern und Postern. Ihr gefiel der Geruch ihres Zuhauses; er unterschied sich irgendwie von jedem anderen Ort auf der Welt. Dorthin gelangte die salzige Luft, die den Geruch nach Seetang, Muschelschalen und Besengras mit sich brachte. Gramps' Haus war so weit vom Meer entfernt, dass man ihn nicht mehr wahrnehmen konnte.

Als sie wieder in die Diele zurückkehrte, bemerkte sie plötzlich den Briefumschlag auf dem Tisch. Er war an sie adressiert. Aufgeregt riss Maggie ihn auf; er enthielt ein paar Zeilen von Kate.

Liebe Maggie,

Danke für deinen Brief. Ich habe mich sehr darüber gefreut. Ich bin froh, dass dir der weiße Schal gefällt. Thanksgiving steht vor der Tür … einer meiner Lieblingsfeiertage! Magst du ihn auch so gerne? Als meine Schwester so alt war wie du, habe ich ihr gesagt, dass man für alles Gute im Leben dankbar sein sollte – nicht nur im November, sondern immer. Wir schrieben alles auf, wofür wir dankbar sein konnten … zu den Dingen, an die ich mich entsinne, gehörten unter anderem die Wolken, die Vögel, das Meer, Bücher, die Mustangs, unser Bruder (meistens, aber nicht immer!) und dass wir einander hatten. Es war bei uns an Thanksgiving Brauch, getrocknete Gräser und Pflanzen für die Tischdekoration in den Dünen zu pflücken. Das Besengras ist im November wunderschön, ist dir das schon einmal aufgefallen? Gold, braun, silber … noch etwas, wofür man dankbar sein kann! Grüße bitte deine Familie von mir.

Alles Liebe, Kate Harris

Maggie las den Brief zweimal. Das Gefühl der Traurigkeit, das sie beim Betreten des Hauses verspürt hatte, und die Enttäuschung darüber, dass Teddy noch nicht da war, waren verflogen, und sie war plötzlich aufgeregt. Kate hatte sie auf eine Idee gebracht: Unweit ihres Zuhauses, an dem Fußweg, der zu den Dünen führte, konnte sie einen Strauß getrockneter Gräser pflücken – er würde hübsch auf dem Esstisch aussehen und ihr außerdem das Gefühl geben, Kate näher zu sein.

Sie mochte Kate, sehr sogar. Als sie gedacht hatte, sie sei das neue Kindermädchen, war sie glücklicher gewesen als jemals zuvor seit dem Tod ihrer Mutter. Kate war ein Mensch zum Anfassen, lustig und praktisch, aber manchmal auch ein wenig traurig. Das war wichtig. Sie brauchte eine Freundin, die nachempfinden konnte, wie es war, jemanden zu verlieren, wie man sich dabei fühlte.

Als sie den Umschlag genauer betrachtete, wuchs ihre Aufregung, denn sie sah, dass er keine Briefmarke hatte. Hieß das, Kate war hier, in Silver Bay?

Unentschlossen kaute sie an ihrer Lippe. Gramps war unten im Erdgeschoss, mit Maeve. Sie hörte ihre Stimmen, die zusammen mit dem Geruch der Silberpolitur bis nach oben drangen. Wenn sie ihn um Erlaubnis fragte, würde er ihr eine Kleinigkeit zum Essen zubereiten und sie ausfragen, wie es heute in der Schule gewesen war. Er würde sie vielleicht davon abhalten, das Haus zu verlassen ... Teddy *mit Sicherheit.* Sie hatte ja Hausarrest.

Aber vielleicht galt »Hausarrest« nicht für ein so wichtiges Vorhaben. Dad meinte, sie wie ein Wickelkind behüten zu müssen. Seit wieder eine junge Frau ermordet worden war, waren alle doppelt vorsichtig. Sie verstand die Reaktion; ihr ging es genauso, und sie hätte sich nie irgendwohin begeben, wo sie sich nicht hundertprozentig auskannte, wäre NIEMALS zu einem Fremden ins Auto gestiegen.

Er hatte ihr ausdrücklich verboten, allein nach Hause zu gehen. Aber eigentlich wollte sie ja nicht *nach Hause*. Sie wollte zu den offenen Feldern *rund um das Haus*, in der Nähe des Leuchtturms … das Gras, das dort wuchs, war für ihre Zwecke ideal.

Wenn sie mit dem Rad dorthin fuhr, sich beeilte und ihren Korb mit getrockneten Gräsern füllte, konnte sie zurück sein, bevor jemand bemerkte, dass sie weg gewesen war. Teddy war noch nicht zu Hause, konnte aber jede Minute kommen.

Nein, sie musste weg sein, bevor sein Trainer oder Mrs. Carroll vor dem Haus hielten und ihn aussteigen ließen. Er würde in ihr Zimmer kommen und fragen, wie es in der Schule gewesen war. Seitdem ihre Mutter tot war und ihr Vater fortwährend arbeitete, versuchte Teddy, ihre beides zu ersetzen. Deshalb hatte er versprochen, ihr bei den Platzkarten zu helfen. Ihr großer, starker Bruder, der Fußball spielte und nach Hause kam, um mit Maggie zu malen und zu basteln.

Ihr Herz tat weh bei dem Gedanken, wie sehr ihr Bruder sie liebte. Ob er wohl wusste, dass ihre Liebe zu ihm genauso groß war? Während sie Kates Brief in der Hand hielt, schloss Maggie die Augen und setzte Teddy an die erste Stelle der Liste mit all den Dingen, für die sie dankbar sein konnte. Sie würde für ihre Familie, besonders aber für Teddy, den schönsten Tischschmuck machen, den man sich nur vorstellen konnte.

Und sie würde sich nicht mit den getrockneten Gräsern begnügen.

Dort wuchsen auch Wachsmyrte und Bittersüß, Geißblattranken und Efeu. Und Besengras, Goldrute, Hagebutten, Lavendel, wilder Thymian … und unten am Sandstrand konnte sie Kammmuscheln, Frauenschuh und Muschelschalen sammeln, um sie auf dem Tisch zu verteilen.

Sie lief nach oben, um Kates Brief in ihrer Geheimschublade

zu verwahren, dann nahm sie das Schweizer Armeemesser, um die harten Stängel abzuschneiden. Sie steckte es in ihre Hosentasche, als wäre wirklich ein Junge an ihr verloren gegangen.

Und dann machte sie sich auf den Weg, zu ihrer Thanksgiving-Mission.

22

Das Haus war so anheimelnd, wie Kate es in Erinnerung hatte – obwohl sie es nur kurz von innen gesehen hatte, an dem Morgen mit dem Ziegelstein. Das Licht, das am Spätnachmittag durch das neue Glasfenster hereinflutete, zauberte Sonnenlichtquadrate auf den Orientteppich.

Kate bemerkte die Meereslandschaften an der Wand, die Familienfotos auf dem Klavier. Ihr Blick wanderte weiter, zu einer Aufnahme von Sally Carroll mit einer anderen Frau – elegant, hübsch, mit leuchtend blauen Augen. Die beiden Freundinnen, vor Freude strahlend, trugen weiße Tenniskleidung und hielten gemeinsam einen goldenen Pokal in die Höhe. Derselbe Pokal stand nun auf dem Kaminsims, mit eingravierten Namen und Datum: Theresa O'Rourke und Sally Carroll, Club Champions, 15. September 1999.

Kate blickte sich nach John um, aber er brachte die Hunde bereits nach oben. Sie ging ihm nach, und aufgekratzt füllten sie die große Badewanne mit Wasser. Das Vorhaben kam ihnen ungemein komisch vor, und je mehr sie darüber nachdachten, desto mehr lachten sie. John lockerte seine Krawatte, und Kate nahm ihre Baskenmütze ab. Beide krempelten die Ärmel hoch. Die Hunde, die ahnten, was ihnen bevorstand, verkrochen sich unter dem Bett in Johns Schlafzimmer.

»Was tun die zwei da?«, fragte John, auf den Knien, und spähte unter das ausladende Bettgestell.

»Sie machen sich platt wie ein Pfannkuchen, in der Hoffnung, dass du sie nicht siehst«, rief Kate ihm von der anderen Seite zu, bemüht, Bonnie mit einem Hundekuchen, den sie für den Spaziergang eingesteckt hatte, hervorzulocken.

»Wie könnte man ihn da unten übersehen … dieser große gelbe Hund leuchtet ja geradezu in der Dunkelheit.« John spähte unter das Bett, und sein Blick fiel auf Kate, die ihn ansah.

»Bonnie nicht.« Kate lachte. »Schau, sie hat sich zusammengerollt und rührt sich nicht, gibt sich die größte Mühe, dass wir sie mit einem Plüschhund verwechseln.«

Schließlich gelang es ihnen, Brainer herauszubekommen, ihn in die Wanne zu stecken und einzuseifen. Er saß reglos da, sein bekümmerter Blick flehte sie an aufzuhören, ihm seine Würde zu lassen, während Seifenschaum an seinen Bart- und Brauenhaaren haftete, ein Anblick, der Kate und John noch mehr zum Lachen brachte.

»Meinst du, dass wir damit seine Gefühle verletzen?«, fragte John.

»Ach wo. Wir verwandeln ihn nur in den attraktivsten Jagdhund von ganz Silver Bay.«

»Bist du sicher?«

»Hast du deinen Hund denn noch nie gebadet?«

»Ich muss gestehen – nein.«

»Warte, bis wir mit ihm fertig sind. Er wird unvorstellbar stolz und zufrieden mit dem Ergebnis sein.«

»Beim letzten Mal war er das wirklich. Doch das Beste war, dass du Teddy damit eine Riesenfreude bereitet hast. Er macht sich Sorgen um Brainer.«

»Genau wie Willa um Bonnie.«

»Inwiefern?«
»Dass sie sich beispielsweise eine Zecke einfängt und an Borreliose erkrankt, oder Würmer … oder dass sie ihr Halsband abstreift und verloren geht.« Kate lachte. »Der Gedanke hat ihr derart zu schaffen gemacht, dass sie Bonnie schon tätowieren lassen wollte. In Frankreich sei das gang und gäbe, meinte sie. Man tätowiert den Tieren eine Nummer in die Ohrmuschel, als Erkennungsmerkmal.«
»In Frankreich?«
»Ja. Seit wir dort Urlaub gemacht haben, ist sie frankophil geworden. Wir sind oft verreist … wie auch immer, sie ist ganz vernarrt in Frankreich und alles, was dazugehört. Wir haben hin und wieder sogar Französisch miteinander gesprochen.«
»Sag doch mal was auf Französisch.«
Kate lächelte, mit einem Mal befangen.
»Nur zu.« Johns Unterarme tauchten in das schmutzige Wasser ein, der Geruch nach nassem Hund stieg rings um ihn auf, und er hatte Seifenschaum auf den Wangen.
»D'accord. Ce chien est très beau.«
»In Ordnung. Und jetzt übersetzen.«
»Das heißt, dieser Hund ist sehr schön«, erwiderte Kate verlegen, als sie Johns belustigten Blick gewahrte. »Und jetzt ist Bonnie an der Reihe.«
Sie ließen das Wasser aus und füllten die Badewanne erneut, während sie Brainer abtrockneten und dazu ein Dutzend sauberer Handtücher verbrauchten. Der Hund rannte durch das große Haus, rollte über die Teppiche, schüttelte sich. John lachte erstaunt. »Nicht zu fassen – ich wünschte, die Kinder könnten das sehen. Ihre Mutter wäre nie im Leben auf die Idee gekommen, Brainer in unsere Badewanne zu stecken …«
Kate wartete.
»Sie hat immer draußen einen Waschzuber gefüllt.«

Beide verstummten. Als sei ihm bewusst geworden, dass er gerade ein Gebiet betreten hatte, das er eigentlich meiden wollte, verdüsterte sich Johns Miene. Er fing sich wieder und wartete, bis Kate Bonnie eingefangen und in die warme Wanne gesetzt hatte.

»Du kannst ruhig darüber reden«, sagte Kate still und verteilte Shampoo in Bonnies schwarzem Fell. »Ich habe dir erzählt, wie sehr Willa mir fehlt. Jetzt bist du an der Reihe, über die Lücke zu sprechen, die Theresas Tod hinterlassen hat.«

Er schwieg einen Moment. »So könnte man es auch ausdrücken.«

Kate blickte ihn an.

»Wir waren lange Zeit sehr glücklich miteinander. Sehr verliebt.«

Kate nickte. Warum klangen die Worte so bitter? Sie dachte daran, wie glücklich sie anfangs mit Andrew gewesen war und was sie empfunden hatte, als dieses Glück nach und nach zerrann. Während John sprach, spülte er Bonnies scheckiges Fell unter laufendem Wasser nach, kämmte die letzten Zweige heraus. Kate betrachtete seine Hände, hörte aufmerksam zu.

»Wir waren schon in der Highschool ein Paar. Unzertrennlich. Unsere Beziehung überstand die Collegezeit, während meines Jurastudiums heirateten wir, und danach kamen wir hierher zurück. Wir hatten einen großen Freundeskreis – wir hatten alles gemeinsam und unternahmen alles Mögliche zusammen. Wir zwei, Sally und ihr Mann, Billy und Jen Manning und die Jenkins'.«

»Felicity und Barkley?«

John nickte, seine Augen verengten sich.

»Es tut mir Leid; ich weiß, wie schlimm es ist, wenn man einen Menschen verliert. Und die ganze Welt aus den Fugen gerät.«

»Du meinst, durch den Unfall?«

Kate wusste aus eigener Erfahrung, dass es in einer Ehe viele Bereiche gab, Schicht um Schicht, die abbröckelten, bevor der endgültige Bruch eintrat. Sie blickte John an und überlegte, ob sie höflich sein und so tun sollte, als wüsste sie nicht, worauf er mit seiner Bemerkung abzielte. Doch sie hielt nichts davon, sich selbst und anderen etwas vorzumachen – das wäre genauso, als würde man versuchen, eine Narbe zu kaschieren.

»Ich weiß, was du meinst, John. Das war mir schon bei den Fragen klar, die du mir gestellt hast. Über Andrew, Willa und mich …«

Er stützte sich auf den Rand der Badewanne, suchte ihren Blick. »Du hast es also doch erraten. Ich war mir nicht sicher, aber ich dachte, du würdest es auch so verstehen. Du hast Recht, unsere Ehe war schon vor dem Unfall ein Scherbenhaufen. Theresa kam an besagtem Abend von einer Verabredung. Einem *Stelldichein.*«

Kate sah ihn stumm an und lauschte, als er das Wort aussprach: Stelldichein. Ein so klangvoller Begriff für eine so grauenhafte Erfahrung.

»Sie hatte eine Affäre, Kate.« Seine Augen wirkten erbittert, und seine Stimme klang rau, als bereite ihm das Geständnis körperliche Schmerzen. »Mit Barkley Jenkins.«

»Das tut mir Leid.« Kate spürte, wie Tränen in ihre Augen traten. Ein langjähriger Freund, ein Mensch, dem John uneingeschränkt vertraut hatte. Badewasser lief an ihrem Arm herunter, durchnässte ihre Bluse. Sie stand wie angewurzelt da und stellte sich vor, wie schlimm die Entdeckung für John gewesen sein musste und wie schmerzlich die Erkenntnis, dass der Partner, den man liebte, jemand anderen begehrte.

»Sie war auf dem Heimweg, hatte den Abend mit ihm verbracht. Den Abend, als der Unfall geschah.«

»Es tut mir so Leid.«

»Sie war hübsch, im landläufigen Sinn, und sie besaß das gewisse Etwas … ihre Augen waren unergründlich, und das machte sie unwiderstehlich. Irgendwie anders; sie hatte den Teufel im Leib, würde ein abergläubischer Ire sagen. Sie sah dich an, als würde sie dich auf den ersten Blick durchschauen, deine verborgensten Geheimnisse kennen, bevor du auch nur den Mund aufgemacht hast. Sie zog die Männer an wie ein Magnet.«

Kate wartete, hörte mit angehaltenem Atem zu.

»Nach und nach begann ich, Geheimnisse zu hassen.«

Kate sah, wie er den Blick senkte, um den Schmerz darin zu verbergen.

»Denn das war ihr großes Talent. Sie gab Männern das Gefühl, dass sie ihr alles anvertrauen konnten. Sie saugte ihre Geheimnisse auf wie ein Schwamm – wenn ich sie bei Cocktailpartys mit einem Mann in der Ecke tuscheln sah, wusste ich, dass sie es ihm entlockte … das große Geheimnis, das er niemandem zu verraten gewagt hatte … Jeder Mensch wird mit bestimmten Fähigkeiten geboren. Maler, Schauspieler, Fußballspieler, Juristen … Theresa war eine hervorragende Zuhörerin.«

»Sie muss dir *zugehört* haben. Alle *deine* Geheimnisse gekannt haben …«

John schüttelte den Kopf. »Ich konnte sie ihr nicht anvertrauen. Sie war zwar meine Frau, aber das Wissen, dass sie die Beichtgeheimnisse aller anderen kannte, hatte zur Folge, dass ich mich mehr und mehr verschloss.«

»Das muss wehgetan haben«, erwiderte Kate ruhig.

John nickte, mit harter Miene. Er schrubbte Bonnie den Rücken, und Kate fiel auf, wie sanft seine Hände im Gegensatz zu seinem Gesichtsausdruck waren. Er fasste den Scotchterrier so behutsam an, als hätte er Angst, ihn zu erschrecken oder zu verletzen.

»John«, sagte sie leise und tauchte ihre Hände ins Wasser, seine Hände bedeckend, die auf dem Rücken des Hundes lagen.

»Jetzt weißt du Bescheid«, flüsterte er. »Seit du mir von deinem Mann erzählt hast, weiß ich, dass ich dir Theresas Affäre anvertrauen kann. Mein Geheimnis.«
»Ich habe gespürt, dass zwischen euch etwas nicht stimmte. Anhand deiner Fragen.«
»So viel, was Geheimnisse angeht«, sagte er und versuchte zu lachen.
»Die Sache zwischen Andrew und Willa herauszufinden war das Schlimmste, was ich jemals erlebt habe. Man glaubt, man steht das nicht durch. Man möchte am liebsten vom Erdboden verschwinden, ohne dass jemand es merkt.«
»Ich würde es merken, Kate.« John zog sie an sich, mit nassen Händen, aber das war egal. »Du würdest mir fehlen.«
»Du mir auch.«
Sie küssten sich, voller Leidenschaft, tropfnass von der Wanne. Kate spürte, wie sie innerlich dahinschmolz, klammerte sich an ihn. Sie hielt ihn umschlungen, glaubte zu träumen. Sein Kuss war glutvoll, sagte ihr, dass er sie genauso begehrte wie sie ihn. Ihre Finger streiften sich, dann verschränkten sie sich ineinander.
Bonnie winselte, holte Kate auf die Erde zurück.
Atemlos löste sie sich von ihm, sah ihm in die Augen. Braun, mit Gold gesprenkelt, hielten sie ihrem forschenden Blick stand. Ihr Herz schlug bis zum Hals. Langsam, widerstrebend, entzog sie ihm ihre Hand, blickte zu Bonnie hinunter, die ihre Aufmerksamkeit forderte.
»Kann ich helfen?«, fragte er.
Sie nickte errötend, dann hoben sie den Scotchterrier gemeinsam aus der Badewanne. John reichte ihr frische Handtücher, und sie trockneten ihn ab.
»Ich habe mir gewünscht, dass du zurückkommst«, gestand er, als sie Bonnie herunterließ. Kaum hatten ihre kurzen Beine die Bodenfliesen berührt, sauste sie auch schon davon, machte sich auf die Suche nach Brainer.

»Wirklich?« Sie räusperte sich, noch immer überwältigt.
Er nickte. »Und nicht nur, um dich zu küssen. Ich habe meinem Vater von dir erzählt, dass ich deinetwegen die Schweigepflicht gegenüber Merrill verletzt habe, und er wollte wissen, ob ich in ständigem Kontakt mir dir stehe, dir oft etwas anvertraue. So in der Art … das hat mich nachdenklich gestimmt. Ich wünschte, ich könnte dir mehr erzählen.«
»Mir geht es genauso.« Während Kate in seine Augen blickte, empfand sie nicht nur Begehren, sondern mehr: ein Gefühl der Verbundenheit, tief in ihrem Herzen. »Ich habe nach meiner Rückkehr oft an dich gedacht und hätte dich gerne gefragt, was es Neues bei euch gibt, wie es Maggie und Teddy geht.«
John küsste sie abermals, dieses Mal drängender. Der erste Kuss war überraschend gewesen, der zweite von Leidenschaft erfüllt und der Dritte dazu angetan, das Blut in Wallung zu bringen, ein Gefühl, das beide seit Jahren nicht mehr erlebt hatten, und sie wussten beide, noch zehn Sekunden und dann würde es kein Halten mehr geben.
»John«, flüsterte Kate, umklammerte seine Arme.
»Kate …« Er lächelte, wiegte sich im Einklang mit ihr, presste sie an sich.
Lachend nahm er ihre Hand und führte sie aus dem Marmorbad in sein Schlafzimmer. Draußen dunkelte es; die Wellen brandeten ans Ufer, lockten Kate zum Fenster. Zweige scharrten über die Fensterscheibe, vom Wind aufgepeitscht, der immer stärker wurde. Sie blickte zur Küstenlinie hinunter, sah, wie die Wellen an der Sandbank brachen; ihr Gespür für heraufziehende Stürme, geschult in Chincoteague, machte sich bemerkbar.
»Ich glaube, da ist ein Unwetter im Anmarsch«, sagte sie.
»Was?« John stand hinter ihr und küsste ihren Nacken, als wäre das Wetter das Letzte, was ihn im Moment interessierte.
In diesem Augenblick läutete das Telefon; er streckte die Hand

aus, sah sie fragend an. »Ich war den ganzen Tag nicht im Büro, und für den Fall …«

»Nur zu«, forderte sie ihn lächelnd auf, spürte immer noch das Prickeln im Nacken.

»Hallo?«, sagte John. Und dann: »Dad – was ist los?«

Kate erstarrte, sah, wie sich Johns Miene verzerrte.

»Alles in Ordnung mit Teddy? Ist er zu Hause? Gibst du ihn mir bitte …«

Aber Teddy konnte oder wollte nicht ans Telefon gehen. Kate beobachtete den Ausdruck in Johns Augen, als er seinem Vater noch eine weitere Minute zuhörte, dann legte er auf.

»Ich muss weg. Teddy braucht mich.«

»Natürlich. Ich verstehe. Fahr nur – ich gehe zu Fuß zum Gasthof zurück.«

»Ich möchte, dass du mitkommst, Kate. Bitte.«

»Natürlich.« Kate ergriff seine Hand, blickte ihm tief in die Augen. »Natürlich komme ich mit, John.«

Hand in Hand, die noch nicht ganz trockenen Hunde im Schlepptau, waren sie zu Johns Wagen an der Wendestelle zurückgeeilt. Als sie das Haus des Richters erreichten, war Teddy einer Panik nahe.

»Wo steckt sie nur!«, rief er immer wieder und rannte aufgescheucht durchs Haus. »Maggie sollte längst da sein, aber ich kann sie nirgends finden!«

»Teddy.« John packte seinen Sohn an den Schultern. »Langsam – erzähl mir, was los ist!«

»Lass mich, Dad!« Teddy versuchte sich loszureißen, doch plötzlich bemerkte er Kate. »Ich muss Maggie finden.« Er sah sie an.

»Natürlich«, erwiderte sie und spürte auf Anhieb Teddys Angst.

»Ist etwas passiert?«, fragte John.

Teddy stieß einen Schrei aus. Mit einem Ruck befreite er sich aus dem Griff seines Vaters und lief nach oben. John sah ihm mit großen Augen nach, erschrocken, verletzt. Maeve saß auf einem Sessel im Wohnzimmer, murmelte leise vor sich hin, einen Rosenkranz in der Hand. Der Richter, mit Krawatte und Jackett wie immer, schüttelte missbilligend den Kopf.

»Ich habe dich angerufen, weil ich mir keinen Rat mehr wusste; seit er nach Hause gekommen ist, benimmt er sich so merkwürdig.«

»Wo war er?«

»Beim Training. Maggie und er wollten … malen. Er sagte, sie hätte sich so darauf gefreut, hätte ihn mit Sicherheit nicht freiwillig versetzt. Er ist völlig aus dem Häuschen – was ich auch sagte, ich konnte ihn nicht beruhigen.«

Es bedurfte keiner weiteren Erklärung. John folgte Teddy nach oben, und Kate hörte, wie er versuchte, seinen Sohn zum Reden zu bringen. Seine Stimme war beschwichtigend, wenngleich bestimmt, aber er bekam nur ein herzzerreißendes Schluchzen zur Antwort. Der Kummer des Jungen ging ihr so zu Herzen, dass sie keinen Augenblick zögerte, ebenfalls hinaufzulaufen, wenn auch unaufgefordert.

»Nichts ist passiert, Dad!« Teddy war außer sich. »Aber genau das ist der Punkt – Maggie darf nichts passieren. Es ist schon genug passiert.«

»Ich weiß.«

»Du weißt *gar nichts*«, schrie Teddy. »Dauernd redest du über die Rechte, die jeder Mensch hat – aber nur über die Rechte deiner Straftäter. Die *gewalttätig* sind. Was ist mit den Rechten der Opfer? Der Mädchen in den Wellenbrechern, beispielsweise? Maggie ist nicht da, obwohl sie längst zu Hause sein sollte.«

»Was redest du, sie hat doch Hausarrest! Sie ist ein braves Mädchen, würde sich nie darüber hinwegsetzen.«

»Dann sag du mir doch, wo sie steckt, Dad!«

»Teddy«, sagte John errötend und trat einen Schritt näher.

Doch Teddy rannte davon, in einen Raum, der Maggies Zimmer sein musste. Ein gelbes Nachthemd lag säuberlich gefaltet auf dem Kopfkissen, ein blaues festliches Kleid mit weißen Spitzenmanschetten hing am Bettpfosten. Kate und John tauschten einen Blick, als Teddy begann, Maggies Schreibtisch und das Nachtschränkchen neben ihrem Bett zu durchwühlen.
»Sie ist doch von der Schule nach Hause gekommen, oder?« Ein Anflug von Panik schlich sich in Johns Stimme, als hätten Teddys Worte nun auch bei ihm Angst ausgelöst.
»Keine Ahnung!«, schrie Teddy über seine Schulter. »Sie war nicht da, als ich heimkam. Ihr Fahrrad steht nicht im Hof.«
»Sie war zu Hause«, sagte Kate leise, um Ruhe bemüht.
»Woher weißt du das?«, fragte John.
Kate deutete auf die Schreibtischschublade. Dort lag der gelbe Briefumschlag, den der Richter vor wenigen Stunden entgegengenommen und auf dem Tisch in der Diele deponiert hatte. An Maggie adressiert, war er inzwischen geöffnet worden. Aufgerissen von einem kleinen Mädchen, das es kaum erwarten konnte, ihre Post zu lesen.
»Ist der Brief von dir?«, fragte Teddy und zog ihn aus der Schublade.
Sie nickte. »Ja.«
»Er muss ihr viel bedeutet haben«, sagte er mit rauer Stimme und geröteten Augen. »Das ist ihre Geheimschublade. Zu Hause hat sie auch eine, dort hebt sie alles auf, was ihr wichtig ist. Den weißen Schal ausgenommen. Den nimmt sie nie ab.«
»Freut mich, wenn er ihr gefällt.« Kate erwiderte Teddys Blick, spürte die alles überwältigende Macht der Liebe, die er für seine Schwester empfand.
»Und wie …«
»Alles in Ordnung, Teddy?«, fragte sie leise; sie hätte ihn gerne in die Arme genommen, aber ihr Instinkt sagte ihr, dass es im Augenblick besser war, darauf zu verzichten.

Er zuckte die Achseln, seine Schultern hoben und senkten sich, als ob er lautlos weinte. Die Tränen unterdrückend, sah er Kate unverwandt in die Augen, schloss seinen Vater aus. »Nichts ist in Ordnung, bis ich weiß, wo Maggie steckt.«
»Ich mache mich auf die Suche«, sagte John.
»Ich auch. Ich komme mit«, sagte Teddy.
»Es wäre mir lieber, wenn du hier die Stellung hältst«, entgegnete John, die Hände auf Teddys Schultern. »Einverstanden, Teddy? Du rufst mich sofort an, wenn deine Schwester auftaucht, bevor ich sie gefunden habe.«
»Wo könnte sie nur sein?« Teddy runzelte die Stirn. »Wo willst du sie suchen?«
»In der Bücherei. Oder in unserem Haus – auch wenn ich ihr verboten habe, alleine dorthin zu gehen ...«
Teddy berührte Kates Brief. »Oder im East Wind. Maggie weiß, dass Kate beim letzten Mal dort gewohnt hat. Möglicherweise ist sie hingefahren – um sie zu besuchen.«
»Gute Idee. Dort fange ich an.« John hob den Blick, sah Kate an. »Bleibst du bei Teddy?«
Kate nickte. Abermals ihrem Instinkt folgend, legte sie nun den Arm um Teddys Schultern – wie eine ältere Schwester, ein Kindermädchen oder eine Mutter – und drückte ihn an sich. Er war groß und stark, als sei er seit ihrer letzten Begegnung gewachsen, aber er lehnte sich an sie wie ein kleiner Junge.
»Nichts lieber als das«, erwiderte sie.

Der weiße Schal wehte hinter ihr her, als Maggie von Gramps' Haus zur Beach Road fuhr. Am späten Nachmittag, nach der Schule, dunkelte es bereits, und das schwindende Licht des Tages wirkte bleiern, matt und hart. Sturmwolken waren heraufgezogen, mit glühenden, orangefarbenen Streifen. Sie trat kräftiger in die Pedalen, bog am East Wind Inn von der Hauptstraße ab, sauste durch die Apfelplantage, über den kleinen

Bach, der an den Garten ihres Elternhauses und das Naturschutzgebiet grenzte, und den Schotterweg entlang.
Immer wieder hielt sie an, um getrocknete Blumen und Gräser zu pflücken – ihr Fahrradkorb quoll schon über. Die Sturmwolken verfinsterten sich, und der Wind nahm zu; unwillkürlich schweifte Maggies Blick zum Leuchtturm hinüber. Nur noch einen Steinwurf entfernt, zeichnete sich seine weiße Silhouette vor dem dunklen Himmel ab.
Hier wuchs das beste Besengras: auf der höchsten Stelle der Klippe, wo es von Sonne, Wind und Gischt ausgebleicht wurde. Kates Schilderung vom Chincoteague hatte den Eindruck geweckt, als sei der Anblick genauso malerisch und die Luft so salzig wie in Silver Bay, und das sollte in Maggies Strauß zum Ausdruck kommen.
Maggies Herz war voller Sehnsucht, als sie den holperigen Weg entlangfuhr und den nahenden Sturm spürte. Seit dem Tod ihrer Mutter hatte sie bisweilen befürchtet, ihr Herz sei empfindungslos geworden – hart und verschrumpelt wie eine Walnuss. Ihre Schultern waren nach vorne gebeugt, als würden sie nach und nach zusammenwachsen und einen Schutzpanzer um sie herum bilden. Hatten nur Mädchen solche Gefühle, oder erging es Teddy genauso?
Während sie den Schotterweg entlangfuhr, dachte Maggie an ihren Vater. Der kalte Wind trieb ihr die Tränen in die Augen, und ihre Nase lief. Sie stellte sich ihren Vater am Ruder eines Schiffes vor, auf einer langen Reise über das endlose, windgepeitschte Meer, zwei mutterlose Kinder an seiner Seite.
Je mehr sie das Bild ihres Vaters heraufbeschwor, desto nasser wurde ihr Gesicht. Er gab sich große Mühe. Er versuchte, sie zu beschützen. Als sie daran dachte, wie er sie in den Armen gewiegt hatte, an dem Tag, als ihr Blick auf das grauenvolle Foto gefallen war, wurde sie derart von Gefühlen übermannt, dass sie am Wegrand anhalten musste, um Atem zu schöpfen.

Er hatte ihr mit den Händen über die Haare gestrichen und ihr ins Ohr geflüstert: »Du bist mein kleines Mädchen, Maggie. Ich werde immer auf dich aufpassen …«

Maggie umklammerte die Griffe der Lenkstange, als könnten sie verhindern, dass sie weggeblasen wurde. Ihr Vater hatte gewusst, wie viel Furcht ihr das Bild einjagt hatte, und ihr versichern wollen, dass ihr niemals etwas so Schreckliches widerfahren würde. Es kam ihr so vor, als ob die neuen Gardinen vor ihrem Schlafzimmerfenster etwas damit zu tun hätten.

Dieses eine Foto hatte Maggie in Angst und Schrecken versetzt, mehr, als jemals zuvor in ihrem Leben. Vielleicht bedeutete es ihr deshalb so viel, dass Kate ihr den weißen Schal geschenkt hatte. Sie trug ihn auch jetzt, er verlieh ihr Mut.

Frische Reifenspuren durchzogen den schlammigen Boden, wahrscheinlich stammten sie vom Leuchtturmwärter. Bei Gebäuden, die so nahe am Meer lagen, gab es immer viel zu reparieren. Der Weg gabelte sich hinter der schweren Kette, die quer darüber gespannt war. Die eine Abzweigung führte landeinwärts, die andere nach rechts zum Leuchtturm. Maggie stieg ab und schob ihr Rad um den Eisenpfosten herum, dann fuhr sie weiter.

Den nach rechts führenden Weg wählend, sah Maggie den weißen Turm hoch über sich aufragen. Der Boden war hier über und über mit eingetrockneten Reifenspuren bedeckt, aber es war kein Fahrzeug zu sehen. Das war ihr nur recht. Obwohl sie Caleb und Mr. Jenkins kannte, lief ihr ein Schauer über den Rücken, als sie daran dachte, was ihr Vater ihr immer wieder eingeschärft hatte: »Halte dich von Männern in Lieferwagen fern, Maggie. Fremden in *gleich was für einem* Fahrzeug, nebenbei bemerkt. Falls jemand versuchen sollte, dich ins Auto zu zerren, schrei, so laut du kannst, und lauf weg.«

Als Strafverteidiger wusste ihr Vater natürlich, wovon er redete.

Aber … die Jenkins' waren Freunde, und sie befand sich praktisch auf heimischem Boden. Schließlich konnte sie von hier aus ihr eigenes Haus sehen, gleich gegenüber dem offenen Feld, auf der anderen Seite der flachen kleinen Bucht. Sie drehte sich um und war beruhigt, als sie ihr eigenes Schlafzimmerfenster in dem großen weißen Haus entdeckte, nur eine halbe Meile entfernt. Ihr konnte nichts Schlimmes passieren – vor der eigenen Haustür!

Als sie zum Leuchtturm emporsah, stellte sie fest, wie wuchtig er wirkte. Weiße Backsteinwände, die dem stärksten Sturm trotzten! Maggie zählte die Fenster: sechs senkrechte und zwölf rund um die Spitze. Vielleicht hauste Rapunzel dort oben. Die ihr goldenes Haar herablassen konnte …

Bei der Vorstellung schauderte Maggie. Sie zitterte am ganzen Körper, als ob der Wind plötzlich kälter geworden wäre oder als würde sie eine Erkältung, eine Grippe bekommen. Rapunzel war in einem Turm eingesperrt, außerstande zu fliehen.

Maggie dachte an das Mädchen auf dem schrecklichen Foto. An das schneeweiße Gesicht, die starren Augen … So viele Mädchen, schwer verletzt von dem Mandanten ihres Vaters, dem Tod in den Wellenbrechern ausgesetzt. Wie konnte jemand einem anderen Menschen etwas so Schreckliches antun? Das überstieg Maggies Begriffsvermögen. Sie fand, dass sich alle Menschen gegenseitig helfen sollten.

Auch Fremde – wie Kate. Sie war bei ihnen aufgetaucht, als ihre Hilfe am meisten gebraucht wurde; hatte sie unter ihre Fittiche genommen, hatte Brainer gebadet. Und später hatte sie ihr zum besten Halloween-Kostüm in der ganzen Schule verholfen.

Vor Kälte zitternd, beschloss Maggie, dass sie genug Gräser gepflückt hatte. Sie machte kehrt, und als sie zu ihrem Fahrrad zurückging, entdeckte sie Hundespuren im Schlamm. Sie war erleichtert; vielleicht war Brainer hier draußen herumgestreunt. Oder Bonnie. Spuren von Menschen waren auch zu sehen. Fußabdrücke, der Größe nach zu urteilen vielleicht von ihrem Vater oder einem anderen Mann, und kleinere … wie Kates! Wäre das nicht wunderbar, wenn Kate in ebendiesem Augenblick hier wäre, einen Spaziergang mit Bonnie und ihrem Vater machte?

Maggie schauderte abermals, durch und durch, aber es hatte nichts mit Kate oder ihrem Vater zu tun. Dieser Ort war ihr unheimlich, flößte ihr Angst ein, und der Instinkt sagte ihr, dass sie ihn schleunigst verlassen sollte, *sofort*.

Sie drehte ihr Rad herum und warf einen letzten Blick auf die Spuren, als sie etwas im Schlamm aufblitzen sah. Steine und zerbrochene Venus- und Miesmuschelschalen waren in die Erde gedrückt worden, und dazwischen funkelte ein winziges goldenes Schmuckstück.

Maggie ging in die Hocke und wischte es mit den Fingern ab. Es war ein Talisman in Form eines kleines Flugzeugs – oben mit einer Öse, als hätte er an einer Halskette oder an einem Armband mit Glücksbringern gehangen. Es besaß Flügel und einen richtigen Propeller, der sich drehte, als Maggie ihn berührte.

Ihr stockte der Atem. Wie war der Talisman hierher gekommen?

Vielleicht war Kate hier gewesen, bevor oder nachdem sie den Brief für Maggie abgegeben hatte. Kate war zurückgekommen, um Teddy und sie zu betreuen, und sie hatte den Talisman verloren, als sie mit Bonnie auf den Klippen spazieren gegangen war.

Plötzlich vernahm Maggie ein lautes Geräusch und schrak hoch. Als sie sich umsah, entdeckte sie einen Ligusterstrauch, der vom Sturm hin- und hergepeitscht wurde; die kahlen Zweige scharrten über die Tür des Leuchtturms. Der Wind heulte schauerlich, wie ein Mensch, wie eines der armen Mädchen in den Wellenbrechern. Und er sagte ihr, dass sich hier etwas Schreckliches zugetragen hatte.

Maggie sprang auf ihr Rad, steckte das kleine goldene Flugzeug in ihre Tasche und trat in die Pedalen, was das Zeug hielt. Staub wirbelte hoch, geriet in ihre Augen, als sie über den Feldweg brauste und ihr mit einem Mal einfiel, dass Teddy ja auf sie wartete und sich mittlerweile bestimmt die größten Sorgen machte.

23

John fuhr den gleichen Weg zurück, auf dem Kate und er vorhin gekommen waren. Als er die Shore Road erreichte, bog er jedoch nach rechts in Richtung East Wind und Leuchtturm ab, statt nach links, zu seinem Haus. Teddys Unruhe hatte ihn angesteckt, und seine Angst um Maggie wuchs. Wo mochte sie stecken?

Der Himmel verfinsterte sich. Obwohl erst Spätnachmittag, wurden die Tage kürzer, und der Sturm, der vom Meer herüberwehte, peitschte die Wellen, schob tief hängende purpurfarbene Wolken von Osten vor sich her. John gab Gas.

Der Leuchtturm blinkte auf der Landspitze, kaum mehr als vierhundert Meter hinter dem Gasthof. Der Strahl leuchtete grell unter den dunklen Nimbuswolken auf, wie ein Blitz von Menschenhand. John schlug das Herz bis zum Hals. Teddy hatte nicht viel gesagt, aber er wusste auch so: Der Junge war krank vor Sorge um seine Schwester.

Und John war inzwischen selbst einer Panik nahe.

Er trat aufs Gaspedal, fuhr noch schneller. Er hatte allen Grund, Barkley Jenkins zu verabscheuen – zu hassen –, weil er jeden Funken Hoffnung zerstört hatte, seine Ehe mit Theresa doch noch zu retten. War es möglich, dass sich der alte Groll in ihm regte und er deshalb so geladen war, als er nun zum East Wind Inn fuhr, auf der Suche nach seiner Tochter?

Es gab keinen Grund, ein Mitglied der Familie Jenkins zu verdächtigen, gewalttätig zu sein oder auch nur entfernt mit dem jüngsten Mordfall zu tun zu haben, aber er merkte, dass seine Schultern und Kiefermuskeln völlig verkrampft waren.

Er dachte an Caleb, seinen jungen Mandanten. Dass er gegen das Gesetz verstoßen hatte, stand außer Frage.

Er dachte an Hunter Jenkins, Calebs Onkel, Barkleys Bruder, einen Mann, den er als Trainer der Jugendmannschaft immer geschätzt hatte. Die Sache mit dem Sportclub letzte Woche – Teddy schmackhaft zu machen, in einem Privatclub Gewichte zu stemmen statt im schuleigenen Fitnessraum – hatte ihn gewurmt, obwohl er bis heute nicht sagen konnte, warum, und den Vorschlag unbesehen abgelehnt hatte.

Während er zum Gasthof fuhr, spürte John, wie eine unbestimmte, aber nachhaltige Angst in ihm aufstieg. Er hatte nicht den geringsten Grund zu der Annahme, dass einer der Jenkins' seiner Tochter oder irgendjemandem sonst etwas zuleide tun würde, aber er gab Gas, als wären alle drei Männer bereits rechtskräftig verurteilt.

Was du hier veranstaltest, ist die reinste Hexenjagd, schalt er sich. So weit hat dich der Hass auf Barkley wegen seiner Affäre mit Theresa getrieben, die zwei Jahre her ist. Es gab keinen Grund zu vermuten, dass Maggie sich in Gefahr befand; er hatte sich lediglich von Teddys Panik anstecken lassen.

In dem Klima von Angst und Schrecken, das Greg Merrill mit seinen Serienmorden erzeugt hatte, neigten viele Menschen zu vorschnellen Reaktionen. Ein anzüglicher Blick, ein unglücklich gewähltes Wort, eine versehentliche Berührung ... John hatte einige Mandanten verteidigt, die in Verdacht geraten und einer Straftat bezichtigt worden waren, aus Gründen, die nichts mit dem Fall zu tun hatten.

Es war natürlich etwas anderes, wenn es die eigenen Kinder

betraf. Er wusste, dass er keine Ruhe finden würde, bis Maggie wohlbehalten zu Hause war. Die Familie Jenkins und East Wind Inn hatten nichts damit zu tun.

Sein Handy klingelte. Mit einem Stoßgebet, es möge Maggie oder die ersehnte Mitteilung sein, dass sie wieder zu Hause war, tastete er beim Fahren nach dem Telefon.

»Hallo?«

»Hallo, Mr. O'Rourke?« Die Stimme kam ihm bekannt vor.

»Ja bitte?«

»Ich bin Dr. Beckwiths Sprechstundenhilfe ...«

»Oh, hallo.« Er umklammerte das Telefon, schlitterte um die Ecke.

»Dr. Beckwith hat gerade angerufen und gesagt, dass Sie sich im Gefängnis mit ihm treffen wollten; er bat, mich mit Ihnen in Verbindung setzen und zu fragen, ob es ein Problem gibt.«

John hatte im Moment ganz andere Dinge im Kopf. Der Termin mit Merrill und Beckwith, die gemeinsame Strategiesitzung in Winterham, war ihm völlig entfallen.

»Tut mit Leid.« John bog in die Zufahrt zum East Wind ein. »Würden Sie ihm bitte ausrichten, dass ich es heute nicht schaffe? Mir ist etwas Wichtiges dazwischengekommen. Wiederhören.«

Der Volvo wurde auf dem unbefestigten, mit tiefen Furchen übersäten Weg kräftig durchgerüttelt. Die Wipfel der Fichten, die den Weg säumten, hatten sich ineinander verhakt, bildeten einen Baldachin. John hielt nach links und rechts Ausschau, zwischen den Baumstämmen.

Er hörte den Wind im Geäst, die Wellen, die gegen das Ufer brandeten. Und ein wenig leiser, wie Bassnoten im Akkord der Küstenmusik, vernahm er ein Hämmern. Zu seiner Linken befand sich der Gasthof, zu seiner Rechten die Apfelplantage, der Bach und der Leuchtturm.

Er hielt in dem Fichtenwäldchen an, stieg aus und lauschte. Eindeutig von rechts. Die Hammerschläge kamen aus der

Richtung des Leuchtturms, aber nicht so weit weg – ein kurzer Fußmarsch vom Gasthof, schätzungsweise. Vielleicht setzte Barkley die alte Scheune instand – ein beliebter Treffpunkt während ihrer Jugendzeit, wo sie heimlich Bier getrunken hatten. Eine Erinnerung an glückliche Zeiten; Theresa war immer dabei gewesen.
John rannte in der zunehmenden Dämmerung zur Scheune hinüber, während der Wind immer stärker wurde und zu heulen begann.

Kate und Teddy blieben in Maggies Zimmer. Teddy machte keine Anstalten, sich von der Stelle zu rühren, als ließe sich ihre Rückkehr auf telepathischem Weg beschleunigen, wenn er sich mit ihren persönlichen Dingen umgab. Die Hunde, die spürten, dass Kate und Teddy Trost brauchten, kamen nach oben und legten sich zu ihren Füßen nieder, zwei zottelige Schutzengel.
»Dass du Brainer wieder gebadet hast!«, staunte Teddy. »Danke.«
»Gern geschehen. Bonnie hatte es auch bitter nötig. Das ganze Fell war voll von diesem komischen weißen Staub.«
»Hmm.« Teddy lief zum Fenster, spähte in die Dunkelheit hinaus.
»Sie kommt bald nach Hause«, sagte Kate, die auf Maggies Bettkante saß; sie hatte von der Angst ein Engegefühl in der Brust, die Situation war ihr zu vertraut. Sie konnte die erste Nacht nicht vergessen, als sie bemerkt hatte, dass Willa verschwunden war. »Dein Vater wird sie finden.«
»Sie ist eigensinnig«, sagte Teddy, die Stirn gegen das Glas gepresst. »Sie tut, was man ihr sagt, aber sie findet immer ein Hintertürchen. Genau wie jetzt: Sie hat Hausarrest, aber wahrscheinlich hat sie eine Möglichkeit gefunden, die Strafe zu umgehen.«
»Und wie?«

»Indem sie beispielsweise sagt, dass sie Zusatzlektüre für ihre Hausaufgaben braucht. Wenn Gramps das benötigte Buch nicht hat, fährt sie mit dem Fahrrad zur Bücherei.«

»Glaubst du, dass sie dort ist?«

Teddy schüttelte den Kopf. »Dann wäre sie bereits wieder daheim. Die Bibliothekarin achtet darauf, dass sich Jugendliche ohne Begleitung der Eltern nach vier Uhr nicht mehr dort aufhalten – damit sie noch vor Einbruch der Dunkelheit zu Hause sind. Und außerdem waren wir beide miteinander verabredet. Wir wollten etwas zusammen machen.«

»Was denn?«

»Platzkarten.« Teddy zuckte die Achseln.

»War das deine Idee?« Kate lächelte, sie kannte die Antwort bereits.

Was Teddy zu einem Lächeln veranlasste. »Nein. Ich habe mich ihr zuliebe dazu bereit erklärt«, erklärte er mit einem Schulterzucken.

»Du bist ein prima Bruder.«

»Ich bemühe mich. Sie vermisst unsere Mutter. Dad tut sein Bestes, aber er ist mit seiner Arbeit mehr als ausgelastet. Maggie braucht mich.«

»Ich weiß. Willa hat mich auch gebraucht.«

»Deine Schwester?«

»Ja. Ich habe versucht, ihr die Mutter zu ersetzen. Es war nicht einfach, weil ich selbst noch ein halbes Kind war und mich völlig umstellen musste, was meine Terminplanung betraf. Während sich meine Freundinnen am Strand vergnügten, fuhr ich Willa zum Zahnarzt.«

»Ich muss Maggie nie zum Zahnarzt bringen. Aber ich würde es selbstverständlich tun. Sobald ich meinen Führerschein habe.«

»Hätte ich auch gar nicht anders von dir erwartet.«

»Ich würde natürlich auch meine Termine für sie ändern. Ich beklage mich nicht oder so. Aber oft kommt etwas Unvorher-

gesehenes dazwischen, wie heute – nach dem Fußballtraining hat der Trainer die gesamte Mannschaft zu einer Pizza eingeladen. Ich konnte nicht mit, musste nach Hause, weil Maggie mich braucht.«
»Inwiefern?«
»Wegen Thanksgiving.«
»Die Feiertage sind am schwersten«, pflichtete Kate ihm bei. »Da hat mir meine Mutter am meisten gefehlt.«
»Maggie schaut bei meinen Fußballspielen zu, und ich gehe zu Theateraufführungen und Konzerten in ihrer Schule.«
»Das war bei uns genauso. Einmal habe ich Willa zu einem Schwimmwettbewerb begleitet. Sie verstauchte sich auf dem Weg zum Becken den Zeh und weinte vor Schmerzen, konnte sich nur mit Mühe über Wasser halten. Sie verlor natürlich um Längen, aber ich habe sie trotzdem die ganze Zeit wie verrückt angefeuert.«
Sie lachten, erzählten sich Geschichten über das Los der älteren Geschwister, die sich um die jüngeren kümmern mussten. Teddys Augen funkelten vergnügt, und als Kate ihn ansah, entdeckte sie in ihnen den Jungen, der zu früh gezwungen worden war, erwachsen zu werden.
»Ich habe gehört, wie du mich angefeuert hast«, sagte Teddy und räusperte sich.
»Wirklich?«
»Ja, bei dem Fußballspiel, als du im Oktober hier warst.«
»Das war ein fantastisches Spiel.« Kate erinnerte sich an den kühlen, sonnigen Tag, an Teddys strahlendes Lächeln, als er zu ihr gelaufen war, um sie zu begrüßen. »Und du warst der Star.«
»Schön, dass du da warst.«
»Fand ich auch.«
»Es war sehr, sehr wichtig für mich; obwohl ich dir nicht sagen könnte, warum.«
»Du hast jemanden zum Anfeuern gebraucht, wie jeder Mensch«, erwiderte Kate sanft.

Sie saßen auf der Kante von Maggies Bett und lächelten sich zu, als wäre die Situation für beide selbstverständlich; dass sie sich in Gesellschaft des anderen wohl fühlten, mit zwei Hunden zu ihren Füßen gemütlich beisammen saßen und über das Leben philosophierten.

»Ich wünsche mir so sehr, dass Maggie endlich nach Hause kommt.« Sein Gesicht nahm wieder einen besorgten Ausdruck an, als er zum dunklen Fenster hinüberblickte.

Kate umarmte den Jungen. »Das wünsche ich mir auch.«

Obwohl es inzwischen dunkel war, schweifte in einiger Entfernung der Strahl des Leuchtturms über den Himmel, half John, den Weg zu finden.

Schließlich sah John ein Licht durch die Bäume schimmern, etwa fünfzig Meter vor ihm. Gedämpft durch Fichtennadeln und den ersten Nebel, der vom Meer heranwogte, brannte es in dem einzigen Fenster einer roten Scheune. Je näher er kam, desto lauter wurden die Hammerschläge. Er hörte auch Musik, offenbar hatte jemand das Radio auf volle Lautstärke gestellt. Zweige streiften sein Gesicht und zerkratzen seine Arme, während er weiterging.

Dunkelrot, zwischen verkrüppelten Eichen und Mastbaumkiefern verborgen, hatte die Scheune einst als Stall für die Schafe gedient, die überall auf den Landzungen weideten. Das Areal war früher Gemeindeland gewesen, und einige Schiffbauer und Walfang-Kapitäne hatten ihre Herden frei umherstreifen lassen. Als John und Theresa ihr Haus gekauft und den Boden umgegraben hatten, um einen Garten anzulegen, waren sie auf ein Hufeisen gestoßen. Sie hatten es als Glücksbringer über die Küchentür gehängt.

Als John nun an das Glück dachte, das es ihnen letztlich gebracht hatte, stieg abermals eiskalte Wut in ihm hoch. Er erinnerte sich, wie er mit Theresa zu den Treffen in der Scheune gegangen war. Sie besuchten damals noch die Highschool;

ihre gemeinsame Clique wartete drinnen auf sie. Nun war sie tot und seine Tochter unauffindbar. John hielt sich nicht mit Anklopfen auf, sondern stieß das große rostige Scheunentor auf und trat ein, blickte sich suchend nach Maggie um.

Er sah sich sämtlichen Männern der Familie Jenkins gegenüber.

Von Maggie jedoch keine Spur.

Barkley hatte sich über Blaupausen gebeugt, Caleb stand auf einer Leiter, und Hunt reichte ihm ein langes Brett hinauf. John rührte sich nicht vom Fleck, sah sich flüchtig um. Der riesige offene, unverputzte Innenraum der Scheune wurde offenbar unterteilt; sie steckten Zimmer ab.

»Hallo, John«, rief ihm Barkley, das Familienoberhaupt, zu. »Was führt dich denn zu uns?«

»Mr. O'Rourke, wie geht's?« Caleb grinste von der Leiter zu ihm herab. »Wir bauen vier neue Gästezimmer, damit wir nächsten Sommer das East Wind Inn ausbauen können.«

»Wo ist Maggie?«

»Deine Tochter?« Barkley runzelte die Stirn. »Wir haben sie nicht gesehen. Wie kommst du auf die Idee, sie könnte hier sein? Was ist denn los?«

John trat näher. Seine Augen brannten, als er seinen früheren Freund ansah. Sie waren schon in der Highschool Kumpel gewesen, Teamkameraden in der Fußballmannschaft, Freunde fürs Leben. Und dann hatte Barkley ihm die Frau ausgespannt, war an dem Abend, als sie starb, mit ihr beisammen gewesen und nach Hause zurückgekehrt, hatte sein Leben fortgesetzt, als sei nichts gewesen. Jetzt stand er vor ihm, mit seinem Sohn und seinem Bruder.

Es hatte Zeiten gegeben, da war der Wunsch übermächtig gewesen – der Drang, genauer gesagt –, Barkley den Schädel einzuschlagen. Aber das war vorbei; Kate Harris hatte eine Veränderung bei ihm bewirkt, hatte die Eifersucht ausgelöscht,

die ihn lange gequält hatte. John wollte nur eines, Maggie finden und nach Hause bringen.
»Cool die Scheune, finden Sie nicht?«, rief Caleb, als John näher trat. Seine Stimme klang leicht beunruhigt. John hatte ihn als Anwalt vertreten; vielleicht fürchtete der Junge, dass es Ärger gab, ein Problem, das noch mit seiner Straftat oder den Bewährungsauflagen zu tun hatte. »Wir bauen in allen Badezimmern einen Whirlpool ein. Es wird …«
»Hast du meine Tochter gesehen?« John stand am Fuß der Leiter. Als er hinaufblickte, gewahrte er Calebs besorgte Miene und spürte, wie eine Wut in ihm hochkam, die ihm die Sprache verschlug. John hatte ihm eine schwer wiegende Strafe erspart, und jetzt war seine Tochter verschwunden; er musste gegen den Drang ankämpfen, den Jungen auseinander zu nehmen, damit er endlich den Mund aufmachte.
»Nein, Mr. O'Rourke.« Caleb Jenkins klang erschrocken. »Hab ich nicht.«
»Komm runter da, wenn du mit mir redest. Du hast doch vor irgendetwas Angst, Caleb.«
»Nein, ich schwöre …«
»Du siehst aus, als hättest du ein schlechtes Gewissen, und so klingst du auch, und ich will wissen, warum.« John rüttelte so heftig an der Leiter, dass er dachte, Caleb würde herunterfallen. Wenn er nicht freiwillig kam, würde er ihm Beine machen. John fackelte nicht lange: Einen Fuß auf der zweiten Sprosse, schickte er sich an, die Leiter hochzuklettern.

24

Kate und Teddy saßen auf dem Fußboden in Maggies Zimmer und bürsteten die Hunde. Was sollte man auch sonst machen, wenn man darauf wartete, dass jemand – alle – nach Hause kam? Teddy zupfte etliche Hände voll der weichen, weißen Haare von Brainers Fell aus der Bürste, während Kate ihre liebe Not hatte, Bonnie daran zu hindern, sich immer wieder auf den Rücken zu rollen, eine flehentliche Aufforderung, am Bauch gekitzelt zu werden.

Genau in dem Moment fiel die Haustür ins Schloss.

»Ich bin wieder zu Hauuuuuuse!«, ertönte Maggies Stimme.

»Maggie!«, brüllte Teddy.

»Komme schon!«

Die Hunde sprangen bei dem Getöse auf, und Maggie polterte die Treppe hinauf. Teddy und Kate rappelten sich hoch, liefen zur Schlafzimmertür.

»Wo hast du dich herumgetrieben, Fräulein?«, rief ihr der Richter aus seinem Arbeitszimmer nach. »Wir wollten gerade die Nationalgarde verständigen!«

Maggie stürmte ins Zimmer – mit hochroten Wangen und wehendem weißen Schal, einen riesigen, kunterbunten Strauß aus getrockneten Blumen und Besengras in der Hand, den sie bei Kates Anblick fallen ließ, um sich in ihre Arme zu stürzen.

»Du bist hier!« Sie umklammerte Kate. »Nicht nur in Silver Bay, sondern *hier, bei uns.*«

»Bin ich froh, dich zu sehen!« Kate drückte sie ganz fest.

»Ich habe deinen Brief gelesen und wollte einen Strauß für Thanksgiving pflücken. Ich bin mit dem Rad zum Leuchtturm gefahren und dachte die ganze Zeit ›Kate ist hier, Kate ist hier …‹ Isst du an Thanksgiving mit uns?«

»Wir werden sehen«, erwiderte Kate lächelnd.

»Maggie, hast du eine Ahnung, was für Sorgen wir uns gemacht haben?«, sagte Teddy. »Wir hatten nach der Schule eine Verabredung.«

»Ich weiß, Teddy, aber als ich nach Hause kam, warst du noch nicht da, und nachdem ich Kates Brief gelesen hatte, beschloss ich …«

»Dad ist unterwegs, um dich zu suchen!«

»Was? Normalerweise ist er doch nie um diese Zeit zu Hause.« Sie sah erschrocken und ein wenig ängstlich aus.

»Heute schon.«

»Das tut mir Leid.« Maggie sah ihren Bruder an. »Können wir ihn auf seinem Handy anrufen und ihm sagen, dass ich zu Hause bin?«

»Ja.« Teddy lächelte mit liebevoller Nachsicht. »Das ist eine sehr gute Idee.«

»Ich hab nur an sie gedacht«, sagte Caleb, als er sah, wie John sich anschickte, die Leiter hochzuklettern. »Kein Wunder, dass Sie sich Sorgen machen, seit die neue Leiche in dem Wellenbrecher aufgetaucht ist. Achtung, Mr. O'Rourke – ich komme jetzt. In Ordnung?«

»Lass ihn runter.« Barkley ergriff John an der Schulter, hielt ihn fest.

»Man sieht ihm doch an, dass er etwas auf dem Kerbholz

hat«, murmelte John mit zusammengebissenen Zähnen. »Und Maggie ist verschwunden …«
»Das ist nicht meine Schuld.« Caleb kletterte hinab. John packte ihn an der Schulter, und Caleb verdrehte die Augen, als befürchtete er, John könnte die Kontrolle über sich verlieren. Er war Anfang zwanzig, aber er sah nicht mehr wie ein junger Bursche aus. Er hatte Falten um die Augen von der Arbeit unter dem freien Himmel, und seine Stirn begann sich zu lichten. Doch sein Körper war durchtrainiert – John konnte die stählernen Muskeln unter seinem T-Shirt spüren und packte noch fester zu.
»Kanntest du das Mädchen am Point Heron, Caleb?«
Seine Fantasie war nicht mit ihm durchgegangen: Caleb wurde rot und blickte zur Decke empor, mied Johns Blick.
»Antworte, Caleb«, mischte sich Barkley ein. »Damit er Ruhe gibt.«
»Nur aus den Zeitungen. Sah wirklich hübsch aus. Schlimm, was ihr passiert ist.«
»Was zum Teufel hat das mit uns zu tun?«, fragte Barkley. »Wieso kommst du her und führst dich auf als … deine Tochter ist noch nicht zu Hause, sagtest du? Wir unterbrechen die Arbeit sofort und helfen dir bei der Suche.«
Johns Handy läutete; es steckte in seiner Hosentasche. Hunt hörte es ebenfalls, sah flüchtig nach unten. John klappte es auf, wandte den Blick von Barkley und Caleb ab.
»Hallo?«
»Dad – sie ist zu Hause«, sagte Teddy.
»Wirklich?« John blickte Caleb an. Er sah die Erleichterung und Genugtuung in seinen Augen – als wüsste er, dass er aus dem Schneider war –, dann richtete er sich kerzengerade auf und schüttelte Johns Hand ab, die seine Schulter noch immer umklammert hielt.
»Ja. Sie war Blumen pflücken. Ob du es glaubst oder nicht …«
»Das glaube ich dir unbesehen.« John schluckte, spürte die drei Augenpaare der Jenkins-Männer auf sich.

»Bis später, Dad, ja?«
»Ja, bis später, Teddy.«
Als John das Handy zuklappte, merkte er, dass Barkley ihn beobachtete. Er holte tief Luft. Bis vor zwei Jahren hätte er noch felsenfest behauptet, Barkley Jenkins sei einer der besten Freunde, die er jemals gehabt hatte.
»Alles in Ordnung mit deiner Tochter?«, erkundigte sich Hunt von der anderen Seite des Raumes.
»Ja. Sie ist wohlbehalten nach Hause zurückgekehrt.«
»Das freut mich.«
»Uns alle«, fügte Barkley hinzu. »Wir sind alle froh darüber. Hör mal, John – wir wissen beide, dass es hart für dich war.«
»Lass es gut sein, Bark.« Johns Stimme zitterte.
»Ich habe dir nie gesagt, wie Leid ...«
Für John waren diese Worte wie ein Schlag ins Gesicht. Nichts, was Barkley zu seiner Entschuldigung vorbringen könnte, würde den Verrat seiner Frau erklären, die ihn hintergangen und ihre Familie aufs Spiel gesetzt hatte.
Wenn er wieder damit anfing, Theresas Beweggründe erforschen zu wollen, konnte er ein für alle Mal einpacken. Er dachte an Kate, hoffte, dass sie noch im Haus war, auch wenn Maggie sich jetzt in Sicherheit befand. Er erinnerte sich daran, wie er sie in seinen Armen gehalten hatte, an ihren Atem, der seinen Hals wie ein Hauch gestreift, an die Zeit, die sie an dem nach Westen fließenden Bach verbracht hatten. Und er wünschte sich mehr als alles auf der Welt, dass sie nicht weggehen würde, bevor er zu Hause war.
»Bin ich froh, dass sie wieder aufgetaucht ist, Mr. O'Rourke!« Caleb lachte, eindeutig erleichtert. »Ich dachte schon, Sie wollten mir ans Leder.«
John blickte zu ihm hinüber. »Sah ganz so aus, als hättest du ein schlechtes Gewissen, Caleb.«
»Ich doch nicht! Und mit Ihrer Tochter hab ich überhaupt

nichts zu schaffen.« Calebs Ton klang wieder, als fühle er sich unwohl in seiner Haut. »Ich hab nur von Ihrem Haus geredet. Ich dachte, das meinten Sie.«
»Mein Haus?«
»Der Ziegelstein – Sie wissen schon.«
John sah sich um; die Scheune war eine Baustelle. Mit Sicherheit lagen auf Jenkins' Grundstück irgendwo Ziegelsteine herum. Sein Herz begann zu hämmern; er erinnerte sich an die Panik seiner Kinder.
»Willst du damit sagen, dass du den Stein geworfen hast?«, entfuhr es John.
»Jetzt reicht's!« John spürte Barkleys Hand auf seiner Schulter und fuhr herum.

Maggie saß auf der Bettkante und sah sie an, unentwegt lächelnd. Ihre blauen Augen strahlten, als könne sie nicht glauben, Kate wiederzusehen. Kate erging es ähnlich bei ihrem Anblick. Sie brannte darauf, dass John endlich zurückkam und sich mit eigenen Augen davon überzeugen konnte, dass es seiner Tochter gut ging.
»Dein Bruder und dein Dad haben sich große Sorgen um dich gemacht«, sagte sie.
»Das tut mir Leid.« Maggies Lächeln begann zu verblassen.
»Dad lässt dich nicht aus den Augen, bis der Nachahmungstäter gefasst ist«, sagte Teddy. »Besser, du findest dich damit ab.«
»Ich hatte doch mein Pfadfindermesser dabei«, sagte Maggie. Sie zog das rote Futteral aus ihrer Tasche und reichte es Kate – als sollte diese es begutachten, den Schutz für ausreichend erklären und ihr gratulieren, weil sie so umsichtig gewesen war, es mitzunehmen.
»Hausarrest heißt, dass du zu Hause bleiben musst«, meinte Teddy nachsichtig.
»Ich brauche Freiheit. Außerdem sind wir nicht zu Hause,

sondern bei Gramps, und ich halte es hier nicht mehr aus. Wir müssen nach Hause – bitte, wir müssen! Kate …«

»Ja?« Kate hielt das Taschenmesser noch in der Hand und lächelte, als sie Maggies glänzende Augen sah; sie ahnte, was jetzt kommen würde.

»Kannst du nicht bei uns bleiben und auf uns aufpassen? Egal, warum du hier bist, warum du zurückgekommen bist …«

»Ja.« Teddy nickte und trat näher. »Das ist eine gute Idee.«

»Ich würde kein gutes Kindermädchen abgeben.«

»Warum nicht? Du hast deine Sache doch gut gemacht bei deiner Schwester«, warf Teddy ein. »Du hast sie praktisch großgezogen, bist mit ihr zu Schwimmwettbewerben gegangen …«

»Das war etwas anderes.« Seine Worte und sein Eifer rührten Kate. Wenn sie nur könnte. Wenn es nur so einfach wäre: Sie würde gerne mit der Familie unter einem Dach leben, die ihr ans Herz zu wachsen begann, und sie unter ihre Fittiche nehmen, eine für alle zufrieden stellende Lösung.

»Weil sie deine Familie ist?«, fragte Maggie.

»Unter anderem.«

»Und was noch?«, meinte Teddy.

»Nun, ich bin Meeresbiologin. Ich habe bereits eine Stellung. In Washington.«

»Echt cool«, räumte Teddy sichtlich beeindruckt ein.

»Ja.«

»Du klingst ja ganz überrascht«, spottete Maggie und schüttelte tadelnd den Kopf. »Dabei solltest du es doch besser wissen!«

»Was meinst du damit?«

»Na, Mädchen können eben alles! Oder, Kate?«

»Richtig, Maggie«

»Das habe ich ja überhaupt nicht bestritten«, verteidigte sich Teddy. »Das war nicht so gemeint.«

»Ich weiß.« Kate blickte die beiden liebevoll an und hoffte, dass John endlich nach Hause kam.

»Wenn ich groß bin, dann werde ich Pilotin«, sagte Maggie. Sie berührte den weißen Schal um ihren Hals, als wollte sie sich vergewissern, ob Kate bemerkt hatte, dass sie ihn trug.
Kate lächelte, berührte den Fransenbesatz.
»Amelia.« Maggie grinste.
»Sie wäre stolz auf dich …«
»Du hast mir den Schal gegeben, dafür bekommst du mein Messer. Du darfst es behalten – wenigstens für eine Weile. Ich muss mich doch für den Schal revanchieren …«
Da Kate Maggies Gefühle nicht verletzen wollte, lächelte sie und steckte das rote Messer in die Tasche ihrer Jeans.
»Ich werde meinen Pilotenschein machen, wenn ich groß bin. Und einmal um die Welt fliegen, ganz alleine!«
»Ein hoch gestecktes Ziel.« Kate lächelte und dachte an das Bild, das Willa von ihr gemalt hatte, am Steuer ihres Flugzeugs.
»Das schaffe ich schon; ich habe nämlich ein Zeichen erhalten«, verriet Maggie aufgeregt. »Vielleicht hast du es beim Spaziergang mit Bonnie verloren. Möchtest du es sehen?«
»Klar.« Kate sah, wie Maggie in ihrer Gesäßtasche kramte. Sie hatte das Gefühl, als sei endlich Friede in ihr Herz eingekehrt: Maggie war wohlbehalten zu Hause, Teddy hatte sich beruhigt, und John würde bald zurück sein …
»Schau.« Maggies Gesicht glühte, als sie ihren Fund aus der Tasche zog.
Kate betrachtete lächelnd die leicht geschlossene Faust des Mädchens.
Ihre Finger öffneten sich, und Kate starrte fassungslos auf das kleine goldene Flugzeug mit Flügeln und einem richtigen Propeller, der sich drehte.
»Oh Gott!« Kate nahm den Glücksbringer in die Hand, an dem noch immer weiße Staubspuren hafteten. »Wo hast du das gefunden?«

»Auf dem Riff«, sagte Maggie, verdutzt über Kates Aufregung, »in der Nähe des Leuchtturms ... auf dem Muschelkalkweg. Warum, was ist damit?«
»Der Anhänger gehörte Willa.« Kates Augen füllten sich mit Tränen. »Ich habe ihn meiner Schwester geschenkt.«

25

Kate war ohne Auto gekommen. Es stand noch am East Wind Inn. Vielleicht wäre es besser, auf John zu warten. Oder sich Maggies Fahrrad auszuleihen. Aber der kleine goldene Talisman brannte ihr unter den Nägeln, zwang sie, *unverzüglich* zu handeln.

»Richter O'Rourke«, rief sie, als sie mit den Kindern im Schlepptau die Treppe hinuntereilte.

»Ja, Kate?« Er sah von dem Buch hoch, aus dem er Maeve gerade vorlas. Ein Feuer brannte im Kamin des kleinen Arbeitszimmers, während der Wind draußen heulend den Schornstein hinabfuhr. Sie lag auf dem Sofa unter einer karierten Decke, und er saß neben ihr, *Two Under the Indian Sun* auf seinem Schoß. Beide lächelten, als Kate eintrat.

»Richter O'Rourke«, wiederholte Kate, den Tränen nahe. Sie war stets auf ihre Unabhängigkeit bedacht gewesen; es fiel ihr schwer, jemanden um einen Gefallen zu bitten. Aber sie hielt Willas Glücksbringer in ihrer Hand; er war mit weißem Staub bedeckt, und sie wusste, woher er stammte.

»Was gibt es, meine Liebe?«, fragte er stirnrunzelnd.

»Sie hat eine Mission zu erfüllen«, antwortete Maeve ruhig und sah Kate an.

»Ja, das stimmt.« Kates Stimme zitterte. »Darf ich … ich weiß, Sie kennen mich nicht, aber ich wollte Sie bitten … würden Sie mir wohl kurz Ihr Auto leihen?«

Der Richter hörte, wie der Sturm an den Fensterscheiben rüttelte, und zögerte. Doch nun setzte sich Maeve mühevoll auf, ergriff sein Handgelenk und sah ihn liebevoll an. »Kate und ihre Schwester standen sich so nahe wie Brigid und ich«, sagte sie leise; ihr Blick war so traurig, dass Kate sich auf Anhieb von dieser Frau verstanden fühlte, die ihre eigene Schwester verloren hatte. »Sagen Sie ja, Richter.«

»Draußen tobt ein Unwetter. Und sie hat Recht, ich kenne sie doch gar nicht …«

»Aye, aber ich.« Maeve nickte Kate zu. »Ich kenne sie.«

»Woher denn?«, fragte der Richter.

»Ich weiß alles, was ich wissen muss«, flüsterte Maeve. »Können Sie sich vorstellen, wie es ist, eine Schwester zu haben? Dieselben Eltern, dasselbe Zuhause, dasselbe Leben zu teilen …«

Der Richter seufzte; ein Zittern ging durch seinen Körper. Er sah Maeve liebevoll und gerührt an, sah, wie sich ihre Augen bei den Worten mit Tränen füllten, und Kate spürte, dass er dabei war, einen Entschluss zu fassen.

Sie ballte die Fäuste. Maggie hatte ihr etwas gegeben, woran sie festhalten konnte, den ersten realen, greifbaren Hinweis auf Willa, seit sie nach Silver Bay gekommen war.

»Also gut«, sagte der Richter und sah in Maeves wässrige alte Augen. »Es ist der alte Lincoln, steht hinten in der Garage. Sie müssen ein paar Mal aufs Gaspedal treten, bevor er anspringt.«

»Gramps, du leihst ihr deinen Wagen?«, staunte Teddy.

»Der ist sein Ein und Alles«, erklärte Maggie.

»Maeve hat mich darum gebeten«, erwiderte der Richter feierlich.

»Vielen Dank«, sagte Kate.

»Ich komme mit«, verkündete Teddy.
»Ich auch«, rief Maggie.
»Euer Vater würde mir den Kopf abreißen«, sagte der Richter. »Wenn ihr beide mitfahrt, ist was los.«
»Bitte bleibt hier.« Kate drehte sich zu den Kindern um, versuchte zu lächeln. »Ihr habt mir mehr geholfen, als ihr euch vorstellen könnt ... ich möchte zu der Stelle, an der du den Talisman gefunden hast, Maggie, der Spur nachgehen; vielleicht führt sie zu meiner Schwester. Wisst ihr, wie lange ich mir schon den Kopf zerbreche? Ich habe sie gesucht ... und jetzt habt ihr mir einen Anhaltspunkt geliefert, eine letzte Hoffnung, sie doch noch zu finden.« *Oder um Abschied von ihr zu nehmen,* dachte Kate. Wie auch immer ... »Willa war hier ... dieser Talisman ist der Beweis.«
»Ich kann dir die Stelle zeigen«, bettelte Maggie. »Und dort ist es unheimlich, so ganz alleine.«
»Du solltest wirklich nicht alleine fahren«, sagte Teddy streng, bemüht, die Angst in seinen weit aufgerissenen Augen zu verbergen. »Nimm uns beide und Brainer mit.«
Aber Kate schüttelte den Kopf. Der Talisman übte einen mächtigen Zauber auf sie aus, und sie wusste, sie musste sich allein auf die Suche machen. Seit sie den O'Rourkes begegnet war und gemerkt hatte, was sie für John empfand, wusste sie, dass sie sich mit der Vergangenheit aussöhnen musste, bevor sie an die Zukunft denken konnte. Sich mit dem Verrat des Menschen aussöhnen, den sie am meisten geliebt hatte, mit der Wut auf ihr Baby, ihre kleine Schwester. Was war, wenn Willa weitere Spuren hinterlassen hatte? Sie musste es herausfinden.
Der Sturm hatte die Stunde der Entscheidung heraufbeschworen: Noch bevor Kate Wissenschaftlerin geworden war, hatte sie gewusst, dass Sturmwinde und Wellen auf die Atmosphäre einwirkten und die Wetterlage oft so nachhaltig beeinflussten, dass sogar die menschliche Chemie in Mitleidenschaft gezogen

wurde. Vollmond, Sonnenflecken, Wirbelstürme, Schneestürme und selbst die gute alte steife Brise aus Nordost waren in der Lage, Ionen durcheinander zu wirbeln und der Welt ein völlig neues Gepräge zu verleihen.

Kate und Willa waren sturmerprobt. Auf einer Insel geboren, die eine natürliche Barriere bildete, einen erhobenen Finger aus Sand, der dem mächtigen Atlantik Einhalt gebot, hatten sie Stürme geliebt. Sie waren durch die Dünen gestreift, bei Tag und bei Nacht, und hatten die Wellen beobachtet, die den Strand peitschten.

Heute Abend war es so weit. Der Kummer schnürte ihr die Luft ab. Was immer Willa getan und wo sie auch Zuflucht gesucht haben mochte, heute Abend würde sie der Lösung des Rätsels ein Stück näher kommen.

Kate wusste jetzt schon, dass Willa der Leuchtturm gefallen hätte. Vielleicht hatte sie einen Spaziergang dorthin gemacht, genau wie sie heute Nachmittag. Vielleicht hatte sie Bonnie dabeigehabt und angehalten, um den nach Westen fließenden Bach zu betrachten. Kate spürte, wie ein Schluchzen in ihr aufstieg. Der goldene Talisman besaß eine wesentlich größere Bedeutung als die Postkarte oder Willas Name im Anmelderegister eines Gasthofs, war mehr als ein zwingendes Beweismittel. Er war ein Symbol der Liebe, die sie miteinander verband, etwas Kostbares, das Willa auf der Haut getragen hatte.

Sie verabschiedete sich von dem Richter und Maeve, Maggie und Teddy, versprach, bald wieder zurück zu sein, zog ihren grünen Wollmantel an und setzte die weiche weiße Baskenmütze auf. Den Kopf gesenkt, um dem Sturm zu trotzen, das Herz von Kummer und einer sonderbaren Hoffnung für die Zukunft erfüllt, lief sie nach draußen zu der Garage hinter dem Haus, um den alten Lincoln anzulassen.

Es war ein Duell, das sie sich lieferten. Hier in der weitläufigen Scheune, wo ein imposanter Anbau des Gasthofs entstehen sollte, konnte John die Spannung, die zwischen Barkley und ihm bestand, deutlich spüren. Maggie befand sich in Sicherheit, aber die beiden Männer hatten noch eine alte Rechnung zu begleichen.

»Harte Zeiten, John«, sagte Barkley. »Ich weiß, dass du viel durchgemacht hast.«

»Das lass nur meine Sorge sein – und darum geht es im Moment auch gar nicht. Hat Caleb den Ziegelstein durch unser Fenster geworfen?«

»Jetzt mach aber mal einen Punkt. Jeder weiß von deinem Aufsehen erregenden Fall, dass du Greg Merrill verteidigst. In meinem Bautrupp gibt es ein paar Heißsporne … die nicht viel in der Birne haben und sich das Maul darüber zerreißen, dass du versuchst, einen Serienmörder aus dem Todestrakt freizubekommen. Von dem Ziegelstein haben wir erfahren, weil wir den Glaser kennen, der die Fensterscheibe ausgewechselt hat – das ist alles.«

»Caleb weiß mehr«, erwiderte John beharrlich.

Barkley hob die Hand. »Das ist nicht wahr. Du solltest niemandem etwas unterstellen, was du nicht beweisen kannst, John. Ich sage dir das nur zu deinem eigenen Besten – du bist in unserer Stadt derzeit nicht besonders beliebt.«

»Das war eine strafbare Handlung.« John war außer sich vor Wut. »Der Täter hätte meine Kinder verletzen können.«

»Sag es ihm, Dad«, drängte Caleb.

»Halt den Mund.« Barkleys Tonfall war scharf.

Caleb stieg von der Leiter herunter. »Dann sag ich es ihm! Er verdient es zu erfahren, Dad. Er hat mich damals herausgepaukt!«

»Hör auf, etwas zu behaupten, dessen du dir nicht sicher bist.«

»Ich bin mir aber sicher.« Caleb trat näher, sah John nervös, aber freundlich an. Er war ein Kindskopf, der in schlechte Gesellschaft geraten war und Dummheiten begangen hatte, die ihn mit dem Gesetz in Konflikt gebracht hatten. Die

Freundschaft mit seinem Vater hatte sich mit dem Verrat verändert, aber John wusste, dass es unfair gewesen wäre, den Jungen für die Sünden des Vaters büßen zu lassen.
»Raus mit der Sprache, Caleb.«
»Es war Timmy Bean. Er ist ein Rechter und hat nicht viel im Hirn.«
»Caleb – Timmy ist einer meiner besten Arbeiter, und dass er das Maul aufreißt, heißt noch lange nicht ...«
»Er hat ihn geworfen, Dad. Ich habe mit meinen eigenen Ohren gehört, wie er es zugegeben hat.«
»Junge Burschen prahlen gerne mit Dingen, wovon sie keine Ahnung haben«, entgegnete Barkley finster.
»Danke, dass du es mir gesagt hast, Caleb. Du hast richtig gehandelt.«
Caleb nickte und blickte seinen Vater besorgt an; sein Adamsapfel hüpfte beim Schlucken auf und ab. Er sah nervös aus, als fürchte er, die Sache könne ein Nachspiel haben, sobald John weg war.
»Merrill hat ein Recht auf einen Anwalt, genau wie jeder andere«, sagte John.
»Und Sie sind Anwalt«, sagte Caleb, das aufmunternde Lächeln erwidernd.
»Und ein guter obendrein«, räumte Barkley zögernd ein.
»Was den Stein angeht, sind wir alle deiner Meinung«, sagte Hunt. »Egal, was wir von Merrill halten. Zum Teufel, ich liebe Kinder. Teddy ist einer meiner besten Spieler. Ich hoffe, du nimmst das nicht persönlich ... Maggie ist wohlbehalten zu Hause, alles ist in Butter, die Sache ist geklärt. Oder?«
»Ja.«
»Wir sind also quitt?«, fragte Barkley.
»Ich komme wieder, um mit Bean zu reden – und bringe Billy Manning mit.«
Barkley zuckte die Achseln. »Tu, was du nicht lassen kannst.«
Die Männer starrten ihn so finster an, als befürchteten sie, er

könnte doch noch die Beherrschung verlieren und sie zusammenschlagen, einen nach dem anderen. John dachte an Maggie, Teddy und Kate, die zu Hause in Sicherheit waren, aber für wie lange? Es gab noch einen anderen Mörder, der sich frei in Silver Bay herumtrieb.

»Das werde ich«, erwiderte John, drehte sich um und trat aus der Scheune; er hatte es eilig, nach Hause zu kommen, zu seiner Familie.

26

Kate fuhr am East Wind Inn vorbei und parkte den Wagen des Richters unweit der Kette, die über den Weg gespannt war. Der Wind blies so heftig, dass sie fürchtete, vom Riff geweht zu werden, auf die Felsen tief unter ihr. Das Leuchtfeuer flammte über ihr auf, sagte ihr, dass sie sich am richtigen Ort befand; hier war der Weg zu Ende.

Ihre Kehle war vor lauter ungeweinten Tränen wie zugeschnürt, und sie hatten dem besseren Teil des Jahres gegolten. Sie hielt Ausschau nach John, vielleicht war er hierher gefahren, um Maggie zu suchen. Als sie weit und breit keine Spur von ihm entdecken konnte, ging sie zum Leuchtturm hinüber.

»Willa!«, schrie sie. »Ich bin bei dir!«

Den Namen ihrer Schwester zu rufen erfüllte sie mit Zärtlichkeit und einem Gefühl der Freiheit. Wo immer Willa auch sein mochte, sie waren beisammen in dieser sturmgepeitschten Nacht. Kate wusste es, mit jeder Faser ihres Seins. Sie hielt den Talisman in der Hand, spürte die Liebe und Stärke, die das Metall verkörperte.

Die Kraft der Elemente übertrug sich auf sie, drang durch die Haut ihrer Finger und durch ihre Handflächen, durch ihre Knochen und ihr Blut, bewirkte, dass sie Stärke aus dem kleinen goldenen Schmuckstück ableitete. Sie hatte es vor vielen Jahren für Willa gekauft, hatte es ihr mit bedingungsloser, inniger Liebe geschenkt.

In all den Jahren, als Willa klein und Kate selbst noch ein halbes Kind gewesen war, hatte sie ihre Schwester beschützen und ihr die Mittel und Möglichkeiten geben wollen, sich in der Welt zu behaupten. Woher wussten Eltern, wie man das macht? Wurde ihnen bei der Geburt ihrer Kinder automatisch Weisheit und innere Kraft verliehen? Wenn ja, war Kate bei der Verteilung leer ausgegangen.

Sie hatte sich auf ihre innere Stimme verlassen müssen. Hatte ihr Bestes getan, mit aller schwesterlichen Liebe, die ihr zu Gebote stand, und mit Hilfe ihres Bruders. Matt hatte ihr fast immer den Löwenanteil überlassen, aber er war zur Stelle gewesen, wenn sie ihn brauchte. Zufällig vorhandene Ersatzeltern für das Kind, das sie liebten.

Kate stand vor der Kette, die quer über den Weg gespannt war, rüttelte an dem Schloss. Willas Talisman hatte laut Maggie genau hier gelegen, auf dem mit Muscheln bestreuten Pfad, der zum Leuchtturm führte. Willa war vermutlich hier spazieren gegangen, als sie im East Wind abgestiegen war. Der Ort hatte sie gewiss magisch angezogen – genau wie Kate –, weil er ursprünglich, malerisch, majestätisch wirkte: Die Klippe am Ende der Landzunge ragte an die dreißig Meter über dem Meer auf, und der Leuchtturm war mindestens so hoch wie ein siebenstöckiges Haus.

Mit dem Talisman in der Hand stieg Kate über die Kette. Sie ging den Weg entlang, den Kopf gebeugt gegen den Wind. Ihre Ohren schmerzten in der Kälte. Die Nacht war stockfinster, bis auf das Leuchtfeuer, das in regelmäßigen Abständen aufflammte. Sturmwolken jagten über den Himmel, enthüllten freundlicherweise den Mond, groß und voll. Kate fand ohne Schwierigkeiten den Weg.

Ihr Herz war voll. Es gab kein Zurück mehr. Sie hatte das

Gefühl, als sei die Atmosphäre elektrisch aufgeladen – sie spürte die Anwesenheit ihrer Schwester so deutlich, als würden sie sich an den Händen halten.

Der Abend hatte mit Johns Kuss begonnen, mit dem kleinen goldenen Talisman, Maggies Geschenk an sie, und dem wachsenden Gefühl, dass sie ihren Platz auf dieser Welt – und eine Familie – gefunden hatte, die sie liebte. Sie unterdrückte ein Schluchzen. Sie konnte Willa nie mehr verlieren; ihre Schwester würde für immer bei ihr sein.

Sie ging einmal um den Leuchtturm herum. Der weiße Turm schimmerte im Schein des Mondes. Glas knirschte unter ihren Füßen; sie blickte nach oben, um zu sehen, ob eine Fensterscheibe zerbrochen war. Die Wellen, die vom offenen Atlantik heranrollten, brandeten gegen die Felsen unterhalb der Klippe, versprühten ihre Gischt zum Himmel. Ein Stück weiter die Küste hinunter befanden sich die Wellenbrecher, die steinigen Gräber der Mädchen, die den Tod gefunden hatten.

»Ich liebe dich, Willa!«, schrie Kate über das Meer hinaus, Tränen in den Augen.

Hatte der Sturm nachgelassen? Das Tosen kam ihr nicht mehr so grimmig vor; der Wind pfiff leise in ihre Ohren, füllte sie mit Musik und Flüstern, mit der raunenden Stimme ihrer Schwester.

Ihre Hand schloss sich um dem goldenen Talisman. Sie beschloss zu warten: auf eine perfekte, schaumgekrönte Welle, bis der Kamm messerscharf war und kurz davor zu brechen – erhellt vom Lichtstrahl des Leuchtturms. Dann würde sie tief Luft holen und sich mit Willa verbunden fühlen. Und irgendetwas würde ihr sagen – es musste einfach geschehen –, wo sie als Nächstes suchen sollte.

Sie beobachtete sorgfältig die Brandung. Ihre Augen brannten vom Wind und von den Tränen, aber sie konzentrierte ihren Blick und all ihre Empfindungen: Liebe, Kummer, das Bedürfnis, ihre Schwester zu finden, endlich zu erfahren, wo sie war.

Da kam sie; die dritte Welle, die sich aufzutürmen begann. Das Leuchtfeuer blinkte, erhellte sie.

»Wo ist meine Schwester?«, schrie Kate.

Der Wind heulte, als besäße er eine menschliche Stimme. »Katy«, rief er ihr zu, rau und aus weiter Ferne. Sie erstarrte, spitzte die Ohren.

Der Wind verebbte; die dritte Welle nahte, krachte gegen die Felsen. Sie erinnerte sich an eine Begebenheit vor zwölf Jahren, als sie noch zu Hause war und Willa sich auf einen Baum unten am Meer geflüchtet hatte. King, das angriffslustigste Tier der Mustangherde, hatte sie verfolgt, so dass sie sich auf der kleinen verkrüppelten Kiefer in Sicherheit gebracht hatte. Sie hatte stundenlang dort oben ausgeharrt, ganze zehn Jahre alt, und nach ihrer Schwester gerufen. Ihre Stimme hatte genauso geklungen, wie eine Botschaft vom Wind.

»Katy!«

Kate drehte sich langsam um, wandte dem Meer den Rücken zu. Ein Schritt landeinwärts, weg vom Rand der Klippe. Ein weiterer Schritt in Richtung Leuchtturm. Dann ein dritter, vierter Schritt, und wieder glaubte sie ihren Namen zu hören, ein unterdrücktes Schluchzen im Tosen der Brandung. War das ein Hirngespinst? Oder verfolgten sie die alten Erinnerungen, die Liebe zu ihrer Schwester? War ihr Wunsch auf dem Höhepunkt der Welle in Erfüllung gegangen – die Verbindung zu Willa endlich hergestellt?

Kate rannte zur Tür des Leuchtturms.

Sie blickte an dem weißen Turm empor, der hoch über ihrem Kopf aufragte. Sie dachte an die kleinen Prinzen, die im Tower zu London eingekerkert worden waren. An die Märchen von Hexen und bösen Zauberern, die Mädchen einsperrten und Prinzessinnen gefangen hielten, bis die letzte Rose verwelkte.

»Willa?«, rief sie atemlos. Die Wände des Leuchtturms bestanden aus dicken, weißen Steinblöcken. Nach menschlichem Ermessen konnte kein Laut nach außen dringen. Aber vielleicht

war er von weiter oben gekommen – wo sich die Fenster, die Sammellinsen befanden? Die zerbrochene Scheibe –
Wieder meinte sie die hohe, gellende Stimme zu hören: Gab es sie wirklich, oder spielte der Wind ihrer Fantasie einen Streich? Doch sie hielt den goldenen Talisman in der Hand, den Maggie gefunden hatte, und plötzlich war sie sicher, dass ihre Schwester hier war, im Turm. Kate hämmerte gegen die Tür, warf sich mit ihrem ganzen Gewicht dagegen, trommelte immer heftiger und lauter auf sie ein.
Kummer und Wut, die sich in den letzten sechs Monaten aufgestaut hatten, brachen sich ihre Bahn. Sie rüttelte an der Tür, rammte sie mit den Schultern, drosch auf das Schloss ein. Es war ein modernes Schließsystem, zugesperrt, mit Stahlplatten verstärkt – Zylinder und Gehäuse waren massiv, ein industrielles Erzeugnis, einbruchsicher. Kate nahm Anlauf, warf sich mit voller Wucht gegen die Tür und spürte die Erschütterung bis ins Mark, als sie auf die Knie fiel.
»Ich habe dich gehört Willa«, schrie sie. »Ich komme!«
Sie lief erneut um den Sockel des Leuchtturms herum. Den Blick fortwährend nach oben gerichtet, machte sie eine senkrechte Fensterreihe an der Ostseite aus, die aufs Meer hinausblickte. Das unterste Fenster befand sich gute fünf Meter über der Erde – ja, das musste es sein! Es war zerbrochen, ein gezacktes Loch klaffte in der Scheibe. Doch ohne Leiter war es unerreichbar.
Eine Leiter … Kate lief ein paar Schritte zurück, zu den umliegenden Büschen; vielleicht hatten die Jenkins-Männer irgendetwas dagelassen, was sie gebrauchen konnte: Holzplanken, Sägebock, Leitern … nichts. In der Dunkelheit stolpernd, überlegte sie kurz, ob es nicht besser wäre, loszulaufen und Hilfe zu holen, im East Wind. Oder John und die Polizei anzurufen …
Aber was war, wenn der Mann – oder wer auch immer Willa im Turm gefangen hielt – in der Zwischenzeit zurückkehrte

und sie fortschleppte, in ein anderes Versteck? Oder wenn sie sich das Ganze nur einbildete und ihre Schwester überhaupt nicht im Leuchtturm war? Sie schluchzte frustriert und rannte los, zum Sockel des Turmes zurück. Der Lichtstrahl nahte, beleuchtete den Boden für einen Moment, bevor er weiterwanderte; dann wurde es wieder stockfinster, und plötzlich spürte Kate, wie sie ins Leere trat.

Sie fiel und fiel, in die bodenlose Dunkelheit, während Willas klagende Stimme in der dünnen Luft über ihr verklang.

Als John nach Westen fuhr, zum Haus seines Vaters im Zentrum der Stadt, entdeckte er mit einem Mal einen großen silbernen Mercedes, der langsamer fuhr und an einer Ampel hielt. Da er den Fahrer erkannt zu haben glaubte, trat er auf die Bremse, und das gelbe Licht einer Straßenlaterne fiel auf das Gesicht des Mannes.

Was machte Phil Beckwith in Silver Bay? Er war vermutlich auf der Durchfahrt, auf dem Weg von Winterham zum Highway, um nach Providence zurückzufahren, dachte John und hatte ein schlechtes Gewissen, wenn er an die versäumte Verabredung im Gefängnis dachte.

Merrill hatte Beckwith möglicherweise etwas erzählt, was der Polizei helfen würde, den Nachahmungstäter zu fassen. John war fest entschlossen, alles in seiner Macht Stehende zu tun, um zu verhindern, dass weitere Mädchen sterben mussten. Die Sorge um Maggie hatte den Ausschlag gegeben. Eine ganze Stadt lebte in Angst. Der Spuk musste ein Ende haben.

Als er in den Rückspiegel blickte, sah er Beckwiths Bremslichter an der roten Ampel. Dann bog der Wagen mit den breiten Rücklichtern in die Küstenstraße ein. Wenn John auf der Stelle umkehrte, konnte er den Doktor noch erwischen, bevor er den Highway erreichte.

Auf dem IGA-Parkplatz wendete er scharf und gab Gas. Er holte den Mercedes binnen kurzer Zeit ein, und der Wagen hielt am Straßenrand, als hätte ihn der Doktor im Rückspiegel erkannt.

»Hallo, John«, sagte Beckwith und kurbelte sein Fenster herunter; seine Miene war besorgt. »Alles in Ordnung?«

»Tut mir Leid, dass ich die Verabredung nicht einhalten konnte. Mir ist etwas Wichtiges dazwischengekommen …«

»Schon gut. So was kann passieren.«

»Sind Sie auf dem Heimweg?«

»Ja.« Der Doktor sah müde aus. »Es war ein anstrengendes Gespräch, aber sehr produktiv; ich habe noch eine lange Fahrt vor mir, Zeit, über alles nachzudenken, was zur Sprache gekommen ist, und über das weitere Vorgehen zu entscheiden.«

»Das weitere Vorgehen?«

»Ja – in Zusammenhang mit unserem Fall.«

»Ich dachte – könnten Sie vielleicht eine Minute erübrigen? Ich wüsste gerne, ob Merrill mit Ihnen über den Nachahmungstäter gesprochen hat, der jetzt sein Unwesen treibt. Ich nehme an, das hat er, oder? Er vertraut Ihnen. Ich bin Vater, habe selber Kinder, die nicht mehr sicher sind auf den Straßen unserer Stadt. Wir müssen ihn zur Strecke bringen, Doktor.«

»Sie machen sich offenbar große Sorgen, John.« Der Doktor sah ihn mitfühlend und mit müdem Verständnis an.

»So ist es.«

»Aus gutem Grund«, erwiderte Beckwith ernst. Er warf einen Blick auf seine Uhr, dann deutete er nach vorne, auf die nächste Kurve. »Gleich da hinten ist der Parkplatz für die Pendler. Wir treffen uns dort.«

Sich mit einem Nicken bedankend, folgte er Beckwith zu dem menschenleeren Parkplatz. Er fuhr direkt neben den Mercedes, und der Doktor stieg aus und in Johns Volvo ein.

»Entschuldigen Sie die Unordnung«, sagte John mit Blick auf den Rücksitz, auf dem ein Fußball von Teddy, Brainers Transporter und mehrere alte Zeitungen lagen.

»Kein Problem. Also, ich werde Ihnen eine kurze Zusammenfassung des Gesprächs geben, das Merrill und ich heute im Gefängnis hatten …« In diesem Moment klingelte Johns Handy. Er überlegte kurz, ob er das Läuten ignorieren sollte – schließlich hatte Beckwith die Freundlichkeit besessen, die lange Heimfahrt nach Providence zu verschieben. Doch der Anruf kam aus dem Haus seines Vaters, wie er auf dem Display sah. Er entschuldigte sich und ging ran. »Hallo?«

»Dad.« Teddy war am Apparat.

»Kann ich dich zurückrufen, Ted? Ich bin mitten in einer wichtigen Besprechung …«

»Mit Kate?«

»Kate? Ich dachte, sie sei bei euch, bei Maggie und dir.«

»War sie auch, Dad, aber Maggie hat ihr einen Flugzeug-Anhänger gezeigt, einen Talisman, der ihrer Schwester gehörte. Sie ist zum Leuchtturm gefahren – um nach weiteren Spuren zu suchen, oder so. Ich dachte, du würdest es gerne wissen. Um ihr bei der Suche zu helfen …«

»Zum Leuchtturm.« Johns Puls begann zu rasen. »Seit wann ist sie weg?«

»Mmm, vielleicht seit einer halben Stunde?«

»Danke, Teddy. Ich bin froh, dass du angerufen hast.«

Er beendete die Verbindung und sah Dr. Beckwith an. Der ältere Mann saß still neben ihm, sah Johns besorgten Gesichtsausdruck.

»Das war mein Sohn; er hat mir mitgeteilt, dass eine Freundin unserer Familie Hilfe braucht«, erklärte er und versuchte zu lächeln. »Ihre Schwester wird vermisst.«

»Sie haben den Leuchtturm erwähnt.« Die Augen des Doktors spiegelten Johns Unruhe wider. »Ist sie auf dem Weg dorthin?«

»Ja …«

Er hatte plötzlich ein mulmiges Gefühl, als er Beckwiths Miene sah. »Was ist los?«

Dr. Beckwith fuhr sich mit der rechten Hand durch das weiße

Haar, seine Augen irrten umher, einer Panik nahe. »Merrill hat heute Abend mit mir über den Leuchtturm gesprochen.«
»Was soll das heißen?« John runzelte die Stirn.
»Wenn es stimmt, was Greg erzählt hat, könnte sich Ihre Freundin in höchster Gefahr befinden.«
»Kate?«
»Ja – soll ich Sie begleiten? Ich glaube, es ist besser, wenn ich mitkomme. Vielleicht gelingt es mir, mit ihm zu reden, ihm rechtzeitig Einhalt zu gebieten.«
»Ihm?« John legte bereits den Gang ein, gab Gas und brauste los. Er musste den Doktor nicht lange bitten; Beckwith begann unaufgefordert zu erzählen.
»Es gibt einen Mann in der Stadt, der seit einiger Zeit von Merrill fasziniert ist. Schrieb ihm Briefe ins Gefängnis, und Merrill beantwortete sie. Er wurde so eine Art Mentor für ihn.«
»Was muss das für ein Mensch sein, der Merrill als ein Vorbild betrachtet, von dem man etwas lernen kann!«
Dr. Beckwith schwieg, starrte auf seine Hände.
»Sie meinen, er ist unser Nachahmungstäter?« John warf einen flüchtigen Blick auf seinen Beifahrer.
»Möglich.«
»Und Sie wussten die ganze Zeit davon?«, fragte John schockiert.
Beckwith schüttelte den Kopf. »Von Wissen kann keine Rede sein – selbst jetzt bin ich mir nicht sicher, ob ich ihm die Geschichte glauben soll. Er meinte, sein Schüler sei sehr eifrig gewesen und habe es vermutlich nicht mehr abwarten können, das Gelernte in die Praxis umzusetzen …«
»Amanda Martin?«
»Richtig. Greg behauptet, dass sein Freund sie umgebracht hat.«
»Nach dem Muster, das er Greg abgeschaut hat?«, fragte John ungläubig; er erinnerte sich, wie Greg sich bei Billy und ihm

über das mangelnde Verständnis des Nachahmungstäters beklagt hatte …

»Ja.« Der Doktor saß reglos auf dem Beifahrersitz. »Er hat heute regelrecht getobt – war entrüstet über seinen ehemaligen Schüler. Weil ihm dieser sein Territorium streitig zu machen versucht …«

»Was glauben Sie, sagt er die Wahrheit? Kennt Greg den Mann wirklich?«

»Wollen Sie wissen, ob er unter Halluzinationen leidet? Mit Sicherheit. Aber heute hatte ich das Gefühl, dass seine Geschichte in diesem bestimmten Fall ein Körnchen Wahrheit enthalten könnte.«

»Warum?«

»Weil Gregs Stolz seine Achillesferse ist, wie Sie wissen. Er genießt seinen Status … seine Intelligenz und seinen Bekanntheitsgrad. Selbst die Kommunikation mit diesem Mann sei hochgradig verschlüsselt, sagt er, ein ausgeklügelter Geheimkode, für Normalsterbliche ein Buch mit sieben Siegeln.«

John konnte sich den MENSA-Kode vorstellen, den Greg sich ausgedacht hatte, nur für einen brillanten Denker wie ihn verständlich.

»Was bringt Sie auf die Idee, an der Geschichte könnte etwas dran sein?«, hakte John nach.

»Greg kann es nicht ertragen, das Rampenlicht mit jemandem zu teilen. Und bei der Geschichte, die er mir heute erzählte, steht der Nachahmungstäter im Mittelpunkt der Aufmerksamkeit.«

»Was hat er Ihnen erzählt?«

»Greg beobachtete einmal ein junges Mädchen. In Fairhaven, Massachusetts. Sie war sehr jung, und er fühlte sich derart provoziert, dass er durchs Fenster steigen und sie aus ihrem eigenen Bett entführen wollte …«

»Aber es gelang ihm nicht, ins Haus einzusteigen«, unterbrach John ihn ungeduldig. »Ich kenne die Geschichte.«

Der Doktor nickte. »Den Teil hat er Ihnen offenbar erzählt. Aber vielleicht hat er Ihnen nicht gesagt, dass er dem Mann, mit dem er korrespondierte, die Adresse verriet – in dem zuvor erwähnten Kode. Und eines Abends, vor sieben Monaten, fuhr sein Schützling auf besagten Parkplatz in Fairhaven, um einen zweiten Anlauf zu wagen. Aber irgendetwas muss wohl dazwischengekommen sein. Im Zimmer des Mädchens brannte kein Licht, oder die Familie war nicht zu Hause …«

»Aber jemand anders war da.« John stockte der Atem.

Dr. Beckwith nickte. »Genau. Eine junge Frau, die in Neuengland Urlaub machte. Sie hatte in New Bedford das Walfängermuseum besichtigt. Sie hatte ihren Hund bei sich. Und wissen Sie, was seltsam ist? Der Mann kannte sowohl den Hund als auch die Frau. Sie war in seiner Heimatstadt abgestiegen – Silver Bay. In einem Gasthof …«

»Willa Harris.« Johns Kopf war mit einem Mal glasklar.

»Greg hat mir ihren Namen nicht genannt.«

»Und der große Unbekannte hat sie umgebracht?«

»Nein«, sagte der Doktor. »Greg behauptet, er habe sie lediglich entführt. Ihr Handschellen angelegt und den Hund irgendwo in Rhode Island ausgesetzt. Dann sei er mit ihr hierher zum Leuchtturm zurückgefahren …«

»Und dann?« John schrie beinahe.

»Was dann geschah, entzieht sich unserer Kenntnis. Außer dass …« Der Doktor verstummte, sein Blick war gequält.

»Was? Jetzt reden Sie schon!«

»Er war einmal mein Patient«, sagte der Doktor beklommen.

27

Kate fiel in ein tiefes Loch und schlug hart auf, landete flach auf dem Rücken. In der Dunkelheit nach Luft ringend, schluckte sie Wasser und rappelte sich hoch, versuchte, etwas zu erkennen, sich zu orientieren. Allem Anschein nach befand sie sich auf dem Grund eines Brunnens.

Das Wasser reichte bis an ihre Knöchel. In dem pechschwarzen Schacht ertastete sie mit ausgestreckten Armen einen Kreis aus Mauersteinen, die an die Nordwand des Leuchtturms grenzten – so hoch, dass sie den oberen Rand nicht mehr ausmachen konnte.

Bei ihrem Sturz hatte sie sich Rücken und Beine aufgeschürft, aber es schien nichts gebrochen zu sein. Als sie sich blind vorwärts tastete, stolperte sie über einen Felsen; sie stieg vorsichtig darüber hinweg, ging in einem engen Kreis, auf der Suche nach einer Fluchtmöglichkeit.

Ihr war schwindelig vom Aufprall. Die Finger nach oben streckend, versuchte sie, die senkrechte Steinmauer zu erklimmen. Ungefähr fünfzehn Zentimeter über ihr berührte sie plötzlich Holz. Alt und morsch wie es war, zerbröselte es unter ihren Händen. Als sie weitertastete, merkte sie, dass es sich von den Ausmaßen her um eine Tür handeln könnte. Aber was hatte eine Tür in einem Brunnen zu suchen? Unter Wasser würde sie doch nur verfaulen und zerfallen.

Wenn sie doch nur etwas finden würde, um sich darauf zu stellen … dann käme sie leichter an die Tür heran. Sie bückte sich, tastete im Wasser nach dem Felsen, über den sie gestolpert war. Was sie fand, war zu glatt und zu ebenmäßig, um ein Felsen zu sein – es war eine runde Metallkugel, die auf einem Stapel ähnlicher Kugeln lag.

Die Metallkugel anzuheben kostete sie alle Kraft, über die sie verfügte. Sie war so schwer, dass sie ihr gleich wieder aus den Händen glitt und ins Wasser klatschte.

Kanonenkugeln.

Offenbar war sie durch eine Falltür in einen Schacht hinuntergestürzt, der zu einem uralten Munitionslager geführt hatte. Von der Sorte gab es Hunderte an der Atlantikküste, vor allem in den dreizehn ursprünglichen nordamerikanischen Kolonien: Während des Unabhängigkeitskrieges waren hohe Steilufer, Klippen und das Gelände, das sich rund um den Leuchtturm erstreckte, strategisch wichtige Kriegsschauplätze gewesen. Matt, Willa und sie hatten ein ähnliches Waffendepot in Chincoteague entdeckt, wo die Dünen nicht ganz so hoch waren, aber der Blick aufs Meer nichts zu wünschen übrig ließ. Vielleicht war der Leuchtturm um diese Zeit erbaut worden; in der Hoffnung, Schutz und Trutz miteinander zu verbinden, waren die Siedler zu allem bereit gewesen.

Aufgeregt streckte sie die Hände nach oben, versuchte, die Tür aufzustemmen.

Die Tür bewegte sich nicht. Kates Finger waren blutig und voller Splitter, als sie begann, dagegen zu hämmern. Sie konnte die Stimme nicht mehr hören, diese raunende, geisterhafte Stimme. Doch gerade das flößte ihr Hoffnung ein – denn wenn sie ein Produkt ihrer Fantasie gewesen wäre, hätte sie sich eingebildet, sie auch von hier unten zu hören. Doch was war, wenn es ihr nicht gelang, aus dem Schacht heraus- und zum Leuchtturm zu gelangen?

Plötzlich fiel es ihr wieder ein: Maggies Messer.

Sie griff in ihre Tasche, zog es heraus. Es entglitt ihren Händen, die vor Kälte und Anspannung zitterten, landete im Wasser; sie hörte es klirren und über den Boden schlittern, musste herumtasten, bevor sie es mit eisigen Fingern herausfischte.

Sie schob die Klinge in den Spalt zwischen Tür und Steinmauer. »O Gott, bitte, bitte mach, dass es klappt …«

Der verrostete Schnäpper sprang auf.

Sich mit aller Kraft gegen das Holz stemmend, gelang es Kate, die knarzende Tür Stück für Stück zu öffnen. Sie hievte und zog sich die Steinwand hinauf, schob sich durch die Öffnung. Sich die Seite an den rauen Kanten aufscheuernd, kletterte sie weiter, hielt immer wieder inne, um Atem zu schöpfen, wartete darauf, dass sich ihre Augen an die neue Dunkelheit gewöhnten.

Nirgendwo schien es Licht zu geben. Sie ließ sich auf alle viere nieder, tastete in sämtliche Richtungen. Der Raum, in dem sie sich befand, war eng; während sie mit den Händen von einer Seite zur anderen tastete, zentimeterweise vorwärts kroch, wurde ihr bewusst, dass sie sich in einem nicht einmal zwei Meter breiten Tunnel befand. Ein ekelhafter Modergeruch schlug ihr entgegen, wurde stärker, je weiter sie sich vom Eingang des Brunnens entfernte, und sie hatte das Gefühl zu ersticken.

Ihr Herz hämmerte. Sie befand sich allem Anschein nach in einem geheimen Zugang zum Leuchtturm und betete inbrünstig, dass Willa ebenfalls hier war. Sie musste ihre Schwester finden, aber sie hatte jegliche Orientierung verloren, wusste nicht mehr, ob sie sich der Stelle, an der sie Willas Stimme zu hören geglaubt hatte, näherte oder sich von ihr entfernte.

Im Tunnel herrschte undurchdringliche Finsternis. Als sie blindlings vorwärts kroch, prallte sie gegen eine weitere Steinmauer.

Sie war am Ende des Geheimgangs angelangt. Sich den Weg ertastend, entdeckte sie eine schmiedeeiserne Treppe zu ihrer Rechten. Sie ergriff den Handlauf und begann mit dem Aufstieg, doch als sie den Fuß auf die erste Sprosse setzte, brach sie durch. Ihre zerrissenen Jeans und das blutende Schienbein ignorierend, prüfte sie die Sprossen über ihr auf ihre Haltbarkeit. Die Treppe war alt und wurde offenbar nicht mehr benutzt, vielleicht hatte man den Keller längst vergessen. Das Gitter der Sprossen war durchgerostet und brüchig wie Pergamentpapier. Da sie wusste, dass die Seiten – wo die Verbindung am stärksten und das Metall am dicksten war –, die größte Sicherheit boten, kroch sie auf allen vieren nach oben und hielt sich dabei so weit wie möglich rechts, ihr Gewicht nach vorne und hinten ausbalancierend.

Nach zwanzig Stufen gelangte sie an eine weitere Tür. Sie war ebenso wie die erste versperrt, und wieder benutzte sie Maggies Messer. Das verrostete Scharnier zerbrach. Als sie die große Holztür endlich aufgestemmt hatte, fand sie sich in einem kleinen Vorraum wieder. Licht strömte herein: das grelle Aufzucken des Signalfeuers, das kam und ging. Sie warf einen Blick auf ihre Uhr – zwanzig nach acht. Nicht einmal fünfzehn Minuten waren vergangen, seit sie Willas Stimme im Wind gehört hatte.

Als sie weiterging und die nächste, diesmal unverschlossene Tür öffnete, stand sie in der Mitte des Leuchtturms, der aus einem einzigen, großen offenen Raum bestand. Die Fensterreihe zog sich zu ihrer Linken nach oben; eine eiserne Wendeltreppe wand sich wie eine Spirale durch das zylindrische Innere des Turms nach oben. Auf dem Fußboden lagen weitere Splitter der zerbrochenen Fensterscheibe. Als sie den Kopf in den Nacken legte, konnte sie bis zur Spitze des Turmes, bis zu den Fresnel-Linsen und dem Leuchtfeuer sehen.

Von Willa weit und breit keine Spur.

Kate blickte sich verzweifelt um. Es war die Stimme ihrer

Schwester gewesen, dessen war sie sich sicher. Genau wie damals in Chincoteague, getragen vom Wind, über die Dünen, die Bäume und das Wasser. Damals war sie die Einzige auf der Insel gewesen, hatte die Stimme ihrer Schwester erkannt, und sie hätte *geschworen*, dass sie sich auch heute Abend nicht täuschte, dass sie die Stimme durch das zerborstene Fenster gehört hatte.

Sie hatte tief in ihrem Inneren gewusst, dass ihre Schwester hier sein musste, im Leuchtturm. Es konnte doch nicht sein, dass sie sich das Ganze eingebildet hatte! Dass die Stimme eine reine Wunschvorstellung war, weil sie ihre Schwester so sehr vermisste – oder doch?

Aber Willa war irgendwann in der Nähe gewesen … der goldene Flugzeuganhänger war der Beweis.

Vielleicht hatte der Sturm eine Sinnestäuschung bewirkt und ihr vorgegaukelt, die Stimme sei aus dem Turm gekommen – vielleicht war sie anderswo, nicht weit vom Leuchtturm entfernt, von einem Schuppen oder einer Scheune hergekommen, die sie übersehen hatte. Sie stürzte zur Tür.

»Willa? Willa, wo bist du?«, schrie sie.

Die Antwort kam von oben, ein Schrei, fassungslos vor Freude.

»Katy?«

»Willa!«, schrie Kate, und ein Schluchzen stieg in ihrer Kehle auf.

»Endlich, endlich! Hier bin ich, Katy!«, drang Willas Stimme an ihr Ohr, noch gedämpft, aber schon wesentlich deutlicher als zuvor. »Hier!«

»Wo, Willa?«

»Hier oben!« Willas Stimme überschlug sich, einer Hysterie nahe. » Beeil dich, Katy – er kommt!«

Kate legte den Kopf in den Nacken, starrte hinauf. Es gab nur eine Möglichkeit: Sie musste unweit der Linsen sein. Sie rannte die schmale Wendeltreppe hinauf. Ihr Bein war aufgeschürft und blutete, aber sie bemerkte es nicht. Die Metallstufen

klirrten unter ihren Füßen, und das Herz schlug ihr bis zum Hals. Die Luft war eisig und roch nach Salz und Rost.
Als sie sechs der acht Stockwerke erklommen hatte und nach oben zu den anderen zwei spähte, entdeckte sie die kreisförmige Plattform rund um die Linsen, aber keine Spur von ihrer Schwester. Sie runzelte die Stirn – eigentlich hätte sie Willa jetzt sehen müssen. Das Signalfeuer blitzte grell über ihr auf, blendete sie und zwang sie, ihre Augen abzuschirmen.
»Willa – wo bist du?«
»Hier, Katy!« Die Stimme schien jetzt ganz aus der Nähe zu kommen.
Sie ging langsamer, ihre Beine brannten wie Feuer von dem steilen Aufstieg, dann roch sie frisch geschlagenes Holz. Als sie nach unter sah, entdeckte sie verklumpte, nasse Sägespäne auf den Stufen. Dann blickte sie nach oben … da! Kaum erkennbar in dem engen, überschatteten Abschnitt des Turms, direkt unterhalb der Linsen, befand sich ein kleiner Holzverschlag.
Er war mit Holzblöcken in den undurchdringlichen Wänden des Leuchtturms verkeilt, eingeklemmt zwischen der Plattform und der Wendeltreppe, und hatte in etwa die Größe eines Schuppens, in dem man Gartengeräte verstaute. Er war weiß gestrichen und verschmolz fast mit seiner Umgebung. Als Kate sich ihm von der Treppe aus näherte, konnte sie keine Möglichkeit ausmachen, wie man hineingelangte.
»Willa.« Sie berührte das Holz. »Wo ist der Eingang?«
»Bist du da?« Willa brach in Schluchzen aus, klopfte von innen gegen den Verschlag. »O, Katy, hol mich hier raus! Beeil dich, er muss jeden Moment kommen. Wir haben keine Zeit …«
»Ich weiß nicht wie!« Kate tastete den Verschlag ab, hämmerte gegen die Seiten, suchte fieberhaft nach einem Zugang. »Wo ist die Tür?«
»Oben. Zwischen den Linsen …«
Kate verschwendete keine Sekunde. Sie rannte die letzten Stufen hinauf, auf die schmale Plattform, die rings um das Leucht-

feuer verlief. Es war ein Fresnel-Glasprisma, glänzend und funkelnd, das den Lichtstrahl tausendfach brach, ihn in Regenbögen aufsplitterte und aufs Meer hinauswarf. Kate würdigte es kaum eines Blickes. Sie lief um die Apparatur herum, kam zu der Öffnung in der eisernen Wendeltreppe und spähte hinab.

Eine Falltür.

Sie war mit zwei Metallscharnieren in die Oberseite des Verschlags eingelassen und mit einer Haspe mit Vorhängeschloss gesichert. Mit der Hand um Maggies Messer sah sie, dass es dieses Mal nicht so leicht sein würde: Die anderen beiden Schlösser, die sie aufgebrochen hatte, waren uralt gewesen, vermutlich um die zweihundert Jahre, und durchgerostet. Diese Beschläge waren neu, robust und aus rostfreiem Stahl. Dennoch machte sie sich mit Maggies Messer ans Werk, bohrte damit im Holz. Wäre die Fensterscheibe nicht zerbrochen, hätte niemand Willa gehört: Aus der Nähe sah sie, dass die Wände des Turms aus Ziegeln und Gusseisen bestanden.

»Halt durch, Willa! Ich bin in einer Minute bei dir!«

»Beeil dich, Katy!«

Das Schloss gab nicht nach. Einmal rutschte das Messer ab, bohrte sich in ihre Hand; sie schüttelte es ab. Willa keuchte – Kate hörte es durch das Holz, und das Geräusch ihres rasselnden Atems verstärkte ihre Angst.

»So geht es nicht.« Kate gab den Versuch mit dem Messer auf. Wenn sie ihr Handy nur nicht im Auto gelassen hätte, wenn sie nur John anrufen und Hilfe holen könnte. Aber das konnte sie vergessen, und so schaute sie sich um, auf der Suche nach einem besseren Werkzeug als einem kleinen Messer.

»Lass mich nicht alleine!«, schrie Willa, als Kate über die Plattform zum Leuchtfeuer eilte.

»Niemals!«, versprach Kate.

Die Linsen waren zum Teil von einem Metallkäfig umschlossen. Die obere Hälfte des Käfigs war offen, die untere aus dem

gleichen alten Eisen wie die Treppensprossen im Geheimgang gefertigt. Das Licht blendete sie mit jedem Aufblitzen, aber Kate bekam eine der halbrunden Streben zu fassen. Beinahe wie ein Korb geflochten, waren sie in der Mitte nahezu durchgerostet und nur an den Enden fest verankert.
Eine Strebe in der Mitte packend, zerrte Kate mit aller Kraft daran. Sie bewegte sie vor und zurück, drückte und zog, bis das Metall nachgab und ein etwa fünfzig Zentimeter langes Stück am Bolzen abbrach. Die Strebe in der Hand, lief sie zur Tür des Verschlags und klemmte das dünne Ende unter die Haspe.
Es war ein perfektes Brecheisen, und während sie es mit voller Wucht vor und zurück bewegte, spürte sie, wie eine geradezu übermenschliche Stärke Besitz von ihr ergriff. Ihre Schwester war in dem Verschlag, und sie würde sie herausholen, KOSTE ES, WAS ES WOLLE. Vor Anstrengung keuchend, holte sie zu einem letzten, gewaltigen Schlag aus, und Schloss und Holz zersplitterten.
Willa weinte, drückte von der Innenseite gegen die Tür. Kate zerrte am Schloss, riss es von der Tür, mit Scharnieren und allem, was dazugehörte, legte es neben sich.
Gelbe Augen in der Dunkelheit, wie eine Eule in ihrem Schlupfloch, ein Fuchs in seinem Bau. Die Gestalt zitterte, war in Lumpen gekleidet. Großer Gott: eine Gefangene im finsteren Verlies.
Beim Anblick ihrer Schwester entrang sich Kate ein Schrei. Er gellte in ihren Ohren, als sie hinuntersah, Willas Blick erwiderte. Tausend Fragen, aber Kate schenkte ihnen keine Beachtung. Sie streckte die Hand aus, in die Dunkelheit, spürte, wie Willa nach ihren Armen griff, zu schwach, um sich daran festzuhalten. Mit ungeahnter Kraft umfasste Kate den Oberkörper ihrer Schwester, während ihr Tränen über die Wangen liefen.
»Ich ziehe dich jetzt hoch«, sagte Kate. »Wir schaffen es, wenn wir uns beide aneinander festhalten.«

»Lass mich nicht los«, flehte Willa.
»Nein.« Kates Stimme war rau angesichts des Wissens, dass sie ihre Schwester in den Armen hielt.
In dem Moment wurde ihr bewusst, dass es nichts gab, was ihr so viel bedeutete wie Willas Anblick, und sie hielt ihr Versprechen: Sie hielt sie fest, ließ nicht los. Draußen pfiff leise der Wind um den Leuchtturm, der Sturm hatte nachgelassen, und man hörte die Brandung am Strand. Die Geräusche übertönten das leise Schluchzen der Schwestern, als Kate Willa auf die Plattform hochzog, in Sicherheit.
»Schaffst du es nach unten?« Kate stützte Willa, spürte ihren dünnen Arm um den Hals, den mageren Körper, den jeder Atemzug anzustrengen und unerträglich zu schmerzen schien.
»Meine Beine«, ächzte Willa. »Ich habe sie so lange nicht mehr bewegt …«
Kate blickte auf Willas Beine, spindeldürr wie die eines neugeborenen Fohlens nach der langen Zeit im Verschlag. Von Rührung übermannt, zog Kate ihren Mantel aus – noch nass vom Sturz in den Brunnenschacht –,und legte ihn ihr um die Schultern. Sie kniete sich neben sie und begann, Willas Beine und Knöchel zu massieren. Willa schrie bei der leisesten Berührung auf.
»Ich schaffe es nicht bis nach unten.«
»Doch.« Kate massierte weiter, versuchte sich zu konzentrieren. Ihr schwindelte bei dem Gedanken an Willas Worte: »Beeil dich, er kommt …« Sie wusste weder, wer gemeint war, noch wo oder wann, aber sie spürte die Todesangst ihrer Schwester und wusste, dass sie nicht auf Einbildung beruhte.
»Du schaffst es.«
»Ich möchte ja, aber ich kann nicht!«, jammerte Willa, frustriert über ihre eigene Schwäche.
»Ich werde dich tragen. So wie früher, als du klein warst.«
Die Schwestern sahen nach unten – acht Stockwerke über eine

schmale Wendeltreppe. Willa schüttelte den Kopf, schluchzte auf. »Das schaffst du nicht.«

Kate ersparte sich die Mühe zu antworten. Sie wickelte den Mantel enger um ihre Schwester. Der Geruch, der ihr nach der langen Zeit im Verschlag anhaftete, war grauenvoll, aber Kate hatte die Windeln ihrer Schwester gewechselt. Er machte ihr nichts aus.

Vorsichtig verstaute sie Maggies Messer in der Vordertasche ihrer Jeans. Die Metallstrebe wie ein Schwert in den rückwärtigen Hosenbund schiebend, ging sie neben ihrer Schwester in die Hocke.

»Leg die Arme um meinen Hals, wenn du kannst«, sagte sie und hob Willa hoch.

Willa versuchte es, aber ihre Arme waren zu schwach und zitterten. Kate wusste, es spielte keine Rolle. Sie hielt ihre Schwester auf den Armen, würde sie nicht fallen lassen. Sie stieg die erste Stufe hinab, dann die zweite. Ihre Beine waren stark, ihre Arme voller Kraft. Die Liebe, die sie miteinander verband, war wie ein magnetischer Kreis, stählte sie mit jedem Schritt. Sie dachte an Amelia, an John, Teddy und Maggie, und der Gedanke verlieh ihr zusätzliche Stärke.

Ein Stockwerk, zwei Stockwerke. Sie eilte die Stufen hinunter, trittsicher, zuversichtlich; sie würden es schaffen. Ihre Gedanken überschlugen sich, planten den nächsten Schritt. Sie hatte die Brechstange bei sich, die ihr schon einmal gute Dienste geleistet hatte. Falls sich die Tür des Leuchtturms ohne Schwierigkeiten von innen öffnen ließ, würde sie Willa nach draußen tragen, in den Wagen des Richters setzen und mit ihr ins Krankenhaus fahren.

Wenn nicht, würde sie ihre Schwester durch den Geheimgang hinausschaffen, in den Brunnenschacht. Sie würde einen Weg finden hochzuklettern – notfalls mit der Brechstange Stufen in die Wände schlagen.

»Wie spät ist es?«, fragte Willa mit schwacher, bebender Stimme.

»Ich kann meine Uhr nicht sehen. Aber ungefähr viertel vor neun, denke ich. Mach dir keine Sorgen, wir sind fast unten …«

»Er kommt um neun«, rief Willa gehetzt. »Er sagt, das sei *seine* Zeit, seine geheime Stunde …«

»Seine was?« Kates Brust schmerzte vor Anstrengung.

»Die Zeit, in der ihn niemand vermisst; wo ihn niemand hierher kommen sieht …«

Kate lief schneller. Willa wurde in ihren Armen durchgerüttelt, schrie vor Schmerzen auf. Sie gerieten aus dem Gleichgewicht, wären beide um ein Haar gefallen. Kate lehnte sich an das schmale schwarze Geländer, um die Balance wiederzugewinnen, und ihr Blick schweifte nach oben, zum Verschlag.

Er war im Wechsel von Schatten und Licht verborgen, fügte sich nahtlos in die Eingeweide von Linsen und Leuchtfeuer ein, so gut getarnt, dass man ihn mit bloßem Auge kaum erkennen konnte. Ihr Herz begann zu hämmern; sie wusste, dass eine unbekannte Gefahr von ihm ausging, ob man sie sah oder nicht.

»Er hat den Verschlag gebaut«, sagte Willa, Kates Blick folgend, als könnte sie ihre Gedanken lesen. »Um mich einzusperren …«

»Was hat er …«, begann Kate, doch dann verstummte sie. Dafür würde später noch genug Zeit sein. Die Uhr tickte unerbittlich, sie musste Willa in Sicherheit bringen.

Es hörte sich an, als käme die Brandung immer näher. Das Tosen war ohrenbetäubend, als hätte der Sturm eine gewaltige, todbringende Sturmflut ausgelöst, die bis zur Klippe hinauf reichte. Bei dem Gedanken an Merrill, der ihr spontan durch den Kopf ging, gefror ihr das Blut in den Adern.

»Wir sind gleich da.« Kate lief weiter, trug ihre Schwester den nächsten Treppenabsatz hinab.

Nur noch eineinhalb Stockwerke bis unten. Ihre Arme begannen zu kribbeln, als wollte ihr Körper signalisieren, dass es höchste Zeit war, ihre Last abzusetzen. Ihre Muskeln schmerzten, brannten wie Feuer unter dem Gewicht, und ihre Lippen fühlten sich taub an, als sei das ganze Blut in Arme und Beine geströmt.

»Ich hätte nie für möglich gehalten, dass mich jemand rettet.« Willas Stimme brach. »Ich dachte, ich müsste hier drinnen sterben.«

»Niemals«, versprach Kate. »Ich bringe dich raus.«

Auf dem untersten Treppenabsatz angekommen, bückte sie sich, um ihre Schwester auf den Stufen abzusetzen. Sie wollte nur die Tür in Augenschein nehmen, aber Willa klammerte sich so heftig an sie, dass sie fast vornübergekippt wäre.

»Bitte geh nicht weg!«, flehte sie.

»Nur für zehn Sekunden. Während ich nachschaue, wie wir hier rauskommen …«

Willa sank auf der Treppe zusammen, zu schwach, um zu protestieren. Kate rannte zur Tür. Drei senkrecht verlaufende Sperrvorrichtungen, zwei Schließriegel ohne Feder eingeschlossen. Keine mit Schnäpper; zum Öffnen – von innen oder außen – waren Schlüssel erforderlich, und die Tür war massiv und neu.

Sie zog die Metallstrebe aus ihrem Hosenbund, schwang sie wie einen Degen und lächelte Willa aufmunternd zu.

»Du würdest einen guten Piraten abgeben«, krächzte Willa, das Lächeln erwidernd.

»Ich bringe uns trotzdem lieber hier raus«, sagte Kate und versuchte, das flache Ende der Strebe zwischen Tür und Rahmen zu schieben.

In dem Augenblick drehte sich, wie von Zauberhand, eine der Sperrvorrichtungen. Dann die zweite – das Geräusch von Metall auf Metall tönte laut in ihren Ohren –, als die Tür von außen geöffnet wurde. Sie wirbelte herum, wollte ihre Schwester warnen, als ihr bewusst wurde, dass es Punkt neun Uhr sein musste und ihr Entführer vor der Tür stand, zur gewohnten Zeit.

Willa sah aus wie ein Gespenst.
Leichenblass, mit leblosen Augen, kauerte sie auf der schmiedeeisernen Wendeltreppe und klammerte sich an das Geländer, den Blick starr auf die Tür gerichtet. Kate wollte zu ihr laufen, mit ihr zum Brunnenschacht fliehen, aber es war zu spät. Sie hörte den Schlüssel im letzten Schloss.
Sie legte den Finger an die Lippen, bedeutete Willa, keinen Laut von sich zu geben, obwohl sie wusste, dass die Warnung überflüssig war. Ihre Schwester war zur Salzsäule erstarrt, hatte tödliche Angst, wie er reagieren würde, wenn er sie und Kate hier unten fand.
Die Tür ging einen Spaltbreit auf, ließ einen Schwall kalter, frischer Luft herein. Kate atmete tief durch; ihr Verstand arbeitete mit einem Mal völlig klar, als sie sich hinter die Tür stellte. Sie sah, wie Willa ihre Augen schloss, sich in ihr Schicksal ergab.
Der Mann trat ein. Er hatte braunes Haar, war mindestens einen Meter achtzig groß, hoch aufgeschossen und muskulös, und ungefähr eine Armeslänge von Kate entfernt. Als sein Blick auf Willa fiel, blieb er wie angewurzelt stehen, die Hand auf dem Türknauf, rasend vor Wut.
»Wie bist DU hierher gekommen?«, schrie er. Kate konnte sich vorstellen, wie er fieberhaft seine Vorsichtsmaßnahmen durchging und zu dem Schluss kam, dass Willa unmöglich auf eigene Faust nach unten gelangt sein konnte. Seine Schultern strafften sich, wie aufgepumpt, und in dem Augenblick, als er herumwirbelte, um einen Blick hinter die Tür zu werfen, stürzte sich Kate mit einem gellenden Schrei auf ihn und schlug mit der rostigen Eisenstrebe zu, ihre ganze Kraft aufbietend.
Sie traf ihn mitten ins Gesicht, mitten zwischen die Augen, erwischte Knochen, Muskelgewebe und Blut – viel Blut. Der Mann brüllte auf und taumelte rückwärts, unkenntlich durch das Blut und die Hände, die er schützend vor sein Gesicht hielt; er stolperte, verlor das Gleichgewicht und stützte zu Boden, in Richtung der Treppe, auf der Willa kauerte.

»Du hast meine Schwester entführt und verletzt!«, schrie sie und holte erneut zum Schlag aus. »Dafür BRINGE ICH DICH UM!«

Die Metallstrebe traf abermals, und noch einmal, und schließlich brach der Entführer reglos vor Willas Füßen zusammen, wie ein getöteter Drache. Willa kroch auf allen vieren von ihm weg, und Kate trat näher.

Ihr Herz raste. War er tot? Sie hatte keine Ahnung, und es war ihr im Grunde egal. Sie wusste nur eines: Sie würde verhindern, dass er wieder auf die Beine kam und sich an Willa rächte. Deshalb stieß sie die leblose Gestalt an – zuerst mit ihrer Waffe, dann mit dem Fuß. Als keine Reaktion kam, trat sie näher heran, um einen Blick auf sein Gesicht zu werfen.

Caleb Jenkins.

Seine Brust hob und senkte sich, schäumende Blutblasen quollen aus Mund und Nase. Sie hatte ihn nie aus der Nähe gesehen, aber sie wusste, dass er es sein musste. Er war das Ebenbild seines Vaters, nur wesentlich jünger – um die zwanzig.

Kate hielt sich nicht lange mit Bedauern oder Zweifeln auf. Sie half ihrer Schwester auf die Beine, um zu sehen, ob sie stehen konnte, wenn sie die Arme um Kates Hals schlang.

»Jetzt kommen keine Treppen mehr«, sagte Kate, als eine frische Meeresbrise durch die geöffnete Tür wehte, ihre Sinne schärfte. »Halt dich fest, ich bringe dich zum Wagen.«

»Vielleicht kann ich alleine gehen.«

»Später.« Kate warf einen letzten Blick auf den jungen Mann, der immer noch reglos auf dem Boden lag. »Wir müssen hier raus, bevor er aufwacht.«

Sie nahm ihre Schwester wieder auf die Arme – sie zitterten vor Anstrengung wie Espenlaub –, drückte sie an sich und rannte zum Wagen des Richters.

Das Fahrzeug, weiß schimmernd mit jedem Aufblitzen des Leuchtfeuers, das darüber glitt – und im silbernen Licht des

Mondes, der, nachdem sich die Sturmwolken verzogen hatten, wie eine riesige Scheibe über dem Meer sichtbar war –, stand noch unangetastet am Anfang des Feldweges. Kate wurde erst langsamer, als sie an den mit Schlaglöchern und Steinen übersäten Abschnitt des Weges gelangte, setzte vorsichtig einen Schritt vor den anderen, ihre Schwester auf den Armen.

Am Wagen des Richters angekommen, blickte sie sich um – von Caleb Jenkins keine Spur. Willa stand auf ihren eigenen Füßen, machte die ersten schmerzhaften Schritte vielleicht seit Monaten, als Kate sie um die Motorhaube herum zum Beifahrersitz führte. Sie öffnete die Tür, half ihrer Schwester hinein. Dann rannte sie auf die andere Seite, um ebenfalls einzusteigen.

Erst jetzt fiel ihr Blick auf Calebs Lieferwagen, der am Wegrand stand; sie überlegte fieberhaft. Was war, wenn er zu sich kam, ihr nachfuhr und sie einholte, bevor sie am East Wind vorbei zur Hauptstraße gelangte? Tief Luft holend, rannte sie zu dem weißen Chevy-Lieferwagen mit der Aufschrift »Jenkins Construction« an der Seite.

»Katy!«, hörte sie Willa rufen. »Beeil dich – lass mich nicht alleine hier drinnen. Wir müssen weg!«

»Ich weiß!«, rief sie zurück. Sie öffnete die Tür des Lieferwagens.

Der Schlüssel steckte im Zündschloss. Sie zog ihn ab, wollte sich gerade umdrehen und loslaufen. Doch in dem Moment fiel ihr Blick auf zwei Gegenstände, die auf dem Vordersitz lagen und ihre Aufmerksamkeit fesselten. Eine goldene Halskette, an der ein Medaillon hing mit den ineinander verschlungenen Initialen »AM«: Amanda Martin.

Und ein Dokument, das umfangreich und offiziell aussah. In Pergament gebunden, wie einer von Kates Forschungsberichten für die Akademie. Wissenschaftlich, umfassend, teuer. Sie beugte sich vor, um zu sehen, was auf der Titelseite stand:

ANALYSE VON GEWALTVERBRECHERN
Gutachten über Gregory Merrill
Von Dr. Philip A. Beckwith, M.D.

Sich wundernd, wie Caleb in den Besitz eines psychiatrischen Gutachtens gelangt sein mochte, schnappte sich Kate die Arbeit und sprang aus dem Lieferwagen, den Schlüsselbund in der Hand.

Dann stieg sie in das Auto des Richters, ließ den Motor an, lächelte ihrer Schwester zu und fuhr rückwärts aus dem unbefestigten Parkbereich.

»Wir haben es geschafft«, sagte Kate. »Endlich habe ich dich gefunden …«

»Schneller, Kate«, schrie Willa, schlug die Hände vors Gesicht und weinte, als hätte sie noch nicht richtig begriffen, dass sie frei war, saß zusammengekauert auf dem Sitz, als wollte sie sich verkriechen, weil sie nicht mehr an die Weite der Welt gewöhnt war. »Er muss jeden Moment kommen!«

Kate fuhr weiter, sah ständig in den Rückspiegel, um sich zu vergewissern, dass Caleb ihnen nicht folgte. »Wer?«, fragte sie entgeistert.

»Der da hinten … hat mich nur versorgt, mir das Essen gebracht … mir gesagt, wie spät es ist. Aber der andere … oh, Kate, fahr schneller … er kommt immer um neun …«

28

John fuhr, so schnell er konnte, zum Leuchtturm. Dr. Beckwith saß neben ihm, seine Stimme klang bestürzt und verwirrt – und John war ebenso erschüttert, als er den Namen des Patienten erfuhr.

»Caleb Jenkins?«, wiederholte er, um sicherzugehen.

»Ja. Ich verstehe es selber nicht; bei Caleb waren die Symptome so wenig ausgeprägt, dass sie mir damals, bei der ersten Begegnung, völlig entgingen«, erwiderte Beckwith, sichtbar angespannt.

»Aber es war nie die Rede von einer sexuellen Störung.« John erinnerte sich an die Verteidigungsstrategie, die er gemeinsam mit Beckwith entwickelt hatte.

»Zu Anfang trat sie auch nicht offen zutage. Die Eltern wandten sich wegen seiner Internetsucht an mich, die ihnen Sorgen machte, und baten mich, ihnen einen Therapeuten zu empfehlen; ich sagte ihnen, dass ich den Fall selbst übernehmen würde. Erst dann entdeckten wir, was wirklich mit ihm los war, unterschwellig.«

»Er fuhr zu Ihnen nach Providence?«

»Ja. Je länger wir miteinander arbeiteten, desto klarer wurde mir, dass seine Sucht noch andere ... Komponenten besaß.

Eine Art parallel verlaufende Pathologie, eine krankhafte Vorliebe für Chatrooms und Pornografie.«

»Dann begann er, Merrill zu schreiben …«

»Behauptet Greg.« Der Doktor sah auf seine Uhr. »Schneller, John …«

John bemühte sich, tief durchzuatmen, aufmerksam zuzuhören und so viel wie möglich in Erfahrung zu bringen, um alles zu unternehmen, was für Kates Rettung erforderlich war. Es kam ihm so vor, als ob Beckwith und er sich ein Wettrennen gegen die Zeit lieferten, um das East Wind Inn zu erreichen, bevor sie Caleb Jenkins auf dem Weg zum Leuchtturm in die Arme lief.

»Die Jenkins' schickten ihren Sohn regelmäßig nach Providence zur Therapie, und ich tat mein Bestes, um ihm zu helfen …«

»Sie blieben mit Ihnen in Verbindung, oder?« John gab noch mehr Gas. Die Konzentration auf das Gespräch bewahrte ihn davor, aus Sorge um Kate den Verstand zu verlieren.

»Ja. Die Jenkins' steckten zu dem Zeitpunkt, als Caleb seine Bedürfnisse auszuleben begann, in einer schweren Ehekrise. Mrs. Jenkins litt unter Depressionen. Ihr Mann hatte ein Verhältnis mit einer anderen Frau …«

Scham und Wutgefühle überkamen John; er wollte nicht hören, dass auch sein Mitstreiter vor Gericht eingeweiht war.

»Tut mit Leid, John. Ich wusste Bescheid über Ihre Frau und Barkley Jenkins.«

»Hat Felicity es Ihnen gesagt?«

»Ja. Und Caleb hat es später bestätigt.«

John schwieg, konzentrierte sich auf die Straße. Sie waren nicht weit von der Stelle entfernt, wo Theresa das Reh angefahren hatte, auf dem Heimweg von ihrem Rendezvous mit Barkley. Was bedeutete, dass sie sich dem Leuchtturm näherten – und Kate.

»Es besteht kein Grund, sich zu schämen«, sagte der Doktor. »Sie können doch nichts dafür, und außerdem ist Ehebruch in

Amerika inzwischen nichts Besonderes mehr. Bedauerlicherweise hatte die Untreue seines Vaters eine folgenschwere Wirkung – sie setzte bei Caleb ein Wut- und Gewaltpotenzial frei, wenn man so will. Und dadurch entstand eine Kettenreaktion, denn nun musste sich der Vater gegen die Verachtung seines Sohnes behaupten. Und Barkley Jenkins ist ein jähzorniger Mensch.«

»Der Apfel fällt nicht weit vom Baum.«

»Wohl wahr. Felicity versuchte Barkley zu bewegen, mich ebenfalls zu konsultieren – eine Art Familienberatung, schätze ich. Barkley weigerte sich. Er leidet genau wie sein Sohn an einer Art Allmachtskomplex. Glaubt, er könnte sich alles erlauben und ungestraft davonkommen. Wie spät ist es, John?«

»Kurz nach neun«, antwortete John, als er in die Redcoat Road abbog, den Zufahrtsweg zu dem alten Munitionsschacht, in dem die ersten Siedler Waffen versteckt hatten, um gegen die Briten zu kämpfen. Er ging in den Feldweg zum Leuchtturm über.

»Gerade rechtzeitig«, sagte der Doktor. Als sich John zu ihm umdrehte, hatte Dr. Philip Beckwith eine Pistole in der Hand, den Lauf auf ihn gerichtet.

»Was soll das?«, fragte John fassungslos.

»Sie haben es sowieso schon erraten«, sagte der Doktor, als John in den nicht gekennzeichneten Feldweg einbog. »Sie wussten von Fairhaven, und da war es nur noch eine Sache der Zeit, bis Sie den Zusammenhang zwischen mir und Caleb … und Merrill entdeckten. Die Kommunikation der beiden lief natürlich über mich. Ich wollte heute Abend alle Spuren beseitigen, bevor Sie mir auf die Schliche kämen, was mir auch gelungen wäre, wenn Ihre Freundin nicht beschlossen hätte, zum Leuchtturm zu fahren. Vielleicht ist sie jetzt bei Willa.«

John antwortete nicht. *Bei Willa*: Lebte sie noch? Der Strahl des Leuchtturms tauchte gerade über der Anhöhe auf, schien durch die blattlosen Bäume. Sie kamen schnell auf der Klippe voran.

»Was war der Grund? Haben Ihre Patienten Sie auf den Geschmack gebracht, oder sind Sie um keinen Deut besser als sie?«

»Halten Sie den Mund!«, brüllte Dr. Beckwith; seine Hand schnellte vor, und der Lauf der Waffe traf John ins Gesicht. John schwankte unter dem Schlag, sah Sterne. Der Wagen schlitterte über den Feldweg.

»Idiot! Warum haben Sie sich nicht herausgehalten! Ihren Mandanten verteidigt, ohne sich von dieser Frau einwickeln zu lassen. Sie sind genauso schwach wie alle anderen – unter der Fuchtel einer Frau … Ihretwegen haben Sie Ihre Pflichten vernachlässigt, Ihren Mandanten enttäuscht, haben Ihre Nase in Dinge gesteckt, die niemanden etwas angehen.«

Das hielt der Doktor für Schwäche? Kate zu helfen? John hatte sich nie so stark und lebendig gefühlt wie jetzt, wo er wusste, dass er sich verliebt hatte, und alles tun würde, um ihr Leben zu retten.

Da er diesen Wahnsinnigen um keinen Preis der Welt näher an den Ort heranfahren wollte, an dem sich Kate möglicherweise befand, trat er das Gaspedal bis zum Anschlag durch und fuhr seinen Wagen mit voller Wucht gegen einen Baum.

Als Kate das Krachen und die Autohupe hörte, fuhr sie an den Straßenrand unter einen Apfelbaum und löschte die Scheinwerfer. Willa flehte sie weinend an weiterzufahren, aber Kate gebot ihr zu schweigen. Sie kurbelte die Fensterscheibe hinunter und lauschte.

Das Hupen hielt an. Dann verstummte es, und sie hörte, wie Autotüren aufgerissen wurden und eine laute Stimme jemandem auszusteigen befahl. Als sie angestrengt in die Dunkelheit spähte, konnte sie die Gestalten von zwei Männern ausmachen, die neben einem zertrümmerten Wagen standen.

»John!« Sie machte Anstalten, aus dem Lincoln zu springen. Doch in ebendiesem Augenblick schweifte der Lichtstrahl des Leuchtturms über sie hinweg, und Willa packte ihr Handgelenk, zog sie auf den Fahrersitz zurück.
»Das ist er«, flüsterte sie entsetzt. »Der Mann mit den weißen Haaren.«
Er war bewaffnet. Kate rutschte blitzschnell in ihrem Sitz nach unten, so dass nur noch ihre Augen über dem Armaturenbrett sichtbar waren, und sie erhaschte einen flüchtigen Blick auf Johns blutverschmiertes Gesicht, den glänzenden Pistolenlauf, der auf seinen Kopf gerichtet war, und den weißhaarigen Mann, der die Waffe hielt, als der Strahl des Leuchtsignals über sie hinwegglitt.
Die Schwestern duckten sich und beobachten die beiden Männer. Kate hatte die Hand auf der Türklinke, drückte sie leise auf und setzte vorsichtig einen Fuß auf den Boden.
»Was machst du da?«, flüsterte Willa gehetzt.
»Ich muss zu John. Wenn er nicht gewesen wäre, wäre ich nicht nach Silver Bay zurückgekommen … und hätte dich nicht gefunden, Willa.«
»Sobald wir in Sicherheit sind, rufst du die Polizei«, rief Willa flehentlich. »Der andere, der bei ihm ist – das ist Calebs Komplize!«
»Der Mann, der dich verletzt hat?« Kate spürte, wie unbändige Wut und Hass in ihr aufstiegen.
»Ja … er kam immer um Punkt neun …« Ihre Stimme klang tränenerstickt. »Wie spät ist es?«
»Zehn nach neun«, sagte Kate mit einem Blick auf die Uhr am Armaturenbrett. »Er hat sich verspätet. Und er hat John in seiner Gewalt.«
»Geh nicht weg.« Tränen liefen über Willas zerschundenes, blutiges Gesicht. »Lass mich nicht allein.«
Kate fühlte sich hin- und hergerissen – ihre Schwester brauchte dringend ein Krankenhaus, und sie konnte den Gedanken

kaum ertragen, sie auch nur für wenige Minuten allein zu lassen. Aber sie konnte John auch nicht einfach seinem Schicksal überlassen. Kate war alles andere als mutig, tapfer oder beherzt. Aber sie hatte sich seit ihrer Ankunft in Silver Bay verändert und wusste, dass dieser innere Wandel mit John O'Rourke zusammenhing.

Sie war verliebt, in seine Tochter, seinen Sohn, seinen Vater, die Haushälterin seines Vaters, den Golden Retriever und vor allem in ihn – was sie daran erkannte, dass ihr das Herz bis zum Hals geschlagen hatte, als sie sah, wie sein Kombi durch die Apfelplantage fuhr, und wusste, dass er ihretwegen gekommen war.

Kate nahm ihr Messer und die rostige Metallstrebe und gab ihrer Schwester einen flüchtigen Kuss. »Ich lass dich nicht alleine. Ich bin gleich zurück, aber ich muss John helfen. Er braucht mich jetzt …«

Als John zum Leuchtturm hinübersah, entdeckte er Calebs Lieferwagen. In einem Winkel an der Seite geparkt, stand er ganz alleine da – keine Spur von Kate oder einem anderen Auto. John atmete auf; vermutlich war sie nicht da.

John dachte daran, wie oft er hier vorbeigekommen war – bei Wanderungen mit Maggie und Teddy, oder bei Spaziergängen mit Brainer. War es möglich, dass Willa ein halbes Jahr lang im Turm versteckt worden war, direkt vor seiner Nase? Kate hatte Recht gehabt. Ihre Schwester war ganz in der Nähe gewesen.

Die Automatik bohrte sich in seine Seite, und John wusste, dass der Doktor ihn umbringen würde. Beckwith spähte zuerst zum Leuchtturm und dann zum East Wind hinüber – vermutlich versuchte er einzuschätzen, ob jemand den Schuss hören würde. John macht sich nichts vor, sobald er auch nur einen Fuß in den Leuchtturm setzte, war er ein toter Mann. Zwei gegen einen: Caleb und der Doktor. Das Leuchtfeuer schien ihn zu verspotten, flammte über ihm auf, warnte Seefahrer vor dem felsigen Kap. Das Versteck lag am offensichtlichsten Platz an der Küste, und John und die Polizei hatten es die ganze Zeit übersehen.

Kate …

Er betete, dass sie gekommen und unbehelligt gegangen war. Sie erfüllte ihn mit Hoffnung und Zärtlichkeit – weil sie nie aufgegeben, weil sie nie aufgehört hatte, an ihre Schwester zu glauben –, und dieses Gefühl bewirkte, dass er Beckwith hoch aufgerichtet und ohne mit der Wimper zu zucken gegenüberstand.

»So, und jetzt rüber zur Klippe«, befahl der Psychiater und sah John in die Augen, auf den Steilhang unmittelbar hinter dem Leuchtturm deutend.

John wollte Beckwith die Arbeit nicht erleichtern, wenn er ihn erschießen wollte und dann die Leiche mit einem einzigen Stoß ins Meer beförderte, aber er musste Zeit gewinnen. Der Feldweg war holperig, mit getrockneten Grasbüscheln übersät. Beckwith hatte sich bei dem Aufprall des Wagens offenbar das Bein verletzt, weil er mit schmerzverzerrter Miene über das offene Feld humpelte.

Während John langsam zur Klippe hinter dem Leuchtturm hinüberging, sträubten sich ihm mit einem Mal die Nackenhaare. Er schauderte.

Er hatte wieder das gleiche unheimliche Gefühl wie in Fairhaven, als er seinen Wagen am Rande des menschenleeren Parkplatzes abgestellt und Kate Harris entdeckt hatte – an einem Ort, wo er sie nie vermutet hätte und die Chancen, sich zu begegnen, eins zu einer Million standen.

Zwei abgelegene Orte, zwei Menschen, die auf unerklärliche, magische Weise miteinander verbunden waren? Auf der Ebene von Herz und Seele, nicht durch das gesprochene Wort. John hatte so etwas weder bei Theresa noch bei seinen Kindern erlebt. Aber diese telepathische Verbindung bestand zu Kate

Harris, und er spürte mit jeder Faser seines Körpers, dass sie in der Nähe war – jetzt.

Wolken verdeckten den Mond; das Leuchtfeuer wanderte weiter. Dunkelheit, Licht, Dunkelheit, Licht … das Feld wurde vom Mond und dem Leuchtfeuer erhellt, dann kehrte die Finsternis zurück. Der Feldweg war menschenleer, dann tauchte ein Schatten auf. Näherte sich, Schritte knirschten auf den zerbrochenen Muschelschalen, der Schatten erhielt ein Gesicht. Und eine Stimme.

»Hallo John«, begrüßte sie ihn so unbefangen, als hätte sie die Waffe nicht gesehen. Vielleicht war dem so …

Beckwith ließ den Arm sinken, verbarg die Waffe rasch hinter seiner rechten Hüfte.

»Kate.« John wollte sie warnen, schreien, dass sie weglaufen solle – aber wenn er es tat und sie Folge leistete, würde Beckwith sie erschießen.

»Ein herrlicher Abend«, fuhr sie in dem weichen und melodischen Tonfall fort, der für Virginia typisch war. »Ich hatte Heimweh nach den Dünen und Wellen, und da dachte ich, ich mache einen Spaziergang zum Leuchtturm, in der Hoffnung, ein Wildpferd zu sehen. Was hat Sie und Ihren Freund an einem so stürmischen Abend wie heute veranlasst, hierher zu kommen?«

»Der gleiche Grund«, erwiderte Dr. Beckwith galant. »Wir hofften, ein Füllen zu sehen … John, seien Sie nicht so ungehobelt. Stellen Sie mich bitte Ihrer Freundin vor. Vielleicht möchte sie uns in den Leuchtturm begleiten und …«

»Verschwinde, Kate!«, rief John, ehe er es sich versah.

Doch Kate schenkte seinen Worten keine Beachtung; sie trat zwischen ihn und den Doktor, lachte glockenhell, murmelte etwas von Yankees, die keine Manieren haben, und machte eine kleine Verbeugung, als wollte sie der Höflichkeit Genüge tun … in dem Moment sah John die Metallstrebe, die hinten aus ihrem Hosenbund ragte.

Kate streckte die Hand aus und sagte zu Beckwith: »Hallo. Ich bin Kate Harris.«
»Ich kenne Ihre Schwester«, sagte Beckwith und richtete die Waffe auf ihre Brust.
Kate duckte sich blitzschnell weg, als John ausholte. Die rostige, blutgetränkte Metallstrebe krachte auf das Handgelenk des Doktors nieder; John hörte den Knochen splittern und den Schuss losgehen – beides gleichzeitig. Die Kugel traf die Wand des Leuchtturms, prallte ab, bohrte sich in Johns Oberschenkel.
Er schrie vor Schmerz auf, als die Kugel Fleisch und Knochen durchdrang. Beckwith versuchte abermals abzudrücken, doch John sprang ihm an die Gurgel. Kate hatte den Doktor von hinten gepackt, riss an seinen Haaren, versuchte, ihn in die Knie zu zwingen. John hatte nur noch eines im Sinn – hatte nur noch einen Wunsch auf dieser Welt, in dieser mondhellen Nacht –, nämlich dem Entführer von Kates Schwester den Garaus zu machen. Er schlug mit den Fäusten auf ihn ein, spürte, wie sein eigenes Blut in einem heißen Schwall an seinem Bein entlanglief.
Die Männer kämpften verbissen miteinander, Kate wich zur Seite, und die Waffe fiel klirrend auf den mit Muschelschalen bedeckten Weg. John umklammerte den Doktor, er rollte mit ihm über das Gras auf der Klippe, spürte, wie der Ostwind den Steilhang hinaufwehte, salzig und nass von der Gischt.
»John, der Abgrund!«, schrie Kate.
Erschrocken versuchte John, mit dem unverletzten Bein Halt zu finden, und kam drei oder vier Meter, bevor die Klippe senkrecht zum Meer abfiel, zum Stillstand. Er hörte Kate schreien: »Er hat meine Schwester verletzt! Er hatte Willa die ganze Zeit in seiner Gewalt!«, und schlug wie von Sinnen auf Beckwiths Gesicht ein.
»Haben Sie gehört?«, keuchte John; sein Bein brannte wie Feuer,

der Schmerz war wie ein Messerstich. »Sie kann bezeugen, was Sie getan haben. Sie ist durch die Hölle gegangen.«
»Bring ihn zum Reden! Er soll gestehen, was er ihr angetan hat!«, schrie Kate.
»Ich bin Arzt«, keuchte Beckwith; sein Wangenknochen war gebrochen, eine offene, blutende Fraktur. »Wenn ich nicht gewesen wäre, wäre sie tot! Caleb hat sie angeschleppt und hätte sie längst umgebracht. Junge Burschen können nicht warten. Haben keine Geduld.«
»Geduld …!«, brüllte John und versetzte dem Doktor abermals einen Faustschlag ins Gesicht.
»Was haben Sie ihr angetan?«, schrie Kate und lief zum Rand der Klippe hinüber, griff blindlings nach dem Gesicht und den Kleidern des Doktors. »Sie hätten meiner Schwester helfen, sie retten können. Aber stattdessen …«
Der Doktor atmete schwer, wischte sich das Gesicht im Gras ab, den Blick gesenkt. Er schenkte weder Kate noch ihren Worten Beachtung, als wäre sie gar nicht vorhanden. Er sah Johns Bein an.
»Die Schlagader ist verletzt«, sagte er ruhig.
John antwortete nicht. Mit zusammengebissenen Zähnen spürte er das Pulsieren des Blutes, das in einem Schwall aus seinem Oberschenkel drang, auf die Erde rann.
»Sie werden verbluten, wenn Sie nicht sofort Hilfe erhalten, John«, sagte Beckwith.
John sah Sterne und hörte, wie Kate der Atem stockte, als ihr klar wurde, was John bereits wusste – dass der Doktor Recht hatte.
»Ich bin Arzt. Ich kann Ihnen helfen. Ich brauche eine Aderpresse. Geben Sie mir Ihr Hemd …«
Hatte er mit Kate oder mit John geredet? John wusste plötzlich, dass er handeln musste, sonst würde er sterben und Kate mit dem Ungeheuer allein lassen. Vorsichtig, Beckwith nicht aus den Augen lassend, begann er, sein Hemd auszuziehen –

er wollte in Gegenwart des Doktors um keinen Preis der Welt Schwäche zeigen und sich von Kate dabei helfen lassen –, und in dem Moment, als er es über den Kopf zog, spürte er, wie Beckwiths Faust vorschnellte und seine Kehle traf.
Keuchend und in seinem Hemd verheddert, sich selbst für seine Dummheit verfluchend, weil er auf das Täuschungsmanöver hereingefallen war, wusste John, dass er lieber sterben und Beckwith mit sich in die Tiefe reißen würde, damit er zur Hölle fuhr, bevor er zulassen würde, dass er Hand an Kate legte. Mond und Sterne drehten sich in einem rasenden Wirbel über ihm, als er sich fieberhaft aus dem Stoff befreite.
Aber er kam zu spät. Kate hatte in ihre Tasche gegriffen, zog ein rotes Messer heraus – das wie Maggies aussah –, und rammte es mit einem Wutschrei in Beckwiths Hals.
Der Psychiater griff sich an die Kehle, schwankte; sein Blick begegnete Johns, eine gefährliche Sekunde lang, dann taumelte er rückwärts, über den Rand der Klippe. John streckte die Hand nach Kate aus, robbte zum Abgrund. Sie lagen beieinander, eng umschlungen, starrten auf Beckwiths leblosen Körper herab, der auf dem Wellenbrecher unter ihnen lag. Der Strahl des Leuchtturms glitt über ihn hinweg, erhellte die sich hoch auftürmenden Wellen, der Gezeitenwechsel stand bevor: Die Flut setzte ein.
»Kate«, flüsterte er.
»John.« Schluchzend hielt sie ihn in den Armen, streichelte sein Gesicht. »Du darfst nicht sterben, lass mich nicht allein. Bleib bei mir! Ich hole Hilfe. Du darfst jetzt nicht sterben.«
John blickte in ihre Augen. Sie waren schön, ihre einzigartige Farbe hatte ihn schon bei ihrer ersten Begegnung an Flusssteine erinnert. An glatte, runde Steine, die Kanten abgeschliffen vom Wasser, Steine so alt wie die Menschheit, blank poliert von der endlosen Strömung. Von dem malerischen, westwärts fließenden Bach gleich hinter der Apfelplantage, wo er alle

Zeit der Welt mit ihr verbringen wollte. Augen, für die Ewigkeit gemacht …

»Ich liebe dich, Kate«, flüsterte er. Er hörte das Meer in seinen Ohren rauschen, den salzigen Ozean, der näher rückte, um ihn zu holen. Im Hintergrund eine Stimme, die gellend schrie, ein Hilferuf, eine Sirene …

»Und ich liebe dich«, sagte Kate Harris schluchzend und wiegte ihn in den Armen, hielt ihn umschlungen, wollte nicht verlieren, was sie gerade erst gefunden hatte. Und da er genauso empfand, spürte er, wie Tränen in seiner Kehle aufstiegen und zu Boden fielen, mit jedem Tropfen Blut, das aus seinem Körper rann, bevor die dunkle Welle aufstieg, um ihn mitzunehmen.

EPILOG

Am Morgen nach Thanksgiving fand das erste Begräbnis statt.

Die Familie Jenkins hatte sich vollständig in der Silver Bay Chapel eingefunden, in Trauerkleidung, die Köpfe tief gebeugt, um den Fernsehkameras und Zeitungsfotografen auszuweichen. Freunde bildeten eine schützende Mauer um sie, begleiteten sie anschließend zum Auto, um sie vor neugierigen Blicken abzuschirmen.

Hunt Jenkins war der Einzige, der mit den Zeitungsreportern sprach und aufgebracht erklärte: »Mein Neffe hat Amanda Martin nicht umgebracht, hatte mit Willa Harris' Gefangenschaft nicht das Geringste zu tun ... Er ist ein Opfer von Dr. Philip Beckwith, genau wie die beiden Frauen ... Schlimmstenfalls könnte man ihm den Bau der Unterkunft im Leuchtturm vorwerfen, aber er hatte nicht die geringste Ahnung, wozu sie diente ...«

Die zweite Beisetzung, Dr. Philip Beckwiths, sollte im engsten Familienkreis stattfinden, zu einem Zeitpunkt, den seine Mutter bestimmen würde, seine einzige lebende Anverwandte, die in Boston, Massachusetts, wohnte.

»Welche Erklärung mag es dafür geben, dass ausgerechnet ein

Arzt so viel Leid und Zerstörung anrichtet?«, fragte der Richter, der gerade den Truthahn tranchierte.

»Ich weiß nicht, ob sich überhaupt irgendetwas erklären lässt«, sagte John und sah Kate an, die auf der gegenüberliegenden Seite des Tisches saß. Sie hatte den Arm um Maggie gelegt und erwiderte seinen Blick, als wollte sie ihn nie mehr aus den Augen lassen.

»Wie kommt es, dass wir an Thanksgiving bei laufendem Fernseher essen?«, fragte Maggie. »Das hatten wir doch noch nie.«

»Am Freitag gab es das früher auch nicht«, sagte Maeve und trug die Bratensoße vom Herd herüber. »Ganz zu schweigen davon, eine so festliche Mahlzeit in der Küche einzunehmen.«

»Wunder brauchen bisweilen Zeit«, verkündete der Richter feierlich. »Wir können sie nicht beschleunigen. Und Freitag war der erste Tag, der sich anbot, um das Versäumte nachzuholen.

»Nachdem Dad um ein Haar gestorben wäre«, sagte Teddy.

»Und Kates Schwester auch.« Maggie schmiegte sich an Kate und schloss die Augen, als könnte sie nicht fassen, dass sie eine so wundervolle Tischnachbarin zum Anlehnen hatte. »Wir hätten nicht richtig Thanksgiving feiern können, ohne zu wissen, dass sie wieder gesund werden.«

»Wird deine Schwester auch wieder gesund?«, fragte Teddy.

»Ja.« Kate sah John mit unendlicher Wärme und Liebe in ihren kühlen Flussaugen an. »Ja, das wird sie. Sie muss allerdings noch eine Zeit lang im Krankenhaus bleiben ...«

»Es war eine Hilfe, oder?«, fragte Maggie. »Dass ich dir erzählt habe, wo ich den Flugzeug-Anhänger gefunden habe und dir mein Messer geliehen habe.«

»Ich wüsste nicht, wo meine Schwester ohne dich wäre, Maggie«, erwiderte Kate, dem Thema Messer ausweichend. Sie blinzelte, wandte den Blick ab – als könnte sie die Tatsache verdrängen, dass sie zwei Männer getötet hatte. John, der auf dem Sofa der weitläufigen Wohnküche saß, das verletzte Bein ausgestreckt, beugte sich vor.

»Kate?« Er streckte seine Hand aus. »Bitte setz dich zu mir.«

Sie kam seiner Aufforderung nach. Als wenn sie von der Hüfte abwärts zusammengewachsen wären, wich Maggie nicht von ihrer Seite und nahm neben Kate Platz, als diese sich neben John setzte.

»Wer möchte weißes Fleisch und wer dunkles?«, rief der Richter vom Tisch herüber.

»Und wer will Bratensoße, Moosbeerenfüllung, Steckrüben?«, ließ sich Maeve vernehmen. »Und was sagt ihr zu den funkelnden Gläsern? Meine Schwester und ich haben sie eigenhändig abgewaschen, jedes einzelne.«

»Ich weiß, Maeve, du bist ein Schatz.« Der Richter warf ihr eine Kusshand zu. »Ihr beide seid ein großartiges Gespann, Brigid und du.«

»So ist es.« Maeve lächelte still, während sie Bratensoße auf den Teller schöpfte, den Teddy hergerichtet und ihr gereicht hatte.

Die Aufgabenteilung lief wie am Schnürchen, und John saß da und sah zu, die Arme um Kate gelegt. Er spürte ihren Atem auf seiner Wange, ihren Herzschlag durch die Haut. Sie waren in seinem eigenen Haus – Maggie hatte gebettelt heimzufahren, wo Kate sich statt des Richters um die Familie kümmern würde – bis ihre Schwester so weit genesen war, dass sie nach Washington zurückkehren konnte.

Als John nun durch die großen Fenster das von der Sonne beschienene, silbern glänzende Meer und den Leuchtturm betrachtete, der sich an der Spitze der Landzunge erhob, sah er nichts Unheimliches, Beängstigendes, nichts, was auf das tödliche Drama hinwies, das dort stattgefunden hatte. Er drückte Kate an sich, als könnte er sie vor den Erinnerungen an das Geschehen schützen.

»Daddy?«, sagte Maggie.

»Ja, Mags?«
»Bist du jetzt Kates Anwalt?«
»Nicht direkt.«
»Du hast mich aber beraten«, sagte Kate und blickte ihm tief in die Augen.
»Aber nur, weil ich nicht wusste, wie die Polizei reagieren würde. Als Billy angerast kam, mit einem Riesenaufgebot im Schlepptau …«
»Teddy hat ihn angerufen«, warf der Richter ein. »Er hatte ein ungutes Gefühl, als du nicht sofort nach Hause kamst … und Kate bei dem Unwetter auf dem Weg zum Leuchtturm war.«
»Ich dachte, ihr könntet beide Unterstützung brauchen«, sagte Teddy mit verlegenem Stolz.
»Danke, Teddy.« Kate nahm Johns Hand. »Du hast deinem Vater das Leben gerettet. Ich hatte Angst …« Sie verstummte, wollte den Kindern keinen Schrecken einjagen, indem sie erwähnte, dass John um ein Haar verblutet wäre.
»Vor den bösen Männern?«, fragte Maggie und betrachtete forschend ihr Gesicht.
»Nein, Mags«, entgegnete Teddy, der die Teller mit dem Truthahn zum Sofa trug. »Um das Problem hatte sie sich schon gekümmert. Du bist sehr mutig, Kate.«
»Ich habe nur versucht, Menschen zu beschützen, die ich liebe.«
»Du liebst deine Schwester«, erklärte Maggie mit glänzenden Augen. »Und wen noch?«
»Mags«, sagte John mahnend. »Benimm dich …«
»Ich möchte es aber wissen. Wen sonst noch?«
John saß reglos auf dem Sofa in der sonnigen Wohnküche, das verletzte Bein, sauber und weiß bandagiert, vor dem Körper ausgestreckt. Seine Tochter strahlte über das ganze Gesicht, und er fürchtete sich davor, Kate anzuschauen. Was war, wenn ihr die Frage peinlich war oder wenn sie versuchte, darüber hinwegzugehen – eine ausweichende, wohlerzogene Antwort gab, mit der Maggie leben konnte –, das Thanks-

giving-Mahl über sich ergehen ließ und dann schleunigst ins Krankenhaus fuhr, um bei Willa zu sein?

Kate lächelte. Genau das war es: John liebte ihr Lächeln. Sie lächelte, obwohl ihr eine weitere Befragung durch Billy Manning bevorstand und Willa im Krankenhaus lag, mit so schweren Verletzungen, wie sie sich kaum vorstellen konnten … sie lächelte, trotz alledem und den zwei Kindern, die sie mit großen Augen und offenkundiger Sehnsucht anblickten, wie zwei verwaiste Katzenjunge, die eine Mutter suchten.

»Bin ich ungezogen?«, fragte Maggie, und Kates Lächeln wurde noch breiter. »Weil ich wissen möchte, wen sonst noch?«

»Wen sonst noch … was?«, fragte Kate und drückte Johns Hand. »Ich habe die Frage vergessen.«

»Wen du sonst noch beschützen wolltest? Und lieb hast.«

Als Maeve das Tischgebet sprach und Gott, ihrer Schwester und ihren vier Söhnen Matthäus, Markus, Lukas und Johannes dankte und als Teddy und der Richter die Köpfe beugten, erschauerte John, und Kate drückte lächelnd seine Hand. Dann blickte sie ihm so innig und liebevoll in die Augen, dass John befürchtete, den Verstand zu verlieren, während er auf ihre Antwort wartete.

Aber sie ließ sich Zeit. Sie sah ihn nur an, gab ihm das Gefühl, allein mit ihr in dem sonnendurchfluteten Raum zu sein.

Nur sie beide, ein Mann und eine Frau, Freunde, zwei Fremde, die der Zufall auf einem dunklen Parkplatz in Fairhaven, Massachusetts, und danach an einem einsamen Leuchtturm in Silver Bay, Connecticut, zusammengeführt hatte.

Zwei Menschen, John und Kate, die sich an den Händen hielten, als könnten sie nie mehr voneinander lassen.

Natürlich erinnerte sich Kate an Maggies Frage.

Sie klang in ihren Ohren nach … und das wollte etwas heißen.

Ihr hallte einiges in den Ohren nach, schon seit Tagen.

Immer wieder hörte sie die Geräusche: das Schaben von Metall auf Metall – Maggies Messer auf dem rostigen Scharnier. Und die Kanonenkugel aus dem Unabhängigkeitskrieg, die auf Gestein prallte … und den dumpfen Hall ihrer Füße auf der schmiedeeisernen Wendeltreppe … und das Echo von Willas Stimme, die sie anflehte, sie aus dem albtraumhaften Verschlag zu befreien … und die Metallstrebe, die Calebs Kopf traf … und das Knirschen der Reifen, als sie im Wagen des Richters über den Muschelweg preschte … das Sirren der Kugel aus Beckwiths Pistole, die von der Wand des Leuchtturms abprallte und in Johns Oberschenkel drang … und Maggies Messer, das sich in den Hals des Ungeheuers bohrte …

Kate holte tief Luft, schloss die Augen, als sie abermals an die Schreckensbilder dachte.

»Mags«, hörte sie John sagen, der ihre Hand drückte. »Lass es für den Augenblick damit bewenden, ja?«

»Ich habe es nicht böse gemeint«, sagte Maggie.

»Schon gut, John.« Kate hob den Blick wieder, wollte niemanden auch nur einen Moment lang aus den Augen verlieren.

»Wir hatten noch keine Minute für uns alleine«, flüsterte John. »Dabei möchte ich dir so viel sagen.«

»Ich auch«, flüsterte sie zurück. Ihre Gesichter waren einander so nahe, dass sie sich beinahe berührten, und sie spürte seinen Atem auf ihrer Stirn, als seine Lippen sanft ihre Haut streiften. Sie erbebte, konnte ihr Glück immer noch nicht fassen.

Willa befand sich in Sicherheit.

Sie war verletzt, schwer traumatisiert, aber auf dem Weg der Besserung. Matt hatte sich – seinen Prinzipien zum Trotz – auf den Weg nach Norden gemacht, um seine Schwestern zu besuchen. Er würde, wenn er seinem Austernboot alles abverlangte, gegen Mitternacht im Hafen von Silver Bay eintreffen, kurz nach dem Gezeitenwechsel.

Kates Familie würde zum ersten Mal seit einem halben Jahr wieder vollzählig beisammen sein. Gestern Abend hatte sie am Bett ihrer Schwester gesessen, noch lange nach Ende der

Besuchszeit. Willa hatte leise geschluchzt und Kate erzählt, was sich zugetragen hatte.

»Ich hatte mich im East Wind einquartiert. Es war herrlich dort, und ich schwöre, ich konnte nur noch daran denken, dass du kommen würdest … dass ich dich anflehen würde, mir zu verzeihen …«

»Das wäre gar nicht nötig gewesen«, hatte Kate geflüstert, obwohl sie nicht sicher war, ob das stimmte. In den letzten sechs Monaten war sie durch ein Fegefeuer gegangen; Schmerz und Wut waren von ihr abgefallen, bis nichts weiter blieb als die Liebe zu ihrer kleinen Schwester und die Bereitschaft, ihr zu verzeihen.

»Trotzdem. Ich wollte mit dir in Hawthorne zum Mittagessen, die amerikanischen Impressionisten in Black Hall anschauen … und wir hätten gemeinsam einen Spaziergang zum Leuchtturm gemacht«, hatte sie schaudernd hinzugefügt.

»Sprich nicht mehr darüber.« Kate hatte ihr über das Haar gestrichen.

»Ich möchte aber. Nachdem ich dir die Postkarte geschickt hatte, fühlte ich mich befreit. Ich hatte nicht den Mut, dich direkt zu fragen … aber ich hoffte. Sagte mir immer wieder … sie wird kommen. Ich werde sie bald sehen. Ich beglich die Rechnung im Hotel und dachte, ich fahre für ein paar Tage nach Newport. Bonnie und ich wollten uns die Zeit vertreiben, bis du gekommen wärst.«

Sie hatte ein Zimmer im Seven Chimneys Inn gemietet und war nach New Bedford ins Walfangmuseum gefahren.

»Ich erinnerte mich an die Fahrt mit Matts Boot«, hatte Willa gesagt. »Als wir die Walmutter sahen.«

»Das dachte ich mir schon«, sagte Kate, und wusste, dass sie richtig getippt hatte. Sie hatte Bonnie ins Krankenhaus geschmuggelt, und der Scotchterrier, überglücklich, sein Frauchen wiederzusehen, lag zusammengerollt auf Willas Schoß, während die Krankenschwestern beide Augen zudrückten.

»Das Museum war fantastisch … ich habe dort einige Stunden zugebracht. Dann habe ich auf der anderen Seite der Brücke einen Happen gegessen.«
»In Fairhaven.«
»Ja. Und ich musste tanken für die Heimfahrt. Deshalb …«
»Bist du zur Texaco-Tankstelle gefahren.«
»Mit dem kleinen Laden.«
Willa nickte. »Ich sah einen Lieferwagen hinter dem langen Gebäude vorfahren. Er kam mir bekannt vor, aus Connecticut … er gehörte dem Sohn der beiden Gasthofbesitzer.«
»Caleb.«
»Ja. Ich kannte seinen Vornamen nicht, wir hatten uns nur kurz zugewunken, wenn wir uns begegneten, und einmal …« Sie zögerte und wurde rot, als wäre die Erinnerung immer noch beschämend. »Einmal hatte ich das Gefühl, als hätte er mich beobachtet, während ich unter der Dusche stand. Als ich herauskam, tat er so, als sei er damit beschäftigt gewesen, eine Glühbirne auszuwechseln. Ich hätte seiner Mutter Bescheid sagen sollen. Oder umgehend abreisen …«
»Aber es hätte vermutlich ohnehin keine Rolle gespielt«, sagte Kate beschwichtigend. »Weil du ihm wieder begegnet bist.«
»Ja.« Willa schauderte. »In Fairhaven.«
»Fairhaven.« Kate fragte sich, wie in einer Ortschaft mit einem so klangvollen Namen solch schreckliche Dinge geschehen konnten.
Caleb hatte Willa weisgemacht, er habe ein Problem mit seinem Lieferwagen, und sie gebeten, ihm bis zum Highway zu folgen. Er war vorausgefahren, über Seitenstraßen mit wenig Verkehr, und auf einen Rastplatz eingebogen. Als er aus dem Lieferwagen ausstieg, war sie weder ungehalten noch beunruhigt gewesen. Doch dann hatte er die Fahrertür geöffnet und Bonnie von der Leine gelassen – in den Wald.
Willa hatte aufgeschrien und wollte hinter ihr her laufen, doch er zwang sie, in den Van einzusteigen.

»Er hatte ein Messer, und er legte mir Handschellen an«, schluchzte sie und barg das Gesicht in dem schwarzen Fell ihres Hundes. »Ich wusste, er war fähig, mich umzubringen, aber ich konnte nur an Bonnie denken …, dass sie meinen würde, ich hätte sie dort vergessen, und auf meine Wiederkehr wartete. Ich hätte in dieser grauenvollen Zeit, als …« Ihre Stimme verklang, sie war nicht in der Lage, darüber zu sprechen, was ihr widerfahren war. »Ich hätte nie, nie gedacht, dass ich sie jemals wiedersehe.«
»Ich habe sie überall gesucht.« Kate berührte ihre Hand. »Und sie gefunden.«
»Danke … und dass ich *dich* jemals wiedersehe, hätte ich auch nicht mehr für möglich gehalten.«
»Ach, Willa«, flüsterte Kate. »Ich könnte die Beziehung zu dir niemals abbrechen.«
»Ich dachte, ich wäre sang- und klanglos von der Bildfläche verschwunden«, schluchzte Willa. »Und dass es dir vielleicht nur recht wäre.«
»Wegen Andrew und dir, meinst du.« Kate nickte. »Eine Zeit lang war es auch so. Ich war maßlos wütend auf dich, Willa. Weil du auf ihn hereingefallen bist. Was er getan hat, ist unverzeihlich. Du bist meine Schwester. Er hat einen Keil zwischen uns getrieben.«
»Ich habe es zugelassen. Es war nicht allein seine Schuld.«
»Ich weiß. Ich war auch auf dich sauer. Aber das ist vorbei. Andrew gehört der Vergangenheit an. Ich liebe einen anderen.«
»Ich weiß. Und ich weiß auch, wer es ist …«, hatte Willa geflüstert.
Als sie nun neben John saß, erinnerte sich Kate schaudernd an Willas Worte. Kate trug den Flugzeug-Glücksbringer an einem Stück Schnur um dem Hals; er sollte sie an die beiden Menschen erinnern, die sie liebte und die sie beinahe verloren hätte.
Brainer und Bonnie saßen zu Füßen des Richters, darauf

hoffend, dass Fleischbrocken von der Tranchierplatte fielen. Draußen begann die Sonne unterzugehen. Die Dämmerung reichte aus, um das Leuchtfeuer aufflammen zu lassen, der Lichtstrahl schweifte zum ersten Mal am Himmel entlang. Kate schluckte, spürte eine eisige Kälte in ihren Händen, die sie bis ins Mark durchdrang. Irgendetwas hatte sie bewogen, zur Waffe zu greifen und zwei Männer zu töten.

Seit jenem Abend litt sie unter Albträumen – wachte schreiend und hilferufend auf. Letzte Nacht war John, der am anderen Enge des Ganges in seinem Bett schlief, ins Gästezimmer gestürmt, auf seinem verletzten Bein humpelnd, und hatte neben ihr gesessen – hatte sie in die Arme genommen und festgehalten, bis die Tränen versiegten und die Gesichter von Caleb und Beckwith verblassten.

Er hatte behutsam ihre Wangen gestreichelt, ihre Tränen getrocknet.

»Er hat Willa gesagt, das sei seine ›geheime Stunde‹«, hatte sie geschluchzt.

»Nein, Kate«, hatte John entgegnet. »Es war neun Uhr abends, eine Zeit wie jede andere. Mehr nicht. Die geheime Stunde gehört uns … am Bach. Weißt du noch? Der Bach in der Apfelplantage.«

»Der Bach, der westwärts fließt«, hatte Kate geflüstert und gespürt, wie ihr Herz ruhiger schlug. »Wo wir mit den Hunden waren.«

»Weißt du, wie froh ich bin, dich hier zu haben? Und dass ich dich am liebsten nie mehr gehen lassen möchte?«

Sie hatte genickt, seine Hand berührt, seinen Mund auf ihren Lippen gespürt, sich mehr als alles in der Welt gewünscht, mit ihm zu schlafen, eins zu werden. »Ich würde gerne bleiben«, hatte sie leise erwidert.

»Wirklich? Trotz allem, was passiert ist – obwohl ich Merrills Anwalt bin und Beckwith in die Stadt gebracht habe …«

Sie hatte den Kopf geschüttelt, ungeduldig, als ob nichts davon mehr zählte. »Das alles hat nichts mit dir persönlich zu tun … du hast nur deine Arbeit verrichtet. Die Prinzipien verteidigt, an die du glaubst. Aber wir beide sind füreinander bestimmt, John. Alle Zeichen sprechen dafür. Wir werden gegen den Strom schwimmen.«

»Ein Zeichen – so empfinde ich es auch, seit Fairhaven … und als du am Leuchtturm aufgetaucht bist, um mein Leben retten.«

»Wir sind wie der Bach, der westwärts fließt.« Sie umklammerte seine Hand. »Vom Meer weg, den Naturgesetzen trotzend …«

»Um unseren Weg gemeinsam zu gehen«, hatte er gesagt, sie in die Arme geschlossen und inbrünstig geküsst.

»Hat jeder, was er braucht?«, sagte der Richter, sah sich fragend im Raum um und riss Kate unsanft aus ihren Erinnerungen an die vergangene Nacht.

»Wir sollten alle am selben Tisch sitzen«, sagte Maeve mit einem missbilligenden Blick zum Sofa. Sie saß mit Teddy und dem Richter am Küchentisch, während Maggie, John und Kate auf dem Sofa aßen.

»Dad muss sein Bein ausstrecken können«, erklärte Teddy nachsichtig.

»Weihnachten sitzen wir am großen Tisch. Wir alle. Willa auch«, versprach der Richter.

»Danke.« Kate lächelte ihn über die Frühstückstheke hinweg an. Der Richter nickte, sein Blick war gefühlvoll und beredt.

»Nichts zu danken.« Er hob sein Glas. »Trinken wir auf die junge Dame, die meinem Sohn das Leben gerettet hat.«

»Auf Kate, auf Kate!«, riefen alle O'Rourkes und Maeve wie aus einem Mund, stießen mit Apfelmost und Wein an. Kate lächelte. »Und auf euch.« Alle nickten und tranken.

»Halt, wartet!« Maggie stellte mit einem Klirren ihr Glas ab, drehte sich um und sah Kate eindringlich in die Augen.

»Was ist, Maggie?«, fragte Kate.

»Du hast meine Frage IMMER NOCH NICHT richtig beantwortet«, erwiderte Maggie vorwurfsvoll.
»Ich denke doch«, warf John rasch ein.
»Erinnere mich gelegentlich daran …« Kate sah John neckend an.
»Also? Wer ist die andere Person, die du lieb genug hattest, um sie zu beschützen? Beim Leuchtturm«, hakte Maggie nach.
Kate lächelte. Maggie würde sich noch ein wenig gedulden müssen, bis sie die Worte aussprach. Draußen blitzte der Lichtstrahl des Leuchtturms über den Himmel, der zunehmend dunkler wurde, bot den Seefahrern sicheres Geleit in den Hafen. Matt war draußen auf dem Meer und würde dem Leuchtfeuer folgen, das ihn zu seinen beiden Schwestern führte.
Maggies Frage stand im Raum. Kate drückte Johns Hand, ihre Blicke begegneten sich, versanken ineinander; sie wusste, dass sie einiges gelernt hatten: über Dinge, die man fand, obwohl man sie ein für alle Mal verloren zu haben glaubte, über Herzen, die sich öffneten, obwohl beide das Gegenteil geschworen hätten, und über eine Zeit, die ihnen allein gehörte.
Das war der Gezeitenwechsel. Die Flut setzte ein, und Kates Herz strömte über.
Die geheime Stunde war gekommen, jetzt und hier.

DANKSAGUNG

Dieser Roman nahm allmählich, in mehreren Phasen, Gestalt an: Er begann in meiner Kindheit mit der Ermordung eines jungen Mädchens. Obwohl ich die Tote nicht persönlich kannte, fesselten mich die Einzelheiten des Falles, die nach und nach ans Tageslicht kamen, ein Leben lang. Das Mädchen ist mir nie aus dem Sinn gegangen, und ich denke noch heute an sie.

Ich danke dem Georgetown University Law Center, das mir 1980 gestattete, an den Vorlesungen teilzunehmen. Eine Autorin kann leicht als Jurastudentin durchgehen, deshalb fand ich immer einen leeren Platz, hörte aufmerksam zu und sann darüber nach, wie sich Rechtswissenschaft und Romane überschneiden könnten. Es machte mir vor allem Spaß, mehr über Indizienprozesse zu erfahren, wo das Gesetz oft noch seltsamere Wege geht als die Fiktion, aber ich danke allen Professoren für die wunderbare Lernchance.

Bei TGF bedanke ich mich, dass mir diese Erfahrung ermöglicht wurde.

Meine Cousins William J. Keenan und John T. Sully, beide hervorragende Anwälte, opferten mir großzügig ihre Zeit – sie waren stets bereit, mit mir über juristische Themen, Baseball

und vieles mehr zu diskutieren; alles Liebe und vielen Dank (das gilt auch für deren Frauen, Kinder und all meine anderen Cousinen und Cousins)!
Danken möchte ich auch Charles T. Irving für seine Unterstützung, sein Fachwissen und seine fundierten Prozesskenntnisse, an denen er mich teilhaben ließ, und für die Durchsicht der Dokumente.
Des Weiteren bedanke ich mich bei Mia Onorato für ihre erstaunlichen Manga-Geschichten. Sie ist eine großartige Trickfilmzeichnerin und Erzählerin.
Dank gebührt außerdem allen Mitarbeitern der Jane Rotrosen Agency und Bantam Books.
Ein riesiges Dankeschön geht an Karen Covert, Tim Donnelly, Jim Weikart, Jill Rick, Phyllis Mandel und Trooper Robert J. Derry jr.
Und zum Schluss möchte ich mich bei Dev Waldron und seiner *house band* bedanken, der an einem Sommerabend, als ich es besonders dringend brauchte, herüberkam und ein Konzert gab, das alle anderen Konzerte in den Schatten stellte. Danke für das Lachen, die Liebe und die harmonischen Akkorde, nicht unbedingt in dieser Reihenfolge.